我爱你，这是我的心愿，也是我的快乐。

你叫我明白了，别人再大的事情也是别人的，自己再小的事情也是自己的，请不要难过，我必须把你当成别人我才会成长。

陆涛：如果我一辈子穷困，你还会爱我吗？

夏琳：如果你一辈子努力，即使穷困我也还爱你。

如果你还在这个世界上存在着，那么这个
世界无论怎样，对我都是有意义的；
但如果你不在了，无论这个世界多么美
好，它在我眼里只是一片荒漠，而我就像
一个孤魂野鬼。

杨晓芸：你是谁？

向南：我就是你的丈夫向南，我就是你的钱包，我就是你生活舒适的工具，为了你的幸福，我时刻准备着！为杨晓芸服务！

这就是我们生活的世界，人人在这里生活，穷人为下个月的房租和薪水而发愁，富人可对人生做长远规划，但规划到五十年以后，便会感到忧伤，因为那时自己已不在人世。

序

出版此书前，在半梦半醒间，接到编辑打来电话，说要写一个序。我下了床，枯坐电脑前，发愣两小时，喝了三大杯茶，抽掉半盒烟，竟不知写些什么。

怎么也得写上几笔吧。

为何出版这本书？为了挣钱还房贷？为了纠正电视剧里的台词错误？为了把一些剪掉的场景复原？为了一些想看书的读者？为了练习使用第三人称的写作技艺？为了……好了，其实我也弄不清。

2000年左右，我对文学树立信心，决定在家学习知识，钻研写作技艺。五年后，走出书房，受到打击——世道已变，商业化已渗透到国内文化生活的所有领域，作家的写作守则已改为"只写多数读者愿意读的东西"，至于作家的严肃创作，市价就更低了，这一局面恐怕在很长时间内无法扭转。我们的社会运作很成功，而人民也很成功，人人都那么坚强，脸上带着笑意迎接新的一天，新的希望。每一觉睡去，只为忘却烦恼，第二天醒来，心中充满一片阳光。

一直以来，在网上，我只看到得意洋洋的自我肯定，与不负责任的恶意谩骂相映成趣。人人急需鼓励，至于批评，呵呵，无人相信。奇怪的是，我却从中更多地感受到一种泛泛的说不清道不明的焦虑，使得那些人们强撑硬努出来的快乐，在我眼里有些雷同与不自然——是否应该停一停、想一想，我们为何生活？生命又有什么意义？

然而我知这是不可能的。生活的洪流裹挟一切而去，泥沙俱下，却又势不可挡，谁还记得那些散落在人们内心深处难以触摸的疑问，那些私人性的痛苦、无助、愤怒、孤寂与忧伤？以此为题写作的作家们纷纷凋落，让位于无关乎个人疼痒的大众文化消费——少年春梦、中年情欲、胡编的冒险、神鬼怪异之流。我很想知道由这些杂七杂八的泡沫堆起的轻浮而美好的未来，在明天将会兑现成什么交到我们手中。

2005年开始写《奋斗》，至2007年完成。

它被拍成电视剧并在国内电视台播放，意思是说，我成为了一名大众娱乐提供者。

我写的是一本小说还是一部电视剧呢？我一点也不清楚。

我只知，在漫无边际的人生中，作为个人，多半得奋斗一下，前辈们为了活下去，需打起十二分的精神，艰苦奋斗。然而情况变了，在目前这个空前美好的时代里，是否不需要艰苦的奋斗呢？而不艰苦的奋斗能否叫做奋斗呢？

写作时，我一直很迷惑，但我仍写下了一些有缺点的主人公们，他们是年轻人以及他们的父辈——表达较为真实的人生仍是我的写作信念，几乎每一个人物我都有一个或几个生活中的原型与之对应，连我自己都弄不清楚塑造这样一些人物有何意味？更不知那些生活中琐碎小事儿能否引发别人的兴趣？那些需求之间的矛盾能否构成写作主题？寻找自我能否成为人生目标？最终，我想问一问，人们为何而奋斗呢？

这些都是些问题而不是答案——放眼窗外，我看到白天的北京烟雾腾腾、车水马龙，而夜晚，灯火闪烁、忙碌不息。即使是深夜三点钟，也像是能听到城市疲惫的喘息声，令我感到真切又虚幻。不过，日复一日，似乎一切都运转良好，楼市与股市在涨，路上汽车越来越多，广告牌林立，饭馆人满为患，人们的生活总在继续，我也按时工作，每天写下一段又一段文字，谢天谢地，总算写完了。

也许生活就是那种可以质疑与思索、最终却不得不接受与肯定的东西。而现在，无论是问题与答案，在我这一方，都已完成，该是把一切推给读者的时候了。

石康
2007年9月19日

❀　　烦心事

北京建筑学院是一所典型的工科大学，但社会好像对它的工作并不是很认可，它把这所学院培养出来的建筑工程师、前卫设计师变成点头哈腰的房地产销售，把它的给排水专家变成卖卫生洁具的低等导购。在校生学到很多漂亮典雅的建筑观念，毕业后特别想把这些观念用到社会上，可以很社会地说，他们完全是一些理想主义者，而社会却急需唯利是图的势利小人为有产者赢利。这使得两者之间的矛盾日益突出，应届毕业生人心慌慌，大家在学校胡乱学习了一些盖房子的知识，现在，却必须快速突击一些在别人面前更实用的装孙子的知识。

陆涛、高强、华子、向南四个人就是这样的毕业生，他们从毕业前半年就开始找工作，希望有机会服务社会，但社会似乎对他们很失望，他们自己也很失望。

毕业典礼就要开始了，四个人却待在学校的小花园里为高强的事儿唉声叹气。那是一个美丽的夏天，杨树的叶子一片碧绿，草色青青，蝉声阵阵，有三个穿裙子的女生从他们背后一跳一跳地走过去，消失在不远处的小径尽头。

"要是他们真的不给我学位……"高强沮丧地抬起脸，看着大家，似乎希望从朋友的脸上看到奇迹。

向南把耐克运动裤上蹭的一块污渍用手搓掉，说："他们不至于这么孙子吧，不就是一次作弊嘛，学校怎么可能毁了你一辈子！"

这话说得够狠，一下子把大学文凭与一生的幸福混为一谈，不过却启发了华子，他长得土帅土帅的，皮肤黑，但有棱角。"他们要是不给，我找人，咱们先礼后兵，据说去年小钟就是这么干的。"

"他怎么干的？"高强立刻抓住了这最后一根稻草。

"他带了一个点心盒子，往校长室一放，管咱们校长要学位，校长当然不给，他忽然从背后抽出一把一尺长的尖刀来，说，'校长，现在，我这一辈子就攥在您手上了，您要是让我过不去，您想想，您能过得去吗？'"

"后来呢？"向南也添油加醋。

华子受到鼓励，立刻洋洋得意地说下去："校长开始说，'把你的东西带回去！我不收礼！'小钟把点心盒子往地上一胡撸，从后腰上抽出一把刀往校长桌子上一扎，说——"

"我问你后来呢？"此刻，心急如焚的高强已来不及听有趣的过程，他最关心的是结果，这结果也许半小时之内就会降临到他头上。

华子神气活现地说下去："人家小钟现在是工科学士啊！"

向南和陆涛一齐笑了起来。

还是陆涛比较理智，把手上的烟头扔掉："学校不会像咱们这么考虑问题，他们翻一翻校规，这事儿就决定了，根本没什么可商量的。"

高强一听就急了："那我这四年不就白学了？而且，我姨帮我找的那个公司正催我交材料备案呢，没文凭我交什么呀！"

华子再次出主意："文凭那东西好说，你去西直门，花不了多少钱，就能在路边买一个假文凭，你想买北大清华的也有。要非咱这个学校的，我们手上不都有样本儿吗？大不了咱一起做一个一模一样的，扫描仪、电脑、打印机咱全有，连钱都能做出来，别说一张破文凭啦！"

这话一点也没让高强放宽心，他叫道："别开玩笑了，现在咱们的资料都在网上，人家用人单位都不用给学校打电话，上网一查就全明白了。"

"网上的事儿你找陆涛吧——"华子有点支撑不住了。

天才陆涛一挥手，斩钉截铁地说："我可以改！咱学校那破网的数据库是我大二时候编的，进去改一改数据易如反掌。"

高强不放心地接着问："那他们要是打电话呢？我看他们的人事部门挺正规的。"

上课铃响了，陆涛说："甭说这事儿了，一会儿不就出结果了吗？走，回教室去。"

教室里坐满了人，四个人是最后才到，他们鱼贯而入，高强刚坐下，站在讲台上的班主任便一指高强："高强，去一趟校长室，校长叫你。"

高强站起来，脸色很难看，一步步走出教室，走到门口，不小心摔了一跤，大家哄笑。

华子对向南使了一个眼色："完了。"

陆涛也摇摇头。

走廊里，高强走了几步，站住，从口袋里摸出一支皱巴巴的烟，点燃，刚抽两口，教普物的周老师甩着一头白发急匆匆地走过来，高强慌忙把手放到背后，叫了一声，"周老师好。"周老师点点头，走了。

高强把烟拿出来，抽了一口，继续走。校长室并不是很远，但在他看来，却像隔着千山万水，一种不祥的预感在心中逐渐地强烈起来，使得高强在校长室门前直发料。他伸出手，敲门，里面传来一个声音："请进。"

高强推开门，走了进去。

✿ 校长的意见

校长刘元培坐在办公桌后面，头发有点乱，就像长在椅子上的一簇蘑菇，他看着高强进来，用手一指："把门关紧。"

高强回身把门关上，走到校长对面站住，像是一个等待判决的罪犯。

刘元培扬起头，对着空中闻了闻，然后疑惑地问："怎么一股糊味啊？"

高强也闻了闻，忽然，他大叫了起来，用后背撞墙，三下两下把T恤衫脱了，背后被烧了一个大洞，还好，没烧到皮，肯定是刚才躲普物老师时不小心用烟头点着了后背。他用脚踩灭了T恤上的火，然后光着膀子站在校长对面，气氛尴尬而滑稽。

刘校长皱着眉，用他最擅长的官腔儿严厉地问："高强，你这是怎么回事儿？"

"对不起，刘校长。"

"我问你怎么回事儿？"

"我不知道，刘校长。"

"你这样我怎么跟你说话呀，去，找件上衣穿上再来！"

"刘校长，我就穿了这一件，宿舍的东西早搬回家了。"

刘校长左顾右盼，忽然，他站起来，从旁边的桌子上拿起一块抹布，"唰"地一抖，原来是一件T恤，他交给高强："穿上！"

高强犹豫了一下，接过来。

❀　　班主任最后要说的

教室里，班主任在用慈母般的口吻对同学们讲话：

"一会儿就要举行毕业典礼了，带了你们两年，对你们讲的话够多了，你们听没听进去是你们的事儿，今天，我要最后讲两句话。同学们，你们在这个学校学了很多东西，学习了八十多门课程，也许这些学习对你们找到的工作来讲，没有什么用处，很多人并没有干他们所学的专业，我要说的是，无论怎么说，这总比没学强吧？至少，你们培养了自己的能力，在以后的工作中——"

华子搭下茬儿："老师，我就全是自学的！"

同学们哄堂大笑。

班主任就跟没听见一样继续说，这大概是他们相处最轻松的一节课了："在以后的工作中，你们没有老师的帮助了，只能凭借自己的能力。社会是一所更大的大学，现在你们可能会抱怨老师对你们严厉，但你们记住，无论老师对你们怎么样，都是在帮助你们，对你们的态度是善意的，而社会上的那些老师——怎么说呢？几年以后，当你们在社会上闯得头破血流的时候——"

大家哄笑。

班主任愤世嫉俗地对一班学生指指点点，似乎他说的不是预言而是现实："当那个时候，当那个时候，看看他们有没有老师善意？"

❀　　高强的努力

身在校长室的高强，却丝毫没感受到任何善意。刘校长尽管十分语重心长，但他每吐出一个字，高强就像被钉子钉了一下似的痛苦。

"为了我们学校的办学声誉，为了维持校纪，经校委会讨论，一致通过，凡是在校期间考试作弊的学生，一律不发毕业证书。"

"校长！"高强几乎尖叫起来。

"高强，你听我说下去，制度总归是制度，如果我们为了一个学生，而改变我们的制度，那么学校如何办得下去呢？如果所有学生考试都作弊，那么我们如何向社会输送合格的人才呢？"

"可您总得给我一个改正的机会呀！"高强几乎哭出来，事实上，他的眼泪已经下来了。

"作出这个决定我们也很痛苦，我们决定，不把处分单放入你的档案。"

"可是，我愿意通过参加补考改正我的错误，如果我没有考过，那我自认倒霉——"

"你要是不作弊，当然可以补考，那是你的能力问题。不会，可以学嘛，跟不上，可以加班加点，请老师做课外辅导，但作弊就是另一回事了，那是品质问题。"

"刘校长，我错了，我求您给我一个改正的机会，我大学四年不能白上啊——"

刘校长的声音像是浮在半空："决定不是我一个人作出的，是校委会根据校规校纪作出的，是根据国家教委——"

高强在摇晃，校长在他眼里越来越模糊，他什么也听不见了。

校长拿出一支烟点燃的工夫，"咕咚"一声，穿着抹布T恤的高强昏倒了。

刘校长没有丝毫的慌乱，这位参加过对越自卫还击战的老兵心里说道：现在的大学生也太脆弱了，要是把他们送到战场上，敌人不费一弹，只用高音喇叭对他们喊不给文凭，他们就给你来个咕咚，这仗还怎么打啊？

❀ 毕业典礼

毕业典礼时，陆涛华子和向南三个人心系高强，他们发了很多手机短信。

典礼一结束，他们在校园里找来找去，向认识的同学们打听看没看见高强。

华子找得最急，他和高强最好，他跑来跑去，他去了高强可能去的任何地方，他急匆匆的，都忘了用班主任的话讽刺陆涛——"我们这个班，出了一名真正的优等生，我教了二十年书，你是第一个，陆涛——同学们，陆涛除了完全合格地完成了所有课业，陆涛还帮助学校建立了一套电脑管理系统；代表学校参加过奥林匹克数学、物理大赛，取得过优异成绩；在全国大学生辩论大赛上，他力克外校，使本校得以进入前四名。此外，他还担任过我校校学生会副主席，青青文学社的副社长，旱冰协会的会长，物理小组的组长，这些都是他长期担任的，短期的，我就不提了。他的学业也创我校历年最好水平，我统计了一下，他每门功课的平均成绩是95分，领先第二名近10分，这些都是用勤奋和汗水换来的呀！"

华子想这么纠正："老师，您错了，陆涛什么都得第一只因为他是小天才，这是用好几辈子狗屎运换来的！"

❀ 高强

高强的手机一直在响，他难过地站在楼上，穿着那件皱巴巴的T恤，而不是像大家一样的学士服，那学士服看起来很傻，但因人手一件而显得不傻，傻的是他，是被排除在外的他。

透过窗户，高强看着楼下的一切，毕业典礼啦，熟悉的老师与同学啦，操场啦，树啦……他意识到，他几乎是毫无保留地喜欢这一切，但这一切却是有所保留地喜欢他，他感到有种说不出的压抑与屈辱，他没有得到文凭，他流出泪水。

高强来到游戏厅，坐在角落里玩CS，他把自己想象成孤独杀手，一枪爆头，他很成功，只是还没来得及陶醉在成功里，突然，电脑一下子灭了，灯也灭了，游戏厅陷入一片黑暗。高强的心一下子紧缩成一团，浑身僵硬，感到了一种突然袭来的孤独与恐惧，就像被别人一枪命中，又像是发现全世界只剩下他一个人。

游戏厅的老板出来："抱歉，抱歉，停电了——大家静一静，听我说——"

如同被谁推了一把，高强一脚踢开椅子，突然大声叫起来："怎么停电了，怎么停电了！他妈的怎么停电了！"

愤怒吞没了他。

从游戏厅出来，高强感到一阵阵麻木，他拿出手机，打开，不出所料，上面写满了死党发来的短信息。

向南说："高强，你在哪儿，我们都很担心你。"

米莱说："干吗呐！"

"高强，我是华子，有美女发你，快显形儿。"

陆涛说："高强，有事随时打我电话。"

"我跟他们已经不一样了。"高强想，他为自己的想法愣了一下，四周看看，把手机关了。他有些迷惑地看着眼前人来人往，然后他站起来，梦游似的往前走去，他只想这么走下去。

但高强发现自己还是走回了家，在楼道里，他感到浑身发软，就坐在楼梯上抽烟，最后一支烟。邻居赵叔叔扛着自行车上来，高强只好站起来，把烟藏背后叫"赵叔叔"。

"呦，高强啊，怎么站这儿啊，毕业了吧，找着工作了吗？"赵叔叔用客套话往他的伤口上撒了把盐。

高强点点头，支支吾吾，腾开地方，让赵叔叔把车搬上去。

❀ 最后的家

还是回家吧。

也许家里会好一些，高强上楼，来到家门口，拿钥匙开门。

楼上"当当当"一阵脚步声，一个精干的老太太快速走下来。

"刘大妈。"高强顺嘴说，心里叫的却是"老巫婆儿"。

"哎，高强，正要上你们家去呢，两件事儿，第一件，你们家电费要拖到什么时候？这楼里就差你们家了。"刘大妈大喊大叫道。

高强争辩："我们家电表不是有问题嘛，我爸说还要跟居委会协商。"

刘大妈才不屑于跟他讨论这种问题呢："第二件，你们家门口儿这破柜子到底什么时候才搬走？说了多少次了，妨碍人家搬东西，跟你爸妈说说，这老东西叫人收走算了，到时候消防部门下来发一张罚款单儿你们家又不干！"

高强又接了一句："上星期天我在楼下找了一收旧家具的，不要钱叫他白拉走，人家还不收。"

"反正我是通知你们家了啊，就这么两件事儿！"

刘大妈当然不会听他的话，她只是语重心长地把要说的话说完，接着，她便风风火火地冲向下一层楼，那里传来她的敲门声："焦启刚，焦启刚，老焦，哎，姓焦的，开门，开门，我刘大妈！"

高强一开门，正和他爸撞了个满怀。

"是不是刘大妈，那电表的事儿问得怎么样了，不是电表坏了，就是这楼有人偷电，我们怎么使也不可能一个月一百多个字儿！"高强的爸的嗓门儿比刘大妈还大。

"我刚听见刘大妈在楼下老焦家。"

高强说完便进了家门，坐在门厅的沙发里。

"学校给文凭吗？"高强妈抱着最后一丝希望问道。

高强摇摇头。

高强妈长叹一声："那你老姨那儿我得说一声，没文凭，老姨怎么使劲儿也不行，她们公司管人事的那个张四包儿可了儿。你们学校怎么这样呀，咱送张四包儿那一千多块钱的东西全打了水漂儿了。"

这时，楼下传来高强爸和刘大妈的吵架声，声音大得要命。

"我一猜你爸就得跟人吵起来，他今儿一股子邪火儿——"高强妈的声音从厨房里传来。

"怎么回事儿？"高强问的时候，心里一点也不想知道答案。

"还不是股票！赔了两万多，你二大爷叫他还钱，说要买房用，你吃完饭去网吧上网查查，看看现在割肉成不成？"

高强点点头，走到饮水机边上，给自己倒了一杯凉水，坐到饭桌边儿上。

高强妈从厨房里走出来，把一盘刚炒好的豆角儿往高强面前一放，长叹一声，坐到沙发上，伸手把电视开了。

高强感到压抑，在家里，从来就好像没有谁能做对事情，而今天则显得格外垂头丧气，他从筷子筒里拿出两支筷子，在两盘子剩菜里扒拉来扒拉去。

高强爸回来了，一屁股坐在沙发上。

"吃完东西吧，一会儿去网吧帮我查查——今天的证券报卖完了，晚报也卖完了，真是中了邪了！"他的声音既不满又无奈。

"算了，割肉就割肉吧，做买卖哪儿有只赚不赔的？"

"你懂个屁！就是割了肉，咱们也还不上！要能还上，我早就割了，我一辈子从来没借过钱，就这么一回！要不是他们买电视的时候向我们借过四千多，我才不会向他们伸手呢！"

"谁让你听那瞎子的话呢，去了趟盲按就五万五万地买股票，还借钱买，真想不通！"

"你懂个屁！王老五自己就投了二十万，人家庄家天天上他那儿按摩，说最多一个月，保证翻翻儿。唉，这世道，谁的话都不能信。"

高强爸说完便去了洗手间，高强和高强妈相互看了一眼，高强妈正要小声对高强说什么，高强爸的声音传来："高强，你文凭拿着了吗？"

高强妈冲高强摇手，叫他不要说。

"学校不给。"高强用自己所能知道的最小的声音说。

"你说什么？"

"我去找了校长，校长拿校规跟我说事儿！"高强的声音大了一点。

高强爸出来，一脸烦躁："要不咱去家里找一趟你们校长，再跟他说说？"

"说也没用，他一推六二五，说是校委会决定的。"

"那你的工作不就完了？你老姨为这事儿忙了好几个月，咱们怎么向她交待？给张四包儿的送礼钱咱还没给你老姨！"

这种指责方式，高强早听腻了，说来说去，全是他的错儿，可他又能怎么样？今天的心情真是太坏了，高强压住自己的怒火，烦躁地站起来，走进自己的房间，关上门。

门"哐当"一声开了，高强爸出现在门口："我跟你说话呢！"

高强忍不住了，他想骂人，他想喊，他终于喊了出来："那你让我怎么办？我在网上已经发了好几百份求职简历了。现在大学毕业就是失业，连一个月八百的活儿都一堆人抢着干，你让我怎么着？"

说完，高强便快步走到阳台上，他必须透一口气，他觉得自己快要爆炸了。

高强爸也跟到阳台上，他的身影投到高强身上，把高强罩在阴影里。

"高强，你真不争气，叫你提前找工作，你天天泡网吧，偷家里的钱去买五百多的CS鼠标垫儿，你妈和我为你的事儿天天舰着老脸去求你老姨，你，你大学四年都干什么啦？除了穿韩国裤玩游戏你还干了什么，我和你妈一下岗工人能怎么样？你想想，你对得起我们吗？"

"爸，你别说了！"

高强受不了，他从阳台上往外挤，想找一个只有自己的地方待一会儿，高强爸却挡着他。

"你让我走。"高强的声音像是哀求。

"今儿你把话说清楚再走！"

"你真不让我走？"

高强爸的眼泪下来了："我，我，我——人有脸，树有皮，你好不容易考上了大学，怎么这么不知道珍惜呀，你以后怎么办呢？我和你妈以后怎么办呢！"

"你让我出去！"高强提高声调，他只想走，哪怕是离开这个家，再也不回来。

高强爸忽然抽了高强一个嘴巴子："你这个不争气的混蛋！"

高强捂着脸，难以置信地看着爸，眼泪也下来了。

"你真不让我出去？"高强从眼泪后面看到扭曲的父亲，他只问他这么一个问题，现在，他只关心这个问题。

"你给我保证，以后要好好学习，好好——"又是老调儿重调！

高强忽然惨笑一声："爸，我保证，我保证，你别逼我了！我对不起你们，我以后再也不麻烦你们了！"

说罢，高强忽然一转身，纵身一跃，从阳台上跳了出去。

半天，才听到下面"咚"地一声，声音像是来自遥远而坚硬的碰撞。

✿　　追悼会

这里是殡仪馆的一个被租下的小礼堂，这是清晨，高强的追悼会就在这里举行。

现在，高强躺在棺材里，身体四周铺满鲜花，屋子里的墙边放满了花圈，棺材四周站满了带着黑纱的人，他们都与高强有点关系。无论是人还是物，都显得有点简陋，这简陋叫人联想到一种装腔作势，似乎什么什么都是假惺惺的。

陆涛、华子、向南、米莱、高强的班主任也在其中。

高强妈拿着一张纸一边哭一边读悼词："高强，生于1978年12月24日，男，从小聪明好学，乐于助人，尊老爱幼，品质优秀。1985年升入左安门一小就读，在校期间，担任过副班长、学习委员，多次被评为优秀学生。1990年考入北京市重点中学，北京第七十五中学，六年里，深得家长老师的表杨，曾获得中学生作文比赛三等奖，三次被评为中学生发明奖的先进个人，并以优异成绩考入北京建筑学院九六级建筑系，并在大学二年级光荣地加入了共青团组织，被评为优秀团员。高强于2000年以优异成绩毕业，被北京建筑学院追认为工科学士，同年六月，在家中遇意外身亡。高强的死，是高强一家的重大损失，高强生前，深得老师、家长、亲友、同学的喜爱，他性格内向，却十分关心别人，理想远大，学习努力，经常做功课到深夜——"

陆涛、华子、向南相视一眼，忍不住笑，米莱也被传染了，笑起来。开始是小声笑，后来完全成了控制不住的笑，他们不能笑出声，只好满脸通红，浑身颤抖，为了不引起指责，他们不时背过身去。班主任怒视他们一眼，陆涛猛踢华子一脚，但一切都无济于事，他们还是想笑。

最后，班主任一挥手，连米莱在内，四个人不得不走了出去。

屋外，向南拉住华子："华子，你笑什么笑，真缺德！"

"是你先笑的，向南！"陆涛小声说。

华子左右看看，见班主任没跟出来，于是提高声调："这悼词是谁写的？这不是胡说八道嘛，高强什么时候做功课到深夜？应该写——向华子借钱玩CS到深夜！"

米莱打了陆涛一下："哎哎哎，你们三个人也太烂泥糊不上墙了！也不看看这是什么场所，我刚刚还哭着，都被你们给逗笑了。"

"我是实在忍不住了，高强她妈平时不这样啊。"陆涛说。

"他爸也是，站讲台上就得了吧，还给他妈擦眼泪，擦完还给自己擦，咱上他们家去，他爸成天对他妈怒吼！"华子帮腔儿。

"还净摔不值钱的东西，太假了，真受不了！"向南接一句。

米莱看了三个人一眼："我去看看里面怎么样了？"

米莱跑到门口，往里看。

只见各位来宾正在向遗体告别，亲属走在最前面，绕成一个圆圈。

高强妈走在第一个，她扑到高强的遗体上号啕痛哭起来，其他人就等在后面。

高强妈一边哭一边叫喊："强子，你走啦，妈就你这么一个儿子，你叫妈可怎么活啊！我不想活啦，我不想活啦！"

高强爸一手拉住高强妈，跟着哭道："高强，爸对不起你啊，爸不该做股票啊！"

米莱看得目瞪口呆，直吐舌头。

陆涛远远地看米莱，打手势问怎么样了，米莱摇摇头，作出哭的样子。

"那边开始大哭了。"陆涛说。

华子结结巴巴地说："我——最——怕这种——场面——了。"

话音未落，班主任一边用手绢擦着眼泪，一边匆匆赶过来，米莱跟在后面。

"叫我怎么说你们啊，有你们这样的吗！人家请我们来——快给我严肃点，回去！该跟遗体告别了，记住，这是最后一面了。"班主任气势汹汹地说。

四个人咬咬牙根儿，低下头，一个跟着一个，走向小礼堂，一路上迎着哭着出来的来宾们。

❀ 他们的悼词

小礼堂内空了。

司仪对着一个工作人员直叫："快点，把挽联换一下，八点半下一拨就进来。"

四个同学依次在高强的遗体旁站好。

司仪一回头看见了他们，叫道："你们快点啊。"

陆涛回嘴："请你们先出去一下好吗？我们有话对他说。"

司仪要张嘴说什么，迎面看到华子直勾勾的眼睛，于是，叫了一声正要从花圈上往下撕挽联的工作人员，一低头走了出去。

米莱把门关上。

四个人站成一堆儿，每个人从兜里掏出一个包儿打开，里面是一套玩CS的专用工具：鼠标、鼠标垫、听声辨位耳机和键盘，他们依次放在高强边上。

向南轻声说："高强，真没想到你会那么想不开，都是我们的错儿，我们太自私了，要是那时能找一找你，一起吃顿饭，也许一切就不会发生了。"

米莱说："高强，你永远是我们的好朋友，为了你，我们决定再也不玩CS啦，没有你，我们团队就没有灵魂。"

陆涛说："高强，没想到你那么压抑，为什么不跟朋友们说一声呢？我一辈子只有一件事最后悔，就是传给你纸条被抓住。我真希望处罚的是我，不是你，我要这文凭一点用也没有。告诉我，怎么才能补救这件事？你让我干什么都行，犯罪都行！"

冲动的陆涛忍不住趴在高强身上哭了，他感到了高强僵硬的身体，这是一个他不熟悉的身体，不，那不是身体，不是生命，而是物质。陆涛感到了有生以来第一次惊恐，原来生命与物质的距离是如此接近，但只在片刻间，那惊恐便被悲伤湮没了，他继续哭。

要不是华子把陆涛拉起来，陆涛还会哭一会儿，他想哭，就是想哭，现在，他收住哭声，站到一边，他知道，华子也有话对高强说，他们俩关系最好。

"高强，我是华子，华子。我想起，在战斗的时候，你总是那么大公无私，从来不穿防弹服，为的是省下钱让我穿。我记得这所有的一切，还有我没说出的一切，没有你，我怎么办？你是我一生中见过的最好的人，我最好的朋友。

"只有我们知道，你是我们当中最聪明的一个，你玩什么都玩得那么好，围棋第一，业余三段也下不过你；拖拉机第一，谁跟你坐对家谁赢；打麻将就更不用提了，有你在，我们输得少就已经很满足了；台球我们每人都被你打过七星。其实我最佩服你的是CS，《反恐精英》你是最先从网吧学会的，再手把手教给我们每一个人。我知道，我们当中只有你可能成为世界级的顶尖高手，击败最好的团队，SK，3D，都不在话下。上次比赛对清华第一局，我们四个人都完蛋了，你一对四，却把他们全杀了，只有世界顶尖高手才有这水平。只有我知道你的理想，你的实力。我知道，你最大的遗憾是一直没有钱买一个听声辨位耳机，你老对我说，那耳机套在头上捂得慌，不爱用。你和我们玩当然不爱用，因为你就用网吧破鼠标也能赢我们，可有了耳机，你甩枪爆头的成功率就能到百分之五十以上，你自尊心总是那么强。去年十二月二十四日，你过生日，我送你耳机当生日礼物，你没要，我当圣诞礼物送给你，你还不要，下午我们在网吧，你依然打得像平时那么英勇，我们打败了计院那个假强队，你说那才是你的生日礼物。我记得我们得胜后一起在街边吃羊肉串，你特别高兴，因为关键时刻又是你，总是你，把我们大家解救。我真后悔那次全国大赛的预赛，我们花了钱，报了名，却不好好练习，比赛时四个人拖累了你一个，如果不跟我们在一起，也许你早就成为职业选手了，现在连南韩小跑都开上了，那次你狙击三个敌人，打得他们头也抬不起来，只是乱跑，最后你消灭了他们，谁都以为我们赢了，你已开始向天上鸣枪庆祝胜利，但最后我们还是输了，是我没完成任务，在关键时刻，我发现自己的钱花光了，竟买不起拆包器——可你事后却一点没有责怪我，要是那一次我们成功了，说不定会成为全国冠军——因为当时的清华是最强的——这是我最对不起你的一件事。"

华子的眼泪突然流了下来，华子在对高强说话之前，没想到自己会哭泣，但他还是哭了，那是青春之泪，苦涩、充沛、源源不断、滔滔不绝，像是发泄，又像是——愤怒。

是的，是愤怒。

那是一种苦闷而简单的青春逻辑，仿佛是对着冥冥中发出质问：既然让生命存在，为何会有死亡？既然有死亡，为何又要有生命？

现在，四张脸上都流下了泪水，有点不知羞耻，有点破罐破摔，有点肆无忌惮，反正就是这么一回。

四双手握在一起。

照例由陆涛说最后的话："今天是六月三号，CS团队，'风中狂沙'解散了，高强，我们以此纪念你。我们不再玩游戏了，因为一玩我们就想起你——高强，我们毕业了，我们要工作了，每一年的这一天，我都会把我们遇到的事情讲给你听，免得你在那一边觉得寂寞，我希望你依然认为我们是你的朋友。我现在脑子突然乱了，以前从没想过自己的一生有何价值，要如何度过，只是追时髦，玩酷，以为是有性格，但谁也没有你酷，你说死就死了，都不跟我们告别一声，你是我们当中最了不起的人，谁也没有你有性格，谁也没有你酷——你的死突然提醒我，生命原来是这么脆弱，死亡和我们如此接近，我要回去好好想一想，如何度过我的一生，我要成为一个什么样的人。你一死，忽然让我觉得原来所有的一切全都失去了意义，除非你让我知道，你为什么会离大家而去？现在我最怕路过网吧，因为那里到处是你的声音，我听见你在叫我的名字，叫我向右，叫我向左，叫我冲——而现在，在我心里，全世界所有的显示器都熄灭了，再也没有CS，再也没有你——"

陆涛捂住脸，说不下去了。

"走！"华子说，他不想再哭了，他哭够了，心里堵得慌，喉咙里难受，如同头被按在水里，他想出去透透气。

四个人一起往外走，一直走到院子里，他们看到参加追悼会的人在相互谈笑，看到天空，以及陆续进到院子的陌生人，还看到别的丧葬队伍，一排排停在停车场的新款汽车，抽着烟的司机，看到几个扎在一堆儿抱头痛哭的人，院子中央，有几个在打闹的小孩子，他们在用黑纱相互投掷，在奔跑，他们对死亡一点也不了解，他们是更幼稚的生命，只有新奇与欢笑，哪里都是他们的游乐场。

然而正在走的四个人却是迷茫的。

在他们身后，高强将被熊熊烈火化为灰烬。最难以被接受的情况发生了，人们对待死亡的仪式也被他们看到了，例行公事般的滑稽与困惑，而他们呢，他们离开高强，他们都知道这一回是永远地离开。他们走出殡仪馆，却步入迷茫之中。

✿　回声

陆涛决心忘掉高强死去这件事，但他一星期后仍未做到。他是个敏感的人，他从高强的死中，察觉到了一个令他极不舒服的问题，"活着，然后死去，可这一切又有什么意义？"

这问题令他困惑，而这困惑又很难对别人讲清，现在，他就坐在书桌前发愣，旁边的电脑显示器里闪着奇怪的屏保图形。

也不知愣了多久，陆涛换坐。后面是两架顶到天花板的书架，陆涛坐在书架前面的地板上，书架里面放满了书，此外，他的前后左右都是书，书像是从书架里流出来，倾泻在房间的所有角落，这是他最近几天疯狂翻阅的。他忽然很想知道，生命究竟是用来干什么的。但令他失望的是，对于这个问题，书里竟没有答案。一个可怕的想法在他头脑中盘旋：难道，难道人们竟没想过这个问题吗？难道所有活着的人，都没想过什么是活着吗？

女朋友米莱的叫声传来："陆涛，陆涛，陆涛。"

陆涛抬头，米莱走进来，蹲在陆涛身边，然后抱住他。

一刹那间，陆涛觉得米莱是如此亲切，她的手是那么温柔，又一刹那，他觉得米莱陌生，又碍事，打断了他的思绪。

"你想什么呢，走吧，快晚了，是不是叫我等你化完妆再走？"米莱笑眯眯地说，并且用手亲热地胡撸陆涛的脑袋。

陆涛看了她一眼，低下头。

"怎么了？你最近怎么老发愣啊？你在想什么呢？"米莱不笑了，她问他。

陆涛茫然地看了一眼米莱，半天才说："我在想我的前途。"

"咱这不是正要去谈你的前途吗？起来，该走了，我爸可是个大忙人，他可难得说要见一见谁。走吧——"米莱拉陆涛，没有拉动，米莱再次蹲在陆涛身边，"你怎么了？"

"我说的不是你说的那种前途。"

这句莫名其妙的话叫米莱急了，她猛揪了一下陆涛的头发："哟——求你别这么说话，我可受不了。我就是要跟你一个前途，你去哪儿我去哪儿，听见没有？"

陆涛看着米莱。

米莱用手拍拍他的脸，又用双手抓住陆涛的脑袋晃了晃："我就要跟你在一起，听见没有？"

陆涛抱过米莱，两人接吻。

陆涛站起来，往外走，米莱跟着，顺手从门口衣架上拿起一件新的亚麻西装追陆涛："你等等，穿这一件，穿这一件，你那件抹布早该扔了。你看看，都让你给穿硬了，不知道的还以为在家偷练铁布衫儿呢！"

陆涛一边换衣服，一边往外走，米莱在后跟着，从自己包里拿出香水往陆涛身上喷。喷完还趴在陆涛身上闻。

"我还不是为你好！真香，真香，帅哥你真香，把我这样的美女都熏得神魂颠倒的——哈哈哈哈——"

米莱的笑声忽然叫陆涛感到安慰，这是一种习惯依恋，他们已经好了三年了，他们也许会永远好下去，生活就是这样。

出租车快到米莱家时，米莱仍抱着陆涛："亲我一下，亲我一下嘛，一会儿到我们家就亲不着了。"

她总是要他亲她，这是她唯一的爱好。

他亲了她。出租车在一个高档小区的门前停住，米莱家就在里面。

保安过来，米莱探出头，拿出一张小区卡后，出租车被放行了。

"你们家周围三步一岗五步一哨的，是里面住的坏人多，还是外面住的坏人多？啊？"陆涛酸溜溜地说。

米莱抱住陆涛猛亲了一口："岗哨多，是怕你夜里从我们家把我抢走！"说完又看陆涛，不放心地接上一句，"我们家这小区就叫特洛伊，想想我是谁？"

"木马病毒！"

"美女海伦！"

"好吧，海伦就海伦。"

米莱笑了。

"不过你后来是被抢走的还是主动私奔的？"

米莱笑得更开心了："你以后要是对我好，我就被抢走；你要是对我不好，我就私奔。"

陆涛斜了米莱一眼："别吹牛了。"

米莱再次抱住陆涛："我是在吹牛，我一分钟也离不开你，我完全被你迷住了。"

米莱说的是真的。

❀ 陆涛的问题

米莱的父亲米立熊是一位白手起家的企业家，他用二十年的时间挣了一万个普通人用同样时间挣的钱。对此，他有个答案，这个答案他一见面就对陆涛说了："很简单，因为我雇了几万人帮我挣钱。"

对于陆涛，女儿的男朋友，他有点看法，不，他有很多看法！他绝不会喜欢陆涛，他只喜欢女儿米莱，尽心尽力地养她到二十岁，叫他生气的是，一个小年轻儿只用了几天便代替了他的位置。女儿依赖男朋友，说男朋友好，给男朋友打电话、发短信息，花他的钱让她男朋友快乐，这让他私下里觉得极不合理，他有一阵儿几乎有点不喜欢女儿了，他更不喜欢女儿这位天天挂在嘴边儿的男朋友，他其实是嫉妒他，但他对他也很好奇，因为他没见过他。现在，这个叫陆涛的小年轻就坐在他对面，白白净净，长得挺顺眼，与他的想象有差距，他宁愿他长得獐头鼠目，他当然不会，可是，可是，该怎么说呢？女儿带着他，是来请求他的帮助的，他当然要伸一伸手，不过，在伸手之前，他要看一看他是什么人。

这里是米立熊宽大的家中办公室兼书房，只他们两人，还关着门。陆涛给米立熊的印象很好，他没挑出他什么大毛病，只是觉得这小伙子有点愣，上来问的第一个问题是："叔叔，你是怎么挣到那么多钱的？"

不消说，米立熊太喜欢回答了，他曾无数次对别人回答过这个问题，答案当然是看人下菜。他没想到的是，这个问题是米莱教给陆涛的，米莱知道米立熊爱回答这个问题，现在，陆涛想问一问他自己的问题，也是他目前最关心的问题。

"叔叔，我还有个问题想问您。"

"说吧。"

"您觉得您为什么而生活呢？"

这个愚蠢的问题叫米立熊有点摸不着头脑，甚至问得他有点慌乱，从来没有人问过他这个问题，米立熊顺嘴说："我？我为家庭，还有，就是为社会做点事。"

"那么，叔叔，这个社会是个什么东西呢？"

又是一个愚蠢的问题。

米立熊喝了一口茶，定了定神："我是经商的，从我的眼光看，社会就是一个相互交换的大市场，每一个人用他有的，交换他没有的，这样说，社会又像是一个互助体系。想想看，你不种粮食，却能吃到；你病了，有医生在等着你。但你得为社会做点什么，这样，社会才会愿意帮助你。"讲完这番话，米立熊松了口气，他觉得自己说得很正确。

但陆涛接着："那么，叔叔，这个社会又是为的什么而存在呢？"

米立熊皱起眉头，紧张起来，他知道现在的大学生智力水平很高，这该不会是个连续的智力题吧，现在是谁考谁啊？这小混蛋在搞什么鬼？

米立熊警惕地打起了官腔儿："这我可不知道，这是社会的事。"

"这么说，我们每个人都是这个社会的一分子，却不知道自己究竟在为什么而存在？"

米立熊看着陆涛的眼睛，此刻，这孩子的眼睛正直勾勾地盯着他，一点也没有躲闪的意思，而陆涛呢，他是对这个问题真感兴趣，他在等着米立熊说出一个叫他感到满意的答案。

"恐怕是的。"这便是米立熊的答案。

这答案让陆涛极不满意："那么，叔叔，我只要能从社会上挣到钱，能养家糊口，这一辈子就算踏实了？"

米立熊笑了："也不全是，陆涛，每个人都应该有点他自己的追求嘛，比如我，工作忙得要命，回到家也抓紧时间学点英语，以后没准儿就派上用场了。你有什么追求呢，陆涛？或者说，你有什么理想呢？"

陆涛失望了，原来大人们不过如此。

"我不知道，叔叔，我只是不想像父母那样生活一辈子。"

米立熊被这句带刺儿的话逗笑了："我小时候也那样想过，只是后来没实现，我也没见别人实现过。"说罢，哈哈哈笑起来，他在笑陆涛幼稚。

"为什么呢？"陆涛不依不饶。

"为什么？为什么呢？我也不知道，总之最后大家就都一样了。"

谈话就这样结束了，事后，米莱问米立熊对陆涛是什么印象，米立熊想了想，说："但愿他不是一个书呆子。"

米莱一听就急了，这印象与她对陆涛的感觉相差太远，她私下里认为他是一个天才，所以她大声反驳："爸！他怎么了？我觉得他挺好的呀！"

✿ 一见钟情

这一天，陆涛到两个公司面试，米莱跟着他。第二个面试一直拖到天黑，完事后，两人一起在麦当劳吃汉堡和薯条，米莱忽然发出感慨："我觉得，有一段好感情，顶过一百个好工作。"

陆涛白了她一眼，他一直把她的话当作富家女的言论，内心有抵触，经常忍不住顶上一句，但今天他没说什么，更重要的东西压在他的心头，就是那个徘徊不去的问题："什么是最重要的？"

以前，时间对于陆涛似乎是无穷无尽的，人生也是这样。高强死后，陆涛像是突然跃入高空，匆匆地俯视了一下人生，现在他把人生当作一段必须花出去的时间，但他不知道如何花才更值，这是他的苦闷。

两人出了麦当劳，上了出租车，一直来到服装学院门口，天已经黑了，路上，米莱一直靠在陆涛肩膀上，她就愿意这样。

出租车停住了，分别的时候到了，陆涛看到三三两两的学生在进进出出。

米莱用头顶了一下陆涛，于是两人接吻，陆涛抽空把钱塞给出租司机。

米莱没有下车，却把头深埋在陆涛胸前，今天她不知为什么特别不想离开他。

"我不想下车，再抱一会儿，你抽一支烟吧。"

说罢，米莱从陆涛的口装里找出烟和火递给陆涛，陆涛点燃了一支烟，出租司机找给他钱，他从中抽了一张十元的递给司机，然后吐出烟雾，烟雾中，他看到夏琳从校门口出来，向两边张望，样子十分动人。

"你在看什么？"米莱在陆涛的怀里问道。

"我看到一个姑娘。"

"别看了，剩下的都是菜瓜，这学校的校花在你怀里呢！"

"是吗？"

"你真在看一个姑娘？"

米莱跃起，一眼看到夏琳，于是摇下玻璃，对夏琳喊："夏琳，夏琳！"

夏琳走过来，陆涛和米莱下车，出租车开走了。

"这是我男朋友，就是我跟你说的陆涛，他刚才在偷看你。这是夏琳，我最好的朋友。"米莱介绍。

"你好，"陆涛说，"米莱从来没有跟我提起过你。"

"你好，"夏琳说，"米莱天天跟我说你。"

米莱不好意思起来："得得得，不许你们俩当着我的面儿议论我。哎，夏琳，是不是等男朋友呢？"

"是啊。"

"明天的比赛穿的衣服做好了吗？"

"做好了。"

"我一会儿回宿舍去看看——哎，陆涛，你明天也来看看她吧，你不是爱看吗？别说，你们俩性格挺像的，又疯又怪。"

"就这么定了。"陆涛看了一眼夏琳，说。

"那我们俩一拍即合之后，就甩了你私奔。"

"你男朋友来了，这话可别当着他的面儿说，他比我还会吃醋。"

夏琳的男朋友关鹏的车开了过来，就在他们前面停下，关鹏在车里招手。

"Bye Bye，我先走了。"

米莱招手："Bye。"

从陆涛的视线望去，夏琳上了车，车开走了。

耳边传来米莱的声音："别看了，她马上就要去法国了。她男朋友是个公司白领儿，以前追过我，我甩了她男朋友，也不去美国，专门盯着你。"

陆涛吻米莱。

"再吻一下我才走。"

陆涛又吻了她一下。

米莱依依不舍地说："Bye Bye，明天下午早点来，我们学校的全部美女都出动！哎，别忘叫上华子和向南！"

陆涛点点头："再见。"

两人拉着的手松开了，米莱走了。

❀　　华子的问题

送完米莱，陆涛赶到"孔乙己"和同学吃毕业散伙饭，他进入饭馆，路过一个鲁迅石膏像，转个弯过去，便与拼成一大桌的一群同学打招呼，桌子上的盘子摞盘子，码起三层高，位子外面还码了一圈位子，坐满了同学。

大醉的华子摇摇晃晃站起来："吃散伙饭来那么晚，重色轻友！少废话，先罚三杯！"

在大家的起哄下，陆涛一上来便一连喝了三杯啤酒。

第三杯一下去，他忽然感到眼圈儿一热，接着就是天旋地转，腿一软，坐了下去，就在这时，他看到米莱从外面走进来。真的是米莱吗？是的，是米莱，她手里托着一个小DV，笑着边走边拍。

华子"人来疯"犯了，跳到椅子上高声叫好，谁也拉不住，他大声喊："我有个问题问所有人，说得好就算了，说不好罚酒一杯！"

大家鼓掌欢迎。

米莱兴奋地拍下这一幕，毕业留念嘛。

从外面刚进来的带着几个马仔的猪头，被这一幕逗乐了，他穿着一件花衬衫，剃着光头。

"瞧，林子大了真是什么鸟儿都有啊？肯定是傻大学生！"

马仔们笑了。

"你们认为——生活中最重要的是什么？从向南开始！"华子问题开始了。

"为什么从我开始？"向南不服地问。

华子寸步不让："就从你开始——然后向顺时针转，每个人都得说！"

剩下的人起哄："好，好啊。"

向南苦着脸叫道："我说什么呀我？"

"你先站起来！"

向南站起来。

华子尖声催促："说！生活中最重要的！"

向南还想耍赖："我能不能喝酒，不说呀？"

华子严辞拒绝："不行！说错了再喝！"

这么严肃的问题，向南可不想先说，他眼珠一转，一拍桌子："这问题是你起头儿的，应该你先说！"然后他发动群众，"大家说对不对？"

大家跟着喊："华子先说！"

华子做出一副挽袖子的样子，其实他穿着短袖儿，没袖子可挽："我先说！我先说就我先说！我认为，生活中最重要的，是哥们儿，是友谊，我希望我们的友谊地久天长！"

这答案赢得了大家的掌声。

在边上坐下的猪头瞟了华子一眼，小声对马仔说："这帮傻帽儿要不是大学生，嘿，我买单买双份儿！"

马仔点点头："校徽上写着'北京——什么——学院'，建筑学院。"

猪头吃惊道："行啊，你眼神还那么好！这么小的字儿都能看见，我怎么什么也看不见呀？"

马仔笑了笑："大哥，我看得准儿，可认的字儿也少呀，哪儿像您这么有知识！"

猪头这下才算平衡了。

这边的华子还没有忘记向南："该你了，向南，别耍赖！"

向南知道躲不过去了，于是清清嗓子："我生活中最重要的是我爸妈，我以后多挣钱，叫他们过上好日子。"

华子一脚踩到盘子中间："答案正确！"

大家鼓起掌来。

"下一个，叶小梅！"华子叫道。

叶小梅站起来："我觉得我生活中最重要的东西是爱情。"

这还用问！华子双手一拍："答案正确。下一个，许辉。"

许辉伸出筷子在空中一挥："我认为生活中最重要的东西是钱。"

华子一跺脚："错！农民！罚酒一杯！"

许辉扬起眉毛："我为什么错？"

"少废话，我说错就是错，你们说呢？"华子也不知错的原因，他只是觉得许辉错了。

大家在下面七嘴八舌地议论起来。

许辉站起来："这样吧，朋友们，现在说这事儿还早，这杯酒我先喝了，等以后有一天，谁向我借钱，谁就喝了这一杯。"

说罢一饮而尽。

华子接着叫："高琴琴，你是我们班班花，要不是你坚持上课，大学四年的课有一半我都提不起精神去，我先谢你了，然后，然后，你说，你说生活中最重要的事情是什么？"

高琴琴说："信任！"

接下来的丁好好的答案是"家庭"。

大家一起鼓掌，喊着贤妻良母。

轮到陆涛了，他站起来，想了一会儿，以前他知道的答案现在全都显得轻飘飘的，他无法肯定，于是如实回答："我不知道。"

华子很奇怪："你不知道？"

"对，我不知道。"陆涛坦然答道，这一下，连米莱都有点吃惊，她直想提醒他"我我我"，但她没说，只是接着下面的一幕拍完。

"罚酒一杯。"华子有点泄气地说，他本以为陆涛会说出一个更好的答案来。

陆涛起身一饮而尽。

生命中最重要的是什么？这是个开放性的问题，当然，这是由每个人说出的答案确定的，下面是另一些答案：

"我觉得能力最重要。"

"我觉得是努力、勤奋和真诚。"

"我觉得是合理地使用时间，做自己觉得有意义的事。"

"我认为生活中所有事都一样重要，我要是憋着一泡尿，什么也干不了。"

"我认为还是能做自己喜欢的事最重要。"

"我觉得万事不求人最重要。"

可以说，这些答案，表现了大家毕业时的某种情绪，这情绪很快令大家更加亲热，他们相互借酒说一些早想说却又不好意思说，或是无从说起的话，他们不停地继续干杯，男女同学相互拥抱，大醉的人钻到桌子下面，另有大醉的人被抱着，横放在椅子上。

这一顿散伙饭吃得真是情绪激昂。大学毕业，有点像离家出走，过去的努力像烟雾一样飘散了，而未来却影影绰绰地模糊不清。

华子一把搂住陆涛："哥们儿，说句心里话，上大学四年，别的都是SHIT，我觉得最有意义的事儿就是交了你这个朋友，我不说你帮我过考试，替我还赌账的事了，我不说了，你听着，陆涛，我华子今儿把话儿搁这儿了，你瞧着吧，用不了多久，我一准最早成功，让他们看看，哥们儿可不是白给的！"

说罢，华子大喊一声："毕业啦，我们毕业啦！"

他随手把一个半空的酒瓶子扔向身后的空中。

酒瓶子在空中滑行不一会儿，就因为地球引力掉了下来，正落在猪头那一桌的桌子中间的汤碗里，汤溅了猪头他们一帮人一脸。

猪头慢慢回头，看到那边一群同学跟着喊着"毕业啦、毕业啦"，并且闹成一团，猪头把脸上的汤擦掉，目光扫过一个个人，最后落在陆涛与华子身上，他回头用疑问的目光看几个马仔。

眼睛好的马仔一指："穿花衬衫的那一个！"

猪头站起来便向华子扑过去。

一场饭馆里的混战就这么突然爆发了。

✿　打架的后果

还好，离饭馆不远，就有一派出所，所有混战的参与者很快便移师派出所内，男的狼狈地蹲成一排，女生站着。

一个像是比所有人年纪都小的小警察坐在一盏台灯后面，审这帮人。

他从猪头问起："时间？"

"晚上十一点左右。"

"地点？"

"东单孔乙己饭馆。"

"咱们先不说谁该赔钱，咱先说说，谁砸的鲁迅像？是谁把鲁迅像给砸了？"小警察忽然一拍桌子。

猪头一指华子："他先动手的！"

"我没问这个，我在问，是谁把鲁迅像砸了？"小警察接着问。

叶小梅一指，小声说："就是那胖子。"

小警察一指猪头，然后翻看手边收上来的一堆身份证："说你呢，你叫什么？"

猪头愣了一下："我叫——什么鲁迅像？"

小警察这下得意起来："鲁迅像你不知道？鲁迅你不知道？啊，装什么呢？你知道砸鲁迅像是什么行为吗？"

猪头诚恳地交代："我是不小心——砸了一个石膏像，可我哪儿知道那是大名鼎鼎的鲁迅呀，哥们儿还以为是那饭馆儿的老板孔乙己呢！"

大家笑了起来。

小警察问："现在你知道了？"

猪头说："我知道了。"

"知道了，知道你就想想，你这是什么行为？"

说完，小警察出了门，反手儿把门撞上了。

一马仔捅了捅猪头："哥，咱这是，这是又被人管了啊！"

猪头叹了口气："唉，认倒霉吧！"

最来劲的是向南，因为他爸是警察，这下到了一显身手的时候。

半小时后，每个人写了篇一百字的检查，所有人被放了出来。

意外的是，华子和猪头不打不相识，竟搭上了话儿，巧的是，原来这俩人儿还是邻居！

所有人纷纷散去后，猪头拉着华子来到东直门一小饭馆接着喝酒。

"华子，这么说你毕业了？"

"刚毕业。"

"其实我早听说过你，咱胡同里就出了你一个上重点大学的，有出息——我是久闻大名呀——哎，你爱去公司吗？"

"我最烦公司了，朝九晚五的有什么意思！"

"那你去我那儿吧。"猪头说。

"你干什么的？"

"玉泉营儿你知道吗？"

"我知道，在丰台。"

"门口那车你认识吗？"

"克莱斯勒，美国车。"

"我就干这个。"

"你代理美国车呀？"

"那能挣几个钱？我卖二手车，挣钱呀——这么着吧，你明一早儿先去我那儿看看，这是我电话，你记一下，到了打给我。"

"成。"华子的工作正没着落，他一口答应了。

"那咱先把这杯干了？"

华子举起杯子，两人碰杯。

✣　　米莱租房

米莱到杨晓芸家玩，两人坐在灯下翻着时尚杂志说话。

米莱说："哎，晓芸，我今儿来是想问问你妈，能不能帮我租套房子。"

杨晓芸说："我妈，我妈也不是真的房虫儿，她就是跟着人家瞎起哄的。"

"我也就是图个省事儿，你帮我问问吧。"

杨晓芸正犹豫，门开了，她妈何翠凤端着一盘葡萄走进来。

"米莱，吃！可甜了，到我们家来别客气啊。"何翠凤满脸堆笑地说。

"阿姨，我正要有事儿求您呢。"米莱站起来，接过盘子。

"哟，瞧你说的，你这么一大小姐——"

杨晓芸一看这势头，站起来想搭句话："妈——"

何翠凤眼睛一翻："怎么啦？不让我说话啊！"

杨晓芸欲言又止。

米莱抢着说："阿姨，是这样，我想租套房子，一两居室都行，就在安定门附近，能租着吗？"

"呀，巧啦！我手上正有两套安定门的房子，五年前盖的，就是住过人，不太干净，收拾收拾就行，在安定门109号。"

"我就要那房子！"米莱一听便尖声叫道。

杨晓芸不解地推了一把米莱："你激动什么？"

"正好在陆涛住的那院儿。"米莱兴奋地说。

"陆涛不是有房子吗？"

"陆涛那房子净借给他的朋友恋爱，弄得我们俩晚上到处轧马路，再说我也不打算出国了，外面租套房，也免得老得回家。我不回家我妈就不睡觉，每次进门前得心跳半天，怕我妈跟我嚷嚷——那阿姨谢谢您啦，一个月多少钱？"米莱简直有点急不可待。

何翠凤爽快地说："不多，一居的二千，两居的三千，三居的四千。"

"我要那两居的，能洗澡能睡觉就成。"

何翠凤接口道："那还用说，没问题——都通三气，带空调，带家具，两居的有双人床。

什么时候你方便，我带你去看看！"

"我不用看了，您看着好就行，我钱包里只有三千，先给您当订金吧。我想先租半年的，钱明后天就送来。"

"不用，哪儿那么急，到签合同的时候再说钱的事儿吧。"

两人相互推了两下，何翠凤说："成，这三千我先收下，给你打一条儿吧。"

"不用了。"米莱说。

杨晓芸送米莱出了门，担心地说："你也不去中介问问，要不上网查查也行，我妈倒的房子哪有谱儿？"

"那也比我有谱儿，我才懒得去呢，我觉得陆涛他们那院子挺好的，陆涛才住一居，我租一两居，比他那儿还强，我想再装修一下，到时候你可得帮我忙呀！"米莱说。

"我看你真够冲动的，还想装修，装完了再添点电器，这三四万就出去了。"

"没事儿，有我爸的卡，不用白不用。到时候没事找我去，我早想出来住呢，这一下毕业了，我也成人了，家里总算没什么理由拦我了。你回去吧。"米莱说。

杨晓芸的担心不是没道理的，连她爸吵架的时候都时常说何翠凤"利欲熏心"，告别米莱，杨晓芸回家，一进门，便听到何翠凤对着电话说："我要403，一个月二千五，说好了啊，明儿去看房，记住，我跟人家说的是三千，到时候别说漏了，好，就这样，明儿见。"

杨晓芸一脚踢翻了一把椅子。

何翠凤跑出来，看着杨晓芸拉长的脸，问："这是怎么啦？"

"妈，你也太过分了！米莱是我朋友，她的钱你也好意思挣？"

何翠凤喜滋滋地说："挣钱哪儿分朋友不朋友的，亲兄弟还明算账呢。谁有就挣谁的——你不是想要一个彩屏手机吗？这下有了！"

杨晓芸愤怒地喊道："妈你也太庸俗了，真受不了！简直小市民一个！"

何翠凤对这个评价一点也不生气，还挺认同："我要不是小市民，早把你饿死了，哪儿能养到这么大。"

杨晓芸一把抓起桌上米莱的钱："我这就把钱给米莱送回去，有你这样的吗？"

何翠凤一把抱住杨晓芸："晓芸！你这傻孩子怎么这么不懂事儿啊，你给我放下，妈跟你说，那房子真值三千——"

✿　看夏琳演出

晚上六点半，服装学院小礼堂里坐满了人。今晚时装设计系在这里进行毕业设计表演，喇叭里放着设计者自选的音乐，挤在一起的关鹏、米莱、陆涛、华子及向南看着T型台上一个个参加表演的模特从他们面前走过。

华子逗米莱："哎，我说，要是换成你们设计系的人自己表演，那你们的设计就全完了吧？"

"你怎么这么说话？不是还有夏琳吗？她就是自己设计自己表演！"米莱斜了一眼华子说道，然后把头转向关鹏，"关鹏，晚上你得请我们吃饭，这一次可别再躲了。"

"当然，当然。"关鹏说。

"想着夏琳去法国，你心里一点也不难受？"米莱逗他。

"她自己非要去。"关鹏说。

"我看她是不太爱你，你看我，哪儿离得开我们家陆涛呀！"米莱接着逗关鹏。

"是夏琳跟你这么说的吗？"关鹏问。

"不是啊，是我替你这个老好人发出的抱怨。"米莱笑了。

"晚上吃饭时，求你替我把刚才的话再说一遍！"关鹏不依不饶地说。

一个模特走过，大家鼓掌。

华子推一推陆涛："哎，馋死我了——你说有这么多好看的姑娘，而且好看得还不重样儿，什么时候才能轮上我？"

陆涛笑了："华子，你老毛病又犯了，什么事儿都要联系上自己，早晚你会被自己气死的。"

"真是饱汉不知饿汉饥。"华子看了一眼米莱，又叨唠了一句。

陆涛还是听到了，他一把握住华子的手："有什么呀？不就是肉做的衣服架子吗？一帮蠢货！"

华子乐了："嗯，这么一说，我心里好受点了。"

"华子，我觉得只能抱着这样的想法看她们，那就是她们与我们无关。"陆涛再次强调了一下他的想法。

然而就在此时，夏琳出来了，陆涛的眼光被吸引过去，台上的夏琳，骄傲而漂亮，迈着猫步，裙子被身体荡得飘向两边，米莱和关鹏向夏琳招手，并与大家一起鼓掌。

夏琳走到前面，慢慢地转身，陆涛注意到她的眼睛，带着青春的孤芳自赏与纯真，这目光击中了他的欲望。这感觉他曾有过，但不曾如此强烈，甚至叫他忘记呼吸，顿感到喉头被什么东西顶住了，他知道，那是自己同样年轻的心跳。

❈　吸引

演出结束后，华子走了，米莱、陆涛和夏琳一起钻进关鹏的汽车，一起去吃宵夜。关鹏和夏琳坐在前座，陆涛和米莱坐后座，陆涛正坐在夏琳背后，他用手搭在前座的靠背上，汽车一晃动，他无意中碰到夏琳的脖子，夏琳回头看了他一眼，没说什么，又把头转了回去。米莱一眼看见笑了起来："夏琳，我们家陆涛帅吧？下次再看他可不能免费了啊！"

"没错儿，帅得跟王八蛋似的。"夏琳再次转过头，对着米莱笑道。

在饭馆等着上菜的时候，四个人面面相觑，不知道说些什么，还是米莱转了转眼睛，看了一眼关鹏，然后挑起眉毛对夏琳说："夏琳，关鹏叫我向你带句话儿。"

夏琳转头看着关鹏："你怎么不直接跟我说？"

"他不好意思。"米莱替关鹏答道。

"看来你们俩关系比我们俩好啊。"夏琳说道，说完看了一眼陆涛。

"服务员，要一碗浓醋来。"陆涛立刻做出反应。

夏琳满意地笑了："陆涛，你喝还是我喝？"

这话儿说得陆涛心神荡漾，他感到夏琳喜欢他。

"要不，要两碗来？"陆涛抖了一下机灵。

米莱和关鹏笑了。

"配合得够好的呀，不用装都是天生一对的样子！"连米莱都心领神会了，她分别看了一眼夏琳和陆涛，酸溜溜地说。

夏琳斜了关鹏一眼："什么话呀，关鹏，当面儿说说吧。"

看来还是夏琳更机灵，她一下子把目标转移到关鹏身上。

关鹏看米莱，他想让米莱帮他说。

米莱用一根细筷子指着夏琳："你男朋友想问你，要是爱他，为什么还要丢下他出国？"

夏琳对答如流："这叫什么问题？——这是两回事儿！"

关鹏接上："人家米莱喜欢陆涛，就不出国了！"

"真的？"夏琳疑惑地望向米莱。

"这是刚决定的。第一，我舍不得他；第二，也不放心，怕我前脚儿一走，后脚儿他让别的女人给抢了。唉，这方面，大家可都不是吃闲饭的。"说最后一句话时，米莱用肩膀撞了一下陆涛。

米莱的决定让夏琳更加肯定了，自己一点也不爱关鹏。

"夏琳，你对米莱的想法有什么意见？"关鹏问。

"她爸是大款，她想走就走，想留就留，我为去法国准备了多长时间，花了多大精力，你不是知道吗？"夏琳针锋相对。

米莱看着两人摇摇头："看来你们俩的出路只有一条了。"

"是什么？"关鹏问。

"关鹏，关了你的公司，跟夏琳一起去法国吧，在陪着她看着她之余，随便学点什么，以后和她一起回来开家时装公司。"米莱轻松地说。

"那怎么行？我——"

不等关鹏说完，米莱便打断他："夏琳，你看，他不肯为你作牺牲，他不爱你！"

关鹏有点着急了："哎哎哎，米莱，今天你要不把我们俩拆了，就不算完啊？"

米莱说："我这是预防针，叫你们在心理上有个准备，谁让你们俩都是我朋友呢？夏琳这一走，两年到三年，谁知道这中间会发生什么？要是说你们俩都会一直死等对方，鬼才相信，反正我不相信。"

看到大家在讨论前途时发生冲突，陆涛很高兴，他跟上一句："我也不信！"

夏琳的目光却一下子刺向陆涛："陆涛，你怎么不陪米莱去美国呢？"

陆涛叹口气："我不知道我去美国干什么？她也不知道。我觉得要是混，也是在国内混更方便。"

这种迷茫的态度反倒叫夏琳不知说些什么好了，她望向关鹏："可学时装设计当然是法国好了。"

陆涛笑道："我学盖房的都懒得出国学，你一个做衣服的跑法国学什么学啊，回家买台缝纫机想做什么就做什么呗！"

夏琳笑了。

陆涛接着打击她："你笑什么？有什么可笑的，你扑的事儿我懂，先做两件衣裳，找点漂亮姑娘穿着拍点照片什么的，叫人看着觉得特顺眼，卖个高价，好多骗点老百姓的钱。最好的叫什么高级成衣的，也不就是给有钱人做贵衣服，叫他们出门混的时候显得跟咱老百姓不一样吗？"

夏琳反击："照你这么说，时装就没有文化意义啦？"

"有啊，骗人和骗自己的时候，尤其有用！"

"哎，米莱，你找的这个男朋友怎么那么愤世嫉俗啊？"

"哟，夏琳，说不过的时候想起我了？刚才一小会儿，你们聊这么热闹，完全当我们不存在，哎，你想想，合适吗？为什么不回家以后打电话聊呢，也免得当着我们的面儿，有些话说起来不方便？"米莱半真半假地说着，一边还狠瞪了陆涛一眼，其实她是对夏琳有点不满意，当着自己的男朋友，抖什么机灵啊。

不料陆涛却接上一句："米莱，为气气你，我不得不问夏琳一句，你的电话号码是——"

夏琳兴奋地说："我也觉得有点意犹未尽——听说你聪明，我说20个电话，里面只有一个是对的，你记得住吗？"

"说吧！"

米莱的脸色一下子变了，她的声音也变得尖厉："夏琳，你疯啦，他记得住！"

"你信吗？夏琳？"陆涛说，他才疯了，现在，他心里完全只有夏琳。

夏琳眼睛盯着陆涛，仍用着开玩笑的语调说着："听着，1391183128，3294579，4272273——"

米莱把筷子往关鹏面前一扔："这饭没法儿吃了——"

陆涛一边记着夏琳的电话一边抽空问："我什么时候打？"

夏琳只是旁若无人地报出电话号码，脸上还带着笑意："1391152357，9076548，9912746——"

❀　　米莱的反应

夜色中，陆涛把米莱送到家门前不远，两人还在说着刚才饭桌上的事儿。

"你打呀，当着我的面儿打啊，20个电话一个个打，你不是都记得吗？你要记不住，我告诉你，连关鹏的电话也一起告诉你！"

"你怎么了，米莱？"

"我吃醋了。"

"除了吃醋，你还怎么了？"

"除了吃醋，还是吃醋！"

"这只是个玩笑。"

"你找我的时候，就是因为一个玩笑。"

"我不喜欢夏琳，行了吧？"

"我只是再次告诉你，夏琳是我最好的朋友。"

"最好的朋友，刚才你还吃她的醋呢！"

"我不是吃醋，是讨厌你，见着美女就兴奋！"

"你觉得，是夏琳更兴奋还是我？"

"哎，你是不是真喜欢她呀，没事儿，直说，要不我替你传个话儿？我看你们俩挺合适的！"

"真的？"

"你敢！"

"你到家了。"

"亲我一下。"

陆涛亲了一下。

"你还气不气我了？"

"不气了。"

"还说不说夏琳了？"

"不说了。"

"再见。"

"再见。"

"明天你干什么？"

"明天我回父母家，听他们指点我的破前途。"

"然后呢？"

"晚上跟父母吃完饭以后回我那儿。"

"我也去你那儿。"

"你不是明天有事儿吗？"

"有什么事儿啊？"

"好吧，电话联系。"

"再亲我一下再走。"

陆涛又亲了米莱一下。

米莱这才心满意足地松开他："再见，哎，对了，你什么时候去我爸那儿看看？"

"再说吧。"

"那好，再见了。"

"再见。"

❈ 陆涛的欲望

这一回离开米莱完全像是例行公事，现在，公事办完了，陆涛感到一阵轻松，接着，他的心又猛烈地跳动起来。夏琳，对，夏琳，是夏琳使他激动。深呼吸，不行；闭上眼睛，仍是不行。他想夏琳，他想抽烟，他想跟她说话。

不远处，一个路边小铺在夜晚亮着灯光，陆涛走进去。

"一盒中南海。"

老板把烟递给陆涛。陆涛的眼睛落到柜台上的一个红色的电话上，他犹豫了一下，快速打开烟盒，抽出一支烟，点燃，深吸了一口，然后把手伸向电话。

陆涛抓起电话，开始拨号。

20个电话，他都记得，但听筒里却不停地传出盲音。

突然，电话通了。

陆涛一下子变得浑身僵硬，他等着。

那一刻，夏琳刚刚下了关鹏的车，说了声再见，往家里走。

突然，她的电话响了。

夏琳走进楼道，电话仍在响，她把双肩背从后背摘下来，从里面拿出电话。

"喂？"

"我是陆涛。"

"是你啊——你真能记住20个电话？"

"我记住的是你。"

夏琳停住脚步，嘴张了张，却没有发出声，好像有什么事情要发生，是坏事吗？管它呢，它更像是新奇的事，令人振奋的事。

夏琳听到陆涛的呼吸声，急促，粗重，她知道自己如何回答非常重要，她想说一句恰当的话，但她想不出来，她说出了最想说的话。

陆涛听到夏琳用坚定的声音对他说："我也记住了你。"

"我在，我在一个马路边上。"陆涛说。

"我在我们家门口。"夏琳说。

"我一个人。"

"我也一个人。"

"夏琳，我想见你，我有话对你说。"

夏琳拿着电话，犹豫了片刻。

陆涛的充满渴望的声音再次传来："夏琳，你在听吗？"

"你在哪儿？"夏琳作出了决定。

现在陆涛坐在小铺外的马路边上，他仍抽着烟，眼睛朝着前方不停地张望，烟雾里，一辆出租过来了，停在他眼前，他站起来，走到车边，拉开门，夏琳坐在后座上，陆涛钻了进去，坐在夏琳身边，把门关上。

"我们去哪儿？"夏琳紧张地问。

"去我那儿。"陆涛更紧张地回答。

门开了，陆涛进来，打开灯，后面是夏琳。

陆涛让夏琳进来，然后关了门。

夏琳环顾陆涛的房间。

陆涛靠着门，站在夏琳背后，看着她。

夏琳回头，看着陆涛："你想对我说什么？"

"我喜欢你。"

"什么？"夏琳挑起眉毛。

"我喜欢你。我喜欢你。"

两人相互看着，想说的全说了。

这时，夏琳电话响了，夏琳接。

陆涛听到夏琳对着电话说谎："对，我要睡了，是的，我很好，再见。"

陆涛电话响了，他看着夏琳。

"你的电话，接吧。"夏琳说，她知道那是米莱。

陆涛拿起电话："对，我已经睡了，好吧，明天晚上打电话。"

陆涛挂了电话，抬眼看到夏琳已走到门口。

"我想我还是走吧。"夏琳说，她想退缩了。

陆涛一下子冲到夏琳身边，按住她的手，把夏琳的手按在门把手上，夏琳抽了一下，没抽出来，她的双肩背包从另一只手中掉到地上，发出"咣"的一响。

陆涛用脸贴住她的脸，抱住她，吻她，她那么好，每一下都接受，却不被动，腰挺得直直的，也抱着他，让他感到，她也要他，像他一样想要。

他们同时发现自己与对方的欲望，自由而疯狂，什么也拦不住，也许那就是一切，但同时，有些他们以前认为很牢固的东西忽然粉碎了。

✿ 接下来的事情

已是第二天上午，陆涛在从冰箱里拿一听可口可乐和一盒饼干，然后关上冰箱门，走出厨房，进入自己的房间，坐回床上，把吃的东西递给夏琳，然后抱住她的肩膀。

夏琳穿着陆涛的一件长T恤，坐在床上，她靠着陆涛撕开饼干的包装纸，陆涛点燃一支烟。

"你也吃点吧，反正最坏的事都已经结束了。"夏琳笑着说。

"对不起。"陆涛在她耳边轻轻说。

夏琳笑了："别假惺惺的了，你要是非说对不起，也是向其他人说才对。"

"我爱你。"陆涛说。

夏琳停止吃东西，看着陆涛。

"接着吃吧。"陆涛说。

夏琳接着吃饼干，陆涛把可乐打开，递给夏琳，夏琳喝了一口可乐。

"我从没有过这种感觉。"夏琳说。

"我也是。"

夏琳说："我爱你。"

陆涛吻夏琳。

夏琳的电话响了。

夏琳看一眼陆涛："是关鹏，他要送我去我的法语老师那里去练口语。"

"你去吗？"

"我脑袋里嗡嗡的，哪儿说得出法语？"夏琳叹口气，夏琳等铃声响完后，拿过手机看一看，放回原处，"没错儿。"

陆涛用法语说："我爱你，我不想你走，我觉得你又好看又温柔，你要是非要去学法语，跟我学吧。"

"你真会说法语？"

陆涛笑了："我小时候学过一阵儿，我爸逼着我学的，现在差不多忘光了。"

夏琳拿起电话，拨号，然后对着电话说："喂，啊，是啊，我在同学家，关鹏，我今天下午要帮她改衣服，比赛用，所以不去学法语了，咱们晚上再联系吧。好，好，就这样。"

夏琳挂了手机，看着陆涛。

"你怎么不让我跟你男朋友讲两句法语，我法国骂人话说得好着呐。"

夏琳淡淡一笑，没说话。

"哎，你们怎么认识的？"

夏琳笑了："原来关鹏老找米莱，后来米莱看上你，他一失恋，就改找我了，我一想，不花钱多一个司机，就答应了。"

"你生活态度比我还不严肃啊？"

"唉，我这人的缺点就是爱谈恋爱，从高中就谈起，结果差点没考上大学，幸亏服装学院好心要了我，教我学做衣服，不然真不知以后能干什么——哪儿比得了你，小天才，一下子能记住20个电话号码！"

"我学过快速记忆，也是我爸逼我学的，其实我能记住40个电话，要试试吗？"

"我估计，要是想记，你能记400个。"

"你讽刺我。"

"哟，我哪儿敢呀，米莱把你夸得就跟明天就要去领诺贝尔似的。"

"其实我是个蠢货。"

"证明给我看看。"

"我没有早点认识你，这够了吧？"

"反正我下个月就要去法国了，听酸话的机会有一次是一次。"

"你要是非去，我也去。"

"你怎么去？"

"自费留学，我爸在法国有朋友，想想办法，也许能办成。"

"你自己的想法呢？"

"我？我不知道，不知道我到底想干什么，也不知道我要底想要什么，上学的时候一直苦学，就是想忘掉这类问题，一毕业，我一朋友自杀了，忽然，问题全来了。"

"你喜欢谈恋爱吗？"

"我不知道，我只是随波逐流罢了，大家谈，我也谈。"

"那你为什么给我打电话？"

"我不知道，像是有什么东西控制着我，非打不可，20个电话在我脑子里转来转去，我倒着给你背一遍吧。"

"得了吧，除了我的电话，其余的我是随口瞎说的，早忘了。"

"那你为什么接我的电话呢？"

"我一猜，就是你。"

"为什么？"

"也许我觉得挺刺激，也许我觉得这辈子怎么也得有一次一见钟情——我爱你。"

"我爱你。"陆涛抱紧了夏琳，吻她。

陆涛的电话响了。

"是米莱的。"陆涛说。

夏琳的脸僵住了，她迅速跳下床："我去洗手间，你接吧。"

❀ 难分难舍

一天过得像飞一样，分手竟成了一种难以想象的痛苦，陆涛起初还开玩笑说"一点不像一夜情"，但是在街边的路灯下，他什么也说不出来了，只是紧紧拉住夏琳的手，他强烈地感到不想离开她，他只想跟她在一起。

夏琳与他具有很相似的情感，但却体力透支，她非常想不管不顾地倒头大睡一觉，她劝他："米莱一定在等你，别送了，都送了好几遍了，我腿都要抽筋了，我真的要回家了。"

"就送到你们家门口。"

见夏琳站着不动，陆涛又说："我不拉着你的手行了吧？"

"别任性了，也别对我说话了，我受不了。"

"我也受不了。"

夏琳努力使自己站直："这是第一次私下见面，也是最后一次，我把它当作出国前的最后一次恋爱。"

"可我觉得这是我第一次——"

"你别说了，我们做了错事，全怪我。"

"怪我。"

"再见。"夏琳果断地说，然后离开陆涛。

"对不起。再见。"

夏琳走了几步，忽然回转身来，扑到陆涛身上，她不能装成离得开他的样子，她吻他，她受不了自己。

夏琳伏在他耳边说："陆涛，我不爱你，我得走了。"

"你把我嘴咬破了。"

"你怎么对米莱说？"

"我说，是夏琳干的。"

此时，夏琳电话又响了。

陆涛恨恨地说："我能接吗？你要让我接，我就说，喂，关鹏吗？我是陆涛！"

夏琳迅速转身走了，她不想让陆涛听到她和关鹏说话了，事实上，她自己也突然不想跟关鹏说话了。

陆涛望着夏琳匆匆离去的背影，嫉妒而忧伤，他的耳朵里只是她长长的电话铃声。是他和夏琳错了，还是他们错了？

❀　　约会

陆涛与夏琳都失控了，他们频频约会，匆匆约会，不管不顾，痛苦、绝望、剧烈，如同一把熊熊大火，那是两颗焦灼而孤独的心，那是两颗疯狂而年轻的心。

总是接吻、做爱，以及令人不安的甜言蜜语。

到处都是他们的身影，公园里，大街上，陆涛的住处，他们除了在一起，什么都不关心，偷偷摸摸到丧心病狂的程度。他们躲避着米莱与关鹏，躲避着朋友与别人，他们躲避着这个世界。

陆涛总是觉得夏琳要说"我要走了，来不及了"，事实上，夏琳一直在这么说，但是，她说了多少次后还是靠在陆涛的怀里。

就在这期间，米莱装修好了杨晓芸她妈何翠凤帮她租的房子，那房子正在陆涛的住处对面的楼里，后窗斜对着陆涛房间的阳台，米莱要在不久后给陆涛一个惊喜，而何翠凤却已经得到了惊喜。她没想到米莱大手大脚到如此程度，总之，她从材料费到人工费里东扣一点西扣一点，房子装好后，竟给杨晓芸买了一个彩屏手机，其实她买了两个，自己留了一个。

陆涛与夏琳吵过一回架，那是正当他把她推到床上时，夏琳的手机响了，陆涛把夏琳要接的手机抢过来摔坏了。

"为什么？"夏琳问。

"为什么？我嫉妒，我受不了。"陆涛眼圈红了。

晚上，陆涛跑到夏琳家楼下把手机还给夏琳，并且可怜巴巴地说着一个不好笑的笑话："我修好了，给你——你能答应我，除了我的电话，谁的也别接吗？"

夏琳觉得这一段炽烈的感情变得越来越苦涩了。

"你能抛弃米莱吗？"夏琳忽然问陆涛。

"只要你跟关鹏分手。"

"从见面那一天起，我们一直在做着不应该做的事情，真不知道怎么收场。"夏琳叹道。

陆涛点点头，同意她的观点："只是，为什么我们忍不住去做？"

"其实，是你对自己没信心。"有一天，陆涛嫉妒心发作，对夏琳说。

"我有。"夏琳说。

"那为什么喜欢关鹏，他不就是比我更有钱吗？"

"我那时喜欢他。"夏琳说。

"你喜欢他送你两千块的名牌上衣。"

夏琳笑了："这上衣送你吧。"

片刻，夏琳便把上衣脱了，用牙一咬，撕成两半，团成两团，分别扔在陆涛身上。

这让陆涛觉得，夏琳为他做什么都可以，夏琳不是暂时的喜欢他，而是，怎么说呢，对他越来越充满深情。

接下来的晚上，陆涛与米莱一起逛了街，下起了雨，米莱给陆涛买了一把雨伞后，跳上出租车回家了，陆涛到法语班外面等夏琳放学。雨越下越大了，夏琳一出校门就看见了他，猛跑几步，钻到了他的伞下，夜色中的雨混着树叶的香味笼罩在他们周围，两人在伞下接吻，一阵狂风吹飞了雨伞，夏琳要去追，陆涛拉住她，继续接吻，两人都淋湿了，夏琳听到陆涛冰凉的声音："我离不开你，一步也离不开，我每一秒钟都在想你，每一秒，每一秒。"

❀　　分手

这一切都太狂热了，夏琳越来越觉得不安，她总是想见到陆涛，抱着他，她无法控制自己。这是她以前从未有过的感觉，但她决定使自己冷静下来，于是约陆涛到后海谈话，两人坐在湖边的咖啡馆桌子两侧，四目相向。

"我要去法国了。"夏琳几乎是呻吟着说。

"为什么去法国？"陆涛听起来似乎很冷静的声音传来。

"为学习。"

"为什么学？"

"我也不知道。"

"为什么？"

"为什么？为了躲开这里，为了看看巴黎，为了离开你——行了吧？"

"别去了。"

夏琳看着陆涛，没说话。

陆涛从口袋里拿出一本护照推到夏琳面前："我也去，我已提出申请。"

"你学什么？"

"管它呢——我去找你。"

夏琳看着陆涛。

"我比你晚到二个月，你要是学费不够，我就打工供你——"陆涛认真地说，似乎这件事已经办成了。

夏琳按住陆涛的嘴，摇头，再摇头。

"从我们认识到现在，我没睡过一次好觉，离开你的每一分钟都叫我受不了。"陆涛叹了口气，绝望地说。

夏琳再次按住他的嘴，然后说："别说了，再也别说了——我也是！"

夏琳的电话响了。

"是关鹏，跟我说打折机票的事。"

陆涛忽然站起来："你们说吧，再见，我先走了。"

夏琳叫道："陆涛——可是，明天晚上我就走了。"

陆涛头也不回地走了。

夏琳觉得这就是分手。

窗外，陆涛的背影显得很痛苦，也许他的心里比他的背影更痛苦。

✿　　出发前夜

夏琳回到家，这是一个老式的两居室，厅很小，只有十平方米左右，曾经，她对外界满怀好奇，试图从这里走出去，现在，她心里乱极了。

夏琳与一家人吃了顿晚饭，妈妈亲手做的菜，父亲夏春生虽然与母亲离婚了，但今晚也来了，夏琳一走，曾经的一家人，就要天各一方，饭吃得有点伤感。

直到关鹏过来后，气氛才好一点。

关鹏看着地上两个大箱子打开着，里面装满了夏琳出国要带的东西。

"全收完了吗？"他问。

"完了。"夏琳说着，把最后几件衣服装进去。

夏琳妈拿着一条小毯子过来："还装得下吗？这是你最爱盖的毛毯。"

夏琳和夏琳妈往下塞毛毯，盖不上。

"妈，算了吧，这毯子不用带了，关不上。"

关鹏坐在一边打电话："我明天下午的会不能开了，我女朋友出国，我送她去机场，对，移到中午吧，中午一点半，对，通知一下吧，好。"

这时，夏琳的电话响了，夏琳接："喂，米莱呀，谁成天不见呀，这不忙呢吗——噢，明天机场见吧，乱死了，算了，不用你啦，对，关鹏送我，噢，你和陆涛在一起呀，问他好，对，别过来了，真的，真的，好，明天见。"

夏琳放下电话，只见关鹏正奋力把毯子装进箱子，硬是把盖儿盖上了。

"夏琳——瞧，好了——这一下你连毯子都有了——"

"你说什么？"夏琳恍惚地说。

夏琳的心里就像长了草，她觉得所有的话听起来都显得又空洞又没意思。好不容易离异的父亲走了，她送他下楼；关鹏也走了，她同样送他下楼。关鹏与她吻别的时候，她觉得那吻陌生而生硬，她完全掩饰不住对关鹏的冷淡，好在关鹏并不在意，他用另一种方法理解她，她完全弄不清他是怎么理解她的，她更弄不清，他怎么能理解她？

总之，最后，关鹏走了，连母亲也睡了，她回到自己的房间，坐在床头，电话拿在手里，她拨了一遍陆涛的电话，只是想最后听一下他的声音，却只听到电话的盲音。他不在，说不定与米莱在一起，或者，他会为她喝得大醉吗？

她把电话握在手里，打算睡去。

电话响了，夏琳看着电话，不接，那是陆涛打来的。

终于，三秒钟后，夏琳接了。

陆涛的声音传来："我想你。"

"你在家吗？"

"在。"

"一个人？"

"是。"

"米莱呢？"

"刚走。"

"明天早晨我去找你。"夏琳听到自己这么说。

✿　　疯狂

夜里，夏琳觉得自己睡了四个小时，其实只是睡了半小时，她昏昏沉沉地等待天亮。她要走了，她很可能再也见不到陆涛了，等她回来，他可能已经结婚了，更可能，她已经不爱他了，现在是她最爱他的时候，只要抱着他，她便会感到踏实，而他不在的时候，她就得面对尖锐的思念。

天一亮，夏琳便从自己的房间冲出，往外就走。

夏琳妈问："一大早去哪儿啊？"

"去同学家拿本书！"夏琳胡说着什么。

"那什么时候回来？一会儿你爸夏春生还要过来呢。"夏琳妈只听到关门声，夏琳已经出去了。

夏琳飞速地下楼梯，最后三节楼梯她纵身一跳，她感到自己在冲向他，这让她兴奋。刚出了楼门，夏琳便飞跑起来，撞着一个拎着菜篮子的大妈，把她从早市上买的菜篮子撞翻了，绿油油的菜撒了一地，但夏琳没有帮她去捡，她只想快跑，越快越好，一直冲入他的怀抱。

坐进出租车时夏琳气喘吁吁，感到某种最后时刻的压力。

最后时刻？分离的时刻？

出租车在移动，玻璃窗外的所有景色与人物都在向后退去，这一段时间就要失去了，夏琳哭了——她不得不面对自己真实的情感，她舍不得他。

❀　　最后时刻

太煎熬了！陆涛彻夜未眠，夜里他几次感到自己灵魂出窍，什么是重要的？见到夏琳才是重要的，和她在一起是更重要的，但她要走了，所以没有什么是重要的了——也许，随着夜色退去，天光渐渐放亮，陆涛觉得离别时最后要对她说的话是重要的——他知道她要来，他知道她会来，她会听他说最后几句话，他也等待她最后几句话。

此刻，他就站在房间当中，一个人自言自语。

"你好，夏琳，祝你一路顺风，这是我送你的礼物（一个小发卡），别在头发上，不占地儿。"

"我和米莱一起送你，别忘了在机场入关的时候哭一场，和那些除我以外的所有人抱头痛哭，这是规矩，大家都这么干。"

"HI，我两个月以后就到了，等着我，别和法国帅哥眉来眼去的啊！"

门"吭"地一声开了，夏琳愣愣地站在门口。

陆涛回头，两人相互看着对方，陆涛张了张嘴，却一句话也说不出来，夏琳也是。

夏琳咬了一下嘴唇，踢掉鞋，边脱衣服边往陆涛的卧室里走，嘴里说："我只能待一会儿，上午还有好多事儿。"

经过陆涛的时候，陆涛一把抱住她。

陆涛怀里的夏琳，又热又软，像是已经昏过去的样子。

夏琳用手指揪住陆涛："我想你！快一点！"

陆涛发现，夏琳进来后，连门都没关，他过去把门关上，锁好，回头一看，夏琳已上了床。

陆涛走回到床边："夏琳。"

夏琳已经钻进被子里。

"我不是想要这个。"陆涛说。

"我也不是。"夏琳说。

但他们都需要这个，他们太需要了，他们曾拥有很多秘密的高潮，那是他们相互需要的顶点，那是些秘密时刻，他们在灼热中一起死去，又一起复活，他们对谁也不曾说出，甚至在心里，他们也不是当真认为，那是他们最深的渴望。

现在，陆涛就向夏琳压过去，他们要重温那些年轻的死去活来。

随后是颤抖、喘息、汗水与尖叫。

夏琳的脸像是透明的，如同她的泪水。

这时，他们觉得该结束了，什么都该结束了。

时间与空间将会隔断他们。

陆涛捧着夏琳的脸，觉得她是如此美丽。

夏琳抓住陆涛的手，感到以后再也抓不住。

分手是那么忧伤，如同绝望。

"对我说点什么吧。"夏琳说。

"昨天一整夜，浑身冷凉，因为我知道了，没有你的世界，是那么冰冷，一直冷到我心里。我一直在发抖，我知道我是害怕失去你，夏琳，我要你，我要每时每刻都和你在一起。"

"我想给你打电话，可是我怕听到我的声音你会心碎，你会来法国找我吗？"

"一定。"

"两个月以后？"

"两个月。"

"可是两个月，我觉得我等不及了，60天。"

"1440个小时，86400分钟，5184000秒。"

"我知道，我知道，我也一夜没睡，我知道那感觉，当我一个人想你的时候，时间会过得特别慢，特别慢。那么慢的时间，叫我觉得害怕，好像地球停止了转动，太阳再不会升起。"

"我也没睡，我以为过了一小时，其实只是五分钟。"

"我爱你。"

"我爱你。"

他们接吻，他们再接吻，他们觉得离开一分钟都很困难。

夏琳指一指挂在墙上的石英钟："我最多只能待一小时。"

然而一小时过去了。

他们在一起喝水，说话。

另一个一小时过去了。

夏琳与陆涛接吻："最后一下。我必须走了，我必须走，我们最多只有十分钟。"

十分钟后，两人在街上一起走，夏琳要拦一辆出租车。

"再走三十米，反正已经晚了。"

夏琳放过了出租车，两人接吻。

忽然，夏琳惊叫一声。

"怎么了？"陆涛问。

"我包儿落你那儿了，护照、机票都在里面。"

两人手拉手往回跑，为了跑得快一些，两人的紧紧拉着的手不情愿地松开。

"会不会跟米莱撞上，她不是说要找你吗？"夏琳气喘吁吁地叫道。

"不知道——快！"

"要是碰上米莱——"

"别管这些，快，快！"

❀　　米莱的行动

　　此刻，米莱正在家里绕着餐桌团团乱转，就是不坐下来吃早点。

　　米莱的爸爸米立熊小声地叨唠：“哎，你怎么用我的电话，边儿上那不是你的电话吗？”

　　米莱妈接口道：“这孩子这一阵儿慌得什么似的，唉。”

　　米莱的电话终于打通了：“关鹏，是我，米莱！”

　　接听手机的关鹏正坐在会议室里开一个会，他匆匆地站起来，走出会议室外：“啊，我正开会，怎么样？”

　　“我这儿还没有夏琳的信儿，噢，她妈说她一早就出去了，说要拿一本什么书！”

　　关鹏说：“我上午也给她打了两个电话，手机没人接，我最近一直觉得她好像有点不对劲儿——”

　　“我也觉得。”

　　“陆涛呢？”

　　“别提了——唉，先不说了，我先去找陆涛了，咱们夏琳家见！”

　　米莱说罢，一阵风似的跑出门去，“当”地一声撞上门。

　　她冲到街上，张手打了一辆出租车，到了车上才定了一下神儿，她估计陆涛是睡得太死了，电话都没听见，这种情况以前就发生过。

　　陆涛和夏琳终于跑回了陆涛住处，两人一先一后上了楼，累得都走不动了。

　　进了门，两人双双倒在床上，陆涛把夏琳的包交给她，不争气的眼泪却夺眶而出，夏琳伸出双臂，像一只小鸟那么可怜，陆涛抱住她，吻她，好像只是片刻，但当他们再次抬头，却看到墙上的时钟又过了近一小时，他们感到真是太颓废了。

　　夏琳的手机响了。

　　夏琳看一看手机，然后望向陆涛：“是关鹏。”

　　陆涛没说话，夏琳接电话：“喂，我在同学家，我马上回家，对，见面再说吧，好，好。”

　　夏琳挂了电话，用手摸摸陆涛的脸。

　　“我想杀了他。”陆涛说。

　　“别嫉妒了，我就要走了，他只是送送我，我不会再见他了。”

　　陆涛刚要说什么，他的电话响了。

　　“一定是米莱——接吧——”夏琳说。

　　陆涛看着夏琳，摇摇头：“我想，我是心碎了，我怎么能跑到机场去送你？我怎么能眼睁睁地看着你从我身边走呢？”

　　“一切都会好的，我在巴黎等你，每一天都等你。”

　　“我去找你，我一定去找你，一定去找你。”

　　他们拥抱，接吻，绝望，不忍分离。

　　而米莱坐的出租车到了，她下了车，蹬蹬蹬跑上楼，准备把陆涛敲醒。

"再见吧，我真不想说这句话。"陆涛对夏琳说。

"我就怕听这句话，下午到了机场，我求你千万别把这句话再说一遍。"

陆涛点点头："我听你的——走，我送你下楼，真的必须走了。"

陆涛向夏琳伸出手，夏琳也伸出手，两人拉上手，向门口走去。

就在陆涛要开门的一刹，米莱从楼梯上冲上来，"当当当"敲门。

米莱的声音从门的那一边传来："陆涛！陆涛！"

陆涛和夏琳一齐愣住了，两人交换了一下眼色，瘫软在门边的墙上。

他们不知如何是好。

门外的米莱拨通关鹏的电话："关鹏，陆涛不在，你找到夏琳了吗？啊？天哪，我觉得好像要出事了——好吧，我再给夏琳打个电话，我先往夏琳家走。"

米莱边拨夏琳的电话，边想着往楼下走，忽然，她听到背后的屋内竟传出熟悉的电话铃声，她停住了。

电话铃声是从夏琳的拉开的包里传出来的，夏琳和陆涛相互看一看，脸上露出绝望的神色——现在，一切全完了。

而门外的米莱皱紧眉头，她疑惑地慢慢地走向门口，电话铃声越来越大，她忽然瘫软地靠在门上了，泪水夺眶而出——她一下子全明白了，他们在骗她，她的男朋友，和她最好的女朋友，她爱他们中的每一个，而他们，他们与她近在咫尺，就在那一扇门背后，他们骗了她，他们一直在骗她！这是一种对她的否定，她从未被如此冷酷而生硬地否定过。

房间内，夏琳慢慢从包里拿出手机，看了陆涛一眼，然后一步一步走向阳台，陆涛跟着她，只见夏琳打开窗户，一抬手，把手机扔了出去。

夏琳苦笑着对陆涛说："好了，一切都结束了，这个电话永远不会再响了。"

陆涛点一点头，直到现在，他才开始了解自己，邪恶与爱，自私与热情，又一层人生的厚重的窗帘拉开了，但他仍看不清里面映现的东西，正如夏琳所言：好了，一切都结束了——他要她，明着要不行，就暗地里要，偷偷要。现在，她是他的了，就发生在光天化日之下，羞愧、无耻而真实——好了，终于没有什么可担心的了，人们都知道了。

✿　　结果出来了

一个月后，伤心的米莱办完了去美国留学的手续，在机场与父母道别。

送行的人里还有关鹏与杨晓芸。

米莱抱住杨晓芸："啊，对了，这是我租的那房子的钥匙，折腾了半天，我一天都没住，还有五个月才到期，你住吧，反正空着也是空着。"

"我让我妈给退了吧，剩下的钱我给你送你们家去。"杨晓芸说。

"不用，多麻烦啊——算我送你一礼物，以后有男朋友了你就会想念我，拿好了。"米莱说完这句话，忽然鼻子一酸，哭了。

杨晓芸也哭了。

这一幕，被躲在候机室大厅一角的夏琳和陆涛看到了。

两人站在一起，正在那里下决心。

夏琳深吸一口气："我先去。"

"还是我先去吧。"陆涛说罢，忽然大步走到米莱眼前。

"米莱，对不起，我来送你，祝你一切顺利，我对不起你。再见。"

米莱看着陆涛，眼泪一下子夺眶而出，她只是猛地打了陆涛一记耳光。

陆涛冲米莱笑笑，转身走了。

陆涛走回到夏琳身边，轻松地说："我说完了，该你了。"

夏琳鼓起勇气，走向米莱，一直走到她身边，忽然她发现关鹏正盯着她看，于是把脸转向关鹏："关鹏，对不起，我不爱你，谢谢以前你对我的照顾。"

关鹏低下头，没说话。

然后，夏琳看着米莱，米莱的嘴紧闭着，头略略低下，她没想到夏琳也敢来送她。

夏琳看到杨晓芸，她想对杨晓芸说什么，张张嘴，没说出来，杨晓芸用眼角扫了一下夏琳，转过脸去。夏琳只好把目光重新望向米莱。

反倒是米莱先说了："夏琳，你别对我说话，一句也别对我说，你说什么我也不会相信了，我什么也不相信了，我以后再也没有朋友了。我要去美国嫁人，永远不回来，永远不再看见你。永远不——爸，妈，我的行李呢? 我要入关了。"

夏琳站在那里，眼泪顺着面颊往下淌，喉头被堵住了，她感到喘不过气来，事先想好的要对米莱说的话，一句也想不出来了，她知道，自己对不起她，怎么说也是对不起她。

关鹏的声音传来："夏琳，你走吧，这是伤害，你知道的。"

夏琳神经质地点点头，冲米莱招了一下手，倒退着走："对不起，米莱，对不起，米莱，对不起——"

天空，一架飞机腾空而起。

里面坐着米莱。

所有的伤心、愤怒与痛苦都像行李一样跟着米莱腾空而起，消失在远远的云层上方了。

候机室外，陆涛抽着烟，夏琳挽着他的胳膊。

夏琳看看表："陆涛，米莱的飞机起飞了——她走了。"

陆涛点点头。

"现在，只剩下咱们俩了。"夏琳说。

陆涛吐出一口烟雾，像是要把夏琳的话裹在烟雾里。

接着，陆涛搂紧夏琳："以后，我们永远不分开。"

✿ 找工作

一个月后，陆涛和夏琳过上了任性的同居生活，新鲜劲儿没完没了，不过，夏琳仍没有找到工作，而陆涛开始四处面试。他们从情感巨大的漩涡中被甩出来，却被卷进一个更大的漩涡——生活。

陆涛四处面试，争取找到一个好一点的工作，他暗暗地打算对夏琳负起责任。这一天，他到一个写字楼里面试以后，看到一个过路的年轻老外在与她说着什么，当陆涛飞跑近夏琳，老外走了。

陆涛气喘吁吁地问："刚才那无聊老外跟你说什么呢？"

"他问我华润大厦往哪儿走？"

"你告诉他爱往哪儿走往哪儿走！叫你坐里面你非站外面，这不是找机会勾引流氓嘛，怪不得我面试那么不放心！"

"写字楼里面待着太闷，我出来走走。"

"你穿这么暴露，这不是给别人暗示嘛——你的肢体语言翻成中文就是：我正闲着，我好看，我年轻，COME ON——"

"滚——说正经的，你面试得怎么样？"

"正经的是，你以后出来穿得正经点，真想把我妈的套装偷出来给你换上，我就受不了别的男的看你，他们脑子里指不定想什么呢——有时候连我都想。"

"你怎么那么没出息！"

"我占有欲强着呢，受不了！"

"好好好，我听你的还不行，下次出来穿牛仔裤，高领T恤。"

"见男的过来就朝他脸上啐唾沫。"

"行！"

"那我放心啦——面试还行，他们挺想要我的，就是月薪太低。"

"多少？"

"起薪一千五，不算提成。"

"还可以。"

"可以什么呀，还不如要我的那家中法合资公司呢，月薪两千，出国除了差补，还有双薪，年终还有分红。"

"看来，你只有去那儿了。"

"我明天去报到。"

"我明儿上午陪我妈买东西，然后我回你那儿。"

"好。咱去找向南和华子吧，约的是三点，也不知他们工作找得怎么样了？"

夏琳一听就一副想走的样子："你又去台球厅吧？"

陆涛连忙拉住她："你也去你也去！一张桌儿上要没一美女，打起来都不提气！走，帮我们当当台模儿去！"

夏琳瞪了他一眼："那你不怕那儿有人看我啦？"

陆涛嬉皮笑脸地说："不怕，谁看你我就看谁！还有，夏琳同学，你也应该自觉点儿，有事没事儿多往我身上黏黏，别忘了你现在已经是有主儿的人了！"

陆涛和夏琳走到写字楼不远处他们停自行车的地方，各自骑上车，直奔台球厅。

❀ 相会台球厅

自从大学毕业以来，华子和向南就像是要住在台球厅里一样，从表面上看，他们疯狂地迷上了台球，不过，再细细看看，他们像是被迫如此，因为工作叫他们提不起精神来。

陆涛和夏琳走进来的时候，华子问候他们："陆涛！哎，夏琳，你好。"

向南却一杆儿打歪了："就受不了美女，看，这一杆全赖你。"

夏琳白了向南一眼，把T恤领口往上拉拉："谁让你往不该看的地方看的！"

向南却来劲了，他凑上去，盯着夏琳的胸部使劲儿看，嘴里嚷嚷着："馋得我够呛！馋死我了！哎，夏琳，你们学校还有没有跟你差不多水平的姑娘介绍介绍。"

陆涛接过话茬儿："我知道有一叫杨晓芸的，不过最近跟夏琳闹了点小别扭，过一段儿介绍给你。"

"别过一段儿啊，就现在吧，过一段儿我钱全让华子借走了。"向南仍在嚷嚷。

"向南，现在咱们可是两清啊。"华子一听，连忙反驳。

向南提高声音："胡说！你还欠我三百呢，我小本儿上记得清清楚楚！"

"把你小本儿拿来！"华子说。

向南小跑着去拿小本。

"华子，你怎么样？"

"天天卖旧车，干得还行，已经出手一辆了，其实现在买旧车最值，新车降价降得太厉害，也弄不清买什么划算。"华子说，只见向南从台球桌下面的他的包里找出一个小本儿往台球桌上一摔，这是他们之间的私人记账本，已经使了好几年了。

华子拿起来翻了几页。

"好吧，账面儿上是三百——不过，向南，前天宵夜可是我付的账，一共二百四，咱俩是不是得AA呀，减一百二吧？"

"那不行，你说要请我的。"向南得意地说。

陆涛拿起小本扔一边儿去了："你们这账要算到什么时候呀，也不嫌丢人！"

"是华子这人太赖了。"向南笑嘻嘻地说，这句话百试不爽，一说就能激怒华子。

华子果真嚷嚷起来："哟，向南，我赖？你才赖呢！大一时候借给我的钱也记着，还哥们儿呢！"

"大一时候借的钱到现在都不还，你还哥们儿呢！"向南针锋相对。

陆涛急忙打岔："哎哎，现在比分是多少？"

"五比二，打完这盘是六比二，看好了，那个袋啊。"华子说着，用力一杆，把黑8误打进另一个袋。

向南欢呼："五比三，下去！"

陆涛上了桌。

下来的华子和夏琳并排坐着观战。

华子问："夏琳，你找着工作了吗？"

"正找呢。"

"陆涛的呢？"

"还没定，刚刚还去一个公司面试。"

"以后买旧车找我，这是我的名片。"

"买不起！我们还是骑车吧。"

陆涛和向南也是边打台球边说话。

"向南，你工作怎么样了？"陆涛问。

"定了，我爸张罗的，去一做进出口的公司。听我爸一说，我以为到那儿就当总经理助理呢，没想到是当报关员，还领了人家一个大人情儿。第一件事是考证儿，又得学，又得背书，真郁闷！早知道这么累，当初还不如学个国际会计、法律什么的，学着没劲，听着难听，可随便干两年，月薪就能上万！真不知道为什么当初选了建筑，学完只能去房地产公司卖房子，还得长得顺眼，积极主动，你呢？"

"估计得去那个法国公司了，周末美术馆有一个法国印象派画展，去看吗？"

"算了吧，哪儿有那个心思，等我当上设计师再去看也来得及。"

"咱们班好像只有刘芳一个人找的工作是专业，还是给排水，真不知道在学校待四年是什么意思？"

"你还不知道？又是米莱又是夏琳的，左拥右抱，多来劲！我才真不知道呢！"

"滚！"陆涛喊着，打出一个跳球，把黑8击进袋中，赢了，夏琳跳过来欢呼，亲热地抱住陆涛，而陆涛却愣住了。

"你怎么了？"向南问。

"这一手儿还是高强教我的呢。"陆涛说。

向南和华子面面相觑，都叹了口气，低下头。

✿ 凡尔赛公司

当陆涛跟着一个穿西装的工作人员，走在凡尔赛设计公司内部走廊里的时候，他一点也不感到自己就要来这里上班了。每一天去一个地方工作，然后按月拿到钱，再用这些钱去生活——这种安排，在他看来有些神秘，不过好像人人都是这样。

"就是这里。"工作人员说，随即敲了敲门。

里面传出声音："请进。"

陆涛进去，门在他背后关上了。

这是一个二十平米大小的房间，墙上挂着一些木雕木刻之类的非洲艺术品，房间内部有一张很大的老板台，后面坐着一位四十多岁的男人，陆涛注意到，他的头顶几乎全秃了，只剩下数得出来的几十根头发，但他愣是能把这么点头发梳得井井有条，这真令人发笑。

"你是新来的陆涛吧，请坐，坐这里。"那人说。

陆涛坐在一张椅子上。

那人翻看着陆涛的简历，然后抬起头来。

经理："你叫陆涛，是吧？"

陆涛点点头。

"我叫付校，是总经理，但他们老叫我副总经理。你的材料人事部门拖了一个月才转到我手里，太忙了——我知道你是第一天来报到，我们公司的情况刚刚他们向你介绍了吗？"

陆涛点点头。

"你来的正是时候。情况是这样的，凡是来我们公司的新人，第一年都会被分批派到国外出差；第二年，出差时间减半；第三年，在原有基础上再减一半。小伙子身体怎么样？"

陆涛点点头："我身体挺好的。"

"那好，一般来讲，新人进公司，都会先在总部待上一个月，经过培训并且熟悉公司业务后，再被派往国外。"

"我能问一下，去哪个国家吗？"陆涛说。

"非洲，"付总经理得意地眨眨眼睛，"你也知道，非洲不比美国，不过那里也有举世无双的自然风光，咱们话说回来——怎么说呢，现在，我们这儿出现了一点新情况。我们在埃塞俄比亚有一位女同志，一直水土不服，坚持了三个月，现在实在是坚持不住了，胳膊肿成这个样子，但那边的业务却没有人顶得上。我们的工程需要一个监理，要不然那帮人不好好干活儿。你看过电视吧，他们基本上属于娱乐型儿的——这么说吧，你一个星期后就得先去南非分公司，在那里待上一星期，了解情况，然后直奔埃塞俄比亚，我们在那里有一个办事处。那位女同志已经走了，公司在那边的工程就由你负责，原来有个二外的新招来的学法语的学生，我们准备派他去，但他一不懂专业，第二呢，还向我们提了很多条件，这哪儿像刚毕业的大学生呀，他以为他是谁！年轻人就是要去艰苦的地方锻炼锻炼才能成才，是不是？——所以，我们准备派你去，业务嘛，其实很简单，一学就会，又是你的专业，你懂英语和法语，脑子清楚，到了那里，会如鱼得水，年轻人在一开始的时候吃点苦没坏处，你刚刚进来的时候看见外面停的车了吧？都是我们员工的，至少是帕萨特，是不是？我没骗你吧？你知道，在我们公司工作三年以上，你就会觉得这个公司还是很不错的——"

陆涛听得发起来愣来。

"你怎么想？"

"付总，我很感激，非常感激，公司给了我很好的工作机会，但是我不能要这份工作，我不能去非洲，因为我女朋友在北京，我不能走，我不能离开她！"陆涛慌忙答道。

✿　　怎么办

一出凡尔赛，陆涛便钻进他见到的第一个公用电话亭给夏琳打电话，想告诉她工作的事儿，但无论是夏琳家还是他自己的住处，都没人接。夏琳在哪儿呢？

陆涛走出公共电话亭，坐在马路边上了。

耳边是嗡嗡嗡的城市噪音，街上，车来车往。

正是中午，阳光刺眼。

此刻的夏琳正扶着她母亲周梅玉从公共汽车里狼狈地下来，周梅玉中暑了。

两人就坐在一棵树下，刚刚在超市买的大包小包的食物就散落在周围。

"妈，你好点了吗？"夏琳问。

"没关系。"

"我去给你买瓶冰水吧？"

周梅玉只是看着夏琳。

"能站起来吗？"待了一会儿，夏琳问。

周梅玉试着站起来："回家吧。"

"去医院看看吧。"夏琳不放心地说。

"我没事儿，琳琳，你是妈唯一的希望，妈的病在这里（指心）。你不出国，把那么好的机会丢掉了，我一直没想通——怎么想也想不通！"周梅玉对夏琳说出了心里话。

"妈，我留下来，就是想通过自己的努力，叫你不再夏天坐公共汽车中暑，有什么急事，拿起手机就可以打电话。"

话音未落，周梅玉又晕了过去。

夏琳摇晃周梅玉："妈，你醒醒，你醒醒。"

夏琳站起来，跑到街边招出租车，急急忙忙把母亲送进医院急诊，在那里，他们给周梅玉打上点滴，夏琳跑到急诊室的走廊里给陆涛打了一个电话，陆涛不在家，夏琳回到急诊室，等母亲点滴完，母女俩一同回家。

✿　　挣钱挣钱

晚上，夏琳回到陆涛那里，情绪有点低落，她跟陆涛还没说上两句话，华子就来了，他坐下就喊饿，三个人抽签，夏琳抽到下下签，只好进入厨房去煮饺子。

华子问陆涛："你那法国设计公司怎么样？"

"嘘，小声点。"

夏琳从厨房转进来："这是醋，一人一碟，这是蒜，谁爱吃谁吃。"

"辛苦了夏琳，我一边吃一边念着你的好儿，"华子假惺惺地说着，见夏琳没看他，又自言自语道，"美女煮的饺子，吃的时候只有一条要牢记，就三个字儿——要珍惜！"

"滚！"夏琳说完转身出去。

华子乐了："唉，姑娘啊，为什么一听表扬她们的话就激动呢？"

陆涛却叹了一口气："唉，我很失望，非常失望，他们让我一上班就去非洲，让我一星期后就动身，但我不能去非洲。夏琳为了我，连巴黎都没去，我不能离开她。华子，哥们儿现在的情况是，我必须工作，我急不可待，越快越好，我一天都不能等，但我又必须不能去非洲工作！"

话音未落，夏琳端着一盘饺子进来坐下："这是最后一盘，应该够吃了，这儿还有辣菜酱豆腐，可好吃了。"

华子只好说："这饺子真好吃。"

夏琳吃了一口："我也最爱吃这一种，湾仔码头，还是韭菜猪肉的最好吃。哎，陆涛，你今儿去那家法国公司上班觉得怎么样？"

"还行，不过我给辞了。"

"为什么？"夏琳差点儿就不吃了。

华子用筷子敲一敲桌子："还不是嫌挣钱太少，养不活你。"

"我哪儿用他养活？"夏琳柳眉倒竖。

"开玩笑——我是想再找找看，那儿出差时间太长，而且一去就是埃塞俄比亚，再说我不是离不开你吗？"陆涛说。

夏琳笑了："别自我表扬了，人家不要你吧？"

"像我这么年轻有为的人——"陆涛还没说完，夏琳便截住他的话头儿。

"唉，陆涛，说实话，要是巴黎你去不去？"

陆涛一拍桌子："不去！他们急需的人才是会埃塞俄比亚语的那一种人。"

"胡说八道！谁会说埃塞俄比亚语？你是不是嫌钱少？一开始，大家都一样，有工作就不错了。看人家华子，都卖起旧车来了！"

"生活所迫嘛，我最近也在想呢，难道在社会上混就这么难？我们还是学士呢，那些没上大学的人是怎么混的？"华子皱皱眉头说。

"你不是混得挺好的嘛，你以前就最爱开车，上大二就把驾照拿下了，现在天天开免费车。"陆涛说。

"我想开的是LANDROVER，要不悍马也行，但你看现在我开的——早就过时的名车，2020S吉普，六千块都卖不出去，你说出手以后能挣几块钱？"

夏琳听罢长叹一声："其实现在最想挣钱的是我，我爸妈三年前就离婚了，从那时候起，我必须每个月去找我爸要生活费，一次五百，每次去都觉得特丢人。我爸挣的也很少，住的地方比我和我妈那都差，但他很疼我，每次我去都把钱准备好，放在一个信封里，我过生日的时候，还多加一百。我妈身体一直不好，净看病，钱也存不下来，我妈老跟我说，我是她唯一的希望，说得我压力特大。我也得快点找工作，要不是准备出国，我去年就应该开始找。陆涛，你别着急，要是不喜欢的工作就别干，再等一等，我倒是有份临时工可以先干干。"

华子问："什么临时工？"

"就是晚上在俱乐部炒更，不收小费一晚上一百到两百，上学的时候，有一穴头就老找我去，我一直没答应，今儿我给他打电话，倒是挺痛快，叫我晚上去看看。"夏琳说。

陆涛一听说急了："你别去，一起步儿就落入那种地方，不好，工作我很快会找着的。"

"你到底想干什么？"夏琳问。

陆涛一拍桌子："挣钱！无论如何，这是第一步！"

华子也跟着拍桌子："对对对，挣钱！挣钱！挣钱！"

❀ 夏琳的面试

挣钱的意思就是找工作，这是夏琳和陆涛的正经事儿，他们每天发简历，从网上发，从邮局发。他们是被挑选者，要他们的地方他们觉得不好，他们想去的地方不要他们，总是这样。

一星期后，陆涛陪夏琳去一个时装设计公司面试，夏琳进入公司，陆涛等在外面，他感到社会的庞大，自己的渺小。

而夏琳此刻正面对着一个长得油头粉面、娘娘腔儿的男人，他用指头尖儿翻看夏琳的一厚摞简历及作品。

"这都是你的设计吗？"

"是。"

"作品很多嘛。"

"这都是我在学校的作业。"

等在时装设计公司外面的陆涛感到百无聊赖，他后悔身边没有带本书。忽然，他觉得自己很虚弱而无力，就只能这么等着，让夏琳去接受别人的挑选。他暗中发誓，一定要找一个好工作，改变这种情况，他将要使自己为了夏琳去工作。此时，他又打开钱包，里面有一张夏琳的照片，他拿出来仔细看，心里涌出一种异样的感动，为了她，要他干什么都是值得的。

公司内，夏琳等这个娘娘腔接完了一个长长的电话后，深吸了一口气，等待他的提问。

"对不起我忘了你的名字了。"

"我叫夏琳，夏天的'夏'，'王'字旁儿一个树林的'林'。"

"噢，夏琳，今年多大了？"

"简历上有。"

"花样年华啊，说实话，我们公司吧，本身就有三个有才华的设计师，连他们都整天没事儿干，我长你几岁，在这儿说句你不爱听的话吧，我在这行当里混了快十年了，见的事儿多了，当设计师没什么前途，有名的都挣不着钱，像咱们这种女人吧，自己出来干事业那都是幌子，真本事儿是找一个贴心的老公——"说着用手摸夏琳的头发，"你头发真好，我告诉你，最近我们公司代理一种焗油，觉得特别适合你这种发质——"

尽管这位面试官的动作很自然，夏琳还是忍不住地躲他。

就在陆涛恨不得想进去看看夏琳到底怎么样了的时候，夏琳出来，陆涛迎上去。

"怎么样？"

"别提了，走。"夏琳哭笑不得地说。

"怎么了？这公司不行？"

"碰见一男的面试，他跟我说，像咱们这种女人吧——我一听就崩溃了。"

"啊？"

"真的——他手比我的还软，还摸我的头发，弄得我浑身不自在，跑出来的时候差点撞门上。"

"他对你动手动脚啊？"

"不是，我看他就是——坏习惯——算了，再找别的地儿吧，咱去哪儿？"

"我妈非让我中午去她们单位对面茶馆一趟，说有事儿说。要不你跟我一走去吧，我妈也想见见你。"

"早说过，我不见。"

"那我先走了，回头电联。"

陆涛假装要走，被夏琳一把拉回来。

"我今天没事儿，想跟你在一起。"夏琳紧紧抱住陆涛，笑着说，她心里感到，其实什么找工作一点也不重要，重要的是，她要跟他在一起，"这样吧，我在茶馆外面等你，说完事儿快点出来。"夏琳把手放松后说。

陆涛点头。

❀　　新消息

陆涛和夏琳来到茶馆。

就像是上帝保佑，茶馆不远处，就有一个超市，夏琳去逛超市。

陆涛走进茶馆，只见母亲林婉芬很紧张地从一个小单间里探出头来东瞧西看。

陆涛叫了声妈，林婉芬却弯着腰慌慌张张向陆涛摆摆手，然后闪入单间，足见要跟他说的事儿不寻常。

陆涛走进去："妈，你这是怎么啦？太事儿了吧，这地儿还不如麦当劳呢。"

　　林婉芬却叫来一位小姐，那小姐不顾陆涛的焦虑等待，慢慢悠悠把功夫茶泡好，最后说了声"请慢用"才退下。

　　"妈，到底什么事儿？"陆涛问。

　　"这事儿已经拖了好几天了，我一直都不知该不该说。"

　　"说，说，干嘛不说？你看我茶都喝完了。"

　　林婉芬也喝了一口茶："你亲生父亲要回来了。"

　　陆涛一听笑了："哟，新鲜，从哪里来啊，走陆路还是水路？难道干脆是从天上——"

　　林婉芬没说话，轻手轻脚泡了一泡茶，推给陆涛。

　　"你不是说——他死了吗？"陆涛问。

　　"那是因为你小我哄你的，他没死，去了美国，二十二年了，忽然说要回来。"

　　"叶落归根呗——他多大岁数，是不是早了点啊？得了，这事儿用不着跟我商量，你别让陆亚迅知道就得了，我还有事儿，先走了。"

　　"陆涛，你正经点，我跟你说，你坐下！"林婉芬急了。

　　陆涛坐下了。

　　"你怎么知道他要回来了？"陆涛问。

　　林婉芬没说话。

　　"干脆说吧，你们是怎么悄悄联系上的？是不是也玩QQ啊？"

　　"去你的！我跟你说——他是托我们以前的一个同学带信儿来的。"

　　"那同学是谁啊，二十年前的红线也要牵？"

　　"你不认识——"

　　"噢——我想想，你和陆亚迅是同学，现在我这爸又托了一个同学，该不会是你和我亲生父亲也是同学吧？"陆涛说罢察颜观色，看没什么变化，就又说，"哎，妈，你们那时候就在学校搞三角恋啊！真够前卫的——妈，你们仨是同班的吗？"

　　"你怎么那么多废话呀？"

　　"我还说呢，学建筑的怎么那么乱，原来是传统啊！二十多年前就已经这样了——就爱听这个，求求你再给我说点你们那时候的风流韵事吧——"

　　"哎，我这跟你说正经的呢！"

　　"那好吧，说完正经的你再告诉我不正经的也行——刚才说到哪儿了？我这亲爸现在还能搞得你神神鬼鬼的，是不是以前更厉害啊？"

　　"有你这么跟妈说话的吗？"

　　"好好好，我错了，你接着说吧，咱四十块钱茶叶都喝了，到底什么事儿我一句没听着。他回来想怎么着？带着你远走高飞？说好了啊，要去法国你可得带上我，我有正事儿。"

　　"他说想看看咱们俩人，给咱们赔罪。"林婉芬突然说。

　　"他？"

　　"你亲生父亲叫徐志森，跟我和陆亚迅是同班同学，最开始追我的是陆亚迅，徐志森是后来从陆亚迅手里把我抢走的，就在我们快要结婚的时候，他接到美国大学的录取通知书，狠着心走了，那时候我刚怀上你。"

"那他不是一混蛋嘛！甭理他就得了。"

林婉芬叹了口气："你不会理解出国对那时候的人意味着什么，我们不说这个——"

"那他这次回来是不是想再抢你一次啊？"

"你说什么呢你！"

"好好好，我错了。"

"他是回来赔罪的。"

"该赔赔他的！二十年前的旧事儿重提，也不嫌麻烦！妈，让他直接跟你赔吧，我哪儿受得了一个快五十的人跟我说我错了我错了。"

"你别这么大大咧咧的，你听我说，徐志森这个人和陆亚迅完全不同，年轻的时候他是个很浪漫的人，很有才华，他祖爷爷还是个秀才呢，他特别想见一见你，毕竟，你是他在世上唯一的亲骨肉。"

"他在美国干什么，是有钱人吗？"

"听说他在美国生意做得很大很成功。"

"那叫他直接把遗产留我卡里吧。"

"你正经点儿！"林婉芬有点生气了，不过一时间却觉得这气生得不太恰当，于是话头软了下来，"就当是尊重尊重我。"

陆涛笑了："妈，你好强得还像二十年前的班花儿，我哪儿能不尊重你？你说要见，就见呗，你们俩叙叙旧，我在边上狂吃就行了，多点点菜。他要想看我，就在边上有事儿没事儿偷瞟我一眼，他看完我左脸我过一会儿再把右脸伸出去，前半身看完了，我上趟厕所再叫他看看我背影儿，我反正不说话，行了吧？还有事儿吗？没事儿我走了，今儿有一房地产公司还要面试呢！"

"徐志森回北京就是要做地产。"

"他是冲着中国人傻才往回跑的吧？"

"听说他做得很正规——"

"甭信他，正规什么呀，昨儿晚上我们几个朋友在东直门一小店儿吃火锅，他们还说自己正规呢，结账的时候连发票都没有，这边儿收着我们的钱，那边逃着国家的税，这算正规吗？"

"陆涛！"林婉芬这一回突然把声调提高了两个八度。

陆涛愣住了。

眼泪从林婉芬眼里涌了出来。

"妈。"陆涛有点意外。

"妈这还不是为了你！"林婉芬用哭腔说。

"妈，你别哭了，我去，我去，什么时候你一说我就去，我那儿不是有电话吗？你打过来告诉我一声就行，好吗？"

"他晚上就到了，想让你去接他。"

"我不去，"陆涛刚说完，却觉得不妥，又补了一句，"你去吗？"

"他没叫我，可能觉得我不方便吧。"

"那我去算什么？"

"我猜是他非常想尽快看看你。"

"别理这个自私的人，想见谁就见谁，他以为他是谁？"陆涛说。

"可是，他在国内没有亲人，下了飞机如果没有人接，心里会空落落的。"

"他走的时候怎么一点也不空落落的？"

"反正你也没事儿，去一趟怎么了？"

"我不想去。"陆涛强调说。

"那算了，再约时间吧。"

"行，那我走了。"

"这事儿别跟陆亚迅说。"林宛芬不放心地叮了一句。

"我知道，我知道，你看我跟他有话说吗？一张嘴就要教训我的样子，我才不搭理他呢，要不是尊重你的选择，我真想去婚介所替你——"

"你快走吧，又胡说八道了，你的话只能听前三句。"

"好吧，那我以后就说三句，我走了啊妈，那茶你再多喝几口，享受享受这环境。"

"路上小心。"

陆涛"啊"了一声，人已走到几步开外了。

"还有啊，你新找的那女朋友，有空儿带家里来让我看看——"

陆涛走了，林婉芬给自己倒上一杯茶，该说的都说了，她心里有点起伏，说不清是为自己的前途还是为陆涛的前途。

❀ 夏琳的态度

出了茶馆，没走多远，陆涛便看到夏琳坐在一个台阶上看书，看得很专注，仿佛这个世界跟她彻底的没有关系，那样子真是非常漂亮。

陆涛轻轻走过去，坐在夏琳边上。

夏琳歪过头，两人对视。

陆涛说："你看书的样子挺好看的。"

夏琳笑："你偷看我的样子挺傻的。"

"我知道——我准备以后也坚持偷看你。"

"滚，一边儿待着去！"夏琳用书打了陆涛一下，那是一本法国西蒙·波娃写的《回忆少女时代》。

陆涛叹口气："我们去哪儿？"

"你要非想请我吃冰激凌，没完没了地求我，我就跟你去。"夏琳半笑不笑地说。

"我求你。"

"那好吧——"夏琳的眼睛笑成一条缝儿。

"要是别的男的求你，你可不许这么说！"

"我当然不会这么痛快地答应。"

陆涛急了："你根本就不能答应！"

夏琳这一次脸上乐开了花儿，拖长声音说："那好吧——"

在冰激凌店里，夏琳心血来潮，非要用一把小勺喂陆涛一口冰激凌，陆涛东躲西闪，最后不得不吃了。

"当着这么多人——"陆涛嘴里含着冰激凌嘟囔着。

"哟！你的意思是，就剩咱俩的时候就成了？"

陆涛点点头。

"喂你冰激凌又不犯法，你至于吗？"

"公共场所，叫别人嫉妒，不好。"

"这你也知道啊，那还不珍惜珍惜这机会！"

"我加倍珍惜，要不你再——"

"滚，都让你吃了我吃什么！"夏琳把最后一口冰激凌吃掉，"哎，你妈跟你到底说什么事儿啊？"

"家丑可不能外扬。"

夏琳一下子坐到陆涛身边："我就爱听这个，讲讲！讲讲！"

"打死我也不说！"

夏琳凑过去，亲了他一口："求你，趁咱俩失业闲着没事儿，满足满足我阴暗的好奇心吧！"

"这事儿说来话长了。"

"越长越好，我就爱听长的！"

两人从冰激凌店里出来，一直走到一个街心公园，他们是拉着手走的，边走边说。

"我妈当时是班花儿兼校花儿——"

"你妈有我好看吗？"

"没有。"

"那我也要插一腿——"

"那时候你妈还没搞对象儿呢！这事儿轮不上你。"

"人家都说我妈年轻的时候比我好看。"

"现在她没戏了吧？"

"现在我妈也挺好看的。"

"得了吧，女的一老就全完。"

夏琳眉毛一竖地："我早就知道你不是什么好东西！"

"哎，夏琳，你这话说的可是一点根据也没有啊——我用杜拉斯的话告诉你，现在，我喜欢你年轻漂亮，等你老了，我喜欢你历尽沧桑的样子——"

"你计划让我在你那儿历尽沧桑啊——我说，陆涛，你过来，"夏琳拉着陆涛贴近自己，"说说，你打算以后怎么折磨我，把你的最卑鄙的计划说出一半儿来叫我听听——"

"夏琳夏琳——"陆涛想亲夏琳，夏琳笑着躲开了。

"我打算先娶了你再说。"

"做梦！"

"我一定不会像上辈人那样，你看，徐志森为了出国，抛弃了我妈，我为了你，放弃了出国。"

"是我为你放弃出国！"

"我也放弃了——那法国公司想把咱俩拆开，派我去非洲，我以你为榜样，没去！"

"有你这么说话的嘛——这巴黎和非洲一样吗？"

"对你我来讲，是一样的。"

夏琳亲了一下陆涛，她就爱听这种肉麻的话，听着还挺感动。

"这事儿是真的？怎么不跟我说？"夏琳问。

"要是他们让带家属就好了，和你一起去非洲——想想我就激动。"

"我想和你一起去巴黎。"

"只要我们在一起，去哪里都成。"

这句话竟使夏琳紧紧抱住陆涛，还亲了他一下，两人同时感觉到温暖。

"我觉得，你还是应该去接一下徐志森，怎么说他也是你亲生父亲。"夏琳建议。

"我才没那么贱呢——仗着他有钱，想怎么样就怎么样啊？"陆涛一副自视甚高的样子。

"我觉得他能回国，对你和对他，都是一个机会。"

"我倒是觉得，他要是能破坏一下我现在这个家庭，对我妈倒是一个机会，陆亚迅那人成天一副教训人的样子，别说看着，想想就恨不得对他说不。"

夏琳笑了："哎，你妈年轻的时候够风流的，一个人找俩儿。"

"你绝对不许学她！"陆涛也笑了。

❀　去不去

晚上，陆涛和夏琳来到酒吧，与华子、向南见了面。有时候，人们需要一个自由松散的组织，在组织内部获得一种相对自由，从而去回避那种孤独而冷漠的绝对自由。特别是在人的年轻时期，人们孤芳自赏，却又试图表达那种孤芳自赏的时候。

四个人在一起闲聊，话题是陆涛该不该去见一见他这位传说中的大款生父，一直泡到深夜，还没有结果，陆涛倾听大家的议论，当别人对生父胡乱猜测的时候，他的好奇心让他觉得自己应该去探明虚实，但大家叫他为自己的未来寻找机会的时候，他的骄傲上来了，觉得自己不该去，他并不需要这么一个可怜巴巴的机会。总之，结账的时候，讨论仍无结论，他们喝了大量的酒水，以至于不得不把各自的钱包翻了个底朝天，把最后一点零钱找出来。

向南看了一眼站在边儿上的服务员，问："还差多少？"

陆涛数完桌上的碎钱："三块。"

华子把眼睛望向服务员："三块就算了吧，下回我们还来。"

服务员摇摇头。

华子把目光望向南。

向南火一下子上来了："你看我干什么？"

华子笑了："向南，你没骑车吧？"

"没有——怎么了？"

华子笑得更坏了，然后循循善诱地劝向南："回头我骑车带你回家，这地儿我们以后还要来，逃单不合适。"

"我真没钱了。"

华子一把抓住向南的胳膊，把他揪过来，从他牛仔裤腰里面的小兜儿里摸出皱巴巴的五块钱扔桌上。

向南抗议道："你往哪儿摸呢！再这样我吐了啊。"

华子开心地笑了："基于我对你了解，哼哼，想在我面前装——哎，陆涛，你说有这么一自私的朋友也挺来劲的是不是？"

"这五块钱算你借我的啊，"向南一点也没觉得不好意思，说完话，便掏出一小本来记上，递给华子，"签字！"

华子接过本儿，把上面写的"8月4日华子向我借了五元"的五划去，写上"三"，然后把小本儿扔回给向南，他决心结束这个例行公事的玩笑："三块！"

"那找我两块！"向南不依不挠。

"那两块你买包烟请大家抽吧，咱这酒还没喝完呢！"华子建议。

"人家陆涛还要急着和夏琳一起回家呢。"

华子反驳道："人家什么关系啊，人家就是先走了，咱俩也得把酒喝完，不能浪费——哎，向南，我一会儿还要送你回家，咱俩什么关系呀，想想这事儿我就想吐！告儿你，一会儿坐我车后座儿上别用手抱我腰啊——"

"我？还是我带你吧——你别再碰我了就行。"

夏琳笑了："陆涛，他们俩怎么这么恶心啊——"

"你快给他们介绍女朋友吧，不然早晚得发展成同性恋。"陆涛改劝夏琳。

向南和华子同时反驳陆涛："不可能！"

四个人喝尽杯中酒，来到酒吧外，招手散去前，夏琳旧话复提："你们最后表个态，说，他该不该去？"

"不该去！"向南喊道。

"要有这么一爸从天下掉下来，我要不拦腰抱着他不撒手，那我就是疯了——陆涛，我跟你说，你这清高来得不是时候，这都什么时代了，早说哥们儿借辆奥迪替你去机场接啊，有什么磨不开面儿的？"华子语重心长地说。

向南一把拉陆涛："哎，陆涛，你这亲爸是真有钱还是假有钱，这事儿一定要先搞清楚再说。"

"他有钱没钱——这事儿跟我有什么关系啊？"陆涛提高嗓音问。

华子积极接口："当然啦，这是你妈年轻时犯的错误——到你这儿，还不积极改正一下？"

陆涛突然问："几点了？"

向南看看表："十一点。"

陆涛笑了："那飞机现在正好到了。"

华子干脆地说："那瞎了——咱没钱打的，赶不上了，不过陆涛，听哥们儿劝一句，现在跑步去吧？"

夏琳越听越觉得耽误时间，她一把挽住陆涛："别听他们胡说八道了——再见，我们走了。"

说着搂着陆涛走。

华子推过自行车，往向南面前一推："别看人家夏琳背影儿了，你骑还是我骑？算了还是我骑吧，你就看看我的背影解馋得了——"

向南悄声说："我不喜欢夏琳那样儿的。"

华子急了："这真像你打完草稿才敢说出来的瞎话——哎，走吧！"

✿　　徐志森

从机场一出港，徐志森的眼睛便在人群中寻找他想象中的儿子，他的助手吉米拉着行李箱跟在后面。但他只看到公司派来的两个前来迎接的人。

徐志森仍在东看西看，他觉得一定是哪里出了问题，接站的人很多，一张张陌生的脸，这些脸中，没有一张向他投来他希望的那种长久的注视。

徐志森一行人从候机楼里出来时，他还在东看看，西看看。最后，徐志森失望了，他长叹了一口气，又再次回头看看，终于上了前来接送他的奔驰车。

车开走的时候，觉得有种失落感。

晚些时候，徐志森入住一家灯火通明的五星级酒店，他住一个套间，并谢绝了晚餐。安排好明天的工作，大家便散去了，剩下他一个人。

在洗手间的镜子前洗脸，徐志森用手摸自己的头发，并趁机揪下一根白发，虽然同时也损失了两根黑发——他没能揪准。

他走到沙发上坐下，打开箱子，从里面拿出一个真皮小本儿，他翻开几页，上面有一个红笔划的名字，叫做黄中健，仍与他保持联系二十多前的老同学。

徐志森拿起电话，拨号，电话很快通了："喂，中健，我是徐志森，我回来了。"

电话另一头儿传来黄中健的声音："见到儿子了吗？"

"没有。"

"婉芬也没去？"

"我在机场等了一会儿，谁也没有见到。"徐志森非常使劲，才能用平静的声音说话。

黄中健在电话里停了片刻，然后说："我把你的话都告诉婉芬了。"

"啊，那谢谢，时间不早了，打扰了。"徐志森不再想讨论这件事了。

"改天一起吃饭吧，二十多年没见面了。"黄中健说。

"好。"

"那——"黄中健不知该说什么了。

"中健，方便的话，你告诉婉芬一声，就说我想请他们娘儿俩吃顿饭。"徐志森却一下子恢复了平静，用他一贯的不屈不挠的声音说。

"我一定转达。"

"多谢，中健。"

"你休息吧，志森。"

"好，中健，拜托了。"徐志森放下电话，找到一支烟，点燃，他咳了一声，把烟熄灭，站起来，茫然地在房间走了两步，然后走出门去。

徐志森漫步在北京的街上，已是深夜了，他看到一些街景，一些世界各地都有的店铺、汽车、行人，他的表情有点忧伤，他快五十了，他一个人，对于一个刚下飞机而独自漫步的人来讲，被寂寞袭击是很自然的。这个城市是他二十多年前拼了命离开的，现在，他回来了，他是陌生人，但他内心里却有一种希望。除去公干，他到北京另有使命，那完全是一件很重要的私事，尤其是对他，一个快五十的单身汉，一个成功人士。

✿　　旧话重提

徐志森回来几天后的一个上午，陆涛正在睡觉，门铃声响起。

陆涛忙起身，套上一条仔裤便跑去开门，门口站的是林婉芬，这使陆涛感到很意外，幸亏昨天夏琳回家了。

"妈，你怎么来了？"

林婉芬走进房间："几点了，还不起来？"

陆涛穿上衣。

林婉芬从口袋里拿出一个信封："陆涛，这是陆亚迅叫我给你送来的。"

陆涛想推开，林婉芬按住他的手："等你上班以后！"

陆涛接住了，那是他的生活费。

林婉芬又拿出一个信封："这是我给你的，你看你这身儿衣服，找工作也得买套像样儿的衣服，瞧瞧你，这样谁会要你！"

"我真的不用。"陆涛想推，他觉得现在仍接受家里的帮助有点羞耻。

"你还没独立呢！怎么着，想和家里划清界线啊？"

"行，这钱算我借你们的，工作以后还——我送你下楼吧。"

"别想轰我走，我还有事儿呢。"林婉芬说。

"什么事儿值得你旷工跑我这儿来？你们单位领导——"

"少废话——我不是给你送钱来了吗，你想饿死是不是？"

"好吧，我错了。"

林婉芬却不说话了。

陆涛做出一副嬉皮笑脸的样子："妈，咱俩谁跟谁啊——"

林婉芬瞪了陆涛一眼，又叹口气。

"妈，想离婚是不是？这事儿你可找对人啦，陆亚迅那样的人一间小屋一盏孤灯完全够使了，不用管他，你要有什么新的大小决定，我全支持！"

"你给我坐下！"

"我是想给你倒杯水。"

"不用。"

"妈，都说出来吧，我全支持，谁让你是我妈呢？"

陆涛总是最理解她，从她一进门，便知道她要说什么，林婉芬笑了："这可是你说的啊？"

❀　　别扭的决定

有关徐志森，事情的结果终于出来了。

晚上在台球厅，四个朋友又碰头了，台球厅满满的，陆涛、夏琳、华子、向南在坐着等位。

"你答应你妈了？"华子问。

"是。"陆涛回答。

宣布了结果之后，陆涛仍在自言自语："别扭，太别扭了！"

华子一指陆涛："你才别扭呢——这么好的事儿不去，疯了吧你！"

夏琳说："我觉得陆涛想的对，换我我也不去——原谅一个什么人都行，除了那个自己从没见过面的父亲。"

向南煽风点火："而且这父亲现在正牛着，一去，就弄不清是原谅人家呢，还是求人家办事呢！"

华子一指向南："向南，你厚道点儿，人家是亲生父亲！你嘴上这么说，要真换成你，早一溜烟儿没影了——"

陆涛仍在嘟囔："太别扭了！"

"哎，到底你妈想不想去？"向南问。

"我妈不想去，可是为了我，她想去。"

华子叹了口气："我脑子全乱了——"

"这事儿还有什么可说的，你都答应了。"夏琳说。

一服务员过来："有一个台子空出来了，你们可以去打了。"

华子和向南立刻站起来，向一张空台子走去。

"服不服？"华子问。

"不服！"向南回答。

夏琳瞟了一眼离去的向南和华子，拉着陆涛站起来："噢，对了，陆涛，我想把那个事儿定了。"

"你什么事儿？"

"我跟穴头儿说好了，晚上在俱乐部炒更，那人挺好的。"

"叫他滚蛋，这根本不是事儿！"陆涛一听就急了。

"一晚上一百，就在台上走一个小时。"夏琳笑着说。

"一秒钟也不走！"

"我想明天去看一看，我必须自己挣钱。"夏琳说完，也向球台边走去。

❀　　见到生父

两天后，林婉芬和陆涛见到徐志森，陆涛在一分钟之内就被徐志森弄糊涂了，因为徐志森把他们让进房门后，一下子就跪在他们面前。

陆涛很吃惊，脑子一下子就乱了，这场面跟他预想的太不一样了，他根本没听清徐志森说了些什么，到了最后，才隐隐听到徐志森说——

"对不起，我知道，二十二年的事不是一两句话能说清的，但这件事始终是我的一块心病——"

陆涛发现，母亲林婉芬已经背过身去哭了。

陆涛赶忙去拉徐志森："叔叔，起来吧，请坐下。"

徐志森也拉住陆涛，可以看出，两人有点相像。

徐志森仍继续说下去："冥冥中自有天意，我也受了惩罚，虽然我在那边结了婚，但就是没有孩子，现在婚也离了，还得了前列腺癌，去年做了手术，更不可能有什么孩子了。有时候走在街上，觉得身后空落落的，这是报应，我想我真不该那么对待你们，这一次回来，我第一件事就找到你们母子，给你们赔罪。"

林婉芬也拉他起来，徐志森站了起来，三个人一起坐到沙发上。

林婉芬说："你不在，我们过得很好。"

徐志森看了陆涛一眼，忽然说："陆涛，你能出去一下吗？我有话要对婉芬说。"

陆涛看了一眼林婉芬，见她没有表示，于是走出房间。

陆涛在走廊里没走几步，徐志森便追上来，拦住他："我也有话对你说，咱们约一天，来一场'男人对男人'的谈话，你愿意吗？"

陆涛点点头。

"后天晚上，怎么样？"

陆涛又点点头。

徐志森笑了，他再次仔细端详了一会儿陆涛，轻声说："你看起来很聪明。"

陆涛没说话，点点头。

徐志森转身走了，陆涛感到他的脚步很沉重。

✿　　林婉芬和徐志森

徐志森拖着沉重的脚步回到房间，只见林婉芬正坐在沙发上发愣，他轻声问："婉芬，你好吗？"

林婉芬点点头。

"我一定要为你和陆涛做点事才能安心。要不我就真是一个混蛋！"徐志森的语气加重。

忽然，林婉芬哭了起来，那哭声令徐志森猝不及防，尖厉、沙哑、含混，像是从沙漠中划过的低沉的飓风，那是一种叫人难过的呜咽，而且长久地不停息。徐志森知道，是他叫她这样的，他的心一下子缩紧了。

一会儿，林婉芬停止了，她脸上的光泽在这一阵儿哭声里消失了，眼神呆呆的，并且很空洞，令徐志森的心缩得更紧了。

徐志森向林婉芬伸出一只手，林婉芬却把身体侧转了一角度，让徐志森的手悬在半空中。

"婉芬，我——"

徐志森的话却被打断了："徐志森，我的一切已经过去了，不要再说了，现在还有陆涛，他像极了你年轻的时候，我希望他以后能够顺利一点，他是我的儿子，也是你的。"

"他哪里像我？"

林婉芬的眼睛亮了："他哪里都像！"

✿　　跟我在一起

陆涛回到自己的住处，隔着门便听到从CD机里传出的流行音乐。

他进了门，只见夏琳在化妆，然后收拾东西准备走，对他熟视无睹，陆涛坐在椅子上看夏琳，也是一言不发，他知道她为何如此。

还是夏琳先说了一句："徐志森怎么说？"

"他要跟我来一场'男人对男人'的谈话。"

夏琳笑了："美国范儿啊！"

"我无法想象我的亲生父亲是这样的，看起来还不如陆亚迅顺眼。"陆涛轻叹道，一边说着，一边把手里的报纸撕成一条条的，扔在地上。

"我想告诉你一件事，"夏琳抬眼看一眼陆涛，提高声调，"哎，刚扫好地，你就往地上撕纸！"

不料陆涛在夏琳声调基础上又提高了一个调儿："夏琳，我不喜欢你到我这里来待上半天儿，天快黑的时候，当着我的面儿描眉画眼儿，然后出去——"

"怎么了？"

"你这样干，叫我联想到一些对我很不利的事情！"

夏琳知道，争吵开始了，于是她一字一句地说道："陆涛，我是去挣钱！"

"有一种钱咱们是不能挣的，想都别往那儿想！"

"你什么意思？"

"我没什么意思。"

"我知道你什么意思，你自己找工作不顺利，就看我不顺眼——"

"一会儿我送你。"陆涛简短地打断她。

"不用送，我自己去。"

"那我去接你。"

"我自己会回来。"

"那些舞台下面的人，是不是用色迷迷的眼神儿看你？"

"下面的人很少往台上看，有什么可看的？"

"我一想到有人盯着你看就受不了。"陆涛来回踱着步烦躁地说。

"你是从他们的眼神里看到自己了吧？"夏琳用嘲讽口气对陆涛说。

"夏琳，那是不一样的眼神！我爱你！"

突然，两人猛地抱在一起，夏琳在陆涛耳边轻声说："我爱你陆涛，我答应你，最多一个月，我就会离开那里，找到新工作。"

陆涛咬了一下夏琳的耳朵："我答应你，我会工作，挣钱，请你吃日本菜，为你买奔驰车，开时装店，带你去巴黎——"

夏琳打断他："我只要你跟我在一起！"

❀　　在俱乐部

夏琳和一队模特在台上表演的时候，她显得十分醒目，样子很招人，有很多人希望约她下来喝一杯，侍者们记得，每天晚上都有人指着夏琳说："我喜欢那一个，我就喜欢长得清纯的。"

侍者一般按照夏琳交待下来的回答："对不起先生，她只表演不陪酒。"

不过，也有人不停地软磨硬泡，为夏琳花三百买花篮，还把钱放在信封里送过来，目的只是为了与她喝一杯酒，说两句话。过了一段时间，当夏琳觉得这一切既能挣钱又全无风险的时候，有时也会下来陪客人坐一会儿。

对于夏琳去俱乐部，陆涛心里一直阴暗地感到说不出的别扭，加上他没有工作，有大量时间可以进行对自己很不利的胡思乱想，有一天晚上，竟决定去看一看。

他看到夏琳在灯光下迷人的样子，走起来简直是光彩照人，美若天仙，比与自己在一起时还要吸引人，他想坐下来再看一会儿，一个侍者对他说："先生，我们这里最低消费是一百八十八元。"

"我先去趟洗手间。"陆涛这么说，去洗手间的路上，夏琳再次出场，从台上看到他。

这一场完后，夏琳从后台跑出来，她穿着几乎像是没穿的时装，雪白皮肤像是往外冒着热气，当她猛地贴近陆涛，让他感到血往上涌。

"你怎么来了？"夏琳问。

"我来看看你。"陆涛说。

"谁让你来了？我在工作。"

陆涛又看了一眼夏琳，低声说："这不是正经工作。"

"你走吧，我下班后去找你。"

"我不能走，我走不动，我心里难受。"陆涛想吻夏琳，被夏琳推开了。

侍者走过来："夏小姐，你是不是有麻烦？"

"我没事儿，这是我男朋友。"夏琳说。

侍者："王先生，37桌——"

夏琳点点头："知道了。"

"夏琳，别去！"陆涛几乎尖叫起来。

侍者看了他们一眼，走了，夏琳趴到陆涛耳边："他们给了我八百，还买了一个花篮。"

"我给你八万！还给你买八个花篮！夏琳，我一年后就买，你就等我一年，好吗？别去！"陆涛觉得自己快爆炸了，眼泪就在眼眶里转来转去。

夏琳的心软了："好了，好了，我不去了。陆涛，我爱你，你在外面等我，我还有一趟走秀，就十分钟，一会儿就出来，请你吃宵夜。"

说完对陆涛一笑，就匆匆走了。

又一个侍者走过来："先生，请问您的座位在哪里？"

陆涛失神地从兜里掏出瘪瘪的钱包，数了数钱，犹豫了一下，慢慢摇摇头，走出俱乐部，忽然感到自己又弱小又无力。

俱乐部门外停着很多豪华轿车，金属漆闪着冷光，保安西服笔挺地站着，陆涛懂得，这里不欢迎他，一点也不欢迎。这里是另一些人取乐的地方，而夏琳，他最爱的人，就在这里挣钱奋斗，这让他感到现实硬梆梆的力量，什么都不必说了。

陆涛在外面走着，看一看表，抽着一支烟。

陆涛在来回走着，沉浸在自己的感受里。

陆涛一回头，只见夏琳笑嘻嘻地走出来。

陆涛跑过去，两人拥抱，透过衣服，陆涛感到夏琳身上有一种肉体的真实与活力。好了，现在他的紧张缓解了，他和她在一起。

"你看，我出来了吧？"夏琳笑着说。

"你说十分钟，可是我在这儿已经十七分钟了。"陆涛有点幽怨。

夏琳哄他："别生气，对不起。"

"夏琳，这是我一生中度过的最坏的十七分钟。"陆涛觉得自己很真诚，其实他是在撒娇。

"陆涛，你心理别那么阴暗，有的人就是有钱，喜欢找姑娘聊聊天，也没什么别的想法，刚才你见过的那个服务生还说你长得挺帅呢，叫我赶紧出来，免得咱们打架。"

陆涛拉住夏琳，就如同她是一件失而复得的礼物："这十七分钟叫我觉得特别长，没有这十七分钟，我还不知道我多爱你。"

"你想过没有，也许你也像别人，对我的感情仅仅是占有欲罢了。"夏琳说。

"夏琳，我愿意为你而死，这是占有欲吗？"陆涛被夏琳这句话激怒了。

夏琳看着陆涛年轻的脸，忽然觉得他单纯而幼稚，他完全是个学生。她很想嘲笑他几句话，但与此同时，一种深深的感动却从心底升起，她感到自己享受到了一种他散发出的天真的情感，夏琳摇摇陆涛："别说傻话了，咱们吃宵夜去吧，他们都说，这里就我个子最小，可就我最漂亮，你要是不要我，我就到这儿来！"

陆涛一把抓住夏琳："你记住，不管发生了什么，我永远永远不会不要你。告诉我，你记住了吗？"

夏琳点点头。

"你再答应我，找到正经工作以后，永远永远不到这里来。"

望着陆涛认真而急切的脸，夏琳再次点点头。她有点飘飘然，她愿意答应他，她为察觉出自己身上的力量而骄傲，他离不开她，这种肯定叫她满足而兴奋。

"我算是知道嫉妒的感觉了，我都快疯了。"陆涛在夏琳耳边低沉地说。

夏琳吻陆涛。

"夏琳，不知道为什么，今晚叫我恨有钱人。"

"那不是仇富心理嘛——你今天状态太差了，都怪我。我都说了，别到这里来，你不听，还一个人偷偷来。早知道挣这么多钱，我叫你喝杯咖啡再走，不就是一百八十八吗？"

"夏琳夏琳，你听我说，关键是，你就不该来，而不是不该叫我来！"

"好吧好吧，我错了，我们一起去吃宵夜吧，我特爱吃鲜虾馄饨——"自己的优越一次次被证实，夏琳感到非常满意，她现在觉得自己以后完全有能力照顾好陆涛。

"我不饿。"

"走嘛，陪我去嘛——"

"我真不饿。"

夏琳拉住陆涛，直直地看着他："求你。"

陆涛拉过夏琳吻了一下："夏琳，为了你，我怎样都可以。"

"你真好。"夏琳短促地回答，然后吻了一下陆涛，两人拉着手走了，夜市就在不远处。

✿　　徐志森测试

现在陆涛开始对徐志森有想法了，他很想见到他，几乎是有点迫不及待，他幻想他愿意帮助他。终于，徐志森约他见面了。

陆涛走向徐志森的套房，走廊里的地毯又厚又软，踩着走的时候，悄无声息，这个五星饭店在他眼里忽然有了一层别的含义，陆涛曾把它当作一种建筑式样，不，那不是重要的，重要的是，这是一个五星饭店，那是一种权力，一种自由，不管人们对它多么抵触，但终将因自己的欲望而走向那里。

陆涛在门前站住，深吸一口气，抬手敲门。

里面传出一声"请进"。

门开了，陆涛见到徐志森一身西服，站在门前，把他让到沙发边坐下。

两人好像都不知说些什么，有点尴尬。

"我去倒水。"徐志森说。

"我不渴。"

徐志森四下望一望，没找到水，他打开小冰箱，从里面拿出一瓶可乐，打开，放到陆涛面前。

"谢谢。"

"不要这样说。"

陆涛拿起来喝了一口。

徐志森打量着陆涛，他觉得有点惊奇，把他们联系起来的东西究竟是什么呢？徐志森让头脑中的思绪停住："陆涛，你已经长大成人了，身体怎么样？"

陆涛点点头："很好。"

"我们来看看吧。"

徐志森搬开两把椅子，让地上腾出一个足够的空地儿，然后做出一个俯卧撑的姿势，抬起头望向陆涛。

陆涛犹豫了一下，这种交流很新鲜，但，试一试吧，他站起来，伏在徐志森身边，也摆出俯卧撑的架势。

徐志森开始做了，一边做一边数数："一二三四五六七八九——坚持住，不要停！"

两人一起做下去，徐志森越做越快，陆涛看着徐志森，他有点跟不上了。

"三十九，四十，四十一。"

陆涛做不动了："我不行了。"

"不要停！跪着做！接着做下去！"徐志森有力的声音传来。

陆涛用膝盖着地，接着做。

徐志森一直做到一百才停下。

两个人仰面躺在地上。

徐志森眼望天花板："知道吗？陆涛，在华尔街那些挣大钱的人，在大学里都是体育明星。我开始以为生意是靠计算赢利的，在那里待了三年才知，是靠凶狠，你得让自己具有这种气势——这是我的，这也是我的，你们滚开！懂吗？"

陆涛点点头。

徐志森站起来，居高临下地打量着陆涛。

那眼光激起陆涛反抗的冲动，他不喜欢被人战胜，他一点也不服气，陆涛也站起来。

"这是测试吗？"陆涛问。

徐志森只是接着说："很好的身体——现在，让我看看你的头脑。"

"头脑？"

"是，头脑——我问你，说实话，你觉得你能干什么？"

"我觉得，只要我愿意，什么都能干！"陆涛咬了咬牙，很有信心地回答道。

"生意怎么样？"

"生意比较简单了，不就是一买一卖得到利润嘛。"

徐志森笑了："是比较简单，但没有你想的这么简单，现在，我来看看你有没有一个生意人的头脑——你能把这烟灰缸顶在头上吗？"

徐志森抓起一个烟灰缸递给陆涛。

陆涛试了试："可以。"

现在他就头顶一个烟灰缸，站在徐志森面前，陆涛觉得自己很冷静。

徐志森笑了："好，请把双手伸开，举到肩部，放平。"

陆涛照他说的做了，并没有觉出什么难度。

"现在我要提高要求了——请站到电视机上！"徐志森提高声调。

陆涛看了看徐志森，徐志森不动声色地说："你要觉得太难了，可以放弃。"

陆涛看了一眼不远的电视机，他想一下，需要拉过一把椅子，以便让他可以先走到电视机柜上，然后再跨上电视机，他认为自己可以应付这个挑战，于是开始行动，他艰难地走上电视机，站在上面，双手平衡着，烟灰缸仍在他的头顶上，陆涛笑了："我成功了！"

"不，你没有成功，下来吧。"徐志森飞快地说。

陆涛从头顶拿下烟灰缸，又一下子从电视机上跳下来："为什么？"

"记住，陆涛，一个生意人，一个成功的生意人，他会听取别人的意见，但他绝不会听取那些荒唐的意见。"

"请坐，坐这里，刚才我是跟你开个美国式的玩笑——"徐志森笑眯眯地说。

陆涛生气地把手里的烟灰缸扔到茶几上。

"好啦，别生气，现在我想知道一个真正的问题，陆涛，你想用你的青春做什么？"徐志森忽然变得严肃起来。

"我是学建筑和经济的，上学的时候，我有一个梦想，那就是在北京建一个像格林威治村一样的艺术家村，让在北京搞艺术的人有个自己的据点儿。在中国，只有北京养得起艺术家。"

"很好的理想——那个艺术村是什么样的？"

陆涛的脸微微发红，这是一个他从未对别人说起过的梦想，现在，他突然对徐志森讲了起来："中心广场上建一个世界上最大的迷宫，玻璃结构，无用而叫人迷惑，当然，也可能会有商业价值，重要的是，这是一个容易识别的标志性建筑，这个迷宫象征着我们的过去、现在和未来，象征着我们的生活——四周是一些坚固实用的住宅，租金便宜，还有可供小型演出用的小剧场，一些可开画展的酒吧与饭馆，还有一些艺术学校——这是一个大熔炉，各种人、各种想法在这里汇聚，再传播出去，声音、文字、图画，我觉得艺术就是一种对于未来或完美的想象力，我觉得中国需要这些，我相信，总有一天，人们会需要这些东西的——"

陆涛越说越兴奋，手舞足蹈，滔滔不绝，徐志森专注地听着，有时点点头，有时，他会插一句，为陆涛的梦想补充一些细节。

他们把小冰箱里的饮料都喝完了，烟灰缸里也落满了烟头，甚至两人分别起身去洗手间，还在一边小便一边激动地说。

见徐志森脸上出现倦意，陆涛想让他再次兴奋起来，他决定让梦想落到地面："这个建筑群还会有商业价值，"他得意地继续，"人们在周末，坐上大巴或自己的车，来到这里，花上一两百块钱，可以看到各种东西、各种人，还可以购买一些他们没有事先想到的东西，然后在深夜或第二天离去，这是一个新选择，要么他们只能待在家里、饭馆或者卡拉OK包房里。"

不料徐志森却从另一个方向把他原来的地面变得更低："陆涛，我问你，你现在在干什么？"

"在找工作。"

"很好的理想，很坏的现实，不是吗？"

陆涛从徐志森的语气里听不出是嘲弄还是叹息："算不上坏，我会找到工作的。"

"你知道，什么叫物质主义吗？"

"我不懂。"

"那就是像你一样想法的人很少，人们更愿意重复地把房间变大，把汽车的牌子变得高级，把房间里填满各种实用的东西，生活的目的不是为了情感，而是本能和欲望。"

"真的吗？"

"你看看报纸就知道了。"

陆涛低下头。

不出所料，徐志森的总结性发言开始了："不过，陆涛，你的理想，我很欣赏，很欣赏。我知道你是个建筑方面的专业人员，如果你愿意，你可以试着帮我建一些商业住宅，积累点经验，也许有一天，你有机会实现你的梦想——前提是，你得有运气碰到一个时代，更多的人认为生活单调乏味，对一般性的成功不太关心，而对自我发现有兴趣，那时候，人们的目光才会转向艺术，你的艺术家村也许就是自然结果，现在不是时候——这只是我的个人意见。"

陆涛叹了一口气。

"怎么了？"

"要是进房地产公司，我一毕业就去了——给别人打工没意思，我有点想自己创业。"

徐志森懂得了，不管陆涛表现出多么强大的活力，他仍是一个孩子，他无法把现实与自我统一到一个时空里，该如何对他讲清这最重要的一点呢？

送陆涛出饭店的时候，徐志森试探地说："没有第一桶金，怎么创业？"

陆涛沉默了。

"有个办法，"徐志森提示到，"你想梦想成真吗？那么第一步，你要帮助别人梦想成真才行。"

"帮助别人？那什么时候才能轮到我？"

"在这一点上，着急是没有用的。"徐志森说。

陆涛点点头，饭店前面有一个喷泉，陆涛感到细小的水珠从空气里钻出来，落到他的脸上。

徐志森拍陆涛的肩膀："你很有个性，这种个性在你能够全面地考虑到别人时才是你的优势——不然，也许你整个的一生，都将会为你的个性而吃苦头。”

“为什么？”

“相信我，陆涛，我在这个世界上见到太多有个性的人，他们最后都不得不委屈地待在我们这个不需要个性的世界里。我不要你变成那样。”

徐志森的语调非常诚恳，他伸手抱住陆涛的肩膀：“不管怎么说，陆涛，今晚你让我很激动，你让我惊喜，因为你是一个有梦想的人，这一点很重要——我一直在想，我的儿子是什么样子？现在我知道了他的样子，你现在不必把我当父亲看待，我要说的是，即使你不是我儿子，早晚你也会找到我，因为我知道你需要什么，跟着我，用我的经验帮助你绕过那些陷阱，你到时就会感谢我。”

“感谢你？为什么？”

徐志森笑了：“因为我会使你的奋斗更有效率！”

陆涛望着徐志森，路灯光下，徐志森的脸显得十分自信。

“我要想一想你的话。”

徐志森清了一下嗓子：“陆涛，你明天有事吗？”

“没什么事。”

“我明天要去办点事儿，你能跟我一起去吗？”

❀ 在上海

第二天上午，陆涛跟着徐志森以及他的秘书吉米登上了去上海的飞机，坐在头等舱里，他也没有觉得有什么特别。下了飞机，经过快速通道，直接走入一辆停在外面的奔驰车，他发觉，人们见到徐志森时都有点紧张。汽车把他们一行人径直拉到一个私家餐厅，桌子上已布好菜，整整两桌人站了起来，一一过来与徐志森握手，有各个公司的总裁、经理，还有律师。

大家落座后，徐志森站起来，用不太客气的声调说：“谢谢各位，我这次代表森道尔公司，来华处理塞西尔公司和T＆G公司下属的几个中国子公司的财务问题，希望诸位很好地配合一下。我首先感谢大家的欢迎，为了下面的合作，在这里，我敬各位一杯。”

大家纷纷干杯。

一个服务员端着一盘菜走过来，被徐志森拦住了。

“诸位要是不介意，能否迟一点吃饭？我只有两个小时处理这件事，下面时间还有安排。”

大家点头。

徐志森对小姐：“请把菜全部撤下去。”

小姐点头走了。

两桌菜忽然间就全空了，换上了大家随身携带的笔记本电脑。

徐志森的表情很满意，他喜欢这么一种工作气氛，似乎只有在这种气氛里，他才能够充分伸展自己。他开始继续讲话，拉一些家常，忽然话锋一转："你们两家公司都是大公司，下属的各分公司之间有很多联络，现在两家公司合并，财务纠纷无可避免，原先的解决方案，使现有的一半公司出现不赢利的情况，常务董事会对此很不满意。我的方案是，道尔公司可接受T&G公司下属17个子公司手头的证券、债券，并把它出售给塞西尔公司下属的9个子公司，用以交换Ｔ＆Ｇ公司损失的利益，这样，你们今年的全部营业记录会更新，不赢利的公司只变成一家，这一家，我们要关闭它。"

大家的眼睛望向一个戴眼镜的人，那人低下头。

"这是关键点，下面，我请大家花时间读一下我的方案，里面牵涉到有关你们的利益，有什么问题希望大家提出来。"徐志森说罢，示意吉米，吉米发文件。

徐志森走到那个低着头的人面前，他叫冯象，徐志森拍拍他的肩膀："请出来一下。"

陆涛左看看右看看，也溜了出去。

餐厅外面是一个咖啡茶座，徐志森和冯象就坐在一张咖啡桌边。

陆涛慢慢地走近他们，靠近徐志森不远处坐下，只见徐志森拍拍冯象的肩膀："你这么一个可有可无的小公司使道尔公司一年就损失了七百万美元，这里只有三百七十万有账可查，其余部分呢？你都干了些什么？你为什么要让Ｔ＆Ｇ公司接受这个损失呢？你怎么能趁着重组，把呆账和坏账算在道尔公司的名下呢？"

冯象的表情非常不自然，他目光呆滞，只是机械地回应："我的报表——"

"你的报表，你的报表！"徐志森猛然提高声调，"你的报表是垃圾，花了我两个晚上去看！把你的电话拿出来，打给你的律师，打吧，他现在会代表道尔公司告诉你，为什么关闭你的公司后，道尔公司仍会损失三百万！打吧，打吧！"

徐志森拿着装咖啡糖的器具在桌上撞击，咖啡溅了冯象一脸一身。

冯象屈服了："那我怎么办？"

徐志森叹了一口气："把你公司里的办公用品卖了，要不搬回家去吧，道尔公司不会给你出一分钱的遣散费！我以后也不想再见到你，你站起来——从这里一直走出去，对，一直走出去。"

冯象走了，徐志森点上一支烟，挥手叫服务小姐过来清理桌子。

这一幕，把陆涛迷住了，他感到徐志森身上有种无坚不摧的力量。

徐志森忽然看到陆涛："哎，陆涛，你怎么出来了？你要喝点什么？"

餐厅里，气氛很紧张。

大家在苦读文件，有的人的腿在抖，有的人在交换意见。

一个人把香烟熄灭在另一个人的杯子里，另一个人看也不看就喝了。

一个人用手在文件上画着横道儿，问另一个人："我的笔呢，我的笔呢？"

吉米抱着徐志森的笔记本走了出来，他来到徐志森和陆涛身边坐下，把笔记本打开，放在徐志森面前。

徐志森用燃着的香烟对着显示屏指指点点："这一款，可退让百分三十，这一款，可退到两百万美金，到此为止，你懂吗？"

吉米点点头，然后问："要是——"

徐志森坚定地说："他们会满意的，他们只能如此。我还有事，你晚上来饭店找我。"

吉米点点头走了。

徐志森对陆涛说："走，我们去外面透透气。"

外面是一个带着围墙的小花园，围墙外面隐隐有来往的汽车声传来，而花园里静悄悄的，陆涛来的时候没有留意，原来整餐厅就建在一个老上海的公馆里。

徐志森望向陆涛："没办法，工作就是这样。"

"你可以呀！"陆涛用惊奇的语气说，事实上，这是他平生第一次感到震撼。

"你说什么？"

"我说是，你就是大家说的那种成功人士，是不是？"

"我一点不觉得自己成功，很多方面，陆亚迅比我要成功得多。"

"陆亚迅成功？别开玩笑了。"

"成功不只是生意方面，拥有一个成功的家庭更重要。"

"成功的家庭？如果你想有一个不是易如反掌吗？"

徐志森苦笑："哪里有那么容易，六年前，我在美国离婚了，一直孤身一人。"

"像你这样的人，成家不是很容易吗？"

"成家是很容易，不过你要知道，维护一个高质量的家庭是很难的，如果你自觉自愿地，用你整个的一生都为这个家庭奋斗，那就是更难了。"

"我觉得，只要能找到一个真心相爱的女人，就不难。"

徐志森笑了："你说的正是难点之一。"

陆涛也自豪地笑笑："这对我不是难点。"

"你的难点在哪里？"

陆涛转转眼睛："我先问你一个问题可以吗？"

"你说。"

"你现在有多少钱？"

徐志森愣住了："这，这可不好说。"

"有1亿——美金吗？"

徐志森笑："恐怕没有那么多。"

"那你不算有钱啊——"

徐志森笑得更厉害了："你说有多少钱才算有钱？"

陆涛却不知道该怎么说了，钱对来讲对他来讲，是一件非常神秘的事情，其实他很想听听徐志森对钱的看法。

但徐志森没有往下说。

停了一会儿，陆涛问："哎，如果我要跟你一起干，要不要——也签一合同？"

徐志森看着陆涛显得有点幼稚的表情，笑了："可以呀——"

他知道，陆涛被他吸引住了。

❀ 决定

从上海回来后，发生了一些改变，林婉芬发现以前见她就躲的陆涛居然主动接近她，与她谈话，这一天，陆涛趁着陆亚迅出门散步时凑近林婉芬。

"妈，徐志森怎么说我？"

"他说你很懂事，一点也不用操心。"

"谁不能啊——这不是废话嘛！"

"你觉得他怎么样？"

"您先说说他还说了我什么？"

"别的就没说，噢，对了，他说他正在成立地产公司，问你愿不愿意现在来。要是现在不想来，等公司成立再来上班也成，他随时欢迎。如果觉得他的公司不能发挥你的能力，他再帮你找别的地方。"

"这话他什么时候说的？"

"昨天他打电话跟我说的。"

"哟！还真背着陆亚迅偷偷联系上了。"

林婉芬皱皱眉头："你说话怎么这么难听啊——哎，陆涛，你怎么忽然问起徐志森来了？"

"妈，这你甭管。"

林婉芬笑了："你觉得他这人怎么样？"

"我说不清，以前从来没见过这样的人。"

"你觉得他是什么样的人？"

陆涛一脸坏笑："妈，你再给我讲讲你们那时候的事情，当时你和陆亚迅好的时候，徐志森是怎么插足的？你讲完了，我再总结一下他是一个什么样的人！"

第二天下午，陆涛和夏琳百无聊赖，于是去了美术馆欣赏艺术。

陆涛和夏琳分头看，因为他们一起看，就会因为对某一张画的不同意见发生争吵。夏琳现在学会了避免争吵，其实是她主动躲着陆涛。不过这一次，她没有认真看的心思，只是走了一圈儿，便把所有的画都看完了。

夏琳找到陆涛："哎，你偷偷摸摸的干什么呢？怎么一会儿就把我给丢了？"

"我不是被大师的艺术给迷住了嘛。"陆涛嬉皮笑脸地说。

"现在迷完了吗？"

"差不多了。"

"那咱一起出去吧。"

"好！我的艺术生活到此结束——再见美术馆！"陆涛忽然挥手大喊了一句，别人都朝他那个方向看，他却走了。

夏琳追上陆涛，两人一起走出了美术馆。

"哎，你什么意思？"夏琳问。

"我决定了。"

"决定什么？"

"我去徐志森那儿！"

"你真决定了？"

"是，我明天就去。"

"其实你还有时间想一想。"

"老在家待着也不是回事儿，反正出去工作总得有一个开始。我想通了，在哪里开始都是一样。现在向南和华子天天忙得都没工夫聚了，我还靠家里生活，这太可耻了，我自尊心受不了。"

"我支持你，其实真正的挑战是，如何处理好你和徐志森的关系。"

"放心吧，这好办，我就把他当一老板，我就是一打工仔，在他的公司，他说什么就是什么呗。"

夏琳笑了："这可委屈了你了。"

"有什么好委屈的？"

"'他说什么就是什么'，听听这话儿——像你说的吗？"

陆涛笑了："你以为我做不到？跟你在一起，我还不是'你说什么就是什么'？"

"你这次吹牛之前好像是打过一小草稿儿——哎，我问你，什么时候趁我不备悄悄打的？"

❀　　上班

陆涛终于站在徐志森的房间门前，他轻轻叹了口气，那里面像是藏着他的梦想，但梦想是什么？一些钱？想到这里，他笑了。

陆涛敲门，开门的是吉米，陆涛走进去。

也许因为拉开了窗帘，客厅显得很亮，布置也很豪华，当然，五星饭店的套间嘛。徐志森从沙发里起身迎过来："哎，陆涛，你来了，介绍一下，这是你方伯伯。我在美国的合作伙伴，也准备回国发展。"

一个五十左右，头发梳得一丝不苟的男人也站起来，他就是方德昭。陆涛连忙伸出手："您好。"

"你好，小伙子。"方德昭的手柔软而有力，大款的手。

从那以后，陆涛与更多大款握过手，他印象最深的就是，那些手握起来，不管软硬，全都特有力。难道他们是用手来控制生意的？

徐志森问方德昭："你看我们俩长得像吗？"

方德昭再一次认真地看看陆涛："眼睛很像，笑起来很像。"

徐志森有点自豪地说："这是我的亲生儿子，刚在大陆找到的，也是我以后的希望。"

方德昭有些吃惊地"噢"了一声。

门背后传来冲水声，接着一个女孩从卫生间出来，长得眉清目秀，两个字儿，干净。

方德昭一把拉过来："这是我女儿，这是你徐伯伯的公子，陆涛。"

女孩大大方方地对着陆涛鞠了一躬，用国语柔声道："你好，我叫方灵姗。"

陆涛露出笑容："你好。"

徐志森拍拍陆陆陆涛的肩膀："陆涛，你方伯伯的千金第一次到北京来玩，跟着我们，也没意思，你们两个都是年轻人，有话说。陆涛，你熟悉北京，多带灵姗出去转转——公司正在筹备也没太多事，老方，你把灵姗交给陆涛放心吗？"

方德昭笑道："放心，当然放心。"

灵姗一点也不认生，她抬起头对陆涛说："陆大哥，我在网上看到北京有个地方叫后海，有很多酒吧，还能划船，很好玩的。"

"是很好玩，以前我常去。"

"你带我去吧？"

陆涛望向徐志森。

"你工作的第一个任务，就是陪灵姗逛一逛北京，这工作轻松吧？"

陆涛点点头。

"吉米，给他们找一辆车。"徐志森话音未落，灵姗便接口道："不用了，徐伯伯，我们自己去玩吧，想去哪里就去哪里。"

"那就去吧，想去哪里去哪里。"

陆涛想说什么，却终于没说，和灵姗一起走了，他知道，工作开始了。

❀　灵姗

灵姗是个非常可爱的台湾姑娘，十七岁，长得秀气而乖巧，如果从天真烂漫的眼光看，很漂亮，两条细胳膊吊在身体两边，一张脸白白的，很饱满，两颊飘着腮红，说起话来又慢又软，每一句听着都像是撒娇。据她自己讲，她有点自闭，不爱同别人沟通，但不知为什么，却对陆涛很亲，"陆涛哥陆涛哥"的叫得陆涛浑身直痒痒。

第一站，陆涛便把她带进后海附近一条连他自己也叫不上名字的北京胡同，然后就和她一起走，陆涛看到，灵姗背着双肩背包的双肩显得很窄，他就开始对她夸夸其谈。

"以前，北京全是这样的小胡同，没有楼，晚上，小孩在胡同里跑来跑去。这里有个水龙头，大人在那里淘米、洗菜，胡同里经常响着叫卖声，可好听了。看，那门是不是很漂亮？"

灵姗停下来，用相机拍了一张相片："真的好漂亮。我以前只知北京有故宫天坛，不知道北京这么有味道。"

"现在这种味道全没了，我们老师就说，他一直希望北京把新城建到南边去，旧城保持原样，但没有人听，他一说到北京的城建就难过。"

"我们老师说有一次他特意来大陆到庙里拜孔子，然后到北京，看到新北京以后哭了，说中国变成了另一个地方了，不是旧书上写的那个有意境的中国了。"灵姗在陆涛边儿装出一副小大人儿的样子，正正经经地与陆涛谈话。

"你喜欢北京吗？"

"你带我来的地方叫我觉得很新鲜，前一阵儿我一直住在饭店里，哪儿也没去。陆涛哥，你再带我去别的地方，噢对了，我想吃北京烤鸭。"

"吃北京烤鸭最好去和平门烤鸭店，我带的钱不够，以后吧。"

"我请你嘛，我有VISA。"

"在北京，一般来讲，都是男的付账。"

"那我们AA。"

"AA我也不够，我们以后去那里吧。"

"好吧，但我真的很想吃北京烤鸭。"

陆涛眼珠一转："我们去吃卤火烧吧。"

"那是什么？"

"去了你就知道了。"

三转两转，陆涛便把灵姗带到后海的一个街头小铺，片刻之后，两人便坐到一个看起来又脏又狭窄的小铺里，再片刻，两大碗卤煮火烧便端到陆涛和灵姗的面前。

陆涛大口地吃着，汗都下来了，他一抬头，不出所料，灵姗皱着眉头，在看碗里的东西。

陆涛对灵姗愁眉苦脸的样子很感兴趣："哎，你怎么不吃？"

"我觉得有点不卫生，看，桌子这么脏。"

陆涛放下筷子看着灵姗："你看看，这饭馆这么多人，都在吃，中国有十几亿人，他们都吃过，你不是说要看看真正的北京，真正的中国吗？你听我说，这才是真正的中国饭，这里坐着的也是真正的中国人，这个饭馆就是真正的中国！"他讲演结束，接下来放低声音，"是不是跟你在时尚杂志里看的不太一样？"

灵姗闻一闻碗里："我觉得臭。"

"那好吧，等我吃完了，带你去烤鸭店，你自己去吃你爱吃的。"陆涛看到自己自己的宣传没有取得效果，有点失望。

灵姗却说："我不去。"

"为什么？"

"你那么凶——在台湾，不，在香港，就有听说你们北京人大男子主义的。"

"北京人还说香港人农民没文化呢。"

"我没听说过。"

"那今天我正式把这话儿递给你。"陆涛笑着说。

"香港人穿得比北京人好看。"

"那是因为香港人长得丑。"

"你是说我长得丑吗？"

"我是说你娇气。"

"女孩子嘛，当然娇气啦，可是，我哪里娇气？"

陆涛笑了："你嫌我们北京饭不好吃。"

"我不娇气，来之前上网球课摔了一跤，我都没哭，你看。"

灵姗卷起裤褪，露出一片纱布。

"这不算，能吃卤煮才算。"

"那我吃了啊？"

陆涛笑着点点头。

"我真的吃了啊？"

陆涛又点点头："你吃不了，我帮你吃，我还没吃够呢，我就爱吃里面的猪屎味儿。"

灵姗刚要吃，一听，反倒把筷子一放："我不吃了。"

"好吧，我最爱吃里面的香味儿。"

灵姗吃了，先是小口吃，然后看一眼陆涛，陆涛对她笑，她也笑，接着大口吃起来。

一整天，陆涛都在打击灵姗，但灵姗却觉得很开心。也许她被照顾惯了，突然出现一个一点都不让着她的帅哥叫她觉得很新奇。总之，天都黑了，她还想跟陆涛在一起。

陆涛在街边伸手招出租车，被灵姗拉住了。

陆涛看看手表："我要送你回去了。"

灵姗脑袋转了一下："那你告诉我，为什么你姓陆，你爹爹姓徐？"

"我以后告诉你。"陆涛说罢又抬起了手。

"我还想再玩一会儿嘛，回去就睡觉，没意思嘛。"

“你再玩玩疯了，假期作业做没做？”

“我都中学毕业了，没有作业。”

“那你总要学点什么，当一个富家女，也不能什么都不干呀。”

灵姗笑了：“我在美国成绩很好呀，就是不开心，跟你在一起，我很开心。噢，我有主意啦，你说我来北京上学好不好？”

“当然好了。”

“那你陪不陪我？”

“到时候再说吧。”

灵姗转转眼睛：“你是不是有女朋友啦？”

陆涛笑了：“我早有啦。”

灵姗不说话了，看着陆涛：“你女朋友，你女朋友——”

然后低下头。

陆涛问：“你怎么了？”

灵姗的声音低了下去：“我想回饭店了。”

“那往这边儿走。”

灵姗“噢”了一声，她觉得有点说不清的失望。

两人上了出租车，坐在后排，中间隔开一小段空档，其实灵姗靠着陆涛坐。

徐志森的意见

把灵姗送回饭店，陆涛回家。第二天，一切照旧，他先去徐志森那里，吉米给了他一万元公关费，说他的工作就是陪灵姗。陆涛出发，去灵姗住的饭店接她，然后开始在北京漫游。趁着这个机会，陆涛把北京他没去过的地方全转了一遍，雍和宫长城之类的，他还带灵姗去了美术馆，在美术馆门外的美术商店，买了纸笔，然后把灵姗带到圆明园，当灵姗东看西看的时候，他给灵姗画了十几张素描。若干年后，灵姗把这些素描用相框框好，挂在自己的房间里，作为对自己青春的怀念。

一星期后，陆涛到徐志森的住处，见到他，试图说服徐志森，给他一个更有挑战性的工作。

一见面徐志森便对他说：“这几天你干得不错呀，听老方说，灵姗天天陆涛哥长陆涛哥短的，天没亮就自己起床，穿得整整齐齐，等着跟你出去玩，老方说她长这么大没见过她这样。”

“能不能给我一个更有挑战性的工作，陪一个小女孩，这叫什么事儿？谁都能干。”

对此，徐志森有不同意见：“这话你可说错了，这件事儿，是所有事情里最难干的一件。”

“这有什么难干的？”

徐志森问："灵姗为什么喜欢你？"

"还不是因为我带着她玩。"

"不，她喜欢你，首先是因为信任你。你知道，生意人要是没有信任，就什么也做不成，取得别人信任就是从这么一点一滴做起的。你以为做大生意就是天天坐在家里设计、策划吗？不，生意稍微大一点，你就得忙于应酬，各种人，各种事儿，你叫别人高兴，别人才不好扫你的兴，是不是？"

陆涛没说话。

徐志森看看时候到了，便把话题引到正道儿上："我看你是天生就有应酬能力，你知道，灵姗是老方的掌上明珠，而老方又是我们目前最重要的生意伙伴。也许五六年后，灵姗也会成为你的生意伙伴，她的身家上亿啊。"

"那跟我有什么关系？"

徐志森张了张嘴，没有说出口，停了一下，他说语重心长地说："陆涛，你要学会看到这种关系，这是一种直觉。你太有志气了，那是穷人的优秀品质，但作为有产者，这种品质会妨碍你的。"

"我不懂你说的。"陆涛疑惑地说。

"以后想一想——我问你，你觉得灵姗怎么样？"

"她？她能怎么样，她一小孩儿，就知道玩，和她在一起，我觉得跟一男保姆似的，再说，我觉得她跟我是不一样的人。"

"怎么不一样？"

"第一天就要我带她去吃烤鸭，我说贵，吃不起，还要去，我可没见过这样的人。"

"吃不起烤鸭，你没觉得没面子？"

"没有，我为什么没面子？是她不懂事儿嘛！"

徐志森忽然叹口气："看来你仍是一个处在青春期的叛逆大学生，我在有些地方高估了你。陆涛，你要有心理准备，一切还得从头学起。"

"学什么？"

"很多。"

"你否定我？你认为我必须跟你学才能——"

"我没有那个意思，陆涛，我是从另一个角度——"

陆涛把头转向别处，已不听徐志森的话。

徐志森愣了一下："陆涛，对了，谈谈你的工作吧，你想从哪里干起？"

陆涛长出一口气："我想，我应该跟别人一样，从最底层干起，到时候凭能力说话。"

徐志森想了想："很有志气的话！好，这样吧，吉米缺一个助理，你去吧，明天去他那报到。"

"那就不用陪灵姗了吧？"

徐志森笑了："到时吉米会告诉你的。"

陆涛找到吉米，吉米又给了他一万公关费，叫他继续陪灵姗。这让陆涛有点泄气，他一点也不认为陪着灵姗游山玩水叫什么事业。

时间就这么一天天过去了，徐志森一直在筹建他的公司，而陆涛只是陪着各种投资人在北京转，吃饭，娱乐，永远是那一套，从他手里花去大量的钱，这叫他对钱有了新看法——原来，对于穷人来讲那么珍贵的钱，在另一些人那里，简直就什么也不是。他起初的仇富心理渐渐消失了，他看到富人也是人，而且好像更有人情味儿，宽容，对人好，但是，他毕生努力就是要成为他们吗？事实上，他一点也没有认同他们，他为他们的一点点琐碎小事儿跑腿儿，他感到他们那一张和善的脸就像一张张面具，掩饰着他们精于计算的内心，但他们，那些富人究竟在为什么而奔忙呢？

❀ 带夏琳回家

为了满足父母的好奇心，陆涛决定周末中午带夏琳回家吃一顿饭。现在他工作稳定，自信心提升，虽然与夏琳仍免不了争吵，但情况已向着对他有利的方向发展。他已不太担心夏琳离开他了，他认为他正等待时机，为他和夏琳创造未来。

听到敲门声，林婉芬去开门，只见陆涛带着夏琳走了进来，来之前，陆涛曾对林婉芬吹过风，说夏琳长得不错，但亲眼一见，林婉芬还是为夏琳的漂亮暗吃了一惊。皮肤白得如同细瓷，特别是，脸上挂着甜甜的讨人喜欢的微笑，作为一个知识妇女，林婉芬叹了一口气，心里暗道：这样的姑娘用得着叛逆吗？

"妈，我们来了，这是夏琳，这是我妈。"陆涛用夸张的声音说道。

"阿姨您好。"夏琳说。

"呀，这姑娘可真漂亮，来，坐这边。"林婉芬把两人让进厅里。

"陆亚迅呢？"

"那屋呢。"林婉芬刚要叫，陆亚迅走了出来："回来啦，陆涛。"

"啊，这是夏琳，这是陆亚迅。"陆涛一本正经地介绍道。

夏琳对陆亚迅笑一笑："叔叔好，"然后转向陆涛，"你怎么叫你爸名字啊？"

没想到陆亚迅接过话头："他从小随着他妈叫，叫惯了，我也听惯了。"

"咱俩说说房地产的事儿吧。"陆涛说，于是，两人走进陆亚迅的书房。

陆亚迅说："你的事儿你妈都跟我说了，我没意见，去哪里工作都是工作。"

"我想去学点东西。"

"你干什么具体工作？"

"现在打杂儿，公司刚成立，正乱着。"

"你觉得适合你吗？"

"不适合，我学的是设计，不过，先熟悉熟悉情况再说吧。"

陆亚迅点点头："现在他们都愿意找外国人做设计。"

"一去才知道，以前在学校学的都是世界上的顶尖建筑，现在知道要建成那样的建筑，和做梦差不多，其实梦想离现实很遥远。"

"把心态放平嘛，房地产公司的职能无非就是给别人盖房子嘛。"

陆涛点点头。

外面，夏琳和林婉芬坐在一起聊天。

"多大了？"

"22。"

"你是学什么的？"

"时装设计。"

"很热门儿的专业呢。"

"我们那一届挺热的，现在是设计热，不限于时装。"

"毕业了吗？"

夏琳点点头："正在找工作。"

忽然，书房里的声音大了起来，先是陆亚迅的声音传出来。

"那是违法的！太不正规了，国家规定，五证不全，不能起动，我在规划局干二十年了从没这么干过，这忙我帮不上！"

"知道人家管你这样的人叫什么，小鬼儿难缠！"

"你懂什么，如果手续不合法，以后出了问题，受伤害的是老百姓，是业主！中国老百姓一辈子就那么点钱，买错了房子就全完了，我看到过多少这样的事儿你知道吗？"

"我知道，我更知道的是，咱们家十年没变样儿，看看刘叔叔家住在哪儿，开什么车？你们同一个级别，干同一种工作——"陆涛的声音盖过了陆亚迅的声音。

"那是要出问题的！我早说过，权力是国家的，良心是自己的，你愿意的话，可以按正常程序到我们这里来审批，不要走邪门歪道儿。我看你去的公司问题不小，你要真想干这一行，我帮你问一问，这件事儿我们不要谈了。你这是假聪明，中国有句古话，聪明反被聪明误！"

听到这里，夏琳顿觉坐立不安起来，但林婉芬倒是很镇定，这场面她见得多了，在她的记忆里，自从陆涛不知从哪里得到独立人格以后，这争吵就经常在家里爆发。

夏琳要是听到另一句陆亚迅低声说出的话，那她一定得崩溃——"还有，这个夏琳是怎么回事儿，米莱呢？"

门开了，陆涛从里面走出来。

"妈，我们走了！"

林婉芬叹口气，对夏琳说："他们一见面就这样！"又用严厉的目光扫向陆涛，"记得你答应过我的事儿吗？陆涛？"

陆涛点点头。

"吃完饭再走。"林婉芬说完这句话，便走进厨房。

饭倒是硬撑着吃完了，四个人默默无语，陆涛心里还有点嫌夏琳吃得太慢了。其实夏琳吃得非常紧张，从饭桌边站起来的时候，她完全不记得自己吃过些什么。

❀　　夏琳的不满

夏琳和陆涛从楼洞里出来，夏琳看看身后没人儿，于是向陆涛抱怨："我怎么觉得咱们像是被轰出来的？"

"胡说。"

"你怎么对你爸那样啊？"

"我就烦他那副永远正确的样子，从小到大，他就没犯过任何错误，永远在纠正我，教训我，我觉得他好像根本就活在另一个时代。"

两人来到小区里的一个亭子边上，把自行车支好，坐在亭子里。

夏琳问："你爸干什么的？"

陆涛说："在市规划局当一名两袖清风的处级干部！原来他也是学设计的，我觉得他特不得志，所以，老看不惯我。知道我在徐志森那里工作，他心里不平衡，他们年轻的时候，徐志森就处处比他强。"

"你妈年轻时一定长得很漂亮，怎么会嫁给你爸？"

"人家都说我妈嫁给他嫁错了，不过他对我妈一直很好，只是对我不好，也说不出哪一点，就是看着我不顺眼，不说我几句就浑身不舒服。"

"陆涛，答应我，以后别跟你爸吵架了。"

"怎么了？"

"我最怕听人家吵架，刚才在你们家，我差点崩溃，我小时候，我爸妈一吵架，我就爬到床上，用被子捂住脸，吓得直哆嗦，不听也不看，只是哭。"

陆涛抱住夏琳："好吧，我答应你。"

"你还要答应我，永远不跟我吵架。"

"我答应。"

"也不对我大声嚷嚷。"

"我不对你嚷嚷。"

"那我就永远跟你好。"夏琳对陆涛眨眨眼，撒着娇说。她凭本能就知道，陆涛的那一种不适当的骄傲与固执，多半只是出于自我保护罢了，他们需要抚慰、鼓励、理解与帮助，甚至对于哄骗表现出强烈的兴趣，这正是她深爱他的原因，他简单得犹如她自己。

陆涛显然是被那句话感动了，猛地抱住夏琳亲了一下，然后问："我们去哪儿？"

"我有个主意，咱们去看我爸吧，我爸妈离婚后，他一直一个人过，挺可怜的。"

"成。"

"也许对比一下你就会知道，其实你挺幸福的，比起你们家，我们家才乱呢。"

"你爸干什么的？"

"我爸以前自己拉了一个小队干装修，家里的日子过得时好时坏，他自己都说对不起我妈和我。我爸恶习特多，喝酒、赌博、说瞎话，我妈后来都对他绝望了，再也不能原谅他，他们俩就离婚了。"

"这样的人，离就离了。"

"他那人儿就是软弱，其实心眼儿挺好的。我小的时候，和他一起逛商店，我不懂事儿，缠着他买一个很贵的洋娃娃，他就让我在外面等他，自己去偷，结果当场被抓住了，我冲进去，哭了一小时，商店的人才放了他。我妈觉得这事儿丢死人了，她性格特倔，还好强、要面子，所以在离婚后一直不许我去看我爸。"

"那你爸现在干吗？"

"在花鸟市场卖鱼，其实我老偷偷去，有时候，突然间，我会挺想他的。现在我就挺想他的，咱们走吧？"

两人骑上车走了。

❀　　夏春生

花鸟市场是夏琳小时候最爱逛的地方，她认为，这里面卖的东西都是活的，所以看起来分外有趣儿。当然，也因为，她熟悉这里，这里面卖的每一种鱼她都叫得上名字，夏琳还会学画眉的叫声。事实上，她很小的时候，更希望自己不是一个人，而是一条鱼或一只鸟。

夏春生的鱼店连个名字也没有，确切的说，那只是一个摊位。夏琳和陆涛走进来的时候，发现摊位上没人，夏琳看了看摊位号，故意用粗嗓门叫道："047有人吗，给我来一百条斑马！"

"等一下！"夏琳的话音未落，夏春生手里拿着几张扑克牌从另一个摊位里跑了出来。

"爸！"夏琳亲热地叫道。

对于这个显然是他们父女间常开的玩笑，夏春生笑了："琳琳，我一猜就是你！"

夏琳一指陆涛："这是我男朋友，陆涛，他陪我来看看你。"

"你好，小伙子——你看也没个地方坐——"

"没关系，我看看鱼挺好的。"陆涛说。

夏春生拉着夏琳进了小房间："你看，这一群儿'扯旗儿'是刚进的。"

夏琳看到上百条几乎是透明的小鱼，只在背鳍上有一点点黑色，她惊叹道："这么小——真好看！"

"工作了吗？"夏春生问。

"正找着呢，现在干着一临时工。"

夏春生看了一眼陆涛，他还是第一次见到他，他知道，女儿为了他，放弃了去法国，他随口叫道："小伙子别客气呀！"

陆涛"啊"了一声。

"我们是办事儿路过。生意好吗？"夏琳说。

夏春生笑了："生意也就这样，要不要给你几条热带鱼带走？"

"我哪儿有工夫养它呀，自己都养不活——你这儿也该打扫打扫了，脏成这样。"说着，就找出扫把要扫，却被夏春生一下抢过去："不用不用，我自己来。"

说着，把夏琳按在一边，然后找到两个空杯子，说是要去给他们泡茶，夏琳没拦住，夏春生走了。

夏琳在那小屋里东翻翻，西看看，看到有一个东倒西歪的柜子，她拉开上面的抽屉，顺手把二百块钱放到里面。

片刻，夏春生拿着两杯茶过来："小伙子干什么的？"

"在一地产公司。"

"我告儿你，干房地产最好是干销售，我一铁磁——"

"得啦，别提你那些狐朋狗友啦，有一个好人吗？不是打麻将，就是成天惦记着坑蒙拐骗的，还把你拉下水。"夏琳打断他。

"你爸哪儿那么没水平，是我把他们拉下水的。"

夏琳喝了口茶："爸，看着你挺好的，我也放心了，这茶我也喝了，我们走了。"

"你妈好吗？"夏琳拉着陆涛正要往外走，夏春生忽然问。

"挺好的。"

"也没找一新人儿？"

"都让你给害的，哪儿敢找新的呀！"

"跟你妈说，等我挣了钱，回去看看她。"

"得了吧你，我妈不一脚把你踢出去才怪呢。"

夏春生忽然一拍脑门儿："对了，琳琳，过几天是你生日，礼物我早给你准备好了，拿着吧。"

说着，走到那个歪歪斜斜的小柜子边，从最下面的小抽屉里拿出一个信封交给夏琳。

夏琳说着不要，想往外跑，被夏春生一把拉住了。

夏春生大声说："给，买块蛋糕去，叫他们替我写上'祝女儿生日快乐'送给你，吃的时候别忘了你爸就行了！"

夏琳浑身僵了一下，但她接过去。

✿　　感慨

这一天，让夏琳和陆涛感到对彼此更了解了，晚上回到陆涛那儿，夏琳拆开信封后，就坐在沙发上哭。

"你怎么了？"陆涛问。

"我就是突然想起我爸来，觉得难受，他过得那么差，还记着我的生日。"

说着，夏琳站起来，找到一个图钉盒，站到墙边，从信封里拿出三百块钱来，一百一百地钉在墙上，然后对着墙说："爸，谢谢你，我要努力奋斗，早晚有一天，我要叫你过上好日子。"

陆涛从后面抱住夏琳："夏琳，我要努力奋斗，早晚有一天，我要叫你过上好日子。"

夏琳转过身，搂住陆涛："跟你在一起就是好日子。"

"还有更好的，我会带你去巴黎。"

"还是先去西班牙吧，你不是最想看高迪的建筑吗？"

"跟你在一起，去哪儿都行。"

两人抱了一会儿，夏琳挣开陆涛："到点了，我得去上班儿了。"

这句话让陆涛感到冰冷的现实一下子压过来，他咬了一下牙说道："别去了，今儿晚上你们那儿准火灾！"

夏琳不理陆涛，她飞快地收拾东西。

陆涛看着她。

"你该干嘛干嘛吧，要不早点睡，明儿一早还得上班。"

"我要是每个月能挣一万，你就别去了，好吗？"

"这不是钱的事儿，我走了，再见。"

"再见。"

夏琳走到门口，回头看了一眼陆涛："别哭丧着脸，就跟我要出去干坏事儿似的，笑一下我再走！"

陆涛对着她艰难地笑了一下。

"亲我一个！"夏琳神采飞扬地说。

陆涛给了夏琳一个飞吻。

夏琳也回了一个，然后转身出门，她知道，为了让陆涛少嫉妒，她必须做出一副健康快乐的样子来。

当夏琳把门关上以后，陆涛脸上的笑容却僵住了，他暗暗发誓，要以最快的速度，把夏琳从俱乐部那种破地方拉回来，他隐隐有种不安的感觉，觉得夏琳要是老去那种地方，早晚一天会出什么事儿。

❀　　杨晓芸

叫夏琳没想到的是，一天上午，她从陆涛住处出来买菜的时候，竟迎面看到刚从出租车里出来的杨晓芸。

杨晓芸也愣了一下，表情很不自然。从机场送走米莱之后，两人就再没联系过，但她们都记得，两人曾是非常好的朋友。

"杨晓芸，你怎么到这儿来了？"夏琳问。

"我在这里租了房，上班近。"杨晓芸慌慌张张地说。

"你好吗？"夏琳问。

"还行。"

"那，那我有事儿先走了。"夏琳看到杨晓芸有点冷淡的样子，就决定快点离开，不料杨晓芸在她背大声叫了起来："夏琳！"

夏琳站住，杨晓芸说："正好儿，我有事儿找你。"

夏琳："什么事儿？"

"陆涛在米莱那里有一些东西，米莱临走前留在我那儿，让我还给陆涛。"

夏琳说："那你还是直接给陆涛吧。"

"给你不是一样吗？"

十分钟后，杨晓芸敲响了陆涛家的门，夏琳开门一看，杨晓芸手里拎着两只很大的塑料袋。

"进来吧。"夏琳说。

杨晓芸在门口儿扭一扭身子，犹豫了一下，夏琳伸手去拎一只袋子，碰到了杨晓芸的手。

"你手怎么那么凉？"夏琳问。

"我没事儿。"杨晓芸说着，竟迷迷糊糊跟着夏琳走进房间，并坐在沙发里。

"我去给你倒杯水。"夏琳说。

"夏琳，别忙了，我一会儿还要上班。"杨晓芸梦醒一样站起身来。

夏琳看着杨晓芸："你是不是觉得我特坏？"

杨晓芸把头转向别处："每个人想法不一样。"

"以前我们一直是好朋友。"夏琳慢慢地说。

杨晓芸没说话。

"现在在哪儿工作？"

"就那家广告公司。"

夏琳"噢"了一声。

杨晓芸本来就是快人快语，她终于忍不住了："我觉得那件事儿对米莱不公平，我陪她哭了一个星期，其实大学四年，米莱对你最好！"

不料夏琳迎着杨晓芸的话头就上去了："我对不起米莱！"

"为了一帅哥至于嘛？国也不出了，关鹏也吹了，值吗？"杨晓芸不依不饶。

"那一段儿，连我自己都不知道是怎么回事儿，跟疯了似的。"

"你们现在怎么样？"

夏琳笑了："挺好的。"

对夏琳的鄙视像例行公事一样表达完了，杨晓芸也笑了，她拉开一副攀谈的架式，自己又坐回沙发："你条件好，什么都敢放弃，其实我心里挺佩服你的。"

"我一辈子只干了一件对不起别人的事儿，就是米莱。"夏琳说。

"你现在干什么？"

"晚上在俱乐部炒更。"

"为了他？"

"为我自己，我在找工作。"

杨晓芸叹了口气："为了他，你什么都干得出来，那种地方你又不是不知道，咱们多少同学去了就出不来。"

"等陆涛再工作一段时间吧，一切就会好的，刚毕业嘛。"

"你真没出息，为了男的——"

"等你谈恋爱了，就知道了。"夏琳语重心长地说。

"我才不呢！"

"你现在怎么样？"

"米莱一走，我成天一个人孤零零的，跟以前的同学也没联系了，我现在就想攒点钱给我奶奶买一个好点的进口助听器。"

"我们中午一起吃饭吧，我做炸酱面，你最爱吃的。"

杨晓芸点点头，愣愣地看着窗外，一会儿，她忽然哭了："我真不想长大，真不想工作，我就愿意在学校里上学！"

夏琳抱住她："晓芸，一切都会好的，一切都会好的。"

杨晓芸停止哭泣，终于暴露出她没心没肺的本质："咱们买菜去吧，我知道外面有一个清真摊儿，专卖牛羊肉，特新鲜，好久没吃过你做的炸酱面了，我要吃牛肉的！"

"你怎么知道的？"

"这是我的强项！"

夏琳笑了，她知道，断了的线儿接上了，姐们儿姐们儿："晓芸，没有你我可怎么办？以前我想买什么布料，跑多少趟都买不着，你一出动准能买到，我总上这来，就想找一个卖牛羊肉的地方，一直找不着。"

"我带你去！离这儿特近！"杨晓芸兴奋地说。

❀　少女怀春

夏琳和杨晓芸走到菜市场，在一溜儿小摊儿前走来走去，杨晓芸记得每一个摊位的位置，甚至记得每一个摊主儿的相貌，就连谁今天没换衣服她都能看出来。她买东西很熟练，计算得很清楚，交钱时有整有零，说话声音大，情绪高昂。

买完牛肉馅，夏琳还想再往下逛，却被杨晓芸拦住了："咱不该逛这儿浪费时间，没帅哥，还不如去西单，上次我去，碰见好多呢！"

夏琳笑她："杨晓芸，知道吗，你现在成天情绪亢奋，满脑子全是乌七八糟的念头，除了帅哥，就是男人——"

杨晓芸跳上一个空着的小摊儿表示反对："胡说！"

"你下来你下来，先下来。"夏琳在下面招手。

杨晓芸跳下来。

夏琳凑到她耳边说："杨晓芸，治病要紧，找一男朋友吧！"

"不要！"

"你都这样了，还说不要男朋友？"

杨晓芸好奇地问："我怎么样儿了？"

"你都上桌子啦！"

"上桌子怎么了？我就爱上桌子！"

"我告诉你，你这叫少女怀春！"

"胡说！第一，我不是少女，第二，我，我哪儿怀春了？"

"算了，心理年龄也就是十二吧——我不跟你说了。"夏琳叹了口气。

"别啊，你说，你说，什么叫少女怀春？"

为了讲清什么叫少女怀春，夏琳在一个卖盗版书的书摊前停下来，她一本本书翻着，杨晓芸看了一眼，立刻红着脸闪开了，书的封面上净是些强奸暴力之类的无聊词语，叫她觉得恶心——她戴上耳机，在街边儿旁若无人地活蹦乱跳，听着随身听里的一首老歌儿，伊能静的《悲伤的茱丽叶》——

狂热Night，独自在街上徘徊

EveryNight，只希望你能够出现

想你Night，还是不见你过来

总是无法控制情绪难挨

悲伤茱丽叶，悲伤茱丽叶

长夜漫漫无法入睡

总是不见罗密欧而流泪

这不幸的歌声被夏琳听到了，与此同时她终于找到一本讲青春期卫生常识的书，举着就走到杨晓芸面前。

"怎么了？"杨晓芸摘了耳机，问。

夏琳晃着书大笑，笑得眼泪都快出来了。

杨晓芸急了："你笑什么笑？"

"笑你！"

"你敢！"

说着对着夏琳便是一脚，夏琳急忙闪过。

夏琳举起书："立正！"

杨晓芸站直了。

夏琳翻了几页书，大声叫道："少女怀春的特点，听着啊，就是——"

说着笑得直不起腰。

"夏琳，你傻了吧你？"杨晓芸觉得夏琳才可笑。

夏琳直起腰，深吸一口气："听着啊——精力异常充沛，行为举止异常活跃，有些人，还表现为一些小怪僻——杨晓芸，你知道什么叫异常吗？"

"你才异常呢！我是正常！"

"唉，到岁数儿了，晓芸，你也该有个男朋友啦。"

"不要，没用。"

"那你下班以后除了孤枕难眠，留那么多剩余精力干什么呀？"

杨晓芸做两个跆拳道动作："哈哈，没想到吧，跆拳道啊，哼！追我的男人多着呢，我现在奇货可居，宁缺勿滥，告诉你，夏琳，我不要男朋友，一个也不要——"她话头忽然软下来，"除了特好的，烦您给我介绍介绍，叫我挑挑，拣拣，再扒拉扒拉，其实嘛，我条件很不高，非常不高，归结起来就一点，那就是，要是有朝一日，碰到太好的，我也不太反对，没准儿一凑合就将就啦！"

❀　　陆涛与夏琳的不快

陆涛没能说服自己，他下班后无事可做，神差鬼使地来到了夏琳所在的俱乐部。

现在他已付得起账了，他坐在一棵热带植物后面，还要了一杯饮料。

台上，夏琳连同几个模特在台上走台步，看起来很漂亮。

陆涛一口口喝着饮料，一次次扒开面前的植物叶子，偷看夏琳，在灯光与音乐作用下，夏琳就如同幻影一样在台上走动。陆涛看到别的男人的眼睛，他们也在看夏琳，陆涛从那些眼光中看到自己的欲望，不管他如何说服自己，但内心深处仍有个刺耳的声音叫他不快。他第一次感到自己的贪欲，清清楚楚，真真切切，他贪图夏琳的美貌，他要独占夏琳，他受不了别人看她。他想到一个问题，如果夏琳不美，他还会像现在这样爱她吗？答案很明确：不。

承认了自己贪欲，叫他感到一阵儿放松，他认定爱情都是自私的，贪婪的，他的付出正是为了索取，他要取得她的爱，他不惜一切代价。在内心深处，幽暗的欲望之火熊熊燃烧，若不是从别人眼中看到相同的火焰，陆涛竟略掉自己的，但他怎能对她熟视无睹？灯光下的夏琳美如幻影，令他浑身发软，那移动着的完美的肉体搅得他心神不安，夏琳的身体是那么完美无缺，而他，就为那完美焦虑着，忘记了一切，汗水沿着后背淌下，下身胀起，喝下去的酒顷刻间似乎变成火焰，那是一个永恒的时刻，藏匿在那热带植物的绿叶后面，又从陆涛卑微而热切的呼吸中映现，他看到夏琳的笑脸，看到夏琳下来与一桌客人说话，并且举杯喝酒，把他想象的快乐一股脑献给别人——不！

犹如一滴黑色的毒汁滴入闪烁的酒面，陆涛感到自己整个儿生命被嫉妒污染了，败坏了。他感到一股难忍的辛酸，这辛酸腐蚀着他的心灵，令他眼里淌出热泪，这是青春之泪，无奈、盲目、痛苦而迷人。

忽然，夏琳被一个醉鬼缠住，发出一声尖叫，那醉鬼一手拉着夏琳，好像要求夏琳去什么地方。这尖叫把沉入自我的陆涛唤醒，他兴奋得一跃而起，拨开面前的植物叶子，翻过一道栅栏，一下子冲了出去，顿时撞向强拉硬扯夏琳的那个醉鬼，把他扑翻在地，几个保安冲了过来。

陆涛对自己感到十分满意，他冲向夏琳，他就喜欢冲向她——这一幕把夏琳惊得目瞪口呆，当她认出冲过来的人是陆涛的时候，她站着，一动不动。

在一片混乱中，陆涛被几个保安架着，拖出了俱乐部，陆涛连踢带打，保安放下他，他发现夏琳没在身边，仍要往里冲，被保安挡住，双方大打出手，陆涛被打倒在地，两个保安上去踢他，夏琳跑出来，拉住保安，但陆涛还手，于是保安接着打，夏琳一下扑在陆涛身上，脸贴着陆涛的脸，陆涛抱住夏琳，闭上眼睛——所有的一切都不重要，这感动却叫他如同置身天堂。

保安愣了，骂着离去。

陆涛躺在地上，听到夏琳在他耳边低语："你怎么能这样？"

他直起腰来，看着夏琳："对不起，夏琳，我心里乱极了。"

两人站起来，夏琳亲了一下陆涛。

"我做得对吗？"陆涛问。

出乎他的意料，夏琳轻轻摇摇头。

一股愤怒从陆涛内心升起："婊子！"他骂她，并猛地往她脸上吐了口唾沫。

夏琳莫名其妙地看着他："你疯了吧？"

"对不起。"陆涛说，"我今天太混乱了，我想跟你说话。"

夏琳把脸上唾沫抹掉，用冷冰冰的目光注视着陆涛，在她眼里，此刻的陆涛显得那么陌生，像一只野兽。她忽然感到他浑身冒着酸臭气，不可理喻，令人厌恶。

"夏琳。"陆涛叫。

夏琳长出一口气："今天我不想跟你说话，我们明天再谈吧。"

"明天？我明天上班。"

"我在你们公司前面的快餐店等你，一起吃晚饭。"

"明天晚上我加班，十点才能出来。"

"那就十点。"

"我们回家吧？"

"今天我回我妈那儿，我自己走。"

"你刚才扑在我身上——"陆涛的声音越来越低，最后几乎是用哭腔在说。

夏琳摸了摸他的脸，打断他："好好照顾你自己。"

"我想照顾你。"

"我？"夏琳脸上带着一点漠然，她有点被他吓坏了，"我自己能管好自己，我很累，下面还有一场表演，再见。"

"再见。"陆涛机械地重复了一句夏琳的话，他忽然感到心里空落落的。

夏琳返回俱乐部了。

陆涛仍站在原地看着夏琳的背影。

夏琳竟没有回头。

一阵小风吹陆涛的脸，他慢慢走向街边寻找出租车——也许夜晚总是最糟糕的。

❀　　生意

这是北京一个饭店的顶层旋转餐厅，方德昭在吃自助早餐，灵姗站在玻璃前，眼睛向外望着。

方德昭在把一份文件从手提箱里拿出来，带上老花镜看。

"爹爹，我喜欢这里。"灵姗说。

"今年我有一半时间花在大陆，又是股票又是地产的，你喜欢这里，我很高兴，也许你的前程就在这里。"

"妈咪什么时候来？"

"把香港那边安顿一下就过来，你读书的事，这边已经安排得差不多了。"

此刻，徐志森大步走过来，和方德昭握手。

灵姗乖巧地叫道："徐伯。"

"灵姗，听说你想来北京上学呀？"徐志森笑着问。

灵姗点点头："是。"

"姗姗，为什么不去美国，不待在台北，也不去香港，反倒想来北京上大学啊？"

"因为美国是美国人的地方，而台北和香港都太小了。"

徐志森对方德昭眨眨眼："看，连姗姗都知道这一点。"

方德昭也笑了。

"老方，看了我发给你的计划了吗？你买下的地我认为不是无利可图，我想接手，建高级商品住宅。"

"你的计划我看过了，很精明，昨天晚上，我去了这边的一位部长家做客，特意看了看他的洗手间和厨房，又小又不合理，我觉得你说得对，老房子的功能性很差，与新设计无法竞争，我选择合作，我们共同开发这片地，把盘子做大，但我不建住宅，建写字楼。"

"要是这样的话，附近还有一片地。"

徐志森看着方德昭。

方德昭笑了。

"我要尽快买下来，和你的连成片儿，区政府下周开招商会，我要去看看。"徐志森说。

方德昭重新戴上老花镜："我知道那片地，可以考虑，可以考虑，你不走了吗？"

"我不走了，我喜欢这里，看，这个城市灰蒙蒙，很美，不是吗？"徐志森把目光投向窗外的天空。

"从一个房地产商的眼光看，它很快就会变得叫人认不出。"方德昭说。

"是的，很快，很快。"

徐志森眼中是灰蒙蒙的北京，他俯视这个城市，从中嗅出一股强烈的生气，他感到自己漂浮在这城市上面，这感觉令他觉得有点陶醉。这是他一生中少有的满意的时刻，他得到陆涛，并能在北京开展生意，他的人生像是重新开始了一样，一切将是很吸引人的。

灵姗捅一捅方德昭："爹爹，看。"

只见吉米和陆涛走过来。

方德昭看一眼灵姗："噢，我们有生意经要讲，你跟陆涛哥先去楼下游戏厅玩吧，中午上来一起吃饭。"

灵姗小嘴一噘："我不去。"

大家向她投去诧异的目光。

徐志森笑了："为什么？是不是你陆涛哥欺负你了？"

"不是。"

"那为什么？"

灵姗伏到方德昭耳边："他有女朋友。"

方德昭笑了。

徐志森好奇地问："小灵姗说什么？"

"她说她陆涛哥有女朋友了。"

灵姗的语气，使刚到来的陆涛和吉米都笑了。

"陆涛，是吗？"徐志森问。

陆涛点点头。

大家又笑了。

徐志森逗灵姗："叫你跟陆涛哥去玩，又没有叫你做他女朋友。"

"我也有男朋友，我男朋友听到该不高兴了。"

几个人又笑了。

方德昭说："我们灵姗可保守了。"

陆涛却向灵姗招手："走！"

灵姗愣了一下，立刻露出笑脸，跟着陆涛走了。

几个人笑得更厉害了——小孩子的秘密全在脸上，而小孩自己却不知道，所以他们才显得如此可爱。

✿ 感动

一整天，陆涛都带着灵姗东游西逛，他使自己尽量放松。跟灵姗在一起的确能使人心情平静，他感到自己完全有能力控制灵姗的喜怒哀乐，但他心里却在考虑着与夏琳的关系。昨天夜里那一场不快叫他心有余悸，他希望今晚能使两人关系得到改善，可惜夏琳不是灵姗。他觉得不知为什么，自己越是无法控制她，她在他眼里就越有吸引力。

晚上十点整，陆涛来到快餐厅，只见夏琳坐在角落靠窗的一个位置在喝一杯可乐，手里拿着一份画报看，陆涛过去，故意把公文包放桌上，挡住两人的视线，然后坐在夏琳对面。

隔着公文包，夏琳的声音传来："我去叫吃的，你想吃什么？"

"你呢？"

"我已经吃过了，今天下班早，我半小时前就来了。"

陆涛把包挪开："那我要一份咖喱牛肉饭。"

一服务员过来。

"一份咖喱牛肉饭。"夏琳叫道。

服务员走了。

两人对视，桌面显得空空的，隔在他们中间，一时间他们都不知说什么才是。

这情形一直等到饭端上来了才有所改观。

夏琳清了清嗓子："陆涛，咱们的事儿，我想了一夜一天，这样吧，为了表示我对你的明天有信心，以及防止你再因吃醋而伤人伤己，我有个小建议。"

陆涛快速咽下喉咙里的食物："什么？"

"我们结婚吧。"夏琳不动声色地说。

陆涛却不说话了，他抬眼看夏琳，只见夏琳的眼光里似有一种高高在上的关切，叫他感到很不自在。

夏琳见他没回答，于是提高声音："陆涛，我爱你，我觉得我必须为你做点什么！"

"为我守身如玉吧！"陆涛简短地说完，便继续大口地吃饭。

夏琳知道她可能有点伤他自尊了，想逗他，于是从包里掏出一张小存折在他嘴边上，一下子，她用小存折卡住陆涛的嘴。

夏琳大笑起来："太好了，你接受了！"

陆涛把存折吐到桌上："不，我咽不下去！"

"对不起，陆涛，这钱是在色狼眼巴巴地注视下挣的，我夜里在俱乐部炒更的时候，把他们想成你。"

陆涛仍大口地吃着，只是刹那间像是神经质地停止，说了声"谢谢"。

"陆涛，陆涛，你听我说，我必须必须为你做点什么。"夏琳的声音再次传来，这一次，那声音只剩下真诚了。

"等我吧。"陆涛说。

"我已经等了三个月了。"

"再等。"

陆涛继续吃着，吃着，忽然，他一抬头，只见夏琳已把目光望向窗外，她不知何时戴上了墨镜，泪水从墨镜后面往下流。

"夏琳，我想，有一天，我想，我们真正地结婚，你开一个服装店，里面挂满了你设计的衣服，我呢，就在试衣间里安个小镜头，天天坚持偷看你的顾客试衣服。"

"我们会结婚吗？"夏琳可怜巴巴地低声说道。

陆涛点点头。

夏琳摘下墨镜吻陆涛，她一再地确认，她离不开他，她是离不开他。

"我想结婚！"夏琳有点绝望地说。

"但不能这样两手空空地结婚，更不能用你的钱结婚。"陆涛说。

夏琳重新戴上墨镜，眼泪又流了下来。

陆涛推开吃得光光的盘子："又要不欢而散了吗？我看是这样的。"

说完，他站起来，走了。

快餐厅外是一条商业街，越走越热闹，灯光的映照下，四处都是商品与购买商品的人，空气里仿佛有股子钱味儿，混着小吃摊上的食物的香味以及人声，一直跟随着陆涛。他感到内心十分混乱，一会儿他猜测夏琳到底挣了多少钱，又是怎么挣的，一会儿又想到徐志森公司带给他的希望与失望，再一会儿，他又想到自己的前途——就这样，他迷茫地走着，世界的喧嚣一直跟着他，而且似乎是黏住了他，一股潜伏在心底的春青怒火在他心中弥漫，他长叹一声，"为什么夏琳忽然想嫁给我？她在可怜我还是试图用这种办法鼓励我？"

青春特有的骄傲与敏感折磨着陆涛，令他对眼前一切困惑不已——这不是正是他想要的？一份工作，以及夏琳——是的，是他想要的，但不是以现在的这个方式。

陆涛走着走着，忽然想到临走前都没跟夏琳打声招呼，他站住了，抬眼望向街两旁繁华的高楼大厦，又低下头，看到自己连鞋带都松开了，陆涛蹲下身系鞋带。他感到头晕脑胀，刚才狂走的时候想了些什么全忘记了，恍惚间，他觉得自己似乎有件事没办成，他想到夏琳，想到想与他结婚的夏琳，于是返身往回走。走着走着，他全记起来了，原来自己与夏琳吵了架。一个不祥的预感涌上心头，他要失去夏琳了，想到这里，他跑了起来。

越是近餐厅，他就越着急。只见路边的店铺纷纷关门了，他跑到了，快餐厅门前的大灯已经熄灭了。看来是关门了，里面空荡荡的，他继续跑，透过玻璃，看见两个服务生正劝夏琳离开，夏琳仍带着墨镜，噘着嘴，笔直地坐着，坚定地摇头。

陆涛走到玻璃窗前，轻轻敲玻璃，夏琳的头一歪，看到陆涛，立刻像弹簧一样从椅子上跳起来，冲向陆涛，中间被一把椅子绊了一跤，但她迅速爬起来，冲出门外，一把抱住陆涛。

"你怎么了？你在跟他们说什么？"陆涛急切地问。

"我跟他们说，我男朋友马上就来付账。"

"你还说什么？"

"我说，我们马上就要结婚了。"

陆涛用自己的嘴堵住她的嘴，吻她，再吻她，他因自己的任性而内疚，更感到了夏琳对他的爱。这爱让他对自己与夏琳的信心重燃，他懂得了她的美好与执拗，也懂得了生命中不可分割的那一份真挚——他知道，有一天，他们真的会结婚。

❀ 杨晓芸的小苦闷

三个月后，夏琳与陆涛的生活渐渐走入正轨，徐志森的地产公司上了项目，陆涛越来越忙了，而夏琳仍没找到合适的工作，仍在俱乐部走台，每周三次。为了让陆涛放心，她发誓不下去陪酒了，只是走台，这样，她便有了很多空余时间与精力。为了填补空余时间，发泄多余的精力，她和杨晓芸一起报了一个跆拳道班儿。

这班儿是杨晓芸发现的，她原来想练瑜伽，没想到看到跆拳班儿的教练帅得离谱，于是更离谱地练起了跆拳道。

帅哥教练在前面带着做动作。

现在，能够调戏帅哥教练成了杨晓芸的生活支柱，当然，少不了夏琳的帮忙。杨晓芸要求夏琳每一次帮她想一个小主意接近帅哥。这个晚上，夏琳与众人在练几个基本的连续动作时，从后面故意踢了杨晓芸一脚，她就势跑出队，撞到教练身上，还兴奋地冲人家笑，嘴里清脆地喊着："对不起！"

然后小跑着回队，接着练。

半小时后，杨晓芸崩溃了，原来帅哥教练的女朋友来了，长得比杨晓芸还要漂亮，杨晓芸觉得自己一下子被失败冲昏了头脑。

大家休息时，夏琳逗杨晓芸。

"杨晓芸，看你脸色铁青，不知今日有何感受？"

杨晓芸一听就火了："对不起了'夏日风'听说你在江湖兴风作浪多年，今日小妹多有得罪了。"

"对不起了'杨铁云'。虽然你经常一手遮天，但阿姐我也不是银样儿蜡枪头，取笑了——"

二人同时大喊一声，一场拳打脚踢，看得其他学员目瞪口呆。

一直到练习结束，两人还在斗嘴。

夏琳摆出一副武林前辈的样子："你在江湖行走，没男朋友有点悬！"

"前辈，小妹独来独往惯了！我不要！"

夏琳循循善诱："江湖凶险！成双成对儿才保险！"

杨晓芸翻了一个大白眼，干脆地回绝："不听劝！"

夏琳再劝："江湖大，有男朋友能称霸！没男朋友会害怕！"

"我不怕！"

夏琳忽然对她鞠了一日本躬，提高声调："求你找一个吧！"

杨晓芸也鞠躬："就不找！"

夏琳的急切的声音叫道："小晚辈，找吧！"

杨晓芸用绝望的声音反驳："前辈，明说了，小妹孤傲得很！找不着、就不找！"

两人到更衣室换衣服的时候，夏琳仍苦口婆心："求求你，让我给你介绍一个吧！"

"男朋友有什么用！"

夏琳坏笑着小声劝："找一个男朋友吧！"

杨晓芸还嘴硬："你去找吧，越多越好，我一个也不要！"

夏琳建议道："下个周末郊游去吧！"

杨晓芸用幽怨的目光盯着夏琳："你们成双成对儿，我当电灯泡儿，没门儿，不去！"

夏琳眨眨眼睛："郊游时给你介绍一个男朋友吧！"

杨晓芸难以置信地看着夏琳，半天才说："真的？长的帅吗？"

夏琳却不说话了，哼着小调继续换衣服，故意押杨晓芸，一直出了道馆，才突然对满腹狐疑的杨晓芸叫道："二选一！还都是帅哥！"

"太好啦！大姐你真心疼我！"

"那当然，我妹妹是什么人呢，虽说吧，春心浮动几年了，可一出场还是得众星捧月，摆出一副奇货可居的样子！"

杨晓芸已急不可耐了："这两人儿都什么路子呀？"

"你看你看，跃跃欲试了吧？欲罢不能了吧？小骚狐狸尾巴露出来了吧——告诉你，大姐今儿还不说啦！就不说！死不说！急死你！"

❀　　郊游

一辆旧吉普车在飞驰。

录音机里放着一首S.H.E唱的《SUPER STAR》。

车里的人一齐跟着唱，唱一段笑一段。

华子开车，向南坐副驾驶座，后座上是陆涛、夏琳和杨晓芸。

华子拧小音量，边说边回头看杨晓芸一眼："春天来了，花儿开了，树儿绿了，年轻人也着急了，没主儿的心，骚动了——"

"太丑恶了！停车！"杨晓芸抗议。

夏琳一看杨晓芸这么兴奋，连忙趁机提建议："晓芸，给你介绍一男友儿吧！"

"我不要！臭男人，没一个好东西！"

华子快速回头瞟了一眼："杨晓芸，你怎么知道的？今儿把你的苦水儿都倒出来吧，我闲着没事儿陪你哭会儿。"

"去！你再回头儿出了车祸我们怎么办？我这么年轻漂亮，还没享受过生活呢！"

向南回头看了杨晓芸一眼："那咱俩儿一起享受吧？"

杨晓芸翻了一个白眼儿，没理他，向南腆眉奤眼儿地回过身去。

华子用斜眼瞄着向南："哎，向南，你坐直点，要不干脆扑后座儿上去，你看你这姿势，斜愣着，还抱着椅子背儿，那是杨晓芸吗？杨晓芸有那么硬吗？有那么瘪吗？"

向南直起身："你管得着吗？"

"咱俩先说清楚了，是我先喜欢我们家晓芸的，你别老转着眼珠打我心上人的主意——免得我开车走神儿酿成惨祸！"

杨晓芸一把抱住夏琳："夏琳，你看他们呀！停车，停车，我要下去！我不和你们一起玩！全是坏蛋！"

华子接上杨晓芸的话头："杨晓芸，我告诉你啊，坏蛋是使坏使出来的，不是说出来的，你再这么鼓励我，一会儿我可要行动啦啊——"

杨晓芸再次一把抱住夏琳："夏琳，你看他呀——"

夏琳和陆涛笑了起来。

"杨晓芸，借我电话使一下。"陆涛说。

"我从来不允许别人浪费我的电话费！去管你女朋友要去！"杨晓芸回答。

"我们俩的电话都放在背包里。"夏琳说。

"那就从背包里拿啊。"

"为了让你坐得舒服，把背包扔后备箱了。"夏琳说。

杨晓芸不情愿地把电话交给陆涛："我可是人穷志短，说话时间尽量短一点啊。"

陆涛笑了："放心吧，我绝不花你一分钱。"

陆涛拨了一个号，华子手机响了起来，华子一招手："谢谢，收到！"

杨晓芸看了一眼夏琳，夏琳假装往车窗外看，她一下子明白了："陆涛，不许你把我电话留给他们！"

陆涛又拨了一个号，向南手机响。

向南讨好地回头："杨晓芸，放心吧，我就不接就不接，帮你省钱！"

"我都中计啦！滚！"

向南讨好地说："谢谢你给我留电话，回头我帮你把华子的手机号给删了，免得他没事儿搔扰你。"

"滚！"杨晓芸喊了起来，又冲夏琳说，"夏琳，你看啊，他们都是什么人啊，完了，我今儿算是掉贼窝儿里了！"

陆涛把手机还给杨晓芸："谢谢你啊，一分钱都没花。"

杨晓芸却不接："唉，陆涛，要留连你的电话一块儿留！"

夏琳一把从陆涛手中抢过杨晓芸的电话，塞回杨晓芸手中："杨晓芸，二挑一，你该知足了，搞对象儿的事儿，不要把中间人的男朋友也卷进去！这样你会挑花眼，不好！"

❀ 在湖边

这里是一个郊野公园，安静而广阔，还有鸟叫声传来。

前面是一小片湖岸，没有人，车就停在岸边。

华子拿着一个新式弹弓往湖水里打，小小的水花溅起。

向南、陆涛、杨晓芸和夏琳七手八脚支起了漂亮的烧烤架子。

夏琳说："看，司机去休息了，轮我们干活儿了，谁生火？"

向南举手："我！"

"我去拿炭。"陆涛说着站起来，走向车里。

"哎，老杨，给我们照张相吧？大家一起出来玩，好光荣多难忘呀！"向南用一种夸张的贱声贱气的声音说。

"滚！"

"求你啦！"

望着向南装出的一副可怜样儿，杨晓芸把脖子上挂的相机拿下来晃一晃："你不叫我老杨就行。"

"求求你小杨，给我们留张青春合影吧。"

华子一看向南又和杨晓芸搭上话儿了，连忙冲回来："我也照，我也照。"

陆涛也过来，把一包炭高举过头。

夏琳手里拿着一包要烤的肉。

向南举着一张亮闪闪的铁网。

四个人摆好夸张的姿势。

华子笑着喊："快点快点。"

陆涛也叫："照啊，照啊。"

夏琳说："快照！我可不会笑了啊。"

却只见杨晓芸笑眯眯地置三个人的要求于不顾，神气活现地把相机举起来，对着自己，连拍了两张，每拍一张，四个人都惊呼一声。

"杨晓芸，你也太自私了，我们都等着呢——"夏琳抗议。

"你这人怎么这样呀！当着我们的面儿玩自拍。"

华子却嚷嚷："我不怪你晓芸，拍我，拍我——"

却见杨晓芸笑着再次举起相机，重又给自己拍了一张。

华子冲过去，夺过杨晓芸的相机："你也太缺德了！"

杨晓芸沾沾自喜地叫道："我比你们都好看，当然照我啦！"

华子对着仍在站烧烤架边上的陆涛和夏琳："站好站好！"

本来夏琳和陆涛正要离去，见状，又站到一起。

华子说完举起相机："笑一个，笑一个。"

两人笑。

华子却学着杨晓芸也自拍了一张。

夏琳和陆涛异口同声地喊："太缺德了，太缺德了——"

华子连忙举起相机，对着两人："我改我改。"

可他的手按不下快门，华子笑了："这可不怪我，没卷了——你们听，自动倒着呢！"

陆涛、夏琳、向南把手里的东西纷纷扔到华子身上。

杨晓芸笑成一团儿。

❀　　烧烤

肉在火上烤着。

五个人一只手拿着一个纸盘子，一只手翻动着，看着烤肉，他们聊着天。

"我说，老杨——"华子搭话儿。

"叫我小杨！要不叫小芸也行。"

"老杨——"陆涛叫。

杨晓芸一指："你也一样！"

夏琳的声音响了起来："老杨！"

大家望着皱着眉头的杨晓芸一同大笑起来。

此刻，向南的声音顶着大家鄙视的目光响起："小杨。"

杨晓芸满意地点点头："嗯！"

"哎，小杨，跟你说正经的呢，我问你，你怎么还没男朋友呀？"向南接着说。

"因为我太优秀了，所以没有人敢追我。"

陆涛点头附和："还真是，我就觉得自己配不上她，只好和夏琳好了。"

"去你的！"夏琳打了他一下。

华子伸头向杨晓芸："我就不怕你优秀，要不咱们俩好吧？"

"你像二流子，我不跟你谈朋友。"

"肉都快烤好了，晓芸第一块给你吧！"

向南夹的肉走到半空，被华子一筷子夹走了。

华子用筷子点着他："重色轻友，我先吃！"

杨晓芸看了向南一眼，向南把另一块肉再次递给杨晓芸。

陆涛、夏琳、华子三个相互对视一眼，全无语了，他们纷纷把纸盘子往地上一放，起身要走。

杨晓芸得意地问："你们怎么啦？"

陆涛说："我们看着受不了。"

夏琳说："吃不下了。"

华子说："太肉麻了——我快吐出来了。"

向南一见，兴奋地向大家招手："再见。"

三个人立刻坐了回去。

向南急了："你们怎么还不走？"

陆涛说："我想留下来帮帮忙，万一你想对人家杨晓芸动手动脚，我也好帮你按着点。"

"不用！"向南说。

夏琳说："别贫嘴了，你们吃肉呀，看，都快烤糊了。"

❀　　斗　嘴

"啪"的一声，廉价香槟酒的软木塞瓶子开了，酒沫冒了出来。

是杨晓芸干的，她抱着酒瓶子直乐，华子被弄了一脸。

"酒！酒！"华子嚷嚷着。

每个杯子里都倒上了酒。

"为了我们——"华子看杨晓芸，想致词，被夏琳不客气地打断了："别为了为了——什么事儿都有目的性，也太势利了！"

"那算了，我喝杯闷酒吧，你们都别理我。"华子只好嘟囔了一句。

"你让他把大俗套儿话讲完嘛！"杨晓芸开心地说。

"我今天出来，就是为了躲大俗套儿话——"夏琳连杨晓芸都不放过。

华子看着陆涛，立刻学夏琳刚才的腔调："为了为了——什么事儿都有目的性，也太势利了！"

陆涛笑了，他喝了一口酒："你们俩在任何事情上都不一致。"

"你们这对台戏要唱到什么时候？"杨晓芸问。

华子看看夏琳。

夏琳看看华子。

陆涛和杨晓芸笑了。

"你们俩应该学学我和向南，别那么有性格。"陆涛说。

"那也不行，咱们五个人里谁一说话，紧接着就是一片叫好之声，有劲吗？"杨晓芸不同意陆涛。

向南点点头："也是啊，只有我妈最爱看的情景喜剧里才会出现这种情况。"

"不许你老跟着杨晓芸说话！"华子指着向南，然后转向夏琳："哎，夏琳，我记得你以前戴眼镜！"

"我记得你也戴。"夏琳还是不服。

"我的在兜里呢！"

"我的扔了！"

"扔了？"

"对，跟它Say　Goodbey了。"

"然后呢？"

"然后？什么然后？"

华子伸出两根手指，晃晃："这是几？"

夏琳一扭头："看不见！"

"我长得帅吗？"

"我呢？"

"看不见！"

杨晓芸叹了口气："他们又掐上了。"

向南趁机说："别理他们，跟蛐蛐似的——我们去那边走走吧。"

杨晓芸点点头："对，让他们收拾这烂摊子。"

两人起身，向远处走去。

华子这才缓过味儿来，一指向南和杨晓芸："你们看，你们看！这两人儿离家出走了嘿！"

陆涛向他投去同情的一瞥。

"我怎么办？"华子问。

❀　　　第二套方案

阳光洒在湖边潮湿的草地上，空气中飘荡着一股湖水的气息，一股忽然吹来的小春风把杨晓芸的头发弄乱了，遮住了她的脸。在向南眼里，她像一只机灵的小动物，他不知道，这是她一生最好看的时候。两人就沿湖边走。

杨晓芸看着不远处，陆涛和夏琳手拉手一起走，她冲夏琳招招手，夏琳也招招手。

"你有没有心情特不好的时候？"杨晓芸问向南。

"其实，我就没有心情特好的时候。"向南有点兴奋。

"那你为什么总是乐呵呵的？"

"我只是强颜欢笑罢了。"

杨晓芸白了向南一眼。

向南却认真地说："我隐隐感觉到，大学一毕业，好日子就都过去了。"

华子的情况有点不幸，他灭了火，把烧烤用完的东西收拾好，搬到车上，然后打开车里的音响，坐在车里，一边喝酒，一边听一段抒情的大提琴，一边欣赏大好春色，他点着一支烟，看着两对青年男女，叹了口气。

透过车窗，他看到陆涛和夏琳接吻，而向南把手放在杨晓芸背后，想搭杨晓芸的肩膀，但是终究没敢搭上。

他又叹了口气。

"你在想什么呢？"杨晓芸问。

"我在想——为什么要来呢？我也不知道。不管怎么说，出来散散心也好，总比在家睡大觉强——明天，明天还有很多事要做，山东的单子要签了，得从财务处把回扣领出来，要不那帮人就不会给我汇票，没有汇票，财务就不会给回扣，可不给回扣，人家就不给我汇票——得从哪儿开始呢？先给财务打个电话再说吧——"

"得得得，打住——原来你脑子就这么一串意识流呀——"

"你呢？"

杨晓芸："我刚才正在想，要是这湖边有一只小船，咱们五个人划到那一边去，不知会看到什么。"

华子从车里拿出手机，拨号，把电话放在耳边，他的目光却望向在远处散步的陆涛，只见陆涛接了电话："喂，能不能停止执行第二套方案啊，我嫉妒死了，我才喜欢杨晓芸呢，是我先喜欢上她的，怎么这么会工夫向南跑她道上去了？这叫什么朋友啊！"

"这事儿可怪不得人向南，不服你现在冲上去啊！"

"算了，友谊第一，谈恋爱第二，哥们儿还是支持他吧——请继续——你们的气氛烘托得不错，这两人越聊越来劲啊！"

"我和夏琳再这么抱下去，就该改摔跤了，你出动吧。"

"好吧，我一点儿也不用扮一个孤单而不幸的人，我现在就是，妈的！"

说罢，华子一脚踢开车门，从车里跳下去，然后一个人孤零零地向着一个方向走下去。

此时，向南和杨晓芸坐在草地上看湖水。

向南一指："你看！"

杨晓芸抬头，只见一边是追跑着抱在一起的陆涛和夏琳，另一边是孤零零的华子。

"这有什么可看的？"

"两种生活方式里，你愿意选那一种？"

杨晓芸瞧一眼向南："废话，这还用问！"

向南觉得他已摸清了杨晓芸的老底儿，于是冲着其他三个人大声叫嚷："哎，咱们是不是换个地儿啊？"

✾　　起哄

他们换到风景区的一片树林里，五个人坐在树林里的一片草地上。

"杨晓芸，你以后有什么打算？"华子启发杨晓芸。

夏琳削了一个苹果，递给杨晓芸，杨晓芸接过来，咬一口苹果："以后？"

"是呀，以后。"

"准备结婚！"杨晓芸痛快地说。

夏琳看了杨晓芸一眼。

"有男朋友了吗？"华子问。

杨晓芸淡淡地笑了笑。

"真的，有吗？"

"目前空缺。"

正在喝着筒啤的向南听见了，站起来，在不远处折了一枝野花，走到杨晓芸面前，半真半假地向杨晓芸求婚："那就嫁给我吧？"

杨晓芸不知该怎么办，她朝夏琳看了一眼，夏琳闭上眼睛。

她看陆涛，陆涛扭过头去。

向南把手里的花往前凑了凑："怎么样？"

杨晓芸笑了，她伸出手，动作夸张地接过向南递过来的花。

向南看着杨晓芸。

杨晓芸看着向南，笑了笑。

夏琳催："说呀，人家等着呢！"

杨晓芸这一次简直是眉开眼笑了："那好吧！"

这招致夏琳、陆涛和华子的起哄。

华子的破吉普车飞快地开在郊区公路上，"破归破，可还是敞篷的呢！"华子叫着。

"千万别下雨。"陆涛叨唠着。

黄昏的阳光被甩在车后，华子特意换上一张CD，里面的歌是《明天我要嫁给你啦》，除了杨晓芸，谁都跟着唱，弄得杨晓芸居然也糊里糊涂地唱了起来。

华子和陆涛坐前座，后座是杨晓芸、夏琳和向南，向南趁机搂住杨晓芸。

"我宣布，今天的郊游活动圆满结束，杨晓芸和向南这一对历尽沧桑的孤男寡女终于扛不住了，原形毕露，他们似乎准备搞在一起！"

杨晓芸踢了一脚前座："真难听！"

陆涛叫道："我同意华子的结论。"

夏琳笑道："我就这一次同意！"

"真希望他们俩能够成功！"华子喊。

"但愿别是一件倒霉事儿的开始。"

"什么，你说什么？夏琳？"

陆涛回头嚷嚷："她说你们俩是一见钟情！"

此刻，向南从后座座位底下拿出一个野花编织的花环，戴在杨晓芸头上，杨晓芸这一下放开了，她干脆甜蜜蜜地靠在向南的怀里——两人相互看了一眼，大笑起来。

向南把手里的一条丝巾扔向空中。

大家一起回头看丝巾在空中飘过。

"他们说咱俩一见钟情。"

"我们就是一见钟情！"杨晓芸跟着瞎咋呼。

夏琳气坏了："向南，你怎么那么缺德呀！那丝巾是我的！停车，你给我捡回来！"

❀ 在俱乐部

这是一家私房菜馆，陆涛站在外面的走廊里，吉米从包房里出来，来到陆涛身边。

"快吃完了吧？"

"马上就完，叶总说找个热闹点的地方，放松一下。这边有什么俱乐部吗？最好近点的。"

陆涛想了想："有，我现在去订房，你等我电话。"

陆涛订了夏琳走台的那个俱乐部，时间正好，他可以边工作边欣赏夏琳。

一进俱乐部，陆涛便问领班："请问，后台化妆间怎么走？"

领班问："您要——"

"我要去看一个朋友。"

化妆间的一面墙全是镜子，镜子前围着一圈儿点亮的灯泡儿，叫人想起电影里二十世纪二十年代的上海欢场。夏琳正在镜子前化妆，歌手孙大海抱着一把琴在练指法，他的女朋友露露亲热地靠在他腿上。

"大海，我觉得你的歌儿不适合在这种地方唱。"夏琳说。

"所以我唱孙楠的歌。"孙大海笑了。

"我喜欢你自己写的歌，昨天上午醒了以后，我站在阳台上梳头，听你录的小样儿，那时候外面很安静，你的声音那时候显得特别好听。"

孙大海看夏琳："怎么好听？"

露露瞪了孙大海一眼："我也觉得好听，前天我在逛西单商场的时候，一边逛一边听，觉得整个商场全HI起来了。"

孙大海按了一下露露冒出的头儿，他知道，露露不喜欢听别的姑娘说他坏话，但更不喜欢别的姑娘说他好话。

"我觉得——"夏琳想了想，"我觉得你的歌儿特亲切，对，就是特亲切，还有点忧伤，干干净净的，我觉得哪怕在麦当劳听呢，都要比这里强。我要是你，宁可去安静一点人少一点的酒吧唱，而且就唱自己的歌。"

"我已经唱了三年了，钱太少。"

"那又怎么样？"

露露坐直了身体："夏琳，你在北京有家，没有压力，我们就不一样了。"

孙大海叹了口气："夏琳，我觉得你才不适合这里呢！"

露露也说："我也觉得你不像混这儿的人。"

夏琳说："我正找工作。"

孙大海："你能干比这里钱少的活儿吗？"

"当然能，只要我喜欢。"

一个长得五短身材留着长发的演出总监冲进来："孙大海，乐队都准备好了，上场，记着啊，不许再唱你自己写的歌了啊！"

孙大海站起来，走了出去。

露露目送孙大海走出门去，然后问夏琳："你说大海以后能成功吗？"

恰在这时，陆涛进来了。

露露冲他笑一笑，偷眼一看夏琳，她的眉头已经皱了起来。

"夏琳！"

陆涛的话音未落，夏琳的声音就把他的覆盖了："谁让你跑这儿来了？"

"今天，公司今天有点应酬，我先来定房，趁他们还没来我来看看你，徐志森一会儿也来——"

"我不希望你在这里看我，你明明知道！"

"除了这儿，我就不知道还有什么类似的地方，再说，我想一会儿完了，我送你回家。"

"你忙你的事儿吧。"

"夏琳，这是我的工作！"

"陆涛，如果这是你的工作，那么我不喜欢你的工作，你应该在设计室工作！"

"我也不爱干现在的事，没办法，刚去公司，只能打打杂儿——"

"你们在哪个房间？"

"888，干吗？"

"你不想让我看看你的亲生父亲？"

"他有什么可看的？"

"我想看看什么人叫你忽然变成现在这样儿！"

"我这样子怎么了？"陆涛话没说完，电话响了，他急忙接了起来。

夏琳听见陆涛对着电话说："好，我出去等你们。"

她把嘴边的话咽了下去。

陆涛挂了电话，对夏琳说："我先出去一下。"

说着跑了出去。

夏琳叹了口气。

✿　　夏琳的态度

俱乐部888号包房里已经热闹起来了，叫来的小姐坐了一屋子，在暗淡的灯光下面全都花容月貌，不仔细看个个都像女明星。徐志森、吉米、徐志森的律师坐一边，另一面分别是叶英雄、刘律师及其随行人员。

"这次我们的合同签得真可谓历尽千难万险，刘律师，我得代表远大公司谢谢您。要不是您发现了那个问题，我们以后合作时很可能就会出现财务上的纠纷，感谢感谢！我敬你一杯。"吉米单挑对方的律师劝酒。

刘律师站起来："哪里哪里，好事多磨。"

两人碰了一杯。

徐志森拍拍陆涛："陆涛，你歌唱得怎么样，给大家唱一个。"

"我不行，你们谁唱，我帮你们点。"

这时门开了，夏琳自己走了进来，陆涛忙起身，刚要说什么，却见吉米迎上前去："美女，来来，这边坐。"

夏琳忽然轻轻一跃，跳过桌子，坐到徐志森身边。

陆涛忙上前："这是徐志森徐总，这是——"

夏琳接过话头："呀，您就是传说中的徐总呀，我就坐这儿吧！"

大家哄笑起来。

陆涛的脸色顿时变得很难看，他把手插到裤兜里，冷冷地看着夏琳。

吉米拿一杯酒端到夏琳手里："小姐贵姓？"

"我姓夏。"

"夏小姐很漂亮啊。"徐志森看着夏琳说了句客套话。

不料夏琳飞快接上一句："徐总很有风度啊。"

大家笑了起来，劝两人干一杯。

徐志森说："夏小姐请。"

他和夏琳干了一杯。

吉米在边上帮腔儿："夏小姐，我们徐总从来不主动跟人喝酒，今天见到夏小姐，上来就喝了一杯，夏小姐很有面子啊！"

"那我再敬徐总一杯，拜托徐总在公司给我留个位置。"夏琳一边笑着说，一边偷眼看陆涛，只见陆涛一个人坐在一边，咬着牙，沉着脸。

徐志森也笑了："夏小姐学什么的？"

"学设计的！"

"我们公司就缺学设计的。"徐志森把注意力全放在夏琳身上，拿起酒杯又和夏琳碰了一下，然后喝干了。

陆涛的脸色更难看了，除了悄悄为此感到兴奋的夏琳，谁也没有注意到他。

吉米看着夏琳和徐志森聊得很开心，便伺机说："夏小姐，这是我们徐总的名片，我们徐总工作很忙，出来放松的机会不多，以后还请夏小姐多照顾——"

夏琳接过名片："那我也给徐总留个电话吧，以后要是有什么发财的好事儿，徐总打个电话，我人马上就到！"

说着拿起桌上的纸笔，给徐志森留了一个电话。大家为徐志森在女人方面的成功鼓起掌来。

徐志森接过那张纸看了看，抬起头，又看了看夏琳，目光里露出一丝疑惑。

夏琳却是笑盈盈的。

徐志森明白了，他笑了："这是陆涛的电话嘛——噢，原来夏小姐喜欢我们的陆涛，陆涛！过来，坐过来！"

大家一齐回头找陆涛，陆涛只好坐过来。

徐志森指着夏琳边上："坐这里。"

陆涛刚一落座，徐志森便说："你是假公济私，给夏小姐捧场啊！"

陆涛小声说："徐总，夏琳是我的女朋友。"

大家的目光一齐望向夏琳。

夏琳扬起眉毛半真半假地笑着说："你这么年轻才俊的，说我是你女朋友不怕没面子吗？"

"夏琳，无论你在哪里，你也是我的女朋友。"陆涛伏到夏琳耳边说。

"我真该为你的话感动——可是我一点也不感动——北京那么多俱乐部，你为什么带人到这里来？是不是想告诉我，你最近搭上了一趟发财快车，档次提高了，能来得起这里了？"

"夏琳，不是。"

"那是为什么？"

"你越不让我来，我就越想来。"

夏琳转向大家："大家来这里是为了开心的，陆涛，你一直绷着脸，一点开心的样子也没有，像你这样，还不如不来——徐总，为了你们公司兴旺发达，为了陆涛的远大前程，咱们一起干一杯！"

夏琳和徐志森碰了一杯，然后一饮而尽。

大家鼓掌。

"我相信夏小姐的话是真心的——陆涛，你有这样一位女朋友，我替你感到骄傲，来，咱们俩干一杯，我希望你以后努力工作，不让女朋友到这种地方来。"徐志森说。

陆涛与徐志森干了一杯，然后望着夏琳。

陆涛很尴尬，慌不择路地胡说："夏琳，我们是来工作的。"

大家哈哈大笑起来。

夏琳笑完："陆涛，这一段我不知道你是膨胀了，还是自信了，总之，我发现，你变了。祝大家玩得开心。"

说完就走了。

陆涛想站起来追，夏琳一指他："别跟着我！"

❀　　徐志森的态度

吉米唱了一首歌，包房里又恢复了乱哄哄的样子。

徐志森在落落寡欢的陆涛边上坐下。

"陆涛，她真是你女朋友？"

"是。"

"唯一的？"

"是。"

"她希望你为她做什么？"

"她希望我始终跟她在一起。"

"对你没有别的要求？"

"没有。"

"她没有激励你，让你成就一番事业？"

"没有。"

徐志森拍了一下吉米："吉米，你陪他们吧，我有话要对陆涛说。"

徐志森拉起陆涛往外走。

两人来到俱乐部外面，穿过停车场，前面是一条大街，路灯下可清楚看到汽车驶过后，从排气管中喷出的淡淡的烟雾。

徐志森搭着陆涛的肩膀往外走。

陆涛说："其实我最烦那种激励别人的姑娘。"

"为什么？"

"她有那工夫激励我，为什么她自己不努力成就一番事业？"

徐志森笑了："所有人都有梦想，但并不一定有机会亲自实现它，如果有人可做到，特别是身边的亲人能做到，那么也是一种安慰。"

"夏琳可不是那样的人。"

"她是一个什么样的人？"

"她理解我，她很独立，也很任性，为了我，她放弃去巴黎学习的机会，她吸引我，叫我总想为她做些什么，但她从来不让我为她做任何事。"

"这是你的想象吧？"

"不，她就是这样一个人。"

"好吧，假定她真是这样一个人，那么你想为她做什么？"

"做什么都可以，只要跟她在一起。"

"真羡慕你，还能生活在感情的世界里，知道我怎么想？"

陆涛摇摇头。

"感情世界，是纯粹想象出来的世界，那里没有性价比，没有投资回报率，只有价值而没有价格，在那里生活，你脚下踏的不是两百万一亩的土地，而是云朵——什么都无法计算，也无法控制，叫我心里不踏实。你看这里，这些服务员，每月只要两千块，他们就会站在这里，我只要交电费，这些灯就会在晚上被点亮——"

徐志森放开陆涛，深吸一口气。

徐志森接着说："你看，这就是我们生活的世界，人人在这里生活，穷人为下个月的房租和薪水而发愁，富人可对人生做长远规划，但规划到五十年以后，便会感到忧伤，因为那时自己已不在人世。人们不喜欢没有自己参与的计划，人们倾向于在瞬息万变的世界上抓住一种牢靠的东西，然后展开自己有限的人生，是吗？"

"是的。"

"你要抓什么？"

"夏琳。"

徐志森长叹一声："有烟吗？"

陆涛在身上找来找去。

徐志森一指不远的一个烟摊："去买一盒。"

陆涛去买，当他站在烟摊儿边上转过头去看徐志森时，徐志森也在看着他。

陆涛回来时，徐志森已坐在马路沿儿上，不知为什么，陆涛感到那样子很亲切。

父子两人一人点上一支烟。

"你知道夏琳以后会变成什么样子？"

陆涛摇摇头。

"你不知道，她呢？"

陆涛又摇摇头。

"她也不知道——那么，你能抓住什么？"

"我不知道。"陆涛说。

"有关未来，我们谁也不知道，"徐志森说，"除了让你自己变强以外，其余的都没有用——是吗？"

"是的。"

"你怎么才能变强？你不能通过夏琳变强，因为她像你一样年轻，一样迷茫。但你可以通过生意变强，在生意中，你可学会理清一条条线索，克服困难，最终得到你想要的。"

徐志森把抽到一半的香烟扔在地上，他问陆涛："会开车吗？"

"不会。"

徐志森拍陆涛的双肩："那么，我们先学会开车，这是技能，自我是由技能构成的。陆涛，你很有才华，但要把它使在该使的地方，从生意中，你可学到很多，但从感情里，你什么也学不到，所以，最好先找能学的学一学。我知道，年轻人不爱听大人唠叨，不相信大人的经验，但你要知道，大人的经验全是从坏事中总结出来的。"

但是陆涛很喜欢听徐志森说话，他的观点对他来讲，是新奇的，就如同向他打开了另一个世界之门，当两人坐进徐志森崭新的奔驰车里时，陆涛更感到这一点，他的手指触摸着座位上的皮革，看着仪表灯闪着光，随着汽车一起滑出停车场。

"给我指路，告诉我如何开到车少一点的路上。"徐志森说。

汽车在向郊外行驶，路面灯光越来越暗。

"为什么人从感情中什么也学不到？"陆涛在心里想着徐志森的话，忽然问。

"感情是一种本能，本能是不需要学习的，感情更是一团混乱，有一刻，你很冲动，觉得自己能为某人献出一切，另一个时刻，冲动消失了，你也许觉得献出一切不划算。感情无法控制，人们一直试图通过观念控制感情，但并不总是成功的。在古代，人们就不信任感情，知道通过利益维持的婚姻更长久，一般来讲，在书里的爱情比现实中的要多得多。"

"我相信我爱夏琳。"

"这话要到很久以后再说才有说服力，没有考验，就谈不到爱。我年轻时相信自己爱你母亲，但我没有经受住考验，在关键时刻，我出国了，欺骗了她。"

"我不会像你一样。"

徐志森斜了陆涛一眼："你怎么知道？"

"我就是知道。"

"那么好吧，我们看吧——你还年轻。"

"徐总，我想问您一个问题。"

"说吧。"

"你相信世上有永恒的爱情吗？"

徐志森笑了，他知道陆涛像任何年轻人一样关心结论，那么说一说也无妨："陆涛，我老了，是个生意人，在经历了那么多事情之后，我现在宁可相信什么都是过眼云烟，只有生意永存。"

❀　　失控

在一条冷清狭窄的公路上，徐志森把汽车停下了，他与陆涛换了位置。

陆涛坐在驾驶座上，手摸方向盘的一刹，才感到有点紧张。

徐志森说："怎么开我已经告诉你了，你现在不用想这是什么车，值多少钱，那跟开车没关系，你只需开好就可以。记住，遇到任何觉得有问题的地方，你就踩刹车，记住了吗？"

陆涛点点头。

"开吧。"

陆涛把车开动了，一开始，车有点摇晃，接着开直了。

他的耳边响着徐志森的声音："向前，看着前面，不行就刹住车，开车很容易，只要会刹车就可以。"

徐志森教陆涛转弯、倒车、掉头以及使用各种开关。

两小时后，陆涛已把车开得飞快了。

突然，前面有辆车开过来，刺眼的灯光迎面而上，徐志森教陆涛不要向右躲，陆涛觉得做不到，"刹车！"徐志森叫道。

陆涛一个急刹，车停了。

对面的车飞驰而过。

徐志森说："记住，随时刹车，这样才不会失控，开快车谁都会，但能否刹住车并不容易。你觉得你会了吗？"

陆涛点点头。

"那么，送我回饭店。"

"可是我没有驾照，一会儿进了城——"

"你觉得你会开了吗？"

"会了。"陆涛信心百倍地说。

"那么，开回去。"

陆涛高兴地点了一下头，踩下油门。

汽车进入城市，街上的车多了起来，陆涛觉得自己完全会开了，他虽然很紧张，却把车开得很快。

徐志森在边上提醒："你最好开慢一点，越快越危险。"

汽车从公路上下来，进入一条街，前面有一辆运货的卡车慢慢开过来，而右面却有一个骑车的人。

"刹车——刹车、刹车——"徐志森低声说。

陆涛慌了神儿，他勉强从中间钻了过去，却撞到了前面的一个安全岛上，车前盖冒起了浓烟。冷汗从他头上冒出了出来。

"换个位置，你没有驾照。"徐志森说。

两人换了位置。

陆涛坐下，长出一口气。

徐志森看着他紧张的样子，哈哈大笑起来。

"车坏了没关系，修好就行了，我们上了保险，但我要你记住一件事，那就是，记住刹车！这是关键，开车是这样，做生意也是这样，如果弄不清情况，就要停下来，如果像你刚才那样，没踩住刹车，你也没意识，那就是失控了，你要意识到你失控了。在你和夏琳的关系里，你就是失控了。"

陆涛想回嘴。

徐志森提高声调："我只看一下你的眼神，就知道你失控了——失控的后果你看到了？"

陆涛点点头。

"还有，就是并不是你觉得有把握的事儿就是确定的，你觉得会开了，但形势有时会差强人意——你懂吗？这时你要避免失控。失控，是最坏的情况，因为谁也不知道失控后会发生什么。"

陆涛再次点头。

"记住，这是你最需要学的，也是人生最关键的。"

陆涛使劲点点头，他觉得徐志森真是太犀利了。

徐志森长出一口气："好吧，今天很晚了，记住我对你说的话，你回家吧，车我会叫司机来取。"

❀　　如果我一辈子穷困，你仍会爱我吗

这真是激烈的一夜，陆涛回到住处，感到浑身是劲，上楼梯都是跳着上去的，他懂得一个概念，那就是失控。从此以后，他将努力让自己避免失控，徐志森说得对，"谁也不知失控后会发生什么。"

陆涛开门进屋，只见夏琳靠在沙发上，就着灯看一本书。

"你没回家啊？"

"废话！"

"那你还生我气吗？"

"废话！"夏琳伸着懒腰笑了，"我回家了，但又返回来，在这儿等你。"

陆涛坐到夏琳边上，把书从夏琳手上拿开："夏琳，今晚的事情对不起，我不该把客户约到——"

夏琳用手指封住他的嘴，然后吻了他一下。

陆涛定定地看着夏琳："夏琳，如果我一辈子穷困，你仍会爱我吗？"

"如果你一辈子努力，即使穷困，我也会爱你。"

陆涛吻夏琳。

夏琳一边接吻一边说："刚才华子他们打电话过来，问你去不去打保龄，他们在保龄球馆——"

陆涛把夏琳推倒在沙发上："不去，坚决不去！"

✿　　露露出现了

华子在保龄球馆接到陆涛的电话，说太累了，不来了，便对向南叨唠："成天和一女的滚在一起也不嫌腻！"

向南扔完最后一个球，坐到华子身边："我觉得老跟男的在一起才腻呢。"

华子一指计分器，向南的分出来了。

"这局你又输了，该你先开了。"华子说。

向南却蹦跳起来："输了又怎么样？情场得意呗，你想输输得了吗？让我先歇会儿！"

两个各拿了一瓶矿泉水喝。

"哎，华子，我跟你说的那事儿，想好了没有？"

"什么事儿？"

"又装！借钱的事儿。"

"你借钱干吗用？"

"结婚呀！我想好了，万事开头难，先把婚结了，以后的事儿就一了百了了。"

"你真想结婚？"

"对，给以前的一切划上个小句号，然后重新上路。"

华子眨眼睛："这都什么乱七八糟！认识这么多年了，从来没见过你这样啊？你怎么了？"

"我挺好的。"

"得了吧，你这是一见钟情以后的异想天开，人家杨晓芸是跟你闹着玩呢。"

"我以前没跟你借过钱吧？"

"我现在手头没钱！"

"你上笔旧车生意不是一下子挣了十几万吗？"

"我的钱正准备分期付款买房子。"

"真没想到你是这样的人！"向南放下矿泉水瓶子，又去扔保龄球了。

华子抬头，目光从向南身上转到旁边，看到旁边的球道换上来一个漂亮姑娘，她不仅球打得好，而且姿势优美。

向南打了一个全中，兴奋地冲回来："该你了。"

华子一指那姑娘："你看。"

"怎么啦？不就是一美女嘛，跟你有关系吗？瞎看什么呀！"

华子不理向南，站起来去打球，居然也打了一个全中。

华子挥着拳头回来，对向南说："如果你能和杨晓芸结婚，我就娶那姑娘。"

向南眨眨眼睛："那是为什么？"

"不就是比一见钟情吗？"

说完，华子便起身向那姑娘走去。

向南看得目瞪口呆。

华子走到那姑娘边上儿："哎，露露，你怎么一个人在这儿打球啊？"

"哟，华子。"露露半天才反应过来。

"你还在我的母校交钱受骗吗？"

露露笑："那培训班儿早上完了。"

"说起来咱怎么着还是校友呢，学妹，比一局啊，我输了你嫁我，你赢了我娶你，男大当婚，女大当嫁，不服就开始吧？"

"学长，我当然不服啦！你赢了嫁妆归你，我赢了保龄费归你，再帮我买一瓶可乐，开球吧？一会儿我男朋友来了，麻烦你告儿他一声，你是冲我的美色才愿意付账的啊！"

华子拿一个保龄球刚要扔，露露的男朋友孙大海拿着两瓶可乐来了。

孙大海把一瓶递给露露："露露，这是谁啊？"

露露笑了："介绍一下，这是华子，我们是校友，这是我男朋友大海。"

华子把拿起的球又放了回去："那我还是别耽误你们俩了。你们玩吧，我在那边。"

说完悻悻离去。

向南一看乐了："华子，她老公没请你一起打呀？"

华子长叹一声："她叫露露，是咱们学校培训班的校友——"

"你怎么知道的？"

"羡慕吧？"

"滚！你不是要娶人家吗？"

"着什么急呀你！我不是等着你和杨晓芸先办事儿吗？"

"唉，在北京，所有的人都能七拐八拐地扯上关系，真是——"

"要不是因为这个，我哪儿能靠卖旧车一夜暴富呀！现在咱跟改装厂有熟人，订了合同，一批一批的旧车翻新，不服不行吧——"

"得了吧——你挣了钱又不给我挣，我服你干吗！"

向南说罢，再次去看露露，只见露露用一个漂亮的姿势把球扔了出去，样子很酷。

向南收回眼神儿："华子，你说求婚的时候什么最重要？"

"有房最重要。"

"那最重要的事儿我办完了，你等着过几天和咱嫂子一起吃饭吧！"向南神气活现地说。

✿　杨晓芸

杨晓云在一个广告公司上班，地址位于一所大学边儿上，贴着大学围墙，二层小楼，前面是一条街，向南瞄准了杨晓芸下班的点儿，打着出租车杀过去，他一只手里攘着一把鲜花，另一只手里夹着一支烟，不时紧张地向两边看。

真是定时定点儿啊，出租车刚停下只有两分钟，杨晓芸便从公司里走出来。

向南急忙把手里的鲜花向杨晓芸挥舞。

杨晓芸蹦跳着走过："哟，是你呀，真巧啊。"

"巧什么巧，我等你呢！"

"看样子也不像是路过。"

向南把鲜花递过去："这是给你的。"

杨晓芸怔了一下，然后接过来，她看着花，并摆弄着："真漂亮。"

"我想带你去个地方——"

"什么地方？"

"走吧——"

"要是你把我带到一个黑屋儿里强奸了怎么办？"

"那你算抄上了，别做梦了，我才不会呢！"

"滚！"

向南拉开出租车门，杨晓芸上了车。

向南跟着往里钻，没想到杨晓芸打开另一侧的车门走了出去。

向南有点晕了，他眨着眼睛看杨晓芸。

"我今天还有点事儿——要不改天吧？"

"不会耽误你的，就半小时，然后，我送你回家——"

"半个小时？"

"最多半个小时——不算堵车时间，上来吧——"

"去哪儿呀？"

向南笑了："放心吧——不是去劳改农场——"

杨晓芸又走回去，上了车。

一路上，两人都没怎么说话，到了地儿，两人下了车，那是一个公寓楼，从外面看还挺白领儿的，两人坐电梯上了十二楼，向南开门："请进——进去看看——"

"真是一小黑屋儿啊！"

向南把灯打开，立刻，二十多平米的客厅被照得雪亮。

杨晓芸感到有点吃惊，她走了进去，一只手还捧着鲜花，从一个房间到另一个房间——向南在后面跟着。

杨晓芸："真棒——真不错，你就住这儿啊？这是你的房子？"

向南靠在门上："不是。"

杨晓芸愣了一下："你什么意思？"

"这房子是跟朋友借的。"

"噢——"

"是我朋友他姐的房子，现在出国了——加拿大。"

"噢——"

"还记得吗，你说过要嫁我——"

"啊——那是起哄说着玩的——"

"以后咱们住这儿行不行？——我可不是说着玩的——"

杨晓芸愣了一下，笑了："不行。"

向南回手把门"咣"地一声关上，凑到杨晓芸边儿上："说来听听，怎么个不行法儿？"

杨晓芸柳眉倒竖："我觉得咱俩不合适！"

"你再说说咱俩怎么个不合适法儿？"

"你太难看了，我喜欢帅哥。"

"那你觉得陆涛算不算帅哥？"

"勉强算吧。"

"那你听着啊，陆涛的生日是4月5号，我是3月5号，比他大一个月。"

"那又怎么啦？"

"我是帅哥他哥啊！"

杨晓芸笑起来。

"哎，杨晓芸，咱俩合不合适也不是咱俩说了就算的，这样吧，咱找一个公平的地儿说这事儿。"

"哪儿公平？"

"就这儿！"向南一指写字台边的一台电脑。

两人坐到电脑前，打开新浪星座速配。

"你先吧，LADY FIRST——反正我是双鱼。"向南输入了自己的生日。

"我金牛。"杨晓芸乐了，她也输出自己的生日。

两人好奇地望向显示器：他总是记得帮你把冰箱填满食物，你真的是太感动了，你终于找到一个能完全照顾你的人。在床上，你们的步调亦相当一致。

两情相悦指数：5

天长地久指数：5

向南乐了："听人劝吃饱饭，你听听，听听人家是怎么说的！我告诉你啊，最高指数就5，看见了吧，绝配！"

杨晓芸声调儿提高了八度："我跟你绝配？我死了算了！"

"别那么自卑行不行，你这样，反倒把我弄得挺骄傲的，我告儿你，我可是一新好男人——"

杨晓芸用胳膊肘猛撞向南的心窝儿："你一边儿待着去！"

✿　　交流

向南请杨晓芸吃一顿晚饭，东北菜，接着两人逛街，他给杨晓芸买了一件小礼物，一个电脑笔记本双肩背，并许诺以后送杨晓芸笔记本电脑，然后两人决定走一走。这一走就走了三个多小时，向南决定送杨晓芸回家，一路上，两人仿佛有说不完的话。

"我最喜欢吃鸭子。"向南说。

"我也最喜欢吃鸭子。"

"我妈有恋子情结。"

"我妈也是。"

"以前我们家住四合院。"

"我们家也是——我到家了。"

向南一把抓住杨晓芸："再说两句我才放你回家。"

"好吧。"杨晓芸说。

"要是度假，我首先选马尔代夫。"

"我也是。"

"我第一次见你就喜欢上你了。"

"这方面咱俩有分歧，而且分歧很大。"杨晓芸说。

"那是以前，现在相见恨晚了吧？"

"去去去！"

"我现在存折里有一万。"

"我有六千。"

"加起来一万六，结婚够了吧？"

杨晓芸瞪大眼睛："你真想跟我结婚啊？"

"你以为我一直过嘴瘾呐！"

"向南，其实我这人儿毛病特多——"

"我统统原谅了——不仅如此，在我眼里，你的缺点全变优点，明白吗？情人眼里出西施这话我现在觉得一点没错儿，我告诉你，这么说吧，你就是真的长成东施那样儿，我也能生生把你看成西施！"

"你才东施呢！"

"好吧好吧，咱俩这事儿就这么定了，要不我现在先上去问候一下咱爸咱妈？"

杨晓芸一把拉住向南："向南——我，我要是答应了你，你以后会真的对我好吗？"

"现在发誓显得太假了，这么说吧，什么时候你觉得我对你有一丁点儿不好，抬脚把我蹬了我一句怨言没有，成不成？"

"成！现在就成！"

"别啊——那个——我告儿你，要是咱俩这事儿一定，明天准轰动！"

这句话当真打动了杨晓芸，她喃喃自语："是啊，他们肯定想不到，咱俩从默默无闻一下子变成焦点人物了！"

"那多来劲呀，你不想轰动轰动？"

"轰动一下谁不想啊？"杨晓芸说完看了一眼向南，"可是，跟你一起轰动——我怎么有点不情愿啊？"

"这不你手上也没别人嘛，要不你就赶着鸭子上架——就我得啦！"

杨晓芸想了想，正要说什么，忽然她的手机响，杨晓芸拿出来："是华子。"

向南一听，一把从杨晓芸手里抢过手机："喂，华子，是我，我是向南啊！"

华子那边停了一下，挂了。

向南把手机还给杨晓芸："挂了。先说完咱俩的事儿再给他回电话！"

"向南，其实我也觉得咱俩挺合适的，就是没想到会这么快，你给我一点时间——"

"咱俩快？咱俩还快？要说陆涛是乌龟吧，咱俩就是变成兔子现在开始追他们都不一定能追得上！"

"向南，我没有米莱有钱，也没有夏琳漂亮——"

向南一根手指封住杨晓芸的嘴："晓芸，我没有华子那么讲义气，也没有陆涛那么有才华——"

"我没有——"

向南再次封住她的嘴："杨晓芸，听我说，跟他们单比，我们什么都不行，但我敢保证，如果我们俩加起来，会比他们所有人加一块儿还幸福！"

杨晓芸拉住向南的手："这可是你说的？"

"话我今儿是撂这儿了——你敢信吗？"

杨晓芸笑了："向南，明话儿告诉你，我还没上过当呢！"

"是不是最近有点想试试？"

"你是说，我们俩加一块儿？"

向南笑着点头。

杨晓芸一拳打在向南胸口上："加就加！大不了离婚呗！"

"杨晓芸，现在还不是离婚的时候，我想跟你结婚！我必须跟你结婚！"

"结就结！"

"别吹牛了。"

"我杨晓芸从来不爱说大话！"

"那咱先从小了说——"

"小了怎么了说？"

"结婚事大，接吻事小，明白了吗？"

"那你还等什么呢？开始吧？"

两人相互看着，谁也没动。

向南长出一口气："你这双目炯炯的，跟两只车前大灯似的，我害怕——哎，能不能先闭上一会儿啊？"

杨晓芸忽然浪了起来，她把手背到身后，笑眯眯地用小可爱的腔调念着一首歌谣往上凑："怕什么呀，有什么可怕的——"

"怕不好瞎怕呗——"

"我都不怕你怕这叫什么事儿呀——我想跟你好，谁也挡不了，我想跟你处，谁也拦不住——"

说着说着凑到向南眼前，慢慢闭上眼睛。

向南与杨晓芸接吻，杨晓芸的声音消失了。

两人像触电一样分开了，他们几乎一起叫道："这是我的初吻！"

接着又异口同声地问："真的？"

"太惨了。"杨晓芸说。

"我不承认！"向南说，"我亲过的姑娘少说也有一微面。"

"一边待着去吧。"

❀　结婚结婚

第二天，两人下了班便来到一个打折首饰店，依美国的规矩，向南和杨晓芸彼此为对方买了一个结婚戒指，四折的。两人收好发票，戴着戒指出来，向南便深情地说："其实我第一眼就喜欢上你了。"

自感有主儿了的杨晓芸立即随声附和："我特烦华子，老跟我贫嘴，其实那时候我挺想跟你多说几句的。"

两人吃了饭，时间还早，于是去一家街边儿照相馆照了一张简单的结婚照。

照片是立等可取，就在等的那一会儿工夫，向南又想出一句一往情深的话说给杨晓芸听："我一猜你就是那种喜欢踏踏实实过日子的人。"

"我也觉得你这人挺实诚的。"

说完两人还接了吻。

随后是一起吃晚饭，接着，两人分头向家里说谎，说晚上不回去了，两人鬼鬼祟祟溜到向南借的房子里，喝了半瓶啤酒后上了床。虽然不太成功，但俩人觉得只要以后勤学苦练，成功指日可待。让两人感到比较特别的是，他们都基本上可以把对方看作一个纯洁的人。

两人搂在一起，说了一夜话，最后几乎是胡说八道了一些梦话，天亮时，被闹钟叫醒了，两人还一起收拾了屋子。

向南趁机夸自己："我早晨不爱睡懒觉。"

杨晓芸说："我连闹铃都不用，到时候我叫你！"

然后两人分头上班。

上班中间，彼此发了无数个"想你"的短信息，晚上一下班，便急急火火冲回新居里约会，他们接着玩电脑算命。

"看，如果我今年不结婚，就得等到十二年以后。"向南说。

"你看我，就是今年结婚，而且这辈子就这么一次，看来，也就是你了。"

一激动，两人又上床了，这一回，成功了。两人在床上腻到半夜才起来，是饿起来的，他们煮汤面吃，杨晓芸围着煤气灶转来转去，向南围着杨晓芸转来转去。

"我就喜欢会做汤面的女孩。"向南一边看杨晓芸煮面一边说。

"我就喜欢两只手长得秀气的男生。"吃面的时候，杨晓芸看着向南的手说。

第四天两人便分头回家偷户口本儿，杨晓芸是半夜得手的，她回到自己房间给向南激动地打电话："我偷着了！"

"我也偷着了！"

第五天两人便到民政局的结婚登记处登记结婚。

他们两个亲眼目睹"咣咣"两下，钢印盖在结婚证上——难道终身大事就这么办完了？

"完了！跟大家一说，他们准说咱俩疯了。"向南说。

"连我都觉得有点草率，不过他们准会大吃一惊——这不像咱们俩，倒像是双鱼和双鱼干的事儿。"

在结婚登记处外面，向南发出感慨："这是什么时代呀，结婚太容易了，总之，我要说，结婚——简直易如反掌——"

杨晓芸说："希望下面的一切都顺理成章。"

"下面咱们要干什么？"

"我要去见一个客户，你呢？"

"我要请假，打打电话，向大家宣布咱们结婚的消息。"

"你说，会不会出现什么问题？"

"媳妇儿，让暴风雨都来吧！"

"你要再这样不正常，咱还是离婚吧！"

✿　　走着瞧

难过的一关来了，当然是父母，在一个电闪雷鸣的星期六上午，杨晓芸带向南见了自己父母和奶奶。

杨晓芸的父亲杨文礼是一名教师，不怒自威，何翠凤呢，却怎么掩饰也无法摆脱资深老胡同串子的外部形象，现在，他们面对自己私定终身的不争气的女儿及女婿，只好一脸严肃，他们假装认真倾听，头部随着杨晓芸及向南的说话声一会儿摆向左，一会摆向右。

"爸，我们认识十一年了。"

向南点头。

杨晓芸接着说："上高中时我们就谈过朋友，没敢跟家里说——后来——"

向南说："后来，我去了广州——"

杨晓芸补充："上大学、做生意——"

向南接上："是在一家小公司——帮别人做——"

杨晓芸说："现在，他回来了——"

向南把手从西装口袋里抽出来："我去年回来了——现在在一家公司做进出口——总之——"

杨晓芸看了一眼父母的眼色，继续说："总之，总之，我们——"

向南压低声音："我们要结婚——"

杨晓芸低下头。

向南再接再厉："叔叔，阿姨，实际上，我们已经办了结婚证——"

向南从包里拿出结婚证递到杨晓芸父母手里。

杨文礼接过来，却被何翠凤一把抢过去看，看罢，两位家长把两个结婚证交换了一下，再看。

杨文礼结结巴巴地说："两个结婚证——是一样的。"

何翠凤点点头："没错儿！一样儿！"

杨文礼极力用平静的口吻说："你们——"

何翠凤一把拉过杨晓芸："你过来一下！"

说罢，便把杨晓芸拉进了一个屋子，房门关上了，但里面何翠凤压着的尖声儿却传了出来："这么大的事，这么大的事，你怎么不跟父母事先说一下——也好有个准备——你——我问你——他是谁？"

屋外，杨文礼和向南客气又尴尬地相视一眼。

杨文礼说："她妈脾气不好，我去一下。"

向南点点头。

杨文礼起身，稳健地进了屋里，把门关上。

向南在外听到里面先是"咣"的一下，像是什么东西击中了地面，接着传来杨文礼更加大声的怒吼："晓芸啊，家丑啊，你什么时候学会偷东西了？"

何翠凤的尖叫一声声传来："东西也偷，人也偷！"

向南下了一跳，他预感到要融入这个家庭必是非常困难的，此时，忽然一个慈眉善目的老太太走出来，接下来是一个亲切而慈祥的声音："我是晓芸她奶奶，小伙子，你叫什么名字？"

午饭吃完，向南和杨晓芸几乎是逃了出来，在杨晓芸家楼下，向南轻声问："杨晓芸，你妈说我什么？"

"就三点！"

"说来听听！"

"钱挣得少了一点，人长得矮了一点，步子迈得小了一点！"

向南急了："用你妈身上才合适呢！"

"呸！不许说我妈坏话，我说还差不多！你没资格！"

两人忽然觉得渴了，就在杨晓芸家不远处的街心公园坐下，向南买来两瓶水，两人一口气喝了半瓶。忽然，太阳出来了，照在两人脸上，两人不觉相视一笑，觉得又神奇又亲切。第一次轰动俩人已体会到了，当然，下面还有。

向南和杨晓芸背靠背坐在一个石椅上，一左一右，各拿一个电话，姿势和语气夸张地分别给朋友打电话。

向南说："我结婚了！"

杨晓芸说："唉，别提了，我和一个叫向南的结婚了。"

向南嚷嚷："一起吃顿饭吧，我结婚了，女的在广告公司，对，好看！"

杨晓芸叫喊："跟我一边儿大，长得不行，没钱，人一般——对对对，图的就是可靠，踏实！"

华子是在旧车市场上接到向南的结婚消息的，他抓紧电话，用难以置信的声调说："啊！真结了？一万？没问题，我马上就去银行取，谁让我交友不慎的——"

正在远大公司加班的陆涛从电话里听到向南疯狂的叫喊后，轻轻站起来把办公室的门关上，然后对着电话唠叨："别骗我了——胡说八道——我不信——你疯啦——"

夏琳是在超市里得到这个荒谬的信息的，她通过电话用理性的声音对大惊小怪的杨晓芸说："压抑得太久了肯定要爆发，但不应该是这个炸法儿。杨晓芸，我告诉你，这是一个非常错误的决定——哎，算了，说什么都晚了——你人在哪儿？"

❀ 更难的一关

下午两点，华子、陆涛和夏琳在向南家楼下聚齐了，看着一对兴奋的新人，三个人除了叹气就不知该说什么了。

上楼的时候，向南小声说："我妈是最后一道难关，咱们拿完东西就赶紧走，记住啦？"

但向南他妈也真绝，听到儿子结婚的喜讯，转身就进了自己的卧室，低声哭泣起来，向南他爸跟了进去劝，却没出来，还从里面把门锁上了。

这下大家急坏了。

向南、陆涛和华子轮流敲，杨晓芸和夏琳在一旁看着。

向南边敲边喊："妈，开门呀，开门！"

华子这么说："阿姨，阿姨，我是华子，您先把门打开——"

陆涛的敲击比较轻，伴以柔声细语般的语言攻势："阿姨，我是陆涛，要不您先说句话吧，我们在外面等着也放心。"

突然，里面传出向南妈尖厉而长长的哭声。

大家顿时大吃一惊，接着向南妈用带着哭腔的更高的高音叫道："这孩子，你翅膀硬了是不是？"

向南结结巴巴地说："我妈平时就这么哭。"

大家这才长出了一口气。

向南站到门前认错："妈，我错了还不行，以后我再不偷户口本结婚了，以后再结婚，我一定跟你先说一声儿。"

杨晓芸一脚把他踹到一边儿。

大家捂着嘴无声地笑。

陆涛用手示意他装哭。

没想到向南装哭还真有一手儿，他哭得比他妈还像那么回事儿，声调凄切："妈，我想你，我以后每个礼拜都回来看你——妈求求你，开门吧——"

这一声还真唤回了向南妈的良知，门开了，露出向南母亲高兴的脸以及很娇的声音，她一把抱住向南："你这个没良心的小东西，什么都不跟你妈说，家里又不是没地方，干吗要到外面结婚去啊，人生地不熟的，谁给你洗衣做饭呀——"

向南向后退："妈妈，我，我，我——"

向南妈眉毛一挑，目光狠狠地望向夏琳："新娘子呢？"

夏琳吓得连忙指向一边："阿姨，不是我，她、她上洗手间呢！"

向南妈大步迈向洗手间，所有的人都出着怪像儿捂住脸！

却只见向南妈轻盈地从外面一拉灯绳儿，洗手间里面亮了，倒映着杨晓芸慌张的小影儿："出来吧，姑娘，丑媳妇总要见公婆的。"

华子踹了一脚向南："哎，瞧你妈多搞笑！"

两小时后，一行人从向南家出来，走到华子破吉普车边上，每个人手里大包小包。

华子说："猪头说过，当一个男人一辈子就三件事儿：老婆、房子、孩子，向南贤弟，恭喜啊，现在你总算有了第一件儿了。"

陆涛把手里的东西往车里一扔："我宣布，向南，你已经成为三分之一的男人了！"

大家纷纷站住，学着陆涛把手里的东西扔进车里然后鼓掌。

向南苦着脸："别啊，求你们码好了吧，别让我们倾家荡产啊！"

大家笑着钻进车里收拾东西。

夏琳趁机对杨晓芸说："有些男人据说非要买了车房再结婚！以为是对家庭负责，据说是有责任感，呸！"

夏琳啐到陆涛脸上。陆涛刚要回嘴，忽听楼上一声撕心裂肺的大叫："向——南！"

大家全定格了，纷纷手搭凉棚往上看。

只见向南妈站在阳台上，露出半个身子："向南！记住回家，别忘了你妈！"

五个人一起仰头喊："记住啦！阿姨！"

向南妈双手一松："这儿还有一包，接着！"

一个包袱扔下来，五个冲上去准备接，却见那小包袱在空中突然打开了，一个天女散花——毛巾、内裤、小花T恤漫天落下。

"真是热闹啊。"华子一边从地上捡，一边风言风语地说。

五个人不顾围观，终于捡完东西坐进车里，车门纷纷关上，大包小包几乎都把人埋上了，只露出脑袋。

陆涛和华子坐前面，华子转着方向盘。

陆涛回头："下面一步呢？"

华子回头："向南，我们听你的！"

夏琳说："那还用问，婚礼呗！"

杨晓芸一副拿主意的样子："我们不想办婚礼！"

向南事事儿地说："婚礼太麻烦，我们想去丽江，旅行结婚！"

陆涛说："好主意！"

华子也说："这下我们不用交份子钱了！"

杨晓芸眼巴巴地看着华子："那我们只好坐公共汽车去天坛公园徒步旅行结婚了。"

夏琳说："华子你真小气，我提议，份子钱每人五十，一分也不能少！"

向南转动脑袋看了一眼杨晓芸，苦着脸："那咱天坛都甭去了，就绕着楼下溜达一圈儿得了——走不动的时候，我请你吃兰州牛肉拉面，带汤的那一种。"

杨晓芸用脑门撞向南："我就知道跟你没好日子过！"

大家笑了起来。

✿ 还有一些婚前要办的事儿

杨晓芸有个心理，那就是这么草草就结婚了，觉得有点亏，临睡前她会偷偷看一眼向南，心里默念三遍"不能便宜了他"才能平衡。正是在这种心理的驱使下，让她觉得婚前总应该有一些大事要办。事实上，两人下班以后商量来商量去，也不知办什么好，于是跑到大街上去寻找需求，于是，满北京的大街上多了一对小夫小妻，他们穿着套装，手拉手在卖场林立的商业街上晃荡。杨晓芸觉得这形象有点傻冒，就带着一双肩背包上班，下班时溜进洗手间，换上一身休闲装出来等着向南接，然后笑话向南俗。

这一天，他们在一个卖场里的饭馆吃完一顿快餐后走出来，没走几步就看见一个婚纱店，路过的时候杨晓芸没感觉，但走出十米后感觉来了，她拉着向南退了回去。

"你瞧！"

向南趁机点燃一支香烟："你不是说这地儿俗吗？"

"反正也是逛街，走，进去看看！"

婚纱店里生意不错，杨晓芸看到一胖姑娘试穿婚妙，还哼着歌儿对着镜子搔首弄姿，向南做了一个要吐的怪样，两人在对方耳边窃窃私语。

"信不信，我穿肯定比她好看。"

"这还用说。"

"要不我——"

"多麻烦呀，算了吧。"

"反正也没事儿，让我试试吧！"

"那我在外面等你，正想抽烟呢。"

"我一要花钱你就想在外面抽烟，你这是练的什么条件反射？——哎，我就是试试，不花钱。"

"你以为我傻啊，这花钱都是试出来的，我还是在外面等你保险点儿。"

"你出去我试给谁看呀，我告儿你啊向南，埋伏在后面的那男的盯着我看半天了，你想鸡飞蛋打是不是？"

向南回头，直视那个据说在偷看杨晓芸的男人的眼睛，那男的冲向南笑。

向南也笑笑，回头低声对杨晓芸说："估计就是那女的男朋友。行，你试吧，咱气气他——"

"要是特合适呢？"

"那就我豁出去陪你庸俗一次了！不就是穿着婚纱和西服照相嘛！"

两小时后，向南和杨晓芸一起走出婚纱店。

"你觉得咱们拍得怎么样？"杨晓芸问。

"一直到交钱的时候，我才想起发火儿来，妈的太贵了！还不如买一数码相机我给你照呢！我会用PHOTOSHOP，上电脑保证比他们做得好看——最后咱还能落下一相机。"

"我怎么觉得你越来越像上海小男人了。"

"怎么着？惊喜吧？嫁对人啦是不是？"

"我不跟你废话了——哎，咱钱还够吗？"

"我这儿的一万是花光了，该你那六千上了。"

"走！西单商场买被子去！"

在西单商场，向南问人家导购："鸭绒被好还是澳州羊毛被好？"

导购说："当然是我们澳州羊毛被好，轻、薄、保暖、透气。"

向南又问人家："双人被多少钱一条？"

导购说："全套1240。"

杨晓芸说："就是它吧。"

向南却说："咱去东单看看。"

坐地铁到了东单，向南找到同一个牌子的被子问人家："多少钱一套双人被？"

人家说："1380。"

向南说"我们在西单买是1240。"

人家说："我们的是加厚加长加宽。"

向南问杨晓芸："你还记得刚才的尺寸的吗？"

杨晓芸反问他："你不是说你记着吗？"

向南急了："我不是叫你帮我记记吗？"

杨晓芸说："我给忘了。"

向南说："那咱还是回西单吧？"

杨晓芸急了。

"你累不累呀！"

向南这才想起赔上笑脸："哎，我又想起一地儿，就在海兰云天边上，走，朝阳门！"

杨晓芸站着不动。

向南启发杨晓芸："买东西也要买出乐趣来，一块钱也要省，不然哪儿显得出我们有本事？"

到了新地儿，向南立刻冲上去问价，杨晓芸打电话向夏琳抱怨。

"真没见过这样的人！再也不跟他购物了，气死我了！到现在为止，我们就没买过一件不打折的东西！他比我妈还能省！今儿为一条破被子跑三地儿了，就差一百块钱，比女人还女人——夏琳，我觉得我不能让他当我老公，我完全被骗了。这人儿完全胸无大志，整个儿一个远郊区县的模范村民！这样的人一辈子没出息！"

夏琳耐心地劝："晓芸，别生气呀，我觉得这说明他会过日啊！"

"过什么过！一会儿我把电话给向南，你帮我说一句，求你了，就说，杨晓芸后悔了，这事儿到此为止，黄了！吹了！"

此刻向南冲过来，一拍杨晓芸的肩膀："晓芸，我问清楚了，西单那家最便宜，还有四十分钟就关门儿了，快快快，走！"

说罢，拉着杨晓芸就跑。

杨晓芸一边跑一边对着电话说："夏琳，你帮我出个主意，教教我怎么办——我、我受不了啦！"

✿ 夏琳的工作

杨晓芸的话也是夏琳的心声，此刻，她正坐在俱乐部化妆间的镜子前，放下电话，接着试图把手上那一束蓝色的假发戴到头上，她已经厌倦了这种夜间表演生活。现在夜场流行钢管舞，走台的也得配合，走几步就得劈一劈腿，无聊至极，这时，歌手孙大海兴奋地冲进来。

"宣布一消息大家别嫉妒啊，今天是我最后一次在这里演唱，我已经被北京最大的唱片公司——京文唱片公司签了，卖身成功了！我要当歌星了！谢谢！"

化妆间里的人都停住手里的事儿，为孙大海鼓掌，看样子他熬出来了。

孙大海大叫："晚上我请大家一起吃宵夜啊！"

露露一下子跳到大海身上，抱住他亲了一口："太好了大海，你真棒！"

演出总监急匆匆地走进来："孙大海，该你了！快！"

演出结束后，在一个小夜店，夏琳和几个在俱乐部混的人围着一张桌子吃宵夜，喝酒。孙大海已经半醉了，露露抱着他，像照顾一个小孩，在他说话时，把他碟子里的鱼骨头倒在自己碟子里，给他夹菜，还用餐巾纸给他擦脸。

孙大海拍拍桌子："说句心里话，在外面飘来荡去的日子不好过，我运气好，现在终于到位了！你们知道吗，我在北京搬了二十三次家，最便宜的房租每个月八十，住一个农民院里搭出来的小厨房。我第二个女朋友离开我的时候，我喝了两天两夜，都快喝废了，最后，我对自己说，大海，这里是北京，你一定要坚持住！只有坚持，才有希望！"

夏琳也拍拍桌子："大海，好好唱，我们希望你能取得更好的成绩！"

一姑娘挥着手："大海，给我签个名！你红了就值钱了。"

孙大海笑一笑："我一定会努力！"

另一姑娘与孙大海干了一杯酒："大海，我们希望你成功，到时候别忘了我们！"

孙大海说："一定一定。"

夏琳看在眼里，心里想：难道这就是生活吗？

两天后，夏琳接到孙大海的电话，说他所在唱片公司正招企宣，他想叫夏琳去试试。

"什么叫企宣？"

"就是歌手的企划宣传，我觉得那起步儿不错，以后还能去广告公司，我觉得你应该为以后想想，虽然开始挣钱少——"

"我不在乎钱多少。"

"那我现在就去跟他们说说，我觉得你行。"

"谢谢。"

"夏琳，就说定了，一定来试试！我早想跟你说了，你不属于俱乐部那种地方，你跟他们不一样。再见。"

当天夏琳便接到面试通知，面试她的人是个胖子，在他的房间里贴了很多歌星的宣传海报。

胖子冲她点点头："我们这唱片公司吧——"

话音未落，电话响了，胖子接电话，嗯了一百声以后挂了电话，然后接着说："你叫什么？"

"我叫夏琳。"

"噢，我就是记不住人的名字，回头我再问你名字别嫌烦啊——"说罢干笑两声。

夏琳不自在地点点头。

胖子说："我们这公司吧——"

他的电话又响了，他接起来：又啊啊啊了几声，挂掉电话。

夏琳深吸一口气，准备接受提问，不料胖子却说："啊，我得去趟洗手间，你等一下。"

说罢站起来出了门，片刻又转回来："哎，请问这位琳——"

"夏琳。"夏琳说。

"啊，夏琳，那个，那个什么，我这洗手间去的时间长点儿，呵呵，要是你不嫌弃，能不能让我就势儿看看你的资料——"

夏琳把一摞资料交给面试人，面试人走了。

夏琳长出了一口气。

等了半天，胖子才回来，把夏琳带来的资料往桌上一放，自己往椅子里一躺，长叹一声："真痛快！"

夏琳忍不住皱皱眉头，心里忍不住接了句："真粗俗！"

胖子说："那个，那个，我看了你的资料，不错，我们公司还真缺你这样儿的，企宣这儿事吧，咱先不说企宣，先说服装设计——你想当服装设计吧？"

"我——"

"那个，那个，不过呢，我们这儿有一位专门的服装设计，还有一位很好的造型师——你看，这造型和服装就是他们做的，怎么样？网络小子，我们准备拿他和周杰伦竞争——"

夏琳点点头。

"所以我劝你还是干企宣吧？"

夏琳点点头。

"我看你行。"

夏琳再次点点头。

"那个，你对唱片公司有什么了解？"

夏琳刚要说什么，胖子的电话又响，他接起电话，啊啊了两句，捂住听筒对夏琳说："你走吧，明儿再来，我给你约约总经理，让我们总经理看看。"

夏琳站起来走了，出门前听到胖子对着电话惊叹："哎，真的？我早就觉得他们俩有事儿，这娱乐圈儿也太乱了——"

第二天，胖子带着夏琳一个一个房间见各部门的人，又见了总经理，全是相互点头儿。

最后胖子说："夏琳，你被录用了。"

夏琳点点头。

胖子说："不过，那个——这么说吧，我带你去认识一下老咪咪，以后你就是她的企宣。"

❀ 这就是工作？

夏琳被胖子带到一个摄影棚，其实就是一破影楼，里面挂了两片布景，老咪咪就在布景前扭来扭去，搔首弄姿，如若无人，一个导演带领着一个剧组在给她拍MTV，导演一直在对老咪咪喊"不要看镜头"，但老咪咪几乎是神经质地望向镜头。

为了对口型，导演叫放一首老咪咪自己唱的歌，胖子问夏琳："你觉得这首主打儿能火吗？"

夏琳愣了一下："我听不清她唱的是什么。"

"回头她要是问你，你可不能这么说，你得——鼓励她，懂吗？"胖子提醒夏琳。

夏琳点点头，再回头看歌星，情况变了，只见一穿西装戴眼镜的男的走进来，歌星立刻不表演了。

胖子小声叨唠："要出事儿——哎，这是她男朋友。"

老咪咪瞪了那男的一眼，两人开始了长达一分钟的对视，最后那男的像是屈服了，他走到一个角落，老咪咪接着表演下去。

一组镜头拍完，夏琳看得目瞪口呆。

此刻胖子冲到歌星面前，在她耳边说了两句，歌星的眼睛望向夏琳。

胖子忙对夏琳招手，夏琳走了过去。

歌星一边迅速用手对着一面小镜子整理假睫毛，一边对夏琳说："拍下一场我要穿那件红色的小马甲，快给我拿来。"

夏琳直发楞。

胖子厉声说："衣服都在那边，跟我来！"

说得夏琳直想小跑儿。

❀　　厨柜问题

晚上八点多了，向南与杨晓芸的新房内，几个工人装好了厨柜的面板，收拾工具准备离去。

杨晓芸气得在屋里转。

工头儿过来让杨晓芸检查，并让她签一个单子并结账。

杨晓芸没好气儿地拉拉抽屉，开开柜门儿，然后恶狠狠地说："行！"

"一共是四千八。"工头儿生硬地说。

"以后坏了就找你！"

工头儿不卑不亢地说："这不是有我们客服电话吗？有什么问题，我们随时上门维修，不过那不归我管。"

杨晓芸交了钱，工头带着人走了，下了班的夏琳走了进来。

"怎么了晓芸？"

"你看啊，你看，这向南，花快五千买了一套假德国厨柜，也不跟我说一声儿，他不会做饭，我也不会，你说他是不是疯了？"

"他怎么说的？"

"他说看着漂亮，有个家样儿——这不是成心要把我变成一家庭妇女嘛，他觉得有个家样儿了，我倒是觉得该散伙儿了！这人儿真是太自私了，说他小气，他还来个大方的，买套假名牌装在人家里了，这房子是借的，你说这人脑子里是不是进水啦？你怎么把他推销给我，这不是害我吗？"

"我觉得这厨柜挺漂亮的嘛！当一摆设也行啊，回头我送你一咖啡机，摆这儿，你们晚上就能喝上手磨咖啡了，小灯儿一开，你们俩一边坐一个，挺浪漫的。"

杨晓芸一听急了："浪漫？你看向南那样子，像浪漫的吗？一张肉脸，腿还那么短，牛羊肉都不能让他卖，也就是柜台后面卖个猪肉，我要不是瞎了眼，怎么会看上他？"

"别生气，别生气，过日子嘛——"

杨晓芸打断夏琳："你怎么不跟他过呀，要不这么着，咱们俩换换！"

"那不行！"夏琳坚决地说。

"你看你看！"杨晓芸更急了，"不行吧！你还劝我呢，告儿你我现在就跟他离婚，一想他我就想发火儿！今儿他一回来我就把窗户打开，就一句话——要不你跳，要不我跳！"

夏琳笑了。

"你笑什么？"

"别说，你还真像已婚的，泼妇样儿已经出来，哎，以前你怎么从来不这样？"

"妈的都是让生活给他妈逼出来的！"

两人大笑起来。

"你今天面试得怎么样？"杨晓芸忽然问。

"他们要我了，以后我就改混唱片公司。"

"行啊，摇身一变，成企宣了！搞上艺术了你！"

"这是我的名片。"夏琳把刚印好的名片递给杨晓芸。

杨晓芸接过来看了看："真的？我还指望你在俱乐部一咬牙舍身傍上一大款，让咱们俩过上好日子呢！"

"我凭什么呀？你怎么不舍？"

"我这不舍向南这儿来了——你看你，行啊，成白领儿了，这下陆涛要高兴了。"

"是啊，哎，知道唱片公司我跟谁？"夏琳忽然神秘地问。

"谁？"

夏琳："×××！你的偶像！"

"真的？帮我要个签名吧！我最喜欢听她的歌儿了！"

"没问题——不过公司的人都叫她老咪咪！"

"真恶心。"杨晓芸说，"改！"

"今儿我仔细一看，你们俩还真有点像呢，不过她长得不如你，皮肤没你好。"

"那有什么用，人家一大歌星，我这么一小FANS——别提了。"

"什么歌星呀，其实两年前就过气儿了，这次想东山再起呢！"

杨晓芸眨眨眼睛："真的？哎，我能见着她吗？"

此刻，夏琳的电话响了，她对着嗯了两句，"那帮男的都在台球厅呢！走吧。"

从踏入台球厅的第一秒钟起，杨晓芸就气哼哼的，她独自坐在一把高脚椅上，对向南不理不睬。

陆涛和向南在打台球，华子坐边上看，夏琳从吧台上要了一筒可乐走了过来。

"祝贺你啊，听说你从良了。"华子对夏琳说。

"滚。"

华子接着说："我要是你，就不当×××的跟班儿，整个儿降了一级。"

"为什么？"

"你想啊，你跟她，她跟那帮俱乐部的大款，还不如你直接跟呢！"

夏琳白了华子一眼。

华子笑笑："话糙理不糙，是吧？"

台面儿上，陆涛把向南打了下来。

"我是故意输的啊，就怕你们夫妻团聚，在下面搂搂抱抱，弄得我们心猿意马的。"向南说。

"听听，这像是已婚男人说的话吗？依我看，你们婚离了算了。"华子对向南说。

向南接上："我正琢磨这事儿呢，"他坐到夏琳边上，"你说呢？"

夏琳瞪了向南一眼："晓芸也跟我说这事儿呢！"

"她说什么？"

夏琳一把抢过向南手里的可乐："这是我的可乐！"

向南"噢"了一声。

夏琳一指陆涛:"陆涛,你工作够忙的啊——忙这儿来了!"

"本来不想来的。"陆涛说。

"又一想呢?"夏琳启发他。

"反正是路过,打两杆呗!"陆涛说。

夏琳望向杨晓芸,杨晓芸摇摇头。

向南追着夏琳问:"夏琳,杨晓芸跟你说什么了?"

"你又拿我的可乐!是不是又想把绝症传给我呀?"

向南只好说"对不起"。

"你慌什么?"夏琳冲向南说。

"我哪儿慌了?"

"我一提杨晓芸正考虑的事儿,你怎么就慌了?"

"开玩笑!我才不怵呢!"

夏琳看了一眼正在与华子打球的陆涛:"好!再进一个!"

向南想跟杨晓芸说话,杨晓芸转了个身,不理他,他只好再次转向夏琳:"夏琳,我问你,杨晓芸跟你说什么了?"

"不告诉你!"

"你是不是想活活拆散我们这一对苦命夫妻啊——现在她都不接我电话,当着面儿也不理我。"

"谁让你瞎买那破厨柜的?"

"打三折,德国名牌!"向南差点没跳起来,"我一高中同学卖我的,过了这个村可就没这个店儿了,当然要买!而且人家说了,等我搬家拆走,他们还可以再帮着重新设计安装呢。长度不够,他们管,还用现在这个价儿,那可真是德国名牌呀!"

杨晓芸从椅子上跳下来:"我上厕所去!"

本来想跟上的向南只好站住了,夏琳说:"你笨不笨呀!"

"我怎么了?"

"我问你,这结婚前后,除了一四百的戒指,你还给晓芸买过什么?"

"贫贱夫妻哪儿那么多客套?"

"我看你们是真完蛋了。"

"别啊——夏琳,你给我出出主意!这样吧,你开导开导我得了!"

"我觉得其实杨晓芸心里挺浪漫的,你别老给人家买看起来让人家做牛做马的东西,要买就买让人感到跟着你有点希望的东西。"

"明白了——可我买不起啊。"

"笨死了——真不知杨晓芸怎么会看上你!"

"你教教我,夏琳,叫你一声大姐还不行?"

"杨晓芸最喜欢花,价钱也知道,明儿你订一篮恶贵的花,看看她怎么说?"

"这不是乱花钱吗?"

"得了,今儿晚上的账除了你剩下的AA。"路过的华子甩下这句话,接着去打球了。

"那成,我试试!"

❀ 实话

第二天中午，杨晓芸在班儿上收到一篮鲜花，晚上她便回到向南那里，向南下班后见到一篮花放在桌上，杨晓芸趴在花边儿上闻。

向南坐到桌边："夏琳说你喜欢花，我趁打折，瞎买了一篮儿，你喜欢吗？"

杨晓芸起身："这花儿多少钱？"

"四十。"

"胡说！"

"一百。"

"胡说！"

向南叹口气："那你说多少？"

杨晓芸反问："这花叫什么？"

"我给忘了，他们告诉过我好几遍，我让他们发条儿短信息传我手机上，他们忘了传了。"

"笨蛋，这是最贵的花，没四百下不来。"

"六百。"向南说。

杨晓芸一把抱住向南："我不在乎钱，也不在乎什么东西，我在乎的是你心里是不是有我，是不是珍惜我。"

向南听到这么动人的话，便吻杨晓芸，杨晓芸也吻他。

"其实是一千一，他们不肯打折。"向南说。

杨晓芸更厉害地吻向南。

"晓芸，其实你就是那个我做梦都想娶的人，别离开我，答应我！"

"我答应你。"

向南再次与杨晓芸拥抱。

杨晓芸推开向南："我们的钱都花光了。"

向南却得意地说："我还有五千呢！"

杨晓芸盯着向南半天，忽然把身上的小包拿下来，拉开拉链儿，从里面拿出钱包，又拉开钱包的拉链儿，从里面取出一张卡，深情地对着看了一眼，然后往桌子上一摔："我还有一万！这是上学的时候打工挣的钱！"

向南激动得都快疯了，他轻轻叫了一声："晓芸！"

"说实话，是我几十几十挣的。"杨晓芸说。

向南的眼泪下来了："晓芸，我永远永远——"

杨晓芸眉头一皱："打住！你少气我一回比什么都强。"

向南擦干眼泪，长出一口气："那个，那个，咱们的事儿——你妈最后说什么？"

"我妈说要办！"

向南抓着卡在空中挥舞："那咱们就办！别人怎么办，咱就怎么办！"

当天夜里，向南便把华子约到酒吧，向华子和陆涛借钱。

"这婚礼必须办，算了一下，一共七桌。"

"你哪儿找七十个人去？"华子问。

"我们家亲戚朋友两桌，杨晓芸家两桌，杨晓芸公司的同事一桌，我们公司的一桌，六桌了，再加你们一桌。"

华子眨眨眼："那么麻烦？你还是旅行结婚去算了。"

向南长叹一声："反正杨晓芸已经把压箱底儿的钱拿出来了，一万。"

华子敲了敲桌子："你也一万，我和陆涛一人五千。"

"两万吧，两万有点悬，我给你算——"

"得了，别吓唬我了，再算就把小孩买奶粉的钱算出来了，这么着吧，我和陆涛一人一万，你们家出一万，三万够了吧？"

向南却说："我不想要父母的钱。"

"你就想要哥们儿的钱，是不是？"

向南笑了，把一小本儿往桌上一扔："说好了，你借我两万啊，账我记这儿吧。哎，华子，是不是一种交友不慎的痛苦突然涌上心头？"

❀　　婚礼开始

北京的二环路上，出现了一支浩浩荡荡的婚礼迎宾车队，最前面是警车开道，在没有警察的地方，还偷偷拉响几声警笛，警车前脸儿扎着大红花，用杨晓芸的话讲，叫做"不是纸做的，是红绸子做的"。

行车路线是婚庆公司制定的，总之是拉上所有人，然后车开往举办婚礼的饭店。

第二辆车是一辆加长凯迪拉克，穿着结婚礼服的杨晓芸和向南并排坐在后排，向南探着头，用困倦的眼睛扫视着窗外，显得呆头呆脑，而杨晓芸却兴奋得恨不得要坐到车外去，她手拿一个充满电的手机，与婚庆公司的管事儿的沟通："对，就放那边上，没关系，不行！我就要那个男司仪，那女的不行，唉，你们这是什么婚庆公司呀，找我投诉呢是不是？赵姐呢，你让赵姐接电话——"

向南忽然觉得自己已翻过一生中最后一个大坎儿，心爱的杨晓芸就坐在身边，说话语气春风得意，颐指气使，有点烦人，但表现出的幸福感仍然强烈地吸引着他，太阳直直悬在天空，天空居然是蓝色的。

杨晓芸挂了电话，看着前面转的警灯，猛地用胳膊捅一捅向南："我怎么觉得不对啊？"

"怎么不对了？"

"婚礼有警车开道的吗？"

"这你可不知道，规格不一样啊，你想，什么时候才警车开道啊？"

杨晓芸看着他摇摇头。

"启发启发你——你想想，警车出动，都是重大的事儿，什么开人代会，什么国家元首来访——"

杨晓芸嘴一撇："得了吧，还有去刑场的呢！"

饭店到了，杨晓芸在下车时，一边拉起自己的婚纱，一边对向南说："这是咱们第一次举办这么大的活动，你精神点——"

话音未落，一群人涌过来欢迎新人下车，有人往他们头上洒闪亮的纸屑，有人滋奶油，冲过来抢镜头的摄像师被撞了一跟头，场面一片混乱。

通往婚礼宴会大厅的门口被杨晓芸她妈何翠凤把守着，更确切地说，她守着那个交份子钱的大红箱子。今天何翠凤穿金戴银，头发烫成大波浪，画了很浓的妆，用警惕的眼睛监督着记账员，人们排队进入宴会厅，进入前往红箱子里放一份份子钱，接着在花名册上写个名字，名字后面，何翠凤毫不犹豫地让记账员露骨地写上钱数，为此记账员忙得都快站起来了，她得迅速拆开信封，准确地数出钱数，并把那数目写在钱数人名后面，这一招儿真管用，很多原来只想交一百块钱了事的人，不得不临时往信封里再塞进几百。

此时，陆涛、夏琳、华子、猪头、猪头女友、露露、孙大海等人依次排队，轮到猪头，他除了给了整整两千，还加上五十的零钱。

猪头得意地对华子说："哥们儿还行吧？他们都五百，哥们儿一下子给他们上了档次，还有整儿有零儿！"

"把你请来不就是为的这个！"

猪头反驳："唉，我跟你说，我是真想来！"

"得了吧！"

"你懂什么！我告儿你吧，做生意的得先出才能后进，我去庙里都上千上千的给，没有失，哪儿有得呀？千金散尽还复来，行善积德才能超生，学着吧你，走。"

✿   大厅内

进入婚礼大厅后，陆涛、夏琳、华子、猪头、猪头女友、露露、孙大海等人坐了一桌子，大家都不知该说什么。

华子问孙大海："你以前唱过摇滚吧？我好像在一酒吧见过你。"

孙大海："是啊，现在签了新京文，跟夏琳在一个公司。"

"新京文是哪儿？"华子闲着没事儿接着问。

露露说："一会儿大海还要上去唱歌呢！"

陆涛乐了："这小两口儿挺有组织能力的，把大海都发动起来了！"

台上，一浓妆艳抹的女司仪刚上去，没说两句，被一个男司仪揪了下来。杨晓芸脸上露出胜利的微笑，她觉得那女司仪有点东北口音，主持起来跟枪声里不时夹杂上一声土炮似的，坚决得换下去！

杨晓芸身边是向南，然后向南父母、杨晓芸父母及奶奶武荷花。

大家十分拘谨。

何翠凤搓搓手朗声说："这婚礼没给我累死，跟着瞎忙了半个月，连班儿都没上，这饭店的上海菜做得挺好的。"

大家都笑笑，没说话。

杨晓芸忽然站起来，揪住婚庆公司的经理小声儿说："一会儿你盯一下新换上的那司仪，叫他说杨晓芸的母亲，别说何翠凤，听见了吗？"

经理说："那就叫她说，杨晓芸的母亲何翠凤——"

"不是告儿你了吗，别说何翠凤！这名字太土！"杨晓芸差点火起来。

经理"噢"了一声想溜走，杨晓芸一把揪住他大声说："还有！那个吃苹果的游戏我们没练好，从单子上勾了吧，你看换成别的什么。"

经理苦着脸解释："昨天我们办的那个婚礼，吃苹果把气氛推向了高潮，我们认为吃不好不要紧，重要的是气氛！"

"主要是苹果老卡在裤裆里，怎么也过不去，一过不去，就从裤腿儿里掉出来——"杨晓芸跟他摆事实讲道理。

"不成功也没关系，只是一个苹果嘛，我们准备了十个苹果呢，有一次，我们用鸡蛋——"没等经理说完，新换上的司仪跑过来："快，我有一事儿问你，这边儿走。"

杨晓芸眼看着经理被新司仪拉走了，她欠欠身子，但还是坐下了。算了，不操这份心了，爱什么样儿就什么样吧！

❀　　对台戏

台上，新司仪清了清嗓子，差点没咳出一口痰来，大厅里顿时安静下来。

司仪满脸笑容地说："各位来宾，各位领导，各位朋友，各位同志，各位战友，各位亲人，各位兄弟姐妹，各位大妈大婶儿大爷大叔大舅大表哥大表妹大表嫂——我宣布，向南先生和杨晓芸小姐的婚礼，现在开始！"

下面笑成一团——接着是大家鼓掌。

"有那么可笑吗？无聊！"杨晓芸"腾"地一下站起来，冲向经理。

她一把拉经理："唉，这新主持人怎么回事儿，我不是说要那种让人感动的风格嘛，这是怎么回事儿——"

"有感动的，有感动的，您别急，踏踏实实当您的新娘子，感动的在后面呢，我们公司把一切都准备好了——新娘子，您坐回去，坐回去啊，摄影师还要拍你们那桌儿呢！"

一段抒情音乐响了起来。

司仪在音乐中，竟用赵忠祥在《动物世界》里为观众所熟悉的声音深情地说："今天，我的心情特别激动，因为，因为这个世界上又诞生了、又诞生了一个新的家庭，从今天起，一对恩爱夫妻从此走到了一起，在漫漫的人生长路上，他们将相互扶持，相互帮助，一起从今天出发，去迎接更温馨更美好的明天。"

大家鼓掌，也不知是因为司仪模仿得像还是因为别的什么。

司仪接着说："现在，让我们来请这一对新人上场，有请向南先生和杨晓芸小姐，让我们大家一起欢迎新人闪亮登场！"

一阵喧闹的锣鼓声在《婚礼进行曲》中突然响起，通过宴会厅前面的两个大音箱传遍大厅各处。

杨晓芸和向南在一对难看的伴郎伴娘的陪同下上场。

华子打量着伴郎伴娘："他们净乱花钱，请陆涛和夏琳不就得了。"

猪头说："那哪儿行！伴郎伴娘得难看点儿，才能让新郎新娘体面——我告儿你，有一回，我去一婚礼，那新郎新娘长得，怎么说呢，我告儿你，新郎像一抢劫犯，倒三角儿眼，成天目露凶光，新娘吧，整个一毛片儿推销员，贼眉鼠眼的——咱见过寒碜的，可没见过那么寒碜的一对儿——"

这话把露露逗笑了。

猪头得意地点点头："你猜后来他们挑来挑去，叫谁当伴郎？"

"反正不是你。"华子说。

猪头高兴了："唉，真让你给说着了，就是我！可你知道伴娘最后挑谁了？"

"比你更难看的女的呗——"华子笑了。

"我告诉你，是我们家保姆！"

一桌人全笑了。

"甭笑——真是我们家保姆！别说，我们俩一上，真把场子给压住了！唉，你知道什么叫喧宾夺主吗？"

大家接着笑，露露尤其笑得厉害。

台上，司仪问："杨晓芸，你愿意跟向南同甘共苦、相互扶持、白头偕老吗？"

杨晓芸脆声答道："我愿意！"

大家鼓掌。

司仪又问："向南，不管发生什么天灾人祸，你愿意用你的一生，毫无条件地来爱我们聪明漂亮的杨晓芸小姐吗？"

这激发了向南埋藏已久的表现欲，他几乎是喊出来："我愿意！"

刚一说完，眼泪流了下来，慌忙用袖子去擦。

大家鼓掌。

司仪叹道："新郎哭了，朋友们，在这个激动人心的时刻，就让新郎的眼泪尽情地流吧！"

大厅里的所有人都鼓起掌来。

华子吃惊地喊："哎，你们看，向南真哭了，没想到！"

猪头却说："我还见过这时候吐的呢！"

"真的？"

"有一次婚礼，新娘给人点烟的时候，被人家用烟头儿杵脸上了。好家伙，往小了说，是烫伤！往大了说，那叫毁容啊——"

华子打断猪头："你哪儿见这么多怪事儿？"

"早跟你说了，我就爱凑份子参加婚礼，喜庆啊。"

司仪的浑厚的喉音再次从喇叭里传来："现在请新郎把他们相爱的信物，金戒指，戴在新娘的拇指上！"

下面一片笑声。

司仪急忙改口："请把金戒指戴在新娘的——对不起，戴在无名指上！"他用手扶一下麦克风，清清嗓子，"朋友们，你们不要小看了这个戒指，这可不单单是一个小小的戒指，这象征着你们的爱情和忠诚，从此，这个戒指就把你们两人永远地连在了一起，谁也不能拆开!"

大家有的感动，有的笑。

向南为杨晓芸戴戒指。

司仪趁机接着说："请新郎吻新娘。"

向南当众轻吻杨晓芸。

司仪的声音变得豪放起来："来，朋友们，让我们祝贺他们，干杯！"

他在台上迅速喝下一杯啤酒，下面的人纷纷站起来干了一杯。

司仪接着说："下面有请我们的杨妈妈何翠凤，杨爸爸杨文礼、杨奶奶武荷花上场，请坐这一边。再有请我们的向爸爸向福贵，向妈妈李会青上场！"

杨晓芸听到"杨妈妈"时很紧张，张大了嘴，但听到"何翠凤"，她顿时把脸捂上了。

大家笑了。

司仪整整领带说："对不起，我今天口误很多，因为我很激动，我主持过上千次婚礼，但每一次我都情不自禁地激动，在我们这个物欲横流的社会里，只要还有信任，还有忠诚，还有千金难买的真情，我就感动激动！"

大家鼓掌，掌声中，双方家长排成一溜儿上场。

"咱们先请向妈妈代表向南一家讲话！"

李会青站起来，走到台前："今天我儿子大喜的日子，我只想说，向南，结婚以后，多回家看看！"

大家鼓掌。

"下面请杨爸爸讲两句。"

杨文礼背着手儿走到麦克风前："大家好，我是杨晓芸的爸爸，也是一名中学教师，谢谢各位在百忙之余，参加这婚礼。"

大家鼓掌。

杨文礼微微颔首："首先，我要说，我们做家长的，应该尊重孩子的选择，同时也希望你们把建设家庭当成干事业的动力。俗话说，家和万事兴，希望你们今后互敬互爱，把握好家庭和事业的关系，共同奋斗，生活幸福。"

大家鼓掌，当老师的杨文礼好像后面还有话，却被掌声堵回去了，他悻悻地离开麦克风。

"下面，我们都将亲眼目睹最动人的一幕：两家合一家！由男方先来吧。"

杨晓芸踢了向南一脚："把我爸的话背下来！"

向南讨好地点头："这哪儿用得着你提醒呀，告诉你，岳父说的话，我现在已经开始倒着背了！"

杨晓芸又踢了他一脚："快上！"

向南走上前去，一个个鞠躬："爸！妈！奶奶！"

大家鼓掌。

"该女方了。"司仪叫。

杨晓芸也鞠躬叫，声音比向南的大了一倍："爸！妈！"

大家鼓掌。

华子高声叫道："平时还没瞧出来，咱们向南这么有出息，你们看，他这腰弯得都快钻他岳父的裤裆里去了！"

陆涛也说："你说他要是真钻，往谁裤裆里钻最合适？"

夏琳伸手给了陆涛一下："真没想到你们名牌大学学生这么低级趣味，从这么感人的婚礼中，竟能联想到一些乌七八糟的东西上去！"

陆涛笑了："夏琳，你是不是特好奇，想知道我们是怎么想的？"

夏琳急忙说："滚！你再贫嘴，我坐别的桌上去了啊，跟你们坐在一堆儿，想做到出污泥而不染是太难了，告诉你，我感到非常丢人！"

露露也说："是啊，你们这辈子就不结婚啦？"

猪头往台上看了半天，突然转过头，探着头儿说："哎，别说，我以前参加过一婚礼，新郎新娘鞠躬的时候，新娘突然放了一屁！那声儿那叫怪呀，从麦克风里'嗖'一下就传下面来了——靠，一下子，下面就全乱了！"

露露和夏琳同时瞪了猪头一眼，猪头只好不说了。

桌上孙大海、陆涛和华子狂笑。

夏琳眼一瞪："不许笑！早知道我事先投点毒，毒死你们这桌上所有人——所有男人！"

此刻，司仪的手在空中挥舞："下面，让我们举杯庆祝，我宣布，结婚筵席开始！尽情地吃吧，尽情地唱吧，尽情地玩吧，尽情地闹吧——对新人要休息一会儿，吃点东西，然后他们将下去给大家敬酒。我们还有一些小游戏，请到时不要太难为了我们的新郎新娘！"

大家鼓掌，像前面的掌声一样，完全是礼貌性的。

陆涛这一桌，大家纷纷抄起筷子开始吃。

华子夹着一块鱼肉问："你们说婚礼得花多少钱？"

猪头白了他一眼："婚礼是挣钱的，就看挣多少了。"

"陆涛，向南管你借了多少？"华子看来想算算。

"一万。"陆涛说。

"啊，我一万，你一万，那也就两万。"华子说。

夏琳睁圆了眼睛看陆涛，然后把筷子一扔："陆涛！"

"什么事儿？"

"我这儿有三万多呢，明儿我取出来撂你桌上，你看着办吧。不就是结婚吗，下星期吧，这档次就成！"

大家都笑了，陆涛亲了夏琳一口，夏琳用力将陆涛脸上的猪油和酱油抹掉。

杨晓芸和向南坐在宴会厅主席桌边，都感到有点不自在，周围是他们的家人，大家没话找话，想说什么却又说不出来。

"咱们是不是该给人家敬酒了？"向南问杨晓芸。

"哎，我那防风打火机呢？"

"没看见！"

"我刚放这儿了，怎么一转眼就不见了？"杨晓芸敲着桌子说。

向南在兜里摸了一会儿："我有打火机。"

杨晓芸接过来看看，是一个摊儿上一块钱一个的那一种："这打火机不行，我点一次，他们吹一次，这么多人，什么时候点得完呢？"

经理冲过来，把一打火机放在杨晓芸面前："可以去敬酒了，这是打火机！"

杨晓芸和向南长出一口气。两人满脸堆笑地走到一桌又一桌的人们面前，对每一桌说："谢谢大家过来，我们敬大家一杯。"

然后就跟人家干杯。

华子站起来，看着向南和杨晓芸半天都走不过来，直嘟囔："什么时候轮到咱们？你看，那儿还好几桌呢！"

陆涛说："你着什么急呀，又不是你结婚！"

华子无聊地坐下了，探头问孙大海："哎，大海，现在靠唱歌挣得着钱吗？"

比起其他桌来，家长那一桌倒是显得风平浪静的，大家都试探着找着能说上几句的话题，转来转去落到房子上面。

何翠凤说："现在房子涨得那么快，租还不如买！"

李会青一听，断然说："我听向南的，要是他想买房，做父母的当然支持。"

何翠凤立即顺着话茬儿说下去："哎，我知道望京那一带有人卖房，要是他们想买，我帮着打听打听，挺合算的，四千出头，跟四年前的新房一个价儿。"

李会青说："现在望京不行了，出不来进不去，好多人往外搬呢。"

何翠凤没话说了。

杨文礼白了她一眼："能不能不说房子？"

杨晓芸的奶奶武荷花也想打一下岔："这拔丝山药可是一道老菜啊，打我年轻时候，回回结婚宴上都有，我就爱吃——"

说到一半，忽然不动了，当大家猜测她可能是被噎着了的时候，武奶奶从座位上掉了下去。

大家顿时乱成一片。

众目睽睽之下，何翠花抱着武荷花的肚子，一用力，武荷花吐出一小块山药，但还是呼吸急促。

向南和杨晓芸飞跑回来，分别叫"奶奶"。

杨文礼大叫："还有！"

何翠凤也急了："奶奶，你到底吃了几块？"

武荷花直翻白眼儿。

还是李会青干脆："快，上警车，去医院！我们那口子，去开车去！"

停车场上，警车的后门儿开着，大家七手八脚把武奶奶往里抬了，混乱中李会青直想，要是这时候有人站出来指挥一下就好了。

杨晓芸站出来，只见她"蹭"地一下跳到车上，向南跟着也跳上去，却被杨晓芸推下车去，杨晓芸兴奋地一副指挥若定的样子："向南，咱俩兵分两路，你这一路，先回去招呼客人，然后带朋友回去闹洞房，我这一路，先陪奶奶去医院，然后咱俩在洞房会合！记住了吗？"

向南也兴奋地下了车："倒背如流！放心吧，保证完成任务！"

杨晓芸巧妙地转过身，见大事已定，便一头扑在武奶奶身上哭了起来："奶奶，奶奶，你怎么了？"

何翠凤也爬上车，抱着武荷花："奶奶，你坚持一下，马上就到医院了。"

向福贵发动汽车，回头看了一眼："把后门关上！"

杨晓芸传话："向南，把后门关上！"

向南恋恋不舍地看了一眼杨晓芸，看着她的新娘子模样，他看到杨晓芸一边哭着奶奶，一边冲他招手，样子很可爱，向南恋恋不舍地关上了车门。

车开走了，向南冲上去两步，把后面推严，杨晓芸在玻璃后面仍向他招手，向南的眼睛模糊了，他感到了幸福。

宴会厅里，司仪冲着乱哄哄的人群大声宣布："刚刚出了一点小事故，大家请镇静，愿意吃的继续吃——下面是我们请来的一个歌手给大家唱歌。"

露露却紧紧地拉住孙大海："你说怎么办？"

孙大海一边挣脱一边说："露露，我们分手吧。"

说罢，孙大海和一帮乐队的人走到台上，立即开始演奏一曲：《祝你平安》。

向南公司的人站起来议论纷纷地往外走："真像故意的，收那么多彩礼，酒还没喝两口就散摊儿了！"

华子看了看猪头："这婚礼就算完了？"

猪头笑了："我也是头一回碰到这种情况，以后你要是搞婚礼没钱怕麻烦，就这么办——哎，你说，这不是空城计嘛！"

夏琳已经有点喝多了，她拉着陆涛指指点点："你看人家，没钱不是也结婚了吗？你说结婚还要什么？什么都有了，还结什么婚呀？"

陆涛喝了一口酒，刚要反驳，猪头却接上了话："美女，听我劝一句，我知道陆涛是怎么回事儿。第一他自尊心强，第二他事求完美，第三，他是真的喜欢你，冲着这三条儿，弄不好他这辈子都得搁你手里，我说的三条儿里要是有一条错了，我这辈子就算白混了！"

夏琳看了看猪头，又看了陆涛，不说话了。

猪头说："我喝好了，走了。"

华子可怜巴巴地劝猪头："一会儿去闹闹洞房吧？"

猪头说："你们闹吧，没外人儿闹得更凶。"

这时，露露愁眉苦脸走过来："婚礼完了吗？还去哪儿？"

"我们应该听向南的。"陆涛说。

这时，向南慌慌张张冲过来："你们等会儿，我先招呼别人，回头我带你们回洞房！"

说罢又跑了，他冲向退场的人们，边跑边喊："大家等一等，别走啊，我们后面还有节目呐！"

话音未落，踩到一个香蕉皮，一跤滑倒在地上，一只鞋还摔飞了。

大家顿时大笑起来。

陆涛说："别笑，这不是普通的一跤，看，这一跤，象征着向南滑倒在与杨晓芸的婚姻上！教训呐！"

华子说："摔惨了嘿！你们看，到现在还没爬起来呢！"

只见向南坐在地上边揉腿，边找鞋穿呢。

❀　　在洞房

正在洞房里的人们忐忑不安的时候，杨晓芸杀回来了，一进门便兴奋地说："大夫说，如果晚到一点后果不堪设想！人急救中心的大夫半天才把一小块山药夹出来，正卡气管上，就留了一小口，再卡紧点，我奶奶就完了，我们以为没事儿了，我奶奶还说不行，最后又找，结果夹出这么长一根鱼刺儿——你们知道怎么回事儿吗？我奶奶先卡了一根鱼刺，然后想用山药给冲下去，没想到卡那儿了，要不然更危险，你说她吃鱼也不小心点——"

华子举起酒杯塞到杨晓芸手里："一颗悬着的心总算放下了，得得得，为杨奶奶福大命大造化大干一杯！"

杨晓芸接过一杯红酒，一饮而尽。

大家又把杯子冲向向南，跟向南干，向南激动地说："我干，我干！婚礼这么轰动，我今天真是太高兴了！明儿来的人肯定得说说这次婚礼，其实要按我和杨晓芸的设计，后面的节目一上，更来劲！"

说罢，拿起一个酒瓶子就喝，却被杨晓芸厉声打断："我设计的！"

陆涛只好劝："管它谁设计的，让向南先干了！"

所有的人都在喊着："干、干、干、干——"

向南真把一瓶啤酒全喝完了，大家为他鼓掌，掌声刚小下来，向南就晃晃空酒瓶说："该你们了——"

大家面面相觑，最后是华子疯狂地喊了一句："为了新郎和新娘，干！"

所有的人只好含恨举杯，一饮而尽！

向南叫道："杨晓芸，你妈让我把婚礼上没喝的酒都拉回你们家了，幸亏我留了一箱在我爸的警车里，要不然今儿晚上咱肯定不够！看！"

说着，冲出门外，片刻便从外面拖进一箱酒来。

杨晓芸笑了："我老公真聪明！那么危急的关头，斗心眼儿都斗得过我妈——哟，你太聪明了，什么酒都有哎！大家敞开喝啊！我们这婚礼还没完呢！"

陆涛劈手便从箱子里挑出几瓶酒，往桌上一放："对！大尾巴还在后面呢！干！"

这新的一轮痛饮把所有人都给喝得面红耳赤，大家干杯的姿势花样百出，没出二十分钟，便纷纷醉倒在房间各处，只有音乐回响在房间里，不过，又过了半小时，大家又都重新挣扎着爬了起来，坐下来接着喝，但样子都有点怪，看得出来，人人都醉了。

露露一指华子："我认识你——"

"对，我们认识，一起打过保龄——"

"新郎新娘是怎么好上的？"

"他们是一见钟情。"夏琳插嘴。

"我才是对你一见钟情，夏琳。"

夏琳没理他。

夏琳问露露："大海呢？"

露露看了一眼华子，又看一眼夏琳，叹口气说："我刚和大海分手，是他趁乱在台上跟我说的！"

华子关切地问："这事儿有缓儿吗？"

露露慢慢摇摇头。

大家都不说话了。

"有什么了不起！不就是签了一个破唱片公司吗？哎，我也想一见钟情，我来这里，就是想碰到一个敢和我一见钟情的人——"露露说罢又喝了口酒。

杨晓芸小声说："那就选华子吧——"

"对，选我吧，走，坐那边去。"

话音未落，忽然后面"咣"的一声，大家一回头，只见向南连同椅子一起，倒在地上。

于是大家七手八脚把被灌得大醉的向南抬到床上。

坐回来以后，华子说："咱们数数吧，数到谁谁喝——数七——"

"不，数三！"夏琳反对。

人们分成两拨，屋子里响着"数七数三"的喊声。

正在兴头上，忽然房间里一片漆黑。

"怎么了，怎么了？"

杨晓芸的声音在黑暗中传来："断电了！一定是邻居们听着我们太高兴了，受不了，把保险给断了，向南，向南！"

"别叫向南了，哎，小芸，有蜡吗？"

"有，在厨房，宜家买的——一百个一袋儿！"

华子点亮打火机："我给你们做盏油灯吧——"

陆涛却说："咱趁机跳流氓舞吧！"

杨晓芸也嚷嚷："跳贴跳贴！别开灯，我放音乐，我们有电池。"

华子一听也兴奋起来："对，跳跳跳，乱起来乱起来！"

不久以后，果真乱起来了，在音乐和蜡烛的微光中，大家在一起跳贴面舞，弄得一个小单元里，到处是晃动的人影儿。

华子和杨晓芸跳，这是他期盼已久的。

"记得吗，大二时，在你们学校教学楼四楼，咱俩一起跳过。"华子在杨晓芸耳边说。

杨晓芸低声说："其实那天郊游时我一见到你就想起来了。"

"我也是。"

"那是我第一次去外校参加舞会。"

"我也是。"

"我记得咱们说过话。"

"对，那天灯光暗，什么也看不清，我一边跳一边跟你说话。"

"你这么一说，我全想起来了。"杨晓芸用一双醉眼斜了一眼模模糊糊的华子的脸。

"别的全忘了，我只是记得你的声音特别好听——"

"是吗？"

"后来你被同学叫走了，我也走了。"

"我记得。"杨晓芸说。

"后来我一直暗中喜欢你——不过再没有见过你。"

"真的？"

"去郊外玩的时候，我本来想向你求婚的——那是我们的第一套方案，向南的是第二套。"

回首往事，两人都有点伤感，黑暗中，华子松开杨晓芸。

杨晓芸说：“华子，现在说这些已经不合适了——你干吗不早说？”

“对不起，我今儿是喝多了，别说了，都过去了——”

突然，灯亮了。

大家各自分开，陆涛喊：“关了关了，接着跳！”

向南迷迷糊糊走了进来：“哥们儿刚刚梦见有人想拆散我的家庭，吓醒了，就爬起来把保险丝接上了——要不我把灯再关上？”

大家决定停止闹洞房，让新郎新娘早点休息。

杨晓芸和向南站在门口送大家，向南说一句：“再见，不送了。”

杨晓芸跟一句：“再见，走好。”

每个人临走时都对他们说了一句祝福的话，最后轮到华子。

华子看了一眼杨晓芸，只是说了一句“再见”。

杨晓芸回了他一句再见，便把门关了，然后无力地靠在门上。

“累死了。”杨晓芸说。

向南看一眼一片狼藉的房间：“真不识相儿，还朋友呢！总算都走了！刚才真想轰他们走，把时间留给咱们俩，今儿怎么也是咱俩的洞房花烛夜啊！”

杨晓芸理了理头发，定定神儿，捂着心口长出一口气：“乱了，是乱了，全乱了！”

❀ 华子和露露

从向南家里出来，华子觉得轻松了，他总算对杨晓芸说了想说的话。其实今天的婚礼他一直不太舒服，他看着杨晓芸的样子便感到压抑，有时他陷入错乱的情绪，以为这婚礼只是一场游戏，是闹着玩儿的，现在他知道，杨晓芸和好朋友向南真的是结婚了，他再没有机会了——他钻进车里，点上一支烟，抽了一口，把烟雾长长地吐了出来，然后打着火，把车驶离向南家。

露露出了向南家，快速走到马路边，想伸手打车，又想吐完再打，犹豫来犹豫去，小风一吹，浑身直哆嗦，这下她明白了，她真想放声痛哭一场。

露露左右瞧瞧，半夜三更的还真没人，她决定先吐，吐完再打车，于是双手掩面，深吸一口气，却听到一声刺耳的刹车声，露露以为自己被撞死了呢，可放下双手一看，只见华子正从车窗里探头出来。

“还没打着车呀？”

“都让他们给打没了。”

“露露，你住哪儿？我送你。”

“其实，我也不知道要去哪儿。”

“你平时去哪儿？”

“男朋友家。”

“那我就把你送到大海家。”

“不行。”

“为什么？”

"现在那儿住了一个姑娘。要是我有地儿去，就不会来这儿闹洞房了。"

华子愣了一下："那，那怎么办？"

"你真的没有什么地方让我混一晚上？"

华子想了想，眼珠一转，一拍方向盘："上来吧，我知道有一个二十四小时保龄的地方。"

露露笑了。

✿ 没完

就在露露以一个漂亮的飞碟式扔出第一个保龄球的时候。向南的手机响了，就在寂静而整洁的洞房中，疲惫至极的杨晓芸与向南正双双平躺在床上，呼吸粗重，此起彼伏，像两具丝丝怪叫的尸体。他们已两天两夜没睡了，两天前，杨晓芸曾这么设想两人的新婚之夜，"我们抱着，乖乖地睡在一起，像两只被关在一个壳儿里的小花生米。"

然而向南的手机却响个不停，被惊醒的杨晓芸在被子里猛蹒了向南两脚，向南才混了一个半醒，他恍然记起，自己脱光了以后便睡着了，完全忘记了干那件正事儿，他希望自己最起码是扑到杨晓芸身上以后才真正睡着的。不过，还是接电话吧，说不定有什么好事呢，向南费了半天劲才够到电话，杨晓芸听到向南用他独有的公鸭嗓儿持续地发出声音。

"喂，我是——大年呀，我结婚你怎么不来啊——啊——真的？你这不是坑我吗？我们刚收拾完屋子，上床没有一秒钟——哪儿有这么祝贺新婚的呀——能不能——行我知道了——"

向南挂下电话。

半裸的杨晓芸坐了起来："怎么了？"

"看来，我们还得起来——"向南的声音听着像是中毒以后才能发出的。

"怎么啦，这么晚了还有人要来？"

"不是今天，是明天。"

"谁呀？你们公司的？"

"房主从国外回来了——"

杨晓芸一把抓住向南的头发："向南，你什么意思？你不是说这房子咱能免费住两年吗？"

向南颓了："谁知道——"

"你什么意思？"

向南只能利用揉眼睛的时间来想措词："晓芸，我的意思是——我们还得收拾一下，明天就得搬家——"

杨晓芸跳起来，站在床上："你说什么？"

"没办法，你只好嫁鸡随鸡了。"

向南也站起来，想抱一抱杨晓芸，手一抱，是空的，杨晓芸出溜到床上。

向南无奈地蹲下来，用手把杨晓芸的头发撩起来，发现杨晓芸哭了起来，哭得像个小孩一样，满脸都是泪花儿——他感到自己像个骗子，他感到自己对不起她，不过，他知道他们已经是夫妇了。

❀ 生气

此刻，陆涛那里也不平静。

洗手间内，夏琳在抱着抽水马桶吐，陆涛双手捂着胃，等在边上，夏琳刚吐完，陆涛立刻蹲过去接着吐，夏琳冲水，然后拍着陆涛的后背。

陆涛扭了扭身体："哪儿那么急啊你，吐完再冲多好！"

夏琳笑了，两人一起走出洗手间，一进客厅，夏琳便抱着头坐在沙发里。

"一百年没喝过这么多了。"陆涛看看夏琳说。

"头疼。"

"你今天好像一直在生我的气。"

"我是烦你。"

"我怎么了？"

"我觉得你越来越庸俗了。"

"我才不信呢！"

"你一回来，跟我说的都是怎么挣钱，要不就是你见过谁了，那个人是怎么有钱，还有，每一次都要把徐志森这三字说上一百遍。像徐志森那样的人，我其实见过不少，如果说听发家史，估计我在俱乐部听过的比你还多，我一听就烦，可你却津津乐道！"

"你喝多了吧，怎么这么说话？"

夏琳摇摇晃晃站起来："你忘了你的出身了吗？忘了徐志森怎么欺骗你母亲的吗？你已忘记自己是谁了！为什么非要向上爬呢？过普通生活有什么不好？早晚你也会像徐志森一样骗我！"

陆涛急了："我做这一切还不是为了你！向上爬怎么了，有谁肯放过每一个机会？"

"要是我喜欢有钱人，俱乐部里有的是，我为什么要等着你一点一点地出人头地？"

"夏琳，你想要我怎么样？你想要我成为一个什么样的人？"

"一个正直的人！"

"我告诉你我小时候正直着呢——越小就越正直——"话音未落，电话响了，陆涛连忙接起来，"我？我没事我——噢，行，我马上过去——啊，没干吗，夏琳正看我不顺眼，在边儿上伺机胡来呢！"

"谁伺机胡来呀？"

陆涛放下电话："是华子——他和露露打保龄，他说看这样子要打一夜，钱不够，叫我给他送钱去。"

夏琳一把抱住陆涛："我也去！反正我也睡不着。"

陆涛笑了："那你还说不说我庸俗啦？"

夏琳撒娇："说你庸俗是对你好，这世界上除了我，谁也不许说你庸俗！他们只能说你有才！你的名字就叫陆——有——财！"

陆涛看着夏琳酒后红红的脸，不禁探过头去吻她，夏琳也想吻他，两人谁也没吻着谁，陆涛的下巴撞到了夏琳的鼻子，顿时把夏琳撞得眼泪汪汪的，夏琳一指陆涛："没完！"

陆涛笑了："要不你再撞我一下？"

"我是说，这婚礼的后劲儿够大的，还没完呢！"

✿ 还是没完

陆涛和夏琳走进保龄球馆时，夏琳一眼看到了华子没精打采地扔完了一个保龄球后往回走，再看露露，半天没站起来，看来他们俩真是太累了。

陆涛深吸一口气，压住了往上冒的醉意，轻飘飘地走过去："哎，你们俩谈得怎么样了？"

"还行吧，这不正谈情第一，比赛第二呢嘛——下一局一起打吧？"华子眨眨眼，疲惫地笑笑。

"好，好，陆涛，咱们去换鞋！"夏琳振作精神。

这时华子的电话响了，他接了起来，喂喂两声，又啊啊两声，最后说："这样吧，你们也出动吧，一起打球，打完了，你们把车走开——行，等你们。"

华子挂下电话，倒吸一口凉气，脸上出现奇怪的神色。

陆涛问："怎么了，华子？"

"是向南打来的，怪事儿！"

夏琳一边原地踏步一边问："是不是他们又闹离婚？"

"不是！是他借的那房子马上得还！就明天！他们要管我借车搬家。"

夏琳惊叫一声。

华子叹口气："估计杨晓芸已经崩溃了，这太像是一套儿了。"

"我也奇怪，向南一直挺稳健的，怎么结婚这事儿办得那么草率，太不像他。"陆涛随声附和。

"你真笨，连我都能看出来，向南这一次是真坠入情网了，本来晓芸不怎么喜欢他这种踏实型儿的，糊里糊涂的也让他给骗了。"夏琳说。

陆涛看了华子一眼："我也觉得向南这次有种狗急了跳墙的感觉，还不知是怎么回事儿呢，就让他东拼西凑地把婚给结了——哎，他们马上就过来了，没想到这婚礼要一直办到保龄球馆，哈哈哈——"

说完，陆涛狂笑着冲上跑道，竟打出一个全中，大家都看呆了。

✿ 狼狈不堪

"我猜外面天亮了。"向南说。

华子和陆涛努力抬起疲惫不堪的眼皮，而杨晓芸和夏琳在桌上睡着了，一个趴着，一个仰着，只有露露一个人在兴致勃勃地扔保龄球。

华子问："谁想去吃早点？"

陆涛和向南摇头。

"要不散了吧？给你车钥匙。"

向南接过来："你们先走吧，我等晓芸再睡一会儿。"

陆涛走过去推夏琳："夏琳，起来，走了！"然后拍拍向南，"哥们儿，我们走了，再次祝你新婚快乐！"

向南沮丧地点点头。

"你这马拉松婚礼总算是完了。"华子说完走过去把露露从球道上拉下来。

夏琳和陆涛在前，华子和露露在后，四个人像拴在一根绳子上的四只西装鸡一样，从保龄球馆里走出来，天上下着零零星星的雨，灰色的天空令人感到压抑。

华子幸灾乐祸地感叹道："唉，坏事儿终于来了，这对苦命鸳鸯！"

陆涛叹口气："本来想搞一个头小尾巴大的婚礼，谁想到这尾巴也太大了——但愿他们扛得住。"

"那我去上班了？"夏琳有气无力地说。

"我也去。"陆涛冲华子点点头，"就这样吧。"

华子招招手："再见了。哎，露露，你往哪儿？"

"我？我先去吃早点，我饿了。"

华子说："我上班儿来不及了，先走一步，回头电话联系。"

露露点头，茫然地走了，像一个飘在街上的游魂。

如果冥冥中有一只居高临下的眼睛看到这四个人，便会发现他们是朝四个方向纷纷走散开去——呵呵，用一句老话儿说：生活在继续。

❀　　无尽的婚礼

新房外，向南看着杨晓芸把最后一件东西抱上车，那是他们两人的结婚照，照片上的两个人穿着礼服，一脸幸福的笑，向南感到有点苦涩，他叹口气："没想到婚礼这么长。"

杨晓芸打了一个哈欠，然后猛地把眼睛睁圆："还记得结婚时我对你说的话吗？"

向南点点头："千万别让人看咱们的笑话。"

杨晓芸恨恨地说："我看现在咱们就是个笑话！"

向南只好愁眉苦脸地叹了口气。

杨晓云也长叹一口气："我们的轰动结束了。"

"晓芸，我爱你。"

"那你以后可要对我负责呀！"

"杨晓芸，我一定对你负责。"

"你会改主意吗？"杨晓芸低声问。

"不会！"

杨晓芸看着向南，慢慢笑了，无论如何，眼前这个不好不坏的人就是自己的老公了，一种宿命感暗暗从心底涌出来，让她笑得心花怒放，她张开手臂："老公，抱我一下！"

"这一下完了，等我们找到房子，我再抱你一下行吗？"向南嘴软地说。

❀　　华子

猪头的公司位于旧车市场不远处的一个门脸房内，华子来上班，他一走进去就觉得不对，只见办公桌后只有猪头一人坐在那里，地上是飘飞的碎纸屑。

华子走到猪头身边，在一把横倒的椅子上坐下。

"全完了。"猪头喃喃地说。

"怎么了？"

"那一船二手车，全被扣了。"

“你不是说不做二手车了吗？”

“我心里说的是，做完这一次就不做了。”

华子沉默了，他知道，猪头的家当全在船车里。

“这条路算是堵上了，我得缓缓。”猪头说，“参加婚礼就遇到破产，以后谁结婚我都不去了。”

华子陪着猪头坐了一会儿，不知该说什么，最后咕哝了一句：“这就完了？”

猪头看了华子一眼，低下头。

雨忽然下大了，玻璃上全是水印儿。

“这叫什么事啊！”华子愤懑地大叫一声，忽然抄起一椅子砸在地上，椅子立刻散了架，华子又不解恨地再砸了几下，直到手中拎着一片孤零零的椅子靠背——真是太背了！

租房

租房代理公司很高兴有向南和杨晓芸这样的客户，一个代理热情地带着他们连看了四处房子，每到一处，都用热切的目光看着他们俩，希望生意成功，此刻，在最后一处房里，杨晓芸和向南再一次面对代理的目光。

杨晓芸想了想：“我们要单独商量一下，决定了再找你。”

“过了这村儿就没这店儿了，你们要的房子后都排着大队呢。”

“知道了，知道了。”

“那你们商量吧。”代理转身出了门。

“你真是死要面子活受罪，其实找房跟我妈说一声儿——”

“求你——”向南说。

“好吧好吧。”

向南坐到一个破沙发上，杨晓芸一下子坐在他腿上，向南亲了一下杨晓芸。

“咱新婚之夜，净折腾这些破事儿了，一次正事儿也没干。”

杨晓芸一把推开向南：“你这只禽兽，说！你跟我结婚到底是什么目的？”

“跟你过一辈子。”

“在哪儿过？”

向南长叹一声：“反正合适的就四处房，已经看了三处了，你定吧，我都行。”

“四合院那间怎么样？”

“英雄所见略同！我告儿你我小时候就住四合院，记得院里有一棵槐树，春天槐树花开了，香极了，那小白花儿还能吃，甜的——胡同里还有一棵桑树呢，夏天我们去摘桑葚，好吃极了——我还用那桑叶养过蚕呢！”

“我们家以前住那四合院里有棵枣树，他们秋天用竹竿儿打枣，我在下面，用裙子兜着接，我还记得那是一条布裙子，上面有碎花——”

“哎，媳妇，我能问一句，你还记得你当时裙子里面穿什么了吗？”

“滚！”

“四合院那房最便宜，一个月才六百。”

“我可不是冲着便宜去的——”

"我也不是！"向南站起来，"我找代理说去！"

三个人坐上车，来到那家位于东四十条胡同里的四合院，这是他们最后一处没有看过的房子，代理有气无力地说："就这儿了，房东就住边儿上，要合适马上就能签合同。"

杨晓芸和向南急不可耐地沿着曲曲折折的四合院中的小路前进，代理跟在后面，第一次与人擦肩而过，很局促，第二次另一个小青年儿飞车而过，三个人不得不贴到墙上，杨晓芸和向南相互用责备的目光看了一眼。

代理说："到了，就这儿，就这院子，房子是这一间——"

杨晓芸问："哪儿有院子？"

代理用手往四周一划拉："原来这一片都是院子，让他们给搭上了违章建筑。"

"哎，这是什么树啊？好像不是你说的槐树啊？"

代理说："我也不知道这怪树叫什么名字，反正有棵树！"

一个大妈走过，杨晓芸过去拉住大妈："大妈，我能问一下这是什么树吗？"

大妈叹口气："这破树，别提了——"

杨晓芸急切地问："大妈你说说这树——"

"这叫臭槐，夏天招蚊子，我们院儿联名给居委会提过多少次意见了，砍也不让砍，也不知谁种这儿的，太缺德了！"

杨晓芸和向南相互看看，直吐舌头。

向南挺起胸膛，朗声叫道："我们不怕蚊子，我们有蚊香！"

杨晓芸一指上着锁的漆成绿色的木板门问代理："是这间房吗？"

"就是这间！你等着啊，我找房东去！"

向南一咬牙："就这儿吧，我觉得还行，你看，这树的姿态还是不错的——"

"你是懒得再看了吧？"

向南翻翻眼睛："你呢？"

"嫁混蛋随混蛋呗！别折腾了，就这儿吧，唉，我这辈子算完了！"

❀ 失望里的温暖

从猪头那里出来，华子几乎相信，冥冥中总好像有人老给他泼冷水，只要他一斗胆对生活抱有希望，必有一件事叫他趁早把那该死的好念头打消。杨晓芸跟了向南，猪头也破产了，那一船车里还有他的两辆，十万块钱呢，好了，现在又得从头儿开始了，你看，天晴了，太阳竟然出来，正好照在华子失望的脸上。

华子走上一条大街，东看看西看看，心里猜着：这些街上来往的人里有几个像他这么倒霉呢？

还真猜不出来——华子感到自己真是太迷茫了。

与此同时，露露也在同一条街上走着，她很困，无精打采，哈欠连天。她知道自己必须走，不然就会坐在路边睡着，也许再走一段就好了，男朋友没准儿会给她打个电话。露露把手机拿出来又看了一眼，连一条新的短信也没有，她感到无助，这感觉叫她有点害怕。

华子走到一个做成小蘑菇样儿的报亭边停住，对卖报的老头儿叫道："来五十块钱招聘广告多的报纸杂志！"

说着，把五十块钱拍在一美女封面的杂志上。

老头不慌不忙着到架子上一份份拿来报纸杂志，然后拿着一计算器得意地算账："一共八十二块！"

把华子气了一个干瞪眼儿，只好又交了三十二块。

他拿了报纸刚要走，老头拿了一支水彩笔递过来："小伙子，给，这是送的。"

华子想掏钱，老头笑了："真是送你的，有用！"

华子刚要走，身后传来一个熟悉的声音："请问六月的《花溪》来了吗？"

华子回头，果真是露露。

❀ 患难之交

不远处，有一个冷饮亭，还有几个室外散座，华子和露露坐上去，要了两瓶可乐喝。前面的街头小广告栏上有一个杂牌饮料广告招贴，露露兴奋地指着其中的一个美女："那是我！"

华子仔细看了看，果真是露露，站在六个女孩中间，挥着那杂牌饮料。

华子用笔在杂志上的一招聘广告上勾勾儿，然后抬起头："你还是名模儿呐！"

露露笑了："拍这照片拍了大半天，挣了一百，大海帮我找的活儿。"

"只有两个都失业的人，才能在茫茫人海里很容易地遇到，露露你说是不是？"

"我这么困，连同病相怜的感觉都没了，"说罢，打了个哈欠，"真想找个地方睡一觉，困死了。"

华子笑了："我知道一地方。"

华子把露露带到陶然亭公园里的一个没人的凉亭里，四周是草地，两人分头躺下准备睡去，脑袋下面各枕着一摞报纸杂志。

一阵小风吹来，华子睁开眼睛偷看一眼露露，脱下上衣，走过去，盖在她身上，露露已经睡着了。

华子走回去接着睡，他闭上眼睛，觉得很安静，他知道，附近有草有树有小山，再远处，还有一个湖，如果睡醒了睁开眼睛，这些东西看起来都会显得很漂亮。

❀ 更积极更乐观

从婚礼到长城，这让陆涛很不适应，他正带一客户参观长城，脸上尽是不耐烦，忽然接到电话，是那个法国公司打来的，原来他们的人力资源经理在翻求职档案时再次发现了陆涛，而公司旗下还有一个设计公司。

陆涛痛快地答应去面试，他已经对他现在的工作彻底地厌倦了。他生来就不是那么外向型的人，更不适合打杂跑腿儿，他要自己成为一名建筑设计师。

陆涛挂了电话，扒在垛口上，看着长城从近处向远处蜿蜒，脸上现出微笑，他觉得自己被徐志森安排了。不，他不会让任何人安排，他要更积极更乐观，他要试一试所有能试一试的事情——想到他离开公司徐志森会多么吃惊，他不禁偷着乐了起来。

第二天上午，陆涛去面试，场面很严肃，但是他通过了，他在学校的成绩帮了他的忙，公司名叫做凡尔赛，人力资源经理很高兴，他觉得自己是从垃圾堆儿找出了一个能用的东西，他带着陆涛经过公司里的一个过道儿，往前走，还有最后一个人要见，陆涛便是派往他那里当助理的，经理边走边吹嘘："我们这里聚集着很多建筑设计方面有才华的年轻人，他们都是顶尖儿的——"

两人走进一个敞开式大写字间，约有二十几个设计人员在各自的位置上工作。陆涛和经理刚走了不远，便有一个戴眼镜的设计人员站起来，举着一杯咖啡向他招手。

"陆涛，是我，还记得吗？"

陆涛眼睛一亮，碰见熟人儿了，他忙走过去："哟，徐峥，烧成灰儿我也能认出你的骨头。"

"哎，你来干什么？"

"来面试。"

"你现在干什么？"

"别提了，在一公司跑腿儿。"

"辞了算了，到这儿来吧，这地儿不错！凭的可是真本事——哎，听你学长我说一句吧。"

徐峥与陆涛同校，也是一个高材生，比陆涛高一级，两人在校时相互看不起，现在他们却感到很亲，陆涛笑了："别忘了上学的时候，是我从你手里抢走那破'智慧树'的！"

徐峥把写字台的柜子一拉，从里面拿出几个小奖杯扔在桌上："那算什么，不就是咱们学校的烂设计奖嘛，一分钱奖金也没有，你看这儿！不服明天就来上班！"

"就冲你，我也要来！"陆涛兴奋起来，他喜欢这气氛。

徐峥拉住他："你等等，我告诉你，面试你的人是亨利，这里的大活儿全是冲着他来的，在法国也是一腕儿，他是个高迪迷，无论他问你什么，你就说喜欢高迪，他准要你！"

陆涛笑了："我本来就喜欢高迪！"

徐峥不放心地说："还有，跟他说法语，能说几句就几句，他不喜欢说英语，我们这儿中国人里就缺法语好的。"

"没问题！"陆涛跟着人事经理走向亨利的办公室。

半小时后，陆涛出来了，手里抱着一张高迪的建筑图走出来，徐峥站起来迎过去。

"怎么样？"

"要我了！你看，这是亨利送我的高迪！"

"瞎兴奋什么，你看看这里——"说罢放手一指。

陆涛一看，每个人的桌上都贴着一张高迪的画。

"少废话，明儿见！"

"你急什么？"

"我辞职去！"

❀ 改变

　　陆涛在街上飞跑，手里抱着一张高迪设计的建筑画。他的自由意志第一次得胜了，他的脸上是兴奋的笑容，他兴奋是因为他拥有一件叫别人吃惊的事情；他兴奋，是因为他感到自己可以谁也不依靠；他兴奋，是因为他将面临一种改变，这改变满足了他的内心深处的某种激情，他就是想变一变，哪怕变得更坏都不要紧，他就怕生活按部就班、一成不变，那样叫他感到沉闷。

　　陆涛冲进夏琳所在的唱片公司，正是午休时间，他找到夏琳，把画儿往夏琳桌上一放，然后挥舞拳头，低声叫道："他们要我了！凡尔赛要我了！"

　　"你吓了我一跳！"夏琳说罢，把他拉到公司外面。

　　"你疯了吧？"

　　"我没有！"

　　"你怎么这样儿啊，不知道的还以为你是刚火的巨星呢。哎，我问你，以后我还怎么在这公司里混啊！"

　　"夏琳，我终于能干我的专业了——凡尔赛是一流的设计公司。"

　　"那远大呢？"

　　"噢，对了，我马上去跟徐志森说再见！哎，帮我想想，晚上去哪儿庆贺一下！"

　　"你应该再想想！"夏琳话音未落，陆涛已经跑出十米开外了。

❀ 徐志森的反应

　　陆涛一进入远大公司，前台接待小姐就对他说："徐总叫你去他的办公室。"

　　陆涛点点头往里走，进了徐志森办公室。

　　徐志森笑着问："你是不是想，该有一个新开始了？"

　　陆涛点点头："我已经有了一个新开始了——徐总，我要辞职。"

　　徐志森脸色突然变了："陆涛，怎么回事儿？"

　　"我受够了那些打杂儿的事儿了，没有一件是我喜欢干的——"

　　徐志森打断他："陆涛，这一阵儿，我忙着谈项目，没有顾上你，现在，公司对你有新安排——"

　　"凡尔赛建筑设计事务所要我了，说好了明天就去上班，那才是我的专业！"

　　徐志森停了停，然后放慢声音："那你就不想听听我的意见？"

　　"谢谢你的意见，徐总，即使在这里我能挣很多的钱，我也不开心。我不是生意人，在生意上成功不能让我满足，要不要写一篇辞职报告？如果要，我马上就写。"

　　"不用了——陆涛，你真冲动。好了，不说了，不过，我希望以后你有什么决定跟我商量一下，建筑设计是你的专业，我相信你一定很擅长，但我提醒你，在地产业，设计也只是生意的一部分。如果你脑子装的全是大师的名字，那我现在跟你说什么也没用，我现在也算能对北京设计所略知一二——算了，凡尔赛是个一流的设计公司，拥有很好的设计团队，在亨利身边一定让你很兴奋，我还是祝贺你吧。"

　　"谢谢，那我有事先走了。"

　　话音未落，却被徐志森倔强的声音压住了："保持联系。"

"好！"

"上班以后给我打个电话，也许我们有生意可做。"

"好！"陆涛说罢跑了出去，却跟正走进来的吉米撞了个满怀，陆涛说声对不起，走了。他预想的效果达到了，徐志森感到很震惊，尽管他想掩饰，却并不成功，陆涛觉得自己很了不起，因为谁也别想控制他，但是，他又有一点失落，离开徐志森，就是离开了一种保证，这让他隐隐有点不安。

吉米看到徐志森灰暗的脸色，同样也感到吃惊："徐总，你把新项目告诉陆涛了？他那么高兴？"

徐志森终于气急了："任性！太任性了！连话都不让我讲完——这就是我唯一的儿子！唯一的亲人！他跑到设计公司去，以后怎么继承我的事业？谁会告诉他怎么做一个OWNER！他宁可被雇佣，也不愿当一个拥有者，真是糊涂！"

忽然，徐志森把一个茶杯扔在地上，然后赌气地说："吉米，你马上替我为'青年家园'找一个项目经理，现在，我要让他知道，离开我他会损失很多东西，离开我，他什么也不是！他必须回来，回到我身边！"

❈ 伤害

下午，陆涛便回到凡尔赛上班了，他与几个设计人员一起被叫到一个会议室，亨利在一块小黑板前，画着一个建筑图形。

亨利用法语向他们讲着一个设计方案："我就要这种思想，这里和这里必须要和谐，有谁真正懂得罗马人？秩序、比例、崇高，我们不需要这些，大家听清楚，不要使用这些罗马元素，只用最自然的手法来设计，当你们想不到美的时候，你才能捕捉到它，我需要方案，越快越好，灵感万岁，谢谢大家。"

亨利说完大家鼓掌。

事务所的中方经理侯永和走到黑板前："亨利已经把他的想法说了，希望大家下去以后努力工作，争时间，抢速度，把'体育馆'的设计方案拿出来，和我们竞争的三家设计公司实力都很强，我们希望能够用实力中标，散会。"

大家纷纷走了出去，陆涛却留了下来。

侯永和刚要走，看到陆涛，站住："你是新来的吧？"

"是，我叫陆涛。"

"噢，我叫侯永和，负责'凡尔赛'的设计投标，你有什么问题？"

"我能用自己的设计参加公司内部的竞标吗？"

侯永和摇摇头："现在恐怕不行，据我所知，你没有参加这种大型设计的经验，公司会安排你从小一些的设计工作开始进入——"

说罢，侯永和走了，陆涛咽了口唾沫，也走了出去。他忽然感到，也许他的决定是错的，是从飞机上跳到火车里，在这里，他多半得像别人一样熬年头才行。

陆涛感到自己的热情被伤害了。他是那么自我，根本想不到他也许是被他的自我伤害了，他只是感到一种说不清道不明的愤懑。下了班，他去接夏琳，两人沿着街并肩走，一路上，陆涛发泄似的讲了自己遇到的一切。

"别着急，慢慢来。"夏琳安慰他。

"太不公平了！凭什么他们能设计体育馆，我就只能设计公共厕所和书报亭？要不就是写字楼里的公司改饭馆？这是正经的设计师该干的事儿吗？"

"你不是没经验嘛——"

"你说我攒一堆厕所设计经验有什么用？男女要分开这谁不知道啊，再流氓也不能连一块儿是不是？可气的是，公司连商业住宅都没我的份儿，这也太过分了！"

夏琳抱住陆涛："别着急，真的，你刚去——"

"夏琳，谢谢你的话，我现在一点也不着急了。"

"知道我现在怎么想？"

"你怎么想？"

"我这么年轻我怕谁啊——小心点，千万别给我机会，给我我就——"

"你真厉害，一句话就说到我心里去了，回头你写封匿名信，把你刚才说的话，寄我们公司去，提醒一下他们，叫他们防着我点！"

"陆涛，我相信你是最好的，谁也比不过你，早晚你会冒出来的！"

"夏琳，你才是最好的——对我最好的，一到关键时刻你就冒出来。"

✿　　为了寻开心的聚会

陆涛换工作两个月后，锐气全部被磨蚀了。他总是还没下班就约华子和向南一起吃晚饭，打台球，那两位也是真闲，一叫就出动，大家像是恢复了大学期间意志消沉却又兴致盎然的生活。

轮到陆涛和华子对打，一个袋口儿球他竟没打进去："靠，我走神了，这球不算！"

华子笑眯眯地推开他，弯下身打进一个球，然后抬起头来，一本正经地对陆涛说："我的建议是，第一点，要结实！一定要结实！最好是全钢结构，能扛十级地震，用军用炸药也炸不塌的那一种。我告诉你陆涛，千年不倒的厕所才是好厕所！"

接着，他又打进一个球。

露露在边上直笑，她是华子约出来的，华子总约她出来玩，因为露露说了，她老闲着，晚上特想出来坐一会儿。

华子接着说："第二点，公共洗手间一定要让盲人与孩子也能上，要点是，小孩上的坑儿要窄，不要让小孩不慎失足，掉在排泄物上，家长洗起来不方便！"

向南也乐了，他们都觉得现在的陆涛的处境很有趣，他竟从前程大好的徐志森那里跑出来，到一个设计公司去设计厕所——他们从未想到陆涛会这么傻。

正说着，华子又进一个球，然后对着一个翻袋球用杆儿量了起来："向南，你这个劣等生有什么补充？"

向南背着手走过来："陆涛，哥们儿上你设计的厕所，只有一个要求——那就是外观上要尽量向饭馆看齐——高中低档倒无所谓，但一定要像饭馆！"

杨晓芸也笑了，现在她下班后成天跟着向南。

华子趁机又打进了一个球。

露露叫好。

向南大手挥："陆涛，你得用你的实力向他们证明，我们建筑学院的高材生有能力也有魄力，让那些饿着肚子的人猛冲进去才知道，里面没有水煮鱼，一条也没有！叫他们一进门儿就一目了然，这里是厕所，是吃多了水煮鱼才不得不去的地方！"

大家一起哄笑。

华子又是一杆进了黑球，然后挥着杆儿大叫："换人！"

陆涛气得把杆扔在桌上。

杨晓芸跳出说公道话："有你们这样儿的吗？"

向南说："媳妇这你就不懂了，对于陆涛同志未与朋友商量，就擅自从远大出走这一决定的严重错误，我们必须用先侮辱再羞辱的方法来加以帮助，他这一走，完全地粉碎了我们向他借钱的希望！"

露露请求道："我能上吗？"

华子急忙说："不行！我要切切向南，叫他拿起杆儿来才想起不该走进台球厅！"

陆涛说："朋友们，我要崩溃了！"

✿　　大客户

现在陆涛已习惯了凡尔赛公司的写字间，在这里，他是躲在最底层的细菌，每天就趴在电脑前慢慢进化，设计一些根本不用设计的东西，只是在原有的设计图上改改尺寸。这工作搞得陆涛成天没精打采，即使侯永和都不能叫他振作精神。

"跟我们一起走，陆涛，去见一个很有潜力的大客户。"这个声音对他来讲犹如彩票中奖，陆涛抬起头，只见侯永和面带微笑，对他轻声说。

侯永和带队，加上公司里的两个设计，一行人出发了，快到地儿的时候，侯永和拉住他，再次悄声说："陆涛，这次带你来，是想让你累积一点见大客户的经验。记住，这个客户对我们非常重要，不管我们谈得怎么样，你都不要说话，在旁边认真观察，多看多听。"

直至来到远大的房地产公司的前台，陆涛才记起这里是哪儿。前台小姐换了，不再认识陆涛了，她带着他们一行人左转右转，来到一扇门前停住，小姐把门打开，让三个人进去。

三个人鱼贯而入，从老板台后面迎面站起来的却是徐志森，他看到陆涛，只是嘴角动了一下，随即说道："大家请坐。"

陆涛一下子愣住了，忽然，他感到自己是那么虚弱，而徐志森仍是徐志森，他像一个铁人屹立在他的正前方，穿着崭新的深色面料的西装，头发梳得一丝不乱。

大家刚刚落座，侯永和刚要说点什么，却见徐志森一把拉住陆涛。

"陆涛，坐这边儿来。"

陆涛被拉到徐志森边上。

"最近怎么样？"徐志森问。

"还可以。"

"还在搞设计？"

"是。"

侯永和大吃一惊："徐总，你们认识？"

徐志森看了一眼侯永和，笑了："这是我儿子，亲生儿子，我已经很久没有见到他了。"

侯永和与徐峥都愣了，侯永和看看徐峥，点点头："要不你们父子先聊？项目的事儿我们迟一些再谈。"

❀　　项目

一幢二十层的塔楼前，侯永和与徐峥眼看着徐志森钻出奔驰车后，还用手搭在陆涛的肩膀，徐志森一指那楼："就是它。"

侯永和徐峥感到有点口渴，他们很紧张，不知该如何说话，徐志森却问陆涛："你觉得我该不该买这幢楼？"

陆涛左转转右转转，抬头看。

徐峥和侯永和都看陆涛。

"不，不买。"陆涛说。

侯永和对徐峥相视一眼，徐峥叹口气。

"里面的结构——"

"看都不用看，落伍了。"徐志森话音未落，陆涛便接口道。

徐志森笑一笑，把目光落到侯永和脸上。

"徐总，从设计师的角度讲——"侯永和话刚一出口，陆涛就明白了，原来侯永和带他来是扎活儿，他慌忙打断侯永和的话："我建议买！"

徐志森回头看陆涛："然后呢？"

陆涛深吸一口气："买了以后，买了以后——从设计师的角度讲，这种塔楼的内部结构我们可以调整，凡尔赛有很好的结构工程师可以办到，外观上只需改动几处看起来就能很不一样，可以把它重新包装一下再上市出售——"

徐志森打断他："那么我买！"

陆涛看了一眼侯永和，兴奋地接着说："徐总，凡尔赛做出设计后，一定能帮你卖个好价钱。"

"陆涛，我们不说凡尔赛，我们说的是你！"

"我？"

"设计方面——你愿意试试吗？"

陆涛点点头，脸上出现自信的笑容："旧楼改造我很拿手——我很愿意！非常愿意！"

徐志森笑了，对侯永和："侯总，交给他吧，我相信陆涛能把这件事办好。"

徐志森说罢便与侯永和交谈起来。

陆涛与徐峥进到楼内，这楼外面封了窗户，内部却连门都没装，三个人一层一层爬上去，仔细观察楼的内部情况，一直上到顶层，陆涛打开一扇窗户，趴着往下看。只见徐志森与侯永和握手，然后上车离去，陆涛向侯永和招手，侯永和走进楼里来。

徐峥来到陆涛身边："就是这样子，户型都差不多，你看怎么样？"

陆涛点点头。

徐峥点燃一支烟，听着楼梯里传来的脚步声，一会儿，喘着气的侯永和走进来。

陆涛笑了笑："侯总，刚才我差点说错话。"

"不过你后来说对了。"侯永和说，然后看看徐峥，"怎么样？"

"我们还要多看看——怎么做设计，要回去想一想。"

侯永和望向陆涛："陆涛，对于一个设计师说，这是一个很不错的开始，要珍惜。"

陆涛点点头："侯总，我正缺这样的机会。"

"如果你自信能办好这件事，那么凡尔赛将全力支持你，远大公司马上就要把案子发过来了，"说着看看表，"我有事先走一步，你们再看看，对了，要有什么好点子，告诉我。"

徐峥和陆涛点点头。

侯永和走了出去。

徐峥叹了口气："陆涛，你抄上了！这是一个突破性的机会，别人熬三五年也不一定能得到！"

陆涛在房间里走了几步，他感到一点迷惑，他再次来到窗边，把头探出窗外，窗外是一幅城市边缘的景象。

背后传来徐峥兴奋的声音："你命真好——没想到你还有这样一个富爸爸！"

好消息和坏消息

陆涛在公司工作到最后一个下班，在路上吃了一个汉堡，回到家一头扎到电脑前接着干，他一个户型一个户型考虑如何改造，他划出草图，想象着效果，忽然，灵光一闪，他为这个楼盘起了一个名字，"青年家园"，这名字令他十分满意，以至于敲门声响了好几遍都没听到，听到后飞速起身，门已开了，正和夏琳撞个满怀。

"有好消息——"

夏琳一推他走进来："哪儿来的好消息！"

说着把外衣脱掉，"咣当"一下，包一扔，倒在沙发上。

"怎么了？"

夏琳仰天长叹："绝望！"

陆涛拿起一杯水走过去："喝水。"

夏琳接了，一饮而尽，然后一把抱住陆涛。

"怎么了？"陆涛问。

夏琳笑一笑："没什么。"

"那你瞎绝望什么？"

"歌星真不好伺候！"

陆涛把刚要说的话咽下去了，而是听着夏琳滔滔不绝地往下说："今儿去一个音像店签售，人少，歌星不太高兴，就老冲我嚷嚷，就跟错儿出在我身上似的，她过气儿了跟我有什么关系？我总不能满大街地给她拉人进来吧？这歌星吧，还有一男朋友，比你还能吃醋，歌星不爱让他跟着，他老跟着，明儿还有一场热闹呢。我们去一桥上拍MTV，还不定出什么事儿呢！哎，我搞不定她，这企宣也当不成了，以后你养着我啊——"

说着把杯子递给陆涛："再来一杯！"

陆涛拿着杯子去倒水："夏琳，给我个机会，我太想养着你了，其实我也一直特不放心你，你一出门我心里七上八下的，生怕别人也像我一样喜欢你——"

他再次把水递给夏琳："要不，我明天也去，和那男的比比？"

夏琳白了他一眼，接过杯子喝水。

"我觉得吧，在吃醋方面，我谁都不服！"陆涛说。

夏琳一口水喷到陆涛脸上："滚！"

✿　桥上风波

不料第二天拍MTV时却发生了更让夏琳头疼的事。朝阳初露，女歌星站到桥中间，搔首弄姿，头发飞舞，夏琳看到一男模入画，两人渐渐靠近，正要接吻，忽然场外有人厉声高喊："停！停！"

导演一下子站起来："谁让停的？我是导演我没说停谁敢说停？"

众人纷纷回头，女歌星也惊得目瞪口呆，吹着她头发的风扇还在转着，只见她的大款男朋友大踏步走到导演身边："我！"

"你？你凭什么？"

"就凭我是她男朋友！你怎么当的导演啊？为了取悦观众你让我女朋友当着我面儿跟别人亲嘴儿，这合适吗？换上你媳妇你受得了吗？我问你，你要是我，受得了吗？"

女歌星慌忙跑过去拉男朋友。

而蹲在场边儿上正无聊的两名娱记却眼光放亮，拿着相机和录音笔就冲过去了，夏琳赶忙过去拦："哎，请别拍照，别录机，我是夏琳，她的企宣。"

一记者把话筒指向夏琳："我是《北方周末报》的娱乐版的记者，叫吴晓敏，你能不能回答我几个问题？"

夏琳稳住两名娱记："请你们跟我来，咱们到那边儿去。"

说着把他们带得尽量远离现场。

桥边，那位男朋友甩开女歌星的手，走到男模边上恶狠狠地叫道："我告诉你，你离我女朋友远点啊，我告儿你，你再努着嘴儿往上冲，小心我对你不客气！你知不知道她是我女朋友啊？"

男模儿尴尬地说："这，这是拍戏，不是真的。"

"不是真的你怎么不亲我啊？反正是假的，亲谁都一样，是不是？"

女歌星奋力拉她男朋友，男朋友一甩，把她甩一边儿。

女歌星急了："你走，快走！我们这儿拍戏，你捣什么乱啊！"

"你才捣乱呢，放着家里不待，众目睽睽之下，穿这么少衣服跑这儿给我现什么眼呀，我告诉你，要么你跟导演说改戏，要么你跟我回家——"

女歌星叉着腰："你走不走？"

"我一路跟过来的，凭什么走？"

"你再说一遍不走——"

"不走！你走我才走。"

一个记者指着这一幕对夏琳说："请解释一下刚才的事儿。"

　　夏琳结结巴巴地说："刚才是一个非常情况，希望你们不要报导，这会对她形成很大的负面影响。你们知道，为了这张专辑，她放弃了很多东西，已经做了三年了，公司也为这张专辑投入了大量人力物力，帮帮忙啊！我知道你们跟了半天也不容易，这样吧，一会儿我给你们提供一些八卦新闻，这一条儿就算你们帮我们公司的忙，请别发出去——"

　　正说着，只听后面一声尖叫，原来是女歌星爬到桥栏杆上。

　　两名娱记眼里立刻闪出兴奋的光，他们跟着夏琳一起冲向事发地点。

　　只见女歌星看了看桥下，往下看了一眼，身体立刻摇晃起来，估计是被桥下的流水晃的，她忙把头转过来，伸出双手保持平衡，百忙之中还指点着他的男朋友："你别过来！"

　　那位男朋友也慌了："哎，你别动，别动——"

　　夏琳一把拉住大款男友："你一过去她真敢跳，请你站这儿别动行不行？"

　　女歌星微微侧过身："夏琳，你让他滚远点，要不我马上就跳下去！"

　　夏琳推他："请再往那边去一点。"

　　"那她怎么办？"

　　夏琳皱皱眉，小声说："她好强要面子，你别真把她往绝路上逼，你看那俩娱记在使劲拍照，明天这件丢人的事儿就会传遍大街小巷，你还让不让她混了？求求你，就别添乱了，你先走吧，后面的事儿全交给我，戏一拍完，我保证把她送到你车里，行吗？"

　　"这可是你说的啊——"

　　夏琳点点头。

　　"那俩娱记你搞得定吗？"

　　"你出钱我就能搞定。"

　　"我出钱，我，我先走了，在车上等啊。"

❀　　解决

　　晚上在一个叫"金象"的泰餐厅，夏琳请娱记吃了顿饭，又给了他们一人一个信封儿："今儿多谢你们两位了，这是一点私人的小意思，请你们收下。"

　　见两位娱记推辞，夏琳又说："不要白不要，你们不要，我可拿走了啊，这钱不是公司的，也不是歌星的，是他男朋友的！今儿要不是他惹的事儿，哪至于啊——再说他是大款啊，拿着吧。"

　　夏琳把钱分别硬塞进两个娱记包里。

　　"我们跟了一天，怎么回去交差啊？"

　　"我跟歌星说好了，一会儿她来了，你们采访她，她还有一件最难忘的初恋的事儿没曝过光，你们就问她这事儿，她答应说，行吗？"

　　俩娱记相互看看，点点头。

　　夏琳："对了，等她来了，你们当着她的面儿，把相机里的照片删了，她一感动，没准儿说得特精彩。其实她也挺不容易的，三年了，就等这一次，这次不行，估计就真过气儿了，我今儿还得谢谢你们呢，第一次当企宣，就碰上这么难办的事儿——"

　　娱记们点头了，夏琳长出一口气，感到自己真的成长为一名合格的企宣了。

　　所有事情办完，夏琳坐上女歌星的汽车。现在，她和男朋友已和好如初，他们决定送夏琳回家。在车里女歌星搂着夏琳说："夏琳，你真能干，今儿的事儿多亏你，以前我也不是对你不满意，是对公司不满意，他们给我派一新企宣，分明是不重视我，没想到你干得那么好。要不是你，明天早上事儿一见报，我准得崩溃，现在想想直后怕，太傻了。"

"没事儿的，不过现在我知道了，我觉得我不适合做企宣。"

"你挺能干的。"

"娱乐这一行真难做。哎，我问你，企宣再往前走能走到哪儿？"

"我认识的一堆企宣后来都去广告公司了，哎，你想不想去广告公司？"

"没机会。"

女歌星一拍前座，她男朋友正一个人开着车："哎，你说夏琳去你哥们儿那广告公司怎么样？这孩子挺正的，是不太适合娱乐圈儿。"

"夏琳，你要有兴趣，我一会儿打一电话，明儿我带你去那公司看看，他们正找业务呢。我不是夸你，像你这么样的业务员，估计他们做梦都想不到。"

他们把夏琳送到家，等夏琳下了车，大款男朋友拿起电话拨号。

女歌星一把把电话抢过来扔到一边儿。

"怎么啦？"

"你有病啊你，夏琳走了我怎么办？"

"你不是说——"

"我就是那么一说——"

"够会来事儿的你！"

"废话，走！"

❀　　新工作

也许命中注定夏琳跟广告公司有关系，她一到家便接到拍MTV现场导演的电话，说他有一朋友开的广告公司正找人，问夏琳愿不愿意去。夏琳放下电话跟母亲周梅玉说有事儿还要出去，便一路径直杀奔陆涛那里。

夏琳跑上楼，然后用钥匙开门，门却自己开了，陆涛站在门口。

"你怎么知道我来了？"

"我一听那急促的高跟鞋声儿，一猜就是你——想我想得受不了吧？"

说着要搂夏琳，被夏琳一把推开："滚！我是有事儿跟你商量！进去！"

夏琳进门后直接往沙发上一躺，嘴里说着"累死我了"，不料一下子掉沙发下面去了，沙发下面传来夏琳的笑声。

陆涛把她拉上来。

"你这破沙发怎么跟滑梯似的？"

"年久失修了，等我有工夫了换一好的。"说着凑了上去。

"干什么！"夏琳笑着用脚蹬开陆涛。

"看你猴急的样子，还喘着粗气，我心里实在不落忍，这不冲上来配合一下嘛——"陆涛在那里嬉皮笑脸。

"滚，谁猴急的样子啊！"

"哎，要不就是你盼着我装出猴急的样子来——我装就装！"

"你也太不要脸了——"

"我可告诉你啊，我一正人君子，半夜三更放一女的进屋，可完全是出于好心，要不服我可报警告你性骚扰了啊——"

"你别动手动脚的，坐直了，我真有事儿跟你商量。"

"那商量完了呢？"

"到时候再说！"

"真绷得住你啊——好吧，我听听你能编出什么正经事儿来！"陆涛搬把椅子坐到夏琳对面。

"说来话长，今儿女歌星拍MTV的时候要从桥上跳下去，被我给搞定了，没想到现场导演给我找了一活儿——"

"听不懂——"

"这事儿总结起来就是有一广告公司找我当业务，薪水很高，你说干不干？"

"你不是企宣干得挺好的吗？"

"那活儿太没劲了。"

"你要真想换工作，我跟徐志森说说。"

"我不去，你都不去了，我去干什么。"

"这倒也是。"

"那广告公司还行，叫宣颐。"

"噢，这公司我知道，原来跟我们公司还有业务呢，刚让徐志森给炒了。"

"为什么？"

"有一个广告案子没做好。"

"那你说去不去？"

"去也行不去也行，都行！"

"你怎么对我的事儿这态度？一点也不认真！"

"我没有啊。"

"我觉得你对我越来越无所谓了！"

"这怎么可能？"

"你说我到底去不去？"

"去！"

❀　　挑战

刚到宣颐广告公司，夏琳便被一个戴着眼镜仍能看出有点斜眼儿的部门经理拉到他的小屋里谈话。

"我们上一个业务，可能是工作压力太大，得了抑郁症，脾气突然变得特古怪，结果我们只好把她辞退了。我们不想把压力加在你身上，我们听说你是一个通情达理的人，听说你沟通方面的能力特别强，希望你能利用你的优势，帮助我们公司找到新客户，渡过眼下的难关——"

尽管觉得这完全像是一种威胁，夏琳还是边听边不停地点头。

那小斜眼说完，问夏琳："还有什么问题吗？"

夏琳笑着问："你刚才为什么一边跟我说话一边看着墙？"

"不，我在一直盯着你看！"

夏琳在心里"哦"了一声，看来他斜眼斜得还挺厉害的。

下午夏琳马不停蹄地跑回唱片公司辞职，公司的人一副见怪不怪的样子答应了。夏琳出了公司，女歌星从后面追了上来。

"夏琳，夏琳，等一等。"

夏琳站住。

"怎么也不跟我说一声就走？"

"我找了一新地儿，不知道该怎么跟你说。"

"你是不是对我特不满意？"

"不是，真的不是，我觉得企宣这事儿不适合我。"

"这公司好不容易给我找到一个合适的企宣——夏琳，留下吧，要是觉得钱不够，我去跟公司说一声。"

"不是钱的问题，而且，我也挺喜欢你的，以后没事儿一起吃饭吧。"

"那你能不走吗？"女歌星一脸的无助几乎让夏琳有点动摇了。

但她头脑清醒后仍摇摇头："我现在就要去上班，再见。"

✾　　选题会

选题会是在远大公司开的，凡尔赛给徐志森送去了分别由三位设计师设计出的方案，其中包括陆涛的，不料徐志森一下子就把别人的都否定了。散了会，他把陆涛叫到他的办公室，

陆涛心情有点复杂，他把几张效果图放在徐志森的桌子上。

徐志森推开那些图纸，然后小跑着把蛋糕和咖啡端过来："来，这是给你的，陆涛，别忙说工作，先说说你最近在新公司干得怎么样？"

陆涛想说什么，忍住了："还可以。"

"女朋友还好吗？"

陆涛点点头，然后喝了一口咖啡。

徐志森清清嗓子："你好像有点不高兴，怎么了？"

陆涛愣了一下，然后望向徐志森："徐总，以后能不能给我的同事一点面子？他们都比我有经验，刚才，你话都不让他们说完，叫我以后怎么跟他们合作啊，设计这事儿是要依靠团队合作的——"

"陆涛，那些事儿你不要操心，你记住，远大是我的，项目也是我的，一切都是我说了算。我不喜欢他们的设计，不想浪费时间听他们往下说，这总可以吧？现在，我想听你说说怎么做这个案子。"

陆涛从徐志森的声音听出，他已从一个自诩的父亲又变成了大客户，陆涛有点生气："这样吧，我再想想。"

✽　同事纠纷

从远大出来，陆涛径直回到凡尔赛，他正在走廊上走着，徐峥叫住了他。

陆涛："老徐，有什么事儿？"

"嗨，远大的合同签了吗？"

"签完了。"

"以后我们就得听你的了。"

"别这么说，我们是一个团队的，大家的意思都重要。"

"真会说话呀你。"

"怎么了？"

"噢，算了。"

"怎么了？"

"没事儿，真的没事儿。"

"有什么你就说嘛。"

"我说有什么用，这公司又不是我的。"说罢，徐峥叹口气走开了。

"哎，你这话是什么意思？"

"我没什么意思。"

"我就烦人话里有话——"

"我一个小设计，哪儿敢对项目主持人话里有话？"徐峥说罢转身进了洗手间。

陆涛追了进去。

"老徐，你要是觉得这事儿有什么不公平，直说，我陆涛不是那种势利的人，咱们一起去找老侯解决——"

"老侯能解决什么，这项目是你牵线拉来的，本来说是让我主持设计，带一带你这个新人。远大公司明说了，就相信你。"

"我明白了。"陆涛咳了一下，走出洗手间。

✽　夏琳的看法

陆涛不自觉地非常看重自我的形象，他尚不明白"事情发生，人会各有想法"，更不会用这样的观点来看待事情，他只是感到压抑。回到家，他继续埋头工作，对着图纸做一些设计安排，但心里堵得慌，忽然，他把手头的东西扔到一边，并一脚踢飞。

却正被进来的夏琳看到。

"你怎么了？"夏琳问。

"啊，我心里有点烦。"

"怎么了？"

"没事儿。"

夏琳靠在陆涛身上："说给我听听，说出来，就会好受点。"

"一些鸡毛蒜皮。"

"我就爱听这个。"夏琳笑嘻嘻的，叫陆涛感到安慰。

"我刚进凡尔赛，有些同事对我不太友善，他们可能认为我没什么本事和资历，有点平步青云。这次徐志森的活儿直接让我来主持设计，让资历比我老的人当助理，叫我觉得很难堪，心里不好受。其实这项目没什么意思，就是重新包装一座旧楼，还不知道能不能卖得出去。"

"徐志森是怎么干的？"

"我估计就是他跟我们头儿打的招呼——我想有机会，但不是这一种。"

"徐志森怎么说？"

"他——他很强硬，我们没谈好，不过，他约我明天一早打高尔夫。"

"想听我的意见吗？"夏琳看着陆涛。

陆涛点点头。

"我觉得这事儿跟你没关系。"

"一句话，我一点也不想占便宜！"

"我觉得你应该听听徐志森怎么说。在有些事儿上，我觉得你其实挺幼稚的。"

"那什么叫不幼稚？"

"别生在福中不知福，我们是在人情世故中生活，不管怎么说，你在干着自己的专业，我呢？我也学的设计，却在宣颐广告公司当一名业务员！你一定知道什么叫业务员！"

❀　　徐志森的意见

灰色的云层压得低低的，下着小雨，高尔夫练习场上只有徐志森和陆涛两人，徐志森手把手教陆涛打球。

"高尔夫球比的是集中注意力，先放松，然后，挥杆，加力，让肌肉去记住自己的力量。球很小，很轻，一点很微小的力量就会有很大的偏差，那是一种纯粹的动物感觉。感觉正确，赢，其余都会输，打高尔夫开始进步很快，接着就再不进步了，再练习也没有用。生意就是这样，靠的是敏感和天赋——对，就像这样，对，这样很好，你找到感觉了。"

陆涛挥杆打球，他感到自己好像把球一直打到云层里。

一小时后，陆涛和徐志森在球场上散步，徐志森打伞，陆涛没打，后来不知什么时候，徐志森也把雨伞扔掉了。

"那件事我怎么跟你谈呢，陆涛？"

"我不知应该怎么办。"

"我希望你心安理得。"

"我心里有点不舒服，好像占了一次小便宜。"

"陆涛，你要勇往直前，用不着费心去抗拒这个世界给你的好处。"

"可从另一方面想，这事儿不太公平。"

"人生从来就不是公平的，你希望自己是谁？是陆涛，还是徐峥？你会选择做谁？其实你无法选择，很多事情，在开始时就已经全部注定了。好啦，我要去那边，他们应该到了。你回公司，好好把你自己的事儿办成。陆涛，你知道，在这个早晨，有多少人想把自己手中的东西卖给别人获利？他们手里有什么？一份报纸？一根油条？可你手里有一座楼，努力吧！"

❀ 夏琳的新动向

陆涛工作上的进展很快，他的设计通过了，旧楼将被改造成精装房出售，他忙得天昏地暗。这一天，陆涛正与一个装饰公司的负责人谈话，忽然接到夏琳的电话，她约他中午在公司附近的一家快餐厅见面。

陆涛去了，夏琳已经到了，桌上是两杯咖啡和两块汉堡，陆涛刚一坐下，夏琳就把一张名片放在陆涛面前。

"我的名片，自己设计的，漂亮吧？"

"你不上班找我来干什么？"

"我要飞跑起来——现在广告公司的最大客户群，就是房地产公司，我想去远大。"

"那你最好去见徐志森，他很忙，我来安排。"

"你说我是在俱乐部等他呢，还是直接去他办公室？"夏琳笑着问。

"两个地方都不行，我来——"

"没你事儿！你是我的最后依靠，走投无路时我再来找你，那才看起来更诚心诚意，你想想，经过一番曲折，他一可怜我，就成了我的客户，哎，他办公室在哪里？我们广告公司要向他提供服务，总得知道他在哪儿吧？"

"前台小姐会告诉你——夏琳，为什么你非自己去碰钉子呢？"

"我想见到徐志森，听听他说话，看看他凭什么把你变成现在这样子！"

说着把餐巾纸团成一团儿往陆涛脸上一扔："我吃完了，走了。"

陆涛赶紧付了账，追出去："夏琳，等一等，你什么意思？你刚才那话是什么意思？"

"我的意思很清楚。"

"你说明白点儿，我怎么了惹你这么说话？是不是对我不满意？"

"是。"

"可是我——"

"这不是你的错儿，陆涛，我只是觉得你变了，所以——要么我也变成你这样子，要么，我们完蛋。"

"我不理解，你怎么了？"

"我想靠近你，但无论我怎么使劲儿，我却觉得自己越来越不喜欢你。这是我的问题，不是你的。"

"夏琳，你到底怎么了？"

"还记得关鹏吗？你越来越像他，你像他一样，你不是真的关心我，是想控制我——"

"我只是想理解你，帮助你。"

"我不要你那种高高在上的理解和帮助，你以为你是谁？"

"我没有。"

"陆涛，我告诉你，你越成功越自信，就越像关鹏，我离开他和你在一起，是因为我喜欢你单纯，叫我心里踏实，你浪漫，叫我觉得跟你在一起有激情。但你现在越来越像自私稳重的成年人。"

"可为什么好多人说我幼稚？"

"那是因为，他们没看出来你的成长，我看到了，每一天都看到——我先走了。"

陆涛一把抓住站起来的夏琳："夏琳，理解我！我变成什么样都是为了你，我努力工作是为了你——我——"

夏琳用手势止住他。

"我们现在必须谈谈。"陆涛说。

"以后吧。"夏琳的脚步一点也没有停下。

✿ 夏琳去见徐志森

在远大公司外，穿着便装的夏琳站在电梯里边吃冰激凌边走，她感到紧张。出了电梯把没吃完的扔进垃圾箱，然后走到远大公司门前的秘书台："我是宣颐广告公司的业务代表夏琳，找徐总。"

小秘书瞅了一眼夏琳："请问有预约吗？"

"没有。"夏琳故做轻松地说。

"联系业务吧？"秘书小姐问。

夏琳点点头，秘书用下巴一指，夏琳一看，只见公司里面已有一长溜儿等着被会见的人。

"那我明天来怎么样？"

"徐总一星期只有三天在这里办公。"

"那我现在预约一下。"

"好吧，我看一看，下个月——"

"谢谢——我还是就在这儿等吧。"

秘书摇摇头，夏琳进入远大，找了一个座位坐下了。

忽然门开了，徐志森和吉米，还有一个职员模样的人在往外走，人们一下子站起来。

一个业务冲上去："徐总，我们一定能按期供货，这是我们的供货单，请您看一下——"

徐志森迅速走了过去，这边的秘书提高嗓音："请大家下午再来，徐总有事出去一下。"

夏琳看了看大家失望的样子，她提醒自己："我可不能失望！"

夏琳在电梯间门前追上徐志森一行人："徐总，我是宣颐广告公司的业务代表，叫夏琳。现在公司由我来负责远大公司的广告业务，这是我的名片。"

夏琳拿出名片，徐志森看了她一眼，好像没听见她在说什么，电梯门开了，他和吉米闪进电梯。

在电梯门正要关上的一刹，徐志森用手拦住。

夏琳急忙挤了进去。

吉米问："请问你有事儿吗？"

夏琳递上名片，吉米接了过去。

"他们把我排到下个月底，我等不及。"

徐志森笑了笑："陆涛的女朋友？"

"现在我在宣颐。"

"宣颐吗？我知道你们，你们的企划创意不够，平面广告的制作水平也是大路货，我认为不适合远大的风格。"

"我——我——"夏琳觉得自己必须力挽狂澜，"我想请您听一场音乐会——芝加哥交响乐团，贝多芬、巴赫、肖斯塔科维奇——"

徐志森笑了："芝加哥交响乐团？贝多芬？"

"是的，一星期以后，在大会堂。"

徐志森点点头："一星期后？"

"然后一起吃点东西——他们把我安排在一个月以后见您，我等不及。"

徐志森和吉米交换了一下眼色。

徐志森问："你愿意跟我们一起吃晚饭吗？"

夏琳点头。

吉米说："长城饭店，晚上八点。"

电梯门开了。

徐志森说"再见"后走了出去。

夏琳说完"再见"后，发现电梯里只有她一个人，电梯停在地下二层车库。

✿　　再接再厉

夏琳在长城饭店大堂等了一会儿，晚上八点整，准时进入长城饭店餐厅，却迎面正碰上徐志森、方德昭与方灵姗匆匆往外走。

夏琳连忙说："徐总，是我来晚了吗？"

徐志森站住对方德昭说："我马上就来。"然后对夏琳说，"对不起，我们要去别的地方谈些事情。"

"我——"夏琳转着眼睛，这一回她有点颓废了。

"你跟我说过贝多芬？"徐志森问。

夏琳点头："是。"

"你是说，你是在向我说你有很好的艺术品味？"

"我是说，我们公司从FORA公司挖来两个优秀的创意，他们会做出很好的创意——"

"这样吧，我们有个项目，你应该知道，叫做'青年家园'，重新包装一座楼后推向市场，需要很好的创意，那些东西都在陆涛手上，你找他吧，希望你们合作成功，陆涛需要有人帮助他。"

夏琳连忙点头说"谢谢"。

徐志森走了几步，又站住："夏小姐，恕我直言，你现在还是陆涛的女朋友吗？"

"是。"夏琳恨自己这么回答问题。

"那你为什么不和陆涛一起来找我？"

"因为，我觉得那样对他不好。"

徐志森再一次看夏琳："你很聪明。"

夏琳笑了："谢谢徐总。"

徐志森又一次盯着夏琳看。

夏琳是一副自然的样子，笑盈盈的，直视徐志森。

"夏琳，我记得，你不像别人一样叫我徐总，你的意思是在说，你很独特，你自信，你与别人不一样。"

"对不起，我记得我叫了啊——徐总。"

徐志森也笑了："你下意识地没叫！这很好，夏琳，你很有吸引力，我知道为什么陆涛在你那里会失控了。你就是那种让别人无法对你说不的女人，跟陆涛的母亲年轻时一样。"

徐志森又看了一眼夏琳，招手再见，然后离开了。

✿   战友

夏琳和陆涛走近那栋楼——青年家园，阳光就高悬在他们的头顶，就像希望。

"记住啊，现在你代表凡尔赛，我代表宣颐，我们在工作，不许你说跟工作无关的话。"

"好吧，亲爱的。"陆涛嬉皮笑脸地说。

夏琳瞪了他一眼，想说什么，陆涛却一本正经地说开了。

"就是这栋，塔楼，每个单元在六十到八十平米之间，它十三不靠儿，不是现在流行的小户型，不然你可以叫它'单身白领之家'，又不是公寓，没有二十四小时热水，没有宽带，地点也在城乡交接处，没什么特色，附近没有有名的学校、医院。它的优势，那边有个自由市场，再往前，是一小花鸟鱼虫市场，周围公寓的房价每平米在六千左右，厨房和洗手间都很小，没有厅，户型是老房子的样式，你看，连窗户都是铁的。"

"你说社会上有没有这么一群人，他们既买不起一百平米以上的公寓，又不想住小户型，觉得没家样儿，他们还不想买旧房，觉得夏天空调断电吹不到冷风——"

"当然有。"

"那么，就卖给这些人。"

"那是想象中的人，我不相信，再说这附近五百米以外就有新楼出售。"

"你怎么想的？"夏琳好奇地看着陆涛。

"我在结构图上研究可以改造的部分，把非承重墙拆掉后，每个单元可以有新面貌，我是说，可以看起来很时尚。"

"你说杨晓芸她妈会怎么看？"

"我哪儿知道！这事儿跟她妈有什么关系？"

"她妈是一房虫儿，还认识一批房虫儿，那帮人儿可精了，我们可以听听他们怎么说。"

"好主意！我们找她妈去。"

❀　　胡同聚会

这是一间大杂院里的单间，再往外还搭出一间，作为小厅，门口还有烧煤的炉子，里面是卧室，天刚刚黑下来，院子里的唯一一盏公共灯坏了，所以窗外看起来漆黑一团，屋内，向南和杨晓芸正在里面快速突击收拾。

杨晓芸一边收拾一边忍不住生气："哎，向南，你脑子里长猪肝了吧？为什么非让他们到家里来？这儿跟纸糊一样，我划根火柴就能全烧了，也不怕人家笑话！"

"我跟他们说到胡同口的饭馆儿吃饭，他们非要来看看。"

杨晓芸忽然尖叫一声，飞速地窜到床上，鞋都踢飞了一只。

"蟑螂！我又看见一只！"

向南转过身："哪儿呢？"

"就在那儿，混蛋——不行，这地儿我住不了，我回家住，你对我也太不负责啦！"

向南过去抱住杨晓芸："这地儿还不是一起挑的？我问你，这责我要怎么负你说吧！"

"废话，我当然喜欢住别墅啦——两百万一栋的就行，你买得起吗？"

"那也用不着租这儿啊。"

"我记得小时候住大杂院挺舒服的，谁知道这样啊！"

向南看着破旧而狭小的房间，抱紧杨晓芸："晓芸，我发誓，早晚有一天，会让你过上好日子。你应该过好上日子，我要先买一辆车，带着你到处玩，再买一房子——"

杨晓芸一脚把向南踢一边去："滚！买了车到处去玩，还哪儿有钱买房子？你这样有过日子的样儿吗？"

"那你说怎么着，要么下个月咱就搬，你们公司边上不是有二千五一个月的两居吗？"

"二千五都够月供了！不是说好攒钱买房吗？你是不是又改主意啦？"

❀　　狼狈不堪的新婚生活

与此同时，陆涛和夏琳坐着一辆出租车，慢慢开进向南家所在的胡同，路越走越窄，司机停下了。

夏琳往车窗外看："杨晓芸真行啊，敢往死胡同里住啊！"

出租司机说："前面走不过去了，就这儿下车吧，我还得倒回去。"

夏琳和陆涛艰难地从车上下来，夏琳手里还抱着送给杨晓芸的礼物。

"哎，陆涛，小心点，杨晓芸说了，这胡同里有一水坑，叫咱们小心点。"

"别动，我已经在水坑里了，你从这儿走，对，从这边，跳过去，我拉你。"陆涛沮丧地回答。

两人东拐西摸地走进向南租住的四合院院内，探头儿缩脑儿地往前走，各家各户都传出电视机声，一只猫叫了一声从他们面前跑过，跳到房上去了。

"杨晓芸！杨晓芸！"夏琳叫了起来。

"向南！向南！"陆涛也叫。

前面一扇小门开了，"吱"的一声，放出一小团昏黄的灯火，向南像一片小黑影站在门口儿："哥们儿在这儿呢！"

夏琳一个箭步冲进去："晓芸，我给你带来一大靠垫儿，是你喜欢的袋鼠儿！"

陆涛却在喊："哎，有拖鞋没有，扔出来，我掉你们家水坑儿里了。"

门里传来杨晓芸的兴奋的声音："向南第一个掉进去的，我也掉进去过！"

一进门，夏琳就坐到杨晓芸边上，把一个大袋鼠靠垫儿从塑料袋里拿出来，不料杨晓芸按住她："正好儿，你自己靠吧——夏琳，我告儿你啊，自从我住进来，腰疼就没缓过来过，我可知道为什么家里得有一沙发了，要不坐哪儿都不行，"说着下了床，端来一盘儿葡萄，"吃葡萄，我刚洗的。"

陆涛一边脱鞋一边问向南："我这脚能不能伸屋外去啊，太臭了，那坑儿里都是什么呀？"

"就是脏水，"向南给陆涛踢过一双鞋，"小就小点儿吧，你一会儿把我鞋穿走得了。"

"你结婚以后我们也没来看看。"

"就是就是，还不如华子。"

"华子人呢？"

"他常来，他们家离这儿近，猪头现在叫人查了走私，他也没事儿干了，还找我托人平事儿呢。我给他找了一人儿，也不知怎么样。"向南说。

"哎，我妈怎么还不来啊，她说过来的，"杨晓芸说，"我告儿你，别指望我妈，她一小房虫儿懂什么呀，现在迷上做生意了，把她和我爸的一辈子攒的那么点儿养老金全拿出来做建材，真不知道怎么想的，也不怕赔光了！哎，你们先坐着，我上趟厕所去，顺便在胡同口儿望一望我妈。"

"我也去，我也去！"夏琳跳了起来。

杨晓芸笑了："没我你还真不行，一会儿向你展示一下我们这儿的厕所，我告诉你，第一次进去我差点没晕坑儿里去！"

两人说着出去了。

向南递给陆涛一支烟："你现在怎么样？听说青云直上啊？"

"我？得了吧，就那么回事儿——你怎么样？"

"现在总算能当上业务员了，还行，就是要出差，我还没跟晓芸说呢，要是她知道我以后一个月里有二十天在外地，非跟我离婚不可，不过钱涨了，加上差补一个月能有四五千。"

"你们的客户怎么全外地的？"

"有北京的，可不归我，那帮老业务能把肥肉让给别人吗？净是什么收账之类的苦活儿，你知道，现在欠着钱的客户都是大爷，为要回一张支票来，我得成天装孙子。早知道这样儿，还不如跟我爸一样当警察呢——哎，你怎么也在房地产里混，要是有什么合适的房子想着点儿哥们儿，这地儿不是能常住的地方，我晚上想早睡都不行，你听这电视声——太吵了。"

"没问题。"陆涛点点头。

"哪天咱约华子再打打台球吧，我看他闲得有点慌了，前一段儿唠叨着想自己开个蛋糕店，到处看门脸儿房。这一毕业，咱们还真分道扬镳了啊，我白领儿，你奔老板，华子奔小倒儿——"

门"当"的一声开了，杨晓芸冲进来："向南，快点，我手机掉茅坑儿里去了，夏琳帮我看着呢，你帮我捞一下！"

❀　　　不在服务区

向南一听机灵一下浑身缩成一团："我怎么捞啊——咱没经验呀！"

"少废话，想办法啊，不然我要你干吗使啊！"

向南仍然退缩："我看算了吧，就是捞上来，那手机还能使吗？"

杨晓芸笑了："我不能使你能啊，咱俩换一下就得了。"

"再说手机一进水就坏了。"

"废什么话呀？"杨晓芸眉毛倒竖，"你去不去？"

"我去我去！"向南开始四下里东找西找。

"你磨蹭什么？"杨晓芸踢了他一脚。

向南从墙边抽出一根铁丝，然后折成一个钩子兼夹子的形状："女人啊女人！想的真简单，你看，我不是正寻找并且制做工具呢吗！你想让我用手捞啊——哎，陆涛，我一会儿就回来，你帮我看着点家啊——"

五分钟后，向南和杨晓芸走近那厕所，向南挥着铁钩子："你别推我，我知道，这地儿我闭着眼睛光用鼻子都能找着！"

夏琳闪出来，她带着笑声的叫喊："快点儿，女厕所没人儿，哎，杨晓芸，你手机响了——"

两人停下脚步一听，果真是杨晓芸的手机铃声。

杨晓芸高火儿了："我手机没坏！快点快点，你听，就是我的手机，16和弦，我妈给我买的，没坏！你快点快点，说不定我的客户有要紧的事儿呢！"

向南和杨晓芸、夏琳三个人一起冲进女厕所，里面灯光昏暗，腥臭难闻，刚一走到坑儿边儿，手机声却突然停了。

三个人都愣了。

杨晓芸叫道："向南，快！"

"等一下，"向南挡着杨晓芸，"我不习惯在女厕所里待着，再说，是哪个坑儿啊？"

"就这个。"杨晓芸斩钉截铁地说。

"你说，这手机要是进水了——"

"别磨磨蹭蹭的——这种坑儿哪儿有纯净水呀？"

"我当然知道你说的那东西具有腐蚀性，你听我说，要是你的手机现在已经坏了呢？"

"我打一个试试。"夏琳兴奋地说，边说边拨号。

向南和杨晓芸全盯着坑里，却半点声音也没有。

"通了吗？"杨晓芸急切地问道。

夏琳点点头儿。

"没响啊。"向南说。

"靠，人电话里说，信号不在服务区！"

向南和杨晓芸爆笑起来。

三个人不无遗憾地走出厕所，却见前面一出租车灯直射过来，杨晓芸她妈何翠凤逆着光就下了车："是晓芸和向南吧？告儿你们别接我，我找得着！"

❀　　无孔不入

何翠凤现在已经成长为一个真正的房虫，精得和开发商打官司一打一个赢，她提供的信息是，青年家园一带租房的人特别多，当时就同时启发了夏琳和陆涛的灵感，"投资房！"

两人同时大喊："投资房！"

"谢谢阿姨，您这创意绝了！"夏琳客气地说。

投资房的创意由夏琳所在的宣颐广告公司做出，主题是小户型的升级牌，徐志森通过了，并认为是很好的想法，甚至陆涛主持的精装修设计也围绕着这个主题进行，几天以后，陆涛正在凡尔赛奋力，一位不速之客翩然而至，正是何翠凤走进来。

陆涛赶紧从座位上站起来："阿姨，您怎么来了，也不打一电话，我好下去接您。"

"阿姨是正好路过，上来看看你多有出息，回去也好说说我那个不争气的女婿。"

"您请坐，我去给您倒杯水。"

"不用了，陆涛，阿姨问你一事儿？"

"您说。"

"我给你们出的主意，有没有那个那个——"何翠做出一个数钱的动作。

"咨询费？"陆涛马上就联想对了。

何翠凤深深地点了点头。

"这事儿，"陆涛想了想，"阿姨——"

"陆涛，阿姨可不敢为难你——"

"您觉得多少合适？我往上报一下。"

"两千成吗？要是不行，就一千，阿姨也是个痛快人儿！"何翠凤喜气洋洋地说。

陆涛立刻拿出钱包，数了两千，交给何翠凤："阿姨，您先拿着，省得再跑了——我回头报上去。"

何翠凤拿起钱在陆涛面前晃了一下，迅速放进兜里："别为难，千万别为难，要不这钱先放阿姨这儿，你要是办不成，阿姨再给你送回来——"

❀　　台球厅

向南约华子打台球，华子以为向南和杨晓芸一起去，就顺手约了露露，结果发现向南一个人站在案子边等他。两人上来就打得难分难舍，一盘接一盘没完没了，露露就在边儿上看，忽然向南打出一个很难的球，做了华子一个斯诺克，华子左看右看，用手量来量去，仍不知怎么打。

露露走过去说："缩杆儿加右塞，打这一点。"

"瞎支什么招儿啊——"华子叨唠着。

"不听算了。"露露说。

"不服你打——"华子把杆假装往露露手里递，以为露露不会接。

露露接过去了。

"人家打中了你拜人家为师吧？"向南说。

"先打中了再说。"华子说。

只见露露从容地擦壳粉，拉开架式，一猫腰就打中了，然后把杆儿还给华子："接着打吧。"

华子有点半信半疑："你这杆儿是蒙的吧？"

向南继续击球，却打飞了。

华子坚持："露露你打。"

只见露露对华子笑笑，脱下上衣搭在椅子上，回来一杆一杆把所有的球全打了进去，进黑球的时候，竟然瞄好以后不看球，只看华子："服吗？"

黑球被击进，白球旋转着停在袋口。

这一连串动作使华子目瞪口呆，极大地提升了露露在华子心目中的形象，最后那一杆使华子完全地爱上露露了。

向南鼓起掌来。

华子飞快地码球："露露，这盘咱俩打！"

"先说好了赌什么的？"露露问。

"保龄——抢七啊，我输了请你打保龄！"

华子输了，七比零，也就用了四十分钟。

❀　　露露的底细

在保龄球馆，只打了两盘，露露就说饿了。

"那算了，咱们先去吃饭吧。"华子通情达理地说，俩人坐到座位上脱鞋。

"第一次在这儿看见你，我就想请你吃饭。"华子趁机凑近露露说。

"那时候，我也正想着有个男的过来和我一起打，好气气大海，让他吃点醋，他说话从来都没算话过。"

"那不正合适嘛，那次我正和你说话，他到了——哎，你目的达到了没有？"

"从一个悲惨的角度讲，达到了。"露露说。

"怎么讲？"

"他正约会别的姑娘，所以到晚了，见到我们打球，假装吃醋，问我你到底是谁？"

"后来呢？"

"后来，后来，被我给看出来了，我们两人就又闹了一次分手。"

两人一起拎着鞋去交费。

华子忽然问露露："哎，露露，我问你一问题。"

"什么呀？"

"你是不是那种要求爱情忠贞的人？"

"你问我是要求自己呢？还是要求别人？"

华子忽然觉得露露挺犀利的，他赶忙掩饰道："咱不说这么严肃的事儿了。走，我请你吃涮羊肉去。"

保龄球馆边儿上就有一涮羊肉馆，华子和露露一起吃，华子没吃几口，偷眼瞧露露那一边儿，只见盘里的肉都没了，华子把自己的盘子移过去。

露露绕着火锅，向他投来一个微笑。

华子喝了口啤酒："我看出来了，你是真饿了——对不起啊，本来是想请你娱乐，没想到你是饿着肚子打球，弄成一苦活儿了。"

"跟你在一起，我玩得挺开心的。"

"那你和大海的事儿——"

露露淡淡地说："我们分分合合地折腾好长时间，上次杨晓芸结婚，他说分手，我晚上没回去，他又找我，说我无家可归——唉——"露露叹了口气，一叹叹到了华子心里。

从饭馆出来，华子开车一直把露露送到孙大海家楼下，露露说："过点了，我坐会儿再上去吧，反正也没电梯了。"

然后向华子要了一支烟，抽了起来。

华子不知该说什么。

露露说："我刚才看了一眼，灯都没亮，他还没回来呢，也不知跑哪儿混去了！"

华子把车里灯打开，熄了火："露露，一个唱歌儿的有什么好留恋的？要不明儿我也买把电吉他！"

"你不知道，事情没有那么简单。"

"有什么复杂的？哪儿复杂？"

"其实我心里有时候也比一比，如果跟你在一起，和跟他在一起——"

"比得怎么样？"华子觉得自己有戏了。

露露摸了摸华子的脸："差不多，你们俩都自我，任性，像小孩儿。"

华子把露露手挡开："你是说，他时常跟别的女人在一起，我就只等着你，所以我们俩都自我，都任性？"

"孙大海本来是有希望成功的，签了那么好的唱片公司，但他就是不能跟别人很好地沟通，他不听别人意见，只做自己的唱片，结果到现在，一张唱片也没做出来。你呢，明明是一大学生，却连个自己的住处也没有。我呢，没大学文凭，没北京户口，一直就没找到正经的工作，卖化妆品，给报社拉广告，要不就是听电话。"

"那又怎么了？咱不是活得挺好的吗？"

露露叹口气："你看向南和陆涛，我觉得他们才是社会主流，咱们，太边缘了。"

"露露，我明儿就租一房子，这附近怎么样？"

"你别对我那么好。"

"露露——"

"啊？"

华子结结巴巴地说："我，我觉得你刚才打球打得特帅。"

"那有什么用啊，也不能当饭吃！"露露随口回了他一句，忽然，她把头伸出车窗外，华子也跟着看，只见前面不远处夜色里，一辆出租车停了，孙大海从车里下来，出租司机追出来叫道："你才给了我二十，还差五块。"

孙大海把浑身摸了一遍："我就二十，要不我上楼拿了钱再下来？"

"我跟你上去。"

"没电梯啊。"

"我哪儿知道你上去还下不下来啊？"

孙大海急了："哎，你这人怎么这样啊！有你这么说话的吗？不就五块钱吗？你看看我，我叫孙大海，我叫孙大海，我叫——"

出租司机气哼哼地钻进车里，把车开走了。

"我叫孙大海。"孙大海说着，走进楼里去。

"他又喝多了，我得走了。"露露表情苦闷地对华子说。

"露露！"华子抓住露露的手。

"照顾好你自己。"露露对华子清楚地说。

华子感到露露的语气有点凉，凉得像一袋刚从冰箱里拿出来的牛奶，却不是为他准备的，他喜欢抓住她，却无法真正抓住她。露露此刻正满不在乎地看着华子，似乎对华子下一步要怎么样都无所谓，华子想一把抱住她，却不得不慢慢松开手。露露推开车门走了，华子看着她的背影，觉得自己更爱她了。

❀　　忙上加忙

凡尔赛公司的午休时分，是陆涛忙里偷闲的时间，吃完盒饭，喝下一杯公司提供的速溶咖啡后，他想去外面散散步。就在他将从椅子上站起来的一刹那，手机响了，陆涛接了电话，打来的人是米莱的父亲米立熊，说有急事见面商量，还说要过来，陆涛赶忙说："叔叔您现在在哪里？"

陆涛在米立熊开的一家装饰公司总店外下了出租车，满腹狐疑地走进店里，正茫然四顾，只见一经理模样的中年人小跑着冲过来："请问您是陆涛先生吗？"

陆涛点点头。

"这边请。"

陆涛跟着他走，两人一前一后，经过长长的展示室，来到一个房间内，米立熊几乎是下意识地"腾"地走到陆涛面前，挥挥手，那个经理退出去，然后把门从外面关上。

"请坐，陆涛，这是我的一个分公司，搞装饰装修。"

陆涛坐下，点点头。

"陆涛，最近干什么呢？"米立熊尽量用和蔼的语气说。

"叔叔，我在一个公司做设计。"

"叔叔这公司也跟设计公司有交道，是哪一家设计公司？"

"叫凡尔赛。"

"那可是一家好公司啊，小伙子，叔叔没有看错你，有前途。"

陆涛注意到，说这话的时候，米立熊克制自己的感情，只是并不是很成功，他眼神儿散乱，并且，神经质地走来走去。

"叔叔您找我是——"

"叔叔是有个事儿问问你，你有米莱的消息吗？"米立熊小心而急切地问。

"从她走后，我们就再没联系过。"

"电话没打过？"

"没有。"

"那个伊妹儿也没写过？"

"没有啊？"

"这就怪了，这么说她真失踪了？"

"怎么了叔叔？"

"米莱原来住在美国的学校里，一直都是她给我们打电话，每个星期一次，半个月前，她妹妹过生日，给她打了个电话，没想到，那电话是空号，再打她的手机，也停了，问了三天才有一点信儿，据她的同学说，她这一段儿情绪不好，总说不想上学了，她的同学推测，米莱可能已经偷偷回国了。你帮叔叔想想，她要是回国了，她能去哪儿？找谁？你们俩很熟悉，还有一些共同的朋友，陆涛，能想的办法都想了，叔叔只有这件事儿拜托你，能不能把你的事儿放一放，帮我找一找米莱？经济上的损失叔叔来补——米莱是我最疼的孩子，米莱要是——"

米立熊越说越急，说到后来，竟完全失控，眼圈儿都红了。

"叔叔您别着急，我马上就去找！"陆涛站起来。

"要是有信儿，马上通知我，为了这事儿，米莱她妈高血压又犯了，她不去医院，天天守在电话机边上，半个月了，她没睡过一次整觉。"

"叔叔，我知道，您放心，我要能找到米莱，一定把她送回家。"

米立熊紧紧握住陆涛的手："叔叔最不爱麻烦人，这一次是实在没有办法，"说着把一张名片塞进陆涛手中，"给，这上面有我的所有电话——"

❀ 寻找米莱

陆涛在大街上定了定神，头脑里激烈地思考了两分钟，便打车直奔杨晓芸所在的广告公司，他径直走进去，他在写字间里一下子便看到杨晓芸。

"哎，你怎么也不打个电话就来了，今儿过生日也不跟我们说一声！"杨晓芸用吃了一惊后的夸张语气说道。

"你怎么知道的？"

"夏琳说下班后给你做饭，还约我一起买菜呢！"

"我有件事儿问你。"

陆涛和杨晓芸来到电梯间，那里有三个人在等电梯，陆涛推开楼梯间的门，把杨晓芸拉出去。

"跑这儿来干吗呀？"

"有件事儿，你必须告诉我！"

杨晓芸装傻："什么事儿啊？"

"米莱在哪儿？"

"美国呗！"

"别装了，她回来了。"

"你怎么知道的？"

"他们家人都快急疯了，他爸今儿找到我。"

"我怎么会知道？"

"米莱就两个朋友，一个夏琳，另一个是你。"

杨晓芸甩了一下身体："你松手，把我手都攥疼了。"

陆涛这才发现自己不知何时紧紧攥住了杨晓芸的手腕子，他赶忙松了手。

"对不起。"

"我真的不知道！"杨晓芸瞪了陆涛一眼，一边揉着手腕子一边有点生气地说道。

❀　　米莱在哪里

"这事儿恐怕真捂不住啦！你想啊，连陆涛都被发动起来了，我看还是算了，回家吧，米莱！"在米莱临走前租的房间内，杨晓芸披着浴巾从卫生间冲出来兴奋地说道，边说边用毛巾擦着湿湿的头发。

米莱坐在窗前的沙发里，一脸的憔悴："我再想想。"

杨晓芸拿起一个电吹风吹着头："还是你这儿好，真舒服。"

米莱对她笑笑："你没事儿常来，我一个人闷死了。"

杨晓芸跪在一张椅子上："放心吧，我一有空就来占你的便宜，我们家连澡都洗不了。哎，对了，你的洗头液快用完了，我给你添了一瓶伊卡露！"

说着从自己的包里拿出一小瓶的洗发水在米莱眼前晃。

米莱看着杨晓芸："没有你我可怎么办？"

杨晓芸更高兴了："我好吧——"

说着，溜回洗手间，回来时已把衣服零零碎碎地穿在身上。

"得了，堵车点儿也过去了，我走了。"

"再见。"米莱说。

现在杨晓芸已把自己弄得整整齐齐："哎，在你这儿收拾完了，精神面貌焕然一新，真想去上班儿！唉，可惜得回家，真便宜了向南——哎，你从美国买的香水真好闻，今儿我喷了两种，你闻闻，混得怎么样？"

"香！"

杨晓芸自己闻闻："再见！"

说着，走出了房间。

陆涛听到杨晓芸下楼的脚步声完全消失了，他下了几阶楼梯，来到门前，敲门，又敲门。

里面传来熟悉的声音："谁呀？"

陆涛再次敲门。

隔着一道防盗门，里面的门开了，米莱和陆涛面对面。

"米莱，是我。"

米莱看着他，却不说话。

"米莱，开门。"

米莱仍看着他。

"米莱，对不起。"

"我刚睡醒——今天是你生日。"米莱说。

陆涛使劲点点头。

防盗门开了，米莱扑到陆涛怀里。

"我想你。"米莱的声音带着哭腔儿。

陆涛低下头，看到米莱还光着脚。

"门也没关，你还光着脚呢。"

"我想你，我想你，我忍不住，我跑回来了。"

陆涛听到米莱这么说，还觉得肩膀上一凉，他知道，那是米莱的泪水。

❀　悠长的生日

夏琳是哼着歌来到陆涛住处的，手里还拎着两个大塑料袋，里面全是吃的东西，刚一进门就接到华子从台球厅打来的电话，问陆涛过不过生日，夏琳敷衍着说："我也不知道，他最近忙得天昏地暗的，要不你给他打个电话？"

其实她心里盘算着和陆涛两人单过。

"算了吧，不耽误他勤劳致富了。"华子听出来了。

夏琳挽起袖子，准备给陆涛做一顿饭。

而此刻的陆涛，正被米莱带着一个一个房间走。

"你看，这都是我走之前装出来的，开始我想给你一个惊喜，后来我弄这房子弄得心烦的时候，想找你帮忙，可却总是找不到你，我一心想着有个地儿和你在一起，竟然没有注意你当时的状态，我太傻了。我后来总在想，连做梦都在想，即使我从这里往那边看上一眼，没准儿就能看到你和夏琳，那样，我就能阻止一切。"

陆涛注意到，米莱卧室的窗边架着一个望远镜。

"你这是什么意思？"陆涛问。

"我用它来俯视你和夏琳的'水深火热'！"

米莱说得一点没错，她在三楼，而陆涛家住在二楼，中间只隔着三十米。

陆涛趴在望远镜前一看，只见夏琳的身影在对面闪过，还见到夏琳拿起电话，片刻，陆涛的电话响了。

"陆涛，你什么时候回来？"夏琳问。

"要稍晚一点，我尽量赶回来。"

"红酒焖羊肉？"

"好吧。"陆涛说罢，放下电话，看着米莱，"我答应过你爸，把你送回去，走吧，你早一分钟回去，他们就早一分钟踏实。"

米莱背着手趴到望远镜前，看到夏琳在厨房忙碌，她直起腰，走到陆涛身边："好吧，我答应你——但我有一个条件。"

"米莱，我那么对不起过你，你说什么我都答应你。"

"跟我一起吃顿生日饭，我来做，你帮忙，然后，你送我回家。"

"为什么？"

"你自己知道——夏琳应该尝一尝等你的滋味，那是我尝过的，我爱你，所以我不得不恨她——她现在正给你准备生日饭吧？"

"米莱，你不是这样的人。"

"陆涛，是你、是夏琳把我变成这样的人，你们骗我！现在，我请你也骗她一次，和我一起骗她一次！"

"我永远不会骗夏琳。"

"你已经骗了！刚才你就骗了！你接电话时说你还有事儿，你怎么不说说你有什么事？你怎么不说'我就在你对面，和米莱在一起'？"

陆涛长叹一声："好吧，我答应你。"

米莱这顿饭是从逛超市开始做起的，她拉着陆涛一样样买东西，一点也不着急，并且，她怀着一点带有自我折磨的小恶意悄悄观察陆涛，看看陆涛急不急。

陆涛很耐心，米莱有点满意，趁机抱着他的一只胳膊走，直到陆涛的电话再次响起。

"你在哪儿？你那里怎么那么乱？"夏琳在电话里问。

陆涛看看周围："啊，我在电梯边上，电梯马上就来了。"

"你要回家了？"

"不，我要去一个公司。"

米莱踮起脚尖儿趴在陆涛耳边听。

"你想喝什么汤？奶油蘑菇汤，还是羊肉汤？"

"都可以——啊，我得进电梯了。"陆涛关掉手机。

"你想喝什么汤？奶油蘑菇汤，还是羊肉汤？"米莱问陆涛。

"我只想吃一碗方便面，再加一小块生日蛋糕。"

"然后回去和夏琳一起吃一块大蛋糕，喝夏琳做的奶油蘑菇汤，再把灯调暗点儿，跟她磨咕在一起？"米莱一边说一边给了陆涛一下，"是不是？"

"那你说，咱吃什么？"陆涛平静地问，他感到自己理解米莱，他怀着一丝歉意理解她。

半小时后，两人回到米莱家，陆涛走进厨房，米莱却往外推他："我来吧，我先给你做一杯咖啡。"

"我做蒜茸面包。"

米莱点点头："然后咱们一起做沙拉，最后我做牛排。"

"我看牛尾汤就别做了，得一个小时。"

"你的狐狸尾巴终于露出来了！"米莱看着陆涛的脸想这么说，但她却听到自己假笑着说："那怎么行？连汤都没有，叫什么生日？"

"好吧，你要不怕麻烦，就做。"

"为了你，我什么时候怕过麻烦？"

陆涛长出一口气，把三块牛尾放进一个锅里，放到火上烧，不料口袋里不争气的手机又响了。

"我没完事儿，估计——估计两小时吧。跟华子他们说算了，以后吧，今儿实在太忙。"

陆涛放下电话，米莱那边忽然大笑起来。

"你笑什么？"陆涛问。

"我在想，其实这样也挺好的，以后你和夏琳结婚了，可人老在我这儿，我就听着你成天这么跟她说话，'喂，我正忙着，我在开会，我和客户在一起'，哈哈哈。"

"你以为到时候你真会高兴吗？人永远也不满足，一旦实现了一个愿望就想更进一步。"

"我？我只知道，我被你骗得团团转的时候，我是最满足的，就像夏琳现在这样。"米莱尖刻地说，还不无怨恨地瞪了陆涛一眼，差点把泪珠儿溅到陆涛脸上。

陆涛低下头，米莱意犹未尽地走到窗前，一指对面，只见夏琳一个人一边吃着冰激凌，一边看电视，桌子上的东西放得满满的，米莱抬起头，看着陆涛："你想看一看夏琳现在有多满足吗？她想着你，全心全意，她对你有把握，她知道你会回来，她以为你就像她一样想着她，她傻笑，她幻想，她只看着她五步以内的世界，竟然不把头往窗外偏一偏，可怜，可笑。"

"米莱，以前，我以为你是善良的，至少是无害的。"陆涛强忍愤怒，但话快说完时还是加重了语气。

米莱却冷冷地回答："以前我以为你也是这样。"

一小时后，夏琳吃完了最后一勺冰激凌，把音响打开，随着音乐转动了几下，拿起冰激凌盒，跑到厨房，扔进垃圾筒，又打开锅盖，看了一眼煮好的汤，用木勺搅了几下，尝一尝，又把煤气关上，又跳着转回来，拿起一本画报，然后倒到床上，看起了时尚杂志。翻了两页，扔在一边儿，把手机拿到身边，把床前的小闹钟扶正，接着看杂志。

而对面的米莱家的桌子上已摆好了菜：中间是一块小蛋糕，插着一支蜡烛，然后是一个土豆沙拉。

陆涛和米莱一人面前一个杯子，里面是咖啡，还有一瓶红酒，连同两个高脚酒杯。

陆涛和米莱喝咖啡。

"在美国，这就算大餐了，我学会了做牛排和沙拉。"米莱说。

"还学会了做什么？"

"咖啡，我会做各种咖啡，加酒的和不加酒的。"

陆涛看表。

米莱用叉子敲了一下高脚杯，发出清脆的一响："你能不能学会一点尊重别人？"

陆涛抬起头来，扬扬眉毛，表示在听米莱说话。

"我还学会了一件最重要的事。"米莱继续说。

"什么？"

"原谅你！"

"谢谢。"陆涛说。

米莱站起来："我去做牛排，等我三分钟。"

陆涛点头。

"三分钟，你可以给夏琳打个电话。"米莱说。

看到陆涛点头后，米莱满足地离去。

陆涛拿起电话："喂。"

躺在床上睡着了的夏琳接了起来："喂。"

"我大概还有一个小时才能回去，你怎么样？"

"我已经饿睡着了。"

"你先吃点吧。"

"我等你。"

"我跟客户吃——"

"你少吃点，我做了好多呢，还损失了一本菜谱儿。"

"那是怎么回事？"

"放在火边，烧着了，呵呵。"

"好，就这样。"

"我猜你是因为想我，才偷偷跑到洗手间给我打这个电话的吧？"

"猜对了，加十分。"

"等你。"

"好吧。"陆涛挂上电话，觉得自己完全是一个厚颜无耻的混蛋，却只见米莱拿着一只平底锅姗姗走过来，上面是"滋滋"响着的牛排，米莱把牛排放到陆涛的盘子里："用这个牛排酱，A1，美国牌子，美国人都用这种，尝一尝，要不好吃，我可以自己用牛肉汁做。"

陆涛尝了一口："很好吃。"

"我去做我的。"米莱说完端着平底锅走了。陆涛拿起电话，想了想，又放到一边，他往杯子里倒了一杯酒，喝了一口，又站起来，走到桌子边，挑了一张CD，放入小音响，音乐声响了起来，是首忧伤的老歌，《卡萨布兰卡》。

歌声中，米莱一边跟着哼唱，一边做好自己的牛排，端过来，陆涛看着米莱把锅拿回去，再走回来，坐到陆涛对面，正赶上歌的结尾部分，米莱直直地看着陆涛，唱的声音越来越大，唱到"TIME GOES BY"时，眼泪终于流了出来。

"米莱，你怎么了？"

米莱举起一只酒杯："我他妈今天祝你生日快乐！"

两人碰了一下杯，陆涛只喝了一口，米莱一饮而尽。

陆涛叹口气："牛排真好吃。"

"我离不开你。"米莱的眼里涌出泪水。

吃完饭，陆涛和米莱一起出了门，到街边打了一辆出租车，坐进去，车开起来，夜色如水，车窗外是闪着灯光的街道，米莱靠在陆涛身上。

"你这么醉醺醺地回家，你爸该说我了。"

"我爸会感谢你，是你把我送回家的。"

陆涛把脸朝向车窗外，喃喃地说："太晚了。"

米莱也向车窗外望去，出租车外是一片碎碎的梦幻般的亮光。

"我一喝红酒，浑身就暖洋洋的，直发软，"米莱说着往陆涛身上又靠了靠，"哎，我告诉你，在美国，我才知道了一件事，那就是当中国女人都是一样的，不管穿什么衣服，开什么车，受什么教育，全是表面的，给别人看的。和外国女人比，中国女人没野心，也没有自我，小家子气，最终的幸福就是做一顿饭，看着她喜欢的人吃下去，那才是什么都无法代替的——你是不是觉得我回来后反而变土了？"

"没有。"

"其实今天我特高兴，我昨天还梦见你把我从一个小黑屋里救出来了，没想到今天就见到你，还跟你一起过了生日，我现在真想睡着，看看还能不能梦出更多的好事儿来——陆涛，你听见我说话吗？"

"我听着呢。"

"陆涛，我没醉，"米莱坐直身子，"我老想你，脑子自己就会转动，想到你，心就会跳，我自己都没法控制，如果你不离开我，我还不知道我会这么想你，你是第一个离开我的人——你怎么能离得开我？"

"米莱，你别说了，你越说，我就越觉得对不起你——米莱，我这么缺德，你怎么还对我念念不忘呢？"

"我知道你是个坏蛋，可你把我迷住啦！可气的是，夏琳又迷住了你！你说她到底哪儿比我好？"

在米莱的醉话中，两人终于到了米莱父母家，陆涛坚持把米莱送到家门口，并替她敲了一下门。

"我先走了。"陆涛说罢要转身，米莱不说话，却一把拉住陆涛，继续敲门。

门开了，是米莱家的保姆冯阿姨。

"冯阿姨。"米莱说。

冯阿姨激动地回身叫喊："是米莱呀——米莱回来啦！"

冯阿姨回身就往里跑，米莱拉着陆涛往里走。

忽然，穿着凌乱的米立熊和妻子安琼也冲了出来。

米立熊一把拉住陆涛："小陆，谢谢你。"

"叔叔，我把米莱送回来了，我还有事，先走了，再见。"

米莱的手在背后仍紧紧地拉着陆涛的手，直至胳膊悬到空中，陆涛轻轻一根根掰开米莱的手指，然后把自己的手抽了出来。

陆涛赶回家，轻手轻脚打开门，进了屋，换了一双拖鞋，然后走到厅里，灯开着，桌子上摆满了夏琳为他准备的生日饭，蛋糕上的小蜡烛上别着一张小纸样，陆涛拿下来，是夏琳留的小纸条儿，上面写着：叫我！

陆涛放下纸条，径直走到床边，只见夏琳头发乱乱的，仍在睡着，她翻了一个身，仿佛是怕冷似的，把身体蜷成一团儿，一刹那，陆涛的自我感觉差极了，他从未感到这么差过。

他在床边坐下，看着夏琳的睡态，拉住夏琳的手，夏琳醒了，看着陆涛："几点了？"

"咱们一起吃饭吧。"陆涛说。

夏琳伸出双臂,搂住陆涛:"你现在许愿吧,我去点蜡烛!汤也得热一热。"

"你有什么愿望?"陆涛低声问。

"我希望,你能把楼设计好。"

❀　　预算通过

陆涛最喜欢夏琳的地方,就是她的专注,如同她的愿望。她的愿望从来不是空泛的,与夏琳在一起,叫他感到亲切而踏实。她对他的愿望也是。陆涛很清楚,夏琳爱他,所以把他的目标当成她自己的,这令他觉得干劲十足。陆涛继续为青年家园工作,把除了睡觉以外的时间全部投入其中。精装效果图出来后,他拿着资料去给徐志森看,徐志森认为很好,预算报上去时,他对徐志森说:"可能这一次改造成本比较高。"

"那是我的事,你不用考虑!"徐志森干脆地回答。

又过了几天,预算也通过了,陆涛基本上完成了他的工作,下面他只作为工程监理完成这个项目就行了,陆涛记得最后一次开会后,他对徐志森说:"我们侯总托我带话儿,希望以后和远大再有合作机会。"

而徐志森笑着回答他:"我希望和你再有合作的机会。"

❀　　米莱的新动向

米莱回家后,母亲的病立刻好了,父亲米立熊并没有觉得一场虚惊已经过去。他以前从未认真考虑过米莱,总觉得她还小,先上完学再说,但这一次却让他重新审视自己的女儿。米莱长大了,自己有了主意,父母还能为她做些什么呢?

就在米莱回家后不久,一家人去郊外的骑马场玩,母亲安琼对米莱说:"米莱,以后有什么事,一定要回家,无论发生了什么事儿,这个家都是你最后的退路,无论你做错了什么,爸爸妈妈都不会怪你,记住了吗?"

米莱点点头,问道:"爸,你怎么想到找陆涛的?"

"我先问你,你以后还这样吗?"

"我不这样了,就是不想学了,也要先跟家里商量一下,我错了,让你们给惯坏了,我太自由漫散了。"

"这才对。"

"那你告诉我,你怎么想到找陆涛的?"

米立熊神秘地一笑:"我准备跟陆涛做生意呀,哈哈,想不到吧?"

米立熊教米莱骑马,母亲在边上看,米莱刚刚会一点,就让马跑得很快,把米莱妈吓得大惊失色。中午,一家人就在马场的餐厅吃饭,桌子放在一顶遮阳伞下,趁米莱妈饭后散步。父女俩说起了悄悄话。

"米莱，你爸爸能有今天，十分不容易。有时候，会遇到一个坎儿，就像爬山爬到半山腰，天快黑了，而你不知道上去还是下去，那时候，心情就会特别坏。没有人可说的时候，我就到这里骑骑马，心情就会好一点。你回来这一阵儿，我特别放松，好像是捡回了什么重要的东西，我有好几年没这样放松过了。"

"爸，在美国上学的时候，有个感觉，那就是那里的一切都与我无关，就连看电视都是这样。美国人爱看的东西，什么情景喜剧啦、新闻啦、大选啦，对我来讲都没意义。美国人从小就有一种观念，觉得他们到哪里都受欢迎，世界各地发生的事儿，或迟或早，都会跟他们有关系，所以他们什么都关心，什么都参与，什么都议论，生活特积极。我到了那里，只是好奇过一阵子，很快就不行了，只是一阵阵地想起北京，想起家。我认识的很多中国人都想留在美国，有一次，我在洗衣房外面等着洗衣服，跟一个苏州女孩聊天，她研究生就快读完了，我对她说，毕业以后到北京来找工作吧，她说她不想回苏州，回去的话，学的东西用不上，而北京对她来讲，跟美国没什么区别，因为她在这里也没有朋友。我明白了，她必须非常坚强地四处闯荡，不管取得什么成绩，都没有人跟她分享，要是遇到困难，也得不到帮助，这时，我才突然明白家是什么东西，从那一天起，我就越来越想回来。"

一个服务生过来撤去剩菜，擦干桌子，只留下茶壶和茶杯，服务生走后，米立熊接着对女儿说："米莱，爸爸虽然快六十了，但我自己一点没有老了的感觉，一件事跟着另一件事，不停地忙。你没有消息的那一阵子，有一天夜里，我睡下不久就突然醒来，你妈在我身边小声哼哼，我知道她不舒服，我背冲着你妈，忽然之间，觉得很难过，想到我以前只知奋斗，眼睛只盯着前面，从来没停下来想一想，这一切都是为了什么？其实早在你出国之后我就开始觉得空虚，我希望你以后不要走了，这里可做的事是很多的，你要想学什么，就跟我学吧，不是自夸，事业上，你爸还是有点办法的。"

米莱懂事儿了似的点点头，把头靠在米立熊肩上，说："爸，以前我小，娇生惯养，但去美国叫我成熟了，我长大了，知道自己要什么。在美国太孤单了，什么都靠自己，我从小习惯了热热闹闹，连上厕所都是跟朋友一起去。美国不是我待的地方，我回来后反而会更加珍惜这里的一切，我会努力，其实我也很想看到自己成为一个有用的人。"

"你刚回来，可以四处看看，玩玩，知道你健康、安全，父母就会很放心。"

"爸，我不想玩了，我想马上就开始。"

"你想干什么？"

"我想，"米莱转转眼睛，"我想当装饰公司的总经理，所有这方面的业务都归我做。"

米立熊笑笑。

"怎么啦，不放心呀？"

"我当然放心了，不过——"

"你还是不放心！"

"我看你是别有用心！"米立熊点点女儿的鼻子。

"我怎么啦？"

"你当总经理就当吧，我女儿能当总经理，我高兴还来不及呢！"

"那说好了，明儿就带我去装饰总店。"

米立熊笑了："好啊，咱们明天就去，我一会儿就打电话给你安排。"

"你说话算数吗？"

米立熊点点头："听我说完，我们的装饰公司，它的上级单位是建筑公司，它的平级单位木材厂、建筑材料厂、食品厂、玩具厂，我们还有一些加工厂，我们有一个厨柜厂，一个家具厂，设备和工艺都很先进——我们还有一个食品研究所，三个工厂——"

米莱："爸，那陆涛做的设计，我们可以做施工装修吗？"

米立熊长叹一声："瞧，米莱，终于忍不住了吧？我问你，你是想跟爸一起做生意，还是想跟陆涛再好一次？"

"我想跟我爸一起做生意！"米莱一把搂住米立熊撒起娇来。

"那你得答应爸一个条件。"

"我答应了。"

"重要的合同，必须有我的签字才成——"

"我早就答应了！"米莱欢呼雀跃。

✿　　倒霉

露露刚一进公司，就被通知去财务处结账，这个当前台接待小姐的工作她好不容易找到，才干了两个星期，露露问另一个同伴："这公司好好的怎么突然就停了？"

"据说咱这公司让一网站给买了，只留高管，其余的都走——停了更好，我在哪儿浪费青春不行啊！"

从公司出来，露露神情恍惚，她漫无目的地走在人来车往的街上，觉得特别难过，她已习惯那种既无力又无助的感觉，那感觉让她焦虑而惶恐——她最后还是决定回孙大海那里。

一进门，只见孙大海正在厅里弹着吉他唱歌，不远处的地上就放着露露的两只行李箱。

露露坐到上面，孙大海从吉他上抬起头来。

"你的东西我都收拾好了。"

"我所有的东西？"

孙大海点点头。

露露酸溜溜地说："从来没见你这么勤快过！"

孙大海假惺惺地问："那——那你以后怎么办？"

"我刚刚又失业了，连住的地方都没有，我哪儿知道怎么办？"

"要不你先回老家一趟，调整调整？"

"我到城里来混成这样儿，哪好意思回去？"

孙大海找到钱包，从里面数出两千块钱给露露："不是我说你露露，你怎么跟所有人都闹翻了，我觉得你这人有问题。你先拿着，找个地方住下再说。"

露露看着孙大海，想说什么忍住了，她向行李走了几步。

孙大海把钱扔桌上，发出轻轻的一响。

露露站住，犹豫了一下，最后还是拿了钱，然后提着行李往外走，门在她背后关上，她听到孙大海在继续唱歌。

❀　　露露找华子

　　露露从孙大海那里出来，给华子打电话，她直截了当地说："我跟大海分手了，想找个人说说话。"

　　"不是因为我吧？"华子笑道，"啊，这么着吧，来我们家楼下的发廊吧，我请你洗头。"

　　露露想了想："好吧。"

　　华子所说的发廊就在他们家楼底下，露露提着两只大箱一进来，把华子都看呆了。

　　"你够会享受的，大白天洗头！"露露把箱子一扔说道。

　　"有福同享，有福同享，来，坐我边儿上——哟，真掰啦，箱子都带上啦？"

　　露露一下子坐在华子边上，一个小姐上去给她洗。

　　"咱先洗头，等你情绪稳定了，咱再说别的。"华子看着露露说。

　　露露气得站起来："我情绪挺稳定的！"

　　"你坐下就更稳定了。"

　　露露坐下了。

　　"哟，还真是，眼睛都红了，刚哭过是怎么的？"

　　"胡说。"

　　"那就好那就好，哎小姐，你先别忙着给我女朋友洗头，把这俩镜子擦擦，要不然耽误我们俩眉来眼去。你看你这镜子脏的，能传情吗？"

　　露露伸手打了华子一下，笑了："真讨厌！"

　　露露和华子并排洗头，虽说让她觉得有点别扭，不伦不类，却又让她感到放松。

　　门开了，发廊老板带着一理发师模样的人进来，老板凌空一指："就这儿，你看吧，我告诉你，别看它小，一年挣好几个呢，我是买卖太多，真盯不过来才出手的，这儿一个月开销，房租水电连员工拢共就五千，一天两百就挣回来了。我什么都不要了，装修、还有这儿的工具，你看，这里面还有一小仓库，这么着，磁器，两万就让给你。"

　　理发师模样的人说："你让我想想，钱还成，不过这地儿离我原来那地儿也太远了，两边儿跑我也受不了啊。"

　　露露睁着眼睛把所有的信息听清楚了，然后踢了一脚华子。

　　华子不知是什么意思，迷惑地看了露露一眼。

　　发廊老板跟理发师谈完，从镜子里看到华子。

　　"哟华子！什么时候身儿坐上美女了？牛啊！"

　　"哪儿有你牛啊，连挣钱的发廊都往外甩。"华子说。

　　"不瞒你说，咱这正规的小买卖挣得太少了，也就够我喝瓶儿燕京的。"

　　"要不华子你干吧，这怎么也是一事儿啊。"露露顶着满头泡沫儿笑着说。

　　"对啊，华子，我盘给你得了，给一万五就得，你反正闲着也是闲着，等有事儿了再盘出去也不迟啊，这位美女，有你在这儿当老板娘，这发廊从明儿开始准火！"

　　"人家有工作，正儿八经也是白领儿呢！"

　　"我们公司倒闭了，我失业了！"露露提高声调说。

"哟，你行啊露露，原来是双喜临门啊！"

"滚！"露露恨恨地说。

❀　华子的态度

洗完头，华子拎着两箱子，和露露一起头发飘逸走出发廊。

"咱拎这东西也走不远啊，这么着吧，先搁我车里去，里面有什么贵重东西吗？"

"没有。"

不远处，停着华子的车，两人过去把箱子装到车上锁好。

"不是哥说你，怎么就拿不住一破歌星啊？过两天人真红了你非后悔不成。"

"大海有时候挺狠的。"露露说。

"怎么狠了？"

露露却不说话了。

"别说我趁人之危啊，那个，要是你们小打小闹呢，我把你送回去，谁谁谁认个错儿就得了，要是你们真不行了呢，反正我也闲着——你能投奔我就是看得起我！"

"我饿了，从昨天晚上到现在，一口饭也没吃。"露露说，"华子你也别装粗俗了，装也装不像。"

在饭馆里，华子看着露露狼吞虎咽地吃饭，一边看，一边点上一支烟。

记忆里露露总是吃相儿凶狠，那样子触动了华子内心深处很柔软的一部分，她好像总是饥饿的，这想法让露露在华子眼里显得有点可怜。

"你怎么不吃？"露露问。

"我？我待会儿。"华子说完想接下去说——我想我能喂饱你，在这一点上我比孙大海要好，但他没有说出来。

华子和露露耗到晚上，华子注意到，露露不时看手机，他觉得露露仍在犹豫，没有下定决心，于是劝说露露再跟孙大海谈一谈，给他最后一次机会，露露起初没有反对，但吃完晚饭后却脸色蜡黄。华子从积极的方面理解露露，认为她重情义，于是不由分说，咬着后槽牙把露露送到孙大海家楼下，但在露露下车的那一刻却心如刀绞。

"真舍不得把你往虎口里送——哎，你们要和好了，打台球的时候让让我，多灭灭向南就行了。"华子拉住露露的手说，这是他第一次拉露露的手。

"华子，你心眼儿真好。"

"别表扬我，听不惯。"华子装出满不在乎的样子。

"那我上去了。"

华子点点头。

"那发廊的事儿你记着回去谈啊。"

"没问题。"

"那我跟大海第一句话是怎么说来着？"

"我还怎么教你啊——记住，除那句话以外，什么也别说，就看看怎么对你——他要是对你动手动脚——"

"他不会的。"露露斩钉截铁地说。

❀ 最后的尝试

露露点点头，下了车，走到孙大海家，开门进去，只见孙大海坐在地上，正对着一姑娘唱歌。

"对不起，大海，今天我还得在这儿住一晚上。"说完，走到沙发边，躺在上面，把上衣脱下来，盖在身上，"你们接着聊吧，我困了，先睡了。"

孙大海和姑娘相互看了一眼，表情都极不自然。

"大海，她是谁呀？"姑娘问。

"走，那屋说去，"孙大海拉着姑娘来到另一间屋，把门关上，片刻，露露便听到房间传出那姑娘低沉而气极败坏的说话声，"说啊，谁呀？"

"就是我以前的女朋友，露露。"

"你不是说早断了吗？"

"是早断了。"

"她怎么还有你的门钥匙？我怎么没有？"

"我明天给你配一把不就得了？"

沙发上，露露躺着，眼睛睁得大大的，她怀着一种苦涩而压抑的心情继续听着。

"大海，你这人怎么这么办事儿呀？"

"我怎么了？"

"你怎么说也老大不小的了怎么还爱说瞎话呀？"

"我哪儿说瞎话了？"

"哟，你真有意思！你怎么说完瞎话还不承认呀？"

"哎，萍萍，小声点，咱回头再翻腾旧账行不行？"

"大海！你还没出名呢，怎么就学会骗人啦！现在我不是娱记，我是萍萍！——你说这到底是怎么回事儿？"

听到这里，露露的眼里流出了泪水。

❀ 第二天

华子一大早儿就花了一万五把发廊盘了下来，尽管他知道这事儿没什么意思，但对于一个特别迷茫的人来讲，干什么都是一样的。

就在那发廊老板接过钱在点的时候，背后的推拉门儿开了，露露来了。

华子一回头，看到露露的笑脸。

"华子，我来上班啦！"

华子再一次被露露打动了。

两人不无新鲜地打理了一天发廊，就像小孩过家家，晚上收工后，华子长出一口气，坐到一把椅子上："哎，你说露露，怎么眨眼间我成小业主了？"

露露弯下腰，看着华子的脸，笑。

"看见什么了就傻笑？"

"我看见了一张优秀青年企业家的脸！"

华子故意做出一副牛哄哄的表情："现在看见什么了？"

"大老板！"

华子又换了一姿势："再看！"

"富豪！巨头！没错儿！"

华子最后换了一姿势："求求你，再仔细看看！"

"华子，是华子，对露露好的华子！"

两个人对视。

露露笑："谢谢华子，我知道，你做的一切都是为了我。"

华子的眼睛潮湿了，他把头扭到别处，他有点慌张地四处找火，露露从门口和破沙发里找到打火机，递给他，华子点燃一支皱巴巴有点弯的烟。

露露跪到华子的脚边，趴在华子的腿上，抱住华子："华子！华子！华子！"

华子完全听不出露露是哭着还是笑着说的，他用手抚摸着露露的头发，最后捧起露露的脸。

"告诉我，你是谁？"

"我是露露。"

"怎么证明你是露露？"

露露拿出钱包递向华子，华子想接，露露却一晃收回去了。

"我身份证丢了，可我就是露露，第一个陆是陆地的陆，第二个露是露水夫妻的露——"

露露看到，华子在微笑。

"第一个陆是土，第二个露是水，你喜欢哪一个？"露露问。

"我喜欢第二个露。"

"我也喜欢第二个露，小露珠儿的露。"

华子把露露拉起来，自己也站起来："露露，从今以后，我相信你，支持你。"

"华子，我也相信你！我也支持你！"

两人出去吃了顿饭，又踩着夜色回到发廊，露露在前面，华子一把没拉住，露露打开锁进来。

"还是去我们家住吧，我睡厅里的沙发就得了，真没事儿。"

"不行，要去你们家，也得是有一天，我正正当当跟你一起去。"

"这都什么时代了——"

"华子，这件事我不能听你的，你是男的，想问题跟我们女的不一样。"

"不管怎么说，你不能夜里睡在这里。"

"华子，你想啊，有一天夜里，一个陌生的姑娘突然出现在你们家里，你爸妈看着我会怎么想？"

"管它呢！"

"华子，这件事我特别在乎。"

"可你住这儿我觉得不安全，那破门谁踢一脚都能开，还是住旅馆吧，我心里踏实点儿，反正就住一晚上，明儿我去租一房子——"

露露还想说什么，华子拦住她："不管怎么样，你住这儿我不太放心。"

"有地儿住就行，这已经是我来北京以后第六次搬家了。"说罢，露露挽起袖子准备收拾。

"好吧好吧，我陪着你。"

两人收拾一下，露露拉着华子睡在沙发上，自己睡在三把不太舒服的椅子上。

华子看了她一眼："这太惨了，明早刷牙的东西都没有！"

露露从椅子上跳下来，打开她的箱子："我有，我什么都有！你的那一份也有。"

华子点点头，露露这才合上箱子。

"真够倔的，我可是服了你。"

"服了就好，睡觉。"

华子看了一眼露露，把手头的烟扔掉："睡就睡！"

露露一歪头，看着华子，有点挑逗地："是不是临睡前想调戏调戏发廊妹？"

华子看了看露露，笑了："你不是发廊妹。"

露露从椅子上直起腰来，下了椅子，把头一直凑到华子面前："那我是什么？"

"你是，你是我在一个深夜里，从保龄球馆捡回来的一个大保龄球。"

❀ 祈祷

"我感到很轻松，新的生活真正开始了，离开大海，找到华子，我真幸运。华子是好人，他对我好，请保佑我，保佑我们，让我们一直好下去，请保佑我的妈妈身体健康，我弟弟天天快乐。"露露在心里说罢上面一番话，从她跪着的窗边站起来，轻手轻脚地爬到华子身边，抱住华子，继续睡去。

微亮的窗帘后面是隐隐传来的城市特有的声音，那些匆匆赶路、排队买早点的人们，谁也不会注意到，就在街边一个看起来很不起眼的小发廊里，三张椅子和一张沙发勉强地拼接到一起，上面睡着露露和华子。

露露双眼紧闭，心里却是敞开的，而华子睡得很香，呼吸均匀，像是晨光在脸上飘浮着，像是一抹在梦想里都会被忽视的淡淡的幸福。

❀ 借钱

华子快中午才醒，他跟露露打了招呼就出去了，他心里惦着一件事儿，盘下这小发廊，他几乎已经身无分文了，想到向南结婚还欠着他两万块钱，于是去找向南。华子不擅长正正经经地要账，给向南打电话贫了半天嘴还是开不了口，就借口路过向南公司去找他。

"大中午的人家都午休，你还工作呐！"

"这不正勤劳致富呢嘛，争取尽快还清外债，我告儿你华子，按杨晓芸给我订的婚后标准，中午我只能请你吃盒饭，你等会儿，我那儿有一客户，回头打发走了我们再一起去食堂。"

"算了，我就是顺道来看看你，你忙吧，我先走了。"

"哎，华子，你这就不够意思了——嫌贫爱富，要不我请你吃好点的？"

"得了吧，忙你的！"华子说完就走了。

出了向南公司，没走多远就看到街边有一"我爱我家"，华子走进去询价，那发廊一带的一居室，合适的一共六套，最贵的一个月四千，最便宜的一千五，三气一电，带家具。

"最便宜的那个一千五的怎么交钱？"华子问。

"我们的合同上写的是，最少租半年的，先交一个季度的订金。"

华子在门口转了一转，一咬牙给陆涛打电话："现在从你那儿借五千行吗？"

"现在？现在我手头儿没那么多，我的钱都借向南了，这样吧，你等一下，我马上问问夏琳，她那儿有。"

"那算了吧，我也不是急用，就是瞎问问，回头真用的时候再给你打电话。"

"我月初就有了，没几天了，我发了工资给你留着。"华子听到陆涛这么说。

华子把车开到旧车交易市场上，找到了过去一块儿干的四狗子，想卖掉自己的破车。

"华子，真卖不出去，你看看这整个市场里哪儿有这种车呀，又费油又费劲还老坏，自己修着开吧，告儿你除了你别人敢要。"四狗子简单地回答。

华子失望地走了，有一种"一分钱难倒英雄汉"的不幸感觉。

晚上，华子回家吃饭，趁机向父母借五千，华子爸妈两人相互看了一眼。

"这么着吧，先给你两千，等花完了再给你，免得一下子全花光了，当父母的还不知道你那点儿事儿，我看着你这一阵儿情况不对，我早准备好了。"

❀ 意外发现

发廊里就剩下露露一个人，正在蹲着收拾着什么。

"师傅们都出去吃饭去了，我等你。"说完笑着跳到他怀里。

华子抱着露露："你怎么那么高兴？"

露露又亲了华子一下："你放下我。"

华子放下露露，只见露露来到墙边儿，拉开一个布帘儿，露出里面的小屋。

"华子，我们不用租房了——你看！"

只见里面竟还套着一间七八平米左右的小屋儿，满是灰尘，华子走进去，东摸摸西摸摸。

"我还没收拾好。"露露说。

"行啊你露露，我怎么忘了，这儿带一小仓库呢。对啊，回头我把我的东西搬来，就这儿吧！露露，咱就从这儿起步儿，甭管怎么说，咱也有车有房有小实业，比向南他们两口子强——我回头奋斗奋斗，以后就不一样了，见天儿准保换成一辆名车，一处豪宅，一个大企业！"

"华子，你真好。"

"真说对了，除了人好，我还真没别的毛病，要不然早成功了。"

露露又猛亲了华子一下："华子，现在你飘着，我也飘着，你说就咱俩能成功吗？"

"我就缺动力，一直懒得扑腾，不就是挣钱嘛。我告儿你露露，现在有了你，看着吧，等我真一动手，就由不得他们了，哈哈哈哈。"

露露被华子感染了，也笑了起来。

❀　　露露发廊

就用那两千块钱，华子把发廊的顶上的灯箱换成"露露发廊"，发廊里面的小仓库就成了他和露露的家，把墙刷了刷，地上用水泥抹平了，换了一个新窗户，一切都搞定了，华子私下里觉得没洗手间太不方便了，大小便要步行三分钟，不过想想向南和杨晓芸那一家子要走得更远，心里也就平衡了。

周末华子把朋友们都请来了，不由分说，每个人先弄了一通头发，闲着的华子和向南还斗上了嘴。

"我们家有院子，你们家有吗？"向南嚷嚷着。

"我们家有私人专职理发师洗头护发师，你们家有吗？"华子叫道。

"我们家有五十年生的老树，你们家有吗？"

"我们家除了卧室，外面还有一厅，你们家有吗？"

"我们家有好几十箱结婚喝不完留下来的私酒，全存丈母娘家，你们家成吗？"

"我们家有老式越野车，没事儿就开着出去兜风游车河，这么浪漫你们家成吗？"

"我们家有冰箱彩电洗衣机，真方便呀，你们家办得到吗？"

"我们家有私企，不用出门上班，就在家SOHO，这么后现代的生活方式，你们家什么时候能赶上啊？"

"我们家有全套没开封儿的现代厨房用品，用都不用堆床底下，小两口儿天天到外面下馆子吃饭，吃香的喝辣的，大鱼大肉花钱如流水——你们能这么享受吗？"

杨晓芸实在听不下去了："向南，住嘴！越说越离谱儿了，从专职理发师都说到厨房用品了，你还有脸说呢，嫌不嫌寒碜呀！"

"我能服他嘛！"向南白了一眼华子。

"我能服你嘛！"华子也白了向南一眼。

杨晓芸气得从沙发上站起来，冲夏琳直嚷嚷："都这样了，还吹呢，夏琳，这都什么人呀！太不要脸了也。我算是服他们了，真是名牌大学的高材生，夏琳你看，就这俩破锅破碗儿的，还攀比呢，比什么比！有什么可比的！是不是想气死我呀！向南，跟了你我算是倒了八辈子血霉了！快点奋斗，咸鱼翻身以后再吹！"

"杨晓芸，你长得又扁又平的还敢跟我提咸鱼，你疯了吧你，你半夜一激动倒是挺能翻的，人家被腌了半年的咸鱼早死菜了，哪儿有你能翻啊！"向南不服地回嘴。

大家猛笑起来。

杨晓芸冲过去踹了向南一脚："住嘴！臭流氓！"

"我们用如花似玉的三个青春女陪着三个恶贯满盈的大混蛋，真够冤的！"夏琳总结道。

"苍天有眼，哈哈哈哈，你们这帮女的就认命了吧！"华子得意地说。

❀　　明天我要嫁给你啦

在华子和露露的盛情邀请下，夏琳、陆涛、杨晓芸和向南在发廊内每人剪了一个头，折腾了一天，晚上又一起吃了饭才散去，华子和露露回到发廊已是夜里，两人上床睡觉，发廊外面车水马龙，吵得要命。

"露露，你睡着了吗？"

"没睡着。"

"要不出去转转？"

"转什么？"

"也是，没什么可转的。"

"我以前从来都是一睡就能睡着。"

华子默默地笑了。

露露翻了一个身，把被子盘在腰里，弄得跟只驼鸟似的。

"我就不信我睡不着。"露露发着狠说。

"别啊，你睡着了，我怎么办？"

"要不我等你先睡着吧？"

华子点燃一支烟："你给我唱个歌吧？"

"我唱的不好听。"

"别动不动就跟歌星比，我就想听听你的声音。"

"好吧。"

"别唱孙大海的歌啊，你一唱我更睡不着了。"

"那唱什么？"

"瞎唱呗。"

"唱一首周华健的《明天我要嫁给你啦》。"

"好吧。"

露露轻声唱了起来：
秒针分针滴答滴答在心中
我的眼光闪烁闪烁好空洞
我的心跳扑通扑通的阵阵悸动

我问自己要你爱你有多浓
我要和你双宿双飞多冲动
我的内心忽上忽下的阵阵悸动

明天我要嫁给你啦
明天我要嫁给你啦
要不是每天的交通
烦扰着我所有的梦
明天我要嫁给你啦
明天我要嫁给你啦
要不是你问我
要不是你劝我

要不是适当的时候
你让我心动

(music)
秒针分针滴答滴答在心中
我的眼光闪烁闪烁好空洞
我的心跳扑通扑通的阵阵悸动

我问自己要你爱你有多浓
我要和你双宿双飞多冲动
我的内心忽上忽下的阵阵悸动

明天我要嫁给你啦
明天我要嫁给你啦
要不是停电那一夜
才发现我寂寞空洞
明天我要嫁给你啦
明天我要嫁给你啦
要不是你问我
要不是你劝我
要不是适当的时候
你让我心动

明天我要嫁给你啦
明天我要嫁给你啦
要不是每天的交通
烦扰着我所有的梦
明天我要嫁给你啦
明天终于嫁给你啦
要不是你问我
要不是你劝我

可是我就在这时候
害怕惶恐

华子觉得露露唱得特好听，他就在歌声里睡着了。

✿   米莱的小心机

米莱一身儿正装，笑盈盈地走到凡尔赛公司的前台："我叫米莱，是米氏装修装饰公司的总经理，找陆涛，预约好的。"

然后就跟着前台小姐走到陆涛的办公桌前，假惺惺地说："陆设计师你好。"

陆涛说："你好。"

"我们的事儿，能不能在会议室谈？"米莱仍是一本正经地说。

陆涛看一看四周写字间的同事，说："你等一下，我去看看。"

会议室没人，陆涛招手，米莱也走了进去，坐在会议桌边，她看到陆涛坐到她对面，于是探过头去小声说："哎，陆涛，在谈正事儿之前，我能关上门亲你一下吗？"

"这话应该我说才对吧？"陆涛嬉皮笑脸。

"那我就说行。"

"所以我不能说。"

"得了吧，我还不想亲呢，就是亲了，你嘴也软不了，说吧，我投标的事儿怎么办？"

"现在我们设计已经报上去了，精装这一块，要去找远大公司。"

"那我就去远大。"

"你要报价，和其他装饰公司一起竞标。"

"怎么才能中标？"

"谁的报价低、信誉好，谁的机会就大。"

"我们米氏公司可是一级装饰企业，信誉应该没问题吧？"

"是是是。"

"那么，剩下的就是报价了，求你帮我走一后门儿吧。"

"我怎么走？"

"回头你帮我填一个最低的报价。"

"那怎么行？这是生意上的事，哪儿能这么随便？"

"你跟夏琳的事，就比生意上的事还随便！我就不能学学你们啊！"

陆涛找到别的公司报价，米莱回家咨询了父亲，最后报了最低价，最终拿到了远大公司的精装合同，弄得徐志森直奇怪，怎么米莱让利那么多。

这一件事办来办去折腾一个多星期，完事儿之后，米莱请陆涛到她的办公室喝茶，那里全然像一个客厅，非常温馨。

"漂亮吧？"

"漂亮。"

"这是我的经理室，敞开式的，舒服吧？"

"是。"

"因为我心里不舒服，所以才会布置出一个舒适的环境，自我欺骗罢了。"米莱浅浅地笑一笑。

陆涛感到一丝伤感沿着墙壁滑落进他的喉咙里。

米莱给陆涛用一个小炭炉烧茶、泡茶，不时看一眼陆涛，两人默默无语。

陆涛顺手拿过一只茶杯看，是英国式细瓷茶杯，米莱从他手里把茶杯拿过去，倒了一杯茶推过来。

"这是炭烧英国茶，给——"

陆涛喝了一口："你真够会享受的——"

"享受什么？"米莱直直地盯着陆涛。

陆涛无语了。

米莱坐直身子，清清嗓子："施工我已经组织好了，今天我们公司最好的两名工程师已经去了你们的现场，装修队很快会进场。材料你不用担心，全是真材实料，希望第一次合作愉快。"

米莱向陆涛伸出手。

陆涛也伸出手，两个人握了一下："米莱，你很能干。"

米莱把手抽回来，眼睛再次直勾勾地盯着陆涛。

"你怎么了？"

"我能干是叫你给逼出来的，你记住了啊，如果北京多了我这么一个女强人，那就是北京又少了一个幸福的女人。"

"对不起。"

"其实我挺高兴的，因为我现在又可以时常见到你了。"

"没想到你这么多愁善感。"

"我也没想到，我最想当的，还是没出国前的那个傻丫头——知道吗，那之前，我从记事起，就一次都没哭过，是你让我哭，是你让我长大，我恨你，但我也谢谢你。"

"谢什么？谢我的混蛋吗？"

"谢谢你让我重新认识我自己，以前我最看不起女人为男人哭了，觉得那些女的怎么那么没出息，可是现在，我就为你哭。"

"你在美国学的什么？内疚心理学吗？我要做什么才能叫你不怪我？"

"把夏琳甩了，追我，跟我好，然后让我甩了你——哈哈，我才不甩你！"

陆涛看着米莱。

米莱收住笑容，又做了一个鬼脸儿："别这么看着我，我开玩笑。"

❀ 米立熊的生意经

米莱想看看父亲的企业，米立熊很高兴，带着她一家一家看，一路给她讲自己如何创办这些企业，遇到什么困难，如何克服，米莱深受感动，

坐在车里回家的时候，米莱问："爸——我一直想问，咱们装修队的成本——"

米立熊从文件夹里拿出米莱做的单子，又拿出一个计算器。

"米莱啊，这是你做的单子，爸给你算一笔账——"

米立熊算完，米莱发现是平进平出。

"米莱，你看，你和陆涛做的这一单没有利润，咱们那一百多工人苦干三个月的奖金就都没了，那奖金对他们很重要——"

"爸，我不知道——"

"这就是我们的生意，我们不仅要挣出自己那一份，也要挣出工人的那一份。"

"我——爸，这我不知道——"

"米莱，这事儿都过去了，我们不提了，我们是讲信誉的，工程要按合同保质保量地完成。"

"那我以后——"

"米莱，你什么也不用说，爸知道你明白了。"

❀　　在样板间

三个月后，青年家园取得了成功，杨晓芸看上了一套，打电话求陆涛帮她打折，陆涛问："哎，你怎么突然想起买房来了？"

"还不是向南！"

"向南怎么了？"

"他挺好的，就是差点没把我气死，昨天晚上，他和华子一起买了一辆旧奥拓回来，还死活拉我兜风，你说这人怎么这么不靠谱儿？我想了半天，指望他买房是没戏了——哎，到底打折行不行？"

"我试试吧。"

陆涛把杨晓芸带到青年家园销售处，售楼正跟徐志森汇报："以前担心售价偏高，卖不好，没想到这种设计很成功，一开盘就挤破了头，我们定的是装完一层卖一层，现房精装，买主验收合适了再签合同，可现在的情况是，装完一套卖一套，弄得我们天天催装修队交活儿验收。"

徐志森点头，看着刚进来的陆涛。

"徐总，我有一事儿求你。"陆涛说。

"你求我？你什么时候求过我？"

"是这样，我有一朋友，现在要买这楼，能不能打点儿折？"

"最低折扣是多少？"徐志森问销售经理。

"现在是九六。"

"陆涛是我儿子，有话直说嘛。"

"房虫儿炒整层，我们批九四。"

徐志森看一看陆涛："九四折，满意吗？"

"我那俩朋友是普通白领儿，刚结婚，没钱。"陆涛看了一眼杨晓芸说。

"你们是什么样的朋友？"

"从小一起长大的朋友。"

"那你说多少？"徐志森想了想问。

陆涛想了想："九二折行不行？"

"你求我，不行也得行啊！"徐志森这句话说得杨晓芸心花怒放，跳起脚来拥抱了陆涛一下。

"你们去挑户型吧。"陆涛对杨晓芸说。

杨晓芸跟着销售经理走了。

陆涛看着他们出门："谢谢徐总。"

徐志森很吃惊："为什么谢我？"

"因为，我今天才发现，原来你挺有人情味儿的。"

"我今天对你也有新发现，陆涛，你是个很好的人。"徐志森笑了。

❀　　米莱

青年家园的十层以上正在紧张地装修收尾，徐志森和陆涛一起上去看，陆涛对自己的设计做着介绍，"这楼道我们也做了一点处理，你看那灯，我们希望每一个细节都别致一点。"

两人一起进入一个单元，正和米莱撞了个满怀。

米莱揉着胸笑着说："我正要骂流氓呢，往美女哪儿撞呢？一看，是你，这真像你干的事儿！"

"徐总，这位就是我说过的米莱，要不是他们真材实料、抢时间加班加点，我们卖不到这样好，好多业主是冲着她们的厨柜才买的房。"

"徐总，久闻大名，您好。"米莱笑盈盈地说。

"你好，我看看。"徐志森走进去。

"到这间来吧，这间刚做好。"说着米莱把他们带到旁边的一套单元。

徐志森进去后四处转转："不错，完全改变了，简直就认不出原来的样子了。"

"我把窗户给换了，这种窗子采光面积大，暖气也给换了，看起来，房子更亮更大，这是他们公司的厨柜。"

徐志森看了看："我在美国用的就是这一种。"

"他们代理的是意大利产品，这一次他们是赔着跟我们做的。"

"朋友嘛，以后合作的时候让我也挣点儿就行了。"米莱仍笑盈盈地说。

陆涛点点头："这次我做得不合适，没想到五折你也敢答应。"

徐志森把目光投向米莱："米小姐很年轻啊。"

"我跟陆涛同岁。"米莱脆声说。

"徐总，装饰公司是他们家的家族企业，她刚接手三个月，越做越好。"

徐志森半认真地说："你们两人是夫妻相儿啊，看起来真是很合适，我在美国时就有一对同学很像你们，他们现在事业做得很好。"

米莱心花怒放地："徐总，您要是做主，我就立刻嫁给他！"

徐志森笑着问陆涛："我能做这个主吗？"

陆涛很不自然地说："她以前是我女朋友。"

米莱笑："我要求不高，就是以后是也行呀！"

陆涛手机响，陆涛拿出手机："啊，我去接个电话。"说着转身离开了。

米莱沉下脸来："一看就是夏琳！"

说罢走到一边，徐志森注意到，米莱哭了。

徐志森有点知所措，他转身走了两步，又回来："米小姐，请别难过，我刚才虽然是开玩笑，不过，这里面还有一层意思是说，你们现在都还年轻，一切都不是最终结果。"

"我知道我有点傻，他骗我，但我还是喜欢他，我对自己没办法。"米莱擦着眼泪。

"他骗你，这是怎么回事？"

米莱对徐志森讲了她与陆涛之间的事，她觉得徐志森很亲，末了，她执意开车送徐志森回公司，徐志森同情米莱，认为她很懂事。

"后来我再也没有见过夏琳，也再也没交过任何一个女朋友，前面就是吧？"

"再往前一点就到了。"徐志森说，"听起来这陆涛还真是我的儿子，我年轻的时候也干过类似这样一件事，陆涛的母亲年轻时和你说的夏琳很像，但我最后还是离开了她。"

"真的？"

"年轻人还是把精力用在发展自己的能力上比较可靠。"徐志森叹口气，"好，我在这里下。"

米莱停了车："谢谢徐叔叔，您这么一说，我觉得自己又有希望了！叔叔您真好，我真爱跟您说话，以后可以请您吃饭吗？"

❀ 杨晓芸的奋斗

杨晓芸一回家，看见向南正上网，她把包往床上一扔，张嘴就问："向南，你手上还有多少钱？"

"我就留了油费和生活费，剩下的全交你了——"

"到底还有多少？"

"没了。"向南头也不抬地说。

"那我怎么买房？"

"你着什么急呀，等再过两年——"

杨晓芸一跺脚："我很着急，非常着急，我必须买房，我必须离开这里，我一分钟也不能等——"

向南"噌"地一下站起来了："哎，我想起来了，我们有钱啊！"

"什么钱？"

"份子钱！"

"份子钱是我妈管的！"

"那完了——算了，这事儿不提了！"向南沮丧地重新落座。

杨晓芸从床上拿起包要出门儿，向南白了她一眼："别去了，不甘心也没用，我给你妈起了网名，叫'有去无回'"。

"滚！"杨晓芸不服地冲出去。

杨晓芸回到父母家，先吃了一顿晚饭，饭还没吃完，就绷不住了："妈，我想起一事儿问你。"

"什么事儿？"

杨晓芸吞吞吐吐地说："我和向南结婚，收了不少份子钱，钱呢？"

"你等一下。"

何翠凤冲进卧室，一会儿出来，抱着一个大铁盒，摸摸索索从里面拿出一张存折，和几张纸，何翠凤把纸递到杨晓芸手里："这事儿妈早该跟你交待，妈给你算了一笔账，咱一共摆了七桌，每桌十个人，收了人家三万五千块钱，这是名单，婚礼花三万块，还剩五千，名单人打勾的人，是那些没结婚的，以后人家结婚，人家给多少，你得还多少，我算了下，一共有二十个单身，给你留了一万，在这个存折里，晓芸啊，为了你的婚礼，妈搭了工夫不说，我和你爸还搭了五千多块钱呢！"

"那完了，这房是买不成了。"杨晓芸失口说道。

"怎么了？"

"我今儿去了陆涛他们卖的青年家园看房，见到了陆涛他亲爸，我嘴儿一甜，说了几句他亲爸爱听的话，他亲爸一高兴，给我打了个折，那房子真好，不过我连首付都交不起，向南买了辆旧车，我手里的钱不够，眼睁睁地看着这机会就没了——"

何翠凤忽然双眼放光："打几折？"

"九二折。"

"买！晓芸，咱买！咱买得起啊！九二折！傻丫头，你知道什么是九二折吗？就是咱借钱刚买完就卖，眨眼就能净挣十几万，那房子现在火极了，马上就得涨，九二折，九二折，傻闺女！"一边说一边兴奋地抱着杨晓芸猛亲了两口，"你知道什么叫九二折？就跟白送咱们钱一样啊——明儿一大早妈就跟你一起去签合同！妈有钱，妈有钱啊——"一边说一边去找存折，片刻就像蝴蝶般绕回来，"妈能让我女儿委屈吗？哎，晓芸，你回头一定再问问陆涛，妈想再要两套行吗？九三折就成——"

说话音未落，好几个存折一一排在桌子上，何翠凤喜笑颜开："还有啊，这月供我可不管啊，你得让向南使点劲儿！"

✿ 不一样的早晨

夏琳起了一个大早，没去公司，而是买了早点直奔陆涛那里，一进门，果然不出她所料，地上是大量的建筑设计图纸，电脑仍开着，沙发上，是熟睡的陆涛。

突然，闹钟声大作，陆涛挣扎着伸手去按闹钟，按掉了。

片刻，另一闹钟声大作，陆涛挣扎着去按另一个闹钟，按掉了。

陆涛按原先的姿式睡好，接着，一种怪异的电子闹铃声响起。

陆涛探身起来，找了一圈儿，没找到。

陆涛坐起来，揉着眼睛看着笑眯眯的夏琳："夏琳——你把闹钟藏哪儿了？"

夏琳一脚把一只鞋踢过去："你的鞋里！"

电子闹钟仍不停地响。

夏琳笑起来："还困吗？"

"困。"

"想想我——每天都这样，你还好意思说困吗？"

"那我不困了！"

说罢伸手按响了音响，一阵激昂的音乐声响起！

"起床！"夏琳喊道。

陆涛"噌"地窜起来，站到地上。

"今天要干什么？"

"振作起来，准备战斗！"

"在哪里战斗？"

"凡尔赛建筑设计公司！"

"你的现状？"

"一名普通的设计师。"

"你的目标？"

"去远大房地产公司，去见徐志森，去拿新项目，去迎接新的挑战！"

"你的口号？"

"我行我行我行行行！"

"出发！"

"是！"话音未落，陆涛"唰"地一下消失在洗手间里，夏琳抬腿就追，哈哈大笑着追到洗手间门边，里面却传出一声插门声，夏琳一推没推开，她踢了一脚门："混蛋！好不容易早晨起来找你一趟，不是说好了要浪漫吗？陆涛，你先去吃早饭，我先上厕所，一会儿给我把牛奶端过来！"

门里传来陆涛的声音："大冷天儿的，为了讨好你，我先帮你把马桶捂热了再说！夏琳，我浪漫吗？"

上午十点，在青年家园售楼处，何翠凤和杨晓芸正在签购房合同。

"写谁的名字？"杨晓芸问。

"傻丫头，这还用问，当然是你的名字！"

杨晓芸愣了一下，签上了自己的名字。

同一时刻，在远大公司徐志森的办公室里，徐志森和陆涛面对面坐着。

"陆涛，你前一段的设计工作，我很满意，昨天晚上，我看了财务报表，感到很振奋，纯利近百分三十，而且提前两个月完成任务，很好的成绩！比我预想的还要好！今天找你来，是想谈一下我们远大公司下一阶段的工作。陆涛，我们的项目已经基本确定了，基础工作我们的项目工程师已经完成，后天宣武区有个土地招标会，远大志在必得，走，我带你去看一看那块地。"

"你是说，有新的设计工作吗？"

❀　新工作

徐志森和陆涛飞快走在一条乱糟糟的小街上，徐志森很振作，陆涛很兴奋，上午的阳光几乎从他们的头顶直接泼洒到他们的脸上，叫他们感到一种对于未来很积极的预期，两人并肩而行，被冥冥中同一种力量推动，似乎暗示着一种牢不可破的关系。

"这就是图纸上的七号标地，这块地是属于旧城改造的一部分，区政府下了决心，一定要在这里建成媒体大道。这是划出来的商品房用地，现在看到的这是最后一块，条件不错，还有一块，条件更好，你就不必看了，因为我们现在还没有实力去竞价。这块地除了原有的一所中学，一个小医院，只有三座六层简易居民楼，其余的，就是这一片平房，没什么像样的，这些房子多是翻建的，老房子多半已经成危房了，就是这里。"徐志森边走边指指划划地说。

"我熟！我有一个朋友家就住这一片儿，就那天那女孩，杨晓芸。"陆涛笑着说。

徐志森喜欢这样，在一种融洽的气氛中与陆涛在一起，没有对抗，只是一起去做一件事，他感到愉快。陆涛的肩膀很结实，在行走时不时与他撞一下，叫他感到温暖：这是他的儿子，拥有着与他一样的性格，只是比他更年轻，现在，他们在茫茫人海中齐头并进，前面就是他们停车的地方，徐志森问："该看的都看了，你有什么想法？"

“这么大的商品住宅区！我们公司现在有一设计师，叫张德庸，是台湾人，跟随亨利四年了，得过很多奖，他在德国住过二十年，我看过他的作品，风格既现代又很扎实，视觉上也符合南城人的口味，我觉得很合适。”

“你把他的资料找来，一会儿回公司，我给你看看和我们合作多年的一家日本设计公司的作品，也是很实用，但我一直觉得有点极端，要么很呆，要么很现代，”徐志森拉开车门，“走，我们回去。”

“远大什么时候开始大干一场？”

徐志森手一挥：“快了！——陆涛，这一回，你要加把劲儿！你要学的东西很多。”

陆涛迷惑地望向徐志森：“我？”

“对，我就是说你！”徐志森笑了。

新的视野

两天后，徐志森以三亿的价格成功地从拍卖场上拿下七号标地，徐志森很兴奋，竞价时陆涛在他旁边，散场后陆涛问徐志森为何无人与他竞价，徐志森只是不动声色地看一眼吉米，吉米很有分寸地说：“起拍价已经很顶了，三亿到头了。”

但陆涛穷追不舍：“徐总，是不是在竞拍前，很多事情已经决定了？”

徐志森叹了口气：“这都不是你要考虑的问题，陆涛，现在地已经是我们的了，我们要考虑的是这块地的前景，我们的竞争对手是大视野房地产公司，两块地距离不远，而且，都是CBD，你有什么想法？”

“从设计的角度考虑——”

“设计只是房地产生意的一部分，陆涛，从现在开始，我要你学会从全局考虑问题，其实我们并不需要多完美的设计想法，我们只需战胜我们的竞争对手就可以了——”徐志森打断陆涛，“我要再教你一些东西！”

徐志森把陆涛带到位于七号标地边缘的四季假日饭店顶层，在那里可俯瞰那一整片地区。陆涛想象着那拔地而起的楼群，有点激动，他希望给徐志森一个惊喜。

“你在想什么？”

“我在想，如果我们在那里建一个社区，它会具有什么特色？”

徐志森拍一拍陆涛的肩膀：“特色是我们落在下风时才要考虑的东西，是一种迂回战术，有时候，用蛮力是最直接的，也是最有效的，你就是比他们更大、更高、更实用，这就够了，你要用建起的房子告诉他们，这一片儿我最好，别的就什么都不用说了！”

陆涛点点头，他觉得徐志森说得对。徐志森总是对，这一直叫他有点不太舒服，在徐志森面前，他总感到失去自我。不过并不是很痛苦，他喜欢从话语里感受徐志森的力量，正是这力量把他吸引到他身边。

“我想知道你的商业秘密。”

徐志森抬了抬眉毛：“你还在想着竞拍价吗？我以为你已经忘了。”

“你不相信我。”

徐志森笑了：“我告诉想得到六号标地的人，他可以两亿五拿下那片地，但是他必须让我三亿拿下七号标地——其实没有什么所谓的商业秘密，你想得到一件东西，必须帮助别人另一件。"

"那如果有人出更高的价呢？"

"那样的人，大家会设法阻止他进场，商人必须懂得与别人分享利益，达成妥协。"

"香港人管你说的叫生意经，对不对？"

"说得对。"

"这跟我有什么关系？"

徐志森一指下面："你看，你看，我想让你换一个视角，从高处俯视事情的全貌——那里是设计，那里是施工，那里是销售，我让你站在这里，告诉你，这一切都是生意！陆涛，你以为我会让你一直当一名设计？徐志森会让他的亲生儿子一生受雇于一个设计公司，在别人的脸色下生活，为别人去创造利润，在破办公桌前对着电脑度过一生？不，陆涛，我对你另有安排！"

"你安排我？"

"是的，只要你听我的，相信我，我会让你拥有另一种人生——"

"你会让我？"

徐志森点点头："你不相信我？"

"不，我相信你，但我希望你能尊重我的选择，让我拥有自己的人生——那是我的人生，不是你的！"

徐志森直直地盯着陆涛，半天才整整衣服："陆涛，我有东西要给你，我希望你先看一看它究竟是什么，不要急于下结论，也许，那正是你要的——"

"我看过了！我在你的公司干了一年，天天跑腿儿打杂儿——"

"那正好儿可以磨练你的意志——再说，再说当时是你自己提出要从最底层干起的——"

"谢谢你，徐总，我当时应该向你提出当你的高级助理，或者项目工程师，你会答应吗？"

"陆涛，你怎么还不明白？你是我的儿子，只要我能做到，无论你提出什么我都会答应！"

"那现在我提一个要求你会答应我吗？"

"只要是我能做到的——"

"让我回到我的破办公桌前去吧！我喜欢那里，在那里我可以发挥我的——"

"陆涛，你有潜力，为什么不试一试我说的？"

"你想否定我自己作出的选择吗？别以为有钱有势就可以随便支配别人！不！你办不到！"说罢，他转身走了。

徐志森气得直发愣，他再一次看到陆涛的自我意识，他想让他走近路，但他不肯，他认为错还是在自己，他太爱他了，他太迫切了，"成长要有过程，要付代价，但这真是愚蠢！"他叹了口气。

❀　　撞墙

陆涛离开徐志森，心中并不舒服，在徐志森面前，他既伸展又受挫，这让他接近他又离开他，无论哪一样，他都不喜欢。

陆涛来到夏琳公司旁边的一家咖啡店，约夏琳喝杯咖啡，想让心绪平静。夏琳是他的安慰，坐在小桌边等夏琳，他清晰地意识到这一点。

夏琳进来时，陆涛正发愣，陆涛两眼望着窗外，夏琳冲他摆一摆手："我就五分钟，马上要见客户。"

陆涛呆呆地点点头。

"今儿怎么了？撞墙了？怎么脸色铁青呀？"

"跟徐志森吵翻了。"

"为什么？"

"没什么，我就烦他那劲儿，牛什么呀！"

"你能跟他吵翻了，说明你也够牛的。"

"我怎么了？"

夏琳轻笑一声，从桌子下面钻过去，爬到陆涛腿上坐下，用手摸着他的头："别生气了。"

"我就不明白了，为什么他们见着岁数小的就要教训几句，一个个的都这样！难道大人生孩子就是为了有个下命令的机会吗？我告儿你夏琳，从小儿大人就跟我说，人生的路是自己走的。可我刚走两步，就有人站出来否定我，不同意我的走法儿。我倒想问一句，到底让不让人走啊？我招谁惹谁了，自己挣钱自己花，过得好好的，凭什么听别人对我胡说八道啊？"

夏琳站起来要走。

陆涛一把拉住她："夏琳，别动，只停一秒钟，让我看看你，你怎么那么好？没有你我可怎么办？"

❀　烦恼人的聚会

向南向华子借钱交月供，华子答应了，于是向南在东直门一小饭馆里请华子吃饭。在饭桌上，露露抱着华子，跟怕失去他似的，她还给他夹菜，把他碟子里的鱼骨头夹到自己的碟子里，用餐巾纸给他擦脸，看得向南直眼馋。

"晓芸姐，你们什么时候住进去呀？"露露羡慕地问。

杨晓芸假装无所谓："下个月吧。"

华子把钱递给向南，向南接过来，在座位下面数着："这两千下月还你！"

说罢，把钱塞到杨晓芸手中，并且拿出小本记上。

华子乐了："得了吧——什么叫月供呀，下次你不管我借，我已经很高兴了。"

杨晓芸却得意地说："你懂什么？分期付款买房什么意思？我现在告诉你，叫花别人的钱买自己的梦想！前卫吧？"

华子顿时就不爱听了："向南，叫你媳妇先气死你以后再气我成不成——唉，那两千现在就还我吧？"

"就不还就不还！我告儿你华子，恶霸就是这么诞生的！"杨晓芸把钱晃一晃，塞进自己的小包里。

向南瞪了杨晓芸一眼："说你瞎攀比，爱慕虚荣，你还来劲了！好好的买什么房啊！"

杨晓芸当即就把筷子摔地上了："向南，找我跟你急呢是不是？你有什么权利说我？你买车不是爱慕虚荣，不是瞎攀比啊！我看你是庸俗！我最烦买奥拓的人了！买得起就买，买不起就别买，那是车吗？我告儿你，从今儿开始，你晚上别睡了，出去拉黑活儿去，把买车的钱给我挣回来！"

"哎，求你们了，别在公共场所掐行不行？"华子劝。

向南本来想冲杨晓芸叫嚷，硬是给咽了回去："哎，华子，我告儿你是怎么回事儿吧，杨晓芸这个人吧，比较幼稚，受环境影响比较大，我们那大杂院里有一泼妇，成天生事儿，闹得四邻不安的，她就天天学人家，学着学着成恶霸了！"

"胡说八道！我恶霸，你见过恶霸倒尿盆儿的吗？听说过小白领儿双手端着一小尿盆儿满大街疯跑的吗？"

"哎，杨晓芸，你倒自己的尿还有什么可说的？现在你懒得连公共厕所都不爱上——"向南顶了一句。

"呸！你倒是不懒，每天就在门口的院子里——"

"停！停！停！"华子再劝。

两人这才停住，相互狠瞪了一眼。

"你着什么急呀，想卖也不是一两天的事儿，你刚买完就卖，有毛病啊！还是算了吧，一万块钱一辆破车，先开着吧。"

"一万我都开不起了，现在上班是用不着，我们那儿的写字楼停车费一小时五块，开车上班比打车还贵。杨晓芸买的房月供三千，全我背着，哥们儿手头一点闲钱也没有，太紧了，太不舒服了！"

杨晓芸立即不爱听了："废话，你不住呀？"

"要不找陆涛借点儿？"华子提议。

"人家现在不一样了，再说我就是手头儿紧，还没有到缺吃少穿的地步。"向南说。

"我觉得他离咱们越来越远了，一见面也牛哄哄的，还没成功呢，感觉就膨胀起来了，虽说是哥们儿吧，我看着也挺烦的。"说到陆涛，华子的话也多了。

"我觉得全是夏琳害的。"向南说。

"绝对是！要我看，夏琳还不如米莱。"华子接上。

"为什么？"杨晓芸问。

"米莱怎么也是一富家女，其实人挺性情的，没什么毛病，跟她在一起，我看陆涛挺自信的，一碰上夏琳，全完！他好像一直就憋着股劲儿，想向夏琳证明他优秀，不然就觉得配不上夏琳。"华子说。

"我看夏琳才真不自信呢，不然为什么从米莱手里抢陆涛？"露露说。

华子拿出钱包往桌上一拍："别说朋友坏话了，服务员，结账！"

"一共是三十六。"服务员冲过来说。

"真是一笔巨款！以后咱吃饭别这么浪费了！"杨晓芸夸张地说。

向南白了杨晓芸："华子，下次我付账啊！没这么干的！"

"下次，下次你还不一定分期付款买了什么梦想呢！"华子边站起来边说。

露露抱着华子的一只胳膊走出饭馆，与向南和杨晓芸招手再见，夜色里，露露连着亲了华子好几下，华子诧异地问："怎么了露露？"

"华子，还是你心眼儿好，你对谁都好，你怎么那么好啊？"

华子亲了露露一下，露露笑了。

❀　　另一种辛苦

夏琳很晚才回到陆涛那里，陆涛开门时有点不满。

"这么晚下班？"

"陪一客户。"

陆涛闻了闻："唉，你怎么一股酒味儿啊？"

"你以为广告业务员干什么？人家都说我们是新时代的三陪，陪吃陪喝陪笑脸，比旧时代的三陪挣得还少。今儿有一做汽车生意的老总，醉醺醺地跟我在一酒吧说他媳妇的坏话，三个小时，我手机里都录满了，想不想听听？"

"我建议你放给他媳妇听听。"

"别说，要是他媳妇愿意在我们这儿做广告，我就放，你知道怎么回事儿吗？那汽车厂就是他媳妇家开的，我听了半天才明白，原来吃软饭也心酸着呢——累死了，我先洗一澡去！"

"那你这广告拉没拉到？"陆涛看着夏琳走进洗手间。

"我要再听他讲一小时就能拉到，可是我实在是受不了了！"夏琳狠狠地把洗手间的门关上，接着，里面传来一阵呕吐的声音。

"那你那前三个小时不就白听了？"当夏琳吐完出来时陆涛笑着问。

"所以我生气呀，最后还是我买单，也不知公司给不给报。哎，远大什么时候再推楼盘呀？"

第二天陆涛上班时看到徐志森和吉米被前呼后拥着走向经理室。

徐峥用脚一蹬，椅子一滑，片刻来到陆涛面前："陆涛，是你抓住了他，看，你的好事儿来了，远大果真成了咱们的大客户！听说他们刚拍下了一块地！"

"徐峥，这事儿跟我有什么关系？"

"陆涛，以前哥们儿一直不相信你的实力，前几天我去看了你设计的青年家园，的确不错。哎，以后有什么好事儿叫上我！这一阵儿我没活儿干，苦阿。"

"你以为他们会让我这个没有经验的人去主持设计？"

"太有可能了！有时候客户就是只信一个设计师。我告诉你，你让他挣钱了，你说什么他都信，何况，咱们的大客户还跟你多了一层更利害的关系！"

"得了吧，这活儿我哪儿干得了？我顶多是在边儿上出出主意——"

"你也太傻了，你干不了，公司会派干得了的人帮你啊，能拉来客户才是最重要的——听我的准没错儿，这次你跟以前不一样了，你要高升了！"

❀　　高升

凡尔赛设计公司的经理室里，侯永和几名设计师坐在一边，对面是徐志森。

"徐总，七号标地的图纸我们已经看过了，这几位设计师都主持过大型的CBD项目，很有经验——刚才来不及说，现在详细介绍一下——"侯永和用恳切的声音说，但在大家听来，那声音分明是一种讨好。

徐志森却忽然提高声调压住了侯永和的声音："陆涛在哪里？"

"陆涛？对了，陆涛——"侯永和话音未落，徐志森挥挥手臂便接上一句："我要让陆涛坐在这里！"

"噢，那我去叫陆涛——不过徐总，按照我们公司的规矩，新的设计人员一般要经过三年的——"

"我相信陆涛的能力，我要让陆涛主持七号标地的设计——"徐志森再一次打断侯永和。

"那好，既然徐总这么喜欢陆涛，我们当然非常高兴，我现在就可以作出决定，破格提升陆涛，让他担任七号标地的总体设计师，我会给他的设计小组配备最强的设计师和结构工程师——"已经到了门口的侯永和慌慌张张地说。

"非常感谢！"徐志森说。

当天，陆涛被凡尔赛公司正式任命为远大公司七号标地的总体设计师。

❀　　父子之间

陆涛精神抖擞地进入远大公司的会议室，参加远大公司的项目讨论会，他惊奇地发现，会议室里坐了七八个人，其中就有陆亚迅。徐志森招招手让他坐到他和陆亚迅的中间。

"来，陆涛，坐这里，有一点你可能不知道，我和老陆是大学同学。今天我们请这两位市规划局的领导同志来给我们的方案提供咨询，解决我们的疑难问题，我们是费了很大力气，才能把百忙之中的他们请到这里。"徐志森拍拍陆涛的肩膀，让他坐下。

"哪里哪里。"陆亚迅说。在这里看到他陆涛有点吃惊。

"我现在特别向大家介绍陆涛，"徐志森站起来，"我们远大公司看好他的设计，年轻，有理想，踏实肯干，他将帮助远大公司启动一个新项目，一个二十万平方米的社区，'法兰克福风情'，今天我们找来这么多专家，想听一听大家的意见。"

大家鼓掌，纷纷翻开手头的一本项目设计书。

陆涛也翻开了两页。这设计书是他花了两个星期写成的，两个星期里，他只睡了不到二十个小时，每页纸他都倒背如流，他顺手把那计划书放到一边，对着墙上三维动画讲演："在半个月前的土地招标会上，远大公司拿下了玉林里小区的改造项目，这七号标地位于旧城和新城的交界处，我们要把它建成南城的地标性建筑，成为南城高质量的商品住宅。这块地比较完整，在西面，有一个小学，它的东面有一小片居民区，拆迁安置工作已经在进行中，完成后，这一片将全部空出来。'法兰克福风情'的建筑风格将是舒适、实用而美观的，它的灵感来自于德国法兰克福市内的一个模范小区，这个小区的模式现在已被搬到世界各地，它代表着一种先进的建筑思想以及一种现代流行的理念，在建筑内外，几乎所有的细节都会比以往的商品住宅有更新的突破，从水处理到化粪池，从采光系统到通气系统，建成之后，它将更加易于管理——"

陆涛的话使陆亚迅感到不舒服，在他眼里，陆涛跟着徐志森，学会的只是夸夸其谈，他打断他："请等一下，陆涛，我能问一句，你们的设计图出来了吗？"

"一个月后——"陆涛犹豫了一下说。

"我再问你，你说的采光系统是什么意思？"

"我们会把这一地区的所有气候信息提供给GEMR建筑设计事务所——采光系统的指标将超越标地周围任何一家的指标——"

"你怎么知道？"

"那是我们的设计要求。"

"根据远大现在的容积率，你认为能够做到吗？"

"我认为——我认为能够做到。"

"我刚才只是路过，看了看附近的地产，就知道远大做不到。"

"我要是做到了呢？"

"陆涛，这里没有外人，我想告诉你，做这样一个项目，你一定要扎扎实实、脚踏实地才行。虽然现在看起来房地产是一种商业运作，但本质上，盖房子就是要给人住的，我希望你把空话大话让广告公司来说，你自己该干些更为实际的——"

这是陆涛最不爱听的讲话方式，他从小就与这种方式做斗争，现在，当着众人，他再次听到这种方式，他感到愤怒，他盯着陆亚迅，语气咄咄逼人："请问你是代表市规划局来讲话的吗？"

"我代表我自己。"

"这房子是我们远大公司盖，不是你盖，你怎么没听几句话就能说我在讲空话？"

"因为我花了五个小时，对照着你们的标地看了你的策划书，我认为最关键的几个问题在里面都没有解决方案，有的甚至被忽略了！"陆亚迅的语气也急促起来。

"老陆，有关细节的问题，我希望我能解释一下。"徐志森认为自己必须插话了。

"不止是细节，就是整体规划也有问题，我干这个干了二十年了——"陆亚迅不依不饶。

"你能不能放弃成见，看一看新的规划理念呢？"陆涛一点也不想屈服。

"新的规划理念？什么是新的规划理念？你策划里的硬伤与国家规定就有冲突，到时候是拆了重盖？还是重新设计？"陆亚迅终于还是没忍住，他转向陆涛质问道。

会议很快就在陆涛父子的争吵间结束了，徐志森心里很高兴，他感到陆涛离自己更近了，他拉着陆涛，从会议室出来，送陆亚迅到汽车边："请坐公司的车回去吧，饭也没吃，我真不知该说什么。"

"我不习惯，还是打车吧，对了，这是你们塞给我的咨询费，我认为今天我没有提供什么有价值的咨询，所以还是退回给你们。"陆亚迅把一个信封拿出来，递向陆涛。

陆涛犹豫着，但陆亚迅的手就那么在半空中停留着，终于，他还是接了过来。

"你们请回吧，再见。"陆亚迅说罢，自己走了，陆涛看一眼徐志森，徐志森向他示意，陆涛追了过去。

陆亚迅走得很快，陆涛赶上他，陆亚迅只是瞟了他一眼，继续走，陆涛与陆亚迅并肩而行，终于他忍不住叫嚷起来："我就不明白，你为什么要在那么多人面前让我出丑啊，你是不是觉得你能拿我一把，就真了不起啊，这样做对你有什么好处？"

"我只是觉得你太浮躁了，而且，不管是什么公司、什么场合，如果我认为有问题，我就会直接说出来，今天我还有很多话要说，更关键的话，但没有机会说出来，周末你回家时，我会给你详细分析你的策划，告诉你错在哪里，只要你想听，我还有一些建议——"

"我很想听，但不愿意看着你教训我时那一副'只有我对'的样子。"

"陆涛，你要我怎么样你才满意？"

"我只希望你像对待一个陌生人一样对待我。"

"在工作上，我对任何人都一视同仁，那可不是开玩笑。"

"那么，我请你把这个信封收下吧，所有人都收了。"

"我不能收。"

"是不是因为这钱是徐志森的，所以你才不收，因为那叫你感到自己不如他混得好，觉得丢人？"

"陆涛，你还小，我们不谈这个。"

"你究竟是想帮我还是害我？"

"我？我当然是想帮你。"

"那请你把信封收下。"

"这是两回事。"

"现在就是一回事！"

父子僵住了，陆涛拦在陆亚迅前面，手拿着信封，一直举到陆亚迅胸前，陆亚迅向左右看看，见已经有行人注意到他们，于是接了过来："那好吧，我收下，不过有一句话很想跟你说。"

"你说。"

"我认为你现在就担起这么一个大项目，条件还不成熟，你应该从基础干起，先看看别人怎么做。"

"从基础干起？你想没想过，我要从基础干起，等我可以做到这个项目时，头发都白了？你想没想过，从基础干起，我也许就会永远停在基础上？我告诉你，从基础干起的人都被徐志森开除了，我要把握机会，掌握自己的命运，我要为我自己的未来而奋斗！"

✿ 另一种奋斗

华子买了一箱洗发水，搬着回到发廊已是夜里了，发廊里空空荡荡的，只有一个帅哥在扫地，见华子进来，忙向他笑了一下。华子点点头，把箱子往桌子上一放，打开箱子，把里面的洗发水拿出来一件件放好。忽然，华子停了，又看了看扫地的人："哎，你是谁？"

帅哥没有反应。

华子提高声音："停一下！你是谁找来的人？"

帅哥没听到。

华子一把拉住他："哎，问你话呐！"

帅哥只是冲华子笑。

"你傻笑什么，我问你——"

背后传来露露声音："华子，这是我弟弟，他听不见，也不会说话！"

稍晚时候，华子和露露来在路边小摊儿吃肉串儿，华子喝着闷酒，忽然叹了口气。

露露察言观色，半天才小心翼翼地说："你要是不喜欢他，我叫他回去就行。"

"你弟多大了？"

"十六。"

"他会什么？"

露露笑了："他会笑。"

"到底怎么回事儿？"

"上星期咱们那小工走了，人手不够，我一想，这活儿我弟能干，就打电话给我妈，让他坐火车过来，今儿你去进货，我去车站接的他。"

华子点点头，忽然感到，他正渐渐地向生活的边缘滑去。

✿　笑

露露在火车站接到面无表情的帅哥弟弟，露露把他带到火车站边的一个饭馆吃饭，弟弟只是机械地吃着，露露看着弟弟吃，觉得他可怜无助，但是很酷。

尽管知道弟弟听不见，露露仍在对他说话："来北京混和在老家不一样，得有好手艺，姐教你——姐教你什么呢，姐自己也不会什么好手艺——弟，你想学什么？告诉姐？"

露露弟停下吃，看着露露。

露露逗弟："说，想学什么？有姐呢，别着急，不要急，总会有办法，一切都会好的。"

露露发现，弟弟的饭吃完了，便把自己的碗递给过去，让弟弟吃。

"吃。"

露露弟又开始吃。

露露有点发愁，她不知又聋又哑的弟弟以后将会如何，露露摸摸弟弟剪得很整齐的头发："吃吧，弟，慢点吃，让姐替你想一想，以后怎么办？等一等，让姐想想，姐来北京学会的第一件事是什么？"

露露弟仍在吃，而露露的思绪已飞到她刚来北京的那一天，那天下着雪，她沿着一条街，一家一家问各种店铺要不要人，最后是一家饭馆要了她，叫她和另一个女孩穿着俗艳的旗袍儿，站到门口去当迎宾小姐，露露记得老板对她说："露露，我每个月给你五百，就让你做一件事，站在这里对人笑，对每一个来宾笑，明白了？"

露露点点头。

"你笑一个我瞧瞧？"

露露记得自己望着不远处一个扫雪的人，笑了。

"他还能怎么样？就教他笑吧，我来北京学的第一个手艺就是笑，现在，我教我弟。"

华子点点头："露露，那是很好的手艺——给你弟带盒炒饼回去吧？"

两人回到发廊，露露把一盒炒饼放在弟弟面前。

"吃！"

露露弟坐下打开饭盒，华子凑过去："你笑一个我看看？"

露露弟只是看着华子。

"他这手艺还没练好呢，回头我再教他。"

"他对我笑过。"

露露蹲在弟弟面前，拍了一下手，然后对着弟笑："弟，笑！"

露露弟怪怪地笑了。

"叫他先吃吧，"华子对露露说，又拍拍露露弟："挺好的，留下吧！"

✿　祈祷

清晨，露露第一个醒来，亲了一下华子，从小床上下来，走了出去，在外面，又摸了一下熟睡中的弟弟的脸，然后走到窗外，跪下祈祷。

"爸，今天真是光辉的一天，我把弟弟接到了发廊，华子接受了他，弟弟总算有工作了，我太高兴了。这发廊是我和华子的，它虽然很小，但它是第一个，我们还会有更多的东西，我们谁也不求，就靠自己，也会像别人一样幸福。我希望，有一天，把妈妈也接来，我希望，我们一家人永远不分开。"

✿ 米立熊的决心

拿下五号标地的是米莱的父亲米立熊，他把手下的公司通通卖掉，注册了"大视野房地产公司"，准备在地产上大干一场，竞标举牌时他的手一直在发抖，但决心已下，他便会一条路走到底，这是他最后一次创业，就像他对米莱所说："我可不想让我的女儿长大以后，要么在家吃闲饭，要么奔波在罐头厂、印刷厂和橱柜厂之间。"

收拢目光后，米立熊最后只看到米莱，自己唯一的女儿。他越来越清楚，自己一生的奋斗只是为了米莱今后能够安全而幸福，除此以外，他再也看不到别的了。

但米莱一点也不幸福，她日思夜想只是陆涛，她的幸福完全建筑在难以掌控的努力之上，但她不理解，这是错误的奋斗，即使理解了，她也不会放弃，如果放弃了，她将坠入空虚之中。米莱从未想到生活是可以重建的，她只是沿着一种情感惯性滑落在一团矛盾之中，在那里，她希望失望，高兴不高兴，但同时却加强了她的自我意识。她朝思暮想，一分钟也闲不住。

想的结果就是行动，米莱现在有了很好的借口去找陆涛，她找他谈地产，谈与地产相关的各种问题，用她的话说，她"正在积极与陆涛建立工作上的联系"，她认为这一点是夏琳做不到的，因此，她把工作看成是与陆涛之间特别的关系。

然而陆涛因为性格过于突出，经常与别人发生冲突。首先，他总是试图把自己的工作做得与别人不同；其次，他坚持自我，不肯妥协，他简直就是一个外星人。

✿ 不一样的加班

晚上陆涛在公司加班，夏琳给他送饭，见到夏琳，已绞尽了脑汁的设计小组的成员与陆涛一样像见到救星，他们纷纷撤退。夏琳拿出一盒炒河粉给陆涛吃，陆涛拿出两套设计方案给夏琳看。

"你看看哪种好？"

夏琳看着一张张效果图："我拿不准，都挺好的，不过这一套肯定是你设计的。"

陆涛看了夏琳一眼："够了解我的？"

夏琳点点头。

"为了这个设计方案，我跟所有人都吵遍了，他们不相信我。"

"陆涛，这个世界是很多人的，你现在需要的是他们的信任，你不能跟所有人斗。"

"我觉得我是对的。"

"如果所有人都不同意你，你就怎么也对不了。"

"我要做什么才能对？"

"和解。"

"和解？怎么和解？"

"我怎么知道。"

"你知道什么？"

"我只知道，这个世界并不是为一个人准备的，是为所有人准备的。我只知道，一个人即使再强，也不能离开其他人。"

"你真聪明夏琳，我就离不开你。"

夏琳用手指头点陆涛的脑门儿："你就是一样子货，表面看起来一副很帅的样子，其实一点儿也不好使！"

"我不好使谁好使！"陆涛说着推开饭盒扑向夏琳，夏琳一闪，陆涛摔倒了，夏琳笑起来。

陆涛躺在地上，眼睛望着夏琳，认真地问："你刚才是真说还是假说？"

夏琳向陆涛伸出手，不过那手软软的，有点无力："别闹了，起来吧。"

"你怨我——我这一段儿真的很忙。"

"起来吧。"

陆涛仍看着夏琳。

"河粉儿都凉了。"夏琳说。

陆涛仍看着夏琳。

"不管我嘴上说什么，心里都爱你。"夏琳说。

同一刻，在发廊外，华子点着一盏灯在修车。

发廊内，忙了一天的露露疲惫地揉着自己的腰，她看到弟弟孤零零地在擦地。

"过来，坐这里，姐真对不起你，给——"露露给弟弟一瓶可乐。

弟弟喝。

露露等弟弟把可乐喝完了，可乐筒从弟手里拿过来，扔进垃圾箱，然后坐到弟弟对面。

"来，弟，姐加个班，看着姐，学着姐，对，就这样。"

露露笑一下，弟弟笑一下。

露露再笑，弟弟也笑。

"弟，你要记住，以后无论遇到什么人，无论人家怎么对你，你都要对人家笑，记住啦？这是手艺！"

弟弟再一次笑了。

露露也笑了，在她笑纹绽放的一瞬，忽然感到了当姐姐的快乐——她觉得她在照顾他。

❈　　生日礼物

在青年家园门外，杨晓芸和向南迎来了他们的一个大日子。这一天，是杨晓芸生日，也是他们从胡同搬到青年家园的日子。搬家的车就停在他们身后，杨晓芸手里攥着新居的钥匙，闭着双眼并且兴奋莫名地对着向南喊道："祝我生日快乐！"

"祝你生日快乐！"向南几乎喊出来。

"把手伸出来——张开！"

向南把一只手伸到杨晓芸面前，他感到一种轻轻而冰凉的撞击，一把象征着他们新生活开始的钥匙落在他手里。

"睁眼吧——这是我在生日送你的礼物，高兴了吧？"杨晓芸趾高气扬地说。

向南使劲地攥了攥钥匙，又拼命点头，激动得话都说不出来，千言万语涌上心头，化做他平时出口成章现在却一下子忘记了的那一句话噎在喉咙里，急得他差点被憋死。

"到底想说什么？"杨晓芸得意地问，她喜欢看到向南目前的这副样子，这让她感到自己很优越。

"我这媳妇真娶对了！"向南终于还是想到了那句最表达他内心感受的话。

"招呼兄弟们，走！"杨晓芸豪迈地把手一挥。

"站住！"向南叫道。

"什么事儿？"

"我有生日礼物送你。"

"你？你都快穷疯了，哪儿有什么生日礼物送我？跟着我吃软饭就得了，保你吃香的喝辣的！"

"你要不要？"

"我可不稀罕。"

"这是你说的啊？"向南有点急了，假装要把手里的东西往远处扔，却被杨晓芸一指："停！"

向南停下了。

"谢谢你老公，能收到你的生日礼物媳妇儿我感到三生有幸！"

"你也闭上眼睛。"

杨晓芸闭上眼睛。

"把手伸出来。"

杨晓芸伸出两只手，拢成一个小碗儿。

"把手张开点儿。"

"你给我什么呀，再张开，我怕漏下去。"

向南手一松，一只哨掉到杨晓芸手上。

"睁眼吧。"向南说。

杨晓芸一看："这是什么？"

"你的生日礼物！"

"你想带我看球赛去呀？"

"不是。"

"那你送我一黑哨儿是什么意思？"

"这不是哨，这是命令！"

❀   命令

向南和杨晓芸的新家位于青年家园家十二层的一个单元内，他们大致收拾完刚搬过来的东西已是午夜时分，杨晓芸嘴里含着哨，叉着腰别着腿，气势汹汹地站在电视柜上。

杨晓芸一吹哨，只见向南腰里别着一圈儿抹布，小跑着就进来了。

杨晓芸再吹一声，向南站住，后脚跟一碰，来了一个英国式敬礼："为杨晓芸服务！敬礼！"

杨晓芸微微颔首："免！"

向南放下手。

杨晓芸吹哨，然后叫道："擦左边的桌子！"

向南猛地扑向左边的桌子，飞快地擦着。

杨晓芸的尖嗓外加更尖厉的哨音接着响起："右边的茶几！"

向南换了块抹布，狂擦右边的茶几。

杨晓芸又吹哨："我脚下的电视柜！"

向南扑过来擦电视柜。

杨晓芸吹哨："我的鞋！"

向南擦杨晓芸的鞋。

杨晓芸再吹哨："停！"

向南一看手里的脏抹布，恍然大悟，他转身跑出去换抹布。

杨晓芸吹哨："不许换！听我的命令，擦你的脸！"

"我不执行错误的命令！"向南说罢，笑着把抹布向杨晓芸脸上扔去，杨晓芸发出尖叫，闪身躲抹布，却脚一滑从电视柜上掉了下来，向南一个箭步冲上去接她，两人一起滚到地上。

杨晓芸大哭起来。

"晓芸，别哭了，没事儿吧？"向南哄杨晓芸。

"吓死我了——向南，你要摔死我呀！这新房我还一天都没住呢！"

向南亲了她一下："别哭了。"

杨晓芸的泪水还没流完就着急地想从向南怀里挣出来："我的哨儿呢？"

向南从地上找到哨，捡起来，递给她。

杨晓芸拿来，笑了，她吹了一下，结结巴巴地说："重，重，重来！"

向南一下子把杨晓芸扔到地上："什么重来，那叫胡来！"

杨晓芸笑了起来。

"把哨还我，我还是送你别的礼物吧！"向南伸出手。

"不给！我就要这哨！"杨晓芸说着，把哨挂在脖子上。

向南站起来，想拉杨晓芸起来，杨晓芸一把抱住他的腿："向南，你答应我，从今以后，我一吹哨你就要到我身边儿来！"

向南看着杨晓芸，觉得她那样子是那么可爱，他怜惜地摸着她的头发："我答应你。"

"一辈子都这样。"杨晓芸说。

向南点头。

"那我需要你的时候，就吹哨叫你。"

向南再次点头。

杨晓芸站起来，走到卧室门口，把鞋踢掉，又回头看了一眼向南，向南跟过去，靠在门框上。

杨晓芸爬上床，脱了上衣，又脱一件，只剩下一件小背心，她靠着床背，分开腿，把哨子举起来，含在嘴里，鼓起小腮帮子，对着向南吹起了哨，吹了一声又一声。

向南一步步走近她，爬到床上，一点点接近她，看着她动人的样子，哭了，他感到被她驱使为她服务是那么幸福，他感到了他对她的爱。

✿　　好消息

在远大公司徐志森办公室内，徐志森在看"法兰克福风情"的效果图，陆涛站在边上，心里有点紧张。徐志森看得很仔细，每当陆涛以为他要看完了，他却再次从头看起。

终于，徐志森双手一拍，指着第一套方案："不犹豫了，就要这一个设计！"

陆涛掩饰不住内心的欣喜，这套设计也是他自己最满意的。

徐志森看着说不出话的陆涛："有什么问题吗？"

"这个设计造价最高。"陆涛说。

"你把这个设计做得越完善越好，资金我自有办法。"

从远大一出来，陆涛兴奋得有点走投无路，要知道，他这么年轻，就能在北京建一片自己设计的房子，这是每一个初出茅庐的设计师的梦想。他突然想起夏琳，于是拿出电话就打，人们总是有这样的冲动，把好消息立刻告诉他们最亲近的人，陆涛对着电话几乎喊了起来："夏琳，祝贺我吧！我的设计方案通过了！花钱最多的一个，非常漂亮，你想不到它有多漂亮——对，我要请你吃日本饭——我正回公司——啊，没关系，今天不行，就明天，明天不行，就后天，后天不行，就大后天，你总有不忙的时候！好，我等你信儿！"

陆涛因为极度兴奋，甚至没能听出夏琳在电话中明显的冷淡，放下电话，面前的城市在他眼里就像一幅徐徐展开的设计图纸，冥冥中他仿佛感到有一个声音对他说："陆涛，你已经成为一名真正的设计师了，你成功了！"

✿　　不一样的成功

星期六晚上，在青年家园杨晓芸家，杨晓芸和向南面面相觑，他们觉得自己终于办成了一件具有长远意义的大事儿，虽说是留了个还贷的尾巴，但他们仍感到很成功。尤其是向南，他觉得杨晓芸把买房这件事办得太漂亮了，竟能从她妈那里弄出钱来，一夜之间，他们竟发现朋友里他们是住得最好的，这让他们很想叫别人知道知道。

"向南，咱什么时候给哥们儿姐们儿打个电话，召他们过来，给咱们暖暖房，也庆贺一下乔迁之喜啊！"

向南拿着一本《时尚家居》坐沙发上看："等你成为合格主妇的时候吧，再说了，他们一来，把咱家都给折腾乱了，谁收拾啊！"

杨晓芸冲过来，坐到他边上，一脚把他踹到沙发另一头儿："哎，我说向南，你怎么突然变质了？啊？你都变成上海小男人啦你知不知道？太自私了你！"

"晓芸，其实，我的意思是，等他们追上咱们，再请他们过来闹也不迟，大鸣大放的，叫人觉得咱是成心气人家，不合适——再说啦，你想啊，咱过这么舒服，叫人来看，看完人家走了，心里会怎么想？特别是，我钱还没还呢，这就相当于借人家钱请人家吃饭，太缺德了！"

杨晓芸想了想："那咱这次就轰动不了了？"

向南点点头："咱俩偷偷享受就得了。"

杨晓芸被说服了："好吧！你等着！"

说着冲进厨房，片刻得意洋洋地端着电饭煲过来了："向南，看看我用你给我买的新电饭煲第一次做的好吃的大米饭！"

杨晓芸把电饭煲往饭桌上一放。

向南凑过去："啊，生活，这就是生活啊！这就是结婚啊！啊太幸福了！亲一下！"

说着亲了杨晓芸一下，杨晓芸神秘地一笑，在向南的关切的目光中慢慢打开电饭煲的锅盖。

生的！

向南看杨晓芸，看了一会儿终于忍不住了："杨晓芸，你怎么这样儿呀？"

"没想到！"杨晓芸不无遗憾地说。

"我问你，怎么回事儿？"

"唉，我还问你呢，你给我买这进口高级电饭煲该怎么使啊？"

"那不是有说明书吗？"

杨晓芸跑到厨房拿了说明书跑回来往桌一扔，脆声儿说："说明书是英文的，看不懂！去，给我翻成中文！全部翻成中文！要不然——我这个可怜的新媳妇儿没法儿给你这个有学问的白领儿老公做饭！我告诉你，我英语不好不是一天两天了，小学就不好，中学更不好，大学我干脆就不学了！"

一边说一边用慢动作踢向南，左一腿右一腿，转身一腿，向南纷纷用慢动作闪过，最后杨晓芸笑盈盈地忽然最后加快速度，绷着脚尖儿踢到向南的裆部，向南一下子坐在地上，杨晓芸还保持最后的姿式，冲他笑。

向南忽然从地上冲向杨晓芸喊："妈的你把我性欲踢出来了！"

杨晓芸将计就计，满足了向南的性欲和自己的，然后两人一起做饭，他们甜蜜地并肩站在电饭煲边儿看着锅，等着。

"向南，我真佩服你，英文说明书也能看懂，还教会我怎么做饭。"

"你知道什么叫名牌大学的毕业生吗？"

杨晓芸亲了他一下："我就喜欢知识分子。"

"跟我过准没错儿，早说了，比别的不行，比过日了，他们都没咱们幸福！"

"咱们回头在别的方面也超过他们！"

"没问题！"

两人又亲了一下，杨晓芸一指电饭煲轻声说："你看，都冒烟儿了，快好啦。"

向南又亲了她一口："下一步呢？"

"下一步呀，我要给你做西红柿炒鸡蛋！"

向南做出一副色狼的样子："好！不过，什么菜也比不过你，你真是秀色可餐啊，你馋死我了你！"

"不许你这样，就跟没见过女人似的！"杨晓芸厉声喝道。

"女人见过是见过，就是没见过像你这么好的。"向南装作色迷迷地说道。

杨晓芸挤眉弄眼地用戏曲范儿卖弄风情："哎，向南，你喜欢吃偏甜的还是偏咸的，还是那种甜中带咸、咸中带甜的？"

向南猛亲了一口杨晓芸，前半句学杨晓芸，后半句话语气突变："记住，杨晓芸，我亲爱的巧手小媳妇儿——我要吃熟的，一定要——熟的！"

❀　　另一顿饭

同一时刻，夏琳和陆涛在位于三环边的松子吃日餐，陆涛兴致勃勃口若悬河，夏琳却面露倦色，只是点头应付。

"徐峥原来不服我，现在服了。亨利说我侧翼设计非常出色，在我们公司，亨利一年只夸下面的人一句，这一句给了我。徐志森特别满意——哎，夏琳，你怎么了？"

"我困了，昨天夜里做方案三点才睡，上午跟我妈一起去买菜，中午饭也没在家吃，我妈嘴里不说，心里一定不高兴，她就盼着周末跟我一起吃顿中午饭。"

"你不高兴吗？"

"高兴，我就知道你一定会出来！"

"那你表示一下。"

"怎么表示？"

陆涛一指一龙船的生鱼——"这是一个谁吃到最后一片谁付账的游戏。"

夏琳点点头。

两人一人夹一下，蘸了一下调料，飞快地吃着，吃得眼泪直流，最后一片是夏琳。

"天呐，辣死我了，完全是受罪，还得我付账！陆涛，有这么庆祝的吗？这不是坑我吗？"

陆涛得意洋洋地从一片绿叶下又夹出一片生鱼，笑了："没想到吧？我付账！"

❀　　另一种景象

与此同时，华子的发廊里却是另一种景象，全是人。露露在给一个长得有点刁的女孩剪头，华子在边上吃盒饭，饭是他一小时前出去买的，已经凉了，顾客太多，大家都来不及吃。

"这儿不行，你看啊，这边得再短一点。"女孩对着镜子说。

露露看了她一眼，深吸了口气，继续剪。

"小心点！你看啊，你手一哆嗦，再往里一点，我出去以后怎么见人啊！"

露露停住了，少顷，她对那女孩说："你等一下。"

说罢，拉起弟弟走了出去。

在发廊外，露露比划着："弟，给姐笑一个！"

露露弟笑了几下，总算笑了出来。

"对，就这样笑！"

露露弟笑得更好了。

露露也笑了一下："弟，谢谢你！"

弟弟的笑给了她勇气，她长出一口气，轻松地走进发廊。

❀　　变态万岁

时间如流水，小波小浪下面是静止的暗流，它可冲刷最坚固的物质与精神，却不留痕迹，人们总是很久以后才看到时间的背影，却永远无法看到它的面孔。

向南的好日子在继续着。这一晚，杨晓芸下班买完菜回到家，站在厅里只犹豫四秒钟，便拿起挂在脖子上的哨吹了起来。

尖厉的哨声中，向南跑着步就出场了，立定之后，双目炯炯地看着杨晓芸。

杨晓芸喊道："你是谁？"

向南用更大的声音回答："我就是你的丈夫向南，我就是你的钱包，我就是你生活舒适的工具，为了你的幸福，我时刻准备着！"接着便是一个立正，"为杨晓芸服务！"

"稍息，换岗！做饭去！"

"是！"

杨晓芸把菜筐用脚往向南那边一踢，同时把一件在厨房穿的上衣扔给向南。

向南接过来，两下就穿上！

"告儿你啊，做不好吃提头来见我！"

"保证完成任务！"说罢，向南跑着步冲向厨房。

杨晓芸再一次吹哨，向南跑回来。

杨晓芸坐到沙发上，装作拿腔拿调儿的样子："就这么走啦，怎么那么没眼力件儿啊？"

"是！"向南说着，小跑着拿过手遥儿，给杨晓芸打开电视，又小跑着从冰箱里拿过一瓶可乐，撕开一包儿瓜籽儿，装在盘子里，满脸堆笑地一并送到杨晓芸身边，然后往回跑。

杨晓芸猛地一吹哨，向南站住。

"这就完啦？"

向南做出想的样子。

杨晓芸假装撒娇："你这一去，少则半点钟，多则一小时，小白领儿一个人儿空守着电视和瓜籽儿，没人疼没人爱，那怎么办呀？！"

向南小跑着过去亲了杨晓芸一口。杨晓芸笑了，又亲了向南一口："香吗？"

向南点点头。

"甜吗？"

向南再点点头。

"离得开吗？"

向南摇摇头。

"受得了吗？"

向南再摇摇头，吞吞吐吐地说："太幸福了！"

杨晓芸一脚踢向向南："滚！"

向南早有防备，一把抓住杨晓芸的脚。

杨晓芸立刻装出一副愤怒的样子，拧眉瞪眼手叉腰。

向南贱兮兮地亲了杨晓芸脚一口。

杨晓芸立刻满脸笑开了花。

向南一举手："变态万岁！"说着，再次小跑着奔向厨房。

✿　为了你

陆涛陷入了忙碌，习惯了呵护的夏琳认为他冷落了自己，而陆涛却不知道。夏琳一腔幽怨，气得连着三天没给陆涛打电话，陆涛才有所察觉，他想找夏琳谈谈，但夏琳总是推说自己有事儿，很忙。陆涛急坏了，晚上下了班，直奔夏琳家。夏琳下了楼，陪他在外面吃了顿饭，便要回去睡觉。陆涛抱住夏琳，希望她跟他一起回去，要睡一起睡。夏琳摇摇头，淡淡地说："你还是努力工作吧。"

陆涛抱着夏琳不放手："你想让我为你做什么？"

夏琳摇摇头。

"我该为你做什么？"路灯下，陆涛的眼睛里闪着光。

夏琳再次摇头。

"我能为你做什么？"

夏琳又一次摇摇头。

"你怎么了？一点也不需要我吗？"

"我为你感到骄傲。"夏琳说。

"真的？"

"真的——你替我实现了我的理想，我在想，我现在是不是该考虑退休了。"

"你什么意思？"

"我的意思是，我羡慕你。"

"我爱你。"

"我喜欢你爱我——我看着你像一团烟火飞到空中，你像梦想一样漂亮，我爱看你努力，爱看你奋斗，爱看你爆炸。你会成为一个了不起的人，走吧，去工作吧，把你的设计做完美。"夏琳说着，从陆涛的怀抱里轻轻挣脱出来。

"夏琳，这一切，都是为了你！"说完，转身要走，忽然夏琳紧紧抱住陆涛，在他耳边说："记住，陆涛，我要你为了你自己。"然后慢慢推开他，对他笑，招手再见，转身走进楼洞。

陆涛招手，直到夏琳消失在楼洞里。他感到了夏琳对他的不满，但他出于自尊，却没有低头，他想回去追夏琳，但他强忍住了。他从夏琳家楼下转身飞跑，一直跑过一条灯火通明的街道。他感到压抑，呼吸急促，但他不想求夏琳了，他感到了一种从未有过的对自己的信心。电话响了，是米莱，陆涛接了电话，米莱约他明天中午到一家自助西餐厅谈点公事。

✿ 公事私事一起谈

第二天中午，陆涛来到那家西餐厅，正在他四处寻找米莱的身影时，有人从背后拍了一下他的肩膀，陆涛回头，米莱笑盈盈地站在对面，手里端着一个西餐盘："大视野公司的小业务米莱有请著名大设计师陆涛吃——工作午餐！"

说完还鞠了一躬。

陆涛笑了，拿了盘子去盛菜，然后坐到米莱对面。

"听说七号标地的项目要让你做？"

"胡说，我就是搞搞设计，怎么可能做项目经理啊？哎，这事儿你听谁说的？"

"猜的。"

"你爸派你来的吧？"

"那可不是，我自己想你了，跟公事儿没关系。"

"那你问我七号标地的事儿干什么？"

"因为我爸做大视野，我跟着他学，所以就会主动一点呗，看看能不能让自己有点用处。"

"以前，你爸好像不是做房地产吧？"

"以前只做一点小项目，这次宣武区旧城改造，建媒体大道，我爸觉得是一次机会，把他名下的小企业差不多全都卖掉了，集中力量做地产，我们家挺有实力的。"

"你爸生意越做越好，你的生活也能跟着紧张一点。"

"还不是怨你！我现在要是不干着点什么事儿的话，心里就特空。"

"实在太空了，就谈个男朋友填补填补呗，现在到处帅哥一大堆。"

"我就要你，别人不行！我跟你说，在美国吧，帅哥倒是挺多，还有人追我，可我看外国人总觉得是看漂亮的动物似的，他们再帅，我也只是看看而已，没法儿产生感情。回到国内吧，我妈托人儿给我介绍好几个了，可是见一个烦一个，跟他们吃顿饭我都得深呼吸，一想到他们拉我的手，我就想吐。都是让你给害的！我告诉你，我要是一辈子嫁不出去，到时候你管啊！"

"你这不是赖上我了吗，我不同意。"陆涛笑。

"你敢不同意！你要不同意我买根儿绳子吊死在你们家门口儿！从此以后，你们家门铃儿天天响个不停！铃铃铃，铃铃铃——听到没有？"

"那我不会搬家啊。"

"搬到哪儿响到哪儿！你要不用门铃儿，我就晃你们家的灯！铃铃铃！铃铃铃！"

"你这是来找我谈生意的吗？啊？这不是威胁我吗？"

"听清楚！我说的是五十年以后！现在？做梦！你看看我这张明星脸，漂亮吧，看着眼馋吧？我告诉你，前几天我逛街的时候，有一男的光顾着看我，我眼睁睁看见他撞一电线杆子上了！"

"哎，米莱，我问你，你在街上因为偷看帅哥撞电线杆子的时候，觉出疼来没有？"

"滚！"

"哎，米莱，说实话嘛。"

"滚！是不是因为我这么光芒四射，才晃得你胡说八道的？"

"是因为你胡说八道，才听得我眼冒金星。得了，就算你光芒四射吧！"

"滚！"

陆涛看一看表："那好，我得上班去了。"

"不行，我事儿还没说完呢。"

"你说。"

"我们承包建筑施工的事儿，你说怎么样？"

"我说有戏，现在徐志森特听我的，虽不能说是十拿九稳吧，也是个八九不离十。这么着吧，今天晚上我去跟他谈，一有消息，马上告诉你。"

"其他承包商的报价？"

"告诉你。"

"夏琳的事儿？"

"不告诉你。"

"说说吧，你和夏琳现在怎么样了？"

"我们俩挺好的。"

"有咱俩好吗？"

"不告诉你。"

"那你们俩散伙儿的时候告诉不告诉我？"

"告诉你。"

米莱乐了："这还差不多！现在你走吧，公事儿私事儿全办完了，我要一个人享受享受意大利美食。"

陆涛走了，米莱有点失落，她忽然明白了，陆涛就是她的精神食粮，她是饿了，所以必须见他一面，跟他说说话。现在，她的精神午餐结束了，她叫来服务员买单，然后离去了，出门时，她完全不记得自己吃过什么。

✿ 慰藉

徐志森认为自己一直是坚强的。是的，他总是不屈服，他的一生便像一棵奋力向上伸展的老树，他想够到天空，却慢慢发现，也许天真是空的，他伸展出无数只手，却无所攀缘的感觉。现在，他住在一家五星酒店的套房内，在夜晚，他感到自己好像抓到一些什么了。

徐志森疲倦地揉揉眼睛，然后拿起一个药盒，把药凑成一把，一口水咽下，然后走到洗手间刷牙，镜中的徐志森显得寂寞而苍老。

门铃响了，他笑了，那是陆涛来了。

徐志森去开门："陆涛，进来，我这里很乱。"

说着把陆涛让到客厅里，把沙发上的东西抱到一边去，让陆涛坐。

陆涛坐下。

"想喝什么冰箱里有。"徐志森说。

"我不渴。"陆涛说着，打量着房间，在他眼里，徐志森仍是神秘的。

"你在看什么？"徐志森问。

"你还住酒店？"陆涛反问。

"酒店好啊，什么都方便，每天早晨离去时乱糟糟的，但晚上回来却有人整理得干干净净——哎，对了，这么晚来找我，有什么事？"

"我听说，远大的资金链断了。"

"不要听那些闲言碎语，你把你的工作做好就行了。"

"我怕——"

徐志森提高声调："每个人都有自己的工作。"

"我想，也许我可以试着从设计上——"

"你只需要做好你自己的工作——"徐志森对陆涛的话从心里感到慰藉，但嘴上仍是老样子，在他面前，世界就是"困难"，而他，就是"克服"。

"是不是有什么地方不对头？我做错了什么？"陆涛轻声问。

"是他们错了，目光短浅！那一天，你讲你的设计的时候，他们说这风格太华丽了，钱花得不值，我头脑里突然出现了你说的全盘想法，很好，真的很好！我能理解，他们不理解。陆涛，别忘了，我也是建筑设计出身，不瞒你说，在当时，我也是高材生。"

"谢谢，谢谢你支持我。"

徐志森笑了："我总是支持你。"

陆涛摸摸头："哎，我来的时候有件事儿要说，怎么一下子忘了，什么事儿来着？"

"别急，慢慢想，时间多的是，我不会赶你走的，有你在这里——"说到后来，徐志森简直不得不动了感情。

徐志森站起来从冰箱里拿了一筒可乐递给陆涛："给，这个我不能喝，我一直失眠，一般睡得很晚——"

"徐总，我觉得这酒店也不是常住的地方啊——"

"生意人，自古以来都是跑码头住旅店，再说我一个老人，要是住一大房子里，会感到寂寞——"

"徐总，我能问你一问题吗？"

"问问题可以，只是不要叫我徐总，我不爱听。"

"别人不是都这么叫吗？"

"别人是别人，你不行。"徐志森的语气已变得十分亲切。

"那我叫你什么？"

徐志森想了想："你叫陆亚迅什么？"

"我就叫他陆亚迅。"

徐志森有点吃惊，接下来，他好奇地问："你就不叫他——爸？"

"我从来没叫过。"陆涛说，这答案叫徐志森太高兴了。

"为什么？"徐志森问。

"因为我不是他亲生的，叫起来别扭，再说他那样子，动不动就跟我来封建家长那一套，成天板着脸教训我，我才不叫呢！"

"那——那陆亚迅——就答应？"

"答应——现在我叫他老陆，他也答应。"

徐志森笑，自言自语："这个陆亚迅——哎，陆涛，这么着吧，以后你就直接叫我徐志森吧，叫老徐也行。"

陆涛想了想："这么着我倒觉得别扭了。"

"你别扭什么——叫一个试试，试一试嘛。"

"老徐——"陆涛脱口而出。

徐志森笑了："对对对，就这样，以后多叫几声，叫顺了就好了。"

"这么叫让我有一种和你并肩作战的感觉——那当别人的面儿我还是叫你徐总——"

"越当别人的面儿，越得叫我老徐，我爱听！"徐志森已经完全无法掩饰他对陆涛的情感。

"那好吧！"陆涛忽然觉得自己和徐志森更近了一步。

"陆涛，你刚才——不是说要问我一个问题吗？"

"噢，对了。"

"想问什么？"

"老徐——"陆涛改了口气。

"啊？"

"我说你这辈子事业上这么成功，怎么一下班儿就门前冷落车马稀的——不对头啊——我怎么觉得应该吧——不说是——这后宫佳丽三千万吧，花点钱腐败腐败也是人之常情啊——"

徐志森笑了起来："你这小子！这小子！"

"哎，老徐，这可不是你的风格啊。"

"你说我什么风格？"

"你的风格一向是正面回答问题啊！"

"好好好——我说！"

徐志森点上一支烟："陆涛，不瞒你说，我这人在感情生活方面挺失败的，"他叹口气，"不承认不行啊。"

"那——那你这辈子就没有真爱过的女人？"陆涛有点意外，他接着说，"或者是真爱过你的女人？"

徐志森愣了一下，烟灰都掉桌上了，他慌乱地用手擦掉。

"各有一个！"

"可以呀！能说说是谁吗？老徐，要是为难不说也行——"

徐志森喜欢陆涛现在与他说话的方式，随便而亲切，他清清嗓子，无意间还喝了一口陆涛的可乐："我真爱过的女人，就是你妈。"

陆涛点点头。

"真爱过我的女人，叫萨莉，是个英国女人。"

"我怎么觉得倒过来才合适呀！"

"不，我讲的是实话。"

"原来是这样——结果呢？"

"结果是——"徐志森犹豫了一下，但还是说了，"我离开你妈，萨莉离开我。"

"那——那你这——怎么好像一副晚景凄凉的样子——不会吧？"

"陆涛，我有希望，因为我还有你这个儿子——这一点你不要紧张，我告诉你，陆涛，一个人，一生中可能做过很多好事，他都会忘记，但等他老了以后，真正叫他记住的是他做过的坏事。"

"什么叫坏事？"

"坏事就是那些你怎么忘也忘不掉的事——有时候，不管出于一些什么原因，我们不得不犯一些必须犯的错误，而那些错误无法补救，也不会被忘记，那些错误令人忧伤，也许人生就是这样。"

"我抛弃过米莱，一直到现在都内疚，每次见到她，心里都不舒服，真希望她找到一个好老公——"

"你后悔吗？"

陆涛摇摇头："不。"

"那就不算是最坏的事。"

"最坏的事是什么？"

"我抛弃你母亲——有时候我想，也许二十多年前，我不那么自我，一心奔着出国，也许我的人生就会不同——可那时，出国闯荡的诱惑太大了，我无法抗拒。"说罢，徐志森长叹一声。

"你后悔吗？"

徐志森想了一会儿，并没有正面回答："后悔是一种情绪，是一种幻想，没有用——陆涛，我跟你说，人生是用来行动的，不是用来后悔的！陆涛，作为一个年轻人，我希望你轻装前进！"

陆涛使劲地点点头，这一晚，他认为徐志森与他进行了"第一次真正的谈话"。

✿ 解决问题

尽管陆涛一个劲儿地不肯，徐志森还是把他送出酒店，已是深夜，陆涛想打车，徐志森却说："我送你——正好出来透口气，我的车在那边。"

两人一起走到停车场，陆涛忽然说："我想起来了，我今天晚上来是米莱托我的——"

徐志森站住："什么事？"

"他爸下面有一施工队，想承建远大的'法兰克福风情'，你觉得这事儿——"

"这是生意，叫她去公司直接找我谈。"

"我答应过米莱，帮她问问这事儿——"陆涛说。

"这样吧，你跟他们说，如果他愿意垫资三千万，那么承包合同就是他们的了——我们现在很需要这三千万。"

两人上车，陆涛拿出电话打给米莱，米莱一直没睡，她和父亲坐在客厅里看电视。

"陆涛，怎么样？"米莱问。

"我问了徐总，你说的事儿可以，可是需要垫资三千万。"

"等一下。"

她转头向米立熊："陆涛说我们需要垫资五千万。"

"五千万，多了一点，不过这是第一次合做，可以。"

米莱放下手，笑着说："我爸说，我们垫资四千万。"

米立熊不解地皱起眉头。

"等一下。"陆涛说着转向徐志森："米莱说，他们愿意垫资四千万！"

"四千万？一定是米莱搞的鬼，她喜欢你，在跟她父亲耍花招儿。"徐志森一下就猜出了答案。

"那怎么办？"

"当然答应。"

陆涛松开手，对电话："徐总说可以。"

"成交了。"米莱挂掉电话，调皮地问米立熊，"爸，我会做生意吧？"

米立熊有点意外，一句话就是一千万，他拍了米莱的头："你这个鬼丫头！"

✿ 小幸福

另一个晚上，在向南的奥拓车上，他和杨晓芸坐在前排展开了争执。

"我觉的还是应该先还债。"杨晓芸说。

"他们还没管我要呢，着什么急啊！再说这次奖金发得太意外了，跟捡的似的，我得给新媳妇置点儿出门儿见人儿的行头啊！"向南用鸡贼的腔调儿说，事实上，向南行事一向有点鸡贼，这一点连他自己都明白，不过他丝毫不以为耻。

"那说好了，逛完商场花剩下的钱全部用于——马上还债！"杨晓芸说。

"我随你。"向南说。

"呸！真恶心！开车！"杨晓芸说罢，不无不安地想到，自从跟了向南以后，自己越来越自私了。

两人来到商场外不远的一个胡同里，向南停了车，这是他的强项，对北京能不花钱的地方了如指掌，杨晓芸却觉得这么做有点阴暗："哎，向南，我跟着你成天这么东躲西藏的，你说这生活能有意思么？"

"意思就在这里，那边停车费一小时十块儿，咱晃两个小时，就跟打车一个样儿，那我买车的意义就消失了。"向南说。

"好吧，我的经济学家老公，"到了商场门口儿，杨晓芸说道，"今儿可说好啊，这逛商场可有逛商场的规矩！"

"说来听听！"

"第一，只许看商品，不许看美女，我除外！"

向南本来反驳一句"美女也是商品"，但他忍住了，怕杨晓芸一下子把自己归到商品那一类，更怕她把自己想成昂贵的奢侈品，所以只是脆声答了一句："成！"

"第二，凡给你向南买的东西，单价不许超过一百块，凡给我杨晓芸买的东西，单价不许低于五百块！"杨晓芸继续说。

"成！"

"第三，不许逃跑，只能跟着我，不许在茫茫人海中把我给丢了！"

"成！"

"最后，付账要主动，知道什么叫一溜烟儿吗？告诉你，当我老公，要很有眼力件儿，只要我看商品时眼睛一放光，你就得一溜烟地跑去付账，不要让我浪费我宝贵的唾沫催你！"

"媳妇儿，你这《逛商场守则》我现在已牢记在心，倒背如流了——走！"

两人冲进商场内，在一层看了香水儿，很快上到二层的男装部，向南一边逛，一边还在眉飞色舞地给杨晓芸背《逛商场守则》，杨晓芸只顾看一排排的衣服。

两人走过一套西装，眼尖的杨晓芸一把拉着向南转了回来。

"谁那么缺德呀，把给我老公订做的西装挂在当街展示，去，试试去！"

"我有西装！"向南一见不妙连忙发出声明。

杨晓芸一跺脚："我命令你去！"

向南过去试西装，对着镜子一照，非常合适，他抬头找杨晓芸，发现她不见了，于是问服务员："请问，看见跟我一块儿来的那女的了吗？一瘦猴儿，长得白白净净的还挺漂亮的。"

"啊，她开了票儿去收款台了。"

向南脱了西装走向收款台，一眼看到正要交钱的杨晓芸，向南跑过去。

"杨晓芸，别乱花钱，那西装我不想要！"

"别跟我开玩笑了，它是你的了！"杨晓芸一指向南，不无得意地说。

向南掏出钱包，点着钱："杨晓芸，收起来！"

杨晓芸用一张信用卡"嗒嗒嗒"敲着柜台，看着向南一笑，把卡递给收银员。

收银员让杨晓芸输密码，签字。

向南在边儿问："请问多少钱？"

"七折以后，一千两百四。"收银员说。

"杨晓芸，你疯啦！我要那么贵的上衣干什么使啊？"

杨晓芸笑了："当配得上我这美女的老公啊，走！"

两人拿着票儿回去取衣服，杨晓芸踢了一脚向南说："记住，一定穿上啊，别让他们打包，回家还得烫，你坚持穿回家，当回活动衣裳架子吧！"

向南被感动了，在心里一遍遍说：杨晓芸太好了！这婚姻生活过得真是轰轰烈烈、如火如荼啊！

两人逛到三楼女装部，尽管向南一再花言巧语，杨晓芸试了三件，却硬是一件没买，最后两人上到五楼，那里有一个女装打折摊儿，一些小件儿过季衣服被胡乱地堆在一起，边上插着一个小牌儿上写着"两折"。

杨晓芸就在那里坚持不懈却愁眉苦脸地翻腾着，她终于找到一件，拉着向南到镜子前比。

"好看吗？"

"还成。"

"成什么成！"

"求你别买便宜货了！"向南有点心疼杨晓芸了。

杨晓芸对着镜子仔细看："噢，我知道为什么了，你，快点，把这件脱了，换上你穿来的那件儿！"

"太麻烦了！"向南说。

"结婚就是麻烦，敢结婚就是不怕麻烦，现在知道了？"

"好吧，我不怕了。"向南说。

向南换上来时穿的那一件，两人重新站到镜前。

"全对了！现在看起来般配了吧！"

"是是是。"

杨晓芸走到摊儿边儿上对导购小姐叫道："要三件！红黄绿各一件儿！"

"这一样的你要三件儿干吗？"

"干吗，我不平衡！同样是逛商场，凭什么给你花一千多，到了这儿，紧花慢花使劲花，到现在才花了不到三百？"杨晓芸带着爱意对向南撒娇道，这让向南更感动了。

两人来到商场外，只见灯光闪烁，人来人往，就像赶奔商品狂潮，杨晓芸和向南手里各拎着一堆纸袋子，夹杂其中，不禁暗自松了一口气，觉得自己的奋斗是值得的，他们两人组成的小小共同体，仍在北京占有一席之地。

杨晓芸兴高采烈，蹦蹦跳跳，最后跳一跳，跳到向南前面："一二一二一二，立——定！"

向南站住。

"把你那件儿西装穿上！"杨晓芸下命令。

"我都收好了。"向南小声地反抗说。

"没告儿你嘛，你要一路上不当衣裳架子，回家我就得给你烫！"

向南不情愿地在当街换上西装，杨晓芸两下叠好旧衣服，装进纸袋。

"袋子全给我！"

"为什么？"

"给我！我还另有目的！"杨晓芸更高兴了。

向南把手里的袋子都给了杨晓芸。

杨晓芸接住，然后展开双臂，把两手的纸袋子举起："你知道什么叫满载而归吗？"

"不就是买了堆新衣服回家吗？"

"那你知道什么叫'抱得美人儿归'吗？"

向南一听，撒腿就跑，杨晓芸及时喝道："站住！再跑我喊抓贼啦！"

向南只好愁眉苦脸地回来。

"预备，开始！"杨晓芸命令道。

向南只好装作满不在乎地当众把杨晓芸抱起来。

"笑一个！发自内心的！"

向南紧张地看行人，行人也在看他，他苦笑了一下。

"齐步走！要把幸福感走出来！"杨晓芸简直是君临天下般的兴奋。

向南抱着杨晓芸往前走——他的妻子，他的命令，他的渺小的幸福。

杨晓芸陶醉地闭上眼睛："你知道什么叫幸福了吧？"

"你一个人儿知道就行了。"向南说着，看别人都看自己，有点紧张，脚下轻绊了一下。

"向南，不许阴阳怪气儿的，走路要专心。哎，你低着头满地瞎看什么呢？"

"我找地缝儿呢，看能不能钻进去！"

"敢！"

"是是是。"向南说着，又走了几步，路人纷纷回头看他，忽然间，他觉得幸福感不翼而飞，只是觉得有点丢人，"你能不能下来，在街上这样太傻了！"向南对杨晓芸说。

"停！"杨晓芸气愤地说。

向南停住。

"松手！"

向南松手。

杨晓芸利落地从向南怀中下来，顺手把所有的纸袋递给向南，向南接住了。

"教你浪漫都教不会，笨死了！"杨晓芸说。

"这叫什么浪漫，这叫丢人现眼！"

"向南，你要记住，你跟我结婚，叫做幸福快乐，我跟你结婚，才叫丢人现眼——记住了？"

向南点点头。

杨晓芸踢了他一脚，懊丧地说："回家！烂泥糊不上墙的蠢货！"

说罢，杨晓芸也有点失落，她感到她一点也没有享受到为向南花钱的快乐，他为什么不对她言听计从呢？这个笨蛋！连玩笑都不会开。

❀　　签合同

　　陆涛来到米立熊的大视野房地产公司，签装修合同，电梯门一开，只见米莱穿着一身笔挺的套装迎上来。

　　"你好，米莱，今天你看起来像个女军火商，你的枪在哪儿？"

　　"陆涛，你更像个抢劫犯，智力型的，来，这边来。"米莱说着，把陆涛带到她自己的办公室："这是我的办公室，我爸的在那边儿。"

　　"行啊，正式进驻啦，你装饰公司还做吗？"

　　"那一摊儿交给别人做了，你知道，我在那里干了八个月，赢利比上一年提高了百分之六十，还拿下了一家德国顶级厨柜的代理，我可以吧？"

　　"看来你适合经商——龙生龙，凤生凤，老鼠的女儿会打洞。"

　　"哼！"

　　"我替远大谢谢你，多垫资一千万。"

　　"我也替我爸谢谢远大，让他承包'法兰克福风情'"。

　　"说来说去，还是生意。"陆涛叹口气。

　　"也许真被徐志森给蒙对了，什么都是过眼云烟，只有生意永存。"

　　"我不信。"

　　"我也不信，其实我讨厌生意，不喜欢谈生意，更不喜欢跟你谈生意。"

　　"那你喜欢跟我谈什么？"

　　米莱张了张嘴，却没说出话来，她有点想哭。

　　"对不起，我有事儿先走了，你去跟我爸签合同吧。"米莱说着，站起来离去。

❀　　借钱

　　陆涛与米立熊签了合同，出来后心情有点难过。他知道，米莱对他好，什么时候都对他好，但他却无法回报她。他回到远大，徐志森表示对他很满意，出了远大，他感到困惑。每当这种时候，他就会想到夏琳。是的，去找夏琳，他要的她那里都有。

　　陆涛来到夏琳公司前面等她下班，夏琳出来了，陆涛迎上去抱住她。

　　"我今儿有N件事要办，可能要晚点回去，不能跟你一起吃饭了。"夏琳说。

　　"你跑出来就为跟我说这句话？"

　　夏琳点点头："你生气了？"

　　"跟你生气，早气死了。"

　　陆涛手机响，他接了，是华子。

　　华子在电话里告诉他，找到一家门脸儿房，想开蛋糕店，向他借钱。

　　"缺多少？"陆涛问。

　　"两万，要是三万就更好了。"

　　"你等一下。"

　　陆涛看夏琳。

　　"华子什么事？"夏琳问。

　　"借钱，三万，他想开一蛋糕房，我发的钱刚给我们家买了一彩电，不够。"

"我有。"

陆涛把电话递给夏琳。

"华子，我是夏琳，你什么时候要？"

"最好现在——明天可能就盘不下来了。"

"那我马上去银行，现在还来得及，你在哪儿？"

夏琳在银行关门前一分钟取到了钱，看着跑得满头大汗、气喘吁吁的夏琳，陆涛只有长叹一声，说："没有你我怎么办？"

✿　　一奋斗就了不得

华子和露露就在街头那家门脸房前盯着，陆涛送过钱后就走了，免得华子有机会向他说谢谢，陆涛一走，露露就说："华子，你们这帮人真好，说借钱一个电话就完了，三万五万也行，我要是想借钱，五百块都得打借条儿，人家还不一定借。"

"我不是跟你说了嘛，在家靠父母，出门儿靠朋友，你现在靠华子就行了，比谁都靠得住。"

"华子，咱们这蛋糕店开起来以后，我能每天吃一块蛋糕吗？"

"我规定，每天第一块蛋糕是你的，用最新鲜的真奶油——假的咱卖别人。"

露露亲华子一口："华子你真好！"

"到时候你可得每天盯着蛋糕店啊！"华子说。

"好啊！"

"记住啊，你每天往蛋糕后面一站，穿得稍微暴露那么一点儿，我告儿你，他们不馋蛋糕也得馋你！"

"那你就放心啊？"

"把你放发廊我才不放心呢！你忘了上次那男的对你动手动脚的，要不是我及时赶到，后果简直不堪设想——你还是当蛋糕妹卖蛋糕吧，发廊妹太危险！"

"华子，跟你在一起以后，我觉得生活全变样儿了。"

"越变越好是不是？"

露露使劲点点头。

华子满意地笑了笑："后面会更好，早跟你说过，我这一奋斗，那可了不得！"

✿　　看父母

林婉芬正在帮陆亚迅使用一个治颈椎病的牵引器，牵引器放在门上，套在陆亚迅的脖子上，使起来就像上吊一样。

陆亚迅痛苦地说："我看还是算了吧，使了一个星期，我也只觉得脖子长长了，颈椎病一点没见改进！"

"你再坚持坚持！怎么没改进，上个星期你还说看着茶壶直转呢！"

"我宁可让茶壶再转起来，这也太受罪了。"陆亚迅话音未落，门开了，陆涛和送彩电的一起进来，看到这一幕，笑了起来："你们这是练什么呢？"

林婉芬松了手，陆亚迅被放下来。

"这是从医院买的矫正器，主治颈椎病。"

"我看是白花钱。"陆亚迅有点狼狈地说，然后看了看工人们七手八脚地装彩电，"陆涛，我看你也是白花钱，原来那彩电看得好好的。"

"我孝顺一次不行吗？我早就看着那台老掉牙的不死鸟不顺眼了。"

"最后一次！"陆亚迅斩钉截铁地说。

陆涛只好点点头："好吧。"

"他这人真是，一开始叫他去13号楼那家盲人按摩店按一按，他也是去了一趟就不去了。"林婉芬说。

"你自己怎么不去试试！他们一上来就用手抓住我的脖子，问我什么感觉，我觉得脑袋顶直冒凉气，心里还高兴呢，以为一下就能治好，后来我发现自己的舌头直想往外吐，就不敢去了。算了，人老了，该报废就报废吧，我们单位有一个算一个，全都有颈椎病！连二十几岁的小姑娘都得！"陆亚迅反驳道。

"陆涛，你身体怎么样？小心点，报上说现在颈椎病在白领里到处流行。"

"我？我没问题，不放心，你看！"说着，陆涛看了一眼陆亚迅，然后往地下一趴，一连气做了三十个俯卧撑，然后跳起来，"妈，这下你放心了吧？"

陆亚迅没说什么，默默把牵引器收拾好，他感到陆涛像是在他向示威。他长大了，他强了，他比他强了，他终于可以不听他的话了。

❀　　夏琳的委屈

努力、机会与信心让陆涛变强，在徐志森身边，陆涛学到很多。徐志森向他展示了一种生活态度，这态度告诉他，生活固然艰难，但你可从努力、技巧与运气凑成的成功中得到回报，忍受痛苦，释放才华，便有机会成为强者。这使陆涛感受到一种力量，为此，他疯狂工作，心中只有他的设计。

这天他加着班忽然想起，夏琳中午曾打电话来说，她妈周梅玉要来陆涛住的地方看一看，夏琳计划三个人做顿饭一起吃，好让周梅玉放心。毕竟夏琳晚上经常不回家，住在陆涛那里。

陆涛一看表，已晚上七点半，他恨自己为什么没有在手机上上个闹铃。他了解夏琳，她倔强，并且自尊心超强，越是轻描淡写说的话，越是要上心，他感到了自己对夏琳的忽略。总是这样，他需要她时，他找她，她总是很好地对待他，然而，当他去干自己重要的事情时，便把她忘了。他知道，她绝不会再打电话来催他——陆涛几乎是冲出公司的。

陆涛冲到街上，打车，正是堵车的点儿，他直想跳下车飞跑，总算快到家了，他一看表，已经八点多了，他飞跑上楼，敲门，夏琳把门打开。

"哎，我回来了，阿姨。"现在，陆涛只剩下热情可以用一用了。

正在用布擦地板的周梅玉直起腰来，用不太轻松的语气说："回来啦，陆涛。"

陆涛过去抢抹布："阿姨，我来吧，您第一次来，怎么能干这个！"

夏琳也在擦地，她有点生气，把一块抹布往陆涛脸上一扔："谁让你不收拾屋子的，我妈一来，就开始收拾，我只好跟着一起收拾，妈！你别擦了，再擦就改成三个人一起擦了！"

"我这不是闲着吗？"周梅玉说。

"阿姨，你坐。"陆涛说。

三个人坐好。

"你干吗去了，叫我们等那么长时间？"

"我加班——有些事离不开——"

"那你怎么不打个电话啊，好叫我们娘俩儿先垫一点儿！"

"我——"陆涛想说什么，却张着嘴说不出来。

夏琳拿起一个杯子往陆涛手边用力一放："喝完再说！"

"你怎么啦夏琳？"陆涛说。

"我没怎么！"

"你们别急，有话慢慢说。"周梅玉看着不对劲儿，急忙插嘴道。

说完，她站起来走到旁边，那里有一盆刚才擦地洗抹布的脏水，周梅玉蹲下去端。

"你这明明是生气，还不承认！"陆涛喝了一大口水，对夏琳叫嚷道。

"废话！我能生什么气呀，你废寝忘食地干事业，我和我妈在这儿给你用抹布擦地！妈你坐着，别倒那盆儿脏水！"

"我看着那水碍事儿。"周梅玉说罢蹲下身子。

陆涛一边一步抢过去，一边仍回着对夏琳说："有你这么说话的嘛！这不是碰巧儿嘛。阿姨我来吧！"

陆涛抢周梅玉手中的那盆脏水，两人一推搡，水洒了，周梅玉摔倒地上，陆涛弯下腰去扶，夏琳猛一推，把陆涛推开，同时尖叫道："别碰我妈！"

夏琳把周梅玉扶起来："妈，你怎么样？"

"夏琳，我没事儿，不怪陆涛，他是好意，是我自己滑倒的。"周梅玉坐在地上说。

夏琳大步冲进里面一间屋，"乒乒乓乓"几声后，收拾了一个大手提袋出来："妈，咱们走！"

"夏琳，你别急呀，我错了还不行！"陆涛一看情况不妙，冲着夏琳求饶。

"你怎么不把你妈推地上啊！"夏琳愤怒地说着，拉起周梅玉就往外走，陆涛冲上去拉夏琳，夏琳把他的手甩开了，陆涛跟了出来，他感到夏琳在发抖。

楼梯上，陆涛试图拦住夏琳，没有成功，陆涛的眼泪就要夺眶而出，但嘴里只能说："慢点啊，阿姨小心——夏琳，你听我说句话再走行不行？"

三个走到街上，夏琳和周梅玉在前面走，陆涛追到前面，一边倒着走，一边对夏琳语无伦次地说："夏琳，你别那么冲动，我知道这一阵子我在公司忙，没顾上你，你不高兴，我知道你一直忍着没跟我说，你以为我不在乎你，我不是！我能理解你刚才的心情，我也能理解你的委屈，你一直看着我，希望我有所表示，但我总觉得你有能力又坚强又独立，总觉得所有的事情你都能处理好，我总觉得你有时间，我希望你去看看房子，看看家电，我把钱都放在抽屉里，你买什么都可以，我一直奇怪你为什么不去买？今天我突然知道了，你把那一切都看成我对你的态度，希望我们一起做，无论是买汽车还是一条床单。夏琳，你别委屈了，我知道你为我做了很多，看到你这样我心里就难受，我太自私了，我忽略了你的感受，今天我一下子全知道了，你别走了，你听我把话说完你再走，好吗？你知道，我做的一切都是为了你！"

夏琳忽然原地站住，双眼直直盯着陆涛，然后急速地喘着气说："你做的一切都是为了满足你自己！就像我所做的一切也是为了自我满足一样！等你！等你！再等你！想跟你说话，但你在电脑前工作；想拉你一起出去吃饭，你把电话拿起来；想抱你，但你睡着了。你可真重要，什么都愿意讲给我听，你的设计，你的想法，你的徐总，你的梦想，你的不满，我的位置就是站在旁边对你惊叹，'陆涛，你真了不起，一有机会就能抓住！你以后会比谁都有钱！'或者，我倾听你的烦恼和不安，像机器一样理解你，安慰你，给你打气，我就只能看着你，惯着你，因为你太优秀了，一不小心，就会被别的女人抢走！在你得意的时候，我得比你还高兴，你失败的时候，我得鼓励你，你需要的是这样的人，你甚至可以花钱雇一个那样的人陪着你，我告诉你，那个人不是我！"

"夏琳，你知道，我不是你说的那种人。"

夏琳打到一辆车，和母亲上车，陆涛想往车里钻，夏琳把车门关上了。

陆涛拉住出租车的门，车动了一下，他差点被带了一个跟头，夏琳摇下玻璃对他喊："你让我回家静一静！"

陆涛拉住车门，他看着夏琳，心如刀绞："我知道你在怪我——阿姨，刚才对不起。"

"你走吧，让我把门关上。"

"夏琳，只要你说一句话，我就能把所有的一切都停下！"

"我说，你继续吧！为什么要停下？那不正是你喜欢的？"

两人相互对视着，夏琳瞪着陆涛那双哀求的眼睛，她看到陆涛的嘴唇嗫嚅，却说不出话来，她感到自己的心再有一秒钟就完全软了，于是对出租司机叫道："开车！"

陆涛松了手，出租车开走了。

✿　　追追追

陆涛站在街边怔了一下，眼看着后面又一辆出租车开到，于是伸手拦住，他跳进去，让司机跟上前面那一辆。

两辆出租车一直开到夏琳家楼下停住，陆涛把几个兜翻了个遍，什么也没有找到，他问出租司机："师傅，您有手机吗？借我用一用。"

司机说没有。

"等一下！"陆涛说着冲出车外，一直奔到夏琳那辆车前，他的眼泪流了下来，而他的面前，正从出租车里钻出的夏琳对着他抬起的也是一张泪光闪闪的脸。

"你们这是怎么了？"周梅玉轻声问。

夏琳把头扭到一边，陆涛凑上去趴在她耳边低声说话，同时把身上的兜儿全都翻出来："夏琳，我没带钱包，也没带手机。"

"你回家去取吧！"

"外面的防盗门撞上了，我没带钥匙，你看，我还穿着拖鞋！"陆涛把脚伸出来给夏琳看，夏琳从兜里摸出一把钱塞进陆涛的手里，陆涛跑回去交出租车费，然后转回来，冲进楼洞，追上夏琳母女。

陆涛终于在夏琳家门口追上了夏琳母女，陆涛想往里进，被夏琳拦住了："陆涛，这是我家！"

"我在这儿等你，你气消了就出来，我有话对你说，好吗？"

夏琳把门关上了。

陆涛转了两步，楼道灯黑了，他跺了一脚，楼道灯又亮。

"夏琳，我在楼下等你，你一开窗子就能看到我！"陆涛走下楼去，他感到双脚发软。

陆涛从楼门洞里走出来，他停住脚步，左右看看，又抬起头，只见夏琳家的灯亮了，一种哭泣的难过从心头猛然升起。

"夏琳，我在这儿，夏琳！"他叫道，眼泪涌出的一瞬，他更加懂了那一件超级重要的事——他无法离开夏琳。

楼上的窗帘"唰"地一下拉上了，像是给了陆涛一记猛击。

两个小时后，陆涛仍在夏琳家楼下徘徊，他来到一个小卖部，买了一盒烟，一个打火机，钱是夏琳给他的，他摸了半天才花了出去。

陆涛撕开烟，点燃，走出小卖部，眨眼间又转回去，拉过公用电话，拨夏琳的电话号码。

电话里是盲音。

每一声铃声都击中他的心——接啊，接啊——

没有人接。

❀　　有那么理直气壮地认错的吗

夏琳家，电话铃响个不停，一会儿是手机，一会儿是有绳电话。

周梅玉："夏琳，你接电话呀。"

"肯定是陆涛，不接！"

"你看你把陆涛急的，这孩子挺单纯的，不是妈说你，你也太——"

"我们的事儿你别管，他现在太膨胀了，他以为他是谁？"

"他不是都认错了吗？"

"连他认错的样子我都受不了，那是认错吗？有那么理直气壮地认错吗？"

电话铃再次响起，夏琳走到自己房间，反手关上房门，房间里的电话也在响，她把电话拔了，坐到床上。

她感到让陆涛着急后的一种小得意，他曾让她这么着急过多少次啊，要让他尝一尝那滋味！

❀　　夏琳我爱你

现在，陆涛感到非常难过，他一次次走进小卖部打电话，叫他绝望的是，夏琳把手机关了，估计有绳电话也被拔了。陆涛只好挂上电话，想了想，要了两瓶啤酒，全打开，然后他来到夏琳家楼下，就坐在地上喝啤酒。

又是一个小时过去了，陆涛已喝掉五瓶啤酒，借着酒劲儿，他对着夏琳的窗户大叫起来："夏琳，夏琳，夏琳！"陆涛站起来，接着喊，"夏琳，我回不了家，钥匙在你手里！"

窗户开了，夏琳把钥匙扔了下来。

陆涛没有捡，趁着窗户没关赶紧着叫："夏琳！我爱你！"

夏琳的手停住了，那声音听起来太惨了，像个孩子的声音。

"夏琳，我爱你！夏琳，我爱你！"陆涛接着喊。

但夏琳的窗户关上了，接着灯也灭了。

陆涛用打火机在地上找到钥匙，好不容易找到了，刚一站起来，发现夏琳从楼洞里冲出来。两人拥抱亲吻在一起。

"我爱你。"

"我爱你。"陆涛说。

夏琳狠咬了陆涛一口，陆涛笑了，伸过头去伏在夏琳耳边问："你还生我气吗？"

夏琳也笑了，一把把陆涛推开，对着他后面踹了一脚："滚！我生气！"

"你回心转意了就行，你该生气的！"

夏琳用手指尖点着陆涛的鼻子："你想想你是什么人吧？把我妈推一跟头，假装对我认错，其实是对我嚷嚷，用我给你的钱打车，买了一包烟几瓶酒，一个人在黑影里美滋滋地又抽又喝，偷偷地消费，也不带上我！还在我们家楼下撒酒疯，大喊大叫，在邻里之间对我造成了无法弥补的坏影响，你想想，我能不生气吗？我肺都快被你气炸了！"

夏琳说一句打陆涛一下。

"我错了。"

"滚！"

"我滚哪儿去？"

夏琳眼珠转了转："回家。"

❀　　家

同一时刻，在青年家园，杨晓芸看电视，向南走过来。

向南故意在杨晓芸面前走来走去，还把上衣脱了，光着膀子。

杨晓芸往他身上扔了一个花生壳儿："穿上！冻着！再说啦——别挡我视线！从我眼前消失！"

"晓芸，难道你一点也没听见我用我强壮的身影向你发出的野性的呼喊吗？"向南色迷迷地说。

"滚！"

"我问你杨晓芸，今天晚上我已经第几次到床上睡下又爬起来了？"

杨晓芸得意说："第六次！"

"这第六次来，我主要是想提醒你——我是你的有证儿的合法丈夫，我希望你向我，向南，尽一个优秀的妻子应尽的正确的义务！"

"滚你的找抽的义务，我告儿你，你再挡我看爱情片——"

"不要看电视，不要看爱情片，他们都是假的，我们的幸福才是真的。"

"我就爱看爱情片，知道为什么？因为我对你一点爱情也没有了！"

"别开玩笑了！"向南说。

"你再这样我不理你了啊！"

向南一拍茶几，提高声调："我很饥渴，非常饥渴，告诉你我受够了孤单寂寞，告诉你我对爱情极度渴望！咱俩没离婚，你现在还是我媳妇，一句话，合法夫妻，这么着吧，我把这话儿先撂这儿了，今儿晚上咱俩必须睡，说什么我也要跟你睡在一起，无论如何，我也要跟你睡！不能抱着你睡，就背对背睡，脱了衣服睡不成，我就穿着衣服睡，一起睡不成，就分开睡，床上睡不成，我就沙发上睡，沙发上睡不成，我就地上睡，地上还睡不成，我就走，回我爸妈家自己睡——回家睡我也不怵，因为现实中睡不成，我还能在梦里睡，就是梦里也睡不成，我也不怕，这一次睡不成，我还要找你，下一次还是要睡，你要是永远不答应，我还能跟你睡！我算是赖上你了，反正你得答应我——"

"我答应你什么了呀？"杨晓芸还装呢。

"跟我睡！"

"办不到！"

"你一答应就能办到！"

"我不答应！我才不跟你睡呢，我就是脱光了也不跟你睡！"

说罢走进卧室，跳上床，脱光了衣服钻进被子里。

向南跟进去："真不答应？"

杨晓芸从被子里伸出一个小头儿还装："不答应！"

"那算了，下次再求你吧，我玩游戏去了！"向南说完转身走出卧室。

"你敢！"杨晓芸尖声叫道。

❀　　露露蛋糕店开业了

开业那一天，看着工人把"露露蛋糕店"的招牌挂上去，露露感动得哭了，她问华子："为什么不叫'华子蛋糕店'呢？"

"因为露露才像蛋糕。"

"华子呢？"

"我像切糕。"

露露笑了，两人进入店内，只见一个糕点师在做一个蛋糕，露露用手指沾了一下，尝了一口，华子一瞪眼，露露又把手指伸进华子嘴里，堵上他的嘴。

"甜吗？"露露问。

华子笑了，他从心里感到甜。

当天夜里，露露兴奋得睡不着觉，她从华子身边儿起来，亲了他一下，走到外面，看了一眼弟弟，把被子给弟盖好，然后跪在窗前。

"爸，我和华子的蛋糕店开张了，生意很好。我学会了做蛋糕，我爱吃蛋糕，非常爱吃，今天我又偷吃了一块，奶油的，太香了，我以前觉得自己只是有点儿爱吃蛋糕，现在发现，我不是爱吃，而是贪吃。我很馋，我太馋了，谁也不知道我有多馋，我见到蛋糕就想吃掉它，什么样的蛋糕我都爱吃，我必须克服这个致命的缺点。我不能长胖，长胖了，华子就会不要我，那样，我在北京就没有了奋斗的基础，我的理想就无法实现，为了妈妈和弟弟，我一定要戒掉偷吃蛋糕，我一定要苗条可爱。我必须努力，实现我的梦想，把妈妈和弟弟接过来。"

❀ 挑战

陆涛是在凡尔赛设计公司的写字间收到华子快递过来的一个蛋糕，蛋糕上是他非常熟悉的华子的笔迹，上面只写着"奋斗"两个字。陆涛感到眼眶发胀，差一点没当场哭出来，华子那么惦记他，可蛋糕店开业他都没去一趟。此时，电话响起，是徐志森。

陆涛在那个上次吵架的楼顶上见到徐志森，并跟他站在一起。

"对不起，老徐，上次是我态度不对，不过我心里知道，你是为我好。"

"如果你总是乖乖听话，那么反倒不像我的儿子——年轻人应该有点傲气，连自己的路都不敢走，没出息。"徐志森笑着说。

"设计'法兰克福风情'叫我学到很多东西，这是你给我的机会——"

"如果我给你一个更大的机会呢？"

"远大又有新项目？"

"不，就是'法兰克福风情'——陆涛，我猜你一定非常想把自己的设计落实到每一个施工细节中去，把这个项目从图纸变成真实的楼，并且，看着人们住进去。"

"当然，这是梦想，不过我一点经验也没有。"

"如果你能代表远大公司，担任'法兰克福风情'的项目经理，你就能取得经验。其实那并不是很难，只要协调好设计公司、施工队与施工监理公司之间的关系就行了。"

"嗯。"

"那么，你来远大吗？"

陆涛点点头。

"你终于走上正路了，记得上次我对你说过的话吗？当你能够从一件事中跳出来，去俯视整件事时，你就会有不同感受——"

"你想说什么？"

"生意，我想对你说生意，那是一个非常广阔的视野。"

"可我不想当一个生意人。"

"当过以后你再对我说，我才信——陆涛，了解自我是一件很难的事，有时候必须花掉整个人生。我有很多事情要对你说，但是你必须在我身边，我才有机会。"

"我懂了。"

徐志森打量着陆涛，拍他的肩膀："项目经理，远大公司最年轻的项目经理，这是一个很好的挑战，不是吗？"

❀ 不是你自己看到的，说了也没有用

陆涛刚刚搬进远大为他腾出来的一间办公室，徐志森便走进来："我想买一处房子，我

有两个选择，第一，在北面的郊区，第二，在'法兰克福风情'中给自己留一套，你说哪一种选择好？"

陆涛自信地笑了："'法兰克福风情'，顶层样板间。"

"很好的主意！陆涛，现在我们总算走到正轨上去了，你只要全速前进就可以——"

"我应该怎么做？"

徐志森："米立熊有原则，他的施工队对于初次合作的生意伙伴总是很讲信义的，当然，他会设法得到最好的报价，我们给了他，所以，施工很有保证，监理公司只要公事公办就行了。现在，你代表远大，所有的情况都对你有利，你可以理顺所有关系，控制事情的进展，你的策略是很清楚的，人们总会把自我定位在一个奇怪的位置上，前面是远大前程，而身后却是万丈深渊，你要为他们创造远大前程，他们当然会跟着你走，不然，你就给他们看身后的深渊，这样他们就会要求安全，他们同样也会跟着你走。"

"我在哪里？"

"你？你站在原地，把自己的问题解决了就可以。"

"新设计图纸两个星期以后会到我们手上，我想成立一个自己的销售公司。"

"那你应该多谈几家销售公司，用来确定你的想法正不正确。"

"明白了。"

"陆涛，我最担心你的是感情问题。我发现，你喜欢感情用事，这使你很有女人缘，但这世界是男性化的，这一点，我需要特别和你谈一谈。"

"我也希望——不过，我还有一点弄不清楚，我们的资金是怎么解决的？"

"我们的资金，是别人根据我们乐观的未来而投入的，如果要想让别人知道我们的未来，必须要让他们了解我们的过去。你现在就是在为十年以后建立过去，我希望十年以后，你将用充满乐观的情感来回忆，而且，要留下证据给别人看，这样，别人才有可能根据你的证据，用同样的眼光看待你。"

"我什么时候能够得到投资？"

徐志森笑了："这就是你现在工作的价值。"

徐志森转身要走。

陆涛追上去："最后一个问题，我们的过去和未来到底是什么？"

"不是你自己看到的，说了也没有用。

"老徐——你看到什么？"

"我不想回头看，我没有时间，但往前看的时候，我最先看到的是你。晚上到我住的楼下咖啡厅等我，九点钟！医生要我十点钟上床睡觉，我看他是把上床和睡觉当成了一回事儿，但我还是决定听他的，十点钟上床。"

❀　　攀比和嫉妒

晚上七点，陆涛陪夏琳看时装秀，陆涛睡着了，夏琳推他："陆涛，醒一醒，我有点不舒服，咱们走吧。"

"啊，完了吗？几点了？"

"八点二十。"

两人走出秀场。

夏琳感到落寞，陆涛却一点也没有察觉到。

"幸亏你叫我，我九点和徐志森谈事儿。"

夏琳把海报一下子扔向陆涛："不是说好要一起吃饭的吗？"

"啊，我什么时候说的？"

"你完全是个大骗子！我看你是受了行业影响。"

"说到我的行业，还有一点，"陆涛得意地说下去，"你用不着四处去看房子了，我建议买'法兰克福风情'，我可以为我们预留一套，折扣低过所有的房子。"

"你又有什么叫我不安的好消息了？"

陆涛笑了："是的，我被任命为'法兰克福风情'的项目经理，在这个项目中，我有干股儿，项目完成就可以兑成房子。"

"小飞蝗要腾达了啊——"

"别用酸溜溜的语气讽刺我——"

"我一个广告公司的破业务有什么资格讽刺一个VIP。"

"咱们之间总不该相互攀比嫉妒吧？"

"你学的是设计，我也是，刚才看的那些时装我也能做出来，可是谁也不给我机会——陆涛，你一成功，我只能幽怨，你一成功，我就找不到自己的位置——"

"夏琳，这不怪我，我努力争取成功还不是为了告诉你——我配得上你！"

"问题是，你的成功让我的努力变得没有价值！现在让我回家当一个家庭主妇是不是太年轻了，每天你下班回家我该对你说什么？'陆涛，我们不买刚降价的帕萨特，买奥迪A4吧，前座型跑车型，你带着我兜风！'"

陆涛伸手拦住一辆车："夏琳我来不及了，车你看着办吧，存折在我的抽屉里，密码是你的生日，你想买什么就买什么，我无所谓——"

夏琳却不让出租车开走："我说的不是买车！好了，我明白了，你只是对我无所谓罢了。"

"求你，夏琳，别争了，星期日我要和一个新设计师谈几项小修改，他从新加坡过来。"

"你什么时候和我谈？"

"只要我有时间——"

"陆涛，现在，你越来越明目张胆地以事业成功的名义不和我在一起了——用杨晓芸的话讲，我离开你，你就是钻王，我就是一普通人，我不离开你，你就是老板，我就是保姆——你知道我看重什么？"

"别用怨妇腔儿对我说话行吗？买车的时候记住，行驶证上写你的名字。"

"你知道你现在有多混蛋吗？这话我在俱乐部里听过很多次，对有的人，那是神话，对我，那是侮辱，我讨厌你现在的样子。"

"我怎么才能让你不讨厌不嫉妒？"

"那是你的事儿！"

❀　　徐志森的意见

"女人喜欢你，有好坏两个方面，我希望你以后要慎重对待。每个人都能干成一件事，但同时，也能毁了一件事，特别是女人，她们用另一种方式思考，你是没法把握的。但你能把握她们的原则，那就是向她们提供安全感与舒适感，就像你向业主提供一套住宅一样。"徐志森说道，他很高兴陆涛能跟他谈起夏琳。

"我怎么觉得这样一来，生活中的一切全都简化了，你向所有人提供安全感、舒适感，他们再把这两样东西返还给你，然后你就可以踏踏实实地准备安度晚年了。人生难道就只有这些吗？"

"只有这些是最好的东西！其余的多半是些不愉快的经验，我告诉你，你对女人的爱护不会白白流走，她们真正的本事是给你生个孩子，那是人生最后的安慰。陆涛，你要知道，当一个生意人，选择一个稳定的女人最重要。当然，你现在是听不进去的。"

"我喜欢有激情的女人，激情可以强化我的感受，不管是愤怒、嫉妒还是快乐，都让我实实在在地感到，我与她正联系着，并且，还要联系下去。"

"如果经验是可以传授的就好了，你认为你母亲有激情吗？"

"我不知道，我从没见她真正的激动，她总是默默做好她该做的一切。"

"她很有激情，在她年轻的时候，我选择了她，但我最终伤害了她，让她的激情受挫，也许，面对你的时候，她的激情被更深沉的情感代替了。有时候，我想跟她说话，但一想到过去，我就觉得无法面对她。"

"你回来前，我妈从没有主动对我说起过你，我问她，她就沉默，只有第一次见你之前，她才讲了几句。"

徐志森长长地叹了口气："每个人都只能年轻一次，这是人生最邪恶的地方，有一天，你变老了，不再轻信自己或别人了，可以逃过多数伤害了，但你也会因此失去活力，失去猛地撞向刀尖的那种切切实实的灼痛，最终，你得到世故和平安，那是逃避永恒痛苦的唯一方式。陆涛，我不知该告诉你什么，我见过的两个女朋友，我感到，只要你用心，灵姗也能成为你的女朋友，但我觉得米莱最适合你，不管你以后变成什么样，她都会对你好，她很成熟，知道自己想要什么，而夏琳更时髦，也许你也很时髦，所以你们能彼此欣赏——这就是我的意见。"

"我爱夏琳，没有她我干什么都提不起精神。"

"这真像是鬼迷心窍。不过，换成我，也会喜欢夏琳，很难找到不喜欢她的理由，是吗？"

陆涛点头。

"别为她改变你自己！我希望你更成功，叫她跟着你的节奏生活，不然，你就会因失去自我而被她控制。你走吧，时候不早了，我要听医生的话，上床去了。"

✿ 寂寞小贝贝

同一个夜里，在青年家园，在杨晓芸的监督下，向南在给客户打电话。

"老徐，你多牛啊，合同的事还不是你一句话的事儿，对啊，当你碎催我高兴着呢，是啊，我知道，没我你们出口照样平趟，可我这儿不是时刻准备着呢吗——拜托，拜托，回头签完了，我去你们家跪谢啊——真的真的，好吧，谢了啊。"

向南挂了电话，翻出张名片又打："哎，小朱，我向南，啊，你们那一单怎么样啦还不回话儿啊，再不回话就别回了——我告诉你，下个月就三个集装箱是空的，你们再不下手，全叫人给订走了，小心，煮熟的鸭子也会飞啊，作为哥们儿，我这是加夜班儿最后一次提醒你，再拖下去，后果你看着办吧，好了，我们头儿叫我，再见。"

杨晓芸在边儿上笑盈盈地替他翻一页客户本儿，让向南再打。

"你是不是特爱看我给客户打电话？"

"我爱看你努力工作。"

"那以后我每天下班给你表演工作秀。"

杨晓芸亲了他一下，把客户本儿交给向南："再接再厉，继续努力。"

一小时后，向南在整理客户资料。洗手间的门开了，杨晓芸穿着一身日式睡衣出来了，一直走到向南面前。

杨晓芸左一脚右一脚地踢他："老公，上床休息！"

"我整理客户资料呢！"

"那我一个人孤枕难眠的，多不好啊。"

"我忙完工作就睡。"

"那你先陪我睡会儿，等我睡着了你再起来工作行吗？"

"不行，绝对不行，这东西明天一上班儿我就得用。"

杨晓芸撒娇，装着哭天抹泪："以前，你请我吃饭，请我睡觉，现在，你不请吃饭也不跟我睡觉啦，这日子还怎么过呀，向南，你怎么当初不跟我说一声儿就变成这样啦——"

"装，你再装！"

杨晓芸笑了，拿着戏曲范儿猛踢了他一脚，在空中扇了他两下耳光，然后恋恋不舍地看了一眼向南，走了。

向南继续工作。

忽然，杨晓芸跑过来，连撕带扯一下把向南上衣脱掉了："工作秀该结束了，观众们都看烦了！"

"别闹！瞎闹什么闹！你要干什么呀你？"

杨晓芸拿了支笔晃了晃："好吧，我改主意啦！我支持你。"

"谢了。等我一发了奖金就冲进商场给你置新衣服。"

杨晓芸一鞠躬："太谢谢啦！"

向南看杨晓芸："那你——"

杨晓芸再次晃晃手中的笔："哎，老公，知道什么叫来自家人的鼓励吗？我要鼓！知道岳母刺字吗？我也要刺！"

说着就跪在地上，在向南后背写着什么。

向南干完活，打着哈欠走进卧室，只见杨晓芸已睡着了。

向南来到洗手间，伸懒腰，对着镜子一看，后背刺了四个字儿："勤劳致富！"

向南笑了。

向南走回来，在杨晓芸熟睡的脸上亲了一下，他回到厅里，拿起一支笔走回来，挽起杨晓芸的袖子，在上面写着什么。

第二天上午，杨晓芸醒来发现向南已经走了，她走进洗手间，忽然她发现自己胳膊上写着“寂寞的小贝贝”。

杨晓芸咧着嘴对着镜子笑了：“我才不寂寞呢！”

❀ 陆涛回家

陆涛眼巴巴地望着陆亚迅从书房里走出来，手里拿着他写的项目规划书，那是他的心血。

“怎么样？”陆涛问。

“不行，很明显，不符合规定。”陆亚迅简单地答道。

“要是硬批呢？”

“每年上面有两次核查，如果被查到了，麻烦就大了，盖好的房子也要拆掉。”

“陆亚迅，帮我想想办法，这是我的机会，我第一次当项目经理，运作这么大的项目——”

一直在边儿上坐着的林婉芬插嘴进来：“你能独立做‘法兰克福风情’，妈很高兴，老陆，我希望你支持陆涛，别把他的热情一棒子打死——你帮他想想，看看还有什么办法没有？”

“如果我不行，就得徐志森亲自出马——”

“谁出马都不行，这容积率哪儿是能轻意改的？”陆亚迅发觉自己声调高得离谱儿，他也觉得自己有些失态，于是解嘲地笑笑。“什么亲自出马！出马，还出驴呢！”

陆涛和林婉芬相互看一眼，都不说话了，他们知道，陆亚迅不喜欢徐志森。

陆涛赶忙解释：“我是，我是听说徐志森跟副市长关系不错，这也不行？”

“不行！这事我觉得你还是交给徐志森办吧。”

“那要我这个项目经理干什么？”

“陆涛，这是一个大项目，你要处理的问题非常复杂——”

“我知道——但我不会放弃。”

陆亚迅叹口气：“我不相信徐志森真会把一切都交给你办。”

“他已经交给了我！他比你相信我！”说罢，猛地站起来，背起包就要走。

“站住，你给我站住！”

陆涛回身儿看了一眼：“陆亚迅，你当小官儿当的可以呀，是不是不说‘不行’就显不出你那点小权力来呀？”

“陆涛，你是不是不跟我这么说话，就显不出你现在长本事了？”

“要是没有你，我什么都不是，行了吧？谢谢你把我养育成人，不过我以后终于能不靠你了。”陆涛说着把门关上走了。

陆亚迅怒吼道：“你以后就靠徐志森吧！”

本来已转出了门的陆涛转回来也大叫道：“徐志森对我比你好！”

说着关上门下楼。

门开了，陆亚迅追出来：“陆涛，你站住！我问你，徐志森对你哪里比我好？”

陆涛没有回答，只是接着走，忽然他听到楼上“咕咚”一声，只见陆亚迅滚了下来，陆涛急忙一把抱住他，两人同时倒在地上，陆亚迅压着陆涛。

陆亚迅翻身坐在地上：“摔着没有？”

林婉芬也追出来："怎么了？"

陆涛欠了一下身子："妈，没事儿，你回去吧。"

林婉芬下楼，看着陆涛和陆亚迅狼狈地爬起来："你们这是怎么了？"

邻居的门开了，有邻居探出头来看。

陆涛拉起陆亚迅："走吧，咱们有话外面说。"

林婉芬要跟着，陆亚迅："婉芬，你回去吧，我有话对他说。"

路灯下，父子俩坐在马路沿儿上，分别揉着摔疼的胳膊。

"设计方案修改是我的主意，我提出的想法，区政府已经同意了。"陆涛说。

"区政府同意有什么用？责任在我们规划局！叫你当这个项目经理，同意你这么干，说明徐志森只是想要收买你，这你都看不出来？"

"我愿意被他收买，行了吧？真不明白，你为什么总是否定我，打击我呢？"陆涛感到心头火起，再次站起来往前走。

陆亚迅抓住他："等一等！"

陆涛挣了一下，发现陆亚迅抓他抓得很紧。

"你急什么，这么急躁能办成什么事儿？我又没有恶意，我只是说，你要这么交上去，不仅我那里批不了，谁也批不了。"

陆涛看着陆亚迅，他知道，他已经软了，每次都是这样。

"这样吧，你去把区政府的批文拿来，有了那个批文做依据，我来给你重写项目书，行不行？"

陆涛看了一眼陆亚迅，陆亚迅很勉强地笑了，他拍一拍陆涛："我不能保证一定能办成，只说试一试，你接手的这块地是很麻烦的，住户情况复杂，庙多，婆婆也多，我们已经审批过好几次了，都没办成，地产商白扔了一笔钱后就走了，这一次，区政府换了届，不知他们的决心怎么样。"

陆涛点点头。

"材料也留在家里，我晚上再看看。"

陆涛又点点头，从包里取出材料，交给陆亚迅，然后笑了："陆亚迅，不要为了我以权谋私啊！"

陆亚迅没理他。

陆涛又说："这次回家我忘了给你带DVD了，有二十张奥斯卡片呢，下次带回来。"

陆亚迅点点头，笑了，他的话表明他是他儿子，为了儿子，他是什么都肯做的。

❀　首战告捷

经过陆亚迅的奔波，陆涛的项目书被规划局批准了，陆亚迅没有说办这件事的难度，他只是像无数的中国父母一样，做他要他做的事情。事成之后，陆涛想请陆亚迅吃顿饭，陆亚迅没有去，他不同意陆涛的做法，但他能怎么样？他只能不吃他的饭。但陆涛已按捺不住内心的兴奋，在第一时间冲进徐志森的办公室，把项目书往桌上一摔："老徐，规划局批了，他们全都支持我们！"

徐志森却冷静地说："还没有到庆祝的时候，我得谢谢陆亚迅，你跟他说，我们可以给他预留一套成本价房，作为对他的感谢。"

"他不会要的。"陆涛说。

"为什么？"

"他不是那样的人！"

"你怎么知道？"

"这方面，我太了解他了，这一回他是破例。"

徐志森知道陆亚迅为此付出了多大的努力，但他更知道他有多么爱陆涛，他快速站起来："陆涛，去谢谢他！不是代表我、代表远大，而是代表你自己！"

陆涛点点头。

徐志森重新坐下，沉吟半晌，然后慢慢地说："陆涛，干得好，你知道，现在人人都开始相信你了，你知道，这是很难的事情。"

陆涛却笑了。

晚上，陆涛与夏琳一起逛街，他想不说，但忍不住："夏琳，我的项目又往前进展了一步，现在人人都开始相信我了！"

"我就越来越不相信你了。"

前面是一个露天茶座，夏琳站住："你喝什么？"

"可口可乐。"

"你占座儿！"

说罢，转身去买饮料，陆涛等了半天，夏琳才拿着一瓶可乐、一瓶珍珠奶茶回来。

陆涛拿起可乐喝："为什么？"

"什么为什么？"

"你为什么越来越不相信我了？"

夏琳笑了："因为你越来越成功了——我猜你现在已经一步登天了，因为站得太高，所以觉得我们都太渺小了——"

"夏琳，别酸溜儿溜儿地——"

"我不是酸溜儿溜儿，我是在你面前自甘渺小，我感到自己已经完全地配不上你了——"

陆涛刚要说什么，夏琳叹了口气，他把话咽了回去，他不想跟夏琳吵架，他们已经一个月没上过床了。

✿　　不一样的吵架

同一个晚上，在青年家园，向南和杨晓芸在抢看电视，向南看体育，杨晓芸看言情，每一个人拿起遥控器都换到自己的频道，轮到向南，他拿起遥控器换完频道后站起来。

杨晓芸一下子跳了起来："给我！"

向南学周润发的微笑，慢慢地拉开一个架式。

杨晓芸也拉开了一个架式。

杨晓芸慢慢探身过去抢。

两人都慢动作，嘴里说着一个招式。

向南晃了一下，躲过杨晓芸："我这叫'流水有意'！"

杨晓芸接着抢："我这叫'落花无情'！"

向南闪开："我这叫'鸡窝藏凤凰'！"

杨晓芸连抢两下："我这叫'包二奶必死无疑'，'关门打狗'！"

向南顺势一推："我这叫'秋风扫落叶'。"

差点把杨晓芸推一跟头。

杨晓芸急了，冲过去："我这叫'没完没了'！"

向南见势不妙，他双手把遥控器举到杨晓芸眼前："我这叫'举火烧天'——媳妇你接着！"

杨晓芸大义凛然地拿过来，不屑地瞟了向南一眼，抬手却把电视关了。

向南长出一口气，伸出拇指："干脆！利落！这下踏实了——谁都甭看了。"

"你最近越来越不努力工作了，天天看电视，天天就知道看电视。"杨晓芸黯然说道。

"还不是让你给带坏的！要是不跟你攀比——"

"我是你媳妇，帮你收拾好咱家的小后院儿，你是我老公，是冲到社会上干事业的主要力量！"

向南意味深长地说："现在可是男女平等的时代啊。"

杨晓芸被堵了一下，臊眉耷眼地走了。

第二天晚上。

饿着肚子的杨晓芸下班回家后发现锅冷灶凉，而向南玩游戏机，杨晓芸坐在边上一动不动看着他。

向南停下手："啥事儿？"

"老公，很重要的事儿。"

"说吧，越重要越好。"

"向南，咱这小日子过这么长时间了，作为你的终身伴侣，我有权力听你简略地谈谈你的理想吧？大的更好，小的微不足道的我也想听一听！"

"我的理想？"向南乐了，"我的理想就是天天跟你在一起——给你买吃的穿的用的玩的——"

杨晓芸打断他："还有呢？"

向南兴奋地挥着拳头："还有就是吃完了玩儿！玩儿完了睡！睡完了吃！"

"住嘴！"

"我错了吗？"

"是我错了！"

"告诉你杨晓芸，我现在满足极了！完全像是在天堂里生活。"

"我告诉你向南，要是你不好好干事业，我绝对把你的假天堂变成真地狱！"

"我也正想警告你呢，你要严格要求自己，实话说吧，我一直等着你呢！"

"等我什么？"

"等你挣的钱将要超过我或是已经超过我的时候，我再奋起直追。"

"你！"杨晓芸差点儿急了。

"我错了吗？"

"是我错了，我越来越发现我错了。"杨晓芸失望地说。

一星期后的一个晚上，向南仍坐在电脑旁玩CS游戏，杨晓芸自己捶着背走了进来。

"向南，别玩了，上床睡觉。"杨晓芸的声音无力又空洞。

向南接着玩，一动不动。

杨晓芸上了床，拿起一本时尚家居翻看，翻了几页，备觉无聊，想到外面还有一个不争气的老公，于是放大嗓门叫道："向南，跟你说多少次了，你要早回家，就买点菜做饭，天天吃速冻，一点不像过日子！"

向南仍在玩，就像一团空气。

"我说话你听见没有？"

"一句没听见！"向南嫌杨晓芸唠叨。

"哎，再说我抽你啊，有这样儿的吗？"

"我觉得挺好的，明白了吧，这知足长乐才是我真正的强项。"向南压住火气说道。

"你这种人，也太安于现状了——瞧瞧人华子和露露，那日子过得多有意思！"

"他们？他们现在正热火着，怎么过怎么来劲，要跟咱比，早着呢，相当于咱们的胡同儿阶段。"

"你怎么不跟陆涛比啊？"

"陆涛我比得了吗？要比你先比夏琳去！"

"夏琳怎么了？现在挣的还不一定有我多。"

向南接着玩，不搭理杨晓芸了。

"你说话呀，死游戏里了？"杨晓芸尖厉的叫声传来，游戏中，向南真的死了。他赶忙重新开始："你该干吗干吗，别跟我说话，没看我正忙着呢嘛！"

"你睡不睡？"

向南没说话。

"跟你妈一样，就爱玩游戏，家族遗传，这劣根性真顽固！"

"哎，这位大姐！我妈玩游戏是我教的行不行！别让我再跟你说第N+1遍了！"

"可怕的一家！"

向南接着玩。

"你跟我说句话啊！再不说我洗澡去了啊！"杨晓芸的声音变得可怜巴巴的。

"该洗洗你的——洗干净点儿！"

"你洗了吗？"

"你烦不烦啊！"

杨晓芸生气地从床上一跃而起，奔向洗手间，随手把脱下的衣服一件件向向南扔，嘴里说着："我叫你烦我，我叫你烦！"

从外衣一直到内裤纷纷落到向南头上。

向南抓起内裤，闻了一下，一回头，只见杨晓芸正光着身子把洗手间的门关上，一下子便激起了他的性欲，向南从椅子上跳起来，追进洗手间。

里面传来几声杨晓芸的叫喊："出去！流氓！滚蛋——讨厌！"

接着传来向南得意的叫声："你再这么叫邻居们该冲过来了，你说要引起围观怎么办？"

"滚出去，臭流氓！"杨晓芸又玩欲擒故纵。

"你懂什么呀，这才叫生活！"

杨晓芸尖叫："生个屁生活！离婚！"

❀　不满意

"我跟你说呀——"第二天杨晓芸下班跟夏琳在跆拳道馆更衣室一起换衣服时说。

"不听！"夏琳果断地一挥手。

"我这可是肺腑之言啊，求求你听听吧。"

"只许说一句啊。"

杨晓芸苦着小脸儿，摇着小手儿，点着小头儿："夏琳，以我的经验，不能结婚！"

"呸！"

"哎，你当初把向南发给我是安的什么心呀！我现在是有苦说不出啊，你简直坑死我了——我不骗你夏琳，我这早婚的日子就真是没法儿再继续下去了！我现在后悔死了！"

"哈哈哈哈——"夏琳被她逗坏了。

两人换好练习服来到道馆内，动手动脚地开始打斗。

"现在我是向南啊。"夏琳尖叫道。

"向南，我告诉你，你每天必须给我送至少一朵鲜花！"杨晓芸上去就是一脚。

"办不到！"夏琳闪开。

"那每天早晨一玻璃杯摄氏四度的凉牛奶！"杨晓芸又是一脚。

"甭想！"夏琳一腿挡开。

"你应该对我负责呀！"杨晓芸踢出转身飞腿。

"应该是应该，但我也可以选择不负啊！"夏琳笑着连退两步。

"狗向南，呵呵，幸亏我还留了一手儿，"说着杨晓芸再次跳起来踢出连环腿，"不过了！我要跟你离婚！"

"更办不到！"夏琳学着向南的腔调说着，一转身把杨晓芸踢倒在地。

"为什么？"杨晓芸坐在地上问。

"因为咱俩有证儿！"

"什么证儿？"

"结婚证！"

"结婚证怎么了？"

"结婚证就是法律。"

"法律怎么了？"

夏琳慷慨激昂地说："法律是人民的意志！如果我向南不同意离婚，全国人民就支持向南，你就离不成！"

"凭什么支持你呀？"

"因为向南我手里有——结婚证！结婚证就是法律！笨蛋！"

杨晓芸捂着脑袋一下子坐地上："我的妈呀！"

接着她索性躺地上双腿乱蹬，在地上转了一个圈子，最后用一只脚指向夏琳，假装生气地喊："你！全赖你！谁让你把向南介绍给我的？你们都对我太不负责啦！"

出了跆拳道馆杨晓芸还在抱怨。

"我当时可是把华子当主打啊，要不怎么叫第一套方案呢，是你自己主动勾人家向南的——"夏琳说了句公平话。

"说什么都晚了，我只好打掉了门牙往肚子里咽了，唉，夏琳，这一肚子苦水——"

"停！"

"好吧。"

"各人自扫门前雪吧。"

"别啊，咱们俩得团结起来——"

"干什么？"

杨晓芸掏出两张票笑道："看电影！然后去台球厅聚会！"

台球厅里只有向南一个人在孤零零地打台球，正当他快要出离了愤怒的时候，华子和露露来了。

华子对露露说："毕业时我们约定每个星期打一场，现在恨不得一年才打一场，"他把袖子一挽，"向南，苦练也没用，你一点戏也没有。"

"我可没苦练，刚来十分钟。"其实他都来了半个小时了。

"露露，你先打还是我先打？"华子说。

"随便，我是遇强不弱，遇弱不强，陪你们玩玩吧。"

"那你用遇弱不强的路子和向南先打，我跟他聊天，叫他分分神儿，这样他就更弱。"

露露真想说"好吧"，但她还是把杆递给华子："你打吧。"

露露去码球，华子左右看看："你媳妇呢？"

"跟夏琳一起看电影去了，差不多也该到了。"

电影院门口，杨晓芸和夏琳从散场的人群中聊着天走过来。

"这世上有爱情吗？我怎么觉得这电影纯粹是骗人的。"

"爱情片一点也不好看，我现在宁可看迪斯尼卡通。"

"我现在觉得天天心里一片空白，一句话，我跟爱情没关系！"

"你心里到底有什么不满？说来听听。"

"不满？一天忙到晚，哪儿来得及不满，我现在是麻木！"

"你结婚才几年呀！"

"我觉得和向南结婚太对不起自己了，夏琳，我必须离婚，跟向南在一起整个儿就是一本书，书名就叫《钢铁是怎样被腐蚀的》！"

两人拦了一辆出租车，一直来到台球厅外，杨晓芸一路上没完没了，进门时还在说："不骗你夏琳，昨天夜里做梦，我变成了老奶奶，吓得我差点没醒了，我醒了一想，这事儿一定跟向南有关系！"

两人进了门，杨晓芸忽然不走了，伤感地扶住门，眼巴巴地望着夏琳："你知道什么叫怅然若失吗？"

"走啊，我哪儿知道你失去了什么呀！"

杨晓芸用目光找到了正在打球的向南："真不想过去。"

"你怎么了？"

"就是觉得生活很无聊。"

夏琳冲到台球桌边，对向南大叫："向南，杨晓芸觉得跟你过很无聊！你怎么那么无聊呢？"

向南抬头来，莫名其妙地看了夏琳一眼，又把目光重新回到台球桌上，只剩了一个黑8。

"向南，专心打黑8，别理夏琳这疯丫头！"华子叫道。

"哎，打呀。"露露催。

向南一杆没打进去，露露打，又没进。

"太好了，都没进！"

陆涛匆匆忙忙打着电话走了进来，把电话一收，晕头转向地拿起一支杆："怎么没人打？我来！"说罢，一下便把那个球打进去了。

"算谁的算谁的？"向南急得叫了起来。

华子把杆儿给了陆涛："哥们儿你真有王者之气啊，上来就抢案子。哎，陆老板，您能把西服脱了再打吗，要不您穿我这件儿，您那件儿贵，别弄脏了，我替您披着！"

大家一齐笑了起来。

向南也跟着起哄："哎，陆总，先说好了，打完台球去哪儿，干什么？是吃宵夜呢，还是去迪厅？"

"都行！都行！哪儿都行！"陆涛叫道。

"咱们一块儿去西藏吧！"夏琳说。

"好啊，好啊！"杨晓芸一听，眉开眼笑地随声附和。

❀　　去迪厅

陆涛一行人从台球厅出来，冲进一家以前曾人山人海的迪厅，没想到里面竟空空的，只见舞池里只有很少的几个人。

夏琳拉陆涛，陆涛没动。

"怎么没人儿啊？"

"周末人才多。"向南说。

"你怎么知道的？"杨晓芸生气地问他。

夏琳一下冲进舞池里跳了起来，杨晓芸跟着跳了进去，露露站在边儿上。

华子对露露说："你说她们怎么跟脱了缰的野马似的，啊？日子过那么好，有那么压抑吗？"

"你管呢！"露露说罢也冲进舞池跳了起来。

陆涛走到吧台边上买了好几瓶酒，三个男人一人一瓶。

只见夏琳带头儿跳到台子上跳了起来。

华子问："夏琳刚才没喝多吧？"

"没有啊，我看她就喝了两杯啤酒，不至于。"陆涛说。

接着杨晓芸也跳到台子上跳了起来，并且向露露招手，露露也上去了。

向南眨眨眼睛："她们今天受什么刺激了？怎么那么疯？"

陆涛叹口气："高兴呗。"

三个女的朝三个男的招手。

三个男的也举起酒杯摇晃。

华子乐了："她们是不是一直背着咱们在这儿打工啊？"

向南也乐了："不能给她们喝酒了，我把杨晓芸那一份给喝了吧。"

向南回身又拿了一瓶酒喝。

陆涛说："华子，我觉得露露不错，跟你挺合适的。"

"还不是我一句话的事儿！"华子说。

不一会儿，一些散座儿上的人也受了感染，纷纷到舞池中去跳舞。

华子和向南一边站在原地跳，一边向台上招手。

陆涛抽了一口烟，他只是向台上看，只见三个女人跳舞，露露和杨晓芸向这边招手，笑着，叫着，在陆涛眼里，三个女人动作越来越慢，他的目光最后移到夏琳脸上，只见夏琳舞动头发，显得十分寂寞。

❀　　然后

从迪厅出来已是深夜，大家作鸟兽散。

向南先一步进屋，开灯，新房里整整齐齐，杨晓芸跳着舞就进来了。

"哎，晓芸，突然想起来了，你在台球厅跟夏琳说我无聊是什么意思？"

"我没说啊。"杨晓芸陶醉地瞎扭着。

"那夏琳一见面就跟我嚷嚷是怎么回事？"

"我是说着玩的。"

向南刚要说什么，杨晓芸一推他："哎，我先洗个澡，明儿还得上班呢，出了一身汗，只能睡三个小时了。"

杨晓芸钻进洗澡间，向南坐在桌子边上，拿出一支烟，点燃，抽了一口，他站起来，走到洗手间门边，打开门，对里面说道："哎，晓芸，你是不是觉得平常老咱俩儿在一起，闷得慌，这个周末咱们再约他们一起出来玩吧？"

洗手间只有"哗哗哗"的水声传出。

同样是从迪厅出来，陆涛和夏琳干脆来到陆涛的办公室，夏琳把鞋一踢，坐在一把椅子上。

"你工作吧，我抓紧时间闭一会儿眼睛，要不然明天在公司熬一天可受不了。"

"你不是要跟我谈谈吗？"

"等我说得出话的时候。"

陆涛打开台灯："那我干活儿了，下面的工作重点是拆迁。拆迁，最头疼的事儿。"

说着，翻开一份文件，翻了几页，笑了起来："哎，夏琳，杨晓芸她妈是叫何翠凤吧？"

夏琳嗯了一声。

"她上了我们公司的黑名单，成拆迁钉子户了！"

没有回音，陆涛一回头，只见夏琳已睡着了。

一会儿，夏琳睁开眼睛，看到陆涛还在工作，于是起来在办公室内转了一圈儿，找到速溶咖啡和饮水机，给陆涛冲了一杯咖啡，放在陆涛身边。

"我这是急件儿，明天上班得交，我没时间睡了。"陆涛梦呓似的说。

夏琳亲了他一下，坐在他边上。

"你还能睡两个小时，我叫你。"说着亲夏琳一下，继续写。

夏琳走到边上，推着一个长沙发过来了。

陆涛停下："就睡那边得了。"

夏琳躺在沙发上，脸朝着陆涛："睡在这里，离你近。"

夏琳闭上眼睛睡去，陆涛把衣服脱下来，盖在夏琳身上，然后继续工作。

✿ 是不是米莱回来了?

一星期后，在跆拳道班更衣室，夏琳边换衣服边对杨晓芸说："你干脆把向南也拽来得了，让他也练练。"

"他? 不可能! 他守着一台电脑就全齐了，人家小学生玩什么，他就玩什么，整个一个游戏迷! 经常睡到一半，电话一响，就偷偷爬起来熬夜玩，不是上联众跟他的牌友玩升级，就是一个人玩网络游戏，还说卖设备挣钱呢，没出息!"

"晓芸，我有件事想问问你，你要跟我说实话。"

"什么事儿啊，这么严重?"

"不是严重，我只是有个疑问。"

"怎么啦?"

"是不是米莱回来了?"

"怎么了?"

"前几天我无意中翻陆涛的手机，发现上面有米莱家的座机电话。"

杨晓芸一听就笑了："无意中?"

"求你对我厚道儿点儿吧。"

"好吧——明话儿告儿你，米莱是回来了，现在跟她爸一起做房地产呢，现在已经变成上流儿社会中的人了! 怎么了，吃醋了?"

"我才没那么无聊呢。"

"得了吧，骗谁呀，脸都白了。"

夏琳说了声"滚"。

杨晓芸电话响了，杨晓芸接，只说了句"我问问夏琳"，然后给挂了："是向南，他问，上星期咱们一起聚会你对他嚷嚷了一句之后，他忽然觉得我寂寞，就想找朋友多聚聚，聊聊天，刚约了华子和露露一起吃饭。我和华子在任何事情上都没有共同语言，有什么可聊的? 他说他给陆涛打过，陆涛正忙着，说晚饭他要谈事儿。你去不去?"

夏琳不太自然地说："我不饿，算了，我先回家吧。"

✿ 米莱

陆涛坐在一个咖啡吧的临窗座儿上喝咖啡，桌上点着一支蜡，窗外是城市的夜色，商铺及路灯闪闪发亮。

　　陆涛抬起头，只见米莱穿着一身儿漂亮的衣服走过来，在陆涛面前，学夏琳在毕业表演上的一个动作，转了个身，朝陆涛一笑，接着嘴一撇，坐下。

　　"你以为这姿势就夏琳会啊！"米莱说。

　　陆涛只好笑一笑。

　　"我让你替我叫的饮料呢？"米莱问。

　　"让我给喝完了！"

　　"你还是那么自私！"

　　陆涛笑着从桌子下面拿出一杯西柚汁，放到米莱面前。

　　米莱喝了一口："这还差不多——我不是故意放你的鸽子。"

　　陆涛点点头。

　　"陆涛，这是我回国后你第一次主动约我出来，所以我要让你看一看我有多养眼——怎么样？"

　　陆涛："好看。"

　　"我心眼儿好吧，想着你成天看夏琳，一定很烦，所以我特意过来叫你换换口味！"

　　"谢谢，我今天约你是想跟你说说你们施工队的事儿——"

　　"我知道！"

　　陆涛叹了口气。

　　米莱立刻把脸色变得积极主动："哎，陆涛，求你，告诉我你叫我来是为了什么？"

　　"今天我看了你们施工队的设备清单，我有点不放心。"

　　"有什么不放心的？"

　　"关键是，我这一次的设计是大跨度拉伸结构，我，我觉得你们应该调整一下你们的施工队技术力量，提高竞争力——你们的技术力量有点弱，要不我给你们推荐一个总工？"

　　"你现在真铁面无私，我都认不出你了——不过，恭喜你，你成熟了，我很高兴，生意归生意，我这话是真心的，你会成为徐志森第二的。下面我会耐心倾听你对我们的施工队的意见，然后回去向我爸汇报。"

❀　　心甘情愿

　　见不到陆涛的夜晚令夏琳感到一种小凄凉，此时，她又是一个人，一张张地翻着她以前的设计服装草图。忽然，她发现里面夹着一张照片，那是陆涛第一次见到她走台时穿的，那时的她真是青春焕发。

　　她打开衣柜，从中找出那一身衣服，在身上比来比去，又在小小的房间走了几步，忽然，她站住了，长叹一声，把衣服叠好，收回柜子，随后，她把设计图纸一张张贴在墙上，最后，又把陆涛的照片钉在那些图的边儿上。

　　夏琳用手指划过一张张设计图纸，直到陆涛的照片，她轻轻地抚摸着陆涛的照片，摸着他的脸。

　　"你是心甘情愿的吗？是的，你是心甘情愿的。"她听到她的心里话。

✿　　　友谊第一买卖第二

　　向南、华子、杨晓芸、露露四个人从一小饭馆里出来。最近他们四个没事儿找事儿,天天一起吃宵夜,吃得两个女的"刷刷刷"地长肉。

　　"向南,你这头发这么长,到我们的发廊做做吧。"分手时露露说。

　　"你敢去!你要是去,我也去!"杨晓芸一听就急了。

　　华子笑了:"我们可是小本儿买卖啊,哪儿禁得住你们夫妻折腾啊!"

　　向南拍拍华子肩膀:"哥们儿,这话可不像你说的,还朋友呢!"

　　"好吧好吧,杨晓芸,明儿去我们蛋糕店吃蛋糕吧,正好儿我们刚换一种新口味——"

　　"华子,你是准备关门儿大吉,还是对我们这已婚蝗虫二人组客气?"杨晓芸一下子被感动了。

　　"我们是友谊第一,买卖第二。"华子乐了,说罢,四个人散去。

✿　　　车熄火儿了杨晓芸没熄

　　青年家园楼下停车场,夜色里,向南的小奥拓车贼溜溜地驶入车位。

　　向南开门走出车,却见杨晓芸坐座位上不起来。

　　向南把头伸进车内:"走,回家,我都熄火儿了。"

　　"你熄火儿了,我还没熄呢!"

　　"怎么啦?"向南重新坐回车内。

　　"刚才在饭馆儿,跟人家露露聊得挺投机的呀!"

　　"你不是不爱跟我说话嘛,我照顾你,跟露露说呗。"

　　"你是不是爱上人家露露了,那么烂的人你还跟人家说个没完,我看你半天你都不知道!"

　　"你瞎吵吵什么呀,露露说话是挺逗的!"

　　"呦!我不理你就得了,你还回味呢!来劲吗?什么挺逗的?她哪儿逗呀?见着男人就犯贱!"

　　"你怎么这么说人家呀,太——人家露露多朴实啊,再说了,她不是跟华子好着呢吗?"

　　"哎哎哎,人家露露多朴实啊——向南,你是不是特想换换呀?"

　　"我看是你想换!是谁跟我说的,'我跟华子没话说',今儿我怎么一点没看出来呀?"

　　"我看华子就是比你好,人家至少知道只对一个人好,你——"

　　杨晓芸一抬手打开车门,走了出去,又狠狠关上了。

　　向南把头探出车外:"喜欢华子就喜欢呗,挑我什么刺儿?去跟人家说去呀!反正是哥们儿,肥水不落外人田!"

　　杨晓芸一回手把包扔了过来,向南缩回头去,差点没被砸着,他跳下车大喊:"杨晓芸,你这毛病也该改改了,说话归说话,扔什么东西呀!没看出来我是让着你呢吗?"

　　话音未落,杨晓芸又把手里拎的一个袋子扔过来,正砸在向南脸上。

　　向南不顾疼痛,从地上捡起东西,跟着杨晓芸回到青年家园。

杨晓芸进门一开灯，向南跟着挤进来。

杨晓芸踢掉鞋，冲进卧室："少理我，你别进来啊！"

说着把门关上了。

向南有点生气，他大喊："别老拿上床这事儿威胁我，你以为跟你睡多光荣呀！"

说着，往沙发上一坐，刚点一支烟，杨晓芸就把一被子扔了出来，把他手上的烟头弄没了。

向南满被子里找烟头儿："杨晓芸，你就不怕火灾吗？"

杨晓芸把门打开探出头儿："有你还怕什么火灾呀！"

说着把门从里面撞上了，接着传来锁门声。

向南从被子里找不到烟头，一低头，发现在地上，已经灭了，他叹口气，躺倒在沙发上，踢掉鞋，盖上被子，从地上把烟头捡起来，点燃，又抽了一口，吐出烟雾——怎么这小日子越过越没劲了？

❀　　另一场内哄

露露发廊里，露露给华子洗头，露露弟在一边儿扫地。华子觉得露露抓得他头皮直疼，但他没出声。

"华子，我怎么觉得你跟杨晓芸一说话就兴高采烈的？"

"没有啊——我跟杨晓芸有什么话呀，也就是逗她玩儿呗！"

"你以后能多逗逗我吗？"

"哎，别这么说，咱俩什么关系呀！"

"你说咱俩什么关系？"

"咱俩是磕婚的关系呀——咱俩还是生意上的合伙儿人，现在这不正联手儿创业呢嘛！"

"华子，我对你好你知道吗？"

望着镜子里露露那恳切的眼神，华子点点头。

❀　　蛋糕店

第二天杨晓芸下了班，一个人背着包满街走，目光迷茫，她不太想回家，因为看见向南叫她觉得堵得慌，于是来到"露露蛋糕店"。

杨晓芸刚一走了进去，华子便热情地迎过来："哟，杨晓芸，里边儿请，是吃现做的呢，还是——"

"你们这儿的毒药我一口不吃！"杨晓芸干脆地说。

"别难为自己了，你看，这都是新产品啊——"

"我正减肥呢！"

"你！没听说过咸鱼干儿减肥的，我告诉你，必须吃蛋糕，奶油奶糕，越吃越水灵儿！哎，吃什么像什么这道理你不陌生吧？"

"谢！借您的吉言，请你每天派人给我送两块儿小蛋糕吧，别一个口味的，我要早一块晚一块，花插儿着吃！"说罢，脸上猛然露出笑容。

华子递给她两块蛋糕，杨晓芸接过来："外面聊去吧。"

华子跟着杨晓芸走出蛋糕店，杨晓芸吃得眉飞色舞，华子抽着烟，一副理解的样子听着。

"我们家出了俩钉子户，我妈是钉陆涛他们的社区里了，这向南就钉我边儿上了，真受不了！"

华子笑了："傻了吧，套上枷锁了吧？谁让你结婚的？一领证儿就把谈恋爱给错过去了吧？活该！你看我，无牵无挂，自由自在，哈哈哈哈——"

"你还敢幸灾乐祸！这是要付出代价的！华子，刚才我用我的痛苦送给你开心一刻，你呢？去！再给我拿两块免费蛋糕来！"

"你都吃了两块了！"

"心疼了啊？"

华子转身往店里走："得！什么都别说了！我再给你拿两块去！"

就在同时，向南也没回家，溜到露露洗发店，露露热情地给他焗油，一边焗一边说："你头发挺好的，以后应该多注意养护。"

"早晚得让杨晓芸给揪光了。"露露没想到向南竟这么回答。

✿　在书店

吃完蛋糕，杨晓芸决定就在四周逛逛街，华子陪着她，两人没走多远就进了一家书店，没想到碰到猪头，猪头立刻拉上华子沿着一排排书走。只见猪头比划着："你看，盗版吧，到处都是盗版，没办法，唉，这不是逼着我发财呢吗？你接着再去几个书店看看盗版多不多，我先走一步，杨子等着我呢——我回头找你！"

华子说"好吧"，还没说完，猪头就急急忙忙地走了。

华子走进一架书中间，一本本抽出书看，只见对面儿是杨晓芸炯炯有神的大眼睛。

杨晓芸："怎么着，事儿谈完了？"

"发财致富哪儿有个完呐——哎，你眼睛怎么肿了？"华子凑上去。

"你心够细的，向南从来没注意过我眼睛会肿，我一熬夜眼睛就肿。"

"自己熬的，还是和向南一起熬的？"

"滚！一句正经话没有！"

华子把书又放回去，杨晓芸的眼睛不见了。

两人各抱着几本书一起出了书店。

"我看看你买的什么书呀？（拿过来看）哟，看不懂，都够专业的。"

"我也看不懂，所以一咬牙，准备回家硬看几本蒙客户去！"

华子左看右看："那个——"

杨晓芸也犹豫："那个——"

"对了杨晓芸，昨天晚上散的时候，我看你有点不高兴，是不是看着向南和露露聊得太开心你暗地里生气呀？"

"你干脆把露露让给他得了，我看他目不转睛地盯着人露露的前胸猛看，露露随便说句话，他就张着大嘴傻笑，笑完了嘴都闭不上，还张着——"杨晓芸说着学了一个向南的傻相儿。

华子大乐。

"你说这还当着我呢，就是真想看，老大不小的，怎么一点也不知道掩饰呢？一说这事儿我就生气！"

"哎，消消气，这事儿有一半儿怪我，哎，要不咱报复报复他们，也放自己一小假，你想吃饭还是看电影？"

杨晓芸一听有点慌乱，不过还是接上一句："你呢？"

"我好几年没进过电影院了。"

"这么着吧，你请我吃KFC外卖，我陪你看场电影——前一段儿和夏琳看了一场，别说，还真比电视好看，今儿有一大片儿刚上，爱情片！"

❀　　心里有鬼

电影院里的黑暗中，华子和杨晓芸坐在一个情侣座上，一边吃着KFC外卖，一边看电影，华子拿着，杨晓芸看得热泪盈眶，从华子手里拿吃拿喝，华子吃惊地看了一眼杨晓芸。

当华子和杨晓芸走出电影院时，华子已经有种荒唐的感觉了。

"别说，这爱情片还真得跟异性在一起看才有感觉。"

华子："哎，你还别说，这情侣座一坐，我也差点真坐出情侣的感觉来，幸亏你——"

"你小心点，虽然我婚龄比较长，但听你这话还是差点儿要心动——"

"知道我第一次看见你心里梦想着什么？"

"想什么？"

"和你一起坐情侣座看电影。"

杨晓芸想说什么，没说出来，她觉得心里有点虚，看看表："呀，我得回家了。"

"我也得走了。"

两人尴尬地相互看看。

"其实昨天我没生向南的气，我还不至于，逗着玩的。"

"向南人是我见过的最好的人，我觉得吧，他就是没见过露露那一路人，所以被吸了一下，下次见着就不那么着了。"

"那个什么，我——"

两人同时快速说"再见"，然后慌慌张张地散了，他们都觉得对方心里有鬼。

❀　　良心发现

杨晓芸回家的时候，向南正在玩游戏，见杨晓芸进来，他急忙关了机，坐到沙发上搭话。

"哎，这么晚回来，我还以为离家出走了呢——吃饭了吗？"

"下班路上碰见一服装学院的老同学，一起吃的KFC——哎，你这头发，是不是去露露发廊了？"杨晓芸也没话找话地凑向南边儿上。

"没去！大老远的为省几十块钱我有病呀——"

杨晓芸一把拉过向南，用手摸了摸他的头发，又闻了闻，恶声恶气地吼道："你敢跟我使一个牌子的焗油？"

"我没使！"

"算了，不跟你计较了。"

"你昨天晚上没怎么睡吧？今儿早点睡。"

"你也别熬了，接着睡沙发吧，我看你昨天晚上睡沙发睡得挺踏实的。"

"是你把门锁上了。"

"我根本就没锁，你也不推推试试。"

"我试试啊——"

向南稳健地走进卧室，"咔"的一声把门从里面锁上。

杨晓芸撞了两下门，没开，她大喊："向南，你这个狗崽子，我不想睡沙发，我要睡床上去！"

"我根本就没锁，你也不推推试试！"里面传来向南的声音。

"我才不试呢！"杨晓芸边说边猛地往门上一撞，连人带门一下子没了，接着就是一声尖叫，向南的哈哈大笑声，接着是杨晓芸的哭声。

❀　　小怨妇

亚运村奥迪4S店门口，天色阴沉，陆涛在给夏琳打电话，却无人接听。他忽然有一种不祥的预感。

跆拳道馆更衣处，夏琳穿好衣服，拿出手机看了一眼，手机显示十五个陆涛的未接电话。

夏琳回电话，片刻，陆涛的声音出现了："喂，夏琳吗？你到哪儿去了？"

夏琳笑了："我约会去了，我想通了，与其在家当怨妇，还不如出门做荡妇。"

"胡说八道什么呀你，告诉我你在哪儿？我好不容易下班儿早一天，到处找不着你，我问你，这一段儿你都去哪儿了？"

"我一会儿就过去看你。"

"你在哪儿，我接你去吧，我饭还没吃呢，等着你一起吃饭呢。"

"我在跆拳道馆更衣室，你说去哪儿碰？"

"去松子吃日本菜吧，你最爱吃的，你要是先到了，就先点菜，我马上赶过去。"

夏琳赶到松子，点了菜，坐榻榻米上刚要吃，陆涛走进来，坐在她对面。

"陆涛，其实我已经不爱吃日本菜了。"

陆涛一愣："你这话什么意思？"

"我是说，三年前我就不爱吃日本饭了，两年前我喜欢吃泰国饭，一年前我喜欢吃川菜，特别爱吃水煮鱼，我刚才还在想，这几年我都是跟谁吃的饭呢？猜一猜现在我最爱吃什么？"

"不管你爱吃什么，我都愿意陪你一起吃。"

夏琳叹口气："我吃饱了，你吃吧，够吗？还有一碗面，我叫服务员给你端上来。"

不等陆涛回答，夏琳向服务员招手，服务员过来。

夏琳说："我们的面可以上来了。"

服务员点头离去。

陆涛问："夏琳，你怎么了？"

夏琳没说话，从包里拿出一本时尚杂志看。

陆涛低下头猛吃，他忽然一抬头，看到夏琳在发怔。

"夏琳，你在想什么？"

夏琳转过头来："我在想，在你的生活中，我是怎么一步步变得越来越不重要的？这一切是怎么发生的？没有吵架，没有任何事儿发生，只是越来越疏远，我们有什么问题吗？"

陆涛刚要说什么，服务员来了，把一碗面放在陆涛面前。

✿　　求婚

陆涛从夏琳的语气中听到大量的幽怨，夜里，两人上床，夏琳哭了，这更让他不知所措，他想来想去，决定快刀斩乱麻，尽快解决这问题。第二天上午，正是周六，他带着夏琳来到奥迪4S店，两人站在一辆崭新的奥迪A4前，导购看着夏琳说："就是这一辆，手续牌照都办好了，您核对一下。"

夏琳上了车。

陆涛拿着行驶本，对了一下牌号，行驶本上写着夏琳的名字。

导购对他说："这是保险单，上面有保险公司的电话，要有什么事儿，直接打就行。"

陆涛拿过来看。

"年检标我已经贴前风档上了。"导购说。

陆涛上了车，把汽车开了出去，陆涛径直把车开到郊外的一条马路上。

夏琳一直沉默不语，陆涛没话找话："这次周末郊游，你说咱们去哪儿？"

"随便。"

接着是沉默。

"我忘了带CD，音乐都听不了。"陆涛说。

夏琳只是"嗯"了一声。

仍是沉默。

"你什么时候有时间考个驾照吧。"

再一次是"嗯"以后的沉默。

陆涛越来越觉得不对劲："你怎么不说话？"

"我不知道说什么。"夏琳说。

"还生我气吗？"

"你对我这么好，这么贵的车直接写上我的名字，我为什么要生气？"

"我觉得你今天别别扭扭的。"

"没有啊。"

"我本来是想给你一个惊喜，所以买车前没告诉你。"

"这事儿你已经说过了。"

陆涛刹住车，看着夏琳。

夏琳冲陆涛笑笑。

"我怎么了？在你眼里，我好像做什么都是错的。"

"你没有错，如果非要说咱们两人中有一个是错的，那个人一定是我。"夏琳说。

"你错在哪里？"

"你成功了，而我没有。"

"你这是什么意思？"

"我的意思是，你投身房地产业，取得了成功，而我不但没有高兴起来，反倒觉得有点失落——我有点害怕，因为我没能跟上你的脚步，我——我想，要是你像我一样，当一个白领，朝九晚五，也许我会觉得更安全，现在却不是这样——如果有一天你不再爱我，在别人眼里，我就变成失败者。"

"你为什么不想我每一天都像现在这样爱你呢？这更合理，更符合实际，我现在就是这样。"

夏琳一把抱住陆涛："咱们结婚吧！"

"哪一天？明天，后天，大后天？还是一有空儿就结——老实说，我还以为我们已经结过了。"陆涛从心里感激夏琳这么说，他一路上想的就是如何向夏琳开口求婚。

此时，夏琳也笑了："你还没向我求婚呢！"

"我现在求行吗？"

"随便。"

"那我现在求。"

"你求啊。"

陆涛一脚刹住车，拉开车门，跑了出去，夏琳眼看着他跑到郊外的田野上。

陆涛跑近一片野花，夏琳追上来。

"你怎么吓成这样？我当你二奶行了吧？"

陆涛拔起一束野花："我得先找野花，再说求婚的事儿。"

"我看你就是一心想着找野花儿！"

陆涛把花送到夏琳面前："夏琳，求你嫁给我。"

夏琳没有接花："好吧——把那野花扔了，免得把土掉新车里。"说着笑嘻嘻地往回走。

陆涛扔了花，在后面深一脚浅一脚地跟着。

两人上了车，相互看着，忽然都流下眼泪，一刹那，两颗悬着的心都觉得放下了。

❀　　新生活

第二天上午，夏琳拎着两大包日常生活用品走进陆涛家，屋子里很暗，夏琳看到陆涛正躺在床上睡觉。

她走进厨房，把冰箱里的过期食品拿出来，换上新买的，连同牙膏牙刷毛巾都换了新的，然后来到音响边，放进一张舞曲，把音响放大，然后走到窗边，"唰"地一下拉开窗帘，屋子里刹那变亮，音乐轰然响起，夏琳踢掉鞋，跳上陆涛的床，上下跳着。

"起床起床，你这只猪！都下午啦！"

陆涛探探身，又缩进被子。

　　"我今天上午签了一张大单子，还跑了好几个地儿，你倒好，一个人大周末的躲起来昏睡百年，好意思吗？"

　　"你下午还有什么单子要签，我陪你去。"

　　夏琳用抹布擦桌子："你下午搞搞个人卫生，维护一下自己的生存环境，几天不来就变成这样——我告你啊，别把自己弄得那么深沉，成天跟住在祖坟里似的好吗？"

　　"你不服啊？"陆涛说。

　　"当然不服啦——"

　　陆涛迷迷糊糊坐直了，点上一支烟。

　　夏琳一下跳到陆涛床头："醒醒，你醒了吗？有正经事找你。"

✿　　正经事

　　一小时后，两人来到夏琳家楼下，一前一后，前面的陆涛忽然停住了。

　　"走啊。"

　　"我不饿，这饭能不能不吃啊？"

　　"你怎么事儿那么多啊，到我们家蹭饭吃还拿腔拿调的。"

　　"要不你先回家，我一会儿来接你。"

　　"你跟我妈吃顿饭又怎么了？"

　　陆涛不说话了。

　　"我先上去了，你看着办吧。"夏琳瞟了他一眼走进楼洞。

　　陆涛在原地站了片刻，转身想往回走，不料夏琳冲回来一把抓住他："你敢！"

　　陆涛哪儿敢啊，很快，便跟夏琳一家人围坐在一张桌前吃上饭了，夏春生和周梅玉相互间一句话不说，气氛沉闷。

　　"夏琳现在做什么工作呀？"夏春生问。

　　"爸，不是说正在广告公司嘛——这问题你刚才都问过了。"

　　周梅玉抬头看了陆涛一眼，又看一眼夏春生，欲言又止，低下头去。

　　"爸、妈，我们想结婚。"还是夏琳终于说出那一句话。

　　不料夏琳父母相互看了一眼，没有表态，仍低下头去吃饭。

　　夏琳顿时就不解了。

　　陆涛把饭吃完了，夏琳和母亲同时发现这一机会，她们争着拿陆涛的饭碗去盛饭，最后是两人一起来到厨房。

　　"妈，怎么了？"一进厨房夏琳边小声问。

　　周梅玉说："今天不适合谈你说的这件事。"

　　"为什么？"

　　"因为你爸来找我谈复婚的事儿，顾不到你——你和陆涛的事，以后再说。"

　　"你答应了吗？"

　　"没有。"

　　"那我们还是先走吧，你们接着谈吧。"

一从夏琳家出来，陆涛还没说什么，夏琳先叹口气："唉——家长见面会的结果是——不欢而散，哎，陆涛，你说，他们这是给我们做的什么榜样？"

陆涛笑了。

"你笑什么？"

"我笑你的巧安排。"

"你别笑我对你的深情厚意就行了。"

"你怎么了？"

夏琳看着陆涛，不说话。

夏琳忽然抓住陆涛的手，两人拥抱在一起接吻。

"我们别学他们啊。"夏琳撒娇。

陆涛使劲点点头。

"会结婚吗？"

陆涛再使劲点点头："我们跟他们不一样。"

夏琳再一次亲吻陆涛，她觉得他们也许真的不一样，他们对婚姻不是有信心，而是感情更深沉。

❀ 钉子户

在青年家园楼下，一桶水猛地泼在一辆奥拓车上，溅了一位路过的大妈一身。

大妈气急败坏的叫声尖厉地响起："谁那么缺德呀！"

向南绕着车跑过来："大妈，对不起，我没看见。"

"这么一大活人你没看见？"

"我看见了。"

"看见你还泼？"

"我不泼了。"

"以后小心瞧着点儿。"

大妈气哼哼地走了。

杨晓芸走过来："我看这死老太太才泼呢！"

"小声点儿！哎，怎么着，你妈那边儿怎么样？"

"怎么样？从拆迁开始，我们家不一直是聚点儿嘛，成天一群人挤得水泄不通的，个个跟打了鸡血似的，慷慨激昂的，今儿一去，苗头有点儿不对，就几个人了，还蔫头儿耷脑儿的。"

"怎么回事儿？"

"还不是拆迁的事儿。"

"那你妈打不打算搬过来？"

"我妈找了一律师，张罗着打官司呢。"

"你妈该不会成钉子户吧？"

"我妈已经成钉子户了！现在水电都快停了，她领着几个人还扛着呢。"

"前一段儿，你不是说所有人都不迁吗？"

"形势变化快啊，现在他们不迁的势力已经被瓦解得差不多了，说着不迁，最后都迁了。"

"那咱还是把沙发床买了吧，你妈搬过来是早晚的事儿，推土机一到，你妈立马儿得撤！"

"我妈还问你能不能托托你爸问问这事儿呢。"

"我不是问过嘛，我爸说对不上口儿，不归他们管，这拆迁主要是看政策，国家在这方面规定得细着呢。"

向南拎着桶往楼上走。

"别忘了把那条被子带下来，我妈说几遍了，我都忘了！"

"放心吧。"

向南刚一走进楼沿，一辆出租车就在杨晓芸身边停下，夏琳下来，笑眯眯地说："哎，我来晚了。"

"没晚，向南刚擦完车，一会儿咱们先去我妈那儿一趟，给她送点东西。"

"反正我也没事儿——你妈是不是钉陆涛那块地上了？"

"没错儿！"

两个人一起大笑起来。

"支持！我也给你妈买点东西声援一下！"夏琳说。

杨晓芸踢了一脚车："看着这破车就有气，还自己擦呢！夏琳，你说，我嫁了一个什么人？一个天天自己擦奥拓的人！有这工夫怎么不把他自个儿洗洗？"

❀　　叫你们头儿来！

前面是一座孤楼，从外面看，门窗都被拆光了，只剩了杨晓芸家一户人家，还拉着窗帘呢。

陆涛和主管拆迁的老丁走近这座楼。

老丁说："这户儿把我们的施工队拖了一个多月，一天好几千块钱呢，原先就是她领着闹事儿，不过被我们给分化成两拨儿，然后个个击破，陆陆续续都和我们签约了。这女的叫何翠凤，是房虫儿，对政策门儿清，她找的律师都被我们给说服了，可她还是不松口儿，软的硬的都说过了，真没见过这样的！现在她干脆连门儿都不出，找了一保姆陪着她，每天保姆出来买菜做饭，一谈条件，什么时候都是一句话，'叫你们头儿来！'"

陆涛苦笑了一声："我们进去吧。"

就在孤楼不远处的超市门口的奥拓车内，向南从里面打开门，让拿着大包小包的杨晓芸和夏琳坐进来。

"要是陆涛今儿也去就巧了！"杨晓芸笑道。

"那就让我们看一看，到底为富不仁是什么样子！"夏琳回应。

"可以开车了吗？"向南问。

杨晓芸看一眼夏琳："你看这人！我还以为他已经开到了呢！"

在杨晓芸的白眼下，向南收回询问的目光，把车开走了。

陆涛和老丁一进门，何翠凤就从里面迎出来。

"陆涛啊，进来坐这儿。"

陆涛只好叫了一声"阿姨"。

刚一坐下，敲门声便响起。

何翠凤兴奋地说："坐，巧了，估计是晓芸回来了，她刚刚来过，忘了拿被子，我去开门！"

何翠凤走了两步，又拿过一壶茶来，亲热地说："我刚泡上一壶茶，来，喝茶吧。"

何翠凤回来时，后面跟着向南夏琳和杨晓芸，一见面就吵闹着寒暄起来。

陆涛看到这种情况，只好对老丁说："老丁，你在下面等我一下。"

老丁走了。

"坐呀，都坐，喝茶——都是别人送的，喝也喝不完。"何翠凤招呼道。

"最近怎么样？"向南问陆涛。

"还行吧。"

"听说你们俩要结婚了？"杨晓芸也凑过来问。

"这事儿听夏琳的。"

"你先把人家杨晓芸家的房子问题解决了咱们再结，要不然，没门儿！"夏琳叫道。

大家笑了起来。

笑完却冷场了。

"叔叔呢？"陆涛好不容易才镇定下来。

何翠凤叹口气："你叔叔住他们学校的宿舍了，他身体不好，心理素质也不行。"

"阿姨，这儿生活有什么问题吗？"

"一星期前，这儿电停了，我打了市长专线，第三天电就有了。"

陆涛想了想："阿姨，听说这里只有您这一户了。"

"还有你刘大爷，我们刚刚通过电话，你知道，他一家子几辈儿人，在那四合院里住了六十多年了。都说那四合院是文物。"

"阿姨，是这样，远大公司开发的这个'法兰克福风情'，我是项目经理，拆迁工作原本是老丁负责——远大在工程安排上有时间表，现在我们一天就损失上万元。"

"有什么话你就说吧，咱也不是外人。"何翠凤干脆地说。

"您的条件呢，按说对远大也不是什么克服不了的困难，只是远大担心，我们一旦答应了您，其余的拆迁户——"

"他们不是都和远大签完拆迁合同了吗？"

"合同是签了，但这个问题没有那么简单。"陆涛点到为止。

"陆涛啊，这里也没有外人，这么说吧，我住惯了这里，不能因为没有钱回购房子，就被赶到郊区去，岁数大了，这儿离医院近，还守着一公园儿，你阿姨的老姐们儿全在那儿了，老年人对生活还能有什么要求？阿姨这么说你理解吗？"

陆涛点点头。

"阿姨知道，对你们公司来讲，以一套68平方米的旧房子，在原地换一套128平方米的新房有难度，可阿姨的难处也是实实在在的，你说是不是？这话翻来覆去地说了快半年了。"

陆涛不知如何回答，这时，他的电话响了，陆涛接了电话，是徐志森到拆迁现场拍板儿来了，叫他下去。

陆涛放下电话实话实说："阿姨，我们徐总来了，我下去一趟，正好说一说您这房子的事儿。"

"陆涛，阿姨知道你在干事业，于公于私，阿姨也不想难为你，阿姨有个私房话儿放这儿了，你听着——只要能让我还住这儿，阿姨也能答应你们的条件，这话可只是对你一个人儿说啊。"

陆涛点点头："阿姨，我明白了。"

✿ 那么现在只剩下一户了

陆涛和老丁赶奔施工现场，那里有一个打地基的大坑，远远看到徐志森、方德昭与吉米及一些戴着安全帽的人站在坑边上，吉米跟在边上，一个现场工程师拿着一张图纸在向他们说着什么。

工程师汇报着："现在我们的人都在等着，没想到渗水层这么难处理，两台抽水机24小时不停地抽水。"

"我要你使用更多的抽水机，加快进度，我希望工期能够提前，我们的楼要比大视野的楼更快地从地里钻出来，让客户看完样板间，还能看到真正的房子。"徐志森说。

"陆涛来了。"吉米说。

徐志森一回头，陆涛和老丁一起走过来。

"陆涛，情况怎么样？"徐志森笑着问。

"工期比计划提前了半个月，而且，我们已抢先一步展开销售，前期的广告投放十分成功。"陆涛说。

徐志森问："大视野呢？"

吉米："由于我们的压力，很多本想买大视野的客户已跑到这边来了，迫使他们销售不利，现在他们换了伟信地产销售公司，和伟信的高层签了一份销售合同，据说伟信向大视野保证，六个月内把大视野前两期的房子全部卖掉。"

徐志森："我接触过那个公司，他们是一些爱说大话的人，那是一份不可能实现的销售合同。"

吉米："伟信已开始在报纸上投放平面广告了。"

徐志森："一个骗局开始了——事情到这一步，已经不会出现奇迹了。别管他们，我们继续——那一边拆迁进行得怎么样了？"

"最后两个钉子户十分顽固，怎么谈都不行，我和陆涛刚去完一家。"老丁说。

"徐总，这一家正好儿是我的朋友。"陆涛赶忙把话接上，"那女孩你见过，她买过我们做的青年家园。"

徐志森冲陆涛眨眨眼睛："那么现在只剩一户了。"

陆涛急忙兴奋地说："我们有一套二楼把角儿的房子可以给他们，徐总，我保证能处理好！"

"你当然可以。"徐志森笑了，然后转向老丁，"带我去，给我讲一下这最后一户的情况！"

一行人走出施工工地，走进一个完整的四合院内，一个老头和一个老太太坐在一边，徐志森、方德昭、陆涛和随行人员坐在另一边。

大家都无话可说。

徐志森回头环视着这个院子，院内生活气息浓厚，与院外的形成强烈的反差，像是一个世外桃源。

老丁清清嗓子："赵大爷，这是我们集团公司的两位老总，他们一定要来看看您。"

"谁来看都没用，我不想住楼房，我就要住这个院子。"赵大爷还挺干脆。

沉默。

徐志森长出一口气，讲话了，语调缓慢然而却很清晰："大爷，这是个很好的院子——这样吧，除了我们答应过的条件以外，您还可以保留这个院子，我们不会推倒它，只是我们要把它整个儿地搬到别处，每一块砖都编上号，把它放在原来的位置上，或者，我们推倒它，但为您在郊区盖一个更大更好的院子，您觉得哪一样好？"

赵大爷和老太太相互看了一眼。

徐志森与方德昭陆涛三个人也相互看。

答案是皆大欢喜。

陆涛记得在一行人走出四合院后，赵大爷和老太太在后面笑着向他们招手。

直到一行人纷纷上了车离去。

✿　　　等待

与此同时，在杨晓芸父母家，向南和杨晓芸、夏琳等人正在包饺子。

"要不我给陆涛打个电话吧？到底怎么样了？哪儿有他这么办事儿的？"夏琳说道。

"别啊——又不急。"杨晓芸劝住她。

"就是！有消息他早打过电话来了，这么大事儿，哪儿是一句话就搞定的？"向南说。

何翠凤走了进来："水烧开了，下饺子！"

与此同时，敲门声响起来。

何翠凤"嗖"地一下跑去开门，陆涛进来了，兴冲冲地叫了声："阿姨？"

何翠凤声调一下子提高了八度："啊，真巧啊，陆涛，饺子包好了！一起吃！"

陆涛在众目睽睽之下坐到桌边："阿姨，您这事儿搞定了，不过，您需要跟远大签一份保密合约。"

何翠凤还装傻呢："真的？"

杨晓芸端着一盘饺子过来，被何翠凤慌慌张张一转身碰掉地上了。

"妈，你怎么了？"

何翠凤眼泪流了出来："陆涛，阿姨谢谢你啊——晓芸，咱们以后还住这儿！"

杨晓芸和何翠凤抱在一起，何翠凤哭得那叫一个情真意切啊。

等母女俩分开，陆涛才说："阿姨，我把图纸给带来了，在二楼。"

"我看看我看看，这儿来，这儿。"

陆涛展开图纸："是这一套，只能是这一套，位置是这里，128平米，这是户型图，不是很理想。"

何翠凤趴在图纸上看了看："陆涛，阿姨要了！没想到老了老了能住上这种房子，怎么着也得一百多万呢！真像做梦一样。晓芸，你奶奶可以睡这一间，有太阳，还不吵，晓芸，妈也给你留一间——陆涛，阿姨怎么谢你呢？"

"阿姨，不用谢，我把合约带来了，您签了，咱们一起吃饺子，我来下吧。"

向南高呼："那咱们庆祝一下吧！"

"对！你们不是要订婚吗？"杨晓芸也说。

"我忙得没顾上买订婚戒指。"陆涛看着夏琳说。

"那咱们一会儿吃完一块儿去买！我们要看着你给夏琳当场戴上！"杨晓芸一把搂住夏琳叫道。

夏琳笑道："我才不戴呢！"

杨晓芸说："你不戴，我可要戴了啊。"

"杨晓芸，你可是我的人，你要敢戴，我就用咱俩儿的结婚证儿把你手指头剁下来。"向南叫道。

"那我用剩下的手指头戴！滚，下饺子去！"杨晓芸也叫道。

"是！"向南一下子起身冲向厨房。

"一会儿出去我坐陆涛他们家的A4啊，跟着享受享受，我告诉你向南，你和你的奥拓都离我远点啊！"

向南边走边回头："哎哎哎，你们看我媳妇多势利！杨晓芸，我告诉你，你等着啊，我专门把掉地上的饺子下给你吃。"

"少废话，滚，下饺子去！你这堆浪费我如花青春的牛粪！熏得我好几年都睁不开眼睛！"

向南冲杨晓芸嘘了一声，然后叫喊："陆涛，你就是我们的大旗，以后哥们儿就靠你了！"

✿　　嫉妒

四个人下了楼，一起坐上陆涛的奥迪A4。

杨晓芸东摸摸西摸摸，然后用肩膀撞了一下向南："睁开你的狗眼睛看看，这才叫车呢！"

向南一边说着"别闹"，一边对坐在前面发动汽车的陆涛说："哥们儿第一个祝你们新婚快乐。"

"人家那才叫结婚，用不着你祝贺也会快乐。"杨晓芸幽幽地说。

"杨晓芸，不要嫉妒你姐们儿！"向南冲杨晓芸说。

"你要是能嫉妒一下你哥们儿就有长进了！"杨晓芸反击。

四个人来到一个大卖场中的金店，排成一排挑戒指。

"请你们把最贵的结婚戒指从柜台里拿出来让我们瞧瞧！"夏琳开玩笑。

导购小姐果真拿出一个最贵的戒指，陆涛一下就把戒指带在夏琳手上，两人接吻。

向南和杨晓芸为他们鼓掌。

"夏琳，从此以后，你就是我的老婆啦！想找死就试试跟别的男的说话啊！"

"陆涛，从此以后，你就是我的钱包啦，活腻了就试试给别的女的花钱啊！"

向南和杨晓芸大笑。

夏琳脱下戒指，想换一个，陆涛却把一张卡递上去："就买这个！"

夏琳急了："乱花钱，这有什么用啊？"

陆涛笑："这跟钱没关系！"

结完账，四个人往外走，杨晓芸踢一脚向南："学着人家点儿向南，记住了，坚贞的爱情一定是建立在金钱的基础之上。"

"我记住了杨晓芸，不坚贞的爱情一定是没钱惹的祸！"

两个人相互瞪一眼，却笑了。

夏琳说："杨晓芸你们别走，我们还要向你们请教婚礼的事儿呢。"

杨晓芸却说："别向我们请教，我们的婚礼完全是错误的！"

向南也说："是啊，杨晓芸她妈做梦都想让她嫁陆涛——可是人家陆涛有主儿了！"又冲杨晓芸说，"没想到吧？杨晓芸，现在梦醒了吧？全明白了吧？你妈的如意算盘珠子全掉地上摔碎了吧？"

"你妈的！"杨晓芸忽然对他怒目而视，接着，意外发生了，杨晓芸突然上手就打了向南一个耳光，然后接着打。

"他们这是真吵假吵？"陆涛问夏琳。

"急了！一定是真吵！"夏琳说。

"怎么办？"

"我听你的，你说怎么办就怎么办！"

"按照美国西部的规矩，劝！"

话音未落，陆涛和夏琳分别一下子扑过去，一人一个，把两人扑倒在地，于是两对儿人分别趴在地上，夏琳抱着杨晓芸，陆涛抱着向南，中间隔一段距离，一秒之内周围围满了商场购物的人，连保安也往这边儿赶。

杨晓芸愤怒地大叫："离婚！我叫你幸灾乐祸！"

"人家结婚你嫉妒什么！"向南也生气了。

"少废话！人家结婚你兴奋什么呀！咱俩离！"

"离就离！我告诉你杨晓芸，咱俩离婚也能叫我兴奋！"

"你们都停一下，听我说！"陆涛喊。

夏琳也喊："保安同志，我们已经引起了围观，请维持一下现场秩序！"

观众中有一幸灾乐祸的瘦猴站到后面的柜台上打手机："乱了乱了，现在都人山人海了！"

另一位女观众也打手机："两男两女，模样儿都挺周正的——现在全趴在一起，一个压一个，对，就趴商场地上——还没脱衣裳——说的是结婚和离婚——"

一个胖子爬到更高地方："哥们儿这儿好，他们谁也没我看得清楚，一切尽收眼底！来劲！"

"冷静！冷静！"陆涛喊道，"咱先说说清楚，是我们俩先陪你们离婚呢，还是你们俩陪我们俩结婚？"

向南忽然失控地乱喊："别挤别挤，挤什么挤？大家小心小偷！"

"向南你瞎喊什么呀！丢不丢人啊！"杨晓芸喊。

向南忽然哭了："杨晓芸，你就是一小偷儿！"

杨晓芸差点气乐了："哟，向南你疯了吧你！胡说八道丢不丢人啊！"

向南却歇斯底里地接着连哭带喊下去："我不怕丢人，我要怕丢人我是你孙子！"

"说正事儿！离婚！"杨晓芸叫道。

"杨晓芸，你就是一小偷！一个大小偷！一个永不满意的小偷，一个欲壑难填的高级小偷！你是全世界最能偷的超级小偷！"

杨晓芸看看夏琳，一下子软了，但仍还嘴："向南，今儿当着这么多人儿的面儿你说说，我偷什么了我？"

向南哭了："你偷了我，偷了我的心，我告诉你杨晓芸，你不是要听我说正事儿嘛，正事儿就是你丫偷了我的心！"

这话一下子把夏琳、陆涛和杨晓芸全说哭了。

连观众里都有人跟着哭。

陆涛发现，一个赶过来劝的保安也哭了。

边儿上一个被母亲抱着的小孩手一松，把冰激凌掉在向南脸上了，向南边哭边用手擦脸，越擦脸越花，显得很可怜。

这一幕闹剧就这么收尾了。

✿   我这辈子算折你手上了！

四个人散去时有点尴尬，向南和杨晓芸灰溜溜地回了家，两人分头进洗手间收拾整齐，然后坐在饭桌两边，都直着腰，很正经的样子。

"原谅我吧。"坐了半天向南才说出这么一句。

"是我不对，说话太难听了。"杨晓芸说。

"再难听我也听得进去。"

"你怎么对我那么好？"

"我这辈子算折你手里了！"

"是我这辈子折你手里了。"

"咱俩好好过吧，别跟他们比别的，就比谁过得更好。"

杨晓芸伸手摸向南的脸："你胡子该刮刮了。"

向南抓住杨晓芸的手："别跟我离婚。"

杨晓芸笑了："我哪儿舍得跟你离婚呀，你对我这么好。"

"我更舍不得，跟你结婚的那天，我觉得自己真是一步到位了。"

"以后当着别人的面儿，别再大吵大嚷了，家丑外扬，叫人笑话。"

向南点点头，亲杨晓芸的手。

杨晓芸把手收回来，打了向南一下，自己笑了起来。

"你笑什么？"

"没想到你还有点讲演才能呢啊——跑到百货商场瞎咋乎，说我偷了你的心，把我都给感动哭了，真讨厌！我告诉你，就你那一身儿狼心狗肺，谁爱偷啊？"

向南走过去，忽然一把抱起杨晓芸，冲到床上。

杨晓芸一瞪眼："你想干什么？"

"你说我狼心狗肺，我说你是我的小贝贝，下一步咱俩该狼狈为奸了吧？"

杨晓芸挣扎着："滚，你压我头发了，谁是你小贝贝呀，你等会儿，让我准备准备，别把合法夫妻搞得跟偷鸡摸狗似的，这样一点都不正式，把被子铺好了——松手，你这是家庭暴力！"

"哎，媳妇儿，你不就喜欢暴力型儿的吗？"向南一边兴奋地说着一边脱杨晓芸衣服，杨晓芸好像更有兴趣，她脱向南衣服，后来发现还不如自己脱自己的呢。

✿　　那都是我们的钱！

今天是米莱妈过生日，米立熊下厨做饭，门铃响，坐在厅里看电视的米莱跑去开门。

公司副总老周进来了，神色沉重，上来就问："米莱，你爸呢？"

米莱把他带进厨房，然后就站边儿上，老周却欲言又止，还愁眉苦脸。

米立熊问："怎么样？"

老周点起一支烟说："伟信的信誉并不是像他们自己说得那么好，他们前面两个楼盘的营销都失败了，使开发商蒙受了损失，而且，最近，他们内部不合，斗得厉害，他们的副总要分出去。"

"我们现在能不能想办法更换营销商？"

"合同已经签了，而且，我们已经把钱打过去了。"

米立熊一下子不说话了。

"爸，别着急。"

"米总，我们还会有办法的。"老周说。

米立熊来回走了两步："是我的问题，我怎么能这样！我怎么能听了伟信放出的大话就飘飘然，以为一切都办成了？我太不小心了！米莱，记住，爸一定要你记住，无论什么时候，一旦你听到一件事对你太有利，你就绝对不要相信它！"

"现在我们怎么办？"

"催伟信快点进场，至少让他们快点把销售大厅建起来，那都是我们的钱！"突然，米立熊捂住腹部，疼得跪了下去。

急救车内，米莱和老周坐边儿上。

"爸，你怎么了？"米莱叫。

"米总，米总。"老周叫。

米立熊平躺在急救床上，脸上豆大的汗珠冒出来："老周，别给伟信打电话，我现在的样子不能作决定，先等一等。"

"是。"

"这次是远大给我们的压力太大，让我昏了头，仓促作出决定，事先没有调查就签了伟信，我太想把这件事儿做好了！"

"爸，你怎么了？好点了吗？"

"到了医院就知道了，我这里疼。"米立熊用手指按住腹部。

❀　　那我爸以后是不是就没胆儿啦?

大夫指着片子对米莱说: "结石,看,在这里,是胆结石。"

"这么大?"

"不要着急,能治好。"

"我爸怎么一下子疼成那样儿了?吓死我了!"

"放心吧,我们现在用止疼药控制住了,结石就是疼,人家都说,得过结石的人,生孩子都不怕了。"

"原来生孩子那么疼啊!以后我不生了!"

"那倒不至于,因人而异吧。"

"大夫,我爸——"

"不要担心,可以通过手术把他的胆取下来。"

"啊?那以后我爸是不是就没胆儿了?"

❀　　华子的生意

经不住猪头一分钟一个电话的催,华子只好赶往一个快餐公司,据说有大生意可做。一进去,只见猪头正跟一个老板模样儿的人谈着什么。

"哎,过来过来,华子,认识一下,王老板,就是这快餐公司的老板,我跟你说了,这是华子,开了好几家蛋糕店,别看他年轻,特会做生意。"

王老板立刻发出一张名片,然后说: "我姓王,三横一竖的王。"

华子接过名片点点头: "啊,王老板,我叫华子。"

"这连锁我要是包上五家,你是不是能少收我点儿入伙儿费?"猪头说。

王老板笑了: "好说啦。"

华子说: "我想尝尝你们那灭麦当劳的专利肉饼。"

王老板把手一挥,一队服务员走进来,就跟踩着进行曲的点儿似的,每人手里端着一盘肉饼,一会儿便把桌子摆得花里胡哨的,看来人王老板都准备好了。

华子和猪头两人分头吃,吃一口,对着看一眼,王老板也向两人看一眼,就这么每盘里吃一块,外加小菜,三个人都不说话。

王老板终于沉不住气了: "怎么样?"

华子看猪头,猪头看华子,两个谁也没说出来话来。

最后猪头撑不住了,掏出钱包: "买单!"

两人出来,紧走几步上了猪头的车。

华子忍不住笑出来: "哎——猪头,这事儿——"

"这事儿以后别提了。"猪头臊眉耷眼地说。

但华子仍边笑边看猪头。

"你看我干什么?"

"我不是替你担心嘛——这么谈也太不靠谱儿啦,你说以后咱怎么混呐?"

猪头却神秘地笑了: "我还留着后手儿呢!你看,咱下一个要谈的项目是——做书商!"

华子愣了一下："你说什么？"

"为什么前一阵儿我让你去书店看看呢，因为咱们要做书！"

"真做啊？"

猪头使劲点点头。

"那得了，我还是接着干我的蛋糕店吧，我活得好好的，可不想让你给气死。"

华子的话音未落，猪头一巴掌拍在华子肩上："你就瞧好儿吧！哈哈！华子，我告儿你，跟着我干准没错儿，这年头就得什么挣钱做什么。"

"我瞧什么好儿啊，好什么好啊——"华子一边揉肩膀一边说。

第二天一大早，猪头便开车拉着华子来到一个图书批发市场，猪头把车一停，玻璃往下一摇，然后目光在人群中找一找，最后往虚空里一指："就是那人儿，金三儿，我哥们儿，做盗版的，著名着呢。"

前面，一辆大面包车开过来，门一开，金三儿从前面下来了，像一黑道儿大哥，脖子上带着很粗的金链子，还跟着两个保镖。

金三儿左看右看，伸手把面包车的后门一掀，一吹口哨，就冲上来一群小贩，把他的盗版书全批走了。

华子看得目瞪口呆，他收回眼神，和猪头彼此看了一眼，两人一齐冲下车，直奔金三儿的面包，一拉门，正看到金三儿在"哗哗哗"地数钱。

猪头和华子看得直发愣，口水差点儿流出来。

金三儿把手一停，抽出了一张一百的钱来随手往华子手里一塞："假钞！"

华子拿起来捏了捏，递给猪头，猪头也捏了捏，回给华子，华子对着太阳看了一下，对猪头点点头："怎么样哥们儿，干不干？"

"什么都别说了！走，一起喝酒去！"猪头说。

❀　　生意经

一小饭馆里，金三儿在那儿口若悬河地说着，华子和猪头听得一边点头一边狂喝酒。

"你说文化是什么？文化就是书啊！你说文化值钱吗？我问你书值钱吗？道理想明白了，剩下的就是干了——做书嘛，不像开工厂开饭馆，得有个地儿，做书在家就能干，你问我书放哪儿？库房啊，北京到处是库房啊，租一地儿就行了——你问我卖书有风险吗？有风险，那风险出版社担着，跟咱没关系，咱就是小本买卖，哪本儿书好卖，咱就卖哪本儿！现金交易，你给我钱，我给你书。你说这做书有竞争吗？我说有竞争，可没人儿跟咱竞争！咱质量过得硬不说，还便宜啊！你问我做书能挣多少钱？三年前哥们儿手里就两万多，还是借的，现在你看见了吧——哎，哪儿天我领你去西郊那边儿，我在那儿弄了一院子，两亩多地，围墙三米高，大门是自动的，还是铁的，谁往里探头儿看看，两条黑贝招呼着呢——院儿里就两棵树，一棵是枣树，另一棵还他妈是枣树！怎么样？可以吧。猪头，搁三年前，我得叫你一声大哥，你还不一定爱搭理我，搁现在，咱有福同享啊！地上那么多钱，哥们儿一人儿也捡不过来，是吧？啊？谁捡不是捡啊！哎，哎，怎么着，哥们儿今儿没烦着您吧？"

金三儿这一聊，一下子聊到晚上，别的不提，啤酒就喝了一箱，听得华子猪头又醉又兴奋，金三走的时候，两人儿唱着一支歌，相互支撑着对着金三儿招手，脸上全是幸福的样子。

醉眼朦胧中，只见金三很帅地跳上那辆大面包，招了一下手，走了，猪头和华子醉得慢慢地摔在地上。

✿　　陪我跳舞吧

与此同时，在俱乐部包房内，徐志森、方德昭与一个香港商人在喝酒，那人便是香港信泰的董事长叶英雄。

陆涛和灵姗在一旁的电脑边上翻看卡拉OK上的歌单，商量着点歌儿。

叶英雄是方德昭的朋友，他从容镇定，侃侃而谈："香港的楼市这两年比较没得做，我们香港信泰正把可以拆出的资金投到大陆来。我们急需一些叫得响的项目，好在北京树立我们的形象。那次投标我们没有赶上，事后想补救，已经来不及了，丢掉了一个大好机会。"

方德昭说："我听说信泰在一种抗癌新药上有投资？"

"我们是投资了一系列美国专利制药技术，但这种抗癌药还没有通过认证，前年我们跟三藩市的一个制药公司共同研发，为此还共同成立了一个研究所。投资像个无底洞，我们已经把股份转让了。"

"如果这里有公司急需资金，信泰会不会入股他们的项目？"徐志森试探道。

叶英雄一听笑了："这正是我要找你们二位帮忙的事情，信泰在股市上的表现不错，资金面上很充裕，只要项目好，影响力大，无论合作还是中长期的投资，信泰都是很有诚意的。"

很明显，方灵姗和陆涛对生意经兴趣小得多。

"陆涛哥，你现在还有女朋友吗？"灵姗问。

"有。"

"是原来的那一个吗？"

"是。"

"她长得是什么样子？有没有我好看？"

"早晚你能见到。"

灵姗想说什么，停住了，待一会儿说："好闷啊，我们出去转转吧。"

陆涛点点头，灵姗挽着陆涛，两人走了出去，一直来到俱乐部大厅里，台上正表演节目。

陆涛和灵姗一齐往台上看。

一服务员过来，指着一个空桌儿："先生小姐那边请。"

陆涛："我们在那边有包房，出来走一走。"

服务员问："请问要喝点什么？"

陆涛望向灵姗。

灵姗手一摆："两瓶啤酒，一人一瓶。"

服务员走了。

灵姗附在陆涛耳边说："一会儿陪我跳舞吧。"

❀　　无巧不成书

无巧不成书，在同一个俱乐部的另一个包房，夏琳正与十几个男女在一起，夏琳对着电视唱完一首歌。

大家一起鼓掌，其中有一位全老板鼓得尤其响，夏琳刚放下话筒他就凑过去："你们宣颐培养的公关真厉害，十八般武艺样样精通，夏小姐能把一首小歌儿唱得博大精深，不简单啊！"

夏琳笑着说："全老板，歌也唱了，就合作一次嘛。"

"夏小姐，如果你再把这杯酒喝了，那后半年的平面广告全给你们！"

夏琳端起一杯酒，一饮而尽，然后又端过来全老板面前的那一杯，接着一饮而尽。

大家一起鼓掌。

夏琳指着空空的酒杯说："全老板，后半年的CI也全给我们吧？"

大家的目光一齐望向全老板。

全老板看来还没完全喝醉："这个，这个，夏小姐——"

却见夏琳不胜酒力，捂着嘴站起来："对不起全老板，我出去一下。"

夏琳从包房出来，晕晕乎乎地走着，路过俱乐部的表演大厅，只见舞池边上站着陆涛和灵姗，正喝酒。

夏琳定了定神，站住了，往陆涛灵姗那边看，只见灵姗放下啤酒，又把陆涛手里的啤酒拿下来，放下，然后亲热地拉着陆涛往舞池里走。

接着，更难以置信的一幕发生了，她竟看到灵姗和陆涛跳起舞来。

夏琳自言自语："我会不平衡吗？我不会！我会生气吗？我不会！"

那一边，陆涛和灵姗竟跳得开心起来，两人都笑。

这下夏琳全明白了："我不平衡了！我生气了！"

接着，夏琳冲着灵姗和陆涛冲过去，一把推开两人，然后给了陆涛一记耳光，转身走了几步，停住，把手上的订婚戒指摘下来，扔向陆涛，陆涛一接没接住，趴到地上找，舞池里大乱。

夏琳扬长而去。

陆涛正找着，灵姗推他，陆涛抬起头来，只见戒指在灵姗手里。

"是找这个吗？"灵姗问。

陆涛站起来接过戒指："谢谢你。"

"这就是你的女朋友吧？"

陆涛点点头："我出去一下。"

"那女孩好野蛮。"

陆涛却早已追了出去，他一路飞跑，穿过俱乐部的大厅和过道。

终于在俱乐部外面追上夏琳，只见夏琳正坐在地上吐。

❀　　你怎么了

陆涛蹲下来，用手拍她的后背："夏琳，你怎么了？"

"我不平衡了，我生气了。"

"夏琳，对不起，刚才那女孩是灵姗，远大的业务伙伴。"

"你什么时候变成三陪啦，陪吃陪喝还要陪跳舞，这是男的干的事儿吗？"

"哎，你马上带我去见见你的客户，看看他们中间有没有女的？"

夏琳把头歪过来看了一会儿陆涛："你现在真忙啊，忙得只能在俱乐部才能遇见。"

"你也是啊！"

"我是因为这里有熟人儿，又有排场，又能打低折，请理解一个拉广告的小业务——"说着吐了起来。

陆涛从兜里拿出一把餐巾纸，递给夏琳，夏琳接过来擦嘴。

"对不起，夏琳，我错了。"

"错的是我。"

"夏琳，请你理解我！你知道，无论干什么，我只有一个目标，那就是让你幸福。"

"我越来越理解你了，陆涛，你只是通过幻想让我幸福而让自己得到满足。"

"夏琳，告诉我，你要什么？"

"我要一个家。"

"我正为此而奋斗。"

"我说的不是那一种家，不是你自己的奋斗，而是家，你和我。"

"知道。"

夏琳叹了口气，站起来："刚才我嫉妒了，出来后才明白。"

陆涛想说什么，夏琳笑着打断他："原以为嫉妒是别人的事儿，我自己不会嫉妒。"

陆涛伸出手，手指张开，露出订婚戒指："订婚戒指，我找到了。"

夏琳接过来，看了看，戴在手上，然后去吻陆涛。

陆涛长出一口气。

"你忙你的事儿吧，我还得回去把合同敲死，然后就是直接回我妈那儿了。"

陆涛点点头："你少喝点。"

夏琳点头。

"放心，回去以后，我不跟灵姗跳舞了。"陆涛说。

夏琳又吻了陆涛一下。

"明天上午我晚点去，咱们去把结婚手续办了，不然，心老是悬着。"陆涛又说。

夏琳再次点点头，又吻了他一下，这些吻让陆涛觉得，他必须结束这种没有安全感的感觉，他要的是那一种老夫老妻的感觉，他得到那感觉，才会觉得内心安定，生活有意义。

✿　　米莱的焦虑

同一时刻，在医院里VIP病房的病床边上，米莱陪着父亲米立熊。

米莱在看一本杂志，米立熊闭目养神，一会儿，米立熊睁开眼睛："米莱，回去吧，我要睡觉了。"

米莱抬起头："爸，我们的房子还在那儿，其他的事儿，还有我呢，别着急。"

"爸爸错就错在太心急了。"

米莱点点头。

"米莱，你长大了。"

"爸，明天我来陪你。"

"不用啦，爸的身体爸自己知道，说好明天你妈过来。听爸的话，你回公司，我要你在公司掌握所有的情况。"

一出病房，米莱的腿立刻就软了，她索性停下来，用手机发短信息给陆涛，她发了一条又一条，却等不到回音，她觉得自己的心浮了起来，现在，她只有一念头：看见陆涛。她觉得，只要能看见他，她的心里才会踏实。

陆涛把车从俱乐部开到住处楼下，停了车，正要走，却见前面站着米莱。

陆涛吃惊地问："米莱，你怎么在这儿？"

"我不敢给你打电话，只好给你发了短信息，你不回，我只好在你们家楼下等你。"米莱可怜巴巴的声音传来。

"对不起，我刚才一直在歌厅谈事儿，太乱了，没听见，什么事儿那么急？"边说边拿出手机，只见上面有好几个米莱的短信息。

米莱撒娇："别看了，我告诉你，我爸得急病住院了，公司的销售出了问题，我们被骗了，我不知道该怎么办，一个人心里难受，想找个人说话。"

陆涛看着米莱，犹豫着。

"就陪我说会儿话，好吗？"

陆涛四下看看，点点头。

两人并排向米莱住的那栋楼走去。

恰在这时，一出租车驶过，里面坐着夏琳，她从出租车后座抬起来头，她看到陆涛住的小区，夏琳回过神儿来："坏了，怎么跑这儿来了？师傅，请在前面掉个头。"

今天她跟母亲说好回自己的家，而不是陆涛这儿，忽然，两张熟悉的脸从眼前走过去，夏琳回头看，是米莱和陆涛。

夏琳坐的车在不远处停下了，车内，夏琳趴在后窗看。

只见米莱走着走着，拉起陆涛，一起走进楼去。

夏琳从出租车上跳下来，她虽然震惊异常，却是醉醺醺的，用手捂住头，抬头往上看，只见一扇窗户的灯亮了。

"他们一定在那里！"夏琳想到这里，差点晕过去。

❀　　偷窥

进入陆涛住处的时候，夏琳完全没弄清自己是怎么来的，只觉得胸闷气短，天旋地转，她打开灯，下意识地四处翻找，终于在一个抽屉里找到一个望远镜，那是有一次她和陆涛在看话剧之前买的，她来到窗前，向米莱的房间里望去。

透过夜色，只见米莱和陆涛坐在一张桌子两侧，正说着什么，还看到米莱站起来给陆涛倒水，接着，她竟看到米莱走回来时，还顺手胡撸了一下陆涛的头。

夏琳当时就气得把望远镜扔一边儿了。

此刻，在米莱家，陆涛正问米莱："你爸什么病？"

"胆结石——做一小手术就好了。"

"那就好。"

"今天在病房看着我爸，忽然我发现我爸老了，以前我以为他是个铁人呢。"

"怎么回事儿？"

"我爸匆匆忙忙和伟信签了销售合同，他就是为这事儿着急。"

"我听到这消息后，本来想给你打个电话，提醒你一声，后来工作一忙，给忘了。"

"你就是提醒了，也晚了，我们谈得很快，合约一签，我们的钱就打过去了。"

"伟信也和远大谈过，没谈成，我们当时觉得他们急于得到客户，并不一定能做到他们的承诺。"

"知道吗，陆涛，你这次非常成功，你的成功甚至给我们很大压力，也许我们不得不降低售价。"

"米莱，这件事让我很内疚，不知道从什么时候起，我们变成了竞争对手——也不知这事儿是谁安排的。"

"我们的楼都在一条街上，他们要不买你，要不买我，就像我和夏琳——"

这话说得陆涛一下子就颓了，他想了半天才说："其实，和你坐在一起，我感到不太自在，我觉得对不起你，甚至你爸，因为你们一家人曾真心地帮过我，你们对我很好。"

"这不是你的错，你不能这么想。"

"不，我还是感到内疚。米莱，你知道吗？你家人一直对我好，我毕业，你帮我张罗工作，我做'青年家园'，你不挣钱为我们做内装修，这次法兰克福风情，你们多垫资十个百分点——"

米莱笑了："看来你很明白呀，一句话，你欠我的——而且这辈子还不清了。"

陆涛叹了口气。

"陆涛，我还爱着你。你知道，到现在为止，我只要跟你在一起我就说不出的高兴，我是女人，对我来讲，生意上的事没有那么重要，那只是生意。"

陆涛想说什么，米莱对他摇摇手，他没说话，片刻，他吸一口气，说："米莱，有件事我得告诉你。"

"你说。"

"明天上午，我要和夏琳去登记结婚。"

"杨晓芸跟我说过，你们前一段儿订婚了，我以为你们现在已经结完婚了呢——夏琳是个好姑娘，上学时我们就说她是三好学生，人好，模样好，运气好。她就是那样。我祝福你们，特别是你！"

"告诉我，我现在能做什么？"

米莱看着陆涛，伸出手："拉一下我的手。"

陆涛拉米莱的手，感到手指被抓紧，接着米莱趴在陆涛手上哭了。

陆涛听到米莱带着哭腔儿的声音："我就喜欢你拉着我的手，我想让你一直拉着——"

陆涛看到米莱肩膀抖动得更厉害了，他觉得她完全是一个小孩子。

不幸的是，这一幕被夏琳从望远镜中看到了，她放下望远镜，猛地拿起手边的一筒可乐喝了两口，等放下可乐，连她自己都能觉察出自己脸上一定是痛苦的表情。

❀　　为爱痴狂

"哎，米莱，你好点儿了吗？"

米莱抬起头来："好了！"

陆涛看着她。

米莱擦干眼泪："有时候我想，要是我是夏琳该多好！知道我会怎么做？"

"你会怎么做？"

"我绝不会让你去有发展的公司，干什么事业，叫你去找挣钱少但清闲的工作，然后天天泡在一起，看电影，去迪厅，看展览，接着过学校生活，把这种生活能延长多久，就延长多久。我们可以攒钱买奇瑞QQ，还是分期付款的那一种，周末和华子向南在一起，吃AA制的小饭馆大餐，晚上去台球厅打台球，要不然就在家看DVD，我靠在你的肩膀上，把每个月挣到的工资花到最后一块，然后分头回家蹭饭吃，没有公司，没有什么事情要决定，没有应酬，没有别人，只是为自己活着，我为你，你为我——你知道，有时候听听杨晓芸向我抱怨她和向南的事儿我有多羡慕吗？不管有什么恩恩怨怨，他们天天在一起，天天都在一起！"

"我懂得你的话。"

"我知道你懂。"

"米莱，我不知该说什么，我只是希望你快乐，天天都快乐，希望你爸爸好起来，希望你以后幸福。"

"谢谢你这么说——你该走了，再不走，夏琳该着急了。"

"你好点了吗？"陆涛说着站起来。

"你是明天就要结婚了吗？"

陆涛点点头。

米莱一下子扑到陆涛怀里。

夏琳看不下去了，她一下子站起来，把望远镜摔碎在地上，把窗帘"唰"地一下拉上，然后坐在地上哭了起来：这个号称明天就要跟她结婚的男人怎么能这样？

夏琳哭了一会儿，停了，站起来，走到洗手间，她看到了陆涛的另一面，然而整件事在她看来却完全是无法理解与荒谬的，她看着镜中的自己，试图认出那个人，然而她只是看到心碎的女人。她不喜欢她，她认为自己不该这样，她以前认为爱情是无条件的，现在她觉得当陆涛另有所爱，便能使她无法爱他，她在心里骂了陆涛一百句，然而她的感情还是紧抓住他不放，她感到自己快疯了，她唱起一支歌，她起初是用哭腔儿轻声唱的，但她越唱越坚强，甚至脸上渐渐露出骄傲的笑容——

当她唱到"想要问问你敢不敢像你说过那样的爱我，想要问问你敢不敢？像我这样为爱痴狂？想要问问你敢不敢？像你说过那样的爱我？像我这样为爱痴狂？到底你会怎么想？"她简直就觉得自己恢复了信心，是的，她只有在这一方面有信心，那就是：她比他更爱。

❀　　然后

陆涛在两小时以后回来，发现夏琳正在睡觉，他上床抱住夏琳，夏琳在假睡中翻身抱住陆涛。身体不会说谎，他们仍是彼此需要，夏琳因嫉妒而狂野，而陆涛却没多想，但夏琳再要第二次的时候，他却说累了，他没有看到黑暗中夏琳脸上的惨笑，他睡去了。

第二天上午，陆涛醒来，只见身边空着，他叫了几声："夏琳，夏琳，几点了，我们结婚去！"

没有回声，陆涛下了床，四下里找了一圈儿，没有夏琳，他拿起电话："喂，夏琳吗？"

夏琳在宣颐广告公司的办公桌前接陆涛的电话："喂，我在公司。"

"你怎么上班了？我们不是今天登记去吗？"

"再过几天吧，'十·一'再说，我现在手上有事儿，回头再说。"夏琳用平静的语气说。

陆涛把电话扔到一边，长出一口气，他感到有点不安，没觉出有什么异样。

夏琳放下电话，走到一个办公室门前，走了进去，办公室里的经理从桌子上抬起头。

"头儿，我想去新疆跟拍广告，'十·一'长假我没事儿，我想看看真正的沙漠。"

"我正愁这事儿呢，公司到现在也派不出人来，你那边儿跟远大的事儿都安排好了吗？"

"安排好了，没问题。"

"那就劳驾你了。事先说好了，这一趟很苦啊，一星期可能都洗不上一次澡，那可是真正的沙漠，而且，为了等我们要的效果，哪天回来也说不准。"

夏琳笑："没问题，我去。"

"那我通知一下剧组，把你的机票加进去，你准备一下，明后天出发。"

与此同时，在陆涛办公室，公司的一位女秘书对陆涛说："陆总，您的事儿安排好了，幸亏我们跟光辉旅行社的关系不错，他们才把最后两个名额给了我们，这是两张九月三十日的往返机票，第一站是昆明，然后是大理，再往后是丽江和中甸，这是日程表，安排得挺满的。我跟他们说好了，不愿意的话，可以到了昆明以后就离队行动。"

陆涛接过机票看了看："谢谢。"

❀　　掩饰

夏琳现在觉得生活是一分钟一分钟度过的，非常艰难，之前她从未感到过自己是那么爱陆涛，当然也没有那么恨过。下了班，有两个声音在她头脑里盘旋，一个是看一看陆涛，一个是不看，几乎把她折磨疯了。最后她还是去了陆涛住处，陆涛还没下班，夏琳趴在黑暗的窗台上，用一个新的望远镜看对面的米莱，只见米莱一个人在房里无聊地转来转去，穿上一件新衣服在镜子前看自己。

夏琳感到了米莱的孤独与痛苦。

她忍不住继续看米莱，只见米莱试了件衣服，然后一下跳到床上，拿起一本时尚杂志看了两眼，然后跑到厨房，烧了一壶咖啡，回来后趴到窗台上，竟往陆涛住处看了两眼。黑漆漆的夜色里，夏琳仿佛感受到米莱失神儿的目光。

夏琳从窗户边上滑下来，坐到地上，点燃一支烟。外面传来用钥匙开锁的声音，她连忙跳起来，去开灯开门，在门口迎上刚刚进来的陆涛。

"猜猜我们'十·一'去哪里？"陆涛兴奋地问。

"我去新疆。"

"不是新疆，是云南！昆明、大理、丽江、中甸，其实我们更该去的是巴黎，不过已经来不及了，出境旅游不是一两天能办下来的，所以嘛，我管云南叫小蜜月，因为我决定把巴黎留给大蜜月，怎么样？"

"主意真不错，不过我要去新疆，明后天。"说完，夏琳往回走，把一个大购物袋里的东西分别放进冰箱和别的什么地方，陆涛跟上去："你真的要去新疆？你去新疆干什么？你去新疆我们怎么结婚？要不我跟你一起去新疆？"

夏琳站住："难道就你一个人有工作可做吗？"

"你什么意思？怎么不早说？那机票怎么办？"

"退了吧。"

"你去新疆干什么？"

"我们公司有一个广告要在新疆拍，有沙海、清真寺、驼队什么的，我跟着——这事儿刚下来。"

陆涛忽然感到有点扫兴，他咬了一下后槽牙才说："那我送你去机场。"

第二天上午，陆涛把夏琳一直送到机场候机室，尽管心里不满意，嘴上还假惺惺地开玩笑："记得多喝水，必要的时候，据说骆驼尿——"

"滚！你以为我不远千里跑新疆干吗去？吃哈蜜瓜听起来还像个理由！"夏琳一边想着自己上飞机后非得号啕痛哭一场，一边跟着说。

"也是啊，别忘了买包葡萄干儿回来，买不着，你就把自己晒成葡萄干儿回来。"

夏琳想回他一句，不料喉头却突然堵住了，幸亏同行的一个姑娘过来叫："夏琳，入关了！"

"我马上！"夏琳回道。

陆涛说："我帮你推行李车。"

"得了吧，我自己推吧，哎，那么长的'十·一'，你总算能有机会重新想一想我们俩之间的事了。"

"你说什么？"

"再见，我走了。"说罢夏琳推着行李车走了。

陆涛看着夏琳的背影自言自语道："莫名其妙！"

他哪里知道，那个背影在哭泣，还哭得那么厉害。

❀　　　度假

送走夏琳，陆涛回到车里，忽然感到有点孤单，于是决定找朋友，他把车开到"露露发廊"前停住，打电话。

"喂，华子，我是陆涛，我到了。"

华子从发廊里钻出来，一看就是正洗着一半儿头儿，他打开门，坐到陆涛边儿上。

"听说，你和夏琳折腾结婚的事儿，结果差点把向南和杨晓芸折腾离了。"

陆涛叹口气："唉，我以前从来没见过向南那样儿。"

"这杨晓芸嫉妒心够强的？"

"女的都嫉妒！"

"也是——我看这帮女的都应该起名叫'折腾'，哎，现在成新郎了吧？"

"哎——手续还没办呢。"

两人各点了一支烟，沉默了一会儿。

"'十・一'怎么过？"华子问。

"我正要说这事儿呢，你和露露怎么样？"

"心连心、肝儿连肝儿。"华子笑道。

陆涛掏出一信封："噢，对了，这儿有两张旅行社的往返机票，明儿的，'十・一'云南游，要不你带露露去？"

华子接过来看一看："你怎么不和夏琳去啊？"

"夏琳今儿去新疆出差了。"

"那好吧，我代露露，谢了。"

"你还得跟旅行社商量一下，改一下人儿——"

"这好办！"

"那我就先走了。"

华子下了陆涛的车，又把头伸出来："陆涛，我借夏琳的钱全压蛋糕店里了，还没周转过来，缓缓我再——"

"该缓缓你的——再见！"陆涛说罢，把车开走了。

而华子则跳进自己的老爷车，飞奔蛋糕店，路上把好消息告诉了露露，露露听了激动得就站向店外的路边张望，只见华子的车一到，她便箭似的冲出去，跳上华子的车，这可是他们第一次度假啊，露露使劲儿亲华子，后面响起喇叭声。

"快走，再不走他们要撞咱们了。"露露不好意思地抬起头来。

"我就不走！就坐这破车里向全世界展示幸福！"

"就咱俩这样儿的幸福，人全世界稀罕吗？"

❀　　办事儿

华子今儿要去办件事，一条乡村林荫路，去印刷厂取货，他边开车边教育露露："露露，以后不许你说这些自轻自贱的话，要说也是由我负责说，我告诉你，跟我在一起你算是抄上了，谁不稀罕？谁不眼馋？"

"华子，我还没去过云南呢！"

"你以为就你没去过呀？明儿话告诉你，我也没去过！"

"几点的飞机？"

"明天上午十点，咱中午就吃上正宗的过桥米线了！"

"对啊！"

汽车开出城，露露忽然问："哎，华子，我问你，猪头的钱都是从哪儿来的？"

"我哪儿知道。"

"要不别跟猪头合作了，我觉得咱就把蛋糕店做好就行了。"

"妇人之见！那猪头的生意跟蛋糕店不是一级别的！你看吧，这批书一发出去，我先拎回六千块花花！"

"哎，这是不是你说的那个印刷厂？"

华子的车猛地刹住，然后倒了回去，把车停在一片空场上，华子从车里出来，看了一眼空荡荡的厂子，一边发着短信息，一边走向一个车间。

"你干吗呢？"露露问。

"我给他们发一暗号儿！"华子笑了。

厂房的门开了，华子一进去，便被一个保安拦住了。

保安问："你找谁？"

"我是金三儿的朋友，这是提货单，我来这儿提书。"

保安又看了他一眼："你等一等。"

话音刚落，只听警笛响起来，片刻，厂房里的警灯也转了起来，保安转身就跑了，工人们也四下里逃散，本来到处是人的厂房，忽然变得没什么人了。

华子跟着人跑了几步，只见一些人跑到一个地洞口，一个一个跟着下去了，再一愣神儿，只见一队警察冲进来，其中一个上来就把华子按在边上，露露扑过去拉华子，也被按在一边儿。

"哎，大哥，没我事儿啊，跟我没关系，我是来提书的！"华子冲警察叫道，警察的回答也干脆，直接把他推进了一辆警车。

警车开动了，车内，华子、露露和几个被抓的工人被按在地上蹲着。

"怎么了我？凭什么逮我呀，我第一次来这儿！"华子叫道。

"就你废话多！"一警察瞪了他一眼。

"大哥，我是冤枉啊！这可不是废话！我看见一帮人全钻地洞了，早知道我也钻呀！"

警察一指露露："把你身份证拿出来！"

露露抱住华子："华子，我害怕。"

华子抱紧露露："这是我媳妇儿！"

警察喊道："那把你们俩结婚证儿拿出来！"

"我们现在还没钱结婚呢！"华子苦着脸说，车里人全笑了。

"就你贫，你给我闭嘴！"警察叫道。

这时，华子的手机响起来，华子看着警察："我能接吗？"

警察没理他，华子接起电话。

"喂，猪头，我是华子——哎，别提了，哥们儿正坐着警车往回赶呢！你帮我把我的车开回去啊！"

此刻，晚到一步的猪头正在空荡荡的厂房里。

"我到了，这是一空厂啊，一个人也没有。"猪头说。

"对对对，就是那空厂子，人全跑了，我被抓起来了。"华子说。

"为什么？"

"我哪儿知道呀！估计那是个盗版印刷厂，这大过节的，风口浪尖儿他们也敢坚持生产，完全是有病啊，以后绝对不从他们那儿进书了——是，是是，大哥，我能问一下咱们这是去哪儿吗？"华子问警察，警察瞪了他一眼："闭嘴，谁是你大哥？"

✿ 猪头破产了

班房里，华子站到前面，露露站他边儿上，地上坐着七八个人，每个人都摇头。

一小警察提高声音："再看一遍，认识吗？"

大家再次摇头。

华子被带了出去。

"我真是第一次去，以前从来没做过书，刚开始，听说那儿便宜——"华子还没说完，警察一推他："你走吧，没你事儿。"

"我的提货单——我交了三百块订金的。"

警察再一推："得了吧你。"

一下把他推出了院子，露露跟了出来。

派出所院子外，猪头的车停在那儿，猪头从车窗口向华子和露露招手。

华子一拉车门儿坐了进去，露露坐他边儿上。

"怎么回事儿呀？"猪头问。

"瞎抓人！估计是节前大查抄，真够倒霉的，叫我给赶上了，你说我招谁惹谁啦？"

露露忽然哭起来。

"这是怎么了？"猪头问。

华子看了一眼露露，"估计是吓着了，露露，别哭，没事儿了。"

露露哭道："咱快走吧，快去云南吧，我受不了了！"

猪头给了华子一支烟，华子点着了。

猪头瞟着露露说："华子，你叫露露别哭了，我就受不了这小姑娘哭——"

露露抬起头对华子："我害怕！"

猪头说："哎，我也是门不清儿啊！露露我告诉你，挣钱没那么容易！我们下次得汲取教训——"

"哎，猪头，我告你啊，那厂子真绝，厂房里有一个地道口通向外面，还有报警的，警报一响，工人们全跑了——我正犹豫呢，被逮住了！要是有点地道战的经验，我早带着露露出现在厂子后面茫茫的一望无际的希望的田野上了！"

"得，华子，车给你，刚才没车钥匙，我用火线打着的，回头塞回去——我撤了，生意的事儿，咱以后再合计合计。"

猪头说着下了车，走了。

"哎，猪头，这回你砸进多少钱啊？"华子喊道。

车窗外，是猪头落寞的背影儿，这个背影没有告诉华子，他一下子损失全部家底儿。

✿ 丧钟为谁而鸣

华子把车驶进一条小路，再开一会儿就是他们家了。

"露露，一会儿到我们家就吃顿饭，跟他们说一声儿，咱明儿去云南。"

"我就怕去你们家。"

"有什么好怕的？我告诉你，记住两条儿就够使的了，首先你要分清男女，二一点，见男的叫叔叔，那是我爸，见女的叫阿姨，那是我妈！"

"哎，华子，你看——"

华子从车窗里看去，前面围了好多人。

"难道说他们等着欢迎我？我有什么好欢迎的？早知道有这事儿，安一天窗，看看我能不能站起来向群众们招招手。"

前面的车越走越慢。

"到底怎么了？"露露忧心忡忡地问。

"出事儿了呗！就喜欢这个，热闹！哎，露露，你说我喊'同志们好'怎么样？他们会不会以为我喝醉了。"

"你爱喊什么就喊什么，反正他们要问我怎么回事儿，我就说我这傻弟弟疯了。"露露笑了。

车渐渐开不动了。华子欠身把头伸出去："我看看到底怎么回事儿？为什么这么多人挡我的道儿，你看，前面一股黑烟儿，着火了吧？也不是谁家那么倒霉，靠着放火烧自己家庆贺'十·一'，你说我鼓掌跟他们同喜一下，他们不会说我幸灾乐祸吧？"

"你不是正在幸灾乐祸吗？"

"那算他们猜对了，我进派出所，就换来一家火灾，值！"华子说罢跳下车，然后灵巧地爬上自己的车顶。

只见从一层楼的窗户里冒出滚滚黑烟，两辆救火车正在往上喷水。

华子正要兴奋得大喊，脸突然僵住了。

华子在车顶上趴下，把头伸进车内。

"怎么了？"露露问。

"我眼睛花了，等一下，我再看看。"华子喘了一口气说。

华子重新站起来，从天窗伸出头去，从上往下看，这一下他看清了，只见人群中，他妈正在哭，他爸从外面钻进去，手里拎着两双鞋，慌慌张张一把拉住他妈，他妈一下子晕倒在地上，把华子爸也带倒了，鞋掉在地上。

华子用手胡撸了一下自己的脸，再看，只见他爸正推华子妈，华子有点崩溃了，用手捂住脸。

露露的喊声传来："华子，华子，你是不是把幸灾乐祸的台词儿忘了？喊同志们好就行！"

华子沉重地掉下来："是我们家！"

"你说什么？"

"我们家着火了，我爸就抢救出两双鞋来，估计是慌得只记得从门口的鞋柜上拿鞋了——露露，破家值万贯，这一下，至少十万烧没了！"

华子带着露露向前挤去，华子小声对露露说："知道海明威的小说吗？有一本儿叫《丧钟为谁而鸣》，现在全明白了，为我啊！"

❀ 医院里

夜色中的医院病房里，华子妈睡着了，上身全是绷带。

华子爸站起来看两眼，又坐下去，浑身使劲儿，却又使不上，想叫华子妈两声，没叫出来，打开门，来到走廊里。

华子爸一个人坐在座位上等着什么，无意间从兜里摸出一包烟，点燃，抽了起来。

不远处，露露也坐着，她可怜地睡着了，手里紧攥着那两张机票。

而病房外的小门边儿上，华子和刚刚赶来的陆涛正站着抽烟。

"这云南没戏了——这下我可知道什么叫天灾人祸了！"华子说。

陆涛点点头。

"你回去吧，别跟我一起耗着了。"

"我没事儿，回去也是待着。"

"你别不好意思，这一天下来，已经——"

"哎，你这么说就没劲了。"

"回头我把你垫上的住院押金——"

"别提这事儿行不行——"

"我妈能报销。"

"哎，你这人也太没劲了。"

"好吧好吧——"

"你妈醒了，要知道检查出乳腺癌来——也不知道受得了受不了。"

"其实我妈这次是因祸得福，应该高兴才对。你想，要不是火灾，她也来不了医院，不来医院，也不会做全面检查，不做全面检查，也不会查出乳腺癌早期，这事儿要是拖下去，那才是大麻烦呢。要我说，就是三次火灾都值。"

陆涛灭了烟头："你爸怎么样？"

华子长叹一声。

"怎么了？"

"我小时候，一直以为我爸是世界上最有力量的人，只要他在，就什么也不用担心，长大了，才知道每个人都有一个爸爸，我爸只是千千万万大人里的一个。接着，我觉得他活那么大年岁，必有什么我不知道的东西没告诉我，后来发现他知道的还不如我多。"华子感慨道。

"我小时候出错，我爸从来不让我解释，伸手就打，我每次都不服。现在才发现他是对的，他就像这个世界一样，这个世界从来不让你解释。

"上高一的时候，有一次，我爸又要打我，我推了他一下，把他推倒了。其实那次只是一个寸劲儿，我的力气和他比差远了。记得那一次我爸站起来，看着我，直发愣，半天，才离开，嘴里叨唠着'这孩子长大了'。那一刻，不知为什么，我特想哭，也不知是为他还是为我自己。"

"我也有过类似的一次，我爸和邻居吵嘴，我去劝，我爸给了我一巴掌，我用胳膊使劲儿一挡，他疼得直咬牙，其实那次我胳膊也疼得要命，但我没有表现出来，后来我爸就再也没跟我动过手。"

"我爸也是！不过，看到他们变老，我还是挺不舒服的，叫我想起，有一天，咱们也会变老。"

"我觉得咱们应该努力，咱们可以变老，但不要变成像他们一样的老法儿，我希望自己到最后一刻都能照顾自己，不给别人添麻烦。"

华子笑了："我觉得他们最该教的是坚强，可不争气的我爸却开始向我展示软弱了——刚才要不是我拉着他，他差点儿给人家大夫跪下，求人家救救我妈，这都什么想法啊！你想人家大夫吃的就是这碗饭，他能不救吗？我当时差点没崩溃了，我爸这么一糟老爷们儿，见人家大夫四处鞠躬作揖，见着小护士都哭哭啼啼的，像个什么样子！太丢人了。"

陆涛也笑了起来。

"我以前以为他们那代人上山下乡的，恨不得把世上的苦都吃尽了，应该够坚强吧？原来比我还扛不住事儿！除了感情用事，什么也干不成，真不知道他们是靠什么活到现在的。我要是学他们，这辈子一准儿跟他们一样。"华子说着，用手捂住脸，长叹一口气。

却把陆涛逗笑了："哎哎哎，老鼠的儿子会打洞——看你现在愁眉苦脸的样子，不是跟他们一样吗？"

"我是让我爸给气的！"

陆涛又笑。

华子叹口气，苦笑："全让你看见了，哥们儿最近真背！"

✿   "十·一"打算怎么过

离开华子，陆涛感到有点因没人需要而产生的百无聊赖，他来到医院停车场，上了车，然后两条腿伸在车外面，从口袋里拿出电话打给向南，向南和杨晓芸正在逛超市，接到陆涛电话很兴奋，"是我啊！"他喊道。

"'十·一'打算怎么过？"

"你说一个业务员能怎么过，拉拉客户关系呗，你有什么巧安排？"

"我没有，夏琳去新疆了，放了我的鸽子。"

杨晓芸一拍向南："刚才你说那种减价火腿我怎么找了一圈儿都没找着啊——"

向南一指："在那边，"然后说，"你问问华子怎么过？"

"华子颓了，他们家火灾，他妈被烧伤住院了。"

"真的？"

"更累的是，一到医院做体检，查出了乳腺癌。"

"啊？真的？"

杨晓芸冲回来："什么事儿啊？"

向南捂住电话："华子他们家火灾，把他妈烧了一个半死，正在住医院呢，要不咱们一起去看看？"

杨晓芸面无表情地说："这是火腿，再见，我去找棒骨！"

向南重新拿起电话："喂？你在哪儿？"

"我在医院。"

"你怎么定的？"

"我正跟杨晓芸逛超市——我明儿去吧，今儿晚上有点儿事儿。"

"好吧，那我先走了。再见。"陆涛把腿收进汽车，关上门，开车走了。

❀　　你占有欲真强啊

超市停车场车，杨晓芸和向南大包小包地往外走。

"明儿回我们家还是你们家？"杨晓芸问。

"不是跟你说了吗，我得陪客户。"

"我是说晚上。"

"晚上我时间没定呢。"

"刚才陆涛还跟你说什么？"

"倒霉事儿——明儿咱得去医院看趟华子，友谊这时候不使出来，那还有什么用啊！"

"那我跟你一起去吧。"

"成——哎，杨晓芸，趁着大过节的我跟你说一事儿啊——"

"说！"

"前两天深更半夜你网上聊QQ，我立马儿就看见了婚外恋的小火苗儿，及时扑灭！你还想再惹事儿啊！我告你，以后换MSN吧，叫人觉得正经点。"

"我怎么婚外恋啦？我怎么婚外恋啦？"

"你网名叫什么——白雪公主，我呸！这么不堪入目的外号儿你也敢起——你今儿就改成向南媳妇儿！"

"为什么？"

"你本来就是我向南的媳妇儿！"

"你占有欲真强啊。"

"哎，大姐！谁占有谁啊，我是爱你。"

"你们男人永远分不清占有和爱，这话是夏琳说的！"

"你分得清吗？"向南反问。

两人走到向南的车边，向南把后备箱盖儿打开，两人把东西往里放。

"我当然分得清了，我是爱你，你是想一个人占有我！让我连QQ都不能上，你怎么那么缺德！"

"你才缺德呢，跟我过日子好好的，竟敢想入非非！"

杨晓芸提高声调："这说明，咱俩这日子过得不好！"

"怎么不好？"

杨晓芸把后备箱盖一关："不好，就是不好！"

"又来了，又来了不是！求求你晓芸，咱俩凑一起，就图一感情深，别搞破坏好不好？"

"你老不从你自己身上找原因！"

两人气哼哼地走到前面，各自上了车，门"咣"的关上，话刚说完，车也开走了。

❀　　难捱的一天

天亮时华子在病房里醒过来，心情沮丧，但他揉完眼睛以后，便意识到日子还得过。他爸过来接了班，他叫醒露露，然后把她送到蛋糕店，接着回到被烧得面目全非的家，联系装修队的人来装修，下午，他去找猪头。

华子从出租车下来，走进一个居民小区，一楼的门口还立着"野马图书发行公司"的牌子，华子推开门进去，只见七八个业务都站着，猪头站在那里发表讲话。

"朋友们，我们的图书出版公司，野马，野马图书出版公司，创业至今，历尽艰难，今儿感谢你们所有人，唉，不是我们不努力，而是我们不幸运——话说你们这个月的工资，算我欠你们的，愿意的话，可以找我打个欠条，等我哪天有钱了，还给你们。我猪头为这个公司忙活半天，损失了三十来万，我也不知道说什么好，我认倒霉，这生意没看准儿，刚上手儿就碰上严打，你们也认倒霉吧，跟错了人——现在我宣布，朋友们，难兄难弟们，从今天起，野马倒闭了！大家散伙儿吧！"

人们一下子围上了猪头向他要工资，猪头把人们推开。

"别碰我，别碰我！想抽我是不是？轮不上你们！"说着，从地上捡起一个空酒瓶子，照自己脑袋上就一下，瓶子碎了，血立刻流到猪头脸上。

猪头往外走，有人抓住他的衣服，一件件给揪掉了，猪头光着膀子走了出来。

华子追出来，把自己的上衣脱下来，给猪头披上。

两人一起走出楼洞。

猪头抬眼望一望周围："华子，后会有期，你电话我心里记着呢。"

望着猪头远去的背影，华子忽然觉得一阵轻松，接着，他感到力量：还能怎么着，不就是失败吗？就是成功了又怎么样？大家还不是得向前走吗？

✿ 新点子

正在华子感悟真理的时候，陆涛来远大公司徐志森的办公室，手里抱着一摞资料。

只见叶英雄领两个人正谈着什么，叶英雄见陆涛进来，与徐志森握了一下手，从座位上站起来。

徐志森对陆涛说："你等一下，我送一下叶总。"

叶英雄说："徐总，请留步，事情已经办完了，不必送了。"

"那好，再见。"

叶英雄也说："再见。"

两人握了一下手，叶英雄看了陆涛一眼，略略对他点了一下头，与两个下属离去。

陆涛疑惑地看了他们一眼，关上门："徐总。"

"陆涛，坐。"

陆涛坐下。

"现在我可以告诉你了，我是如何把断掉的资金链接上的——"

"叶英雄？"

"他们现在是小股东。"

"拆迁扫尾快完了，我又有了一个新点子——"

"你总是有新点子！"徐志森笑了。

陆涛兴奋地说："你看，这是罗兰设计公司刚刚送给我的一套资料。"

"这资料说的什么？"

"节能房！中国房地产未来的方向！"

徐志森笑："未来的方向？"

陆涛激动地说下去："节能房可从高空一百五十米取新鲜空气，用鼓风机压入室内，在地下深埋导热管，冬夏两季，可利用地表与地下温差调节室内气温，对于湿度，也有一套控制系统，另外，室外装配光电玻璃墙，在白天直接把太阳光转变成电能，储存在蓄电池里，晚上供照明使用——"

"成本呢？"

"所有的这些技术都很成熟——"

徐志森笑："我是从美国回来的，二十年前我就住在节能房里了，我问你，成本呢？"

"还没有计算出来，不过——"

徐志森提高声调："在美国、在德国、在西欧，在法国——节能房是要靠政府扶持的，如果政府没有优惠政策，那么对于地产商是很不划算的，人们对于节能房的认识也要有一个过程，也许，这过程是相当漫长的——好了，资料留在我这里，我看一看，你还有什么事儿吗？"

陆涛摇摇头，要走。

"陆涛，咱们俩的关系，就像两个一起在海里游泳的人，你游得很快，所以，在某些时刻，我必须要拉你一下，使你的速度降下来，因为根据我的经验，前面可能是鲨鱼区——"

陆涛笑了："你等着，我还会有新点子！我一定会找到让你说'行、好、没问题'的新点子！"说罢，陆涛走了出去。

❀　　无所事事

陆涛回到办公室，感到无所事事。明天就放假了，公司里的人忙忙碌碌，搬进一箱箱客户送来的礼品，搬出要送给客户的礼品，

陆涛签了单了，也胡领了一箱礼品。准备送给华子妈，他把礼品搬到地下停车场的汽车后备箱里，忽然一只手拍了一下陆涛，陆涛一回头，是徐志森。

"老徐。"

"听说你要去云南度假吗？明天还是今天？"

"不去了。"

"为什么？"

"时间没对上，夏琳出差。"

"你只是想陪她去？"

"是。"

"明白了。"徐志森说。

陆涛没说话。

"为什么不给我打个电话？我们可以一起去云南嘛，我已经很久没有去过云南了。"徐志森说。

"我——"

徐志森笑了："你还年轻，只想和女人在一起——走吧，我还有事。"

徐志森说罢走了。

陆涛招手说"过节好"的时候，徐志森已进入他的汽车，没有听到。

❁　　夏琳你好吗

"人人都需面对一种孤独"，徐志森曾对陆涛这么说，但当时的陆涛没有感觉到，现在，当夏琳出差，陆涛一下子觉得自己的生活完全瓦解了，他感到失落，他重新感到夏琳的分量。只要她在，他便在主观上过着有主题的生活，当她不在的时候，他便感到空虚。

现在他便感到空虚，同时，他有种不祥的预感，他回想到夏琳在临走前，对他的态度怪怪的，但他不愿意想下去，他知道自己对她是一心一意的，现在他就是，一心一意地盼她回来后结婚，然后一切顺理成章，除此以外，他不做它想。

陆涛走进自己的车内，点燃一支烟，不知去哪里，他决定回家看看父母，一起吃顿饭，然后呢，他有了主意，他想让父母坐一坐他新买的汽车。

他就那么做了，回家，吃饭，开车带父母兜风，然后把他们送回家，然后他回到自己的住处。

陆涛进了门，一下子坐进沙发里，他点燃一支烟，然后拿起电话。

"喂，夏琳，你好吗？"

听筒里传来夏琳的声音，"累死了，今儿去看景看了一天，轮胎爆了两次。"

"有帅哥讨好你吗？"

"我正忙着呢，一会儿得看拍出来样片儿，还要写报告。"

"噢，忙到几点？"

"估计得夜里一点。"

"噢。"

"你怎么样？"

"我没事儿。"

"明天呢？"

"明儿，明儿闲着吧，跟客户一起吃吃饭，噢，对了，华子他妈住院了，他状态不是很好，我明儿去看看他。"

"行，有人叫我，我得出去一下，他们说有一个篝火晚会，我去露一脸。"

"我想你。"

"我先走了，再见。"

"再见。"陆涛不甘心地说，然后听着夏琳挂断电话后的盲音儿瞎回味了半天。

❁　　我一点也不反对

在医院走廊里，华子意外地碰见了米莱。

"你跑这儿干吗来了？"米莱问。

"看我妈来了，你呢？宫外孕？"

"去！"

"又绝经了？"

"滚——你怎么知道的？"

"气色不对啊。"

"我看我爸。"

“你爸不是在北非参加巴黎—达卡尔汽车拉力赛呢吗？”

“我爸刚做完胆切除手术，他以后就没胆儿了。”米莱边说边自己笑了，然后从兜里掏出一小塑料袋在华子面前抖一抖，“这是他的胆结石，看，像不像舍利子？”

华子没笑出来：“我妈刚诊断出乳腺癌来，马上要做手术。”

两人相互看了一眼，一起停住，又同时长叹一声。

“早期还是晚期？”

“早期。”

“噢，那还好——一会儿我去看看咱妈。”

“一会儿我去看看咱爸——顺便问问他老人家那儿还敢不敢要人，我正找工作。”

米莱欲言又止：“我爸——”

“对不起，我胡说八道呢。”华子赶紧说。

“没事儿——你真找工作？”

“我当蛋糕店店主当得挺得好的，一块小甜饼换一个姑娘，世上哪儿找这么甜蜜的工作去呀？”

“经常骚扰你们店蛋糕妹吧，也不怕人家告你！”

“我？我不怕，就怕她们偷吃我的假奶油，吃坏我还得花钱送她们上医院。”

“不跟你说了，我得走了，我往那边。”

“噢，那我往这边。”

“一会儿见，电话。”

“一会儿见，电话。”

两个人各自向两个方向走去。

半小时后，在医院小公园的阳光下，华子和米莱坐在一个小石亭子前面的木头长椅上聊陆涛，华子知道，这是米莱唯一真正关心的话题。

“总之，咱俩背，他顺，他顺得有点叫人生气，这是我同学吗？这是同一个北京吗？有时候我觉得甚至我们头顶的天空都是不一样的，他脑袋顶儿上飞着彩云，我的是乌云。”华子笑着说。

米莱了笑了，停了停，她说：“如果他很高兴，那么我也为他高兴。”

“如果夏琳能像你这样对他就好了——从没见过夏琳这么自我的人，而且，自我感觉那么良好！”

“陆涛也是！所以他们相互吸引。”

“依我看，陆涛面对夏琳的时候，经常感觉不是那么良好，他好像上辈子欠她的。”

“他为什么不欠我？”果真不出华子所料，米莱一听他这么说就急了。

“我现在就打电话叫他来欠欠你——你假装反对就行。”

“我一点也不反对！”米莱干脆地说。

“他一会儿就到，我们约好的。”

没事儿

半小时后，所有人在华子妈的病房里聚齐了，立刻，病房里充满了年轻人的欢声笑语。

应大家要求，陆涛把礼品箱打开，一件件往华子妈床边堆着。

"妈，这是陆涛送你的，你看，西洋参、冬虫夏草、燕窝、又是燕窝——真高级，我都没吃过。"华子笑着说。

华子妈吃惊地看着那些昂贵的礼物："哟，陆涛，阿姨都不知该说什么啦——阿姨可是眼看着你长大的！"

"阿姨，不用谢，这都是公司的礼品，本来是送客户的，我一看还挺合适，就全送这儿来啦，阿姨，您身体好了，比什么都要紧。"

华子爸把自己的椅子让给陆涛："陆涛，坐，坐。"

杨晓芸在礼品里拨拉来拨拉去，"阿姨，你看，还有灵芝呢！"

华子妈都快哭了："这是我哪来的福气啊！"

向南悄悄对杨晓芸说："除了西洋参，我都没吃过！早知道箱子里是这么好的东西，还不如——"

"滚！"瞪了他一眼。

一老太太从外面挤进来，坐在华子妈边上，华子妈赶紧介绍："华子，来来，这是你刘姥姥，还记得吗？住原来咱家左手边儿。"

"刘姥姥你好。"华子说。

刘姥姥说："华子，长这么大了？还这么精神！"

"是是是。"华子答应道。

华子妈一拉刘姥姥："这几个都是华子的朋友，都在公司，有经理，有董事长，什么银领儿金领儿的也弄不清楚，全是成功人士！"

刘姥姥笑眯眯地说："是吗，都有出息，都有出息！"

杨晓芸一指陆涛："姥姥，这是最有出息的一位，他才是成功人士，特成功！"

"你丫才成功人士呢！"陆涛回嘴，引得大家笑起来。

杨晓芸眼珠儿一转："阿姨，您看您和陆涛这么有缘分，他对您又这么好，不如认他当个干儿子吧？"

众人一听这馊主意纷纷响应："是啊——是啊——认吧，认完了后半辈子就有人靠了——"

华子妈立刻顺竿儿爬："我半条腿踹进棺材板儿的人了，哪儿能有这么好的福气？"

向南趁火打劫："阿姨，您有啊——陆涛渴望这事儿好多年了，是吧陆涛？"

陆涛只好说："是，是是。"

米莱笑着把陆涛往上推："阿姨，您有了这么一干儿子，一辈子就不用发愁啦！"

华子妈大乐："那敢情好了！"

刘姥姥也劝："认吧，不认白不认！"

杨晓芸踢了一脚陆涛："陆涛，快点吧，还等什么呢？别嫌贫爱富，你想开阿姨的玩笑啊？"

大家起着哄把陆涛推了出去。

陆涛只好跪到床边："妈！"

不料华子妈"哎"了一声，眼泪就下来了。

大家都一愣，华子妈却道："我这是怎么了？"

此刻，露露的手机响了，露露看了看，原来是夏琳，她想叫陆涛，但陆涛正被大家拥着，她只好自己走出门外接电话。

"喂，夏琳。"

此刻的夏琳正在北疆的一个破饭店房间里，她坐在写字桌边，手里拿着一支笔："喂，露露，你有大海的电话吗？我手机丢了一次，找不着他电话，我们这广告公司有事儿找他，请他写一段儿与沙漠有关的广告音乐，我觉得他的感觉特合适！"

"我有。"露露说，然后把孙大海的手机告诉夏琳。

"你和华子干吗呢？"夏琳问。

"我们正在医院待着呢，他妈得乳腺癌了，人都在这儿呢！"

"陆涛在吗？"夏琳问。

"在，杨晓芸刚刚正撺掇华子妈认他当干儿子呢。"

"他原来就俩爸，这下好，把俩妈也凑齐了。"夏琳笑着说。

"是啊。"

"还有谁？"

"还能有谁？华子、向南、杨晓芸、米莱——"说完米莱，露露心里"咯噔"一下子，她觉得自己多嘴了。

果真，夏琳马上就问道："米莱怎么在这儿？"

"米莱他爸正巧儿也住这医院。"露露只好实话实说。

"噢，谢谢你——我给大海打电话——"夏琳好像觉出了自己的失态，她故意轻描淡写地说了一句，听到露露说了声"好"以后，赶紧挂了电话，她看到自己的手直发抖，心一下子缩成一团儿，她想站起来，却没成功，手好像一下子失去了知觉，电话掉地上了。

她气疯了，感到一股刀子般冰凉的恨意从身上掠过。

打完电话的露露心慌意乱地进了屋，正大笑的华子一把拉住她："刚才你没看见——"

"陆涛，对不起，我刚才好像说错话了。"露露看也不看华子便对陆涛说。

"什么话说错了？"华子看着紧张的露露问道。

"刚才电话是夏琳打来的，问我一件大海的事儿，我们就说了几句，她还问这儿有谁，我说漏嘴了，说有米莱。"

向南大手一挥："没事儿，说了就说了，又没干什么见不得人的事儿。"

"是啊，破罐破摔，我看你和米莱趁机复合了算了。"华子开玩笑地说道。

大家笑了，谁也没意识到事情的严重性，笑声停后，只有了解夏琳的杨晓芸小声嘟囔了一句："夏琳有时候心眼儿特小。"

大家的目光全部望向陆涛。

陆涛大手一挥："没事儿！"

❀　　在小花园谈心

在病房闹完，大家来到医院小花园晒太阳。

陆涛和向南说话，杨晓芸和露露坐在另一边儿。

杨晓芸问："露露，你跟华子也这么长时间了，以后有什么打算？"

露露叹了口气："华子这人吧，跟我前男友儿大海有一拼，特迷茫，连他自己都不知道以后要干什么。我觉得他就像一火坑，挨着取暖还好，要是往里跳，就没谱儿了——还是你们家向南好。"

杨晓芸扭头看了一眼向南："我上学的时候，心气儿挺高的，跟上他以后，觉得一切都完了，什么都是安排好的，月薪、月供、购物、看双方家长，明年我生孩子，二十年孩子长大成人，一点变化都没有，他甚至不用打电话，就能在下班的时候开着车在公司前面接我，每天晚上不像躺在床上，反倒像躺在棺材里——你理解那感觉吗？"

"我羡慕。"露露由衷地说。

"羡慕？有什么可羡慕的？一点儿希望也没有。"

"你有男朋友依赖，就知足吧，我每件事都得靠自己。一天，大海对我说，露露，对不起，我爱上别人了，给我一次机会吧，如果我们没好成，我就回来找你，如果我们好了，我一辈子都会记着你。他跪在我面前说这话的时候，特真诚，也特不要脸——同是一个人，曾经整整夜给我唱歌，我们还醉醺醺地在公园的长椅上睡着过，那是一个下午，太阳暖洋洋的，就像现在一样，黄昏的时候，我先睡醒了，椅子硌得我腰酸背疼，我发现我们都穿着膝盖上破着洞的牛仔裤，手拉着手。"

"我就羡慕你这点，我从来就没有遇到这样浪漫的事儿。"

"那是孩子气，是反复无常，俩人上午说好了打算去天堂，下午却发现待在地狱中，我保证你没兴趣。"

"你不了解我，我一直生活在俗里俗气之中，从小就是，自己也变得俗里俗气，十五岁的时候，我和我妈在街边算命，那老头儿说我早婚，说我嫁人容易，还旺夫，我拿着一小菜篮子，里面装满了菜，你知道吗？当时我就觉得自己像个妇女，那时候我才上初三。"

露露叹了口气："有一件事儿我跟谁都没说过，你知道吗？我每次逛庙的时候，都忍不住抽抽签，可怕的是，每次都是下下签儿，有一次我抽急了，把所有的签都倒了出来，发现里面四十多根签里，只有一根下下签——居然也能被我抽到！"

杨晓芸笑了："我从来没抽过签儿，哪天咱俩一起抽去！"

"我不去！"

两人一齐笑了起来，笑罢一看，陆涛和向南已沿着小路走远了，向南还背着手儿呢。

❀　　那些姑娘的价值

"唉，哥们儿想起来了，我有一客户，手里捏着一片地，五证都拿齐了，就是没钱做，劝他卖了吧，他非要找人合作，其实都快绷不住了。那块地在西边儿，是块绝板地，什么时候你过去看看，跟他聊聊。那人除了贪，没别的毛病，给他介绍过人儿谈事儿，谈完了都摇头儿，看看你能不能搞定他。"向南对陆涛说。

"前一段儿我看过几片地，感觉都不是很好，可能是缘分没到吧，公司也不着急，先把手头儿这件事做好了再说。而且，买地的事儿也不归我管，我是跟着起哄的。"

"哎，管它呢，反正闲着也是闲着，去聊聊吧，那哥们儿就住亚运村，我说我一发小儿做城里的大项目，他还不信，说北京做地产的他全认识，没听说过你。怎么着，叫他见识见识，我一个电话，今儿晚上就能见着。"

"算了吧，以后再说。"

"哎，陆涛，是不是刚刚夏琳那电话给你闹的？没心思干事业了？"

"不是。"

"你骗谁啊，瞧你这脸色。哎，哥们儿其实一直就觉得米莱好，刀子嘴豆腐心，夏琳又霸道又厉害，就跟硬骨头连的女兵似的，你成天装出一副乐此不疲的样子，哥们儿今儿问你句实话——受得了吗？"

"咱能不说这事儿吗？"

"成成成，我看你这辈子就栽夏琳手里了。"

"我看是你上辈子就栽杨晓芸手里了。"

"杨晓芸跟夏琳可不一样，我告儿你，换上我，三个夏琳也不换一个杨晓芸——要是三个夏琳再加一个米莱，我考虑三天以后再给你答复。"

正说着，米莱迎头走来。

陆涛叫道："米莱，向南正说呢，要是三个夏琳再加一个你，跟他换杨晓芸，他考虑三天！"

"我以为旧社会才有老婆迷，没想到你还挺能进化的，到现在还没灭绝，真替你庆幸——不用考虑三天了，现在我就告诉你，要是有一千个你这样的，我就把你们组织起来，一人一天八十块，给我爸盖房去！"

"一天五十也行，我们一定玩命干活儿，不过天黑以后，资本家的女儿要亲自出马，好好慰劳慰劳我和我那九百九十九个饥渴的兄弟。你跑步去吧美女，好好锻炼锻炼，争取能够熬到天亮！"

米莱气得直撒娇："陆涛，他怎么这样啊？"

"他也是最近才变成这样的，以前一直好好的。"陆涛说。

华子走过来："我爸来了，总算可以溜出来了。哎，你们有什么巧安排，没有的话，我要回家睡觉去了。"

"华子，我有一安排，我们公司正组建销售部门，过来干得了，我一句话的事儿。"

"哎，哎，陆涛，卖蛋糕我有一手儿，卖楼不行，你的心意我领了，这事儿先另说着。我下个月生活费还没着落，这么着吧，先借我两千吧。"

陆涛伸手掏钱包，见三个人都在看着他，半途中停住了。

米莱打岔道："华子说着玩呢，再说还有我们呢。"

"就是就是。"向南说，他知道华子自尊心强。

"我都混到这份儿上了，哪儿有工夫说着玩。"华子假装着急道。

"老办法吧？"陆涛眼珠一转，计上心来。

"同意！"米莱说。

向南犹豫了一下："同意——就两千啊，再多我可没有了！"

✿ 老办法

所谓老办法，就是他们上大学遇到有人缺钱常用的办法，那就是凑一桌麻将，只许输的交钱，不许赢的往回拿，交出的钱送给那位缺钱户，也不用还了。现在，大家再一次来到一个麻将室开始战斗，米莱、华子、陆涛和向南四个人在打麻将。

露露听杨晓芸说了这老办法直感叹："他们真幸福——大海那帮人，一玩麻将就翻脸，玩急了还动手。"

"圈子不一样。"杨晓芸假装老成地说。

那边桌上华子频频点火，打一张，就有一家推倒，有时还有两家推倒，华子不情愿地一次次掏钱。每次推倒都说一句："对不起华子。"

华子只好假装满不在乎地掏钱。

向南听了牌，洋洋得意地在掏出的钱里数了数："还差一百啊。"

华子又打出一张牌，向南把牌推倒了："正好儿。"

华子气乐了："这叫什么朋友啊，还希望工程呢，这钱都是我自己输的！"

三个人哈哈大笑起来。

华子把自己输的钱放入自己的口袋，站起来："谢谢大家，台子费我付。"

米莱说："再打四圈儿，这次不算！"

华子叹了口气："陆涛，我这么背，咱们要是一起干，你说能成功吗？"

"你背什么背？要不是你要火了，救火车跑你们家干吗去？弄不好几年以后我们都得靠你吃饭呢！这么着吧，要是不嫌弃的话，你来我们家装饰公司帮忙卖厨柜吧！"

"你那厨柜是防火的吧？"华子问。

"怎么啦？"

"那我不去了，成天用防火板防着我，我哪儿火得起来？"

大家笑了。

向南站起来："下面怎么办？"

陆涛也问："是啊？下面的活动是什么？"

杨晓芸说："接着溜达吧，我觉得一天到晚在医院里走来走去挺好的。"

向南："是啊，看看一个一个病人及家属脸上堆着惨雾愁云，再从我的倒车镜里偷看一眼自己，心里真有说不出的高兴——啊，我没病没灾，我父母双全，我有房有车，我有老婆疼我，我挣钱养家，我还活着，我过得不错，我以后一定会更好，我行我行我行行行！"

大家笑得更开心了。

最受这笑感染的是米莱，她仿佛又回到了上大学的时代，那时她天天和陆涛这伙人混在一起，开心得很，现在，她感到酸酸的，也涩涩的。

❀　　在停车场

一行人从麻将室出来，来到医院停车场取车，向南想开一开米莱的奔驰车，于是和杨晓芸坐到米莱的车上听米莱交待。

"对，钥匙插这儿，对，这就行了，踩着刹车，这是倒档，这是趴车档，平常开的时候，就用这一档，哎，哎，踩刹车，对，放在趴车档上，对。"米莱说。

向南问："这是什么？"

"空调。"

"这个呢？"

"雾灯。"

"这个呢？"

"这样是远光，这样是近光。"

"这个呢？"

"巡航定速，用的时候，踩下去就成，一加油或者一踩刹车就没了，再用，再踩。"

"这是什么？"

"这是GPS，我从来没用过，光盘在行李箱里，里面有地图。"

"还有什么要说的？"

"行驶证在这里，这是保险公司的卡，车是保着全险的，所以出了问题打这个电话就行。"

"明天见。"向南痛快地说。

"明天见。"米莱说罢下了车。

只见华子开着车，旁边带着露露，鸣着笛从她身边驶过。

华子露露一齐喊："再见！"

米莱应了声"再见"，挎着包儿走到陆涛的车前，陆涛正站在那里。

"向南夫妇把我车开走了。"米莱说。

"上车吧，我送你。"陆涛说。

米莱绕到车门的另一侧，打开门，看了一眼陆涛，弯腰钻进车里去。

奔驰车内，一直在后排座儿看着的杨晓芸爬到前座儿，把头探向窗外，又收回来："米莱上陆涛的车了——我怎么觉得不合适啊？"

向南笑笑："有什么不合适的，六个人嘛，配成三对儿，这不正好儿嘛——哎，你从来没坐过奔驰吧？"

"废话，跟了你还有什么指望？"

"我也没开过——哟，这屁股底下还挺热的，带加热的嘿，怎么才能关上呢？等等啊，让我找找是哪个钮儿。"

说着在车里胡按着按钮儿。

"什么时候你也争口气，自己买一辆，开别人的车，你爱开，我还不爱坐呢。"

"哎，哎，杨晓芸，这车可是人米莱的，米莱可是女的啊，你怎么不学学人家米莱，买新款奔驰让我开开呢？我告儿你，你要是给我买一辆，我立马儿就更爱你了！"

"滚！这是男人说的话吗？"

"我要是男人，这话就是男人说的话！你看着办吧！车呢，我不着急，一年半载开上也行，十年八年的也可以，三五十年以后开我也满足了。老婆，学学人家米莱，或者回家鼓励一下你爸，学学人家米莱她爸，给我买辆奔驰开开——"

堵得杨晓芸只说了句"你"就再说不出下面的话了。

与此同时，在陆涛车内陆涛和米莱用米莱电话欣赏着杨晓芸和向南吵嘴。

陆涛笑了："咱是不是得干预干预——越听越不对了。"

米莱也笑："又不是我们故意偷听的，是他们自己把我的车载电话打开的。"

电话里，杨晓云尖厉的声音再次传来："我打车回家去！你自己开吧，没出息！"

接着是向南的声："别啊，别啊——老婆，我带着你游车河去，咱也拉风拉风！我先找华子，把我车里的CD拿过来，到时咱上高速兜一兜，电子乐听一听，哎，求求你，一起享受享受富人的生活吧，不骗你，一定叫你尝尝S级奔驰320的滋味！"

杨晓芸却脆声儿说："我尝够了跟你在一起的滋味儿！"

接着是向南流利的回答："别这么说——我心碎了啊，要知道，看不起你老公，就是看不起你自己！"

听得陆涛和米莱捂住嘴笑了起来。

还没笑完，便听到杨晓芸接着骂："滚！你到底会不会开？"

向南答道："会啊——老司机了，我这不埋伏着呢嘛，哎，帮我探头儿看看陆涛那一对儿走没走？咱偷偷跟他们一段儿，看看他们俩今儿晚上到底要怎么着？"

偷听到此结果，因为米莱一下把电话挂了："无聊——走吧。"

陆涛把车开走了。

✿　拧巴

米莱频频回头看："他们没跟上来。"

"咱们去哪儿？"陆涛问。

米莱做出心里有鬼的样子，低声说："我想去你们家串串门儿。"

陆涛看了一眼米莱："算了吧。"

"凭什么算了吧，夏琳又不在，你又没结婚，再说，以前最早还是我先住你那儿的呢，旧地重游行不行？"米莱一下子怒了。

"有什么可游的，就那么大的屋子，还那样。"

"真的还那样吗？"

陆涛点点头。

米莱阴阳怪气儿地问："屋子还那样，人也还那样吗？"

"老米，老米，别这么酸行不行，我这牙全倒了，手都快握不住方向盘了。"

"结婚是你提出来还是夏琳？"

"我。"

"你别护着夏琳了，我还不知道她！"

"哎，哎，老米，咱别那么怨行不行？"

"别叫我老米，告诉你我老也是等你等老的！"

陆涛一脚刹住车，把车停在路边："哎，谁叫你等我的？"

"我就等你，就等你，你没结婚我等你，你结了婚我等你，我现在等你，我以后还等你，我就等你，我等死你！"

米莱一把抱住陆涛，失声痛哭起来。

陆涛僵直地坐着，过了一会儿，用手胡撸米莱的头发，正在这时候，手机响起，陆涛拿起来一看，是夏琳发的短信，他刚要收起手机，发现米莱正盯着他，他只好把短信打开，只见上面写着："祝你们快乐！"

米莱无声地笑着，得意地摇着脑袋。

陆涛嘘了一声，打电话过去。

陆涛想离开车，被米莱一把按在座位上。

"喂，夏琳。"陆涛说。

夏琳正在宾馆房间里拧巴着，她答应了一声。

"还没去沙漠呢？"

"是啊，采景的人还没回来。"夏琳故作平静地说道。

"你瞎发什么短信啊？"

"我发错了吗？你们过得怎么样？"夏琳的声音升了一个调儿。

"还行，新疆怎么样？你什么时候回来？"

"这儿特好，天高地远，牛羊成群，空气新鲜，我不回去了！"说罢挂了电话，并把电话扔到一边。

"喂喂喂。"陆涛对着电话说道。

米莱小声说："她在折磨你。"

陆涛挂了电话："这事儿不怪她。"

"其实我早就尝过了她现在的感觉——我还尝过比这更坏的感觉，你知道吗？"米莱更拧巴地说。

✿ 最后的疯狂

陆涛把车开回家，米莱和他一起下了车，然后伸出胳膊："走吧，陪我旧地重游一下。"

陆涛站着没动。

米莱用伸出的胳膊撞了撞他："走啊。"

陆涛仍没动，不知为什么，一种不祥的预感袭上他的心头。

米莱笑了："你不就是要结婚了吗？人美国男人婚前一般都要来一次最后的疯狂，你——"

陆涛眨眨眼睛："我这人没那么乱。"

米莱紧抱住陆涛的一只胳膊，跟陆涛一起站了一会儿，然后紧张地说："那你送我上去吧？"

陆涛看了看米莱，米莱低下头，轻轻地发着抖，眼睛也不看陆涛，陆涛感到米莱是那么可怜，他想到夏琳对他那种冷嘲热讽的不信任态度，心一横，破罐破摔，和米莱上楼了。

那一夜是最后的疯狂。

第二天清晨，在米莱的卧室，米莱推开窗，风把白色的窗帘扬了起来，带进一股阳光，米莱用手按住飘动的窗帘，回头看一看陆涛。

床上，陆涛睁开眼睛，正看到眼前这一幕，感到米莱很漂亮，他直起身刚要说什么，恰在这时，米莱转回身："醒了？"

陆涛点点头。

米莱坐到床边，只是看着他。

"好像这一切都发生过。"陆涛喃喃自语。

米莱笑了："就是发生过，那时候，这院子里比现在静，没有汽车声，我记得，有时候，倒能听到自行车的铃声。"

陆涛来回找什么，米莱笑嘻嘻地把一盒555烟递过去。

陆涛叹了口气，他点燃烟，米莱站起来，懒洋洋地把一个大大的烟灰缸拖过来，放到陆涛手上。

"这是我妹从意大利带回来送我的，小摊儿上的东西。"

陆涛把烟灰弹落在干净的烟灰缸上。

陆涛手机忽然响起。米莱要去拿，陆涛拦住她。手机声一直响着，一会儿，停了。

米莱笑了："你不接电话，我很感动。你放心，我不会影响你的生活，我不是那种人，而且——我也没有你那么自私。"

"咱俩之间的事儿，你全对，我全错，这不用说了。"

"你知道就好，你回电话吧，我在厅里等你，一起吃点东西。"

米莱走出门去，并关上门，陆涛愣了一下，把烟熄灭，然后从床下的衣服里找出电话："喂！"

打来电话是徐志森，他正在远大公司的会议室里，会议桌上铺满了与房地产手续有关的文件，桌边站着吉米，还有叶英雄与两个律师，徐志森用手按住一个没有盖章的文件："陆涛，有件急事儿必须在两天内解决，我们的手续出了点问题，振作一下，有事可忙了，快一点！"

说罢便挂了电话。

陆涛从床上跳下来，穿好衣服，走到厅里，只见米莱正在用闪亮的刀叉摆盘子里的早餐，有培根、鸡蛋、黄瓜和面包黄油，还有一块奶酪，一筒果汁，两个空玻璃杯。

陆涛说："米莱，公司有急事。"

"我要是说，吃了饭再走，是不是更像一怨妇了？"

陆涛一下子坐到桌边，狼吞虎咽地吃了起来。

米莱把果汁倒进玻璃杯，陆涛接过来，一口气喝了下去。

米莱来到厨房，把煮好的咖啡倒进两个咖啡杯，端回来。

陆涛接过来，喝了一小口，然后放下杯子。

"没关系，快走吧。"

陆涛愣了一下："这咖啡太苦了，那个糖——和奶在哪儿？"

米莱站起来，走回厨房。

陆涛的眼泪忽然流了下来。

米莱回来时手里拿着奶和糖，陆涛分别加进咖啡里，然后一口一口喝，米莱坐在他对面，满意地看着他，微笑。

"吃饱了吗？"米莱问。

陆涛使劲点点头，手里端的咖啡洒在桌布上。

陆涛要站起来，米莱摇摇头。

"你一口也没吃。"陆涛说。

"我一会儿吃。"

陆涛把手里的咖啡喝完，然后说："我走了。"

米莱点点头。

陆涛说："再见。"

米莱笑："再见，这个早晨是我从夏琳那里偷来的，我欠她的，可你欠我的——账这么算没错儿吧？"

陆涛点点头，然后走到门边。

米莱提高声调："你欠我的——"

陆涛站住了。

米莱大笑："不用着急着还我——"

陆涛回过头。

米莱笑得更开心了："下辈子还也行！"

陆涛点点头："再见。"

说完，走了出去。

米莱回头看着关上的门，然后愣了一下，接着，她拿过陆涛刚刚喝完的咖啡杯，往里看了看，里面还剩一点底儿，她喝了一口，放下杯子，趴在桌上，哭了起来，肩膀一动一动的。

她就要这些，那是她最想要的，她得到了。

❀　　问题

陆涛飞奔回公司，跟徐志森商量后发现这事儿非找陆亚迅帮忙不可。他直冲回家，母亲林婉芬告诉他陆亚迅去公园散步了，于是陆涛冲到楼下不远处的一个小公园，正当陆亚迅横穿一片草地的时候，陆涛截住了他。

陆涛站在陆亚迅对面，他弯下腰用双手按住膝盖直喘气，然后直起身。

"慌什么？"陆亚迅问。

"我做的项目出了点问题。"

陆亚迅一指不远处一张椅子："走，坐到那边说。"

两人一边走一边说，快要走到椅子边时，一对年轻恋人把座儿占了，他们接着往前走，越走越远。

前面又有一张空椅子，陆亚迅坐下了，陆涛还站着。

"这种问题我们以前遇到过，坐下，要不要买瓶水去，那边有。"

"我不渴，我想站着，我想知道我要怎么办？"

陆亚迅笑了："陆涛，这一行我干了这么多年，难道连你还不明白吗？你们公司的想法，你们的计划——怎么说呢——那不是一个真正的地产计划，那是一个很巧的生意，你想干什么？你正在干什么？"

"你的意思是，你不支持我？你不想帮我？"

"我支持你，但不支持在这方面耍花招儿，我不想说别人坏话——但作为你的父亲——虽然你可能从心里不承认，嘴上也没有那么叫过我——不过，我觉得我对你有责任！陆涛，我先说明，你的问题不是原则性问题，只是手续上的前后顺序没有理顺，如果不是十万火急，你们自己完全可以办成——你的忙我是可以帮的，虽然我以前从没有这么做过，我也不会跟别人搞关系——但是，在帮你之前——我请你想一想你干的事情，不是作为我的儿子，也不是作为一名项目经理，而是作为一个人——你很聪明，聪明到可以用一百万倒来倒去倒出一千万，徐志森教会你这一切，但我要你平静下来，想一想，想一想整件事，想一想徐志森。你应该清楚的，徐志森走的是另一条路，那是一条什么路，现在你还看不清吗？"

"我想清楚了，那就是，你不想看到我成功，那会让你有挫败感，让你觉得自己无能。

你的生活刻板、沉闷、压抑，你只求平平安安，一点也没有生气，知道我现在看着你心里怎么想吗？我觉得你是个退休多年的小干部，除了不满就是不满，除了小心还是小心，你现在还有希望吗？还有梦想吗？可能你有过，不过早就忘了吧——我走了，你接着逛公园吧，争取多活几年，小心打太极的时候把筋抻着——"

陆涛转身想抽烟，但烟盒空了，他生气地把空烟盒扔到地上，然后走了。

陆亚迅愣了一下，把陆涛的空烟盒捡起来，扔进一个垃圾箱，然后叫了一声："陆涛！"

陆涛回头看了一眼，接着走："一到关键时刻你就拿腔拿调儿！"

陆亚迅又叫："陆涛，等一等！"

陆涛站住了，陆亚迅追了上去："你确信你知道整件事吗？"

陆涛点点头："我确信。"

陆亚迅说："我最后要告诉你的是，这个手续并不需要现在马上办完，除非你们需要出售项目。"

陆涛坚定地说："这是我的项目，我会一直看到人们搬进新居，我们绝无可能现在出售它！"

✿　　可怜天下父母心

晚上，陆亚迅带着陆涛，来到一个局级干部的家，父子俩西装笔挺地坐在沙发上，旁边一老干部模样儿的人戴着老花镜在看他们交上去的材料。他正是主管这一道手续的一位局级干部，姓朱，马上就要退休了。进门前，陆亚迅比陆涛看起来还紧张。

"你怎么了？"陆涛小声问。

"我从来没有在这种事儿上求人。"陆亚迅说。

回忆着这一幕，让陆涛感到陆亚迅对自己的感情。此时，保姆过来端上一盘水果。

"吃啊，这是我老伴一早儿出去买的。"那位局级干部抬起头来说。

陆亚迅和陆涛都推让。

那位干部接着看，翻过一篇儿，又翻回来："就是这个问题？"

陆亚迅和陆涛点点头。

"问题不大，问题不大。"

陆亚迅小心地问："朱老，那——"

"回头上班儿我跟老周他们碰一下头，说一说，然后给你打个电话。放心吧，老陆，小问题，这个胸脯，我是能拍的。"

"那太谢谢了。"

老朱一摇手："不说这个了，老陆，咱们这老同事这么多年，你可从来没到我这儿坐坐，怎么着，为了儿子才来？哈哈——你这儿子挺能干啊，小伙子有出息，这么年轻就干这么大项目。"

"他也是给人家打工——"

"哎，老陆，我这里也有个事儿得跟你说说，办公室不好讲，这里没有外人——"

陆亚迅点头。

"就是那个星洲梦幻的项目，老徐上次碰了一鼻子灰以后，说不敢再见你啊，怕——"

陆亚迅冷汗当时就下来了："哪里哪里。"

"我今年就退了，老徐是托我最后一次帮忙——老陆，那这'十·一'长假一完，我就叫老徐去你那里。"

"好说好说。"这一回，陆亚迅满口答应。

现在，连陆涛都看清了，陆亚迅要付出的是什么代价。权力是可以相互交换的，陆涛知道，陆亚迅付出的更多，他觉得自己拉陆亚迅下水了，他是理直气壮的，但陆亚迅呢？他一点也不知道。

不过，他还是知道一点点的，可怜天下父母心，陆亚迅不会为自己那么干，但若是为了陆涛，他会干，并且，已经干了。

"吃水果，吃啊，张阿姨，把那西湖龙井泡一壶，不忙走，你们坐一坐，尝一尝，刚下来的，那可是真正的西湖龙井啊——"老朱高兴了。

从老朱那里告辞出来，父子俩默默无言，陆涛忽然觉得陆亚迅对自己是那么好，那么好。陆涛开车把陆亚迅送回家，车停下后，两人分别从车里出来，陆涛招手，陆亚迅走进楼洞，陆涛站在原地，一动不动。

陆亚迅回过头来："还不走？走吧，走吧，到家给你妈打个电话。"

陆涛低下头，又直起腰："今儿的事委屈你了——谢谢你。"

陆亚迅走进楼洞，身后的灯灭了。

❀　　手术之前

与此同时，在医院，华子坐在病床边上听着华子妈说话，华子妈拉着华子的手："孩子，妈就你这么一个儿子，你爸这人我不说他了，妈就想告诉你一句话，妈舍不得你啊！"

"妈，你别这样，别这样，你没事儿的，不用紧张，大夫的钱我已经给了，人家说这种手术他每年做两百个，没问题。"

"再没问题，也要开膛破肚的。"

"开膛破肚你也看不见，一进手术室，先给你来个全身麻醉，等你醒过来，就什么都好了。"

"我才不信呢，我要是醒不过来呢？"

"怎么会？人人都能醒过来。"

"你能保证吗？"

"我当然能啦。"

"你爸没什么本事，妈这辈子可没享过福，净吃苦了。"

"妈，等你好了以后，我带着你享福，没吃过的，咱都吃一遍，没去过的地儿，咱也去玩玩，行不行？"

"真的？"

"真的！有我呢！你就好好养好身体就行。"

"妈信你了——哎，妈的存折密码你记住了吗？"

"记住了。"

"说一遍。"

"62396785，不就是咱家的电话嘛。"

"妈跟你说的话你记住了吗？"

"记住了。"

"重复一遍。"

"要是你手术完了醒过来，把存折还给你，要没醒过来，留着我花，不告诉我爸。"

"要是你爸生活上有什么困难——"

"妈，你那指示都是自相矛盾的，我记着不记都一样，你说吧，到底给不给我爸？"

"这孩子，你要急死我呀，你是不是想让我死不瞑目啊？你听我说——"

"不用说了——我说，你醒过来，存折还你，没醒，存折我留着，里面的钱不能花，随时注意我爸生活上有什么困难，帮他！还有什么？"

"还有，你刚自己说的话都忘了？"

"噢，你要是大难不死，我挣钱让你享福，过过好日子。"

"那我就放心了，我睡了，明天一早儿你爸接班，你可什么也别跟他说。"

"放心吧。"

"我喝剩下的鸡汤在那儿，你夜里饿了喝两口，别出去吃，医院边儿上的饭馆没谱儿，谁知道有没有病人去呀——"

"你再不睡天亮了啊。"

"我睡我睡。"华子妈说罢翻身睡去，华子坐到边儿上的一把椅子上，趴搭在另一把椅子上，低下头，准备瞌睡。

"水——"华子妈低声叫道。

华子站起来，拿了水，递过去。

华子妈喝了一口，咳了起来。

华子把华子妈扶起来，把水喝完，华子妈重新躺下，然后眼巴巴地看着华子："华子——"

"你是不是想再听我背诵一遍你的假遗嘱？"

"混蛋！有你这么说话的吗？"

"你烦不烦呀，睡觉！"

华子妈含着泪把头钻进被子里，停了一会儿，华子听到一声低低而长长的叹息："妈麻烦你了。"

华子没说话，华子妈翻了个身睡去了。

华子慢慢靠在椅子上，头慢慢向后仰过去，想到母亲活了一生就这么一些琐碎愿望，华子感到一种人生悲凉。

❀ 成功

几天后的一个上午，陆涛把车驶入远大公司的停车场，却见徐志森冲他招手，陆涛把车停在徐志森身边，刚打开车门，徐志森就一把拉住他的手。

"陆涛，朱老主动给我打来电话，所有的问题解决了，这件事办得漂亮，现在，'法兰克福风情'前景明朗，不存在任何问题了，我已经跟公司里的人打过招呼，以后的事情要以你为主，我一会儿要去看一块地，你忙你的去吧！"

陆涛笑了："是陆亚迅帮的忙，估计这是他这辈子从来都没干过的一件事。"

"别忘了，'法兰克福风情'也是你这辈子从来没干过的一件事，希望你成功！"

徐志森说罢，匆匆忙忙地走了。

也就在此时，在华子妈病房里，华子爸和华子站在床边。

华子妈闭着眼睛，躺在干干净净的病床上，忽然，她的眼睛动了一动。

"妈！"华子叫道。

华子爸也跟着叫："华子他妈！"

"妈！你醒了吗？"

"华子他妈！"

华子妈慢慢睁开眼睛。

"妈，手术成功了！"华子叫道。

"大夫说，你没事儿了，他向我保证你没事儿。"

"这手术做完了吗？"

"废话！"华子爸说。

"真是发现得早，就切下来一点儿，妈您真是福大命大造化大。"

华子妈眨眨眼睛："刚一迷糊，就过去了，呀，这刀口有点疼——没事儿吧？"

"没事儿，正常现象，切开这么长一口子，哪儿有不疼的道理。"

华子妈深吸一口气："我想再睡会儿。"

"好好，爸，让妈睡吧。"

华子和华子爸往外走。

华子妈忽然叫道："等等哎，那新房装修等我好了再折腾，我认识好多人儿呢，买东西便宜！"

华子和华子爸一齐笑了："好好好！"

❀　　夏琳，我成功了

在新疆和田的一个旅馆前，夏琳背着双肩背包，心烦意乱地听着同行的人在服务台跟服务员吵架，他们的摄制组住店有了问题。

此时，她的手机响起，夏琳一看是陆涛："喂，喂，陆涛，我听不清楚。"

"夏琳，夏琳，你在哪儿？"电话里传出陆涛激动的声音。

"我们明天进沙漠，今儿晚上换旅馆，没床位，现在整队人在旅馆外面等着。"

"你好吧？"

"我没问题，你用不着担心我。"

"夏琳，祝贺我吧！"

"你被解雇啦？"

"最后一个问题被我解决了，我成功了！我的项目可以多挣一亿，远大公司从上到下，再也没有人说我闲话了！到处是奉承声，人人对我笑脸相迎，我把项目分成几块，能挣钱的都分给了朋友。你快回来吧，我想你，想娶你，越快越好，我现在就想一直把车开到你面前。"

夏琳嘲讽地说："你喝多了吧？"

"顶级芝华士！"陆涛说。

"你说什么，我这儿太吵，听不清楚。"

"夏琳，我成功啦！咱们结婚吧！"

夏琳冷冷地说："祝贺你！"

"你说什么？"

夏琳大声地对着电话喊："我说你都成功了，我哪儿配得上你？"

✿ 发生了什么？

陆涛急急地进入远大公司的财务部，财务小姐满脸笑容。

陆涛交给她一叠单子："这些单子我签完字了，请把钱打过去。"

不料财务小姐却说："对不起，徐总说了，他没回来前，不要签任何单据。"

陆涛盛气凌人地说："这个项目是法兰克福风情！"

不料财务小姐柔声细语地回答："对不起陆经理，法兰克福风情也不行。"

"我的是急事儿！"陆涛有点生气了。

"请你先给徐总打个电话，我要接到徐总的电话通知才行。"

"徐总的电话打不通——你这么做不是让远大公司没信誉嘛。"

"对不起，我不能违反公司的财务制度。"

陆涛站在一边，拿出电话，拨徐志森的手机，电话里是长长的盲音，忽然，一丝不祥的预感掠过心头，他回到办公室，前台打来电话，说有人找。

"好，请他进来。"陆涛说罢点上一支烟，门开了，华子西装笔挺地走了进来。

华子关上门："怎么样？哥们儿这样儿像销售吗？"

"请坐。"陆涛说。

"怎么了？你脸色不对呀？"

"没事儿，这公司的效率太低了，一个个部门都那么死，徐志森不说话，什么事儿也不能干，讨厌！"

"我的事儿呢？"

陆涛拿起电话："喂，张直吗？请过来一下，对，我这里要用个人。好。"

陆涛放下电话："是人事部经理，先跟他打声招呼。"

门开了，人事部经理张直走了进来。

"老张，这位是我的大学同学，赵新华，我们都叫他华子，我希望他能跟我一起组建'法兰克福风情'的销售部。"

张直把陆涛拉到一边儿："哎，陆经理，销售部的两个负责人公司已经定了啊。"

"什么时候定的？"

"徐总半个月前就定了。"

"那么再加一个！"陆涛用不容置疑的口气说。

"徐总临走时说了，不要再找人了，这个项目可能停止。"

"你说什么？哪个项目？"

"就是你做的这一个项目。"

陆涛一听就急了："不可能！这个项目会是我们最挣钱的项目，怎么可能停？"

"请别说是我说的，这是徐总亲口说的。我先走了。"说罢，张直走了。

华子看着陆涛铁青的脸问道："哎，怎么啦？"

"我也不知道，好像在哪儿出了问题。"

此刻，陆涛的电话响了，是徐志森，陆涛赶忙接起："喂，徐总，我很着急——啊——噢——好吧——明白，行，我去。"

陆涛挂了电话，呆坐下来。

华子问："到底怎么回事儿？"

"说是当面儿谈——华子，我有急事儿得出去一下，飞广州，你的事儿，等我回来再说，放心吧，只要有我陆涛在，你的事儿没问题。"

"别，别为哥们儿跟人翻脸，哥们儿其实没什么正经事儿——你——"

"走，华子，我直接奔机场，估计得过两天回来，好好照顾你妈——我的车你开走吧。"

"别啊，我不用车，你自己小心。"

两人说着往外走，陆涛把车钥匙塞进华子手里："你从电梯下去，车在地库，出门卡在仪表盘上放着，我先走了。"

❀　　没想到

陆涛飞到广州，却被告知，徐志森已去了三亚，他飞到三亚，从机场直接赶往一处海滩，只见徐志森一人在海边来回走着。

陆涛跑过去，徐志森用手示意，让他坐在不远处遮阳伞下的一张沙滩椅上。

徐志森走过来，坐下，两人一起望着大海，海风吹得陆涛头发飞舞。

徐志森大声说："很坏的天气？"

"是。"陆涛说。

"很不平静的心情？"

"是。"

"很坏的心情？"徐志森望向陆涛。

"是。"

"如果现在有刚刚套现的两亿无息资金在你手里，你的心情会好起来吗？"

"我不关心。"

"你关心什么？"徐志森对陆涛的回答很意外。

"我关心'法兰克福风情'"。

"我们已经没有'法兰克福风情'了。"

陆涛猛地站起来："没有了？"

"是，我已经把全部股份转卖掉了。"徐志森用兴奋的目光盯着陆涛说道。

"卖给谁？"

"卖给香港信泰，叶英雄，你见过。"

"你卖掉它？你卖掉一个稳稳可以赢利的楼盘？"

"是——我卖掉了，因为我们已经完成赢利了。陆涛，你知道，我这样做可让我们的资金利用效率提高，你的项目可让我们在以后的两到三年里赢利三亿，现在我们直接赢利两亿，还赢得了三年时间，我们为什么不这样做呢？"

"你把我奋斗一年多的成果卖掉了？我还没见到它的样子，在施工中，很多细部都需要处理，而且，当它完成以后，还会有潜力，还会有前景！"

"是你还有潜力，还有前景——忘了'法兰克福风情'吧，我们已经得到我们想要得到的，从现在起，远大公司要调整战略，我们以后的主要目标是二级城市，那里的赢利机会更多，利润更大，而且，更容易，比较适合远大公司的现状。"

"那么，我退出远大公司。"陆涛假装平静地说。

徐志森站起来，看着陆涛。

"徐总，我是北京人，我喜欢北京，我的亲人和朋友都在北京，从小我就把北京当成家来看待，我只愿意在北京奋斗，而且，说到事业，既然认赌我就会服输，我对你说的什么二级城市一没感情二没感觉，我为什么要跑到那里去盖房子？"

"公司提出的新战略是花大价钱，经过著名咨询公司论证过的，北京的情况变了，天时地利都变了，我们实力不够，我们也不可能总是创造奇迹，像'法兰克福风情'这样。房地产是个大筵席，筵席一过，可吃的也就不多了，我们手头没有空地，我们的社会关系也不够多。你知道，我们只是在用游资投机，拆东墙补西墙，现在，我们套现成功，但形势也变了，现在各项新出台政策都对我们这样的刚刚开始成长的公司不利，如果我们还抱侥幸心理，试图再次搭便车，那么被甩下去的滋味将是十分痛苦的。"

"徐总，有一件事，我怎么也想不通，你把'法兰克福风情'交给我，告诉我，这是你的，你做好它，我做好了，但到了收获的时候，你说，'法兰克福风情'没有了——那我要问一句，我是什么？这一切跟我有什么关系？你只是利用我，利用我——一切都在你的控制之下，你利用我，而我得到什么？"

"你得到一次有价值的经历，你得到行业认可，你得到一大笔钱，你得到一种从别处无法得到的自信——想想看，一年前你能像这样对我说话吗？三年前呢？五年前呢？回家照照镜子，看一看，你是谁，我希望你还能记起你毕业后四处求职的样子！"徐志森吼道。

"也许我就是那个样子，那是真实的我，我命该如此。"陆涛说完，站起来要走。

"陆涛，站住。"

陆涛站住，他的目光与徐志森的目光相撞，两人都很激动。

"你到底想要什么？"徐志森喘着气，顶着海风高声叫道。

"我想要我的'法兰克福风情'，我要亲手把它建成，看着一家家业主搬进去，我要听业主说，住在'法兰克福风情'就是比住在别处好，我要老了以后，路过那里的时候，看到它还是好好的。"

"行了，把你的多愁善感和虚荣心扔了吧——那很可笑，也不是商人应该想的，商人应该只想赢利，最短的时间，最多的赢利！陆涛，在这个世界上，只有商人才能把金钱使用得更有效率，所以人们才肯把钱交给商人，忘记你画在纸上的楼吧，你不是一个恋物癖患者，是吧？你也不会对自己工作成果动感情，是吧？如果你说是，那么你是一个强者，我们一起合作，冷静而不动声色地继续赢利。"

陆涛退后一步，也对徐志森提高了声音："胸无大志，胆小如鼠，见利就跑，这也叫强者？当这种毫无激情的商人我没兴趣，我再说一遍，我现在正式提出辞职，明天回北京，我会把书面报告交上去。"

"陆涛，不要感情用事，我请你先别走，请你坐下来，看看大海，等你心情平静以后再做决定——广州有个项目我希望你看一看，我刚刚谈妥一块地，很有前景，我希望你参与，这里也有一个项目晚上要谈——"徐志森说着看着陆涛，陆涛面无表情。

徐志森停住话，从公文包拿出一个公文袋，递到陆涛面前："这是一份合同，你我之间的，如果你明天上午之前不改主意，请把它撕掉——再次重申一下我的希望，无论是作为远大公司的老总，还是作为你的父亲，我都十分希望能够在广州的远大公司见到你——再见，请继续欣赏大海，我可是看够了。"

陆涛站起来："我们不是合作，我们之间没有合作！你只是下命令，你就想控制我，你不跟我商量就作决定，即使合作，我也不愿意跟你在一起！"

"那么，你要怎么样？"

"我要离开你，我会加入别的公司。"

"他们不相信你——他们不会相信你！记住我的话，在这个世界上，除了我，你的亲生父亲，没有人会真正相信你！"被激怒的徐志森大声吼道。

徐志森转过身，把合同扔在陆涛身边的桌子上走了。

陆涛却一脚把椅子踢飞了。

徐志森走远了，陆涛在沙滩上走了一个来回，然后回到桌子边上，坐下来，展开合同，看了两眼，他回过身，后面空荡荡，又回过头，前面，是翻腾的大海，陆涛弯下腰，把合同放在沙滩上，翻看了两页，然后把合同撕了，顺着风，扔向空中，纸屑一点点飘落在沙地上。

陆涛坐回到椅子上，点上一支烟，抽了一口。

忽然之间，他感到很孤独，他感到胸闷，心头像压着一块重物，他尽量使自己向后靠，脚一蹬，椅子翻倒了，他看到蓝天白云。

❀　　辞职

陆涛回到饭店昏睡了一天，搭次日上午的航班回到北京，从机场直奔远大的公司，一路上，他脑子里嗡嗡的，一些徐志森对他说过的话不时被回忆起来，当初他对他说了那么多好话，现在怎么一下子全变卦了？他觉得他骗了他，利用了他，一念至此，他便感到义愤填膺。

陆涛进入远大公司，前台小姐对他笑笑，陆涛拿出卡交给小姐，小姐打了卡后交还给他，陆涛没有要，笑一笑说："送给你吧美女，做个纪念，我想你的时候会打给你。"

陆涛接着往里走，路过徐志森的办公室，发现叶英雄坐在里面，与徐志森谈笑风生，陆涛看在眼里，只感到无聊与讨厌，他一直走到自己办公室。

一进去才发现，吉米正坐在里面等他。

"什么事？"陆涛问。

"我们和香港方面办交接，我来要一些有关'法兰克福风情'的材料。"

陆涛点点头，伸手在桌子上收拾。

"全部材料。"吉米说。

陆涛生气了，从口袋掏出钥匙，"当"的一声扔在桌上："剩下的全在铁皮柜里。"

"我能理解你，陆涛。"

陆涛冷冷地说了声"谢谢"，然后想离开。

吉米看着他脸色铁青，忽然觉得有点不对劲，于是小心地问："心情不好？"

陆涛对吉米笑了笑："我无所谓，能做的我都做了，从今以后，这一切都跟我无关了！"

陆涛说完，从包里拿出一张纸来："这是我的辞职报告，我正说要交给你。"

吉米没有接："你辞职的事情能不能先放一放？这两天我们很忙。"

陆涛突然对着辞职信猛地拍了两下："忙着卖我的项目吧！我已经很客气了！我特意跑来说辞职的事儿，不像你们，卖了我的项目连声招呼都不打！我希望大家即使撕破脸皮之后，相互之间也有个礼貌！"

说罢，往门口走去，路过门边，忽然一脚把门板给踹了下来。

这一声巨响，惊动了远大公司所有人，陆涛走过走廊往外走，所有的人都看着他，他路过徐志森的办公室，两人目光相碰，陆涛的眼睛一眨不眨地瞪着徐志森，直到徐志森消失在视线里，直到他走出了远大公司。

陆涛来到电梯间等电梯，徐志森追上来。

"陆涛！"

"我还有事，跟远大公司有关的东西我都移交给了吉米。"

"为什么不再等一等？"徐志森提高了声音。

"我决定了，我必须走，这里叫我心里难受。"

电梯门开了，陆涛想进去，徐志森一把拉住他，在他耳边轻声说："我知道有一天你会回来找我，因为只有我知道你是什么人。"

陆涛回过头不屑地问："我是什么人？"

"像我一样的人，一个有野心的人，你现在还不了解自己，但以后你会了解。"

陆涛甩开徐志森的手，钻进电梯，电梯门关上了。

✿　　刚才是怎么回事？

徐志森一回到办公室就问吉米："刚才是怎么回事？"

吉米把陆涛的辞职报告放到桌上："他还是要走——可能是感情上不能接受。"

徐志森愤怒地低声咆哮："年轻人！虚荣自私的年轻人！没有实力，但占有欲和控制欲比老人还大，愚蠢！"

叶英雄小声问："徐总，我是不是先告辞一步？"

"不用，陆涛是我儿子，我知道他有一天会回来找我，这一点我很有把握——有关广州医院的合作项目我们继续，我们有顶替他的人，三天内，我会派一个很好的项目经理过去，他以前有过建中型医院的经验。"

叶英雄叹了口气："我要是有你这么个儿子就好了，就是把公司全砸了我都高兴，老徐，你知道，我雇佣侦探公司跟着我儿子，三年了，你知道他都在什么地方？澳门赌场，香港马场，内地的高尔夫球场，除了泡明星，买跑车，其余的什么也不会，完全是个废物。一想起他，我就觉得这辈子活得像是大梦一场，一点情绪也没有，也许老话说得对，富不过三代，生出这样的败家子，真不知我上辈子干了什么坏事，这辈子得到这样的报应。"

"老叶，时间越长，我看得越清楚，我们一生的努力，全是为了孩子，但他们却不属于我们，我们的事业最终也不属于我们，可我们仍要干下去——吉米，你今天务必找到陆涛，把他的项目提成全部交给他，什么也不用对他说，只是亲手交给他，他现在心里一定在委屈地想，干了一年的项目白白流走了，什么痕迹也没剩下，也许他感到自己被欺骗了，非常愤怒，他一定陷入了疯狂的幻想，很难如实地看待这件事情——对了，吉米，你换出一部分现金给陆涛，信用卡上的数字太抽象了，现金比较直观，希望这笔钱可以叫他想到，他的努力是有价值的。"

"是。我换三十万现金出来，把其余的钱打在他的工资卡上。徐总，我还要对他说什么吗？"

"对他说，我们时刻，时刻等他回来。"

"是。"

徐志森忽然把手一挥："等一下。"

吉米站住。

徐志森长叹一声："算了，你去吧。"

❀　　全是为了你

两天后的一个上午，在一个茶馆，陆涛坐在窗前，阳光映在他苍白的脸上，他的手指轻微地抖动着，嘴里念念有词。

一位小姐端来功夫茶具，放在他面前，小姐刚一转身，他伸手摸窗玻璃上贴着的一张小画，把茶具上的玻璃器皿碰到地上。

小姐转回身诧异地看着他。

"对不起，我赔。"陆涛说。

小姐收拾好东西走了。

恰在这时，吉米走了过来，坐在陆涛对面："你好。"

"你好。"陆涛生硬地答道。

小姐重新端上来功夫茶具，陆涛要动手泡茶。

"我来吧。"吉米说罢开始泡茶。

"我问一件事。"陆涛说。

"说。"

"卖'法兰克福风情'这件事，是什么时候开始的？"

"这个嘛——我不清楚。"

"记得那一次在歌厅的时候，我跟夏琳吵架，当时包房里就剩下你，徐总，还有香港信泰的叶英雄。"

"是的。"

"生意一直没正式成交，是因为最后这一块容积率没有把握，是吧？"

吉米没回答。

"能问一句吗，远大多赚了多少？"

吉米犹豫了一下："八千万。"

"那么加起来远大就赚了二亿五千万！陆亚迅的一个面子，八千万，哼哼，真值钱——他从没为这种事找过人，为我才这么干的，他是怕我伤心，看得出来，他一点也不情愿。他是个小人物，但为什么我一想起他跟我一起去那老干部家的时候，心里就酸溜溜的？觉得特别感动？我以前从没想到自己这么自私无耻。"陆涛自言自语道。

吉米把一张卡递给陆涛："这个卡给你，提成是按照合同的规定，你有百分之八的管理股，现在全部兑现，一共有两千万整，全在这卡里，请收好。"

陆涛把卡拿过来，放进钱包。

"我把零头取出来了，一共是三十四万六千多的现金，在这里，你点一点。"吉米说罢，把一个纸袋子推到陆涛面前。

陆涛看了一眼，没有动。

"我临走时，徐总让我带句话给你。"

陆涛低下头："不用讲了，我知道他要说什么。"

"陆涛，咱们在一起的时间也不短了，作为一个旁观者，我能说句话吗？"

"我替你说吧，是我太任性了。"

"不，不是这句话。"

"对不起。"

"没关系。"

"请讲吧。"

"徐总一直把你当成他的全部，不管他对你做什么，也不管他用什么方式，原因只有一个——"

陆涛抬起头来。

"他爱你，他——他所做的一切全都是为了你。"

陆涛伸手拿起茶杯，把茶全部喝了下去。

吉米接着说："如果没有你，也许他早就放弃事业，养老去了。"

"这跟我有什么关系？"不知为什么，陆涛觉得吉米的话很刺耳。

"他希望通过生意，把他这一生知道的最重要的东西告诉你。"

"他为什么不直接告诉我？或者写一本书告诉我？"陆涛尖刻地说。

"有些东西，是无法直接说的。"

"比如？"

"比如，经验，而经验都是从痛苦中获得的，徐总怎么才能直接告诉你他的痛苦？"

"他——他有什么痛苦？"

"陆涛，我理解徐总那一代人，你知道，他们全是白手起家，不管他们如何成功，也不管他们如何强硬，实际上，他们像你我一样，也是人，我见徐总最高兴的时候，都是在你取得成绩的时候，你离开公司，他十分难过，甚至在众人面前流露出伤心的表情，我想，如果他事先知道你会离开，那么他宁可不做这笔生意。"

"你在为他说好话。"

"今天说的话，是我自己想说的，不是徐总吩咐的，徐总叫我带的话是，他时刻、时刻等你回来！"

陆涛把头扭向窗外。

"好了，我的事儿办完了，我走了。"说罢站起来走了两步，又一回身，"不过，陆涛，你很能干，真的很能干！"

吉米说完，向陆涛伸出大拇指，然后摇着头离去。

陆涛看着吉米消失，长叹一口气，他倒了杯茶，喝了一口，把一条腿伸到对面的椅子上，身子出溜下去，忽然，椅子被他蹬动了，他平平地摔在地上。

✿ 苦闷

吉米的话在某种程度上触动了陆涛，出了茶馆，他感到有些茫然，东转西转，走进一个超市，他胡乱拿了两瓶洋酒以及几个酒杯，扔进购物箱，又拎着购物箱，走出超市，顺手把钱扔到收款台上，收银员叫他，却见他像游魂一样走了。

陆涛来到车边，把购物箱往车上一扔，拿出电话，打给华子。

华子和向南正在一小酒馆里，他接了陆涛电话："是我，什么事？"

"什么时候聚聚啊？"

"我现在就和向南聚着呢！"

"别走，我一会儿就到。"

陆涛在东直门的一家他常去吃小龙虾的饭馆找到华子和向南，只见他直奔收款台，随手从口袋里拿出几张百元大钞一拍："吃完了再找！"

接着，他在华子和向南惊奇的目光中，走到桌边，用胳膊一下子把桌上的所有东全胡撸到地上，从裤兜里分别拿出两瓶洋酒，往桌上一放。

"今天我非常不高兴，非常不高兴，喝酒！"

向南和华子交换了一眼色，然后看陆涛。

向南小声叨唠了一句："哥们儿怵什么呀，不就是喝酒吗？"

华子一拍桌子："喝就喝，陆涛的酒，不喝白不喝！"

陆涛从上衣口袋里拿出三个酒杯，放在每个人面前，拧开一个酒瓶盖，一下子把三个杯子都倒满了，拿起杯子："干！"

三个人顷刻间就干了。

陆涛一下子坐在椅子上。

"怎么啦？"华子问。

"心里堵得慌，说不清。"

向南一听笑了："说不清硬说！"

"我真说不清——这人生也太矛盾了！"陆涛说罢长叹一声。

"那就喝酒吧——"华子说着把杯子倒满，三个人又干了一杯。

向南眨眨眼睛："我不明不白地都喝两杯了！这不行，再干一杯！"

三个人又干了一杯。

"到底是怎么回事儿？"华子问。

陆涛长叹一声："这社会也太复杂了，我现在脑子都乱了，先喝酒，别的以后说！"

说罢，又倒酒。

"这么喝不习惯呀，没菜！"

陆涛举起杯："管它呢，干！"

三个人干。

华子好奇地问："哎，你平时不这样儿啊——到底碰上什么坏事儿了？"

"我碰上这事儿吧——说好事儿吧，我是真不高兴，说坏事儿吧，像装孙子，因为我得了不少好处——真说不清——"

华子笑了："向南，我看咱们陆总今天有点崩溃啊——"

向南拿起另一瓶酒："那我把这瓶也提前拧开算了！"

✿　我有两千万

陆涛是在中午醒来的，他发现自己躺在自己的床上，他记起自己昨天曾大醉一场，当他试图回忆细节的时候，头脑中却空空如也，断片儿了。他打电话给华子，华子告诉他昨天三个全喝醉了，然后就散了。放下电话，他愣了半晌，想去上班，这才记起自己已经辞职了。头痛得厉害，他决定去外面兜兜风，于是下楼上了车，接着，他记起自己成了一个千万富翁。如何当一名千万富翁呢，他一点也不知道。

他开着车在街上走着，忽然他发现开到夏琳公司了，他想接夏琳，但他又记起夏琳去新疆了，那么，等夏琳回来给她一个惊喜吧。他把车停在夏琳公司附近，下了车，在街上走，想给夏琳买点什么，前面有一个刚开的楼盘，陆涛走进去，半小时后他走出来，得意地想到，他已经把结婚的新房买下来了，就如同买了一样牛仔裤。

陆涛又去逛了一个新开盘的别墅，拿了户型图回到父母家，已是晚上，他正好和父母一起吃饭。

"我刚买了一套房子，你们买一个吧，我有钱。"陆涛坐在饭桌边，把户型图拿出来。

陆亚迅惊奇地问："怎么了，发财了？"

"是，发财了。"陆涛笑着说。

"发得够快的，刚刚买了车，现在又要买房，我干了一辈子都买不起。"陆亚迅根本没把他的话当真。

"你买得起——知道那天晚上我们去那局长家办成的那件事值多少钱？"

陆亚迅淡淡说："八千万吧。"

"你怎么知道？"

"我干了一辈子，怎么能不知道？"

陆涛叹口气："我从远大出来了。"

一家人沉默了一会儿。

陆亚迅小心地问："分利不均？"

"不是，他们没跟我商量，把'法兰克福风情'这个项目整个卖给了香港信泰。"

"这种事儿，我见得多了，项目总是在地产商里转来转去，到头来全是老百姓买单。"

"这种话就不用说了，人人都在拼命挣钱，能挣多少就挣多少，换了谁也一样，不是为别人，是为自己。"

"是，我的话说得没意思，时代变了，陆涛，这个世界大得很，可做的很多，也有很多种人生，而且，凡是做过的事情也不会白做。对于人生，任何经验都是有用的，希望你不必难过，更不必生气。"

此刻，一向听不惯陆亚迅说话的陆涛却由衷地点点头。

陆亚迅又说："我认得那个叶英雄。"

"就是他。"

陆亚迅笑了："他儿子以前也做房产地，花高价接了一片烂尾楼，折腾了三年，好像最后没有赚到钱。"

"他们这次接的'法兰克福风情'肯定赚钱。"

陆亚迅摇摇头："钱都让徐志森赚走了，他们能有多少赢利？他们要的是个名儿。"

"看来你什么情况都知道。"

"业内人士嘛——陆涛——"

"啊？"

"你真从远大出来了？"

"是，我辞职了。"

"下一步呢？"

"不知道，我先看看再说吧，这不回家跟你们商量一下，买个房子吧，这地儿你们住了多久了？十年了吧？"

"十四年。"

"TOWNHOUSE、别墅、板儿楼随便选，算我孝顺你们的。"

一直没说话的林婉芬抬起头来："你这钱来得没问题吧？"

"放心吧，全是税后的，没问题。"

"陆涛，你的心我们领了，我们住在这里挺好的。"陆亚迅说。

"妈，你的意见呢？"

"我也觉得住这儿没什么问题，你的钱你自己留着，愿意买房就买房，要不自己留着开个公司什么的也行。"

"我有两千万。"

"两千万？"

"是，刚刚拿到的。"

陆亚迅和林婉芬相互看看，都没说话。

"你们说，这房到底买不买，要是买，明天咱一起看去？"

陆亚迅和林婉芬一齐摇头："不买。"

✿　　一切我都准备好了

一星期后，陆涛来到首都机场候机楼，站在出口接机，一会儿，只见夏琳和一行同事往外走，陆涛招着手迎了上去："夏琳。"

夏琳跟其他人再见，陆涛接过行李。

夏琳晒黑了，笑盈盈地问："你怎么样？"

"我在这儿等你回来结婚。"

"我晒这么黑能结婚吗？"

"夏琳，我很焦虑，非常焦虑，我们必须马上结婚，我一天也不能等，一切我都准备好了！"

"你一切都准备好了？你说你？"夏琳扬扬眉毛。

"是。"

陆涛飞车驶向新居，就在楼下停住，他下了车，又兴奋地冲到夏琳那一边为夏琳拉开车门。

"这是哪儿？"夏琳问。

"看一眼，新家！"陆涛对着崭新的大楼一指。

夏琳看了一眼陆涛，走出车外。

"这儿离你公司近，走着去都可以，我刚买的。"陆涛一边关上车门一边说。

"你刚买的？"

陆涛点点头。

"你不是有毛病吧？"

"没有，我很清醒，本来想等你回来商量的，后来等不及，一个人闲着发慌，就买了，走，下地库。"

陆涛拉着夏琳上了车，把汽车开向地库。左转右转，陆涛把车开入车位，他和夏琳出来，走向电梯，上了电梯，他刷完卡递给夏琳："这是房卡，你收好了，要不从地库进不去。"

"你先拿着吧。"夏琳诧异地说。

电梯门开了，陆涛和夏琳出来。

"一梯一户。"陆涛说着打开房门。

这是一套四室一厅的大房子，精装修，空出的大厅足有八十平方米。

陆涛拉着夏琳，一间一间走："这是客厅，五十平方米，加上饭厅及阳台共有八十平方米，家具电器等你回来一起买。看，这是客卫，这是厨房，锅碗瓢盆儿我们去一趟超市就全齐了。这里是保姆间，这里是洗衣房。看，这边，这里是你的书房，这里是我的，一人一间，全通好宽带了。这里是主卧，主卫，过道是衣柜，足够放你的衣服了。这一间带阳台的留着给你生的孩子。这房子我看了一眼就知道是我们的——顺便告诉你一个最新消息，我挣够钱辞职了。正好先当当你的保姆，给你做做饭什么的——"

夏琳拦住他："陆涛，等一等，你知道我想说什么吗？"

陆涛笑了："成家立业好！"

"陆涛，我没跟你开玩笑。"

"我也没有。"

"第一，我不想跟你结婚。第二，这房子不是我需要的，跟我也没什么关系，是你自己买的。第三，我忍了半天，一直忍着，找不到机会说，不想让你扫兴，现在对你说。"夏琳正色道。

"说什么？"陆涛急了。

"我想还是分手吧——跟你分手。"

"夏琳，夏琳，你疯了吧？"

"我没疯，我只是把早该说的一件事说了出来。"

"早该说？该说什么？"

"分手。"

陆涛急得带着哭腔儿："夏琳，你不是一直想结婚吗？现在我们可以结婚了！"

夏琳没说话。

陆涛神经质地大喊："你说啊！说话！"

"陆涛，你太自我了，一路上你没看到我对你很冷淡吗？"

"你改主意了！是不是？"他假装用开玩笑的声音说，"一定是在新疆碰见一很好的外遇，告诉我他是谁？"

"你别胡思乱想了。"

陆涛神经质地绕着夏琳走来走去："夏琳，你把我说晕了，我要想一想你说的话，你刚刚都跟我说了些什么？等一等，我问你，到底是为什么？你为什么不想跟我结婚？"

"陆涛，我真可怜你，你完全生活在自己编织的谎言里，你真正为我想过吗？"

陆涛指着夏琳怒吼："我的一切努力都是为了你！我怎么没为你想过？我怎么可能不为你想？要是不为你着想，我上蹿下跳地瞎忙活什么呢？"

"你是在为你自己而奋斗。"

陆涛把手放在自己胸前，弯下腰向夏琳鞠了一躬，然后直起身："我自己？我为我自己？谢谢！你开什么玩笑？要是为我自己，我可以住垃圾桶，吃喝拉撒全在那儿就行！我自己一个月只花一千块，我根本用不着去徐志森那里工作！如果不是为了你，我早就不知混成什么样儿了！"

"如果不是为了骗我，你早跟米莱住到这儿来了！"夏琳说着往外走。

陆涛跟上去："夏琳，你说什么呢，你有病吧？这跟米莱有什么关系？"

夏琳头也不回地走了出去，陆涛愣了一下，他追了出去。

在地库里，夏琳在前面走，陆涛在后面走，两人绕着停车场转了一个圈子，夏琳停在汽车边等陆涛，陆涛走过去。

"你有完没完啊？"陆涛喊道。

夏琳不说话。

陆涛打开车门，夏琳和他对视了一会儿，坐了进去。

陆涛发动汽车："去哪儿？"

"回你那儿，我收拾一下东西。"

"你收拾东西干吗？"

"跟你无关。"

"你要干什么？"

"陆涛，我活到现在，还从来没见过占有欲像你这么强、嘴上还这么虚伪的人。"

"我怎么虚伪了？"

"不要嘴硬，回到你那儿去，我会告诉你。"

陆涛看着夏琳，差点把怒火射入夏琳眼中。

夏琳放低声音："我会告诉你。"

陆涛狠狠地把车倒了出来，撞到了后面的墙，他不管不顾地接着开。

夏琳尖叫："你慢一点！"

陆涛"咣当"一下把刹住，叫道："怎么了？又怎么了？"

夏琳长出一口气，笑了笑，尖刻地说："算我提醒你珍惜生命，你的和别人的。"

陆涛用同样尖刻的声音回答："谢谢，这是我今天听到的最好听的话了，从你嘴里说出来真不容易。"

夏琳扭过头去。

陆涛开动汽车。

眼泪从夏琳眼睛里流出来。陆涛回头看到了，他把反光镜对准夏琳，看着她开。

夏琳把反光镜掰回去。

陆涛再次把反光镜掰过来。

夏琳抬头看到反光镜里的陆涛，她看到，眼泪也从陆涛眼睛里流了出来。

✿　　我需要时间向你解释

陆涛住处的门开了，陆涛提着夏琳的箱子和她一前一后进来。

一进门陆涛便抢着说："好吧，我听听你要告诉我什么！"

夏琳拿起一个玻璃杯，来到厨房，先用凉水洗了一下脸，又接了一杯凉水，一口气喝进去半杯，陆涛追过来："说呀——"

夏琳回过头："我只是告诉你你一直没说来的东西，告诉你你已经知道的东西，我告诉你，我越来越讨厌你！看见你对我说话我就胃疼，我就想吐！"

陆涛尖刻地回击："哎，夏琳，我究竟做了什么叫你这么恨我？我挣钱了，你没挣着，这也刺激你了？我把钱捐希望工程，我们还住原来的地儿，我每天下班骑一山地车到你们公司等你，行吗？别以为这事儿我干不出来！"

夏琳压低声音："我知道。你什么事儿都能干得出来！"

"我怎么你了？你说我怎么你了？我一心一意地等你回来，我辞了职准备回家陪你，我买房给你惊喜！我还给你看中了一辆MINICOPER，一辆TT，等你回来做决定，我想带你一起去巴黎——请理解我！"

夏琳走到客厅的窗前，猛地拉开窗帘，指着米莱的窗户说："陆涛，告诉你，我是这么理解你的，别演戏了！你什么时候才会对我说真话？看看那块蓝色的窗帘吧，知道吗？那块布是我在认识你以前送给米莱的！"

陆涛突然僵住了。

夏琳从一抽屉里拿了一个小望远镜："知道我从这里看到什么？你试试，看看对面，看看能不能看清楚！"

夏琳把望远镜扔给陆涛，陆涛没接，望远镜掉地上。

夏琳笑了："现在我说你无耻你敢承认吗？"

"我敢承认！夏琳，你给我时间，我什么都告诉你，事情不是你想的那样。"

"事情更不会是你说的那样——我不再想听你说话了，陆涛，我爱过你，为了你，为了满足你的占有欲和虚荣心，我把自己的生活空间压缩得不能再压缩，我的生活中除了你，就是你，无论你做什么都是对的，我都支持你，你想怎么样就怎么样，在你面前，我是自觉自愿地失去了自我，因为我爱你——现在，我不再爱你了，你在我眼前消失了！当我爱你的时候，不管你怎么样，你就是我的一切，我做什么都是心甘情愿的！现在，对我来说，你就是一个陌生人，你想用你的钱和你的成功再次让我失去自我，真可笑，怎么可能？这件事以前不可能，以后更不可能，如果我想住四居室开TT，在你穷得穿假名牌的时候我已经能够做到了。我不是那样的人，如果不是因为爱你，我永远都不会失去自我，你明白吗？"

"夏琳，求你，我们先平静下来，再一件事一件事地慢慢说，好吗？我需要时间向你解释。”

“解释什么？”

“一切。”

“好吧，等三五年以后，我们在哪儿碰上你再跟我说吧！到时候我保证让你说清楚，听着再恶心我也会听，现在我听不进去，我的自尊心叫我没法欣赏你的表演，你懂吗？只要是你说的话，我都听不进去——这样吧，我先走，明天我请一天假，过来把我的东西收拾收拾搬走，希望你不要打扰我，好吗？”

陆涛定定地看着夏琳，一句话都说不出来。

“我这要求不算过分吧？”夏琳说。

“不算——连要求都不算。”

“你能做到吗？”

“我不能！”

“陆涛，求你。”

“你不用把你的东西搬走，就放这儿吧，我搬走。”

“不！”

在两人紧张的对视中，夏琳叹口气：“希望你最后尊重一下我。”

“那好吧，你现在就可以收拾。”

“我要先去找房子，手头儿的事儿一大堆，只能请一天假，我先走了。”

说罢夏琳向门口走去。

陆涛冲过去拦在门口：“夏琳，别走！”

夏琳长出一口气，又耸耸肩：“你到底要干什么？”

“我要你。”

“你要我，你要钱，你要事业，要别人爱你，你要别人对你好，你什么都要，陆涛，你几岁了？你是真幼稚还是假幼稚？什么时候你能看好你有的，而不再向不属于你的东西伸手？”

“我什么都不要，只要你。”陆涛哭了。

“我真受不了，你走开，我要走了。”

陆涛忽然一把抱住夏琳：“我要你，只要你。”

夏琳盯着他，两人僵持住了，一会儿夏琳张嘴：“你还是要你自己吧！松手！”

“不松！就不松！”

夏琳停止挣扎，把目光望向别处。

“答应我，别走。”

“不！”

“只要你不走，一切都能说清楚，一切都还来得及。”

“不！”

“我爱你。”

“不！”

陆涛突然抱住夏琳狂吻起来，夏琳紧闭嘴唇拒绝他，陆涛把夏琳推倒在地上，趴在夏琳身上吻她，夏琳挣扎了一会儿，便不动了，眼睛直勾勾地盯着陆涛。

陆涛撕下了一片夏琳的衣服，夏琳看了一眼，仍看着他，陆涛用一片布挡住夏琳的眼睛，但夏琳猛地一摇头，把那片布甩掉了，仍用眼睛盯着陆涛，陆涛再次撕夏琳的上衣，直到全部撕下来，但夏琳一直盯着他，目光冷漠，陆涛停住了，他站起来："对不起，夏琳，我——我不是这样的，我都干了什么？最近在我身边儿发生了太多的事儿，我有点混乱，我——"

夏琳往陆涛脸上吐了口唾沫："明天请不要过来，钥匙我会放在桌上。"

夏琳走进里面一间屋，换上一件新上衣，走了。

陆涛打开门，往外面看了看，又关上。

他背靠着门，喊了起来："夏琳，夏琳，夏琳，夏琳——"

✿ 痛苦

"夏琳真的会离开我吗？"陆涛完全被这个念头折磨疯了，他的头中轰轰作响，思绪混乱，两眼布满血丝，他仔细回忆最近一个月与夏琳相处的点点滴滴，又从一个月扩展到一年，两年，他想梳理清楚与夏琳的关系，但他无法做到。

夜晚，他悄悄走到住处，选择了一个隐蔽的角落，看着夏琳指挥工人搬东西。

直到看到工人们把东西一样样装上车，最后连夏琳一起上了搬家公司的车，车开走了。陆涛几次想闭住眼睛不看夏琳，但他做不到，他蹲下看，又站起来看，他揪住自己的上衣看，夏琳走了，他一下子把衣服撕到底，嘴唇也咬出了血。

陆涛第一次领略饱受欲望折磨的滋味，他也在一刹那间灵光一闪，认为没有夏琳他一样可以很好地生活。但接下来，他面前的事实告诉他，不行，没有夏琳，他的生活一片冰冷与孤寂，他走进楼洞，上衣破烂，上了楼，打开房门，屋子里有点乱，他走进卧室，看到衣柜开着，夏琳的衣服全没了，书架上也空了一半，地上是那件被他撕坏的夏琳的衣服，他捡起来，用手摸着，头脑中竟闪出一些色情的念头，他感到自己是那么肤浅与无聊，他呆坐房间中，被一种自己所创造出的不幸与压抑所感染。不管怎么说，夏琳的离去是一个事实，他认为他应当接受，他甚至坐到椅子上，准备放弃以前的与夏琳在一起有关的习惯，适应新的情况，但片刻他就被内心的焦灼与痛苦压倒，他突然站起来，在房间里走来走去，内心深处巨浪滔天。事实上他伤感而无助，他完全失去了伪装起来的男子汉的模样，而是流着泪自言自语："夏琳，你真走了？你走了，我还怎么待在这儿呢？我们一直在这里碰头儿，在这里，我们一起看电视，一起听音乐，一起吃方便面，你走了是什么意思？这房子这么小，为什么看起来这么空？夏琳，我怎么才能叫你回来，夏琳——夏琳，我没想对你说谎，我只是不想伤害米莱，不想让你不高兴——夏琳，我都对你干了些什么呀？我肯定是疯了——"

他说不下去了，像个孩子那么哭泣。

当他哭干了眼泪，睁眼仍看到这个熟悉透顶的房间，每一样东西都与夏琳有着联系，让他完全受不了。他走出房间，来到街上，像游魂一样茫然地走着，他决定逛一个商城，在商城里，看到一个鞋店，他走了进去。

一导购小姐迎过来："先生想要什么？"

"我给我女朋友买双鞋。"

"请到这一边，这儿是刚刚上的新款。"

陆涛拿了两双鞋，放在柜台上。

导购去算账，把一张单子递给陆涛："先生，打完折后，一共是一千四。"

陆涛付了账，又转到另一边儿，看货柜上的鞋子，然后茫然地走出了鞋店。

导购小姐发现他没有拿鞋，就一直追到门口，而陆涛早已不见了。

❀ 很坏的情况

旧屋是待不下去了，陆涛来到新买的房子，他拉亮灯，回身把房门关上，他一个人在空荡荡的大厅里走了几步，慢慢蹲下，又躺在地上，闭上眼睛。

朦胧中，他仿佛看到年轻的自己正抱着夏琳，摸着她的头发。

夏琳抬起头，以一种小妈妈似的可爱腔调安慰他："你怎么了？是不是觉得特别失望？别着急，也别失望，我们还年轻，一切都会好起来的。"

"如果不是因为我，你现在正在巴黎呢。"

"我才不在乎巴黎呢，那是法国人待的地方——忘了巴黎吧，我只要这里，只要在这里，跟你在一起。"

这一番话说完，夏琳的脸渐渐变得模糊了。

陆涛发现在自己在清晨醒来。

仍是空荡荡大厅，他左看看右看看，浑身僵硬疼痛，发冷，他突然站起来。

他慢慢走到落地窗边，打开窗，点燃一支烟，向外面看着，清晨的小区十分寂静，楼下的花园里没有人走动。

陆涛退后到厅的尽头，然后开始助跑，一直跑向落地窗，身体猛地撞到窗框上，头伸出窗外，嘴里的烟掉到楼下。

他发出一声非人的号叫。

他感到自己非常难受，他把车开上高速公路，放着节奏强烈的电子音乐，让车飞驰而过。他嘴里怪叫着，超过一辆又一辆车，又把手伸进身边的纸袋里，把钱掏出来，从天窗洒出去。那钱正是徐志森吩咐吉米给他的，让他感受一种有关现实的实在感，但他却觉得毫无意义，他感到了自己的溃败，长期努力建立起来的生活，就在这么短的时间内土崩瓦解。

陆涛的汽车驶过之后，一大把钱雪片似的在天空飞舞，又纷纷扬扬地落在高速公路的沥青路面上。

陆涛把车开到天津，又开了回来，公路上车越来越多，堵成一条线，他开回北京已是中午，他起初在车内烦躁不安。后来，他认为自己获得了理智，他开始自我分析，认为自己在受到打击后行为失当，于是他想到求助了，便约了一个心理医生。

❀ 心理问题

陆涛连着转了两个心理诊所，他不相信医生说的话，现在他的病历正在第三个心理医生手上，由一个实习医生在向周大夫报告："陆涛是从万大夫那里转来的，属于高收入人群，致病原因怀疑是工作压力过大，导致情感障碍，患者的自尊和自憎倾向都很明显，情绪起伏也很大，强烈的持续性愤怒导致异常兴奋，有时会发生思维错乱，属于很典型的躁狂症，接下去有转入抑郁症的危险，现在他对一切事物都缺乏意义和价值认同，有强烈的无助感和挫败感，据患者本人讲，目前无自杀尝试，患者是自己找到万大夫的，说明有求助意识。"

周大夫喝了一口茶："把他带进来吧。"

陆涛走进这一间诊室，坐到一张椅子上，侧面是慈眉善目的周大夫。

"你是陆涛吧？"

陆涛点点头。

"我姓周，叫我周大夫就行。"

"周大夫。"

"小伙子不错啊，看起来精明强干的，喝茶。"周大夫从茶壶里倒出一杯茶，推到陆涛面前。

陆涛端起来喝了一口。

"怎么样，介绍一下你自己吧。"

"说什么？"

"想到什么说什么，越不费劲儿越好，随便说。"

"我叫陆涛。"

周大夫点点头，看着他。

奇怪的是，周大夫让陆涛感到从未有过的平静，他开始说话，一说起来竟滔滔不绝："大学学的是建筑设计，毕业后一直在工作，做房地产，也算是我的专业，工作有时忙，有时不忙，最近一段时间，感到心情特别不好，从一睡醒就感到不好，脑子里有念头自己转动，止不住，有时候想一件事，有时候想好几件事，越想越乱。不想吃东西，每天睡两个小时，还要分三段儿睡，老睡不着，刚一睡着，就一身大汗地醒来，就像刚做了一个噩梦，可是却回忆不起来梦到什么，只是觉得特别沮丧，干什么都觉得没意思。也不想找人聊天，可是一个人待着又觉得很难受，有时候会自言自语，说一些跟以前工作有关的事儿，睡不着的时候，就上网，玩游戏，不过玩一会儿就烦了，没耐心，心里像压着一块石头，特别黑暗，特别闷。出门跑步，要么不想跑，要么就是猛跑几百米，接着就跑不动了，心烦意乱，不敢给朋友打电话，怕失态叫人看出来，也不想接电话。有时会突然想干一件事，比如，买东西，但到了商场又不想买了。有时候觉得自己很了不起，只要想干，什么都能干好，那时候很兴奋，会在脑子里制定各种计划，定的时候觉得想什么就有什么，可真坐在电脑前想记下来的时候，就觉得脑子里想的一切都是编的，没什么意思，更多的时候又觉得自己一钱不值，没法满足别人对我的要求，配不上别人——"

陆涛停住了。

"你刚才说，别人——"

"别人。"

"别人是谁？"

"父母、朋友。"

"父母对你有什么要求吗？"

"没有，他们只希望我身体健康。"

"朋友呢？"

"朋友对我就更没有要求了。"

"那你为什么觉得配不上别人？"

"我不知道，可以是想象的吧。"

"是不是工作上的压力很大？"

"以前，工作压力是有一些，但没有很大，这几年房地产这行业很景气，而且现在我不工作了，谈不到压力。"

"是不是感情上有问题？"

"感情上，感情上一直没觉得有什么问题，只是我女朋友突然离开我了。"

"突然离开你了？"

"是。"

"为什么？"

"我不知道，我以为我们要结婚了。"

"你以为要结婚了，还是真要结婚了？"

"我以为吧。"

"你为什么要以为？是不是你女朋友给了你某种暗示，或是她已经明确表明你们即将结婚？"

"我记得，我记得——这件事一时说不清。"

"说不清？"

"啊，怎么说呢，最初，好像是她提出要结婚，我说等一等，后来，我说要结婚，她答应了，但最后又说不。"

"你想跟你的女朋友结婚吗？"

"我想，我的一切努力都是为了她。"

"她呢？"

"我不清楚，我一直在想这件事，可我想不明白，越想不明白就越想，现在，我即使不想想了，也由不得我，头脑自己就会转动，不听我的命令，好像它自己就会想，根本拦不住，整日整夜地想，没完没了。而且，好像是想的时候非常痛苦，可只有想的时候才好一点，如果我命令自己不想，不仅做不到，反而更难受。"

"你女朋友知道这件事吗？"

"不知道，我们分手了。"

"这些话，你都对别人说过吗？"

"没有。"·

"难道你就没有跟朋友说说吗？比如，在喝酒的时候。"

"没有，我不想对别人说这件事。"

"你跟我说了，现在好受点儿吗？"

"说出来以后，心里轻松多了。"

"你还想再谈谈吗？"

"不想了，我可以走了吗？"

"可以。"

"大夫，我的病严重吗？要不要开点什么药？我从网上看到，像我这种情况，据说可以吃抗抑郁药，或是用催眠疗法什么的。"

"你试过吗？你说的方法。"

"我买一瓶'百忧解'，吃过一个星期，没什么用，就停了，还自己看书，试过森田疗法——"

周大夫笑了："你怎么试的？"

"我往手腕上绑了三根皮筋，一想我女朋友就用手皮筋崩一下。"

"有用吗？"

"没用，手腕子都崩肿了，可还是要想她。"

"还试过什么？"

陆涛想了想："没了——别的没试过，您说我该怎么办？"

周大夫抬起眉毛："陆涛，如果你相信我，那么我可以告诉你，你有点轻度抑郁，原因肯定是各方面的，失恋是其中的一部分，你已经折腾得差不多了，很快就会没事儿的，我会给你开一点镇定剂，你明白我的话吗？"

"明白。"

"你以前有过失恋的经验吗？"

陆涛不语。

周大夫笑了："人人都会失恋嘛。"

陆涛一脸茫然："失恋？好像没有。"

"对于失恋，你觉得自己能处理好吗？"

"我想我能。"

"那么，今天就到这里，如果你还有什么问题，我们再预约吧。"

"谢谢周大夫。"说罢，陆涛站起来，走出诊室。

出了诊室，陆涛来到诊室外的走廊上，他一边走一边自言自语："我失恋了？不可能，我真失恋了吗？我从来没有失恋过，我怎么会失恋？我什么时候失恋了？就凭我，怎么会失恋？"

陆涛走进一个洗手间，他打开一扇扇洗手间里的门，发现里面都没人，陆涛站到小便池边上小便，仍在自言自语："夏琳，我能理解你，可你一点也不理解我——"他叹口气，"你不爱我？真不爱我？你怎么可能不爱我呢？我招你惹你了，你凭什么不爱我？我给你买大房子，我为你而工作，你是我生活的意义，可你为什么不爱我？你喜欢什么样的人？你说说你喜欢什么样的人，你喜欢什么样的人，我就去做什么样的人，我就能成为什么样的人——难道你真的不喜欢我现在这样？我现在这样子怎么了？"

陆涛来到洗手台前洗手，洗了几下，又洗脸，满脸水珠地抬头看镜子，镜中的男人是如此的陌生，陆涛不禁问道："HI，你是谁？"

❀ 我们不是吵架，是分手了

夏琳家，夏琳和母亲周梅玉一起看电视，看得两人直打哈欠。

"妈，要是困了就去睡吧。"

周梅玉说："我不放心你——要不搬回来住吧，别在外面租房了，白花钱。"

"妈，不说这个了，说了多少遍了，我今儿就住一晚上，看看你。"

"你跟陆涛吵架吵得那么厉害？"

"妈，我不是说了嘛，我们不是吵架，是分手了。"

"他欺负你了？"

"妈，我们别说这个好吗？"

"琳琳，你可是妈唯一的希望，妈这辈子吃亏就吃在个性太强，妈看着你也要走上这条路，心里不踏实。"

"个性强也不是坏事。"

"个性强，就不容易对别人宽容。"

"妈，这也分什么人和什么事儿——有的人，要是品质有问题，你就没法对他宽容。"

"琳琳，你是女人，女人跟男人不一样，社会上有的女人当二奶，男人有当的吗？"

"妈，这话不像是你说的，你从小就告诉我，做人最重要的是自尊自爱。"

周梅玉："那也得看你落到什么地步。如果你大学刚毕业，这话当然对，可现在，你岁数也不小了，该为自己以后想想了，陆涛再不好，你也知根儿知底儿，要是换成别人，还不一定怎么样呢。"

"为什么女人非要找一个男人呢？我靠自己就能很好地生活，为什么非要一个男人？"

"你小的时候，我就跟你现在一个想法，所以现在孤身一人。"

"妈，你觉得一个人不好吗？"

"有时候，觉得很孤单。"

"妈，时代变了，现在很多跟我一样大的女人都单身，我手头攒了一笔钱，够我自己花的了，我想为自己做一个更长远的计划，不想跟着男人背后转来转去。凭什么呀！"

周梅玉想说什么，又停住了，她叹口气："那我去睡了。"

周梅玉走了，夏琳站起来，关了电视，回到自己的房间，那里还跟以前她大学毕业前一个样，十分简陋。

夏琳走到墙边，用手摸着墙上的时装画与陆涛的照片，忽然，她把陆涛的照片撕了下来。

夏琳在床上躺下，把照片压在枕下，忽然，她匆匆站起来，跑到洗手间吐了起来。

外面传来周梅玉的声音："琳琳，你没事儿吧？"

"妈，我没事儿！"夏琳尽量用平静的声音回答。

"早点睡吧。"

"知道了。"

夏琳在床上躺了一会儿，又起来，去洗手间洗了脸，漱漱口，忽然，一阵恶心又顶上来，她吐了，接着她有点恍惚，不知为什么，糊里糊涂地再次漱了口，然后靠在墙上发呆。

她劝自己坚强，却又感到，她是因坚强而感到难过。

✿　　意外

妇产医院，第二天上午，夏琳在诊室外一堆人边上排队。

护士叫号，夏琳走了进去。

诊室里的老大夫四十来岁，戴着眼镜，她把一张化验单推给夏琳："杨晓芸是吧？"

夏琳点点头。

"各项结果都出来了，很好。"

"那我——"

"你怀孕了。"

该来的总会来的，夏琳在医院楼道里走，一边给自己鼓劲儿一边看化验单，忽然肩膀被重重地拍了一下，她吓了一跳。

杨晓芸站在夏琳边上，也往化验单上看。

"吓死我了！"夏琳一下子把化验单收起来。

"加号！怪不得去练跆拳道呢！"

夏琳笑了："这是我替别人拿的单子。"

杨晓芸一把抢过单子："姓名，杨晓芸！太缺德了你！"

"给我！"

"你请我吃饭吧！"

"我还得去公司呢，就请了半天假。"

"你也不问问我为什么跑到这儿来。"

"为什么？"

"请我吃饭。"

"好吧。"

两人出了医院，来到一个路边小饭馆，杨晓芸点菜："酸辣土豆丝儿，酸豆角炖肉，再来一份酸汤鱼！"

"你够照顾我的。"

"照顾你——"杨晓芸说着，从包里拿出一张单子，往桌上一拍，"看！我也是加号！"

夏琳拿过来看了一眼：只见姓名栏上写着夏琳。

两人相互看着，忽然大笑了起来。

"咱俩把化验单换一下就对了。"说着，把自己的化验单拿出来，推给杨晓芸。

杨晓芸一把收起自己的那一张："不换！怀孕的是夏琳！"

"你一定是婚外恋！"

"要是婚外恋就好了！"

"你们打算今年要孩子？"

"谁打算要了，我们是失误！你呢？"

"一样。"

"我没告诉向南，正想找人商量一下呢，今天去医院想问问大夫，没想到碰到你，真羡慕你。陆涛忙着挣大钱，没时间陪你吧？"

"我们散了。"

杨晓芸愣了半晌："说什么呢你？别瞎说了！"

"真的，我离开他了。"

"为什么？"

"你可能知道一点吧？"

杨晓芸低下头："我知道什么？"

"哎，你别把咱们碰到的这件事告诉向南，他会跟陆涛说的。"

"行。不过，你们好好的，到底为什么？"

"我们没好好的，我不想跟一个骗我的人在一起生活，这个人可以天天眼睁睁地对着你说瞎话，他每天早晚各一次，告诉他多爱你，同时却暗地里跟另一个女人明目张胆地来往，估计也说着同样的话。这个人没事儿就向你讲他的商业计划，讲他是怎么成功的，吵得你晚上都睡不着觉，却不想想这一切与别人有什么关系！"说着，长叹一口气，"我跟自大狂在一起受够了，所以逃跑了。"

杨晓芸眨眨眼睛："是谁？"

"你说呢？"

"难道真是米莱？"

"我亲眼看见的，就在窗户对面！不说了，再说我吃不下了。"

"夏琳，我觉得陆涛真心爱你，也许这是有原因的。"

"所有的事儿都是有原因的——我可不想知道那些原因，我会被气死的！"

✿　　是为陆涛吧

与此同时，在米莱父母家露台上，米立熊坐在一张椅子上，抽着烟，嘴里吐出一股股烟雾。米莱走上露台，一把抢过米立熊嘴里的烟，扔到楼下。米立熊回头，只见米莱正瞪着他。

米莱："爸！你答应过！"

米立熊摇摇头："好，不抽了——还有什么更坏的消息？"

米莱犹豫了一下："公司的杨律师说，我们跟伟信的官司肯定可以赢，不过，我们的钱收不回来了。"

"伟信破产了？"

"不是，伟信分了家，有人拿了钱跑了，伟信自己人之间也在打官司。"

"米莱，你看看，做生意有时候就是跟骗子合作啊。"

米莱坐下了："爸，我觉得，生活中除了生意，还有别的。"

米立熊用惊异的目光望向米莱。

"我们还有家。"

"米莱，你的话叫爸爸很欣慰。"

"爸，其实我这一段儿也挺难受的。"

"我看得出来——是为陆涛吧？"

"是！同时，也为我自己。"

"你自己？"

"是的，我想通了，其实事情都是一样的，无论是伟信，还是陆涛，都是现实，是我们无法控制的东西，我们尽了力，我们不后悔，我们只能这样。"

"米莱，你能说出这样的话来，爸就是现在眼睛一闭脚一伸也放心了。"

"爸，你什么时候能好起来？"

米立熊站了起来："我现在就好起来了！米莱，我有你这么一个女儿，又乐观，又有眼光，我还有什么好不起来的？该发生的都发生了，不该发生的永远也不会发生——我们让公司无政府几天，你去，叫上你妈和你妹，我们一家人回一趟老家，去祖坟上烧一炷香。"

"爸，我们老家在哪里？"

"去了你就知道了——米莱，有时候，人会摔一跤，趁这机会，应该回头看一眼，看看自己走过的路，然后爬起来再往前走，用不着匆匆忙忙地往前走。也许，等想清楚了，就知道，前面的东西也许根本就不重要，该有的我们都有了。"

"爸，你是怎么想到这儿的？"

"我这几天一直在想。"米立熊说。

✿ 炒房

与此同时，就在远大公司的徐志森办公室内，徐志森在一个跑步机上跑步，吉米站在边上汇报着工作。

"伟信垮到什么程度？"徐志森问。

吉米抬起头："全垮了，一部分高管携款外逃。"

"我说他们像骗子，他们就能表现得比骗子还坏——低能者！"

"地产上的资金全部回笼了。"

"吉米，我叫你卖掉的项目怎么样了？"

"正在小地方磨合，成交没问题。"

"尽快成交。"

"徐总，我们的项目刚刚做好，公司成长得很顺利，套现出这么多钱来干什么？"

"我们去干那些三流小业主才干的事情，从现在起，我们要趴在地上挣钱——公司必须再次快速转型，我们下面要做的是炒房！"

"炒房？"

"是的，这是我们现在唯一可干的事情。快进快出，现金为王，这是一个魔术，上海的地价开始升温了，我们还要大干一场——吉米，准备一个大型魔术是很费时间的，但这次我们没有时间——通知公司高级主管，我们明天开一个会，我有事情要宣布。今天还有什么安排？"说罢，徐志森戴上一个拳击手套，向一个吊着的沙袋猛击。

吉米站在他背后，从公文包里拿出一份日程表来念："中午十二点，在阳光高尔夫球场有午餐会邀请，可以见到美国花旗银行总裁，江南集团董事长，还有一些可能的投资人，另外，林总可能也会去，他打过招呼——"

"怎么又是高尔夫球场？你去吧，我今天不去，那是老头去的地方，他们在那里花钱接近大自然，也不问问大自然是不是喜欢他们——我不去，我要去见一见人事部找来的人，我需要房产评估员，还需要有野鸡中介公司工作经验的年轻人，渴望跟我一起发财的年轻人，去把他们找来跟我一起干，我们去上海、去南京、去杭州，还有最后一桶金等着我们，过了这个村就没有这个店了。还有，吉米、以后，我不喜欢向投资人借钱了，我喜欢从市场里赢钱，就像从牌桌上赢钱那样赢——"

"徐总，我——"

"不要理解我的意思，只要按照我的话去做就行了。楼市泡沫越来越大了，开发商效率太低，我们不能把所有的鸡蛋都装在一个盘子里，我们尽可能地装在尽可能多的盘子里，现在，除了炒房，我们还能做什么？"

徐志森猛地一拳打去，球型的沙袋竟被他打飞了，撞在窗玻璃上。

✿ 最光辉最伟大的一天

从小饭馆出来，杨晓芸和夏琳没走多远，便挤在一个垃圾筐前，对着筐吐起来。杨晓芸从包里拿出纸巾递给夏琳，不料夏琳也正递给她。

两人的眼泪顿时就流出来了，连忙用纸巾去擦。

"菜太腻了，放那么多油。"杨晓芸说。

"你请个假吧？"夏琳提议。

"我也正想说呢，咱们去哪儿？"

两人来到北海后海湖边的一间茶馆。

刚坐下杨晓芸就说："再走下去，我非流产了不可。"

夏琳笑了，叫了一壶茶。

杨晓芸感叹道："以为你在天堂里转悠呢，没想到跟我一样苦涩！"

"我也没想到你那么失望，一直觉得你和向南是假吵嘴真相爱，是朋友里最幸福的一对儿。"

"就幸福了向南一个人。"

"看来，最终最终，一切都得靠自己。"

"其实，只要我们心里都不好强，就会幸福。"

"我现在承认，我很好强。"

"我也是，我和向南是世界上最不配的一对儿，跟他结婚就像被老好人踹了一个窝心脚，别提多堵了！"

夏琳笑了："你，你打算——"

杨晓芸试探着说："我打算不要这孩子。"

"要不，你跟向南商量商量？"

"这件事情上，我绝对不跟他商量——我根本不会告诉他。"

"为什么？"

"因为根本没有用，他能决定什么？他只能决定他今晚玩什么电子游戏，他会负责任吗？他根本不会！结婚以来，他从来没有问过我吃没吃避孕药，觉得那都是我的事儿，他自己想怎么样就怎么样，如果我拒绝他，他就求我，能把我求得我睡着了。有时候我宁可被他强奸了然后听他道歉——唉，我心软嫁给他是我一生中最大的错误！"

"那么，我们相互保密吧？"

杨晓芸睁圆眼睛："这么说，你也要——"

"这件倒霉事儿对谁也不要说，最好我自己也给忘了。"

"好吧，我对谁也不说。"

夏琳伸出手，两人拉勾儿。

夏琳说："从此以后，我们第一件事就是对自己负责。"

杨晓芸点点头："是，我以后把避孕药瓶挂脖子上，免得忘了吃。"

夏琳乐了："我干脆不用吃了。"

两人笑了起来。

"不靠男人，不靠任何人，我们也能高兴。"杨晓芸说道。

"这是我最重要的目标，以前我爱陆涛爱得跟王八蛋似的，真没出息！"

"想想我迁就向南迁得跟王八蛋似的，真不高兴！"

"从今天起，我要变成另一个样子——晚上我请你吃顿大餐吧？"

杨晓芸一拍桌子："我请！我也要改变！"

夏琳笑了："你请？"

杨晓芸急了："我请怎么啦？不就是以前没请过吗？"

"那好吧——你下这么大决心，我也豁出去了，今儿撑死不赖你！"

杨晓芸感叹道："姐们儿你真高尚！"

两人看着差不多到了晚饭点儿，就直奔一豪华饭馆，杨晓芸坐下来点菜，侍者用手势表明够了，杨晓芸用手指头使劲点着菜谱儿，说："就要！"

一盘盘精做菜端上来了，杨晓芸和夏琳大吃大喝，举杯喝酒。

杨晓芸高兴地叫道："你看我不小气了吧？"

夏琳笑着说："你看我不客气了吧？"

"下回你请我！"

"下回我请你！"

"再下回我请你！"

"再再下回我请你！"

杨晓芸大笑："就咱俩吃！"

"干！"夏琳举起酒杯，杨晓芸急忙抄起酒杯迎过来碰，两人一饮而尽。

这一顿饭菜没吃多少，却把酒都喝完了，两人都有点醉了，她们歪歪斜斜地从饭馆里相互扶着走出来，还唱着歌，一个领班追上来，给了她们两个打包的塑料袋，杨晓芸接到手里，还向领班鞠了一个躬，领班走后，她一抬手，把装剩菜的塑料袋扔向远处。

夏琳大笑起来。

杨晓芸叫道："你看我变得厉害吗？"

"厉害！"

"这都是让向南逼的，早就该这样了！那么贵的剩菜我都敢扔，你说我以后还怕谁呀？"

"我们去看看北京吧——"夏琳说。

"这就是北京呀——"

"我想居高临下地看！"

"去哪儿看？"

"跟我走！"夏琳抬手叫到一辆出租车。

出租车一直把她们拉到北京西边的一座山上，再往上没法开了，出租司机借给她们两人一支小手电："姑娘你们就不怕吗？要不我陪你们？"

杨晓芸手一挥："谢谢你师傅，你在这儿等我们就行啦！从现在起，我们什么都不怕了！"

杨晓芸和夏琳手拉着手爬山。

杨晓芸问："要是碰见流氓怎么办？"

"我才不怕呢，我就抱着流氓一起滚下山涧！"

"好吧，你们要是滚得不快，我在后面蹬一脚。"

忽然，两人眼前一亮，整个北京平展展地铺在前面。

夏琳一推杨晓芸："杨晓芸，你看，北京！"

杨晓芸尖叫起来："夏琳，北京在我们脚下面！"

夏琳高呼："北京，你听着，我决不像以前那样生活啦！"

杨晓芸也高呼："北京，你听着，我决不像以前那样生活了！"

夏琳喊道："再见啦，我的过去！"

杨晓芸也喊："再见！管它过得去过不去！"

夏琳接着喊："不管遇到什么困难，我也要按照我自己的愿望生活！"

杨晓芸也喊："我也要按照我的愿望生活！"

"再见啦，我的过去！"

"再见啦！过去，再见啦！我一定会努力，我一定会幸福。"

"我一定会努力，我一定会幸福——我永远也不会放弃！"

"我也永不放弃！"

两个紧紧地抱在一起："我们一定会快乐！"

杨晓芸哭着小声说："夏琳，刚才，我看到北京闪了一下。"

夏琳哭着问："是吗？"

杨晓芸使劲点点头："今天是我们一生中最光辉最伟大的一天！"

❀　　不许你老学我

妇产医院手术室外，气氛紧张，夏琳杨晓芸还有一些姑娘在等着做人流。

有个女孩偎在男朋友的怀里哭，杨晓芸捅捅夏琳，夏琳往那里看了一眼。

夏琳小声说："真可怜。"

杨晓芸和夏琳拉紧手。

"等以后，我真正独立了，一定要自己养一个孩子。"夏琳发着狠说。

"我也要！"

"不许你老学我！"

"以后在坏事上不学你。"

"那我就放心啦。"

"夏琳，网上说每一个女孩在三十以前都得做一次人流儿，我以为自己是个例外，没想到，最后还是跟大家一样。"

"真的？想想咱们班谁没做过？"

"上学的时候，就咱们班，我至少知道四个人做过。"

"我知道六个——我陪刘梅做过，还陪过朱晓静。"

杨晓芸从包里拿出手机，翻开地址本，一个个念："我挑我不知道的念啊——刘影呢？"

"去年做过。"

"章小含？"

"也是去年。"

"李姗姗？"

"三年前做过，跟她第二个男朋友。"

"方媛媛呢？"

"做过，上大三，跟她第一个男朋友，这你都不知道？"

"我跟她不熟。"杨晓芸说。

"还有谁？"

"还有，还有一个，吴玉琴——"

"吴玉琴，吴玉琴我不知道，还真可能没做过——"

杨晓芸叹口气："就她一个幸存者，没受到男人的迫害。"

一个大夫走出来："24号，25号。"

杨晓芸站起来："我该走了。"

夏琳一把抱住她："别紧张。"

杨晓芸一笑："放心。"

"我们这是最后一次。"

"最后一次。"杨晓芸说完往里走。

"哎，把手机留下。"

杨晓芸把手机给夏琳，笑了笑，跟着大夫走了进去。

夏琳重新坐下，用杨晓芸的电话找到吴玉琴，拨号："喂？是吴玉琴吗？——啊，我不是杨晓芸，我是夏琳——是啊，好久没联系了，你好吗？——啊，我问你一事儿——"

杨晓芸跟在护士背后，走一条长长的走廊，被带到一个门边儿，她忽然站住。

"我想上趟洗手间。"

护士一指。

杨晓芸走了进去，片刻又转出来。

"怎么了？"护士问。

"没事儿，又不想上了。"

"请不要紧张，在我们这里做是很安全的。"

杨晓芸点点头。

❀　　该我了

半小时后，杨晓芸出来了，夏琳迎上去。

"怎么样？"

杨晓芸咬着牙说："还行，这事儿终于完了。"

"我给吴玉琴打电话了。"

"怎么样？"

"她也做过！"

杨晓芸笑着点点头："她长那么难看也做过？真不敢相信——看来我们俩还算运气，是最后两个呢！"

一个护士走出来："30号，32号。"

夏琳脸色变了，她站起来："该我了。"

杨晓芸笑："这下你进去的时候平衡了吧？"

"我看你脸色不好，要不你先回家？"

"你去吧，我等你。"说罢，站起来抱住夏琳。

杨晓芸在夏琳耳边说："不疼，放松一点就好了。"

夏琳点点头，走了进去，杨晓芸向门口的夏琳招手。

一小时后，夏琳和杨晓芸并排坐在一辆出租车的后座儿上，两人都面露颓色。

夏琳叹口气："最倒霉的一天。"

杨晓芸点点头："是啊，人生最低谷——不可能更低了吧？"

"当然，我们已经扛过去了。"

"你想干什么？睡觉？"

"昨天夜里我一分钟也没睡着，现在反倒不困了。"

"我也是。"

"你想干什么？"

杨晓芸眨眨眼睛，忽然说："我想喝酒。"

"我们现在能喝酒吗？"

"我不管！"

"那我陪你喝。"

❀　　后来

出租车开到青年家园，放下两个人，杨晓芸一马当先，把夏琳领进家，换了拖鞋，杨晓芸跑到厨房，只一会儿便转回来了，手里拿着一瓶红酒。

夏琳倒吸一口凉气："真喝啊？"

"这还是我结婚的喜酒呢，来，我不是破罐破摔，而是为人流干杯——"

"好吧，在自己还没有把握之前，把一个孩子带到世界上来，也不太负责。"

"是啊，我要先对自己负责，才能对孩子负责。"

"就喝一杯？"

杨晓芸把酒给每人倒了半杯："半杯吧。"

两人干了半杯酒。

杨晓芸茫然四顾："这种时候，那些喜欢我们的男人跑哪儿去了？"

夏琳笑了："我们这么伟大，根本用不着他们！"

杨晓芸一拍桌子："我要挣大钱。"

"怎么挣？"

杨晓芸眼睛转了几转，豪情万丈地再一拍桌子："买彩票！"

离杨晓芸住处不远，便有一卖彩票的小铺儿，两人手拉手走了进去。

杨晓芸和夏琳各买了一把彩票。

杨晓芸瞪了一眼夏琳："看看我们今后的运气吧，你先来。"

"还是你先来吧，要抽着奔驰车，别忘了冬天的时候帮我妈换换煤气罐儿。"

"你来吧，不许抽500万的那一张。"

"我听你的——你也不许抽500万的啊。"

"是啊，都让咱们抽走了，别人怎么办？"

"一起开始吧。"夏琳说。

两人开始。

夏琳刮了一张:"我的是谢谢你。"

杨晓芸也刮了一张:"我的也是谢谢你。"

"我的还是谢谢你。"

"谢你。"

"谢你。"

"谢!"

"谢!"

"这张是二十万。"杨晓芸说完扔掉。

"我这张是三十万。"夏琳说完也扔掉。

"这张也该咸鱼翻身了吧?"

"我这张是活鱼吧,怎么还不翻身?"

一会儿工夫,两人脚下各出现一小堆彩票。

夏琳看了一眼杨晓芸无奈的脸。

杨晓芸一咬牙:"我怒了!"说罢,站起来,直奔窗口而去。

"等等我,我钱包里还有两百。"

两人又买彩票,接着开奖,撕得满地都是。

"最后一张,你来吧?"杨晓芸可怜巴巴地把最后一张彩票儿交给夏琳。

"还是你来吧。"

杨晓芸咬咬牙:"天灵灵地灵灵一想发财你就灵!"

杨晓芸不敢看,举到夏琳面前:"夏琳,你还识字吗,替我念一念?"

夏琳清楚地念道:"谢谢你。"

杨晓芸把彩票扔到一边。

夏琳叹口气:"挣钱计划宣告破产!"

晓芸咧着嘴苦笑:"苦涩!不平衡!不高兴!太背了!"

"以后咱们改名叫老贝贝吧?"

两人走出来,一直走到街上。

杨晓芸回头看了一眼:"哎,夏琳,我不服!我们都是运气很坏的人吗?"

"我不信!杨晓芸,坏运气总会过去的,我觉得,我们现在是和以前完全不同的人。"

"只要我们努力,就会希望常在。"

"要不咱们去庙里烧个香吧?"

"那我明儿早上去烧第一炷香。"

"你求什么?"

"反正不求发我好男人了。"

"这样吧,咱俩儿一起求不劳而获吧!"

两人一齐大笑起来。

两人沿着马路走着,杨晓芸忽然坐到马路沿儿上,夏琳也坐过去,杨晓芸靠在夏琳肩上，两人一副迷茫的样子。

杨晓芸看一眼太阳，闭上眼睛："我累了，想睡觉。"

夏琳也闭上眼睛："我也是。"

"你醒来以后有什么决定？"

"我去报一个法语班。"

杨晓芸睁开眼睛："你还想去法国？"

"是，我贼心不死，还想学设计！"

"那我辞职！"

"你辞职干什么？"

"我想自己开一个精品装饰店，这事儿我妈跟我说了好久了。"

夏琳再次抱住杨晓芸："注意身体。"

"你也是。"

夏琳站起来："我们都是不服输的人，所以就要更加努力。"

杨晓芸也站起来："夏琳，我知道。"

"再见，我过马路打车。"

杨晓芸对夏琳招招手："再见，没事儿打电话。"

❀　妈，我想辞职

杨晓芸目送夏琳远去，忽然觉得自己有点空虚。太阳高悬，照着下面这个来来往往的世界，而自己则显得那么孤单，她想回家，又想到向南回来后一定惹她心烦，那么去哪里呢？

杨晓芸打了一辆车，来到家门口，上楼，敲门，门开了，何翠凤站在门口："哟，今天怎么想起回家了？"

"妈，我想辞职，跟你一起做精品装饰店，新家装完以后的东西我全管。"杨晓芸连自己都不知道为什么说出这么一些没头没脑的话来。

何翠凤听了却喜上眉梢儿："真的，你想通了？"

杨晓芸走进门坐到沙发上："想通了，白领儿又累又挣不到钱，还不如累一点，但能多挣一点钱。"

"晓芸啊，你这一改主意，妈可高兴啦，你脸色有点不好，等一下，妈给你盛碗绿豆汤吧，妈刚熬的。"

"妈，我不——"

何翠凤没听晓芸说完就风风火火地走了，一会儿回来，手里端着一碗绿豆汤："晓芸，妈就加了一勺糖，怕你又说长肉，来，喝——"

晓芸接过绿豆汤，喝了一口，又用勺一口口喝。

"你小时候最爱喝了，至少两碗。"何翠看着她说。

杨晓芸接着喝，不知为什么，往日听不惯的声音，今天却让她感到出奇的温暖。

"晓芸，其实妈最近正发愁呢，妈找了一个新地儿，正要装修，还忙不过来，你来帮忙太好了。卖装饰用品也是越洋气越好，你当过白领儿，知道那些追求时尚的人喜欢什么，以后什么事儿就咱娘俩一商量就定了，我昨天还想着跟你商量商量呢，想了想又忍住了，怕你心高，看不上卖东西这事儿。"

杨晓芸的眼泪下来了，她头也不抬。

"哟，晓芸，你这是怎么了？是不是在外面有人欺负你了？"

杨晓芸把剩下的绿豆汤一口喝完，擦眼泪。

"到底怎么了？"

杨晓芸一把抱住何翠凤哭了起来。

"晓芸，跟妈说说，到底出了什么事了？"

杨晓芸抬起头："没事儿，真的没事儿，我还想再喝一碗绿豆汤。"

何翠凤乐了："那我给你盛去！"

杨晓芸把眼泪擦干："妈，你怎么那么好啊！"

说完却又哭了起来。

哭完了，杨晓芸累了，她跑到卧室睡觉，正睡着，枕边的手机响起来。

杨晓芸迷迷糊糊抬手就给挂了，片刻，手机接着又响起来。

杨晓芸接："喂。"

向南在家里打电话："你在哪儿呢，这么晚了还不回家，连个电话也不打？"

"你嚷嚷什么！我回家跟我妈商量点事儿！"

"什么事儿？"

"我辞职了，跟我妈一起做精品装饰店。"

"你疯了吧你，这么大的事儿不跟我商量？哎，我问你，你这是什么意思？"

"哎呀，我困着呢，刚睡着，明儿再跟你说吧。"

"不行，你今天晚上就说清楚。"

"说不清楚——我累了一天，你就让我睡会儿吧。"

"你到底辞没辞职？"

"辞了。"

"你的意思是说，以后买车买房的月供就得我一个人扛着了是不是？"

"随你怎么想。"杨晓芸把手机挂了，手机又响起，她把手机关了。

床头柜上的有绳电话响了，她知道是向南打来的，于是把电话摘下来，扔到一边，蒙着头睡去。

电话里传出向南微弱的声音："晓芸，晓芸，你说话呀，你干吗呢——"

❀　　行动

第二天一早，夏琳背着一个小包，来到第一外国语学院报名，参加了一个法语中级班。

而杨晓芸一醒来便去公司辞了职。

同一天晚上，在一个酒吧，向南、华子和陆涛三个人坐着喝酒。

"陆涛，说实话，远大给了你多少钱？"向南好奇地问。

"两千万。"

华子和向南相互看了一眼，同时喝下一整杯酒。

华子笑了："怪不得和夏琳掰了呢——说说，有什么新打算？"

"这完全是两回事儿，我一点也不想跟夏琳分手。"

华子笑了："陆涛，求求你让我说一句安慰你的话吧——"

"别别，我可不想再添堵了。"

"这句真是安慰的人话，叫兄弟我说出来吧！"华子说。

向南举手："同意！"

"好吧，说！"

华子把酒杯往桌一放："陆涛，只要你不把钱花光了，夏琳早晚有一天会找你来的。"

"一边待着去！"陆涛笑了。

向南也笑："不过陆涛，在夏琳回来之前，我们俩帮你花点怎么样？"

"行啊！"

华子一听乐了："哥们儿还是哥们儿，来！干一杯。"

三个人又干了一杯。

"哎，我想问你们一个问题，你们可得说真话。"陆涛喝完说。

"问吧，最好问一个严肃点的，要不显不出我们说真话的水平。"向南说。

"越严肃越好！"华子一拍桌子叫道。

陆涛小心地问："咱相处这么多年，算知根儿知底儿了吧？"

华子和向南一起点头："那当然。"

"那么，根据你们对我的了解——"陆涛发现向南和华子两人在不停地点头，但他仍把话说下去，"你们觉得我是一个什么样的人？"

华子和向南彼此看了一眼。

向南一咬牙："好人！"

华子点头："朋友！"

陆涛问："真的？"

华子和向南又彼此看了一眼。

向南低下头："打住，这么可怕的话题，不能再往下说了！"

陆涛："哎，我想听真话！真的！"

华子笑了："回头把你说急了，那咱这么多年的友谊可就土崩瓦解了。"

向南也笑了："是啊，到时候我们怎么办？"

陆涛："你们这么吞吞吐吐的，那咱换一地儿说吧。"

三个人换到一个大大的豪华桑拿包房里，分头围着围巾在蒸桑拿。

陆涛看着华子和向南："说。"

"这还真有点坦诚相见的意思，不过太坦诚了谁也受不了。"向南边说边看华子。

陆涛也看华子："我受得了——说说吧，华子，你先！"

华子一摸头："你是一个什么样的人？这真是个问题。"

向南说："真诚地说，你也就是一个人——正常人吧。"

华子跟上："脑子比一般人好使点。"

陆涛不满意："太简单了。"

向南急了："你以为你有多复杂呀？"

"不是，我不是这意思。"

"那你什么意思？这样吧，你自己说说，你是一个什么样的人？"华子说。

"对，自己说说，我们给你评价一下。"

陆涛想了想："什么样的人——我怎么着也算一个无害的人吧？"

华子向南相互看一眼，然后都慢慢摇摇头。

陆涛急了："我连一个无害的人都不是？"

华子说："我举一反例，米莱就被你害得对生活缺乏信心，到现在还没男朋友。"

向南也说："我们家杨晓芸老是无意中拿我和你比，受到过深深的伤害——她要知道你现在有两千万——这事儿别告诉她啊！"

华子一推向南："你们家杨晓芸那事儿不算，是她自己瞎攀比。"

陆涛："夏琳说我是个自我的人，你们说——"

华子不客气地说："什么自我的人！直接说吧，就是自私的人。"

"哎，那，那你们说我是一个自私的人吗？"

"这话说谁都行，谁不是自私啊？"向南说。

"我哪儿自私啦？我怎么觉得我全是为了夏琳啊？"

"陆涛，我问你，刚认识夏琳的时候，她是不是想去法国学设计？"华子接过话茬儿。

"是啊！"

向南心领神会，也跟着问："后来呢？"

陆涛迷茫地望向两人。

华子笑了："你全是为了她——她怎么没从法国学成归来，却当上广告公司的业务员了？"

陆涛想说什么，却没说出来。

向南说："陆涛，我一直不太喜欢夏琳，劲儿劲儿的——"

华子笑了："向南，夏琳要对你和蔼可亲一点，你的观点立马儿就会改变——"

"华子你让我把话说完——"向南说罢转向陆涛，"不过说句比较公道的话，陆涛，人家夏琳为你做的，可比你为人家做的多——夏琳那么骄傲一人儿，现在混成这样儿，嘴上不说，心里不委屈才怪呢！"

"可现在我完全有能力帮她实现她的梦想啊——"

华子反问："陆涛，人徐志森帮你实现你的梦想，你买人家账了吗？"

向南一语道破："陆涛，你根本就不是真爱夏琳，你就是想通过人家证明你自己的能力及魅力！"

华子立刻接上："还有啊，你的观念太土鳖了，还想玩那种你挣钱人家花夫唱妇随的封建手法，告诉你，过时了！现在有能力的姑娘不要你给人家买这买那，人家要的是你真心对人家好，要的是理解，要的是帮助人家也去实现自我——你呢，老想把人家搁你光芒后面，这也太反潮流了！"

"你觉得这种小螳螂挡车的手法儿合适吗？"向南笑嘻嘻地问。

陆涛对着向南和华子各看了一眼："哎，哎，哎，兄弟们，我，我有那么丑恶吗我？"

华子对向南摆摆手："好了好了，咱这批判会的技术含量太高了，陆涛呢，这一时半会儿的也消化不了，就点到为止吧，再说下去，他非开始怀疑人生不可——明话儿告诉你，我们提心吊胆地对你说出这些肺腑之言，可全是为你好啊。"

"剩下的时间——老陆，你好好回味回味我们这两三知己对你的免费分析，有什么人生感悟，及时向我们汇报，啊！"向南拍拍陆涛。

"陆涛，良药苦口，不过，治病要紧，散了吧，明儿我还得去蛋糕店盯一天呢。"

陆涛拉住华子："等等，哎，叫你们这么一说，我怎么觉得我完全是一个坏人啊？"

向南和华子点着头笑了。

向南长叹一声："终于承认了！"

华子也笑："陆涛，这下我们终于找到了一个新的共同点，咱们大家总算是又平等啦！"

陆涛长叹一声。

"哎，华子，我觉得今儿有点不对！"

"怎么了？"

"咱说了半天陆涛，他怎么一点也不拧巴呀？这太不像他了！"

华子看陆涛："是啊——陆涛，怎么回事儿？你怎么不顶嘴啊？这一点也不像是我校辩论比赛第一名啊？"

陆涛拍拍华子和向南的肩膀，长叹一声："我觉得你们这回蒙对了。"

✿ 分析

三个人从桑拿鱼贯而出，陆涛一手拉一个，不让华子和向南走："哎，哎，别散啊，你们走了哥们儿怎么办啊？"

向南说："你不是挺坚强的嘛，失恋了扛到现在才跟我们说——接着扛吧！"

"你孤胆英雄啊你！"华子说。

"再扛我抑郁症又犯了，谢谢朋友，求你们帮我分担分担——要不咱切台球去吧？"

"你现在水平太差了，我们都不爱跟你打了。"华子说。

"是啊，为了事业，一点不顾老朋友的幽怨——"向南说。

"连续一年不参加集体活动！"华子接上，说着，两人分头奔向自己的车。

"再见！"

"再见！"

"我错了，我错了，我改！"陆涛追上两人，"要不，要不你们一起看看我的新房，大四居呢。"

向南和华子站住，相互看了一眼。

向南眼珠一转："看看就看看！半夜三更的，感受一下腐败的魅力，也——行！"

华子笑着跑回来一把抱住陆涛："哎，陆涛，我们的新据点儿在哪儿呢？"

三个人进了陆涛的新家，华子和向南都看傻了。

陆涛把灯打开，向南和华子在门口儿脱鞋。陆涛没脱就往里走，两人一看，又相互看一眼，连忙把鞋重新穿上，跟着他往里走。

陆涛把所有的灯都打开，华子和向南看了一个又一个房间。

华子转进一个房间自言自语道："陆涛，你行啊！"

向南追到陆涛身后："绝对不能让杨晓芸看见！我告诉你，她从这儿出去以后，肯定觉得我们住的地儿是狗窝！"

华子走回来，一拍陆涛的肩膀："没什么可说的——陆涛，你抄上了！"

"可我怎么一点也不高兴啊。"

向南一听急了："陆涛，把这句无耻的伤人话收回去吧！你都这样了，还不高兴，那我们还有什么盼头儿？"

"可我确实不高兴。"

"华子，你别理他，他的意思是，如果夏琳在这儿，天天夸他，说他多有才华，多优秀，那他才高兴，咱俩说的不算——重色轻友！"

"我有那么矫情吗？"

向南和华子同时使劲点点头。

陆涛翻了翻白眼儿，长叹一声。

华子对向南："这就叫失去自我。"

向南点点头："咱以后得记取他的教训，人啊——知足长乐。"

"向南，我不同意你那颓废的人生观，完全是一种变相的失败论——有一点你得向陆涛学，叫做永不知足！"

向南不服："永不知足的人弄不好就永不高兴，我敢学吗？不过话说回来，华子，你说我这种知足长乐的人怎么也不太高兴啊——"

"你自己反思去吧！"华子说着，再次走到陆涛身边，"你和夏琳就是在这儿分手的吧？"

陆涛点点头，沉痛地说："分手现场之一。"

华子也沉痛地说："估计夏琳被你气疯了。"

陆涛一把拉住华子："你怎么知道？"

"这还用说？"

"为什么？"

"你想啊，你是一设计师，她也是，你是高材生，她也是，你帅哥，人美女，起步儿差不多吧？怎么毕业几年以后，你就买下这样的房子，她怎么买不起？"

"没错儿！陆涛，你这一步走得也太错了，激起了她的仇富心理，愤怒加上自怜，不跟你翻脸才怪呢！"向南跟着说。

"可我是为了她才买的！"

"等会儿等会儿，陆涛，你别忘了，人夏琳最早跟你好，可不是为了享受你的胜利成果，那会儿你连儿胜利的影子还没见着呢！"华子说。

"那她想什么？"

华子加重了语气："我推测，人家跟你好，是因为见到一个好对手，惺惺相惜，是因为跟你一起混更有挑战性，这好比人家打算和你一起去跑人生，谁知道刚一起跑，你伸脚把人家绊一跤，然后你'刷刷刷'地跑没影了。人家在后面奋力追你吧，你非但不拉人家一把，还时不常地回过头来向人家炫耀你跑得多快，跑步姿势多好看，你说人家能怎么样？"

向南点点头："人家不追你了，退出比赛，不玩了！"

陆涛急了："夏琳哪儿至于呀？"

向南也急了："你傻啊你，要换杨晓芸没准儿就不至于，夏琳肯定至于！你以为天下的自大狂就你一个啊，夏琳这种付出型的姑娘，她恨不得亲手给你买这么一套房才高兴。我告诉你，当她没有东西可付出的时候，她就不自信了，因为她觉得自己对你不重要了，你那么强，只能让她自卑压抑，最后只好一走了之。"

陆涛一跺脚："有道理！"

华子一指向南："接着说！"

向南来劲了："对夏琳这样儿的，你得支持她，给她一个发展空间，让她有机会实现自我，这样她才有东西向你付出，最好什么都让她控制着，这样，她待在你身边儿才舒服。"

陆涛看着向南笑了："有道理。"

华子也笑了。

向南诧异地问："你们笑什么？"

"分析得斩钉截铁、头头是道儿——不过向南，说谁呢？夏琳还是你？"华子坏笑着说。

"看着你把自己内心深处最强烈的诉求都呼吁出来了，我们能不笑嘛——"陆涛也说。

华子踢了向南一脚："哎，向南，真没看出来啊，你对哥们儿这么抠门儿，悄悄摸摸还付出型的呐？"

陆涛一拍向南肩膀："看来，你对自己认识挺清楚的嘛——不是人家杨晓芸欲壑难填，而是你自己两手空空啊！"

"这么年轻就敢结婚，挑上家庭重担——哎，向南，人家是雪上加霜，你是寒酸外加辛酸，唉！怎一个酸字了得！"华子冲向南挤眼睛。

向南倒吸一口凉气，结结巴巴说："你们俩太孙子了，趁哥们儿对你们一腔热血的时候，反过来分析哥们儿——这也太孙子了！"

陆涛和华子哈哈大笑起来。

❀　　连续聚

陆涛新居地下车库，三个人说着话走向自己的车，依次打开门钻进去。

向南惊叫起来："哎，陆涛，送到这儿就得了。"

陆涛冲两人摆摆手："我饿了，宵夜去吧，反正现在我对自己的伟大幻想也土崩瓦解了，就和你们同流合污算了——"

华子也一摆手："同意！哎，跟我们说说，你以前把自己想得有多牛？"

陆涛大喊："不说！"

"别啊，说出来让我们嘲笑嘲笑嘛！"向南说。

"你们在后面跟着我！"陆涛说罢钻入车内。

三辆车开到东直门的一个火锅夜店，依次停下，三个人依次下车，钻进夜店吃火锅。

陆涛用筷子敲着桌子："先说好了啊，这火锅吃完了谁也不许走，谁走我跟谁回家，反正我不想一个人待着。你们不是把哥们儿的自私都给分析清楚了吗？正好我趁这机会展示一下自私的力量！"

"哎哎，陆涛，我这事业还在初级阶段呢，我得回家舔舔伤口好干事业啊！"华子说。

向南也说："是啊，等我们事业有成，有闲工夫的时候，再听你说说你的高级烦恼。"

"不行——都不许走！"

"说你自私吧，你还非要卖弄卖弄——"华子说。

"那不管！今儿咱们一聊，我全明白了，要真是我一个人儿，钻在牛角尖儿里，且想不清楚呢——帮人帮到底，再帮哥们儿分析分析。"

向南瞟一眼陆涛："这话说到底，你不就是想与众不同嘛，不就是想比别人都高明吗？"

"承认吗，陆涛？"华子问。

陆涛点点头："承认！"

华子说："以后别这样儿了，全上学的时候惯的，样样都想最好，最好又怎么了？"

陆涛不同意了："可不最好又能怎么样？我总得有点儿追求吧？"

向南吃了一块从锅中捞起的牛肉："该追追你的。"

"这不行，你们不能把人家房子拆了就走人。"

"陆涛，这新房得你自己盖，谁知道你想住什么地儿啊。"

"是啊是啊。"向南说。

华子站起来："我走了，再见。"

"我后天儿还得去潍坊出差，真得走了。"向南说罢也站了起来。

"胡说。"陆涛一把拉住向南。

向南从包里掏出一张机票："你看，真的！"

陆涛看了一眼："那我陪你去吧，路上也好有个伴儿？"

"咱两男的去有什么意思啊？"向南说。

"那我帮你找一女的，杨晓芸的加强版，你保证喜欢。"

向南笑了："那你明儿订机票去吧，三天后有直飞的班机，我这可是最后一张。"

陆涛一下子把机票撕了，扔到地上："坐什么飞机呀，咱开我的车去！咱们一起《在路上》！"

向南连忙蹲地上去捡："别啊，这机票我还报销呢！"

❈　门市

杨晓芸今天忙了一天，心里出奇地满足了。她和母亲一起定了一个门市，准备做装饰精品店。她的满足的另一个来源是，何翠凤原打算做一个装修公司的，杨晓芸一句话就给否了，并且得意地对何翠凤说："回头找货源的时候，我把真本事亮出来给你看看。妈我告诉你，在服装学院上学的时候，我们班找材料就我最厉害，他们谁都比不过我！"

而同一时间，陆涛在新居接到米莱的一个电话，约他到一个酒吧说说话。陆涛犹豫了一下，听到米莱在电话那一头小心地问："你说话方便吗？"

"方便，怎么了？"

"今天上午，我跟我们家人去上坟，忽然想起你。"

"你够会想的，又不是给我上坟。"

"你怎么样了？"

"我还行——"

"听声音你一点都不行！"

酒吧里，米莱的目光一直盯在陆涛脸上。

"发生了什么？"米莱问。

"很多事。"

"什么事？"

"我从远大出来了。"陆涛的声音犹如梦幻。

"啊——这是为什么？"

"他们把我的项目卖了。"

"这事儿我已经知道了，可你为什么要出来呢？"

"我不想跟他们合作了——你爸怎么样了？"

"我爸基本恢复了。"

"你们家——你们的楼现在怎么样？"

"我们被伟信骗走了点钱，不过现在楼市还可以，生意上的事儿大概问题不大，我就是想问问你怎么样了？"

"我还行。"

"你——你和夏琳怎么样？"

陆涛叹了口气："我和夏琳分手了。"

"不会吧——"

陆涛直愣神儿，忽然再次叹了口气。

米莱拿起手机给他拍了一张照片，把陆涛愁眉苦脸的样子给定格了。

陆涛杨起眉毛，米莱移开手机，笑了："陆涛，这是你最真实的时刻！看！"

米莱把手机反转过来，让陆涛看。

在酒吧两人各喝了一杯咖啡和一小瓶啤酒，陆涛送米莱回家。

米莱侧坐在前座上，抱着双膝，后背靠着车门，手里拿着一筒可乐，仍用眼睛看着陆涛。她惊奇地发现，当陆涛不高兴的时候，她的内心却充满了一种奇异的快乐。

"不是我安慰你啊，我估计，这是吵架，不是分手——你们要分早分了。"

"这事儿，唉——"

"该不会是——因为我吧？"

"跟你没关系。"

"那是为什么？"

"唉，米莱，我正好儿有事儿想问你——"

"你说。"

"你要说实话。"

"我特想跟你说实话。"

"你觉得——你现在过得好吗？"

"还可以吧。"

"如果没有遇到我，你觉得你会过得更好吗？"

"我觉得你害死我了！"

陆涛看了米莱一眼。

"你干吗这么看我呀？"

"看来他们说对了。"

"他们说什么？"

"没事儿。"

"说说，到底什么事儿？"

"简单地说吧，昨天晚上之前，我还觉得自己挺好的，没想到一夜之间就变成了一个坏人。"

米莱笑了起来："那你还不改邪归正？"

陆涛使劲点头："我改，我改，我改改改！"

❀　　粗心

杨晓芸从父母家回到家，推门进来，屋里黑着灯，她一直走到电脑前："向南！"

没有回音，向南不在。

杨晓芸自己坐在电脑前，开始上网看装修，一直看到夜里一点，她想设计的装饰店已经有点眉目了，于是站起来，想喝水，发现杯子空了，到冰箱里找饮料，发现什么也没有，只好烧了一壶热水。

门开了，向南进来："我回来啦！"

"长本事了，学会夜不归宿了啊！"

"我明儿出差，今儿把一些公司的杂事儿给办了——哎，你怎么对我那么放心呀，连个电话都不打。"

"就你那点儿魅力，要是出去混能有成果，我发你奖金！"

"哎，杨晓芸，你好像完全忘了我找你的时候所展示的男性魅力了吧？"

"呸！"

"哎，那你当时小脸绯红，一副五迷三道的样子，眼睛直勾勾地看着我，我问你，那是什么意思？"

"鄙视你的意思呗！"

向南抱住杨晓芸："那你再鄙视我一个。"

杨晓芸抬起头："滚，松手，你把我以前买的杂志放哪儿了？"

"原来堆得哪儿哪儿都是，昨天晚上正好一收破烂儿的在窗户下面喊，我就把他给叫上来了——"

杨晓芸气得把他推到一边儿："讨厌！"

"你刚才吃什么了？火气这么大？"

"废话！我找了半天，正生气呢！"

"那有什么可看的？"

"那里面有好多是《时尚家居》什么的，我装修一店面儿，要用。你手怎么这么欠呢，就一晚上工夫——"

"你怎么说话呢！趁你不在我收拾收拾屋子，你不表扬我就得了，跟我瞎嚷嚷什么？"

"你怎么不放把火收拾收拾啊，我——"忽然，杨晓芸捂住肚子，坐在地上，脸上出了一层汗。

"晓芸，你怎么了？"

杨晓芸往下一摸，手上是血。

"血？怎么回事儿，要不要去医院？"

"没事儿，我倒霉了。累，我起来点儿，我要躺床上去。"

向南扶着杨晓芸躺到床上去。

"我给你倒杯热水吧？"向南问。

"牛奶还有吗？"

"昨儿还剩一袋儿，让我给喝了，我这就出去买——"

杨晓芸趴过身来："算了，倒杯热水吧，刚才我烧了水，现在差不多了。"

"你脸色怎么这么白？"

"累的呗，跟我妈一起在装修城走了一天。"

"哎，你真辞职了？"

杨晓芸使劲推向南："你先把水端来。"

❀　　现在，我们也可以是朋友

夏琳在外文书店逛了一下午，买了十来本法语书回家，走到楼下，忽然对面的车灯闪了一下，车门开了，米莱走了出来："夏琳。"

"是你啊，怎么在这儿？"

"我一直在等你，有话跟你说。"

米莱拉开车门，夏琳犹豫了一下，钻进车内。

在车里，两人默默无言，米莱把夏琳带到一个咖啡吧，两个曾经的好朋友各要了一杯咖啡，然后就相对而坐，谁都不知该说什么。

两杯咖啡端上来了，夏琳用勺子轻轻搅动着，她在心里提醒自己，就不说，什么都不说。

"最近在干什么，夏琳？"米莱绷不住了。

"学法语。"

"学法语？"

"是，准备留学。"

"学什么？"

"学设计。"

"学校找到了吗？"

"我正在提出申请。"

"什么时候办完？"

"再过两三个月吧。"

"这么快？"

"再快，也没有事情的变化快。"夏琳意味深长地说。

米莱被噎了一下，她的脸一下子红了："夏琳，我想向你解释一些事。"

不料夏琳却说："其实是应该我向你解释才对。"

"听说，你跟陆涛分手了？"

"我们不合适，早就应该分手。"

"也许，你们之间有些误会。"

"误会？我们俩在一起本身就是误会。"

"如果——夏琳，你听我说句真心话——如果你觉得这事儿与我有关，那么，现在，我向你保证，从今以后，我绝对不会跟陆涛有任何来往，以前的事，不管是什么，我现在道歉——"

"米莱，你不必感到内疚，其实真要道歉的是我——好啦，以前的事不提了，我们扯平了，现在我们都得从头开始。陆涛打断了我的生活，却没有让我对生活更有信心。以前我以为自己为爱而生活，后来发现自己只不过为陆涛而生活，我现在才知，不属于自己的东西必须扔掉，不然就会叫自己永远不知所措。"

米莱："夏琳，我知道你很倔，作出决定很难更改，你是我见过的最有个性的人，无论你想做什么，我都会支持你。我像你一样，最讨厌的，就是觉得自己欠别人一点什么，我不喜欢在内疚中生活。"

"米莱，公平一点说，也许你比我对陆涛更有感情，我看得出来。"

"如果没有陆涛，我们一定还是朋友。"米莱说到这里哭了，夏琳知道，她是在真哭。

"现在，我们也可以是朋友。"夏琳伸出手去，米莱连犹豫都没有，就握住了。

两人用眼睛相互看着，她们都哭了。

✿　　无息助学贷款

夏琳和米莱就像两块相互碰在一起的伤口，尽管同情对方，却无法保全自己，她们很快就没话说了，米莱把夏琳送到家，然后两人告别。

夏琳一走进家门，母亲周梅玉就对她说："刚才陆涛来过。"

夏琳转过身，蹲下换拖鞋，故意装作语气平淡的样子问："他来干什么？"

"他进来叫我一声阿姨，我给他倒了一杯水喝，他问我你在干什么，我说你在学法语，准备留学，他问我，能不能在你的房间里待一会儿？你们俩儿的事儿，我又不便说什么，就说行，他就进去了，关上门，一个人在里面待了半天才走，看上去神情恍惚的，我有点不放心，要不你给他打个电话？"

夏琳只"噢"了一声，便走进自己的房间，她坐到床上，定了定神，拿起电话，拨通陆涛的电话："喂，陆涛，我是夏琳。"

此时，陆涛正在一24小时路边夜店里买速冻食品，他一手拿着手机一边快步走出店外，服务员示意他把购物筐放下，他半天才反应过来。

夏琳的电话里传出陆涛急切的声音："你好，你怎么样？"

"我挺好的——你呢？"

"我——我和向南正打算开车去山东玩。"

"噢，那希望你们玩得好。"

此刻，陆涛已走到店外的门边，他一只手扶着墙，尽量压抑着内心的激动，他只是想跟夏琳多说几句："没问题——听说你准备去找法国帅哥啦？"

"我不喜欢外国人。"

"现在是这么说，不过到了法国就可能改主意——告诉你，法国男人可小气啦！"

"你胡说什么！"

"我可是好心——听不听随你。"

"那就这样了。"

"好吧。"

"再见。"

"再见。"

夏琳挂了电话，呆坐在床头，她躺下，头放在枕头上，发现枕头下面鼓鼓的，翻开一看，是平平整整两摞美元，上面一张小条儿上写着：无息助学贷款。

夏琳重新把枕头盖上，叹了一口气。

❀　　你就知道玩

第二天一早，陆涛把车开到青年家园楼下，给向南打了一个电话。此时，向南正在收拾东西，杨晓芸坐在床上边看电视边数落着他："你就知道玩！"

向南接了："到了吗？"

"在你们家楼下。"

"我马上下去——哎，要不要上来坐会儿？"

"算了，在车里等你吧。"

向南放下电话对杨晓芸叫道："我不是跟你说了嘛，不是玩，是陪陆涛散散心。他失恋了，我是他朋友，你说我该怎么办？"

"陆涛整个儿一个金领儿，他有什么心好散？还不是你想玩！"

"你管呢，我天天做牛做马的工作，挣钱还贷，过几年刚还完了房子，你再生一孩子，我这辈子什么时候是个头儿？利用出差和朋友一起开车转一转就有意见，还叫不叫人活啦？"

杨晓芸愣了一下，想说什么，却忍住了："滚滚滚——快点，别叫人家在楼下等你！"

向南把包一背："走了啊！"

"滚。"

"亲我一下我再走。"

"亲什么亲，滚！"

"不亲是不是？我要出车祸了就赖你啊——""呸呸呸！我告儿你啊，把车开慢点儿！我坐你的破奥拓还心跳呢，这下开奥迪，你不定疯成什么样呢！"

"说对了，加十分！反正不是我的车，还上着全险呢！回头我把速度拉到二百以后，再告诉你奥迪和奥拓的区别吧，我走了——"说着，向南忽然扑过去，猛地亲了一下杨晓芸，提着箱子跑出门外。

杨晓芸在后面喊道："讨厌！"

向南从楼洞里出来，一眼看见陆涛的车，陆涛打开后备箱，向南把行李装进去，然后拉开车门，钻了进来。

向南趴到后座上拿了一条烟，抽出一包，打开，点上一支，吐出烟雾："自由了！你还等什么呢？到高速路上去撒点野，出发！"

陆涛冲着向南笑。

"你笑什么笑？"

"你刚才跑到后座下面找什么呢？"

"我不是找你说的那美女呢嘛——哎，陆涛，你说连美女都没有，咱俩要那自由干吗使啊？怎么还没走呢，我就觉得有点苦涩啊。"

陆涛对着窗外一指："你看！美女！"

只见前面一辆出租停下来，远远地，只见方灵姗从车里冒出来，背着一个双肩背，看了看"青年家园"的牌子，然后四处张望，样子清纯漂亮。

向南立刻转过身，顺着陆涛手指的方向看："哎，真是哎，就是杨晓芸的加强版——我就喜欢这一型儿的。"

陆涛伸出手，向灵姗挥舞，灵姗起初没看见，一看见，脸上顿时出现一副笑模样，她加快脚步走过来。

向南拉陆涛："马路嗅蜜，不合适吧，快走！回头人家把咱当流氓了。"

"我看你在心里当流氓不是一天两天的了，今儿让那流氓出来活动活动——你好，灵姗！"

灵姗猛地一转身："陆涛哥——"

说着向这边儿走过来，向南急忙开后面的门："怪不得你甩人家夏琳，哎，美女，坐后面，你陆涛哥刚失恋，下面的事儿全靠你了。"

灵姗坐到车后座上，把堆得满满的食品推到一边："真的？陆涛哥？"

"灵姗，先给你介绍一男朋友吧，向南，我的同学，向南，这位美女叫方灵姗，香港人，未婚。"

"我不要男朋友！男朋友有什么用！"

向南和陆涛对视一眼，向南对陆涛："真是加强版杨晓芸——"又冲灵姗点点头，"哎，灵姗，为什么？"

"因为还不熟呢，熟了就要了——出发了啊！"

❀　　在路上

再没有什么能比年轻时驶车出游更来劲的了，世界的大门像是忽然打开了，一种难以置信的自由感袭上心头，想去哪里就去哪里，想怎么样就怎么样，那感觉令人陶醉。

高速路上，陆涛开着快车，公路两边一忽儿闪过大片的油菜花，接着是大片的向日葵，公路就在丘陵中间一划而过。

向南和陆涛坐前面，随着车上的CD一起唱着一支老歌儿：《永远不回头》

在天色破晓之前

我想要爬上山巅仰望星辰　向时间祈求永远

当月光送走今夜

我想要跃入海面找寻起点　看誓言可会改变

年轻的泪水不会白流　痛苦和骄傲这一生都要拥有

年轻的心灵还会颤抖　再大的风雨我和你也要向前冲

永远不回头

不管天有多高　忧伤和寂寞感动和快乐　都在我心中

永远不回头　不管路有多长

黑暗试探我　烈火燃烧我

都要去接受　永远不回头

灵姗坐在后座上，双手伸开，保持着平衡，在她背后的车窗外，是大片难以置信的金色田野，而她的样子看起来非常动人，特别是，让从反光镜里偷看她的年轻的已婚者向南浮想联翩，他觉得简直难以控制自己的激动的心情。

汽车一路冲到潍坊向南预订的饭店，但向南改了主意，他觉得有了灵姗，就应该住更好一点的饭店。陆涛当然是无所谓，于是他们找到本地最好的一家饭店，三个人提着行李，通过大堂，向南抢先一步来到前台。

"一个双人标间，一个单人间，最好挨着。"向南说。

服务员回答："我们没有单人间。"

"那就两个双人标间，挨着的！"说着，要交押金，陆涛把钱付了。

"那我报销完了再给你！"向南对陆涛说，他一点不想占便宜。

"够豪放的呀，人家灵姗同意了吗？"陆涛笑。

"你管呢！"

"你们在说什么？"迟到一步的灵姗问。

"我们在说，一会儿去哪儿吃饭。"

服务员把钥匙交给向南和灵姗，三个人走向电梯。

在客房门前，陆涛对灵姗说："你先收拾一下，一会儿在楼下餐厅见。"

✸　　你跟灵姗到底什么关系

向南和陆涛一进入房间，向南便捂着心口说："太突然了，哎，你跟这灵姗到底什么关系？"

"就是普通朋友关系。"

"普通朋友？普通得你一叫人家就跟你跑山东来？"

"哎，这不是你说咱俩出来没劲，叫我找一个美女来的吗？"

"要不你再叫一个？"

"我就认识这么一个。"

"一个咱俩怎么分啊？你说归谁？"

"归你呗——"

"归我？人家愿意吗？"

"你问问人家不就得了。"

"哎，她怎么坐后面那么老实啊？"

"我告诉你，富人家的孩子，一般都特乖，有教养，不像咱们，从小不叛逆就改变不了命运——"

向南跑到洗手间洗了脸，还梳头："看来你真是见过不少世面啊！"

"我一去徐志森的公司，就负责带着她游北京，烦死我了。"

"你怎么不把她交给我啊？"

"下楼吃饭的时候，我正式移交给你。"

向南往自己身上喷香水："你真的一点也不喜欢人家？"

"我哪敢啊，我算是明白我是个什么东西了，喜欢上谁就害谁。"

向南擦皮鞋："不吹牛你会死啊！"

"我觉得自己完全是个混蛋。"陆涛沉入了自我责备。

向南把脏手往陆涛身上擦，然后打领带："你是不是混蛋这一点，我们还没完全同意呢！哎，陆涛，我问你，夏琳那边儿怎么办？"

陆涛叹口气："不知道。"

"追法国去呀！"

陆涛再次长叹一声："我不能再缠着她了，再说那样也只能让她更烦我。下楼吧，估计灵姗等半天了。"

❀　在餐厅

两人向餐厅走去，向南衣着光鲜，陆涛很邋遢。

陆涛去洗手间，向南接着往前走，只见灵姗换了身衣服，一个人坐在一张桌子边儿，一动不动，很乖的样子。

向南慢慢接近灵姗，被她迷住了。

向南坐在灵姗边上："HI。"

"HI。"

"想吃什么？"

灵姗笑笑，没说话，眼睛向四周找陆涛。

"陆涛去洗手间，马上过来。"

"你们吃什么我就吃什么。"

向南拿起菜谱，一页页翻着，伸手叫来服务员："有西餐吗？"

女服务员："有。"

"灵姗，你说，失恋的人最爱吃什么？"

灵姗笑："双鱼座的人，失恋以后不想吃东西，或者会吃很多巧克力。"

向南冲服务员："那就要两斤巧克力。"

女服务员："对不起先生，我们这里没有巧克力。"

"那就要三份六成熟的牛排，三份奶油蘑菇汤，一份蔬菜沙拉，一瓶长城干红——你喝什么？"

"冰水。"

"一份冰水——冰激凌要吗？"

"不要。"

"不要冰激凌——再见！"向南脆声说。

女服务员白了他一眼，走了。

与此同时，在餐厅洗手间里，陆涛的心情更加坏了，连他自己都弄不清为什么，他坐在洗手台上抽一支烟，他熄灭烟，跳下洗手台，洗脸，然后对着镜子看自己，脸上仍是一副抑郁的样子，他咧嘴想笑，却笑得很难看，脸部肌肉完全不听使唤，只能用手去修正。

"你怎么一副愁眉苦脸找抽的样子，你再这样，再这样我真抽你了啊！"

说着对着镜子给了自己一下，然后，他接着用循循善诱的语气跟自己说话："这样一点用也没有，是吧？记住，不要再伤害任何人，要与人为善，与人为善，要让所有人高兴，所以，你自己必须先要高兴起来——"接下来他语气一转，用教训的声音接着说，"夏琳对你那么好，你怎么能一点不在乎她的感受？是什么叫你变得这么自私自利？你难受了吧，活该！像你这种混蛋——"忽然，洗手间内传来一阵冲水声，陆涛赶紧溜出门外。

而此时，向南已经成功地引起了灵姗对他的兴趣。

"陆涛哥什么时候失恋的？"

"北京新闻天天播这件事，你没看？"

"我只看CNN。"

"怪不得呢！"说着，自己笑了起来。

灵姗好奇地问："怎么了？"

"你们香港人真实诚。"

陆涛走过来坐下："对！"

"你们北京人为什么老说我们香港人不好？"灵姗问。

"我说你实诚，是说你好，是不是陆涛？"

"灵姗，北京话里，实诚的意思就是非常可靠，非常真诚，非常让人信任。"

"噢——我还以为他在说我很笨。"

陆涛笑了："他要是敢那么说，就不配当你男朋友。"

灵姗也笑了："他可以当我的男朋友。"

陆涛和向南同时相互兴奋地看了一眼。

不料灵姗接着说："我有很多男朋友啦——大伟、小黄、HERI——"

"好啦，向南，欢迎你成为灵姗的男朋友。"

"陆涛哥，因为他是你的朋友，所以我才当他是我的朋友。"

向南一点也不爱听："不要那么小圈子主义嘛，浪漫一点多好。"

"灵姗，你要学学向南，他连太太都有了，还向往浪漫。"

"陆涛哥，你说什么是浪漫？"

"浪漫这事儿嘛，灵姗，我告诉你，首先，你要浪起来，其次，慢一步都不行！"陆涛笑着说。

"陆涛，你别把人家纯情少女给教坏了，我就觉得灵姗现在最好，清清纯纯、自自然然的，跟水一样。"

女服务员及时赶到了："请问是哪位要的冰水？"

灵姗接过来："我。"

陆涛对向南大笑："跟冰水一样呢？"

向南叹气："冰水就冰水吧。"

"你们一个失恋，一个已婚，我要像冰水一样对你们！"灵姗活跃起来。

陆涛高声叫道："我已婚！"

向南也叫道："我失恋！"

"我好饿呀！"灵姗也学着他们叫道。

❀　　我就是风筝

晚上，陆涛向南和灵姗三个人开着车在潍坊转来转去，见到人多的地方就停下来看看。夜色里，这种小城市令人想起一种仿佛在梦中熟悉却陌生的某个地方，好像是随便从哪里飘出一团褐色的雾便把这个城市遮掩起来。三个人逛街，边逛边摇头，在一个路边小摊儿，三个人停下来，尝了尝，竟比预料中的还不好吃。他们路过一个电影院，陆涛提议看看电影，向南和灵姗反对，忽然，灵姗说自己累了，于是三个人上车回饭店睡觉。

第二天上午，正睡着的向南被自己的手机声吵醒了，他伸手在枕边摸了几摸，摸到手机，然后打电话："喂，老楚啊，是我，我醒了，对对对，我准备好了，好好好——啊，那，那，也成，我直接去你们工厂吧，不用接，不用接，对，噢，你们书记晚上六点才有空呀——那也行，我就跟你一起等到六点吧，好好好，我马上就去，就这样，再见，啊啊，不辛苦不辛苦，再见，好，好。"

挂上电话向南才睁开眼睛，发现旁边的床上空了，他爬起来，走到窗户边上，拉开窗帘，看到阳光，窗外是一个破旧的外地城市小广场。

只见陆涛正组织一帮小孩放着一只大型风筝。

事实上是陆涛一夜都没怎么睡着，他一直失眠，早上无奈地从床上爬起来到外面溜达，在刚开门的一家商店买了只大风筝，回到饭店，看见几个小孩在放风筝，就领着他们玩起来。

小孩们把风筝放得飞上了天，陆涛看着跑远的小孩们，百无聊赖地点上一支烟。

太阳破云而出，陆涛忽然感到内心为之一振，他想起夏琳，于是拿起电话打给她。

此刻的夏琳正在一个教室学法语，听到电话，从教室里跑出来接。

"夏琳，你好。"

"你好。"

"我在看放风筝。"

"啊。"

"我忽然懂得了我们的关系——"

夏琳不知该说什么。

陆涛接着说："我就是风筝，你就是线，如果你拉着我，我就会飞得很高，但如果线断了，我就会掉下来。"

"你还要说什么吗？"

"没了。"

"我正在上课。"

"对不起，你接着上吧，再见。"

听到夏琳说"再见"后，陆涛挂了电话，他点燃一支烟，茫然地四下里张望。

他吐出烟雾，他好像真的感到了一个断线风筝的迷茫，他为自己曾经那么忽视夏琳的付出而感到难过。

陆涛转身往饭店里走，在大堂里，迎面遇到向南。

向南冲他挥一挥手："妈的，我得去一趟，晚上可能回来晚一点，这个客户主意多，我得盯着他——生活艰难啊。"

"你忙你的去吧，别管我，我自己转转。"

"那我走了，出去玩别忘了带电话，电话联系啊——"向南一边说一边跑了几步，又停住，不安地说："晚上咱们一起再去街上转转——其实这儿没什么可转的。"

陆涛向他招手再见："无所谓！"

❀　请多关照

陆涛回到房间，走进洗手间洗脸，镜中的自己竟是满面愁容，真叫他感到吃惊，忽然铃声响起，陆涛去开门，背着双肩背的灵姗在门口向他鞠了一个深深的日本躬，用日语说："请多关照。"

陆涛笑了。

潍坊旧城区里，已是正午，陆涛和灵姗穿着野营冲锋服，各背一个背包一起走，灵姗很兴奋，一边走一边指手画脚："陆涛哥，我刚到北京的时候，也是你带着我在这种街上走，你走得很快，我都跟不上，像现在一样。"

陆涛停下来，回头看着灵姗："我等你。"

"不用，我就爱跟着你快走，就像要去做什么急事儿似的。"

"我这老毛病总也改不了，越是没事儿，就越要装出一副急匆匆的样子。"

两人来到一地摊儿边，陆涛忽然觉得饿了，就叫了吃的，灵姗注意到，只要不说话，陆涛就会突然愣神儿，现在他就是这样，灵姗就算看着他，他也感觉不出来。

"陆涛哥，你心情不好？"

"啊？"

"你失恋了就这样？"

"我怎么样了？"

"你常常走神。"

"我是因为过一段儿不见，你变得太漂亮了，不敢看你。"说罢对灵姗一笑，然后把脸转向一边，又愣神了。

灵姗把椅子搬过去，并在陆涛的椅子边上，然后靠在陆涛身上。

陆涛看了一眼灵姗，没有动。

灵姗靠他更近一些，并且紧抱住他的一只胳膊，闭上眼睛："我们一起晒晒太阳吧。"

灵姗的话音刚落，太阳忽然全部钻进云层，四周一刹那暗了下来，陆涛看着灵姗闭着的眼睛，感到她是那么可爱。

陆涛晃晃肩膀，灵姗睁开眼睛，陆涛说："我们去兜风吧。"

车开了没多久，就出了城区，再不远，就看到云影下斑斑驳驳的土地，陆涛就把汽车停在一个小土坡上，从这里，可以看到空旷的田野，两人下了车，一起散步。

"我一直想有一个亲哥哥。"灵姗说。

"干什么使？"

"说话。"

"说话？"

"不说话也可以，像这样在一起也很好啊。"

"我看你是缺一个男朋友。"

"我不缺。"

"灵姗，以后找男朋友不要找我这样的人。"

"第一次见到你，觉得你好神气啊，我就想，以后我的男朋友就要像这样。"

"第一次见到你——算了，不说了。"

"说啊，说嘛。"

"觉得你很烦人，其实，你非常好，是我很烦人。"

"陆涛哥，我觉得你变了，你心里很难受是吗？"

"我羞愧。"

"你怎么了？"

"我伤害了真心对我好的人。"

"你才不会呢，你对人很好啊。"

"我是个自大狂。"

"你不是。"

"我从不顾忌别人的感受，只想我自己，只想我自己！"陆涛提高了声音。

"你不是！"灵姗也提高了声音。

"我虚荣。"

"你不是。"

"我总想控制别人。"

"你不是。"

"我总想向别人证明我自己，现在我成功了，我完全地证明了我是多么愚蠢，我太蠢了！蠢到错过真爱！"陆涛忽然用手罩住额头，来回走动，看得出他哭了。

灵姗凑过去，轻轻推一推陆涛。

陆涛把手放下来："对不起，灵姗，我怎么这样了？"

灵姗只是看着他，陆涛忽然长出一口气："活该！"

灵姗走到陆涛对面："陆涛哥，我给你唱个歌儿吧，你要觉得我唱得好，就笑一个。"

灵姗站直了，用小可爱的腔调唱孙燕姿的歌。

听见 冬天的离开 我在某年某月 醒过来
我想 我等 我期待 未来却不能因此安排

阴天 傍晚 车窗外 未来有一个人在等待
向左 向右 向前看 爱要拐几个弯才来

我遇见谁 会有怎样的对白 我等的人 他在多远的未来
我听见风 来自地铁和人海 我排着队 拿着爱的号码牌
我往前飞 飞过一片时间海 我们也常在爱情里受伤害
我看着路 梦的入口有点窄 我遇见你是最美的意外
终有一天 我的谜底会解开

灵姗唱完了看着陆涛。

陆涛笑了。

两人上了车，开回潍坊，陆涛开车，灵姗坐在他边儿上。

"记住，灵姗，不要搭理那些只是向你表现他多么有魅力、多么聪明、多么好的人，如果一个人真正关心你，喜欢你，他是不会想到自己的。"

"你说的我都记住了。"

"你唱歌的时候，我想到说不定你也将经历一遍我所经历的坏事，就觉得不舒服，也许我对你说的话一点用也没有，谜底揭开的那一天，希望你不要像我曾伤害的人一样失望。"

"我不会失望，我相信，你爱的人也没有失望。"

"你怎么知道的？"

"妈咪以前对我说，做女人的好处，就是能永不失望。"

"你妈咪真了不起。"

灵姗笑了。

少顷，陆涛问："你还想要一个哥哥吗？"

"我想要，但不是你。"

"你真聪明。"

灵姗想说什么，忍住了。

✿　　浮出水面的业务员

已经很晚了，陆涛一个人躺在床上看着电视，门铃响。

"不用打扫房间！"陆涛喊道。

向南的声音传进来："陆涛，开门，是我！"

陆涛去开门，向南一进门就冲进洗手间吐了起来，陆涛帮他拍后背。

向南洗了洗脸，走出洗手间，一头栽倒在床上。

"向南，你没事儿吧？"

"没事儿，就是喝多了，妈的本来都说好了，今儿一去突然冒出一竞争对手，最后还是我付的账——"

"怎么回事儿？"

"灵姗呢？"

"睡了。"

向南的鼾声响了起来。

"向南，向南。"陆涛叫道。

向南的鼾声更大了，毯子被压在他身下。

陆涛只好从柜子里找出一床被子，盖在向南身上，自己又倒回床上，把电视的音响开得大了一点，他无法入睡。

灵姗醒得早，她溜出房间，来到陆涛和向南的房门边，把耳朵贴在门上听，里面静悄悄的，没有声音，她一个人儿回房间，打开电视机，跟着里面的晨练节目做韵律操。

而此刻陆涛刚刚睡着，忽然，他朦胧中听到有人在说话，翻身一看，原来是向南在打电话。

"是是是，我听着呢——啊，情况不是这样的，问题是，电力公司本来已经答应我们了，上回他们书记说得很清楚——对，可我昨天才发现他们正跟盈博谈这一单，盈博的出价可能比我们低两个点，对，两个点——不行啊，我手中没权力，没有您的签字我哪儿能随便降三个点啊——啊，啊，行行，我今天跟他们谈，好的，一定争取把这一单拿下来，好，我听清楚了，再见啊陈总。"

陆涛坐起来："哎。"

向南收起电话，衣冠不整、愁眉苦脸："昨天哥们儿喝多了。"

"我正跟你说话，你就睡着了。"

"是啊，他们使劲灌我！"

"饿吗？"

"走，出去吃点东西去。"

"去外面还是饭店里？"

"饭店得了，这儿的菜咸死了，怎么山东菜那么咸？"

向南电话响，向南："你等一下，我接一电话。"

向南把电话接起来："喂，我是向南，对，噢，老周啊，怎么着，你们是怎么回事儿？我们头儿直说我，你们什么时候加进来了，想抢我们生意啊，我告诉你，昨天晚上的账都是我付的，这一单谈不成，我可不得不要着饭回北京了啊——啊，那也行，谈就谈吧——啊，没吃呢，在我住的楼下就行，对，大堂见吧，半小时以后，好。"

向南挂了电话："是我那竞争对手，说要请我吃饭。"

"那我就不凑你的热闹了。"

"没事儿，也是一业务，都是进出口公司。"

"我回头带着灵姗吃吧，跟生人没什么可说的。"

"这人叫周大同，跟我一样，也是被公司扔到这儿，郁闷得很，今儿你帮帮我忙，一起吃他一顿，叫他付账。昨天他把我给坑了，付了两千多的账，最后他还叫了几瓶酒送给这电力公司的一小秘书，我一看单子，硬算在我的账上，你说有这么缺德的人吗？用我们公司的钱公关！"

"好吧。咱收拾一下，差不多了打电话叫灵姗。"

❀ 小向小向，我来我来

陆涛向南和灵姗三个人走进饭店里的餐厅，向南伸着脖子挑地儿，陆涛却一下坐在门口的一张桌子上："就这儿吧。"

"那边安静点，靠窗。"向南终于找到了一个他认为合适的地方。

陆涛不情愿地站起来，三个人走到窗边一张桌子上坐下。

一个女服务员过来："先生要点什么？"

"我们等人，先不点。"

服务员转身要走，向南叫住她："哎，拿包烟来，再泡壶茶吧。"

"先生我们这里的茶是论杯卖的。"

"那端三杯茶过来。"向南说。

"先生要什么茶？"

"什么茶都行，端两杯过来。"向南说。

"我们这儿有龙井、菊花、红茶、乌龙——"

"就红茶吧。"

"先生我们这儿的红茶是一个人一壶。"

"你不是不论壶卖吗？"

"先生我是说，我们的红茶是装在壶里的。"

"那就泡一壶得了。"

"先生你们是都要红茶吗？"

"是。"

"先生那你们就是要三壶。"

"哎哎，你怎么都把我说乱了，到底是怎么回事儿？怎么又成三壶了？"

"先生我们不可以三人一壶的。"

"这么着吧，你先端三杯冰水来，我都快渴死了。"

"先生我们的冰箱暂时坏了，没有冰水。"

"那你就给我们拿三杯龙井来，一人一杯，行了吧？"

"先生我们的龙井是六十块钱一位，可以续水。"

"成成成。"

"谢谢先生光临。"

"再见！"向南说，然后冲陆涛一撇嘴，"哎，来这儿哪儿是散心呀，明明是添堵嘛——唉，我得打一电话。"

说着，拿起电话，小跑儿着跑向洗手间："喂，晓芸，你干吗呢？"

向南走后，陆涛也站起来。

"哎，你去哪里？"灵姗问。

"我也去洗手间。"

陆涛一进洗手间便听到向南坐在马桶上给杨晓芸电话："噢——哎，我和陆涛在一起——对——"

陆涛觉得很好笑，洗了一把脸，然后坐到洗手台上，点燃一支烟，接着听。

"是，是，哎，你别挂啊，我还有话说呢——问你妈也就是我丈母娘好吧——对，对对，就这句，啊，亲一下我就挂，不行，我等着呢——对——不行，每次我在外地你都这样——快点，陆涛一会儿就回来了，坐我对面，啊——快点，快点——"

此时，一四十多岁的女卫生员进来打扫洗手间，陆涛只好从洗手台子上跳下来，门开了，向南无奈地走出来，看见陆涛露出苦笑："你看，你一来我媳妇就不亲我了——"

陆涛笑了笑："你让她晚上再亲吧。"

向南一抬眼看见女卫生员："唉，这位女同志，这男洗手间里有男人的时候——"

陆涛一把把他揪出了洗手间。

两个人走向餐厅，向南叹着气唠叨："哎，陆涛，你说这杨晓芸明明心里成天装着我，半夜三更也跟我如胶似漆的，为什么当着别人就不太爱表达呢？"

"得了吧老婆迷，过两年她人老珠黄的时候，我看你还会不会这样！"

"当然啦，她是我媳妇嘛。"

忽然，向南的脸色变得满脸堆笑，陆涛一回头，只见一个长得短小精干的人快步正向向南走来，一边走一边抽出手："你好你好，叫你久等了。"

向南迎上去："哪儿啊，我们也是刚来，给你介绍一下，大同，这是我一哥们儿，叫陆涛。"

那位大同说了声"你好"，又变魔术似的从身上变出一张名片递给陆涛。

陆涛点点头接过来，向南介绍："这是盈博进出口公司的业务周大同。"

"你好——我刚失业，没有名片。"

"理解理解。"周大同说。

三个人走到饭桌边儿。

周大同一坐下眼睛就往灵姗脸上扫："失业好啊，你看像我们这样有事儿的人还不是成天奔波，把老婆孩子丢在家里——哟，这里还有一个小美眉啊！"

向南赶紧介绍："这是我女朋友灵姗，你吃什么？"

"别问我，你想吃什么就点什么，今天说好了是我做东啊。唉，能坐在一个饭桌上，周围没有那些老总厂长书记什么的真好啊。"

向南叫来服务员。

周大同连忙说："你点你点，我这儿有一小妹妹刚给我发条短信息，还没回，我先回一个。"

随后，他就坐下来开始发手机短信，灵姗、向南和陆涛都吃完了，只见周大同还在发短信，面前的筷子都一动没动。

向南叫道："大同，那么专心，是什么小妹妹呀？"

周大同抬起头："QQ上认识的，今年才十八，我告诉她，我是一个喜欢户外运动的人，她说她喜欢在大床上躺着，什么也不干。我说我现在就在饭店里的大床上躺着，什么都不干，她说那我找你去吧？"说完自己头也不抬地笑了起来。

向南和陆涛相互看一眼，没说话。

"我们都吃完了。"

周大同抬起头："那我们一起走吧，我不饿，不想吃。"

"你想去哪里？"向南问。

"我在这儿都待了一个星期了，附近的地方都去过了，没什么可去的，只能再去看风筝。"说罢，周大同左顾右盼叫服务员："服务员，快一点，过来，我买单。"

向南站起来："我来吧，你什么都没吃，怎么好意思叫你买单？"

周大同假装掏钱包："小向小向，我来我来。"

向南拉起服务员走了。向南刚一转身，只见周大同拿起筷子，风卷残云，快速吃饭菜，等向南回来，刚好吃完。

"走吧。"向南说。

周大同也站起来："又叫你破费啦，这样吧，晚上去唱歌，我买单，这一回不要跟我抢了，反正也是公司报销。"

"我问你，你们跟电力公司的合同签得成吗？"

"唉，我们不是都在等嘛，什么时候签了，我们就都可以回家了。那我先走了，你们玩吧，晚上唱歌不要不来啊，到时候我给你打电话。"

向南招招手，周大同走了。

向南夸张地学着周大同假装掏钱包的样子："小向小向，我来我来！小向小向，我来我来！"

陆涛和灵姗笑了。

❀ 我等她

　　吃完饭，三个无所事事的人就在饭店的商场里买了一只小风筝，然后来到饭店前面的小广场上，灵姗一个人兴致勃勃地放风筝，她带着一随身听，跳着舞步放，样子很可爱。

　　向南的眼珠儿在灵姗身上转来转去。

　　"咱们在这儿待几天了？"陆涛问。

　　"妈的三天了，什么事儿也没办成，还让那个周大同坑了三次，以后晚上不跟他娱乐了，你说他怎么每天都能想出逃单的点子？"

　　"我哪儿知道。"

　　"唉，陆涛，老在这儿待着也不是回事儿，他们厂子定事儿的人一共四个，老凑不齐。要不咱们先回去吧？"

　　"你坚持坚持吧，我和灵姗这不是天天免费陪着你呢嘛。"

　　"我这破工作就这样，不是谈钱，就是谈女人，每天除了跟客户吃饭以外，就是无所事事地等消息。顺利的一两天解决，不顺利的，一等半个月，没劲透了，现在我闻见旅馆味儿就恶心。还是在家好，听听杨晓芸骂我心里也高兴。哎，你看吧，晚上她准给我打电话。"

　　"你这么喜欢在家待着，要不然换一工作得了。"

　　"换工作？哪儿要我呀，换也是在这行当里换，这回我本来觉得到这儿签完合同咱立马就奔青岛，看来泡汤了。没想到负责这事儿的老楚是个老滑头，竟然同时让我们两家公司竞价，谁手续费低他找谁，早说啊，早说我就不来了——哥们儿这次算把你给耽误了。"

　　"我还怕耽误你呢，没事儿，反正闲着也是闲着。"

　　"你有两千万，你真的有两千万？"

　　陆涛点点头。

　　"我能问一句，你还想要什么？"

　　"我宁可用它来换夏琳。"

　　"你可以不费吹灰之力地找来十个夏琳。"

　　"在我心里，夏琳只有一个，她是最好的。"

　　向南用下巴点一下灵姗："那她呢？"

　　"我只要夏琳。"

　　"你怎么办？"

　　"我等她。"

　　"去求她呀！"

　　"没有用，夏琳不是那种人——你说得对，当她没有东西可付出的时候，她就选择离开。是我把她挤走的，她在的时候，所有她给我的东西我都不在乎，她只能离开我——要不是那天你说出这一点，我永远也想不到，谢谢你——她离开我，是为了保持她的尊严，也给我一个机会认识自己，现在我知道什么对我最重要了，我也要给她时间和空间，让她自由。"

　　"你觉得她会回来吗？"

　　"我等她。"

　　"她要是不回来了呢？"

　　"我等她。"陆涛坚定地说。

❀　　完了

下午，三个人去逛潍坊风筝市场，灵姗买了好几个，全拖在手上，向南在一个路边小礼品店给杨晓芸买了一个小礼物，一只两块钱的KK小熊，向南悄声对陆涛说："我出差到每个地方都会给她买个小礼物。"

向南打着电话就从小礼品店出来了，神色一变，陆涛只听到他说："什么？真的？好吧。"

向南挂下电话，嘴里喃喃地说："完了。"

"怎么完了？"陆涛问。

"这周大同这边儿跟我磨牙，那边儿暗中不知使的什么劲，明天就把合同拿到手了，全完了！"

"等一等，事情不到最后一刻，就不算完，我问你，管这事儿的人最需要的是什么？"

"关键人物姓楚，是一个处长，我们都叫他老楚，一般的礼品打不倒他——"

"你再想想。"

"他有一不争气的儿子，老想去美国，去不成，这事儿我哪儿办得了啊？"

"你们这合同签的是什么？"

"他们要从美国进口三台数控机床。"

"三台数控机床？"

向南点点头。

"有没有人员培训？"

"有两个名额。"

"你试试用传真向美国供货方提一个要求，让他们再加一个培训名额，这样，老楚的儿子不就能去美国了吗？"

"这事儿供货方能答应吗？"向南狐疑地问。

"叫你们公司马上联系这事儿！试试嘛！"

向南点点头，回身走了两步，转身握着拳头一挥："我试试！哥们儿还不服了！我先回饭店！"说着也不顾陆涛和灵姗，跑了起来。

陆涛和灵姗又在街上转了一会儿，也决定回饭店，两人走入大堂，只见向南迎面匆匆忙忙跑过来，手里拿着一张传真纸。

"怎么样？"陆涛问。

向南晃晃传真纸："有戏！我去找老楚，车钥匙！"

陆涛把车钥匙扔给向南，向南跑没影了。

❀　　喜欢上了吧

一下午，陆涛和灵姗都窝在饭店里看电视，到了晚上，两人来到餐厅吃饭，点了好多菜，却吃不下。

恰在这时，向南笑着跑过来。

"怎么样？"陆涛问他。

向南坐下就吃："明天才能知道——唉，陆涛，你够狡猾的，这是跟谁学的？我怎么想不到？"

"徐志森。"

"唉——真没想到，这美国人办事儿真认真，一说增加培训名额，他们马上就把邀请函传真过来了。"

陆涛微笑："你就吃饭吧。"

向南拿起筷子吃了两口，忽然抬起头："哎，灵姗多大了？"

"你自己问啊，我哪儿知道。"

"你帮我问问。"

"喜欢上了吧？"

"谁啊！我就是逗她玩儿，像我这种有家室的人——"

"才特别地特别地对人家姑娘有兴趣！"

灵姗白了陆涛一眼。

向南容光焕发："我可不是那样的人啊！"

"这就是有家室的人——滚，一边待着去。"陆涛看着他信心倍增的样子讽刺道。

三个人吃完回房间，灵姗回去睡觉了，向南和陆涛一人一支烟，躺在各自的床上看电视。

陆涛逗向南："哎，我看自从遇到灵姗之后，你就没再提回去的事儿。要不我先回去，你一个人儿在这儿等着，顺便粘着灵姗。"

"哎，行啊，你把车留下吧，我给你买张机票，你要待得烦了，先回去也行。"

"这可是你说的啊，我有工夫还不如回家买点家具呢，新房到现在还是空的。"

"我看你是心里太空虚了。"

"我看跟你在一起，比我一个人儿的时候也好不到哪儿去。"

"太好啦！唉，那我要是约灵姗去青岛玩，你也走？"

"当然啦。"

"你就一点不难受？"

"我？我凭什么难受？"

"哥们儿以前还以为你是一贾宝玉呢！陆涛，你说实话，是不是你这辈子真喜欢的就夏琳一个人？"

陆涛叹了口气："是。"

"你算是完蛋了——夏琳到底哪儿好？"

陆涛转过头不看向南，自言自语："夏琳，她总是让我惊奇——她为什么要那样？"

"哪一天她出家当尼姑了，你就更惊奇了，就更爱她了，是不是？"

"是。"

"你完全失去了理智！哎，我就不明白了，你为什么不能当个俗人，吃好喝好混好就完了，跟生活较什么劲呀？生活中有那么多跟你想的不一样的事儿，你较得过来吗？"

❀　　生　日

第二天上午，向南接到消息，他成功了，他得到了合同。作为庆贺，向南提议折磨一下竞争对手，于是他给周大同打了电话，说女朋友过生日，约在晚上唱KTV。周大同去了，大家一通疯狂消费，向南叫喊着："媳妇儿，给我们伴唱，我和你周大哥喝酒！"

灵姗把周大同逗得丑态百出，最后终于喝醉了，就在他头脑稍一放松的时候，向南一行人跑出KTV。上车之后，三个人笑成一团。

向南叫道："逃单成功！"

灵姗也笑："谢谢你们给我过生日！"

陆涛说："坏人总算得到了应有的惩罚——哎，你们看！"

只见周大同脸上粘着蛋糕，跑到KTV门口四处张望，还向保安比比划划地问着什么，说着说着没站稳还摔了一跤。

三个人爆笑，陆涛把车开走了。

三个人一起回到饭店，正无聊，灵姗意外地发现饭店里竟有一家游戏厅，于是三个人进去玩电子游戏。这正是向南的强项，他拉着灵姗一起玩，配合默契，陆涛换了一把游戏币，装在两个纸杯子里走过去，忍不住说："灵姗，发给你的男朋友怎么样？"

灵姗笑着说："很好啊。"

向南竟腾出一只手推来陆涛："你差不多了就回去睡吧，我陪灵姗再玩一会儿。"

"哎，向南，我怎么看着是人家陪着你玩呢？"

"这个游戏我不会玩，他玩得好嘛。"灵姗说。

向南得意至极："听到了吧，人家不像你，人家正虚心学习呢。"

陆涛把杯子放下走了。

向南和灵姗把游戏币花完，决定也回去，向南问灵姗："你觉得和我们一起玩开心吗？"

"开心——真不舍得走。"

"那你想不想接着玩？"

"想啊，去哪里都可以，我现在又没有事情做。"

"哎，去过青岛吗？"

"没有，大陆除了北京上海和这里，我哪儿都没去过。"

"那你想去青岛玩吗？"

"想啊，你带我去？"

"是啊，你要想去，咱们就一起去。那儿的海边有德式的洋房，还有一条海鲜街，听说过北派海鲜吗？"

"北派海鲜？"

"是啊，南派海鲜说的是潮州菜或者是粤菜，你在香港常吃的。北派海鲜说的就是青岛，有皮皮虾什么的，特好吃。"

"那带我去啊！"

"好吧——本来说带你去逛夜市小摊儿也没去成，送你一小礼物吧。"

向南拿出那个他准备送杨晓芸的小礼物，一个小娃娃。

灵姗接过来："好可爱啊。"

"不用谢啦。"

"谢谢你啊。"

"别跟陆涛说啊，说了他会笑话我。"

灵姗点点头。

向南看着灵姗漂亮的脸，忍不住再一次问道：“哎，灵姗，你真想去青岛吗？”

“当然啦。”

“哎，咱们互留一个电话吧。”

两人互留了电话。向南忽然有一种奇妙的感觉，仿佛世界都变了样子，灵姗在她眼里漂亮得离谱儿，简直就是他的梦中情人。

“你怎么了啦？”灵姗摇了摇傻看着她的向南。

“我没事儿，那个，那个什么——”

“我们叫陆涛一起去吃宵夜吧？”

❀ 今儿是怎么了

夜色中的潍坊，灯光暗淡，陆涛开着车，后面坐着向南和灵姗。

灵姗探头到前面：“陆涛哥，我们明天去青岛吗？”

“你们去吧，我不去。”

灵姗看了一眼向南，低下头。

向南也伸出头去：“你不去我和灵姗去了啊？”

陆涛一举手：“同意！用不着通知我。”

“那车我也开走了。”

“我正想坐火车呢，好长时间没坐过了。”

“一起去吧，陆涛哥。”灵姗劝道。

“这几天我累了，想回家睡觉。”

向南对灵姗笑：“我们得理解他。灵姗，他前女朋友可能这几天要去法国了，他贼心不死，想去送送人家。”

“是吗陆涛哥？”

陆涛说了声：“是。”

“深沉！哎，看他，帅吧，万宝路牛仔似的，抽烟把过滤嘴儿抽完了都不知道，内心痛苦，表面儿上一点也看不出来。”

灵姗探身从侧面看了看陆涛，陆涛继续开车，真是一副深沉的样子。

宵夜每人只喝了一碗粥，然后回到客房，在门口，灵姗说了声：“再见，陆涛哥。”

“灵姗，明天见。”向南说。

“明天见，向南哥。”

向南看着灵姗走进房间，心花怒放。

他和陆涛一进入房间，他一跳躺到床上，一副满足的样子：“哈哈，今儿是怎么了，哥们儿有点膨胀啊！这感觉真来劲！”

“哟，老婆迷那么兴奋——”陆涛凑近向南，“唉，是不是悄悄地拨拉着心里的小算盘珠子，琢磨着再混一小老婆呀？”

“你管得着吗？瞧着人家幸福嫉妒了吧？”

“我是用同情的目光，看着你正慢慢地、一点一点地滑向小老婆迷的黑暗的小深渊——

再见，朋友！"

向南滑向床下，一边还向陆涛摇着手："我心里甜着呐！再见，朋友！"

说完掉到床下不见了。

❀　　学你

"出来！出来！"同一个时刻，在北京，在青年家园，夏琳叫道。她坐在写字台边上的椅子上，看着写字台下面的小柜子，杨晓芸的脑袋及肩膀都钻了进去。

杨晓芸钻出来，手里拿着一堆小娃娃，苦着小脸儿："你看，向南送我这么多小孩儿，我能不怀孕吗？"

夏琳笑了。

杨晓芸和夏琳坐在电脑边，夏琳在网上查有关设计学校的消息。

"夏琳，你这几天怎么样？"

"还行，肚子这里有时候有点不舒服，你呢？"

"我今天还在流血，不过比昨天少了一点。"

"没有什么事儿比这事儿更讨厌了。"

"哎，我觉得男的好色，就是因为少长了一个子宫，他们根本不承担后果。"

"没错儿！要是怀孕机率男女平等，这世界上才有真正的平等。这辈子最想看到的事情，就是在人工流产病房外面见到一帮愁眉苦脸的帅哥！"

两个一齐笑了起来。

"啊，我被录取了！在这儿！"夏琳叫道。

杨晓芸看了看："那祝贺你，虽然我看不懂你的法国名字。"

"一个月以后就开学，我得去使馆签证，买机票，一堆碎事儿呢。"

"陆涛知道你去哪儿吗？"

"不知道具体是哪个学校。他有一天去我们家，趁我不在，往我枕头下面塞了两万美元。"

"我一直觉得陆涛对你挺好的。"

"是好，好得叫我受不了——晓芸，我跟你说，男人很多时候就像父母，完全打着对你好的旗号想怎么样就怎么样，你一不小心，或是一软弱，就会失去自我。到那时候，你就得依赖他们，他们就更加肆无忌惮。我们必须在经济上和人格上彻底独立，才能有点自由，才能实现自己的意愿，要不然，一辈子都得靠说'行行行好好好'生活。"

"没错儿！夏琳！有时候，我觉得当男人之所以想到什么就能干什么，就是因为他们没有依赖心理。其实要是我们也像他们一样自私，一样努力，没准儿也能一样成功。"

夏琳笑了："我以后就会像男人一样努力，一样自私。"

杨晓芸一指夏琳："学你！"

❀　　上帝保佑

上午十点，在潍坊，陆涛醒了，一束刺眼的阳光照在他的脸上。突然，门开了，一身运动服打扮的向南精神抖擞地从外面走进来。

"什么时候偷偷出去买了身儿衣服啊？"陆涛问。

"在你睡着的时候。"向南一边收拾行李一边说。

"人家商店开门了吗？"

"他们敢不开吗？"

陆涛一探身，伸手把价签儿撕掉："看，还带着价签儿呢。哎，买这种高中生穿的新衣服是什么意思？哎，HIPOP业务员是什么新职业呀？"

"你管得着吗！"

"太不自重了小孔雀，你早跟我说一声，把我这身儿穿走不就完了？"

"我至于吗我？"

"唉，这就是有家室的男人——"

"你说什么？"

"我说，你成天杨晓芸杨晓芸挂在嘴边儿上，怎么一点诱惑都受不了？"

"谁受不了啦？"

"是真经不住考验呀！"

"谁考谁呀？"

"唉，向南，一起混这么多年了，没想到你还是一闷骚型儿的！"

"滚！我要约会去了，别挡我道儿！"

半小时后，陆涛和向南已坐在饭店大堂的沙发上了。

"哎，你真走啊。"向南一把拉陆涛。

陆涛笑："待在这儿碍你事儿啊——不过，看着你春心荡漾傻劲儿，我怎么打心眼儿里觉得你可悲啊？"

"你才可悲呢！一个人孤零零地离去。"

"真是没有困难制造困难也要上啊！向南，你这叫哪一路雄心壮志啊？"

"你酸不溜丢的有完没有？快滚！"

陆涛拍了一下向南："唉——真够会给自己创造麻烦的！一个杨晓芸还不够，再来一SUPPER杨晓芸，你受得了吗你？"

"哥们儿才不怵呢！"

一个送火车票的小伙子过来："请问哪位是陆涛先生？"

陆涛站起来："是我。"

"您的火车票。"

陆涛接过来，看了看，把钱给了小伙子。

向南打电话："喂，灵姗，现在去不去青岛？"

灵姗正在房间里对着镜子涂护肤霜。

向南听到从电话中传来灵姗柔和的声音："我等电话等好久了，你们起床啦？"

向南心花怒放："是啊，陆涛已经去火车站了——我现在上去接你吧？"

"不用，我待一会儿就下楼，你在餐厅等我吧。"

"一会儿见。"向南挂了电话，对陆涛一笑，"我送你去火车站吧？"

"你还是带灵姗去青岛吧，我打辆车就行，噢，对了，给！"陆涛说着把行驶本和车钥匙拿出来递给向南。

向南接过来："哎，你说，我们这么玩一趟，回来的时候，灵姗会不会离不开我？"

陆涛站起来对他招手："你这么有魅力，她哪儿受得了啊！她一定会缠死你！再见！"

向南划了一个十字儿："哈哈哈哈，上帝保佑！"

✿ 这叫什么事儿啊

陆涛出了饭店，上了一辆出租车，直奔潍坊火车站，来到火车站，买了几份报纸，坐在候车室，他很想自己待一会儿。他眯起眼睛，盯着外面忙忙碌碌的世界使劲地看，越看越觉得完全没有意义。尽管外面阳光灿烂，但在陆涛眼里，却仍是灰蒙蒙的，他失去了他的目标，生活在他眼里变得异常空洞。

同一时刻，在饭店餐厅，向南却觉得世界充满了快乐，他伸手把菜盘子码得很整齐，自己直着腰坐在那里，等灵姗。他弯腰打开手边儿的旅行箱，从中还拿出一个出差装洗漱用品的小包，从中拿出一面小镜子来照一下自己，往头发上抹点摩丝。

半小时后，在火车站候车室的陆涛想到夏琳。忽然，一滴眼泪滴落在他正看的杂志上，他站起来，擦去眼泪，头晕晕的，他深深地吸了一口气。他不知道，自己正陷入深深的焦虑之中。

另一个不知道自己焦虑的人是向南，此刻，他再次站起来，跑到电梯边，他犹豫了一下，上了电梯，等楼层到了，他便冲出去，一直沿着走廊小跑儿，来到灵姗的房间前，站稳，深吸一口气，然后敲灵姗的房门。

没有人回应。

向南往回跑。

向南一直跑到大堂服务台："1215房间的门打不开，我们一块儿来的，您能不能打电话叫一声。"

服务台小姐看了他一眼："1215，等一下，是方灵姗小姐吗？"

向南："是。"

"对不起，方小姐二十分钟前就退房了。"

"她向哪里走了？"

"就从这里出去了。"

沿着小姐手指的方向，向南看到了饭店门口，他拿起电话，拨号，手机却没电了，向南急了，"对不起小姐，请借我电话用一下，我的没电了。"说罢，抓起电话打。

此刻，陆涛已站到检票的队伍当中，他接了电话，向南焦虑的声音传来："哎，陆涛，你在哪儿呢？"

"正检票呢。"

"看见灵姗了吗？"

"她不是跟你在一起呢吗？"

"她让我在楼下餐厅等她。"

"那就再等等。"

"她退了房，走了。"

"她逗你呢吧。"

"她凭什么呀？"

"你再找找，回头电话我。"

向南挂了电话，脸色完全变了。

向南滑着步冲到饭店餐厅，没人，他提起行李，冲出餐厅，跑到大堂，没有灵姗。他冲出大堂，接着冲到停车场，车还在那里，好好的，只是边儿上没有灵姗，他放好行李，上了车，开走了。

向南一开出饭店，便进入潍坊街道堵车的海洋，忽然，他感到自己哭了：灵姗呢？

向南在泪眼朦胧中超车，先找到陆涛吧。

此时，陆涛已上了火车，他把行李放好，然后坐到窗口，点燃一支烟，看着窗外。

陆涛看到旅客们在窗口和亲人告别，这也像给了他致命的一击。他看不了人们动感情，因为他正被感情燃烧着。一辆卖杂志的手推车被推过来，陆涛买了一本杂志，想转移注意力，此刻，离开朋友，他再不也不用绷着了，他感到一种失控，他被脆弱袭击着，晕头胀脑，精疲力尽。

此刻，向南已赶到火车站，他买了张站台票，冲进站台。

陆涛听到广播里传出声音："开往北京的第××次列车马上就要出发了——"

接着，他感到列车晃动，他抬头向前看，在车厢尽头，灵姗出现了，正笑眯眯地向陆涛走过来。

陆涛大吃一惊。

灵姗几步就走到了，她拍了一下陆涛："HI!"

"灵姗！你怎么在这里！"

"我跟你一起回北京啊。"

"那向南呢？"

"我叫他在饭店等呢。这个臭男人，结了婚还那么花心！活该！"

陆涛一下子愣了，喃喃自语："啊？这叫什么事啊，这下向南惨了！"

❀ 我们还去青岛吗

此刻的向南正往站台上猛冲，他跑到了，看到了慢慢起动的火车，他喊着陆涛，一个车窗一个车窗地往里看，突然，他看到陆涛和灵姗。

向南大喊："陆涛！陆涛！陆涛！——"

陆涛往外探出头儿，向他招手，却已听不见向南的声音，只好大叫："下一站！下一站我们下车！"

在向南眼里，无论是陆涛的声音，还是灵姗的笑脸，都随着列车慢慢远离自己，像是一个梦。

向南边追边喊："陆涛，陆涛，给你车钥匙，我不去青岛了，我哪儿都不去了！"

忽然，他摔了一跤。

列车开远了。

向南爬起来坐地上，新裤子被磨破了，他听到自己可怜巴巴地自言自语："我想回家，我不追灵姗了，我不开A4了，我也不去青岛了，我哪儿都不去了！我就喜欢我们家杨晓芸，不喜欢加强版！"

向南回到停车场，上了车，开向下一站，那是一个很小的火车站，破破烂烂，当他开进停车场时，远远地发现陆涛和灵姗正在一个破台阶上坐着。

灵姗良心发现："向南一定伤心了——"

陆涛叹口气："灵姗，这与人为善——算了，你太小了，不说了。"

"哎，你女朋友要走了，你伤不伤心啊？"

"谁说的？"

"我猜的。"

陆涛叹口气。

"那你现在想不想她？"

陆涛把脸望向前面，忽然他抬起手挥动，他看到他的车正开过来。

"陆涛哥，我看出你不高兴了。"灵姗说。

一声喇叭声，向南到了，他停了车，从车里垂头丧气地下来。

灵姗赶紧站起来："对不起啊，向南哥。"

向南苦笑："没关系。"

陆涛过去拍向南："向南，没事儿吧？"

"没事儿。"

陆涛不知该说什么，他没法解释这件事，只好说："一起去青岛吧！我也去！"

"没心情了！"向南低声说，"再说，这次出差费用超支了，回公司还不知怎么交待，好在合同签下来了。多亏你，谢谢。"

"向南，咱们之间还说谢谢，太丢人了。"

"那好吧，你们去玩吧，车还你，我从这儿坐火车到济南，再飞回北京，这次出差太乐观了——现在我明白了，干什么都不能太乐观，哥们儿这回就有点乐极生悲的意思。"

说罢，向南从后备箱里拿出行李，是他的手提电脑和一个小行李箱。

"哎，对了，行驶本还给你。"向南走了几步，忽然折回来，把行驶本交给陆涛，陆涛接过来。

"向南——"

"下一班火车还有二十分钟就开了，我去买票还来得及，我走了，回头再联系。"向南说罢转身就走。

灵姗跑过去想说什么，却张着嘴不出声，最后只说了句："向南哥再见。"

"再见。"向南对灵姗点了一下头，走了，显然，他受到了巨大的打击。

陆涛追上去："哎——向南。"

向南转过身："还有什么事儿？"

陆涛拿出一支烟给向南。

"里面不让抽，再说时间也来不及了。"向南说。

陆涛把烟揉碎了扔地上："什么时候再一起开车兜风吧——"说着，把向南的领子拉好："你穿这身儿挺合适的，比西装强多了。"

"我可能就是穿破西装的命——哎，陆涛——"

"改主意了？"

"哥们儿的老底儿也让你全看到了，其实挺狼狈的，太丢人了——"

陆涛不知该说什么。

反倒是向南说："反正我觉得我的工作挺没劲的——不说了！"

陆涛重重地拍拍向南肩膀。

"陆涛，有句话我现在特想跟你说。"

"说！"

"你是我和华子的希望和梦想，连你都颓了，我们还有什么指望？再奋斗奋斗吧！我和华子都喜欢看着你扑腾，就是为你加加油儿也挺来劲的！"

陆涛咬了咬牙，使劲点点头："我试试吧！"

向南笑了，他提高声调："陆涛，我是说，你的奥迪A4挺棒的，比米莱那辆奔驰开起来还舒服，真的——"他又看看灵姗，苦笑了一下，"灵姗也挺棒的，没想到她这么牛，把我都给涮了，哥们儿还是喜欢她——只是命中注定，这些都不是我的，我是向南，我只有我的小奥拓和杨晓芸——"

说完笑了，冲陆涛招招手，跑了，跑了几步又回头招招手："再见——你们替我去青岛看看吧！"

陆涛和灵姗向他招手："再见！"

灵姗高声叫道："向南哥，对不起！"

向南的身影在人丛里晃着晃着，消失在大厅里了。

直到向南的背影消失，陆涛才长叹一声，一股苦涩涌上心头，他知道向南受了伤害，他为向南难过。

灵姗拉一拉陆涛："陆涛哥，我们还去青岛吗？"

陆涛一挥拳头："去！"

✿　小巫婆儿

陆涛把车开上一条通向青岛的海滨公路，车在飞驰，大海就在不远处时隐时现。

灵姗一直都没怎么说话，像是做错了什么，快到青岛的时候，她高兴起来，东拉西扯，陆涛也振作起来。

青岛到了，两人吃了一顿饭，然后陆涛把车一直开到海边停车场，两人下了车，走向海边沙滩，忽然，在他们面前出现一片平静的海，夕阳西下，波浪被镀成了金红色。

两人坐沙滩上。

"陆涛哥，要是天天都这样该多好啊。"

"天天都这样你就觉得腻了。"

"我不腻！不腻。"

"不用天天，就是连着一个月，你就会说，啊，好烦啊。"

"不会！"

陆涛笑了："我逗你呢。"

"你总是逗我，我可开心了。"

"你开心就好。"

"你总是照顾我，和你在一起，我觉得好安全。"

"你小嘛。"

"陆涛哥，要是再过一些年，你还是一个人，你愿意照顾我吗？"

"行啊。"

"就照顾我一个人？"

陆涛点点头："是啊。"

"可是，我知道那是不可能的。"

"为什么？"陆涛饶有兴致地看着灵姗，像看着自己的青春时代。

"我就是知道——以前我男朋友一说假话我就能看出来，弄得他后来都不敢跟我说话。"

"是吗？"

"是啊，我后一个男朋友也是因为这件事离开我，他说，跟你在一起好累啊。"

"为什么啊？"

"他经常爱说一些假话，比如明明是出去和朋友打牌，见到我偏说和朋友一起吃饭，我就说，不是，你是在打牌！他就受不了了。"

"那你能不能不指出来啊？"

"我忍不住啊，结果现在男朋友也没有了，说是害怕我。"

陆涛笑了。

灵姗叹口气："你就不说假话，一句也没说过。"

"啊？真的？"

"真的啊。"

"那我以后试一试。"

"可以啊，我可是很灵的啊，不信，问问我老爸。"

陆涛试图点燃一支烟，但被海风扑灭了。

灵姗凑过来，用身体挡着风，让陆涛点燃香烟，两人离得很近。

烟点燃了，陆涛抽了一口，把身体转开，灵姗愣了一下，也转开身体。

"我觉得你以前的女朋友好凶啊，她生日是哪一天？"灵姗说。

"七月二十五日。"

"血型？"

"B型。"

"那她一定情感激烈？"

"是。"

"那她一定很个性很自我？"

"是。"

"那她一定任性、骄傲、直来直去？"

"是。"

"知道她最怕什么？"

"什么？"

"她最怕孤独。"

"还有呢？"陆涛开始认真听灵姗说话了。

"她最讨厌男人要求她像个贞节烈女，自己却自命风流，这让她完全没有安全感，开始时的浪漫立刻在她心中消失无踪，她会立刻离开那个男人。"

"还有呢？"

"我都说对了吗？"

"是的，你的确是个小巫婆，那你怎么看你自己的命运呢？"

"我看我自己，总是不准，可是，看别人好准啊。"

"那你猜一猜我和我女朋友之间的事？"

"你们认识的时候是一见钟情，还使另一个女孩很绝望，是不是？"

"是。"

"最近半年，你老要买东西给她，她不要。"

"是的——她要什么？"

"她要的一定是你的真情。"

"可是——可是——你是怎么知道的？"

灵姗指指自己的脑袋："你说出她的生日，这些事情就自动到了这里。"

陆涛"噢"了一声。

"你信不信，今晚她会给你打个电话？"灵姗忽然说。

"我当然不信，她不可能给我打电话。"

"那你看着电话。"

陆涛一摸口袋，发现没带电话："我没带。"

"那就没办法了。"

陆涛猛地站起来，拉起灵姗就跑："走！"

❀　　送小桃花回家吧

陆涛拉着灵姗跑过沙滩，他越跑越快，一直跑到停车场，暮色降临了，半天，陆涛都没有找到自己的车，还是灵姗发现的，他拉灵姗跑到车边，打开车门，坐进车内，他的电话就扔在仪表盘上，突然，电话应声而响！

陆涛简直不敢相信自己的眼睛，他看着灵姗。

灵姗耸耸肩："你们俩心有灵犀。"

陆涛拿起电话，果真是夏琳，他接起电话："喂！喂！夏琳！夏琳，是我。"

此刻的夏琳正坐在家里的小写字台边，台灯下面，堆放着法语书、磁带和学习机。

夏琳半天才说："学着学着法语，突然想你，这感觉就像我们最初认识时一样，那时我也是要出国。"

夏琳说着用手捂住脸，她感到她的热血全部涌到脸上。

"喂，你好吗？"陆涛问。

电话挂断了。

陆涛再打。

夏琳看着自己的手机，她轻轻地用手摸着，自言自语道："陆涛，对不起，我希望这是我最后一次脆弱。"

夏琳咬一咬牙，把手机关掉了。

陆涛再打，电话里传来对方已经关机的提示音。

灵姗笑嘻嘻地："陆涛哥，今晚有一个对你很重要的人心情不好，所以你也心情不好，你可别凶我啊——"

陆涛看看灵姗，忽然觉得她很神奇："对不起，我——我，谢谢你灵姗，我送你——"

"送我回北京吧。"灵姗说。

陆涛发动汽车："现在走行吗？"

灵姗点点头："我要去后面睡觉了。"

说完，她爬到后座，睡下了。

陆涛连夜驾车赶回北京。他感到一种奇异的兴奋，像是来自另一个世界，他看到天慢慢变亮，还看到朝阳升起，忽然，他觉得世界完整了。他不再焦虑，只是专注地开车，甚至进入北京的时候，遇到堵车他都没有焦虑，他感到他再次活了过来，而未来不是一片灰暗，而是具有诸多可能性。

陆涛回过头叫灵姗："灵姗，灵姗，你醒醒。"

灵姗直起身来，爬到前面，坐下来揉着眼睛。

"北京到了，你住在哪里？我送你回去。"

"你一分钟也没有停。"

"是。"陆涛说着想点燃一支烟，被灵姗拿走，点着了，交给他。

"那我们一起吃早点？"

灵姗慢慢摇摇头："你先去见你要见的人吧，我不着急，反正我跟你在一起。"

陆涛看了看她，想说什么，又忍了回去。

灵姗轻轻一笑："你会往右转。"

陆涛又看了她一眼，把方向盘打向右边，现在，他已完全相信了灵姗的预感，甚至感到被一种超乎于一切的力量推动着。

灵姗只是对陆涛笑一笑。

陆涛一直把车开到夏琳家楼下，他下了车，把车门关上，回头看一眼灵姗。

灵姗摇下玻璃："放心吧，我不会影响你。"

陆涛飞跑进入楼洞，他冲上楼梯，连蹿带蹦，一直冲到夏琳家门前，然后想也不想就敲门。

夏琳的母亲周梅玉把门打开了，她吃惊地叫道："陆涛啊——"

陆涛低下头："阿姨，我想看一眼夏琳。"

"她还在睡呢，昨天晚上看功课看到半夜。"

"阿姨，我就进去看一眼。"

周梅玉叹口气："进来吧。"

陆涛走进夏琳家，来到夏琳门前，他感到他和夏琳离得那么近，那么近，他轻轻敲门。

里面传来夏琳的声音："请进。"

陆涛进去。

夏琳躺在床上，把头伸出被子。

"夏琳，我，我——"陆涛一下子觉得什么也说不出来了。

"对不起，昨天晚上是我不对，我不该打那个电话，当时心情很坏，没能控制住自己。"

"夏琳，我明白我错在哪里了——我一直以我自己的想法代替你的，而你真正的想法，我一点也没有倾听，我以为我理解你，其实我完全是根据我对你的想象理解你，我一点也不理解你，这是自私。你对我提醒提醒再提醒，我却一点也没有察觉到，我尽忙着向你、向别人显示我多有本事了，这是虚荣。在行动上，我也错了，从一开始，我就不应该阻止你去法国，你说得对，那不是爱，那只是与别人一样的占有欲，我只想一个人占有你，我就想一个人占有你，我认为我能给你一个世界，却从没有问一问，那个世界是不是你需要的。我从来没有真正地关心过你，你找什么工作我完全无所谓，你去俱乐部，我不同意，却从没想过你若不去应该怎么办？你去唱片公司当企宣，又转到广告公司当业务员，我甚至从没问过你喜不喜欢那些工作，也没问过你为什么要去那些地方工作，我根本就没注意你天天干些什么。我一直以自我为中心，认为只有我的事情是重要的，你说可笑，我当时一点也没听懂，现在知道你说得对，我明白我有多可笑了。我口口声声说着爱你，但却从未为你做过什么。你和我一样，学的是设计，你与我一样的梦想，但我从来没有觉得你的梦想重要过，我只是想控制你，让你按照我的想象生活，我总要求你理解我，我知道，你一直理解我，虽然你一点也不喜欢我这样，但你仍两次提出跟我结婚。我现在明白了，那是你在对自己下决心，你下决心要永远对我好，就连这两次机会，都被我因为自大而错过了，你叫我了解了痛苦和后悔，全是我应该知道的坏事，夏琳，现在我全懂了，我懂得以后要尽量不去做那些叫我痛苦和后悔的事。总之，这一切都是你教给我的，我知道它们的价值，知道这些经验对我有多珍贵。总之，在我们以前所有的关系里，我错了，你对了，就是这样。"

"不是这样——"

"就是这样，就是这样，现在当我想为你做点什么的时候，却发现自己没有机会了——这完全是愚蠢的代价！"

"陆涛，你一点也不蠢，你让我学到坚强与信心，希望与梦想，我为你激动，就跟那些事情也有我一份儿似的——"

"在我们的关系里——"

夏琳提高声调："在我们的关系里，我想告诉你的是，我所做的，都是我愿意做的，我从来没有强迫自己去做什么。我爱你，这是我的心愿，也是我的快乐，你总给我带回一些与你有关的新鲜事，叫我也心手儿痒痒想试一试。我从心里羡慕你的机会，嫉妒你的徐志森、恨你的设计图——而我，只能自己去创造机会，我的机会不在你身上，而在自己手上。你叫我明白了，别人再大的事情也是别人的，自己再小的事情也是自己的，请不要难过，我必须把你当成别人我才会成长，我现在对自己不满意，我必须像你一样努力，像你一样奋斗之后，才会死心，才会对自己满意，希望你能理解我这一点。"

"这一回，我理解，我让你去，我希望以后从你那里可以听到一些与你有关的新鲜事，那是我最爱听的故事，你的故事。"

夏琳笑了。

"你好吗？"陆涛站起来问。

"我夜里三点多才睡，还要再睡两小时才能缓过来。"

"我先走了，你注意休息。"

夏琳点点头："谢谢你来看我，再见。"

"再见。"陆涛说罢，退出房间。

下楼的时候，他忽然感到一种以前从未有过的满足，他只想看她一眼，他看到了，他对她不再有任何别的要求或愿望，看到她就是一切。

陆涛从楼洞里出来，拉开车门，坐进汽车。

"怎么样？"灵姗问。

陆涛长叹一声。

灵姗伸出手，拿出一支皱巴巴的纸烟："你还要烟吗？就这一支啦。"

陆涛摇摇头。

"哎，灵姗，你说，你说这是怎么回事儿，我该怎么办？"现在，陆涛是完全地相信了灵姗。

灵姗拿过陆涛的手来看了看手相，叹了口气："其实我不该说的，不过告诉你也无妨，她是你的大桃花，你们的缘分还没尽呢。"

陆涛欣喜若狂："真的？"

灵姗把陆涛的手扔到一边："真的，你高兴了吧——我猜你高兴。"

"是，我高兴。"

灵姗叹了口气。

"你叹什么气？"

"除了夏琳，你还喜欢过谁？"

"没了——只有她。"

"那就不要放弃。"

陆涛点点头。

"我对你也不放弃。"灵姗忽然说。

陆涛笑了："你懂什么！"

"别忘了，你刚刚还向我请教呢！你听我说，现在，我是你的小桃花，请你开车送小桃花回家吧。"

❀　　活该

就在陆涛送灵姗回家的时候，杨晓芸正在一张纸上画着新门市的装修图，门开了，穿着新衣服的向南回到家。

"老婆好，我回来了。"

"疯得开心吗？"

"合同没谈成，头儿还说了我一顿，差补全让我花光了，还好，把公关费给报销了。"说罢，向南愁眉苦脸地坐在杨晓芸边上。

"活该！"

"不过，我对你有意见。"

"你有什么意见？"

"你没给我打电话，叫我出门在外享受不到一丝一毫家庭的温暖。"

"你没看我忙着呢嘛！"

"要不现在让我享受享受？"

"你马上就会享受的——我向你宣布一个消息——"

"还是我先宣布吧——"

"你有什么可宣布的？"

向南站起来："我买了一身衣服，你看看，有点帅是吧？"

杨晓芸一撇嘴："一进门儿就瞧见了，不穿吧，像借的，穿上呢，像租的，说你缺心眼儿吧，你还为这称呼置了身儿行头儿，膝盖还露着，傻到什么份儿上才像你这么傻？"说着还摇了摇头，"难以想象！"

向南看看自己："我怎么了我？这不挺好的？"

"你是挺好的，因为马上要当爸爸了！"杨晓芸突然说。

"怎么回事儿？"向南只觉得后背一凉。

"我今儿刚到医院做了一检查，怀孕了，你看，正好儿你不伦不类的服装都换上了，我通知你啊，我们准备做父母吧。"

向南深吸一口气，强打精神，装出十分高兴的样子："真的，我要当爸爸了？"

"别泄气啊，当然是真的。"

"那太好了，咱庆祝一下，我这优秀基因算是叫你帮忙给传下去了。"

"是啊，你奶粉钱凑足了吗？"

"好说，你等等，我先洗一澡，累死了，一会儿出来咱们再商量。"

向南洗完澡，没跟杨晓芸商量，他玩起了电游。事实上，灵姗的脸仍在他脑海里转来转去，挥之不去，他感到委屈而消沉。

两人很快就睡了，杨晓芸没搭理向南，把后背冲着他，果真不出杨晓芸之所料，忽然，向南坐了起来，摸着黑找到一支烟，点燃，然后长叹一声。

杨晓芸差点笑喷了，她吸吸鼻子，用手扇了扇烟，抡起胳膊拿到一个烟灰缸放到向南面前："半夜三更起来闹鬼啊，又在床上抽烟，回头烧着被子我跟你没完！"说罢，又转过身，把头蒙住接着睡。

向南打开床头灯，忧心忡忡地抽了几口烟，转身看了看睡着的杨晓芸，把烟熄灭，又睡下了。

杨晓芸本来等着向南说话，见他这么颓废，不禁在心里暗恼起来，原来自己的老公果真没什么出息。

✿ 那就随你吧

第二天，杨晓芸去精品店盯着装修，一个找上门来的布料批发商冲进来推销。

杨晓芸饶有兴致地和他讨价还价，地上两个打开的手提箱，里面全是各种面料，在他们后面，工人们还在乒乒乓乓地装修店内。

批发商长得油头粉面，说话却赖了吧唧的："杨小姐，二百一可不贵，这种是泰国货，泰国人用童工，所以成本很低，其实质量很好的，你摸啊——"

杨晓芸杏眼圆睁："就这种床单面料儿，以前也就值八十块，什么百分百纯棉呀，泰国货，要是泰国货我马上就自焚！你闻闻——江南小厂货！用脚踩一下都知道，蒙谁呀？"说着，杨晓芸从布料上扯下一根棉线，从对方手里抢过一支香烟，烧了一下，放到对方鼻子下面。

批发商连连点头："是是是，杨小姐真厉害——"

"废话，我学的就是这个！我告诉你，想跟我做生意你就实诚点儿，要不然滚蛋！"

"是是是——那杨小姐你看——"

"一百二我要十条，多一分钱都不行。"

"杨小姐真会讲价钱，我还没批过这么便宜的呢。"

忽然杨晓芸电话响，她不耐烦地对批发商说："那就随你吧。"

说完接起电话："喂，夏琳啊——"

杨晓芸站起来，走出店外："我昨天跟向南说了，你猜怎么着，一切都不出我之所料！这个假大空退缩了，愁眉苦脸，唉声叹气，一夜没睡着，就跟他避孕失败了似的，早晨上班前还强撑着，撩开我睡衣亲了我肚皮一下，还装呢！你看吧，今儿白天他一准儿没心思工作，得准备一大套不负责任的话晚上回来给我背诵——这帮狗男人！"

批发商凑过来："杨小姐你能不能要二十条？"

与此同时，正在上班的向南在椅子上坐立不安，忽然他站起来，走到一个年龄相仿的业务员小赵边上坐下，小赵脸色发暗，眼圈儿发黑。

"我问你，小赵，你媳妇是不是刚生的孩子？"

"是啊，小孩都四个月了。"

"这孩子——这孩子——"

"是不是你媳妇也要生了？"

"不是，她怀孕了。"

"坚决做掉！你看我，已经两个月没睡过一天整觉了，小孩天天夜里哭，我都快疯了——"

"那请保姆呢？"

"保姆不管事儿，一点都不能指望，我妈和我媳妇她妈轮流看，还吵架，为了这孩子，家里成天鸡犬不宁的，现在也没法儿送幼稚园，怎么得三岁以后，我媳妇本来跳槽每个月能多挣三千，这下全完了，唉！我告诉你，一个孩子一养就是二十二年到二十五年，中间别想消停。妈的这孩长大了要是不孝顺我，我非把他送非洲去不可！"

向南听着身子一歪，从椅子上掉地上了。

小赵连忙拉他："哎，向南，你没事儿吧？"

"没事儿，没事儿，我就是向你咨询一下——谢谢啊。"

❀　　离我远点儿

针对杨晓芸的怀孕事件，向南冥思苦想了半天，一下班，他便冲到超市买了杨晓芸最爱吃的日本饭回到家，漂漂亮亮地码在饭桌上，有寿司和生鱼片。他还做了一小锅酱汤，然后在饭桌中间放了一小花瓶，把新买的一束鲜花也插上。

向南准备跟杨晓芸打一场有准备的战争，他决定趁她还没回来练习一下，于是他尽量用杨晓芸最爱听的语气冲自己说道："晓芸，你听我说啊，一来呢，我特喜欢孩子你知道，二来呢，咱结婚这么多年，也该要一个孩子了，三来呢，你岁数也不小了，再不要恐怕对孩子和你都不好——"他越说觉得越顺，不禁搓着手走来走去，"四来呢，四来呢——晓芸，关键是，咱们这次没准备好啊！你别急，先听我说说，听我说啊，一来呢，这是一次失误，二来呢，咱们贷款没还，三来呢，我还没戒烟呢，这对孩子恐怕不好，四来呢，这孩子你看不了，我看不了，你妈看不了，我妈倒是能看，可要是她住过来，咱们这地儿——要是把孩子扔我妈那儿，咱也不放心，是不是？五来呢，咱们现在虽然说不上有什么狗屁事业，可你听说过龙生龙凤生凤吧？可我不是龙你也不是凤，咱弄不好就生一小耗子什么都不会净打洞——不能这么说！要说就说，关键是，这孩子咱没时间教育啊，不教育，咱这素质就传不过去呀，你说是不是？你说是不是？"

向南抬头望向墙上的钟，停住了，杨晓芸回家的点到了，门铃竟是准时响起，向南飞速地从花瓶中把花抽出来去开门。

门自己开了，杨晓芸站在他面前，向南把背后的花拿出来举给杨晓芸。

杨晓芸接过来冷笑："你什么意思？"

"什么意思？这是我媳妇你怀孕庆祝会的小序曲，来来来，你来看——"

他把杨晓芸拉到桌子边上："一直在等着你呢，你先坐下，锅里还有日本酱汤呢！我盛去！你坐这儿等我。"

杨晓芸化冷笑为假笑："我还没洗手呢，我去洗手间。"

她笑盈盈去洗手间洗了手，然后回来坐下，把花放在桌子中间的花瓶里，只见向南端着一大碗汤过来。

向南坐下开一小瓶清酒："喝喝喝——今天我特意去买了恶贵的生鱼和鲜贝，还做了土豆沙拉，都是你最爱吃的。这日本清酒我一个人儿喝就行了，你现在不能喝了，我跟你说啊老婆，你能怀孕真不容易，说明我还年富力强——精液充沛——"

杨晓芸刚拿起一杯牛奶凑到嘴边要喝，听到向南的话立刻把杯子使劲放在桌上。

"哎，你也太恶心了！"

向南把一杯酒一饮而尽："吃啊，多吃点——晓芸，我跟你说啊，作为一个男人，有家、有媳妇、有车、有房、有电脑、有电视机，咱就差一孩子了，现在你把咱最后的任务完成了，我真是高兴，晓芸，你——"

"你啰里啰嗦的到底想说什么？"

"晓芸，我今儿问了我一有孩子的同事，他说就咱们现在这状况，孩子生是可以生啊，就是，就是养起来不大容易。我知道你也喜欢孩子，不过，我弄不清你心里有没有准备好。你说咱努力了好几年，这生活还没来得及享受呢，要是有一孩子，会不会后半辈子就完了？"

杨晓芸看了他一眼，接着吃。

"所以，晓芸啊，咱能不能，能不能换一思路——"

"换什么思路？"

"从实际考虑——这孩子咱能不能先不要？"

杨晓芸白了他一眼。

"你看啊，咱这房子最好换一三居，车呢，也该换一个大点的，这样一家三口儿——"

杨晓芸"啪"地把筷子放桌上一放："昨儿你不说要当爸爸挺来劲的吗？今儿怎么退缩了？"

"我可一点没退，我这不是跟你商量呢吗？"

"你让我怀孕的时候怎么一不退缩二不跟我商量商量？"

"我那不是失误嘛——再说那吃避孕药也是你的事儿啊！"

"你怎么自己不戴安全套啊？"

"我这不是怕你觉得不舒服不喜欢嘛。"

"不舒服不喜欢的是你！"

"哎，哎，哎——"

"向南，你什么态度！什么都没想好就敢结婚！你疯了吧？向南，我告诉你，让我怀孕是你，现在想让我做人流的还是你，你把我当什么人啦？晚上去超市花一百块钱买点吃的就想劝我进手术室，你做什么梦呢你！"

杨晓芸说完，把面前的盘子一推，站起来，直接走进卧室，躺在床上。

向南跟过来，杨晓芸立刻用后背冲着他。

向南伸手摸杨晓芸的肩膀，被杨晓芸一巴掌打落："离我远点，讨厌！"

❀　　离就离

一小时后，向南家里一片死寂。向南一个人在客厅玩CS电游，电游里，他左躲右闪，但还是被别人打死了。

向南喃喃自语："命运啊！"他长叹了一口气，站起来，把手边儿上满满的一烟灰缸烟灰倒了，又去洗手间洗一把脸，刷了牙，最后来到卧室，出乎他意料的是，杨晓芸竟没睡着，正靠床上画画报，向南躺在杨晓芸身边。

向南看了一眼杨晓芸，叹了一口气："老婆，媳妇儿，真没想到你还会怀孕呢！"

杨晓芸把画报往地上一扔："现在想到了吧？"

向南凑上去，趁其不备，亲了一下杨晓芸，杨晓芸直用手擦他亲过的地方。

"怎么着，您还想让我再怀一次啊？"杨晓芸笑着问。

"晓芸，我刚才这把事儿又想了一遍——"

"你刚才！你刚才是把玩过的游戏又玩了一遍！"

"你听我说啊，我不是想说服你不要这个孩子，我都说了，我是想听听你的意思，怎么样？你说要就要！你说不要就不要！"

"向南，以前呢，你是对我负责，以后呢，呵呵，你要对我和孩子两个人都负责——你不是爱负责吗？这下机会来了——"

"负就负！唉，杨晓芸，来句痛快话儿，这孩子你要不要？"

"要！"

"要就要！"

杨晓芸笑了："这才像个男人说的话，其实——"

"要了以后这孩子你带啊，反正你也没工作了！"向南脸色一变。

杨晓芸针锋相对："那你挣钱啊！"

这下向南翻脸了："我一个月就那么点钱，交完月供剩下的一分钱掰成两半儿花咱生活费都差点儿不够，这事儿你看着办吧！"

"那正好可以刺激一下你，叫你对工作再上点心。"杨晓芸寸步不让。

"我怎么没上心啊，天天东跑西颠儿，见人满脸堆笑，累得跟狗似的，还不是为了你，为了这个家？我告诉你，我尽责任尽到这份儿上，已经到头儿了，你要是非生这孩子，你自己养！"

杨晓芸急了："废话，我生的孩子我不自己养谁养啊？"

向南提高声音："那从今天起，自己的钱自己花啊！你要没有，回家管你妈要去！"

杨晓芸终于怒了："这是你说的啊——你记住你的话。向南，我问你，从咱俩认识到现在，我管你要过一分钱没有？"

"没有，都是我主动给的。"向南虽然降低了声音，却一点没服软儿。

杨晓芸气得瞪了向南一眼，突然抱起被子冲到厅里的沙发上。

向南追出来："杨晓芸，我再次清楚地告诉你，你想生这孩子我不同意！我对这事儿根本没准备，我可不想以后连个节假日都没有，夜里让孩子吵得连个整觉都睡不好，黑着一眼圈儿就上班去！"

杨晓芸从沙发上跳起来急了："我看你不是对这个孩子没准备，你是对我，对我们的婚姻都没准备！"

"确实是这样！"向南斩钉截铁地回答。

"那你就给我滚蛋！"

"滚就滚！"

杨晓芸的眼泪进出了眼眶："明天就离婚！"

"离就离，谁怕谁啊！"

"你现在就滚！从我眼前消失！越快越好！"

向南一指杨晓芸："这是你说的？"

"这就是我说的！没听清楚我再说一遍！"

"我没听清楚！"

"滚！你现在听清楚了吧？"

"听清楚了。"说着，他收拾东西，走到门口，回头看一眼杨晓芸，杨晓芸叉着腰，气哼哼地瞪着他，向南打开门就走了。

❀　　无计可施

向南下了楼，这是他结婚后第一次离家出走，他坐进自己的汽车，然后开着车行驶在路灯暗淡的大街上，前面是一家小饭馆，向南开过去停住，下了车，却见饭馆正在收摊儿。

向南问一伙计："哎，还有吃的吗？"

"封火了，明天再来吧。"

向南只好回到他的车上。

现在，向南产生一种感受，即生活欺骗了他。从灵姗到杨晓芸，他对她们那么好，她们却一点也不满足他。他感到悲伤，于是放了一首悲伤的歌，开着车在街上转来转去，向南开过一条又一条的街，有繁华的，也有没人的，他面无表情，内心充满了自怜，他抽着烟，直到把烟抽完了。

向南在一个马路边儿的小铺前停了车，走进去："来一盒中南海，零点八的。"

老板拿出一盒扔在柜台上，向南撕开包装纸，抽出一支烟放到嘴上点燃。

"那个，那个再来一瓶矿泉水，烟也再要一盒。"

老板把烟和水递给他，他转回车里。

向南想回家，又觉得回家不知该跟杨晓芸怎么说，于是给华子打了一电话。

华子今儿回父母家住，他刚刚把手上的一张报纸扔下，出溜进被子里，手机就响了，他又钻出来，接电话。

"向南啊，半夜三更的怎么想起给我打电话了？"

向南沙哑的气声儿从电话里响起："你在哪儿呢？"

"在我父母家。"

"怎么没跟露露在一块儿？"向南没话找话地问道。

"今天回来看看我妈，没带露露。"

"你睡了吗？"

"刚睡下，这不叫你给打起来了。"

"哎，我让我媳妇给轰出来了，能不能到你那儿混会儿，要不然就得花钱去桑拿了。"

"成，你来吧。"

向南走进华子父母家时，只见华子和华子妈在看电视，华子妈是失眠，华子是得等向南。

"阿姨，华子，这么晚——真不好意思。"

华子手一挥："没关系，到我屋里去。"

"阿姨好——您身体怎么样？"

华子妈笑了："好好，向南来了，阿姨有日子没看见你了。"

向南也满脸堆笑："您这新装的房子挺漂亮的——"

华子妈："哎——花了五万呢，坐这看看电视吧。"

"阿姨，不了。"向南说着溜进华子的房间。

华子和向南坐在床上，一人一头儿。

"怎么回事儿啊？"

向南长叹一声，抽手到口袋摸烟，几个兜儿都摸遍了，还是没摸出来。

"烟落车里了，你有烟吗？"

华子跳下床，走出屋门，片刻回来，手里拿着一盒烟一个火机扔到向南手里："叹什么气呀，我妈得癌了我们家房子也烧了，我都没你那么颓，怎么啦？电话里一听声音就不对。"

"我媳妇怀孕了。"

"不是你的？"

"废话，那还了得？"

外面传来敲门声。

华子不耐烦地问："妈，什么事儿？"

门开了，只见华子妈端着一盘儿切成片儿的苹果进来了。

"向南，吃点苹果，阿姨刚削好的，你们老同学也不多来往往，从阿姨出院，就再也没看见你了。"

向南赶紧站起来接过盘子："阿姨您坐，您恢复得怎么样？"

华子妈坐下："就是虚，你想，开刀切这么长一口子，元气都伤了，哪儿一下子就好了？"

向南敷衍道："那您可得注意点。"

"妈，你睡觉去吧，这么晚了，我和向南说点事儿。"

华子妈眼睛一瞪："怎么啦？轰我走是不是？有什么见不得人的事不能当着你妈面儿说啊？"

"妈，不是，我不是这意思。"

"行行行，你们聊着，阿姨走了，你们差不离儿的也早点睡吧，啊？"

华子"啊"了一声。

华子妈走了，华子过去关上门。

"向南，咱刚才说到哪儿了？"

"我媳妇怀孕。"

"那是喜事儿啊！"

"喜什么喜？她想生！"

"生就生呗，你喜欢断子绝孙啊？"

"不是，不是这问题——问题是，现在我们俩没养孩子的实力。"

"自由市场摆摊儿的都养得起，怎么偏你们养不起？"

"唉，你不了解，你还没到那一步呢——我告诉你，现在养一孩子累着呢，从幼稚园开始，就分三六九等，一直分到这孩子长大。要是一开始没弄好，一步跟不上，步步跟不上，我可不想让我的孩子从最底层混起。"

"你不就是从最底层混起的嘛，人各有命，强求也没用。"

"我要像你这么想得开就好了。"

敲门声又响起，门开了，华子妈抱着一床被子走进来。

"向南，别嫌气，这是咱们家去年做的被子，真是新的，没人盖过，你凑合着盖吧。"

向南连忙站起来接："谢谢阿姨。"

华子抢先一步接过被子扔到床上。

华子妈却站着没动，想了想才说："枕头我找了半天没找着，一会儿我再找找。"

"妈，不用，随便凑合一下就成。"

华子妈拉下脸："那哪儿成啊，上次我生病住院，向南天天来看我，怎么能叫人睡不舒服啊？人家明儿还得上班呢，是不是向南？"

"阿姨您真甭客气，我叠件儿衣服垫一下就行了，别麻烦了阿姨。"

"不麻烦不麻烦——华子，我记得阳台上的那个大笨箱子里有两个荞麦皮的枕头，你是不是给人家向南找一下？我给你打手电。"

华子有点急了，他提高声调："妈，你出去吧，我们有话说，这些事儿我们自己解决，您就甭管了！"

华子妈也急了："你怎么解决我听听？"

"妈，你怎么这样啊，你要看电视看电视，不看就睡你的，别管我们了。你要再这样，我可要走了，这事儿也太多了，连句话都说不成。"

"有你跟你妈这么说话的吗？你妈一手把你养大的，怎么着，嫌你妈烦，是不是？"

"妈，我没嫌你，我和向南好长时间没见，想说会儿话，你老过来掺和什么呀？"

"我掺和什么了，我给你们拿苹果，给你们抱被子——"

"妈妈妈，再见，再见，明天见啊，咱有什么话明天说。"华子往外慢慢推他妈，华子妈却一拧身儿，站住了："华子，你干什么，谁让你往屋外推我的啦？这家还是我的呢，要走也是你走！"

"走就走！真没见过这么烦人的！"华子说着站起来就往外走。

"你走你走，有本事以后甭回来！"华子妈说着哭了起来："老头儿，你给我起来，别睡了，你儿子嫌我烦，还轰我走，你起来跟他说说，这家到底是谁的呀？"

向南一看苗头不对，跟着华子溜出了家门，轻手轻脚把门关上了。

向南追上正下楼梯的华子："你妈这是怎么了？"

"还不是生病给惯的，现在动不动就急，真受不了，你说我不回家吧，她成天打电话说想我，一回家就跟我唠叨！"说罢长叹一声。

❀　　家家有本儿难念的经

与此同时，杨晓芸正跟夏琳打电话："我这回非治治他不可，离家出走，我让他离家出走！"

夏琳劝她："给他打个电话，叫他回来吧。"

"今天我对这个不想负责任的人说滚，那是客气，轮到我给他打电话，哼，那就是叫他永远滚——他不是不想负责任吗，那离婚去呀！"

向南和华子走到向南的车里坐下，一副难兄难弟的样子，华子再次长叹一声儿。

向南奇怪地看了华子一眼："你不是正蒸蒸日上呢吗？"

"现在开了两个蛋糕店，一个发廊，欠陆涛好几万块钱，这就叫蒸蒸日上？那陆涛车房全齐，卡里存着二千万，你说他叫什么？"

"有钱也没用——我看陆涛时常神情恍惚的，跟我在一起，也是强颜欢笑的，身边儿晃着一美女也不爱看一眼，全是谈恋爱谈的！"

"还有人为当不上总统唉声叹气呢——咱跟他能比嘛——"

"唉，至少你感情方面挺顺的呀！你跟露露过得不是挺来劲的吗？"

"来劲我怎么回家了？"

"你们怎么了？"

"唉，小打小闹着呢。"

"什么事儿啊？"

"她想把她妈接来。"

"接就接吧。"

"接来我放你们家去啊——"

此时，在青年家园，杨晓芸接到夏琳打来的电话。

"向南回来了吗？"

"没回来。"

"他给你打电话了吗？"

"没有，不知道跑哪儿鬼混去了——"

"要不你给他打一个？"

"我打一个？我打死他！夏琳，我告诉你，对这种烂泥糊不上墙的混蛋，我可是出离了愤怒了，没什么可说的，睡觉！"

❀　　完了

朝阳照在北京的每一个角落，也照在向南和华子的脸上，他们坐在车里睡得很香。

华子醒了，揉眼睛，然后推向南："向南，向南。"

"几点了？"

"我哪儿知道，我又不上班。"

向南拿出手机看了一眼："完了，九点多了，我迟到了。"

"哎，我得先走了，回家看看，昨儿晚上我妈一闹，今儿别出什么事儿——"

"华子，你知道吗？这是我从上班以来第一次迟到。"

"怎么了？"

向南喃喃自语："以前不管发生什么，我上班从没迟到过。"

"那就迟一回呗。"

向南对着后视镜照照，看到一张疲惫的脸："不是这回事儿，华子，我怎么觉得忽然之间，什么什么都不对了，是不是走上下坡路了？"

"没事儿，这才到哪儿啊？肯定有好事儿在后头等着呢，咱还没开始呢！回头见！"

向南赶到公司，坐到写字桌前，拿起一张合同纸看一看，放到一边，手放到电话上，又拿下来，有一种恐惧感袭上心头，他觉得杨晓芸的态度有点不对，他拿起电话打给杨晓芸。

"喂？"杨晓芸没精打采的声音传来。

"晓芸，是我。"

"什么事儿？"

"你在哪儿呢？"

"我在家。"

"你没去精品店？"

"没去。"

"我有话跟你说。"

"说吧。"

"我马上就回去，你别走，等着我啊。"说完，他就把电话挂了，然后请了假，冲出写字间。

向南冲回家，劈面就叫道："晓芸，我有话跟你说。"

杨晓芸却闪到一旁，向南一抬头，发现不仅杨晓芸在，夏琳也在，向南顿时不知说什么好了。

杨晓芸却爱搭不理地说道："说吧，夏琳也不是外人。"

向南坐沙发边上。

杨晓芸走上一步："要是真没什么可说的，咱们去办离婚吧。"

"我们能不能单独谈谈？"

"用不着，该说的你不是都说了吗？"

向南用余光扫一扫夏琳，深吸一口气，忽然转了话风儿："那我现在改主意了呢？"

"你是不是想就这么耗下去？你觉得那有意义吗？"

"没有。"

"那就去民政局吧，我都打听好了，现在办起来容易，一两句话的事儿。"

向南把目光投向夏琳。

只见夏琳冷若冰霜地摇摇头："刚才我们一直在说这事儿，我已经劝过了，唉，没用。"

向南急了："那，那孩子怎么办？"

杨晓芸立马堵了一句："那跟你无关——向南，我跟你说，其实怀孕没什么了不起，我一听你的态度，就知道咱们俩完了——走吧。"

❀　　离婚

向南几乎是被杨晓芸拉着上了车，杨晓芸指路，他很顺利地把车开到民政局门口。夏琳和杨晓芸坐在后面，神态轻松，还说着一些八卦新闻，似乎不是要去离婚，而是去郊游。夏琳刚要推开车门，忽然，陆涛的车快速冲过来，急停在车边上。

杨晓芸和夏琳吃了一惊。

"怎么回事儿向南？"杨晓芸问。

"电话是我出门前在洗手间里打的，叫陆涛也来凑凑热闹。"向南冷笑一声。

夏琳第一个下了车，她问陆涛："陆涛，你怎么来了？"

"向南叫我来劝劝杨晓芸。"

杨晓芸眼睛一瞪："向南，你还叫谁了？下一个该是我妈了吧？"

"我没叫你妈，你妈从头儿就有点看不上我。"向南说。

杨晓芸扫了陆涛和夏琳一眼："结婚的时候有伴郎伴娘，没听说过离婚也有。"

向南"哼"了一声："新鲜吗？"

"哎，杨晓芸，你们这婚离得是不是太冲动了？老听说坏人和坏人走不到一块儿去，怎么现在俩好人也合作不起来呀？"陆涛问。

"他是好人吗？"

向南颓废地说："杨晓芸，我都认错了，你怎么还想离呀。不就是一孩子嘛，生呗，就是别人的我也不在乎。"

杨晓芸急了："有你这么说话的吗？"

几个路人纷纷往这儿看。

"哎哎哎，你们这是卖艺呢还是要离婚呀？再吵可又要引起围观了啊！上次在商场发生的一切我现在可记忆犹新啊！"夏琳提醒道。

杨晓芸干脆地说："你们等等我们，走吧，向南。"

陆涛一拉向南："到底为什么离婚？这第三者是谁呀？"

夏琳瞟了陆涛一眼："你以为都像你呀，喜欢找一第三者来帮忙儿捣乱，人家不是为这个。"

向南说："电话里我还没来得及说，是这样，杨晓芸怀孕了，我干的！她想生，我想等一段儿时间再生，前后也就是一两年的事儿，"说着扭过脸去冲杨晓芸叫道，"哎，媳妇，你要着急非要生咱现在就生啊，我给你挡着人，免得他们偷看！"

"别叫我媳妇！谁是你媳妇？"

向南刚要再说什么，忽然眼圈儿红了，他背过身去，用手捂住脸。

几个行人纷纷向这里张望，有一个还往边儿上凑。

夏琳拉了一把杨晓芸："别在这儿说了，要不咱换个地方？"

杨晓芸脖子一梗："你们在这儿等着吧，向南，走。"

向南看了一眼陆涛，擦干眼泪："妈的，我就知道一有好事儿，接下来就是坏事儿，以为那么难的合同都签成了，好事吧？没想到后面就是这么坏的事！"他把手一摊，"结婚合同黄啦——你等会儿，哥们儿一会儿就出来。"说罢，跟着杨晓芸往里走。

陆涛还要拦，夏琳对他使了使眼色。

陆涛做出一个疑问的表情。

夏琳凑近陆涛："假的。"

此刻，杨晓芸和向南已经走出二十米了。

"你证件都带着呢吗？"杨晓芸问。

"放心，我什么时候落过东西呀！"

向南这句话刚一说完，忽然看到杨晓芸的眼圈儿也红了，杨晓芸快走两步，向南紧走两步跟上了，他回头想向陆涛招一招手，却见陆涛正拉开车门，把夏琳让进车里，他没叫出声，再紧走两步，追上杨晓芸。

❀　　你好吗

"你好吗？"陆涛关上车门问夏琳。

"我挺好的。"

"什么时候走？"

"快了，本来今儿要订机票，接杨晓芸一电话，赶过来劝她。"

"杨晓芸真怀孕了？"

"是啊。"

"早知道我也让你怀孕，你就不会走了，为什么我那么笨？"

夏琳想说什么，话到嘴边又咽了下去。

"你想说什么？"

"我想说句下流话。"

"说吧，我最爱听你说下流话，一说我就瞎激动。"

"那我还是别说了。"

"夏琳——"

"现在我认不出自己，也认不出你了，以前，我一直给你机会，现在我要给我自己机会——我到外面站一会儿。"说罢开门下车。

民政局内，一对夫妇正在办理离婚。

办事员利落地问道："刘厚明，最后问一遍，你同意与妻子朱晓红离婚吗？"

"我同意。"

"朱晓红，最后问你一遍，你同意与刘厚明离婚吗？"

"我同意。"

办事员拿起章来，"当"的一声盖在离婚证上。

这一幕看得向南直用手捂眼睛。

杨晓芸轻蔑地看了向南一眼："该咱们了。"

向南猛吸一口气，"唰"地站起来，走到办事员前面。

杨晓芸一看就急了，她"噌"地一下冲到向南前面。

"你干吗呀？"

"你，你还敢先站起来？"杨晓芸用发抖的手指着向南。

办事员叫道："对不起，我们的休息时间到了，下午两点继续办理。"

向南笑了："小姐，下午你们能不能一直休息下去？"

杨晓芸提高声音："你们能不能办完我们的离婚再休息？"

办事员头也不回地走了。

向南和杨晓芸走出民政局，眼尖的夏琳一下子跳出车门："哎，这么快呀？这政府效率高得有点太不负责任了吧？"

杨晓芸摇摇头："别提了，人家到点儿休息了，下午再办。"

向南也高兴了："最好再放三年假！"

杨晓芸瞪了一眼向南。

向南这下来劲了："怎么办？"

杨晓芸一笑："下午来呗。"

向南一看表："呀，来不及了，我们头儿还找我呢！我可不想被开除了。唉，我先走一步，咱明儿办吧？"

看着向南就这么退缩了，杨晓芸寸步不让："明儿几点？"

向南倒退着："上午九点，一开门儿咱就来，争取办上第一对儿！"

"君子一言——"

"拖拉机都拉不回来！"向南说着，慌慌张张地钻进汽车，开跑了。

杨晓芸一撇嘴："你们看，这就是我丈夫向南！告儿你们，明天还有一场好戏呢！"

❀　　接着离

第二天近中午时分，向南和杨晓芸再次坐在民政局离婚处门口。

"挺会算时间的呀？你不是说第一对儿吗？怎么着，又想拖到中午让人家不给办呀？"杨晓芸冲着匆匆忙忙赶来的向南叫道。

向南冷笑："开玩笑！我至于嘛我！"

"你才开玩笑，拿结婚开玩笑，我看你以后还敢开！"

"我有什么不敢的？"

"向南、杨晓芸。"里面有人叫。

两人相互看一眼，站起来。

等在民政局外的陆涛和夏琳肩并肩站着。

陆涛说："这两人儿都那么幼稚，别回头他们俩一急真闹离了？"

"不至于吧，杨晓芸其实就是想吓一吓他，叫他以后负点责任，别以为自己还是一单身青年，想怎么样就怎么样。"

"你要是这样对我该多好啊！我太想对你负责了，哎，给次机会吧？"

"滚！"

陆涛钻进车里，抱出一包零食和饮料："哎，趁他们瞎离婚，咱俩挑着吃点儿，享受享受生活。"

"早干吗去了？"

"是是是——"接着，他用讨好的语气没话找话地说道，"你看那太阳多好啊，就跟天天上赶着围着你转似的——"

夏琳白了他一眼："别没话找话！"

陆涛叹了口气："我恨法国的太阳——"

夏琳一指他："停！"

"好吧。"

在离婚办事处里面，杨晓芸和向南把一个女办事员急得直拍桌子："你们俩倒是说话啊？"

杨晓芸和向南仍都低着头，一言不发。

"男的先说！"

"结婚的时候，是自愿的——"

杨晓芸举手："反对！"

向南看杨晓芸："我说什么你都反对，我怎么往下说呀！"

"现在除了离婚，我什么都反对。"

向南叹口气："那好吧，我随你。"

办事员说："你们再想一想。"

杨晓芸接上："我们都想过了——"

向南举手："反对！"

办事员不耐烦了："要不你们再商量商量，别耽误后面的人。"

杨晓芸不答应："别啊，那就把我给耽误了！"

办事员长出一口气："好吧，我再重新问一遍问题，你分别好好回答，男方先说，女方后说，不要打断对方的话。"

向南说："同意。"

杨晓芸一举手："超级同意！"

"姓名。"

"向南。"

"杨晓芸。"

"年龄。"

"向南。"

杨晓芸笑:"二十五。"

"二十五,"向南说道,"我走神了。"

办事员白了向南一眼:"职业。"

向南说:"白领。"

杨晓芸说:"个体。"

办事员问:"离婚原因。"

向南说:"怀孕。"

杨晓芸眉飞色舞地补充:"由怀孕引起的一大串儿连锁事件!"

办事员严肃地瞪了杨晓芸一眼:"请说详细点。"

向南抢着说:"我们前天还好好的——"

办事员提高声调:"女!"

杨晓芸看着向南得意地一笑,然后转头向办事员:"这得从他对我不负责任说起,或者从我们性格不合说起,或者从我们错误的开始说起——请问,要想以最快的速度离婚,您觉得我应该从哪里说起?"

民政局外,陆涛看看表:"完了,他们又快拖到中午了。"

夏琳笑了:"离婚哪儿那么容易。"

陆涛讨好地说:"越不容易越好,有一天,要是咱俩结了婚,我第一件事儿就是把离婚办事处给炸飞了——"

"那我要是跟别人结了婚呢?"

"那我就把那个什么什么别人给炸飞了。"

"陆涛,你做什么清秋大梦呢?"

"就做跟你结婚的清秋大梦!"

夏琳笑了:"祝你做梦顺利,我站累了,能不能到车里坐会儿?"

陆涛跑去开车门,再次用讨好的声调说:"要不咱兜风去吧?"

"做梦!"

与此同时,在离婚办事处里,办事员的眼睛睁得大大的,看着向南和杨晓芸,被他们的举动惊得目瞪口呆。

两人正往对方脸上吐唾沫。

杨晓芸吐在向南左脸上:"呸!我才不爱你!"

向南吐到杨晓芸头发上:"你给我夜煮方便面,还加俩鸡蛋,那叫不爱我?呸!"

"我给狗煮方便面!呸!"

向南伸出两个手指头:"给狗煮还外加两个鸡蛋?呸!"

"我煮狗鸡蛋!呸!"

向南把脸上的唾沫抹掉:"你就是对我好!承认了又怎么了?!"

"呸!我就不承认!"

向南边说边把脸往前凑："我就是你的初恋！我就是你最爱的人！我就是你离不了的婚！"

杨晓芸猛地往向南脸上吐上一大口唾沫："你就是一无赖我告诉你！"

向南反倒笑了："谢谢您的提醒，对不起，我今儿还就赖上你了！告诉你杨晓芸，这婚你离不了了，因为我改主意啦！我不同意啦！你再跟我说离婚，我就说你别跟我开玩笑啦！"

"呸！离婚！马上离婚！不离我现在就踩死你！"

"呸！没门儿！"

"呸！"

"玩去！你给我玩去！你给我玩勺子把儿去！"

杨晓芸气得呼呼直喘气："你！"

向南说着，又紧张又假装得意地从口袋里掏出一支烟，旁若无人地抽了起来。

办事员这才反应过来："先生，我们这里不许吸烟！"

向南回过神来，他向四周一看，只见所有的人都在看着他们这一对。

杨晓芸顺着他看的方向也看了一遍。

办事员忽然看了看表，咳了一声："对不起两位，午休时间到了，我们要休息了，你们下午再来吧。"说完站起来走了。

向南向其他围观的人嚷嚷："看什么看！有什么好看的？又不是演戏！"

杨晓芸推向南："凭什么不让人家看啊，懂不懂得尊重别人啊，告诉你，他们都是我的FANS！"

向南啐杨晓芸："我呸！"

杨晓芸抹掉脸上的唾沫，笑盈盈地："呸什么，你就是我最超级的大FANS！"

"呸！"向南啐道。

"我问你向南，真不明白我哪儿好啊，让你成天欲罢不能地使劲地欣赏？"

"呸！"

❀　　　出来了

阳光照在能照在的所有人身上，也照在民政局外面的陆涛和夏琳身上，两人都是一副悠闲满足的样子。

陆涛忽然扭头望向夏琳，夏琳也正好转过头看他，两人的目光相遇了，两人都想说什么，却谁也没有出声，他们从彼此的目光中看到了一种叫做理解的东西，一切尽在不言中，他们一下子明白了生活的意义，所有的纷争与不满全是因为孤独和空虚，平平淡淡才是最好的。

过了一会儿，陆涛的声音轻轻响起："我觉得这半天是我们在一起过得最好的半天儿，连话也不用说，浑身暖洋洋的，"他接着自言自语，"原来这才是最好的！"

是的，这才是最好的，没有争吵，只是并排坐在一起。陆涛再一次看看夏琳，他的心里全明白了，他们不需要什么拼搏，不需要出人头地，也不需要为了自尊而伤害对方，甚至不需要爱来爱去的，他们只需要自然地待在一起。

虽然有点晚，但陆涛还是明白了。

夏琳看了一眼陆涛，陆涛停住了，不再说话，一刹那，夏琳完全懂得了陆涛在说什么。

又过了一会儿，陆涛看表："过点儿了啊，过二十分钟了，难道说这两人儿把人家公职人员的午休都给搅和黄了？"

夏琳突然抬手一指："出来了！"

只见向南和杨晓芸中间隔着一米远，气哼哼地走过来。

夏琳和陆涛立刻冲过去，一个对一个，分别把两瓶水递过去。

陆涛笑："同志们辛苦了！"

向南接过陆涛的水一饮而尽，喘了口气儿："真受不了！太丢人了！我再也不去离婚了！"

杨晓芸也接过水一饮而尽，兴奋地叫道："夏琳，我们又引起了围观！人山人海！都快成讲演啦，他们谁都没见过像我们这么离婚的！"

"得了吧你！"向南不屑地说道。

杨晓芸一推他："去去去！"又转向夏琳，"我告儿你，这么一折腾，把我口才都练出来了，一个脏字儿都不带，骂得他直冲我吐白沫儿！"

向南探头往杨晓芸脸上啐了一口："呸！"

杨晓芸也回啐了一口："呸！"

向南擦擦脸上的唾沫："杨晓芸，你这'人来疯'什么时候犯不行啊，非赶上离婚的时候犯！"

杨晓芸摇头扭腰："我就爱在我的FANS面前犯！"

陆涛恨不得叫一声哨儿："打住！"

夏琳这才抓紧时间问："离完了吗？"

只见向南和杨晓芸两人一起得意地叫道："没离完！"

陆涛和夏琳一听就颓了。

杨晓芸冲向南叫道："全赖你，害人害己！你图的是什么呀？"

"我图的是不争馒头争口气！"

一些人渐渐地指指点点地围过来了，夏琳一见不妙，赶紧喊："必须停！"

陆涛也叫："撤！"

向南拉住陆涛，意犹未尽地说："别啊，好不容易聚一块儿。"

杨晓芸说："我走了，去我妈那儿。"

向南冲杨晓芸用哀求的口气说："别啊，这样吧，咱俩一起吃顿散伙儿饭吧，你说哪儿？"

"不去！看见你我就够了，再说我也说累了，想找个地儿休息休息。"

不料夏琳却嚷道："去！散伙儿又不是你们俩，咱们四个全散伙了！吃顿饭纪念一下吧？"

陆涛一举手："赞成。"

向南也说："赞成。"

杨晓芸喜上眉梢儿："那就去吧。"

说完，坐上了陆涛的车。

向南冲陆涛笑了一下，两人交换了一下眼色，向南把自己的车钥匙扔给陆涛，陆涛也笑了，把钥匙扔给向南，向南弯腰进了陆涛的车，汽车发动，向南把头钻出来："去哪儿？"

却见杨晓芸又从陆涛的车后门钻出来，"砰"的一声关上车门，接着钻进向南的奥拓车。

向南黯然地摇摇头，叹口气。

陆涛的声音传来："去后海吧，我知道那儿有一饭馆还行，你跟着我。"

说罢，陆涛钻进向南的小车里，夏琳也钻进奥拓。

向南笑道："哎，你们挤不挤啊？"

奥拓车在前面开走了，后窗里，杨晓芸高兴地冲向南竖起了中指。

向南"呸"地一口啐在陆涛的车窗上。

❀ 离婚套餐

从饭馆的窗口向外望去，北海后海尽收眼底，湖水碧绿，反射着阳光，远处岸边的树像一小团绿色的烟雾，空气中浮动一股花香。

服务员把一盘清蒸鱼端上来："菜上齐了，请各位吃好。"

陆涛叫道："等等，你们这儿有没有'离婚套餐'？"

"对不起先生，我们这里没有。"

向南不依不饶："有什么散伙儿鸡、分手鸭、妻离子散鱼、老处女豆腐、光棍儿排骨汤什么的，一个也没有？"

"先生真会说笑话。"

"这不是笑话，这是我的遭遇！"向南恨不能声泪俱下。

服务员离去，门关上了。

杨晓芸用筷子对着向南指指点点："别跟受了多大委屈似的！你想想你，跟我过这几年哪天委屈了？"

"就今天！"

"你也不替我想想，我找你图什么？"

"图我对你好呗。"

"你对我好吗？"

"出门我当你司机，逛商场我付账兼拎包儿，白天跑社会上去给你挣钱，晚上还得当你的泄欲工具，你飘飘欲仙，我累得跟傻骆驼似的，除此以外，你每天从我这里还能听到好几十句赞美你的话，叫你的自信度疯狂上升，这样的人你居然想离开，你也太膨胀了，真够丧心病狂的！这不是过河拆桥嘛！"

"你才丧心病狂呢——我就是当初一不小心才掉你这个臭水沟里，还过桥呢！你看你长得像桥吗你？"

"杨晓芸，我现在明话儿告诉你，什么时候你后悔得跟王八蛋似的，哭着回来找我的时候，可别怪我心一软不长记性再次收留你。"

"我先谢谢你了，你在棺材里慢慢等吧你。"

陆涛终于听不下去了："哎哎，你们怎么还恶言相向啊，想不想有和好的那一天了？"

向南和杨晓芸同时叫道："不想！"

陆涛望向夏琳："我们怎么劝他们？"

夏琳翻白眼儿："往散里劝呗！"

"那向南以后我再给你介绍一个更好的。"

"就那个灵姗就行。"

夏琳和杨晓芸同时望向陆涛。

杨晓芸问道："灵姗是谁？"

"我见过，一富家女，香港人，长得就跟刚从热锅里捞出来的黄瓜片似的，陆涛就勾搭过。"夏琳说。

陆涛一听就急了："谁勾过呀？"

杨晓芸好奇地问："勾成了吗？"

"你问他。"夏琳用筷子指向陆涛。

杨晓芸望向陆涛。

"不承认！"陆涛说。

杨晓芸说："陆涛，要是能把向南发出去，那可是为北京除了一害。这人儿我现在真想管他叫凶手，其实发监狱里最合适。"

"你才凶手呢，怀着我的孩子还对我那么不尊重，从法律上讲，我现在强奸你都没事儿，谁让你还是我那个不争气的媳妇的！"

"我踩死你！滚！"

夏琳一拉陆涛："哎，这俩人儿有缓儿！你看他们打情骂俏的，分明是复合前的小序曲啊。"

杨晓芸和向南同时："绝对不是！"

陆涛和夏琳看了一眼向南和杨晓芸，又彼此看了一眼，陆涛忽然兴奋地一拍桌子："拉锯战！告诉你们到这时候要很小心，一点一点来，别着急，我们谈判的时候，到这一段儿最见功夫。这么着，你们再想想，最好改改思路，为了配合你们，我们换地儿！"

说着走到门口儿，又不放心地回头："你等一下，别散啊，这事儿我负责张罗！"

十分钟后，陆涛上下跳着，一副唯恐天下不乱的样子冲回来，他兴奋地招手："哎，快点儿！我租到了最大的一条船！"

✿ 哥们儿真谢谢你了

一条大游船很有气势地驶离了岸边。

陆涛看了一眼正往船舱里走的杨晓芸和向南，对夏琳悄声说："刚刚我来了灵感，突然想起来了，这儿有船，船上也能吃饭，还特别保密，非常适合今天的气氛！比饭馆儿强！"

夏琳站在船尾，看着湖上的移动美景，完全被弄晕了。这是离婚还是聚会呀？

甲板上一阵强烈的震动，向南冲过来一把搂住陆涛的肩膀："哎，哥们儿真谢谢你了，能在这种地方谈离婚，真是三生有幸啊！"转身喊，"杨晓芸，夏琳，让我们一起记住今天这个阳光灿烂的日子！真是太享受啦！我真心希望，陆涛能够多出点钱，拉住时间的脚步，让我们把离婚的日子过得再慢一些！"

陆涛豪情顿生："没问题向南！为哥们儿两肋插刀是我最强烈的冲动和愿望！"

夏琳走进船舱，只见杨晓芸正一个人对着装修精致的船上餐厅啧啧称奇，夏琳一把抱住她："你们家向南越来越会讲演了，这么下去，早晚有一天能当上领导。"

不料杨晓芸却鄙夷地说："切！领导别人去吧！我现在讲得比他好！今天在民政局，我一讲话，把离婚调解员都给听傻了，愣是把午休时间给忘了！"

气得夏琳直说"呸"。

此时，陆涛和向南已走到船头，他来回走了几步，突然一回身，凑近向南："要不然，咱租一火车谈这事儿？旅游观光火车，一整列！"

向南点头："好主意！天才！"

"让我再想想，唉，完了，灵感汹涌！这下是真拦不住了！"

向南兴奋地："很想知道！必须知道！"

"哎，哥们儿这回想的是一真牛的场地——"

向南急切地看着陆涛。

陆涛伸出手，一字一顿："人民大会堂！"

向南倒吸一口凉气，眼泪差点没出来："高，实在是高！"

陆涛激动地说下去："咱就说弄一现代超高新技术发布会——批下来问题不大——"

向南快速点头。

"浙江厅！"

向南再次点头："我激动得快哭了。"

陆涛拍拍向南："我觉得吧，浙江厅挺适合谈你们这事儿的。沙发特舒服，地毯也软，墙上是软包儿，在那儿吧，首先是不容易急，有气氛呀！我告儿你，那地儿特正式，还雄伟庄严呢！你想，杨晓芸就是再能折腾，她也不敢在人民大会堂骂大街呀，而且吧，就是真谈急了打起来也伤不着人——"

一番话说得向南两眼直放光儿："哟，哟，那地儿好，那地儿好！事不宜迟，赶紧安排！"

船舱内是一间金碧辉煌的餐厅，一张长条儿桌，两边各放着六把椅子。

杨晓芸和夏琳坐在桌子边儿上。服务员已上了几个菜。

向南和陆涛走进来，坐到桌子边儿上。

陆涛兴奋地叫道："明儿——"

夏琳一指他："停！先说今儿的事儿！"

向南长叹一声，从椅子上拿出自己的包，拉开拉链，从里面拿出两个存折来扔在桌上，然后把目光望向杨晓芸。

"你挑吧，这是现金，这里面有两万，供房的，这里面有一万，连着我的卡，车归我，房子和房子里的东西全归你，反正写的也是你的名字，月供呢，你要不行我再背一段儿，什么时候找着下家儿了通知我一声，我手上也好再多点娱乐费。"

杨晓芸面前摆了一杯茶，她喝了一口，然后拿起那个两万的存折："月供卡给我，我自己背，钱我取出来全给你，回头我把你花在房子上的钱算清楚全退给你，家具电器，就按发票上的价钱算，我也全退给你。给我买的衣服就算你孝顺我，我就不计较了，反正以后你找的丑八怪也穿不了，就这样吧——我们北京妹在品质上还是说得过去的，你用不着做什么高姿态，我不稀罕——夏琳，你喝喝这龙井，是三千一斤的吗？"

"不行，怎么着我也当过你丈夫，耽误过你，现在你徐娘半老的，高不成低不就，门前冷落车马稀，想傍大款当二奶还得跟小姑娘竞争，想找一我这样好的比登天还难，找一年轻的过几年还得忍受人家成功以后被蹬了的痛苦。算了吧，多留点钱给自己没坏处，钱和房你都留着吧，我用不着，一辆奥拓我走天涯、走天涯！"向南说着，把存折拿起来拍到杨晓芸那一边，然后点着头，微笑着看着杨晓芸。

杨晓芸吃惊地从向南拍在桌上的存折望向陆涛和夏琳，那两个人故意把头扭到一边，杨晓芸重新望着向南："少废话，就按我说的办！不给你留点启动金，你到哪儿找下家去？我可不想让你以后请人家小姑娘吃饭的标准订在三十以下，然后你跟个大款似的一通高风亮节，说钱都让我老婆卷走了，就跟你以前多阔似的！要是被人识破了一脚蹬了你，你再怪到我头上，我犯不上。现金你收着，然后我回去再算算，估计也就七八万，谁挣的归谁，这没什么可说的。你耽误我是我倒霉，谁叫我当时傻了吧唧答应你的？这事儿不要当着真正的大款面前讨论了，这不是算穷账吗？你不嫌丢人我还挂不住呢！"

说着，把一个存折推到向南面前，另一个存折收起来。

向南这才如释重负。

杨晓芸放缓语气："那你以后住哪儿？"

向南故作轻松："住马路边儿上图个热闹。"

陆涛口道："你住我那儿吧。"

向南立刻眼睛放光，但又马上假装无所谓："这事儿以后再商量——"他看杨晓芸，忽然提高声调，"杨晓芸，我告儿你，你要是敢退给我一分钱，我当着你面儿就烧了！你可以不珍惜我，但钱是我的心意，你不珍惜就是污辱我，现在当着陆涛和夏琳的面儿你答应我，这家就分到这儿，你二万我一万，房和东西归你，车归我。"

杨晓芸愣了。

夏琳看杨晓芸然后看向南："好吧，我替晓芸答应你。"

"不行，我要杨晓芸亲口说。"

"好吧，谢谢你。"杨晓芸说，突然，她和向南两人都哭了起来，越哭越厉害，变成失声痛哭，看来他们动了感情。

夏琳和陆涛面面相觑。

服务员拿着一个茶壶推门进来，愣在那儿。

陆涛挥挥手，让服务员出去，服务员出去了。

✤ 真幸福

向南和杨晓芸哭完，陆涛和夏琳递给他们餐巾纸。

跟传染似的，夏琳也突然哭起来，也是越哭越厉害，并且更加高声。

向南拍夏琳，陆涛拍杨晓芸，两人先后说："怎么了？哎，你没事儿吧？"

夏琳抬起头："杨晓芸，他们对咱们真好。"

杨晓芸点头："真幸福！"

说完接着哭。

陆涛突然一脆弱，眼泪也下来了，桌子一拍："要不就别散了！你们卷了我们的钱跑了多缺德，咱们这顿饭改'和好饭'吧！我买单！"

说完站起来拉开门对外面喊："哎，老板，快点做一千块钱菜端上来庆祝庆祝！"

杨晓芸抬起头："别啊，陆涛，我们已经撑死了，把那一千给我吧？"

向南也说："我替你收着吧。"

杨晓芸不甘心地："陆涛，听说你有两千万？"

陆涛点头："全是白来的，不花白不花！"

杨晓芸说："那你要是撑得住，我们能去马尔代夫谈离婚吗？"

向南说："我觉得威尼斯也不错——"

陆涛点头："马尔代夫和威尼斯——没问题！——不过，"他看一眼夏琳，"咱能不能先从巴黎开始啊？"

夏琳高兴了："巴黎就巴黎吧，'在巴黎离婚'是个很好的创意！"

杨晓芸再次哭了："离婚的感觉太好了，我一点也没尝够！比结婚强多了！我再也不想结婚了，我想离婚！"

四个人从船上下来的时候，夏琳和杨晓芸困得直晃荡。

杨晓芸冲向南："怎么着？走吧，我都快困死了。"

"要不明儿离吧，身体要紧。"

"也行，我昨儿夜里没睡好。"

"那你去哪儿？"

"我和夏琳一起回我妈那儿，你回家把你的东西收拾收拾吧，把该拿走的东西拿走。"

"那我回去了。"

陆涛说："我送你们吧，我的车比出租车舒服。"

杨晓芸和夏琳钻进陆涛的车，对向南招手再见。

向南上了自己的车，看着陆涛的车离去，忽然，一种无助感凭空袭来，他觉得自己真要离婚了。

陆涛把杨晓芸和夏琳送到杨晓芸父母家就走了，两个人累得一进门儿就上了床。

杨晓芸说："这事儿弄得我心里空落落的，回头还得跟我妈说。"

"那你妈可高兴了。"

"是啊，她一直看不上向南，不过我奶奶喜欢向南。"

"你奶奶？"

"是啊，前几年，有一阵儿向南开车拉着我们一家人去看我奶奶，在那打麻将，向南老输，我奶奶打得好，就没输过，我亲眼见到我奶奶把他输的钱偷偷塞回他手里，叫他接着玩。"

"为什么呀？"

"我奶奶觉得他厚道。"

"向南算厚道的吧。"

"我妈特烦他，说他不是挣钱的料，打麻将输了也不着急，没出息。"

"你妈也太势利了。"

"是啊，像我妈那么鸡贼，做生意也做不大，过几天我们家那店就开张了，我得天天盯着，累死算了。哎，不说这事儿了，睡了。"

杨晓芸更深地钻进被子，却怎么躺也找不着一个好姿式。

"睡不着啊？我可先睡了，我昨天看法语看到后半夜，刚睡一会儿就被你叫起来了。"夏琳转了个身睡去。

杨晓芸叹口气，也睡去了。

❀ 伤感

一进门，向南便疯了似的开始收拾自己的东西，没有多久，便弄得地上东一包西一包，他伸手从衣柜里一揪，一团衣服掉出来，滚到地上散开来，其中有一些是他的，有一些是杨晓芸的，向南拿起一件杨晓芸的，看了看，忽然扔到地上。

向南拿起电话："喂，杨晓芸？"

杨晓芸迷迷糊糊地接电话："怎么了？"

"上次让你洗的衣服你团一团儿扔衣柜算怎么回事儿？"

"废什么话呀，你该怎么办就怎么办，这事儿别问我。"

"你不是跟我说都洗了吗？"

"我忘了，行了吧？"

向南带着哭腔儿："你怎么不洗呀？"

杨晓芸有点醒了："你怎么了？"

向南缓了过来："没事儿——我的衣服我拿走，你的我是叠好给你放回去，还是直接扔洗衣机里？"

"扔洗衣机里吧。"

"你干吗呢？"

"睡觉，我困死了。"

"你睡吧。"向南挂了电话，一件件收杨晓芸的衣服，抱到洗衣机前，忽然趴在上面哭了起来，然后把脸擦干，把衣服扔进洗衣机。

忽然，他看衣服里夹着那只他送杨晓芸的哨，他拿起来，挂在脖子上，吹了一下，像吹响一种心底升起的伤感。

向南走到音响前，收拾CD及VCD，分成两边，一边是自己的，一边是杨晓芸的，最后他放上一张CD，就坐在边儿上苦着小脸儿听，一边听，一边吹两下哨，忧伤的歌曲在房间中弥漫，正是他们婚时曾放过的一支歌。

向南感到压抑，不快乐，甚至有一点点愤怒。他不停地收拾房间、擦地、收拾厨房和洗手间，每一件东西都是他和杨晓芸共同买的，他难过地想，为什么杨晓芸一点也不留恋？他恨恨地觉得杨晓芸真是铁石心肠。

最后，他把干干净净的房间走了一遍，重新检查一下落没落下东西，他看到墙上他和杨晓芸的结婚照，他把相框取下来，背朝下放到茶几上，他想让杨晓芸知道，他们之间的一切都过去了，但片刻他又觉得不妥，万一杨晓芸看到他这么干急了呢？他忍住悲伤，把相框拿起来又放了回去，最后他来到饭桌前，从兜里掏出这个房间的门钥匙，犹豫了一下，扔在桌上，接着把哨子扔在钥匙边上，他看到哨子在桌上跳动了一下，他又伸手把钥匙拿了回去。

向南走到门口，换上鞋，背上大包小包，出了门，在门边，因为背的东西太多，挤着出不去，但他最后还是出去了，门在他背后关上了，空空的房间里只有音乐在回响着。

向南坐电梯下了楼，来到车边，把大包小包扔进汽车后备箱，剩下的放到后座上，然后上了车，打着火，狠着心准备离开。忽然，他停下来，感到心口一股剧痛袭来，他把钥匙一拧，熄了火，感到脑袋里嗡嗡乱响，他跑回楼上，冲进卫生间，从口袋掏出自己的剃须刀藏到一个角落里，然后坐到马桶上，泪如泉涌，他一伸手想拿纸，发现空了。

向南跑到楼下的商场，对卖东西的人说："要一卷卫生纸。"

人家给了一卷，他拿着纸在柜台上了磕了磕，想了想："算了，还是要一包吧，另外纸巾再要两盒。"

向南回到家，把纸巾和卫生纸放在一个格子上，从卫生纸里拿出一卷儿，跑到洗手间，卫生纸装到架子上，然后拿出电话，拨号。

杨晓芸接了电话。

"是我。"向南说。

杨晓芸"嗯"了一声。

"你睡着了吗？"

"刚睡着又让你吵醒了。"

"晓芸，我的东西收拾完了。"

"嗯。"

"我一收拾才发现，家里的东西差不多全是你买的。"

"嗯。"

"卫生纸用光了，我买了，还多买了两盒纸巾。"

"嗯。"

"屋子我也收拾了，房子挺好的，一个人住挺舒服的。"

"嗯。"

"那个，那个，我要说什么来着——"

"你慢慢说——"

"记得结婚前我答应过你，带你吃大餐，逛公园，去外地旅行，可是我一次都没干过。"

"没事儿，婚前干过就行了。"

"婚前也没干全——"

杨晓芸想说什么，没说出来，眼泪下来了。

"那我走了，明天我接你，一起去——"

"好吧。"

向南边说着随手打开冰箱，想喝点什么，冰箱是空的，他走到门口，把钥匙扔在桌上，然后走出房间，把门撞上。他觉得离婚太容易了，就像他现在的悲伤。

❀ 婆婆妈妈

向南打着电话钻入车内："冰箱空了，本来想去超市买点东西给填满了，可我没钥匙了，进不去。"

"不用了。"杨晓芸用听起来很虚弱的声音说，她不敢刺激他。

"嗯。"向南抽泣起来，但他不想让杨晓芸听到。

"向南，不带这样儿的，啰里八嗦的叫人受不了！"

"那——那就这样了，有什么事儿明天说吧。"

"好吧。"

向南挂了电话，开动汽车。

杨晓芸转过身。

夏琳也转过来："又向南吧？"

杨晓芸点点头，用脸在枕头上擦眼泪。

"他说什么？"

"婆婆妈妈的真的讨厌！"说着，哭得更厉害了。

向南把车开到楼下，陆涛出来接他，帮他把东西搬到自己家里，

"干吗那么急着搬出来，明儿再说呀！"

"在那屋里，想着以后不能回去了，待不住，搬出来算了。"

两人放下东西，向南疲惫地坐到沙发上，向南完全没有注意到，陆涛也神色黯然，此时，他们的社会角色被忽略了，一个成功者和一个不成功者，就一起坐在沙发上，各怀心事，分别沉浸于幽暗的自我之中。

"你脸色有点不好。"陆涛说。

"哥们儿浑身直发软——有烟吗？"

陆涛把一盒烟和火递过去："就住我这儿吧，我一个人住着空得慌。"

"对了，杨晓芸开了一个精品装饰店，你这儿全空着，回头叫她来看一眼，缺什么从她那里买吧？"

陆涛点点头。

"你们也是朋友嘛——帮帮她生意吧？"

"放心，这事儿我求她去，反正我也懒得张罗。"

"别说是我说的，你找她说吧。"

陆涛点点头："成——唉，你要哪一间？"

"哪间都行，我要那背阴的吧，反正也见不到太阳——我就是晚上回来睡一觉。"

陆涛忽然从向南的话语里听出一种软弱与颓废，这让他想到自己，已经很久了，他每天都对自己说"振作起来"，但他仍然像被浸泡在温热的油里。此时，他看到向南受到打击，正沿着他所走过的路一路下滑，不由得感到震惊与难过，他因从向南身上看到自己而羞愧，陆涛猛地站起来，大声叫道："睡什么觉啊，哎，向南，别垂头丧气的，你现在婚也快离了，这不是解放了嘛，振作起来，自由万岁，咱约姑娘回来玩啊！"

向南诧异地看着陆涛："我，我还没真离呢！"

说完站起来，走了几步，蹲到一个旅行背包前，拉开拉锁，从里面扒出一个睡袋，抱着钻进一间卧室，倒头就睡。

陆涛跟过去："哎，怎么着咱晚上也得买两床被子去呀，再说你那大包小包的就不打开了——"

向南微微抬起头："明天再说吧，我刚给杨晓芸收拾完，地就擦了两遍，累了。"

说着，和衣钻进睡袋睡去。

陆涛为自己的朋友而难过，他愤然叫道："真没见过你这么没出息的人，当好最后一班免费小时工是不是？"

向南低声说："平时都是杨晓芸收拾，我就收拾这一次。"

"得得得，算我白说。"

"你把我那门关上。"

陆涛气愤地把门关上："早知道你这样就不跟你住了，没劲。"

孩子怎么办

第二天早晨，向南醒了，他睁开眼睛，透过落地窗，可清楚看见对面楼的人在活动。

他爬起来走到厅里，坐在沙发上，点燃一支烟。

洗手间门开了，陆涛走出来："新生活开始了，向南，一会儿去哪儿？"

"我那屋没窗帘——"

"我那屋也没有，回头跟杨晓芸说说。"陆涛笑道。

向南叹口气："头疼！做梦看见杨晓芸跟别人上床了，气死我了！"

"跟谁？"

"著名演员陈道明！她特关心人家，把水端到人家面前，还帮人家擦眼镜呢，真是贱得很。我一下子就出离了愤怒，醒了，妈的！"

"得得得，还陈道明呢，人陈道明同意了吗？真是，哎，怎么着，吃不吃早点去？好像楼下有一家。"

"我事儿多着呢。"说着钻进洗手间。

陆涛跟过去："你什么事儿？"

"上厕所，去公司请假，离婚。"

"那我呢？"

"你借我车使使，杨晓芸爱坐你的车，没准儿离完以后愿意让我送她去哪儿哪儿哪儿转转。"

陆涛把车钥匙扔到向南面前。

向南小便完毕，把牙刷往嘴里一捅，就如同触发了某一个习惯开关，他就像一个马达那样转了起来，根本不必想，一切都是例行公事，紧张而有序，他一直冲到公司，走到前台，拿出卡来要打。

忽然，不知是哪里出了问题，向南愣住了，前台小姐把打完的卡递给向南，向南没有接，而是自言自语："可是还有孩子的事儿呢——孩子怎么办？"

向南像火箭一样奔向杨晓芸那里。

他一直跑到家门口，从兜里掏钥匙，掏了半天没掏不出来。忽然，他手停了，想起钥匙已经交了，不由得悲从中来，愣了片刻，向南开始敲门。

杨晓芸的声音传来："等一下。"

那声音那么熟悉，向南等着，焦躁地来回走了几步，门开了。

向南走进去。

"还早呢，不用着急。"杨晓芸说道。

向南知道，她在说离婚的事儿，他几乎是迫不及待地把他的问题抛了出来："孩子怎么办？"

向南猜想杨晓芸是没有答案的，不料杨晓芸镇静地回答："那是我的事儿。"

向南提高声音："孩子到底怎么办？"

"你说呢？"

向南掏出一支烟，想点火儿，到处找不到，一拉门进入洗手间，里面传出一声尖叫，向南又走出来。

夏琳探头出来："杨晓芸，你们家门锁怎么回事儿啊？"

杨晓芸笑了："被流氓看了吧？"

"全叫他看见了，这种人是得跟他离！"向南听见夏琳从里面把门撞上再锁上。

向南喊道："谁让你洗个破澡还全裸的？"

夏琳的声音隐约传来："杨晓芸你管管你前夫吧，怎么净说废话啊！"

向南走过去一把拉住杨晓芸："晓芸，我有话跟你说。"

说着，把杨晓芸拉到卧室，甩到床上，把门关上，自己跪在杨晓芸脚边："晓芸，我转过这个弯儿来了，你听我说，我真的想清楚了，想好了，晓芸，咱生个孩子吧，什么都不用你管，我能行。以前我没告诉你，其实我有五万多的股票呢，就是全套着，说了怕你跟我急，我们生得起这孩子，既然家家都得生，咱也生，你现在做人流对身体不好，再说，过几年等你真想生的时候生不出来就惨了。晓芸，我下决心了，不混了，以后就老老实实过日子，少出差，晚上一下班就回家带孩子，这个家那么温暖，对我太重要了，我离不开——我，我舍不得，真的舍不得——"

杨晓芸听了，在向南的注视下轻轻一笑，伸手摸着向南的头："其实你是个好人，不过，那个孩子已经没有了——你讲的关于我们的未来，都没有了——你也太粗心了，前两天明明看见我下面流血——"

"可是，可是，我不能没有你——"

"向南，晚了，你伤我心了——"

"晓芸，你背着我偷偷把孩子——"

杨晓芸点点头："我太了解你了，你什么时候脑子里想过应该负点责任？"

向南号啕痛哭："我，我太混蛋了，连你怀孕我都不知道，流产也没看出来！晓芸，我错了，我以后不这样了，你说你怎么才能改主意？你说我怎么改你才能原谅我？"

杨晓芸哭着摇摇头。

"那我还有什么希望？"

杨晓芸想了想，回答说："你有你自己的希望。"

"那我就不活了！"说着，向南就爬上窗户要往下跳。

杨晓芸一把抱住她，用尖厉的声音叫道："向南你疯了吧，你回来——夏琳，夏琳，救命啊！"

夏琳裹着浴巾冲进来，一看这情况，立刻冲上去拉向南，浴巾掉了又赶紧围上，简直手忙脚乱。

两个姑娘齐心协力，终于把向南从窗户里拉回来。

"要跳也别在这儿跳呀！"夏琳又急又气，高声叫道。

向南坐在地上，只是又哭又叫："我受不了啦，我不离婚，给我一次机会吧，我错了，原谅我吧——"

夏琳和杨晓芸彼此看了一眼这种狼狈的情况，夏琳裹严浴巾，两人又看一眼向南，忍不住笑了起来。

"这哪儿像个丈夫啊，我看像你生的，就是没腾出手儿来教育——杨晓芸，你看他都这样了，你就饶了他吧。"夏琳对杨晓芸说。

"我能饶什么呀？"

"我哪儿知道，人家都崩溃了你还要怎么着，反正都是你们俩的事儿——要不我先出去，你们俩再谈谈。"

"那他再玩跳楼我怎么办？"

向南躺在地上耍赖："那你还离不离了？"

杨晓芸和夏琳互看一眼。

夏琳正色道："向南，你坐起来好好说话，别再跳楼了啊，你劲儿再大点我就光着被你拉出去掉楼底下了，你想我招谁惹谁了？你也太缺德了。"

"是啊，后果简直不堪设想！向南，你坐起来好好说话，别给我来这套哀兵必胜，搞什么悲喜剧呀，丢人！"

向南坐直身子一指夏琳："她现在打扮得跟希腊妇女似的，我哪儿拉得动？"

杨晓芸看夏琳，两人突然乐了。

"你们聊吧，要不我找根绳子把他系暖气片上你们再开始？"夏琳走到门边儿说。

向南说："谢了，真的，不用。"

夏琳走了，门关上了。

向南站起来："我不离婚。"

"那你要怎么着？"

"只要不离婚，怎么着都行。"

"你冷静点，好好想想再说话，刚才你完全像个无赖你知道吗？"

"我赖死也不离！"

"是不是知道我手术做了，你麻烦没了，一下子来情绪了？"

"晓芸，我真的离不开你，你对我最好了，可我还没报答呢！"

"你离开我就是对我最好的报答。跟你在一起，我觉得根本不像过日子，一点希望也没有。"

"怎么没希望了？"

"你老是一副自满自足、烂泥糊不上墙的劲儿，我能说你什么？"

"我知道，你跟你妈一样，就是嫌我挣钱少，我以后多挣点不就得了吗？你说挣多少吧，说个数，我也好有个努力方向。"

"我是说你没有责任感。"

"责任感多少钱一斤你说说！"

杨晓芸气得大喊："夏琳，夏琳！你进来，他又耍上无赖了！"

"我跟你说正经事儿呢，谁耍无赖了？"

夏琳乐呵呵地进来了，她已换上一身休闲装："你们谈得怎么样了？"

杨晓芸一指向南："我跟这人说不通！"

夏琳坐到床头："要不然，你们先别忙着离，先分开一段时间，彼此都冷静一下——"

"我冷静着呢！是杨晓芸不冷静才突发奇想闹离婚！"

"我突发奇想？我不冷静？我告诉你，我是又冷静又热情地向你提出离婚，冷静是因为非离不可，热情是因为想离得快点，夏琳你说，我对不对？"

夏琳提高声音："我看你们都需要再冷静一点，再说这件事。"

两人看了看夏琳，都点点头。

杨晓芸挥着小拳头："那好吧，我冷我冷我冷冷冷。"

❀　夏琳要走了

一个月后，在一个带有台球案子的酒吧里，陆涛华子和向南坐在一张桌边儿上喝酒。

"向南，现在你情况怎么样？"最晚到的华子问。

"不怎么样。"

陆涛说："反正我们俩住一块儿，他三天两头儿往杨晓芸那里跑，每次回来就跟迎头挨了一闷棍似的。哎，向南，你看，这儿姑娘不是多着呢吗，怎么那么想不开，就踪着杨晓芸一个？"

向南不屑地叫道："那些姑娘跟我有什么关系？"

华子笑了："你一认识就跟你有关系了。"

"得了吧，我没兴趣。"

陆涛叹口气："没想到转了一圈儿，又咱们三人儿混一起了。"

"我跟你们可不一样，华子身后还站着一筐露露什么的虾兵蟹将，陆涛我知道你的实力，富家女追你都不带答应的，我可就一个杨晓芸，一不小心，鸡飞蛋打——现在越来越觉得杨晓芸真是好。"

"得了吧你，好你追人家灵姗？"陆涛说。

"我哪儿追了？我不是给你创造条件呢吗？"

华子笑了："嘴真硬！"

"好色就好色呗，还不承认！"陆涛说。

"反正现在我就喜欢我们家杨晓芸！"

"哎，向南，据你媳妇儿反应，那天你发神经病，先是猛看人家夏琳洗澡，后是假跳楼，弄得两女的抱着你在窗户上表演自杀秀，哎，你还挺能折腾的，以前没看出来啊？"华子笑道。

"去你大爷的，我没有。"

"那人家夏琳洗澡，你冲进去干什么？"

"我找火儿呢，以前我老把打火机放洗手间的台子上。"

"哪天我也得看看杨晓芸！"陆涛说。

"看去吧，反正现在杨晓芸闲着呢！"

华子对陆涛摇头："完了，这话说得真自暴自弃！"他扭头对向南压低声音，"哎，向南，你觉得这俩老姑娘谁身材好？"

"废话，当然是我们家杨晓芸了。"

华子叹口气："靠，这人完全疯了。我走了，服务员，买单！"

"别别别啊，散了多没劲，我现在正打听支援大西北那边儿还要不要人，闲死我了。"

"你可别去，你一去，把人家房价儿泡沫给吹起来了，还让不让人大西北人过了？"华子说。

"还说呢，现在网上这房子的事儿都闹翻天了。"陆涛说。

华子接上："是啊，说上海人攒一辈子钱都买不起房了，这炒房子的也太缺德了。"

向南缓过一点来了："哎，陆涛，你那富爸爸不就是其中一员嘛！"

陆涛叹口气："你知道，有些人，像徐志森那样的，跟他们在一起，就像参加了一个抢钱团伙儿，一个个的还特有信心，一般人还真弄不过他那样的。可连他都说实力不行，你说现在这帮发展商都是什么人啊？"

华子好奇地问："陆涛，我问你，这帮做房地产的到底能挣多少？"

"账面上的利润也就是百分之十到二十，账面儿下嘛，怎么说呢，这么说吧，他们的本儿都是别人的，不是拆借就是从银行贷，要是按他们自己出的钱算，完全是暴利，弄不好比贩毒还赚，也比贩毒安全。靠！盖房子是为社会作贡献嘛，在广告里胡说八道那叫会吸引眼球儿，赚多了那叫有本事，这房地产生意就是这么一回事儿！明白了吧？借别人的钱挣自己的钱，而且要是赔了也用不着蹲监狱。呵呵，做生意就是有赔有赚嘛！唉，这几年房地产混了一圈儿，现在我已经门儿清了。"

向南探过头去认真地说："陆涛，我要是你，才不会愤世嫉俗呢。这社会肯定是不公平的，当然哪边儿强就站到哪一边儿去，人往高处走，水往低处流，你能混进暴利行业，窃喜吧你！你看我和华子，不幸就站到了另一边儿。"

"可为什么夏琳就不站在我这一边，她为什么非要离开我？你们说，她到底想要干什么？"

"我听杨晓芸说，夏琳就要走了。"向南说。

"那么快？哎，哪天？什么时候？"陆涛惊叫道。

向南慢悠悠地笑道："夏琳没跟你说吗？"

✿ 该发生的一定会发生

"夏琳要走了，夏琳要走了——"陆涛像是被这疯狂的咒语一遍遍叫醒的。那时正是上午时分，向南已去上班了，房间里寂静而空洞，而陆涛则茫然而冲动，他觉得他应该为此做点什么。

他把车开到街上，片刻，他有了主意，把车开到电脑市场，然后径直走向IBM专卖店的柜台。

"我要一台最好的IBM笔记本儿。"

"最好的？"

"最新的，配置最全的，最快的。"

"我们这里有最新到的T41，三年全球联保，还可以送摄像头，IBM鼠标，真皮电脑包。"

"我不要电脑包，要那个双肩背包——"

"电脑三万二，那种电脑包要加五百八。"

"在欧洲能用吗？"

"电源里带一百一和二百二两种电压模式，在欧洲可以使。"

"我什么时候能拿走？"

"装机时间两小时。"

"两小时以后我来拿。"

接下来，陆涛又来到一个野外生存用品名牌店，在里面挑了好多件运动衣裤，快干、透气、保暖、防水。

最后他顺手儿买了头巾、运动凉鞋、袜子、小手电之类，全部装在一个大背包内，他回到IBM店取了笔记本，和背包一起塞进一个旅行箱中。

陆涛就带着这些东西直奔夏琳家，他敲门，门开了，米莱出现在他眼前。

"你也在？"

米莱贴近了挡着他，低声说："我才是应该在的，三年前我就在！"

陆涛尴尬地挤了进去。

夏琳穿着一身儿家常衣服从卧室走出来，像刚洗过澡的样子，头发湿湿的。

"是陆涛。"米莱说。

陆涛想故意对夏琳开句玩笑："想偷偷溜走是不是？"

"你好！"夏琳说，她看起来神采奕奕。

"我送你一出国用的大箱子。"

夏琳晃了晃地上的箱子："我三年前就已经有了。"

陆涛讨好地笑笑："那你就带两个箱子走吧。"

米莱踢了一脚陆涛的箱子："你是不是打算自己钻进去？告诉你没戏，非让海关给罚没了不可。"

夏琳和米莱相互看了一眼，夏琳笑了："其实我们俩都知道你是危险品。"

陆涛也笑："我怎么了我？"

米莱指着陆涛："首先，你破坏了我和夏琳之间的友谊；其次，你破坏了我对你的一片痴情！"

夏琳也指指点点："接下来，你又破坏了我对你的一片痴情。"

米莱做一副痛心疾首的样子："想想吧你，两片儿痴情，你以为是闹着玩的？"

陆涛挺了挺胸，把手背到身后，提高声音："现在，你们终于和好了，我很欣慰！"

米莱气愤地说："你在玩弄完我们两个杰出女性的纯洁感情之后居然还有脸感到欣慰，真是太无耻了你！"

"我错了，我太羞愧了，我已经自惭形秽了还不行？"

"你别装了你，人家夏琳都快走了，你才说出早该说的话，什么意思呀你？滚！一边待着去！"

陆涛笑笑："夏琳，明天上午八点我来，送你去机场，还有，箱子里面没有危险品，全是些我想着你可能用得着的东西。再见！"

说罢，转身走出房间。

两姑娘注视着他把门关上。

米莱叹口气："还玩帅呢，可恨的是，他一句好听的话也没对我说。"

夏琳笑了："他是想，等我走了以后他再说。"

米莱一听更生气了："我走的时候，他什么也没送我，还带着你来机场气我，我坐着飞机一直哭到美国。"

"对不起，米莱，那一次，该走的人是我。你看，虽然时间晚了一点，不过，该发生的一定会发生。"

❀　　一家人最好在一起

夏琳送走米莱，和母亲说话直到傍晚，匆匆出了门，她临走前还有一件事要办，她来亲生父亲夏春生所在的鱼市，一直找到夏春生的鱼摊儿，走进来，她的眼睛扫来扫去，没有人。

正犹豫间，背后传来夏春生的声音："琳琳！"

夏琳一转身，只见夏春生抱着一鱼缸站在她身后。

"爸，收摊儿了吗？"

"我女儿来看我，不收摊儿等什么呢？"

说着，就把鱼缸一放："走，爸跟你一起吃饭去！"

"爸，我明天就走了。"

夏春生搓了搓手："那么快？"

夏琳笑着点头："我来是想办两件事，第一件，这是我转送你的小礼物，陆涛给我的无息助学贷款。我自己有积蓄，用不着，给你，叫做无息创业贷款，收好。"

说着，把陆涛给她的信封放在夏春生手里。

"第二件，是告诉你，我妈最近一直没找着新的，干脆说吧，她根本就没找！我走以后，她一个人的日子一定更加不好过，希望你奋斗奋斗，乘虚而入！对于咱们家，我的意见是——在不久的将来，一家人最好在一起！"

夏春生打开信封，是一摞崭新的美元。

"琳琳，你真懂事儿了！"

夏琳得意地笑了："好啦，爸，我去办其他的事儿了。"

"那我就不收摊儿啦！"

"爸，再见！"夏琳的声音听起来显得那么清脆而有信心。

❀　　记住我

北京机场候机室，陆涛推一个行李车，上面放着两个大箱子，夏琳走在他旁边。

"你锁着箱子，我都没打开——哎，到底里面装的是什么？"夏琳问。

"你用得着的东西。"

"打开让我看看吧？"

"打开就关不上了，你到巴黎安顿下来再打开吧。"说罢，把一个钥匙交到夏琳手上。

夏琳接过来，收好，两人继续向前走。

"看，杨晓芸和米莱在前面，她们已经到了。"夏琳说着冲前面招手。

"哎，夏琳，我要是闲着没事儿去巴黎玩，你当我导游吧？"陆涛假装漫不经心地说。

夏琳假装没听见，她冲杨晓芸和米莱喊："你们好。"

"你们俩磨磨蹭蹭什么呢，我们都急死了。"杨晓芸叫道。

"路上堵车，差点晚了——"

米莱问："你妈呢？"

"那边呢，去药店给我买点祛火药。"

"到了巴黎给我们来个信儿，我的MSN你记了吗？"米莱说道。

"记了，放心吧。"

陆涛横过来："你怎么没有告诉我？"

夏琳冲米莱一笑："你问米莱就行了。"

米莱点点头："我才不给他！"

"杨晓芸那儿也有。"夏琳说，

杨晓芸假装没听见："夏琳，要是有适合我的法国帅哥，早点帮我安排安排，我打着飞机赶过去。"

三个姑娘笑起来。

此时，夏琳妈赶过来："琳琳，给，收好了，上火记着吃啊，昨儿晚上才想起来，外国没有祛火药。"

"妈，我知道了。"

杨晓芸抱住夏琳妈："阿姨，你放心吧，到了巴黎，玩儿还玩不过来呢，哪儿有着急上火的事儿啊！"

夏琳看看表："时间来不及了，我得进去了，再见了。"

说罢，推着行李车入关，大家纷纷对她招手说："再见。"

夏琳妈叫道："琳琳，注意身体，别忘了给妈打电话。"

"妈，放心吧，我一到就买电话卡，每星期至少打一次。"

"夏琳，再见。"陆涛说。

"再见，夏琳。"米莱说。

夏琳笑了："哎，你们两个成功的人，祝你们幸福！"

说罢，她忽然一把抱住杨晓芸："晓芸，多保重，等我回来！"

两人抱头痛哭，把大家都看愣了！

夏琳松开杨晓芸，说着再见进了关，大家也纷纷对夏琳说再见。

米莱好奇地问："杨晓芸，夏琳怎么抱着你哭啊？"

杨晓芸用手擦着泪痕未干的眼睛："我倒霉呗！"说完自己笑了起来。

陆涛冷冷地望着送行的人，神经质地往出口走了几步，一种直直的下坠感沿着脊椎直达小腹。心突然空了，他肩膀一抖，停住，转过身，觉得一切都不应该如此，他回过身，踮起脚尖，看到夏琳将要消失的背影，他忽然跑起来，穿过人群，一下撞到栏杆上，大喊："夏琳！夏琳！夏琳！"

夏琳似乎听见了什么声音，她慢了下来，站住，拖着行李车转身，看到陆涛。

"夏琳，记住我！"陆涛喊道。

夏琳扬了扬眉毛，好像是没听清。

陆涛已是泪如泉涌："夏琳，是——我，陆涛——"

夏琳笑着点头，表示听见了。

陆涛探身，用力探身，像是要用头够到夏琳，他用连自己都无法相信的声音大喊："记——住——我！"

模糊的泪光中，他好像看到夏琳的眼睛，那眼睛美丽得犹如梦幻，闪着光，夏琳就用那双眼睛盯着陆涛，慢慢地使目光变得坚定。她已记住他，她把头向上骄傲地略略扬起，那目光似乎要把眼泪瞪出来。陆涛的声音听起来令她感到震撼，她眨了一下眼睛，让泪水滑落。现在她清楚地看到了陆涛，记住了他的样子，那一刻，她突然感到自己仍爱着他，她听到自己的内心深处的声音："等着我，我对自己有信心，我爱你，我曾那么爱你，我将会回来爱你，我放了你你也跑不了，在这个世界上，只有我了解你，了解你的光荣梦想，了解你对我一片深情，也了解你的自私愚蠢，放心吧，我会回来，你一定是我的，你必须是我的！"

❀　　了不起的人

夏琳出国犹如关掉了煤气，火熄了，锅里不再沸腾，陆涛完全失去了方向感。一星期后的一个早晨，他决定振作一下，换上一身运动服出去跑步，跑着跑着，发现身边净是一些晨练的老人，他立刻不爱跑了。但生活仍在继续，杨晓芸的精品店开张了，她每天向客人推销各种家居产品，华子又开了一个蛋糕店，向南仍然出差，挣钱，自己擦洗他的小奥拓。

一天，华子约陆涛向南聚聚，三个人决定怀怀旧。他们到北海公园去划船，生活枯燥而重复，如钝刀割肉，时间用它单调的节奏磨蚀人的意志，但他们正年轻，他们仍有梦，无法被打垮。

华子用力划船，向南看陆涛的脸，见陆涛在出神儿，他们知道夏琳走了他不好受。

"你跟夏琳说了你等她吗？"向南问陆涛。

"我没有。"

华子也问："你当时想说吗？"

"想，那是我最想说的一句话。"

"为什么不说？"向南问。

"我不想给她一丁点儿的压力，她需要自由，那是她早就应该得到的。"

"不理解！这叫什么男女关系？也太狠了！"向南摇摇头。

"学着点儿，向南！陆涛，哥们儿看出来了，你们俩都是了不起的人。"华子说道。

向南眼睛一翻："华子，你们的话我没听懂，你给解释解释，什么叫了不起的人？"

华子想了想，说："对自己越严格，对别人越宽容的人，就是越了不起的人。"

陆涛看着华子，忍不住问："华子，我以后能当一个了不起的人吗？"

华子点点头："我觉得有戏。"

"我呢？"向南也问。

"你？你也就当一托儿吧，没有你，即使是了不起的人，也会显得没什么了不起。"

陆涛和华子笑。

向南用湖里的水泼华子："凭什么呀！"

陆涛伸出手："我希望，有一天，我们都能成为了不起的人！"

向南在陆涛的手上拍了一下："我试试吧，就从杨晓芸身上试！"

华子最后拍上："我觉得那是必须的！"

❀　　我跟你谈件正事儿

一天晚上，米莱接到房东的电话，她被告知，她租的房子到期了，于是她赶过去收拾东西。她收拾得差不多的时候，往窗外一看，竟发现对面有个熟悉的身影在晃动，米莱找出望远镜，透过望远镜，陆涛的举动清楚地映入她的眼帘。陆涛也在收拾东西，忽然，他直起腰来，百无聊赖地左看右看。

米莱被他无聊的样子逗笑了，她放下望远镜，想了想，从抽屉里找出一个小手电，对着陆涛的窗户晃了几晃。

陆涛正要点烟，忽然被对面的手电光一晃，他皱了皱眉头，片刻，他明白了，是米莱，于是趴到窗边儿，拿起电话拨号。

他看到米莱接起电话，也趴到窗边儿，正与他相对。

"你干吗呢？"陆涛问。

"你干吗呢，我看你茫然若失的。"

"我就是茫然若失的。"

"你怎么回事儿？"

"我把这儿的东西搬到新房去，刚收拾完。"

"找一搬家公司不就完了？"

"我想自己搬，反正现在也没事儿，已经搬得差不多了。"

"咱们想一块儿去了，我也正收拾东西，这房子我退了，你们的戏演完了，我也没的可看了！"

"别往我伤口上撒盐了！"

"我是那样的人吗？我是想安慰安慰你。"

"你怎么安慰？"

"我跟你谈件正事儿。"

"什么正事儿？"

"你等着啊，我一会儿就过去。"说完，米莱把电话"啪"地挂上，走到门边，换上鞋，拉开门便冲了出去。

米莱飞快地下楼梯，忽然把脚扭了一下，摔倒在地上，她咬了咬牙，爬起来，继续走下去，她一跳一跳的，但速度一点也不减，像是被什么东西勾了魂儿。

✿ 这合适吗

五分钟后，米莱已坐在陆涛的沙发上，嘴里一会儿叫一会儿不停地倒吸着凉气。

陆涛在给她的膝盖上涂药水，血还在流，一直流到小腿上。

"别喊了，再喊邻居们要报警了，说强奸犯又有新动向了。"陆涛说。

米莱高兴地回答："上学的时候，我就在这儿喊过！"

"哎哎哎，咱能不能把那些不知羞耻的回忆给忘掉啊！"

米莱假装生气："不能！我永远也忘不了，夏琳也在这儿喊过！"

"那我自首去了，再见！"

"你回来，陆涛，我告诉你，你当时骗了我，你得对我负责一辈子！"

"我把药水放桌上去。"陆涛说着放下药瓶，把一张椅子拖过来，垫在米莱腿下，"你着什么急啊？"

"我，我这不是怕被夏琳逮着嘛——呵呵，开玩笑，我是急着旧地重游，看看你这小淫窝儿变什么样儿了，为什么公安机关还不捣毁它？"

"破这么大口子，估计得好几天才能好。"

米莱弯了一下腿，立刻皱紧了眉头："哎哟，你说这楼梯修得跟悬崖似的，以前那帮盖房子的安的什么心？我要是碰巧儿七老八十的，这一下还不就脑溢血了？"

"我给你倒杯水吧？"

"我喝可乐。"

"好像冰箱里有一瓶过期的，喝不喝？"

"喝！作为你的过期女友儿，我也就配喝过期可乐——你毒死我算了！"

"哎，你到底喝不喝？"

"只要是你递给我的，什么我都敢喝，快点拿去，再喝不着我就失血而死了啊！"

陆涛跑到厨房冰箱里找到一听可乐，拿出来，走到米莱边看，往可乐上看了一眼："没过期，喝吧。"

米莱接过来："谢谢——看我摔成这样儿，你就一点都不心疼？"

陆涛用手捂住心，想了一下："有点儿疼！"

"往哪儿捂呢你！你那是胃疼！"

陆涛坐到边儿上，看了看米莱的腿："好点吗？"

"别往我这性感的美腿上看，回头口水掉我伤口上，化脓了我找你没完！哎哟，为了旧地重游付出那么大代价，真不值！"

"是不值。"

"我是说为你不值！"

"那当然。"

米莱喝了口可乐，把可乐罐递给陆涛："拿不住了，给。"

陆涛接过可乐，放到桌子上。

"最让我生气的地方还没来得及看呢！你把我抱床上去让我看看。"

"这合适吗？"

"怎么不合适！今儿晚上你想让我睡这儿啊？我从这年久失修的破椅子上掉下来谁管？"

陆涛家看着米莱那张笑盈盈的脸，恍如回到从前，那时她也是这样对他说话，现在她仍这么说，然而日光流逝，令人伤感，米莱的声音与她的表情，仿佛一步就跨过那些时间，这一切就如同被曝光两次的照片展现在他眼前。陆涛站起来，走到米莱面前，弯下身，把她抱进卧室，放在床上。

米莱转动脑袋看了看四周："一点都没变啊？"

陆涛笑了："放把火就全变了。"

"滚！等我能走了再放！"

陆涛打开衣柜，抱出一团被子："我睡外面沙发上。"

"废话，我都这样了，你要再摧残我，你成什么了你？"

陆涛往外走，米莱的声从背后响起："等会儿，陪我说两句话再走，我腿那么疼，哪儿睡得着？"

陆涛抱着被子坐床边上："哎，米莱，你这苦肉计跟谁学的？"

"我就是又苦又肉，才让夏琳得逞的，要不然她哪儿就能睡这儿啊！还好，现在她知难而退，另找地儿去了，远是远了点儿，巴黎！真不知道是塞纳河边上，还是艾菲尔铁塔下面，哎，老陆，你打算什么时候找她去？"

"你腿好了的时候。"

"废话，我腿好了我自己去，跟你有什么关系？"

"我这不是瞎说呢嘛——"

"被甩了有点想不通吧？"

"夏琳这人——"

"我被你甩了的时候才是真想不通！夏琳至少没骗你吧？可你连骗带甩的把我的自信心完全打击为零，合适吗你？"

"不合适。"

"太缺德了！"

"是，缺德。"

"还好，我缓过来了。"

"缓得好，缓得好。"

"可是腿又摔了。"

"摔得好。"

"你说什么呐！"

"我是说，米莱，以后，我能为你做点什么？"

❀ 活着，就得折腾折腾

三天后，黄昏的轻风吹过一个繁华的商业广场，转了个弯，最后吹到米莱和陆涛身上，两人正坐在一露天座位上喝咖啡。

望着陆涛诚恳的目光，米莱一字一句地说道："我不要你为我做什么，我希望你为自己做点什么。"

"我每天都为自己做呢。"

"你做了什么？"

"吃饭，睡觉，不然我不会活到现在。"

"废话！"

"其实我不知道该做什么，夏琳走了，目标没了。"

"我刚去美国，背井离乡的，心里特不好受，所以连点新鲜劲儿都没有，那学校里有好多中国人，我也没有认识谈得来的朋友，天天独来独往的。有一天下午放学，我走在校园的路上，哭丧着脸，觉得特没劲，突然，一个女教授骑着一旧自行车停在我面前，她一指我，大声对我喊，'多好的天气呀，HI，小姑娘，爱情没有了，还有别的呢！挺起胸，打起精神来！'说着，她对我做出一个挺胸的动作，然后对我笑一笑，就骑上车走了。一下子叫我觉得生活充满了新鲜感，后来，我时常想起那一幕，每一次想，都觉得特有勇气，就跟有人从背后推了我一下似的。"

"其实这一段儿我觉得你变化挺大的，我是说，你越变越好。"

"陆涛，我也希望你越变越好，真的，你别再晃下去了，浪费时间就是浪费你自己，和我爸约一次谈谈吧，他那里有项目，再说，我爸也一直喜欢你。"

"我不能去。"

"为什么？"

"发生了那么多事儿，我怎么还能面对他？"

"那要是我爸请你去呢？"

"那我也不好意思去。"

"他很想你去。"

"我不能去。"

"是不是有了两千万，就觉得以后可以躺在上面睡大觉了？要大休等死以后完全来得及，活着，就得折腾折腾。"

"不是，我真的不是那意思。"

"那为什么？"

"我没想好——我现在什么也想不清。"

"哎，你那富爸爸徐志森说过，'生活是过出来的，不是想出来的'，你瞎想什么呀，洗干净了人模狗样儿地去工作吧！"

� 大房子

华子把车停在向南公司外面，等着他下班后一起找陆涛，露露坐在华子边上，吃着雪糕，她还没有去过陆涛那里。

"真想看看大房子是什么样。"露露对华子说。

"看了别眼馋留那儿啊。"

"我才不会呢！我告诉你华子，我觉得，总有一天，我们也能有一套大房子。"

忽然华子冲着车外喊："向南！"

只见向南一身公司职员打扮，还提着手提电脑，跑到车前，上了车。

"等你半天了。"华子不满地说。

"别提了，这杨晓芸不让我回去，说我一进门，她转身就走！"

"该走走她的，跟陆涛说一声，叫她把东西拉回去，一分钱也别挣！"

露露也说："我觉得杨晓芸这回有点过分，给她拉生意，她还这么对你，向南你也太老实了。"

向南苦笑。

"我们家露露就是觉得你好，以后我们要是吹了，你们试试吧。"

"要不现在就试试吧——你把我送到地儿了就得了，我和向南住陆涛那儿，你自己回家吧。"露露笑道。

"向南你看，女人啊！"

"女人怎么了？"

"为了住大房子，不惜找哥们儿的哥们儿！"

露露打了华子一下："说什么呢你！"

"哎，求你们别吵了，我现在特怕听到吵架声儿，受不了。"

"我们不是真吵。"露露看着向南，用同情的语气说。

"是啊，逗你玩呢！"华子说。

不料向南看看表，正色道："差不多到点儿了，开车吧，别逗我了，我现在一点不经逗。"

华子和露露相互看了一眼，露露做了一个怪相儿，华子臊眉耷眼地开车走了。

在陆涛的大房子，杨晓芸晃着一把圈尺，利落地指挥着两个店员，把一样样的装饰用品添到各处——地毯、风格各异的小块儿毯、奇形怪状坐起来却很舒适的椅子、各种小案几、桌子、台灯、厨房用品。

陆涛在边儿上看着，他除了点头就是点头。

当陆涛看到杨晓芸指挥工人往墙上挂一张有关建筑的大现代画时，门铃响了，陆涛去开门，向南等人一下走了进来。

露露伸着脖子往里看："哎，你们怎么不脱鞋啊！"

华子和向南站住。

杨晓芸的声音从房间里传来："是露露吧，拖鞋在门口儿的鞋柜里，十双呢，全是巴基斯坦的！"

向南叫道："晓芸，鞋柜呢！"

杨晓芸看了一眼陆涛，没搭理他。

陆涛走到门边："这就是鞋柜。"

华子笑了："哟，哥们儿还以为是一古董呢！"

"杨晓芸那儿能有什么古董啊！"向南说道。

大家换了鞋，走进房间。

"真漂亮，我就喜欢这个风格！"露露一下子被那种豪华的气派震慑住了。

杨晓芸走过来，一把拉住露露的手："我那儿现在就卖这种风格的东西，你要喜欢哪一件，我回头叫人给你们送去。"

"我和华子的房子是租的，不值得收拾。"露露愁眉苦脸地答道。

杨晓芸展开厅里的一个纱帘："露露，那你看看这个纱帘，埃及货，随便挡在哪儿都行，性感吧？"

向南想看看杨晓芸，却被拉开的纱帘挡住了，他只好走到自己的房间，只见里面也焕然一新，非常漂亮，他转回来："晓芸，我那屋你给弄得挺好的。"

杨晓芸假装没听见，华子走过来，看看两人，解围："唉，向南，咱这么商量吧，你带露露走，我的店也全归你，我住这儿吧，反正你有过小日子的经验！"

杨晓芸走了。

华子和向南一间间房看。

"她是真生气还是假生气？"华子问。

"管她呢，该生生她的，早回来一会儿看到一张不高兴的脸，这日子哥们儿以前经常过，熟悉！回头我给她来一熟能生巧！"向南强撑硬务。

"还吹呢你！"华子笑了。

客厅里的饭桌边，杨晓芸拿着一个单子和一个计算器在和陆涛结账，桌子边儿上的地上堆着一些剩下的东西，露露翻来翻去，然后抬起头来："我真喜欢这些东西，我太喜欢了，每一件都像给我订做的，我觉得必须把它们挂到我们家去。杨晓芸，你还是主动派人送到我们家去吧，要不然我派华子到你们店里抢去！"

杨晓芸笑了："该抢抢你的，陆涛，这小挂毯拿多了一个，扣出来。"

露露拿起挂毯对杨晓芸说："这挂毯太漂亮了，波西米亚风格的东西今年最流行了。"

陆涛小声对杨晓芸说："别扣了，全送给华子他们吧。"

杨晓芸一下子高兴了："露露，别看了，回家看去，那些东西陆涛这儿用不着，他说都送你们——唉，陆涛，你能不能把那件三千的埃及浴衣送华子他们，我认为留在这里让向南披上完全是瞎胡闹，还不如给他披一假狼皮合适。"

露露抬起头："这事儿谁做主？"

陆涛回头看了一眼，只见露露在那堆东西里一件件看，爱不释手的样子。

"我做主！哎，晓芸，就按原来的算，这些多出来的，全送给华子和露露吧。"

"是送给华子还是露露？"露露问。

"露露！"

"陆涛哥，你真好！"露露站起来亲了陆涛一下。

"华子，你们家出事儿了！"杨晓芸笑道。

露露也兴奋地叫道："华子，是好事儿！"

大家笑了起来。

杨晓芸把一张单子推到陆涛面前："好吧，那这样，我的东西都折到最低，不过这里面有很多东西我店里没有，全是从别处买来的，折扣——"

陆涛看也不看："没关系，就这么算吧，最后多少？"

杨晓芸把单子交给陆涛："那一共就三十二万六千四百四十，给我三十二万六千吧。"

陆涛拉开抽屉，拿出几摞钱数了数："这是三十三万，别找了，你也得挣点钱。"

"我利润已经留了，别——"杨晓芸的声音都变了。

"晓芸，别推了，再这样太不好意思了，这房子让你忙了半个月，你不能白干。"

"要是向南不住这儿，我一定忙活两个月，非把你这儿做成顶级豪宅不可，想着让他享受，我恨不能——算了，全完了，我走了——露露，我走啦，没事儿去我店里转转吧，那个纱帘儿就剩两个了，我给你留一个。"

"好，我一定去。"

✿　　杨晓芸要走了

杨晓芸让工人们到楼下等，然后走到门口换鞋，陆涛咳了一声，大叫："向南，杨晓芸要走了！"

向南和华子从向南的房里钻出来，向南冲到门边儿："我送你吧。"

"不用了，我们开车来的，店里的人在下面等我，再见，华子。"杨晓芸冷淡地说。

"再见。"华子冲杨晓芸点点头。

杨晓芸说着夹着一包儿走了出去，向南头一低，竟跟了出去。

两人都一语不发，坐电梯来到地下车库，杨晓芸在前面走，向南在后面跟着。

杨晓芸停下来："你失信了！"

"我——"

"有什么事儿？"

"我就是想谢谢你，把我那屋装得挺漂亮的，我特喜欢。"

"是人陆涛的房子，不是你那屋——你那屋——"杨晓芸越说越来气，"你还因祸得福了你？"

"我觉得还是咱俩住的那套小房子好，陆涛这儿——"

"打住，你给我打住！"

"好吧，我不说了。"

"再见。"

"再见。"

杨晓芸向着停在车位里的一辆大面包车走了两步，向南跟了两步，杨晓云站住，瞪了他一眼。

向南只好站住，再一次说："再见。"

杨晓芸快步上了面包车，车开走了。

向南望着杨晓芸的车离去，伸出手挥了挥，喃喃自语道："再见。"

事实上，杨晓芸今天布置房间所表现出的精明干练再一次让他从内心深处涌出痛失杨晓芸的痛苦，他猛地把这痛苦吞咽下肚，咬着牙往回走。

❀　　我很焦虑

陆涛新居内，华子坐在陆涛对面，拍着那张刚买的罗马尼亚大橡木饭桌："陆涛，我很焦虑，非常焦虑！这么大的房子我从来没住过，我太喜欢这里了，向南住进来了，我也想住进来，而且必须住进来，我现在就得住进来，这件事儿立刻就得办，我一分钟也不能等——"

"我也想住进来！"露露说。

向南更响地拍着饭桌："不欢迎！这是单身宿舍，你们一家子住进来算怎么回事儿啊！"

"我们可以分手，算成两个单身，正好你这儿还剩两间房，我和露露一人一间！"华子说。

"那我晚上有事儿要找露露谈谈。"

"什么事儿啊？"陆涛笑道。

"很大的事儿！"向南说。

"你先找我说说——"华子接上。

向南打断他："我想跟女的说。"

露露拍手尖叫："我想听！"

陆涛叹口气："我可听够了。"

向南斜了陆涛一眼："我一点也没说够！告诉你们，我想倾诉，非常想，我太想倾诉了！我想让杨晓芸马上回来，跪在这里，求我原谅，我不原谅，她就得一直跪着，劝她起来她都不肯。今儿晚上我就想办成这件事儿，我很迫切，特别迫切，这件事必须办成，非办成不可，办不成我就不高兴，非常严重地不高兴！"

"杨晓芸到底怎么你了？"露露好奇地问。

"我给她开的新店介绍生意，让她挣我朋友陆涛的钱，这么重色轻友都感动不了她，她来了，我没骚扰她，让她把最后一分钱挣完，我下去送她，跟她说再见，她连句谢谢都不说，不仅不说，还不理我！"

大家一起笑了起来。

陆涛说："向南，我非常同情你，非常同情！"

电话响，陆涛接："华子，你接着我的话往下说！"

"我特别希望杨晓芸下一次还这么折磨你，我急不可待想再看一次，我一分钟也不能等——"华子冲着向南嚷道。

露露笑得更开心了。

华子瞪了一眼露露，站起来："哎，这豪宅我是参观完了，哥们儿得去蛋糕店收账了，什么时候搬过来我通知你一声。"

"成。"陆涛边打电话边说。

"我不同意！"向南说。

露露急了："凭什么啊，就许你享受？"

"我享受不着你，就一个人使劲儿地享受陆涛的胜利成果！"向南得意地上下跳着。

"朋友妻不可欺——我可是有主儿的人，是不是华子？"露露冲华子叫道。

华子抱住露露亲了一口："是！"

"气死你！叫你独守空房！"露露一指向南，引得大家哄堂大笑。

❀　　受刺激

华子手里抱着一包，露露手里也抱着那一包陆涛家用剩下的东西，两人一起走出电梯，一直走到那辆破吉普车前。

露露把东西往车后放，一边走一边翻出一块小毯子，对华子晃晃："华子，你说这块毯子挂沙发后面怎么样？"

"行。"

"这小碗垫儿我最喜欢了，你看！"

"像咱们这样的人，吃饭哪儿用得着碗垫儿啊。"

"咱们怎么就不能用啊？你不用我用！"

"早晚有一天——"华子提高声音，但他没有把话说完，拉开车门，坐进车内，露露也坐到华子边儿上，华子打火，却没打着。

华子长叹一声："早晚有一天，我们要在漂亮的大房子里用漂亮的桌子垫着漂亮的碗垫儿吃饭——"

露露搂住华子："绝对！必须！"

华子叹口气："就是不知道那是哪一天！"

说罢，把火打着了。

第二天一大早，华子和露露跑到雍和宫烧香，两人非常虔诚，不仅下跪，嘴里还念念有词儿，把每一个佛都拜了一遍，最后走到捐款箱前，华子捐了一百元，露露很舍不得地捐了五十，然后向外走。

"你求的什么？"华子笑着问。

"你先告诉我。"

"你先说。"

"有什么可说的，大房子呗。"

"多少平方米的？"

"三环以内一百五十平精装——你呢？"

"第一愿：一百平方米的一居，第二愿，二百平方米的SOHO，第三愿，三百平方米的TOWNHOUSE，第四愿——"

"你也太贪了——"

"唉，不够住啊，你要是生三孩子还好办，你要一来劲生九个呢？"

"我哪儿生得了那么多，我奶奶就生了六个。"

"我觉得你行！所以啊，三愿之后，我意犹未尽呐！多许点儿呗，万一呢？"

"那你说出来听听呗——"

"第四愿，四百平方米的独栋别野！第五愿，五百平方米以上的LOFT！第六愿，六百平方米的庄园，第七愿，古堡，第八愿，等你老了我藏娇用的小金屋，第九愿：不劳而获！"

露露大笑起来。

华子问："你的第二愿呢？"

露露钻到华子耳边："嫁给你。"

华子亲了露露一下："谢谢你这么看得起我！"

说罢往前走。露露拉住他："我还有第三愿呢？"

"好吧，我听！"

"把我妈和我弟接来和我们一起过。"

华子一咧嘴，然后苦着脸儿说："那让他们住我第八愿里的小金屋儿吧。"

"不行！我想我妈和我弟！他们更想我！"

华子笑了："这事儿啊，等我第九愿不劳而获成了一块办！都好办！特别好办！"

露露踢了华子一脚："那我就买颗炸弹炸飞了你的小金屋儿，叫你藏娇！叫你藏个屁！"

"语言粗俗！与周围环境不协调！"

露露跳起来抱住华子："跟你协调啊！"

✿ 我叫你一声哥了

从雍和宫出来，华子一整天都心潮澎湃的，晚上，他约了猪头在东直门一小饭馆见面，两人喝了好多酒，华子对着猪头一拍桌子："生活对我不好，一点不好。生活对我有压力，叫我无法高兴，我感到压力，很大的压力，极大的压力！我每天想到死，但我绝不能死。猪头，我很焦虑，非常焦虑，特别焦虑。我必须要挣钱，我急不可待地要挣钱，我非常迫切，太迫切了，这件事完全是刻不容缓，我一分钟也不能等。我感到我像极了一只落水狗，靠洗头和吃蛋糕混天黑，完全没有希望，这样的生活我一分钟也不想再过下去了，我必须买房结婚，必须成功，必须高兴，猪头，哥，我叫你一声哥了，你必须帮我！"

猪头先是笑，接着笑得眼泪都快出来了，最后他收住了笑容，表情变得严肃。

"华子，你再叫我一声哥。"

华子眼泪忽然下来了："哥，哥哥。"

"哥向你保证，哥向你保证，华子，一定让你把这钱挣上，把房买了，把婚结了，把成功呢也给它成了，这高兴呢，哥也必须让你给高上，谁让我现在是你哥了呢——"猪头忽然擦了一下眼睛，站起来，"帮不帮的咱哥俩说不上，见外，挣钱的事儿，哥也得仗着你——这个酒，哥今儿是喝不下了，这个，这个，哥不说废话了，哥现在手头正扎着一大事儿，你那手机别换号儿啊，等我信儿吧！"

猪说完就走了，头也不回。

❀　　好事儿

在陆涛新居，一个智能自动吸尘器在地上跑，把地上的脏东西吸掉了，还能躲过作为椅子的障碍物，陆涛和米莱一起坐在饭桌上看。

"酷吧？美国新产品！"米莱兴致勃勃地问。

陆涛点头："有意思。"

"人家回国送我爸的，我跟我爸说，找人才得带上东西才显得有诚意！"

"谢谢你爸。"

"和我！"

"你永远都对我那么好！"

"下面该轮到我爸对你好了！"

"什么意思？"

米莱看看表："等一会儿——哎，这房子是杨晓芸装的吧？"

陆涛点点头。

"就她那品味，我告儿你吧，你要是给她三万，她愣能给你装出十万的效果来，但你要是给三十万——"说着小脸儿一苦，用手向周围指了一圈，突然发出笑声，"哈哈，效果还是十万！"

陆涛也笑了："你真是刨根儿队儿的女一号！"

米莱得意地点点头，然后再次看表。

"你忙什么事儿呢？"

"好事儿！"米莱说罢，一指电话，"响！"

陆涛的电话真的响了起来。

陆涛看米莱，米莱晃荡着两条腿："接！"

陆涛跳下桌子去接："喂？"

电话里传出米莱的父亲米立熊的声音："陆涛吧？"

"是，我是陆涛。"

"我是米立熊，米莱的父亲，我有事儿找你商量。"

"叔叔您说，千万别客气……"

"你明天能不能到我公司来一下，我上午十点以后在公司。"

❀　　我认命了

第二天上午十点，陆涛准时来到米立熊的公司，米莱喜气洋洋地把他领到米立熊的办公室，三个人坐在一起说话，这一切都是她的精心安排。

米立熊看着陆涛那熟悉的表情，想到若干年前，他们第一次见面，陆涛曾问他什么是生活的意义，不禁有些小感慨，很明显，陆涛已不像当初那么稚嫩了。

"陆涛，叔叔年纪大了，但公司还要向前走，我们这个公司的特点就是自有资金多，但摊子大，管理跟不上去，我们已经尽力把效率低的资产处理掉了，现在把全部精力放地产这一块，这一块我做了这几年，上过当，受过骗，只是现在形势这么好，所以有惊无险，总算是过来了，不瞒你说，还有一部分赢利。上次我生病，叫我考虑了很多事，我们这一辈人，就是再有雄心，精力也不行了，不能不承认，我的想法跟不上形势了，落伍了，这些我跟米莱都说过了——不管你和米莱之间有过什么，但有一点叔叔看得很清楚，你能力很强，很优秀，你现在的情况叔叔也知道，怎么样，陆涛，到叔叔这儿来吧？"

"我——"

"陆涛，米莱一直很相信你，叔叔也很相信你。"

"为什么？"

"因为我觉得你行。"

"我明天答复您。"陆涛没想到米立熊这么直接。

　

米莱送陆涛出去，她说有一条小路可更快速地到达地下停车场，陆涛不信，两个人比赛，结果当陆涛走出电梯，来到自己的车边，米莱却从车的另一边转出来。

"走大路的没有抄小路的近吧？"米莱问。

陆涛笑："小路怎么走？要不我上班儿天天绕远儿。"

"这么说你答应啦！"

"米莱，我不能两手空空地来，现在我心里还有疑问，得去咨询咨询。"

"什么疑问？"

"其实我有个疑问。"

"什么疑问？"

"你！"

"我？"

"是，你。"

"我怎么了？"

"你为什么老是帮我？"

"因为我看你被夏琳摧残得太可怜了，心里过意不去，就拉你一把呗！"

"还为什么？"

"还因为，我到现在还天真地相信你是个天才，无论干什么，都不会让人失望的！"

"米莱，别开玩笑了。"

米莱走近陆涛："陆涛，真正的原因是——我就是喜欢为你做各种事情，我好像是一直在等着为你做各种事情，以前轮不到我，现在，我从队尾排到第一个啦！"

说完米莱跳起来为自己鼓掌。

陆涛咬咬牙，忍住心中突然升腾起的难过叫道："米莱！"

"住嘴！听我说！在美国的时候，我明白了一件事，'如果你还在这个世界上存在着，那么这个世界无论是什么样子，对于我都有意义，但如果你不在了，无论这个世界多么好，它在我眼里也是一片荒漠，而我，就像一个孤魂野鬼'，还记得吗——《呼啸山庄》？"

陆涛点点头。

米莱上去抓住陆涛胸前的领带："记住，这是我最喜欢的一段话，上学时我念给你听，你说太酸了，受不了，我现在告诉你，我觉得一点也不酸，每一个字都让我——特激动！"

"米莱，你说的每一字都让我特内疚！"

"第一，我命令你不许内疚！第二，我要你好起来！"

陆涛点头："我都能做到！"

米莱脆声说："记住，跟夏琳在一起的时候，你一会儿兴高采烈，一会儿垂头丧气，完全像个蠢货！现在，夏琳走了，你归我！等她回来以后，我要让你变回那个了不起的陆涛！我要把你推到夏琳面前，让她看看，到底我们俩谁对你好！"

"可我对你们谁都不好。"

"记住，在这个世界上，男人女人各有分工，男人主要用来对女人使坏，女人主要用来对男人好，以前，我对这种混账分工非常不满意，现在，我认命啦！"

"米莱——"

"住嘴！你只要记住最后一点就够了，那就是，只要你允许我对你好，那我就高兴，你要是敢不允许，我就不高兴！这就是我这个老姑娘的怪脾气！给我上车！"

陆涛看着米莱，又看看空空的停车场，眼泪慢慢地流下来。

"陆涛，你这个混蛋！这是你第一次为我而哭！谢谢！"说着，米莱给陆涛鞠了一个躬，接着走到车尾，对陆涛做了一个幅度很大的请倒车的手势。

陆涛上了车，把车倒出来，他就从反光镜里看着米莱的脸，把车开走了。

忽然，陆涛的车停住了，他从天窗里把头伸出去，对着米莱大声喊："米莱，对不起！"

米莱跳起来喊："滚蛋！快去想办法帮我挣钱！没看见嘛，为了一点蝇头小利，我把人都搭进去啦！滚蛋！下次你真来了我再告诉你小路怎么走！"

❀ 行不行

陆涛在父母家不远的小公园里找到陆亚迅。

看见瘦得不成样子的陆涛，陆亚迅叹口气："怎么突然想起回家了？"

"想和你商量件急事儿！"

陆亚迅笑了："你可是从来不听我的意见啊。"

"你的意见老那么正确，我听起来自卑还不行？"

"那你可要鼓起勇气听。"

"我这回就是鼓起了勇气！"

"说吧。"

"我能请你这个盖房子的前辈吃顿饭吗？"

陆亚迅笑了："请我喝杯茶就行了。"

陆涛把陆亚迅带到北海后海的一家临湖茶室，向陆亚迅讲了他的整套想法，陆亚迅一边喝茶一边静静地听着，中间没插一句嘴。

陆涛就没完没了地说了两个小时，然后他才喝了一口陆亚迅推过来的茶："刚才我说的行不行？"

陆亚迅敲着桌子，眼望窗外："节能房，节能房，节能房——"

"到底行不行？"

"不简单啊，要造节能房？"陆亚迅露出笑容。

"到底行不行啊？"

"这问题你算是问对人儿了。"

"陆亚迅，你要急死我呀！"

"主意不错嘛，我支持，中国本来就没什么资源，还穷浪费，目光短浅，新技术往哪儿都用，就不往房子上用，你们就往房子里多投一点钱又怎么了？中国人一辈子买的最贵的一件东西就是房子，买的还是最差的那一种，现在这地产商挣钱完全挣疯了——"

"你怎么牢骚这么多？"

"说说罢了。"

"那节能房——"

"我不久前接触了一个专门做节能房的公司，他们在全国高校转了一年多，做技术推广，报告做了上百场，效果并不好，人们还没有认识到节能的重要性，他们没有商业包装，说的都是实打实的事儿，这年头儿，这样的公司竟然没市场！可笑！陆涛，现在房托儿太多了，你们地产商自己夸自己就得了，还买通了媒体和经济学家，合伙儿骗老百姓，有本事儿啊，每条儿治你们地产商的政策下去，你们全都给转到买家手里，叫买家多花冤枉钱。这买家也太贱了，弄得卖楼的跟大爷似的，成天坐在那儿公开撒谎，什么要涨要涨，什么投资啊，什么奥运啊，就是不提房子怎么样，更不提他们从里面赚多少黑钱！难道大家就不能不买吗？我一个管规划的，干了一辈子竟然买不起一套房子，这价钱合理吗？不过话说回来，就是买得起我也不买，是真不值啊！什么CBD、什么花园别墅，胡说八道！全是破房子！工地上一个技术员儿就够了，陆涛，你拍拍良心，这事儿对吗？"

"别激动别激动，你是生我的气，还是生地产商的气？"

"我就生你的气。"

"我跟那帮地产商可不是一拨儿的——"

"你做地产不到四年，挣的比我一百年挣的还多，我问你干吗把房子卖那么贵？"

"我跟你说，还不是买的人相互攀比，越贵越买。"

"要不是你们花钱做宣传，人家能买吗？房价降下来你就不神气了。"

"据我所知，地产商根本不怕降价，降价百分之三十他们也有的挣，他们也不怕赔，地产商的钱都是银行的，大不了公司破产清算，银行接手一大堆破毛坯房，反正地产商自己早挣够了。国家也不怕降价，国家就是想让房子便宜下来，改善更多家庭的居住条件！国家更愿意人民把买房的钱拿出一部分来在其他方面消费，你想想，全国人民都勒紧裤腰带买房这事儿对吗？我告诉你，只有炒房的才怕降价，一降他们就完了。"

"炒房的赔了其实好，让大家知道炒房不合适，太缺德还有风险！炒什么都行，就是不能炒房子，房子是老百姓的梦想，左手拿着人家的梦想在前面逗人家，右手往人家钱包里伸，这事儿太混蛋！"

"同意！其实我知道现在的地产商真怕什么？"陆涛得意地笑道。

❀　我要推出节能房

又是一小时后，父子俩来到湖边，一边走一边仍在激动地说着。

陆亚迅的声音提高了一倍："我也知道！还不是怕大家不买？地产商自己肯定有好房住了，他从银行借那么多钱出来盖一堆毛坯房干什么？我看这一拨儿地产商只有一个目的，就是拿银行的钱，实现自己的强人梦……却想让我们买单，我就不买！上次和你妈去了趟售楼处看看，差点没把我气死，从谈房子的方式到签合同，没有一句不是在骗人……我告诉他们我是规划局的，他们还不信，看我穿得普通一点，就不搭理我……我转身就走了，我发誓，我就不买，一辈子不买！"

"对！地产商就怕你这样的！你知道大家不买是什么后果吗？"

"你说。"

"第一阶段，地产商先是虚张声势，说长远看还得涨，早涨晚涨一回事儿。第二，地产商会假装用事实说话，真的涨，反正也卖不出去，那就涨一点吧。第三，地产商会等待，这期间花很少的钱雇房托儿在电视报纸上瞎分析，叫想买的人心乱如麻，有沉不住气的就去买，刚一买，房价就开始降了，其实……住的地儿谁都有，你看现在有几个人住大街上？大家使劲儿买房就是怕房价涨得太快，以后永远买不起，所以，只要有一点可能，就攀比着往上猛扑，付着利息，担着心，有什么意思啊！不过物极必反，这商业社会是大家的社会，如果对某一拨儿人太有利了，对另一拨人太不利了，就不可能长久，谁比谁傻呀！"

"说得对。"

"所以，我估计，这第四阶段用不了一年就会到来，世界上没有一个人会守着一大堆自己不住的空房子，除非是看房子的人才会这么干！而且，地产商百分之一百的都是鸡贼，那些赌徒型的，资金链就会撑不住，心想守空房还不如守着钱呢，于是，鸡贼里的鸡贼就会跳水，其他地产商就会深受其害，下面就轮到地产商表演火拼了，你甩我更甩，谁甩得早谁就主动，你降三百，他降八百，你降一千他降二千，还有特颓的干脆就破罐破摔、真的赔本大甩卖，社会上会有一大批买主变成负资产，他们弄不好花上十来年才能挽回损失，他们会告诉他们的孩子，绝不能随便买房子……降价百分之十只是开始，但仍会有一批想抄底的人进来买房，他们会倒下；房价降过百分之二十，就有很多人的首付就算白交了，等于全额贷款，这时进来抄底的人仍会倒下；降过百分之三十，大家全都愣了，底在哪里呢？香港那么小，人比北京集中多了吧？房价还降了一半多呢……所以这底就是没底……炒家这时该想通了吧？守着一套不住的房子，还不如守着现金呢，随时可用啊，要那么多房子干什么？带不走，拿不动，要是需要时不时住一下，还不如去住饭店！再往下降，那就有意思了，大家终于有机会冷静下来，想一想，我到底要不要买一套房子？那样值吗？如果我真要买，买什么样的？媒体上也会有人为地产商算一算账，他们赔了多少，他们应该建什么样的房子才能不赔……只要大家都不冲动了，都停下想一想，这房子才能往正路上走，以后大家买房就看自己真实的需要，主要看房子的位置以及质量，那时候，我要推出节能房！"

两人走到陆涛车边，陆涛为陆亚迅打开车门，陆亚迅上了车，陆涛把车开动。

"陆涛，有时候，人们是停不下来的。"陆亚迅终于又说了一句。

"我估计快了，现在房价在加速涨，涨得越快，拉升的幅度也越大，直升到买得起的人不想再买了，够着买的人压力大到恨不能急疯了，而剩下的人不仅是真买不起了，而且是怎么也买不起了，到那时候，僵持就会开始，一旦成交量越缩越小，就连想买的人也得停一停，去想一想，为什么现在大家都不买？是不是还是太贵了？到那时候，就能进入我说的第一阶段……我有的是时间，等到那个时候，我杀回来当地产商，就是想造出好房子，我不喜欢现在这种局面，大家买的是地，而不是房子，买地要我这个专业人员有什么用？我的理想是造出好房子，房价不稳定，我的专业优势一点也显不出来，中国的节能房也提不到日程上来。"

"这样吧，陆涛，我给你约一下那个节能公司的老总，你们一定谈得来，我支持你造出好房子！"

"这可是你第一次支持我，说话算数啊？"

"废话！我是你爸，我必须支持你，我完全不能不支持你，我不支持你谁支持你！"

✽ 梦开始的地方

陆涛没有食言，第二天，陆涛一身西装，精神抖擞地提着一个真皮手提包，来到米立熊办公室，让他感到意外的是，办公室里除了米立熊和米莱，还有方德昭。

还没等米立熊说话，方德昭就站起来："陆涛，好长时间不见了。"

陆涛点点头坐下，把包放在桌子上。

米立熊笑一笑："我们正在合作一个项目。"

"米总方总早。"陆涛说着，打开提包，从里面拿出一摞资料，小心翼翼地放在桌上。

"早，陆涛，这是什么？"米立熊问。

陆涛脸上又露出以前特有的自信的微笑："节能房。"

节能房的想法让米立熊很感兴趣，于是由陆涛牵头儿，带着米立熊与方德昭开始考察项目。首先他接洽了一个节能的老总赵伟义，赵伟义一说起节能房来就收不住嘴："节能房——恒温恒湿、绿色环保、节约能源、人性化，我们一共整合了发达国家的八大节能系统，这些技术十分成熟，用来实现我们的要求，这就是那样一种住宅，根据调研，建筑费用每平米将增加大约一千元人民币——现在很多开发商做楼盘之前做一个市调，调查这个地区有多少楼盘，开发商是怎么样的，就缺少调查生活方式发生了多大的变化——我们提供新的生活方式，又节省又舒适——"

赵伟义还带着陆涛、米莱、灵姗、方德昭、米立熊参观一个节能房的现场，一边看一边做技术讲解："这是一种最新颖的建筑用高科技玻璃产品——光电玻璃。它采用光伏电池、广电板技术，把太阳光转化为能被人们利用的电能。我们在超低能耗楼的南立面装上单晶硅光电玻璃，设计峰值发电能力为五千瓦，位于结构夹层外侧，不影响采光，同时与单元式双层皮幕墙结合组成光电幕墙，光电幕墙的电能是一种净能源，发电过程中不消耗宝贵的自然能源，也无废气、无噪声，不会污染环境，是一种'绿色幕墙'，既能满足装饰、围护的功能，同时又产生电能，达到环保、节能的目的——"

无论是陆涛还是赵伟义，都让米立熊十分兴奋，很快，他便把公司的董事们找来，开了一个大会，让陆涛全面而系统地将节能房的理念讲给董事们听，这是立项的关键，为了增强说服力，陆涛还给项目起了一个名字，他对董事们讲的第一句话是："这个项目叫做'田园牧歌'，它要传达出的信息是，在喧闹的都市里，我们也能过田园牧歌般的生活。"

✽ 父女之间

当天夜里，董事们开会，米莱在等着米立熊回来，米立熊深夜才到家，一进门，便对米莱摇了摇头。

"项目有什么问题？"米莱问。

米立熊坐进沙发里，点燃一支烟，半天才说："只有方德昭愿意投资。"

米莱想了想，又问："陆涛当项目经理有什么问题？"

"会有一些问题。"

"什么问题？"

"他有自己的创意，他的创意很实际，并且，他的关系网和他的技术手段可以支持他完成他的想法。不过，在这个过程中，涉及太多的生意，我从他的话里，一点也没有听出他在生意上有什么经验，以前可能一直是徐志森罩着他——"

"那——这事儿干不干？"

"如果有个人可以帮他控制住成本，耐心地协调、处理好与合作者的关系，那么，我想他就能充分发挥他的能力，但如果没有这个人，那么他也可能失败——他并不是很成熟啊。"

"我帮他。"米莱干脆地说。

米立熊扬起眉毛："你？"

第二天中午，米莱把陆涛约到一个国际俱乐部的露天咖啡座谈项目，陆涛第一句就问："有消息吗？"

"只有一个人愿意投资。"米莱淡淡地说。

"方德昭！"

"对。"

陆涛叹了口气："他们不相信我。"

"我爸在想这件事，我也不知道他会作什么决定。"

陆涛点点头。

"你是什么态度？"

"我？我只是作了一个项目策划。"

"我看你最近精神好多了。"

"我一工作，就不胡思乱想了。"

"你想夏琳吗？你不想去巴黎看看她？"

"去了也没有用，夏琳最烦死缠烂打的人了，我觉得，她跟我在一起不高兴，希望她有一段时间跟自己在一起。"

"那你想她吗？"

陆涛笑了："想得都想不起来了！"

米莱拿起电话晃一晃："这话我立刻转告夏琳！"

"别啊——"

"你还行，没有在我面前作出对夏琳一片深情的样子刺激我，算你尊重我！"

"我本来就尊重你。"

"谢谢——我问你，你愿意当我的同事吗？"

"你什么意思？"

"你会骗我吗？"米莱严肃地问道。

❀　　你要给自己留一项权力

当米莱认定自己可以信任陆涛的时候，她便决定推动事情的发展。下午，她赶到马场，米立熊正在那里骑马，见到气喘吁吁的米莱，把马勒住。

"陆涛是什么态度？"

"他态度很好，他希望作成这个项目。"

米立熊下了马，牵着马和米莱走。

"项目倒是个好项目，有水准。"

"爸，你到底对陆涛哪里不放心？"

"陆涛——陆涛，也许他对价钱并不是十分敏感，谈合同的时候可能会不冷静，他有大局观，却不一定知道积小胜成大胜，他的想法做出来有可能十分出色，但成本不一定能被现实接受。"

"我懂了，爸。"

"陆涛还是有点学生气。"

"爸你说得对，陆涛一直生活在比较友善的环境里，没什么城府，有时候会意气用事，缺乏防范意识，如果我们没有被骗过，那么，我可能现在和他一样。"

"所以说嘛，人从每一件事中都能学到东西，吃一堑长一智——米莱，如果我们干这一件事，你要给自己留一项权力，用来控制事态进展，凡是款项涉及中等数额的合同，必须有我的签字才能有效，大的决定，必须由我们来做——"

❀ 鸟枪换炮

同一天，在露露蛋糕店，华子放在柜台后面的手机忽然响了，露露拿起来："华子，电话！"

华子走过来接电话："喂？我是华子。"

"我是猪头，是谁说过要让我帮着挣钱来着？"

晚上，华子和露露来到猪头新成立的公司，猪头在前面走，露露和华子后面跟着。

"瞧，咱现在也鸟枪换炮了！正规化了！这是我的投资公司，不是吹出来的吧，摆这儿呢，十好几员工呢，可不是闹着玩的！以后，要是有什么好项目，缺钱找我，谁让咱是朋友呢，是不是？看，这是我的总裁办公室，这是财务室，这是办公大厅，这是会议室，唉，你们知道什么叫'知本家'吗？我告诉你们，我就是'知本家'！有知识，有本事儿，有车有房想有家就有家——我告诉你们，我这可不是摆排场，是正格的开干——谁不服想开开眼界？我一个电话叫好几个海归博士连夜跑过来冲我三鞠躬你们信不信？"

猪头一回头，发现华子和露露都原地站着："怎么了？客气呀？你们怎么了？"

露露小声说："你怎么了！一个人儿在前面自言自语转半天了，我们看得眼睛都花了。"

"这不介绍介绍我猪头的最新动态嘛，我不说你们哪儿知道呀？我告诉你们，这儿可不是我趁别人下班租下来的地儿，这是我自己的公司，野马投资公司！……哎，名字怎么样？我自个儿起的！"

"别说，真比叫野驴投资公司强——哎，猪头你还嫌你路子不够野啊？"

"这名字是我花八万块钱找批八字儿的批的，你以为呢！哎，我说，诸位初来乍到，怕你们认生，我把这儿的人全轰走了，想加班都不行，哎，就当自己家啊，一切随意，想喝什么？有咖啡啊，那边还有一厕所——怎么就说到厕所啦，什么乱七八糟的，我说什么呢！"

露露和华子笑了起来。

猪头看着露露。

"我们希望你能坐下说。"露露说道。

华子笑了起来。

"得得得，去会议室，会议室，我平时爱在我的总裁办公室待着，来客人了就请到会议室。哎，华子，还记得我们做出版倒闭的时候我跟你说的话吗？"

华子摇摇头："那么倒霉的事儿，我早忘了。"

"算了，我也不提了，华子，露露，以后我的事儿就是你们的事儿，你们的事也是我的事儿，怎么着，华子，看见了吧，这不就是东山再起吗？太容易了！"说完回过头，推开会议室的门，走了进去。

露露看着华子。

"他就这样，一有钱就得意忘形，认识那么长时间了，一点没变，走，进去坐坐。"

一进会议室，只见猪头把一个大烟灰缸推过来，然后从后面的一个小冰箱里拿出三瓶啤酒和三个纸杯子，猪头得意地说道："华子，你见过有人往公司会议室放啤酒的吗？我这儿有！来，先喝一杯，还是凉的呢！"

说着，把酒瓶打开，一人倒了一杯。没等华子动手，猪头率先一饮而尽。

"露露，"猪头问，"知道我和华子是在哪儿认识的吗？炮儿局！"

"真的？"

"骗你是大孙子，哎，华子，知道往我这公司投钱的人是哪儿认识的吗？"

"我哪儿知道？"

"还是炮儿局——唉，你说这事儿怪了，我的朋友怎么都是从炮儿局里认识的？连我自己都想问一句……我猪头是什么人，我的朋友又是什么人？"说罢，自己也笑了起来。

这酒一喝就到半夜，猪头拉住华子，反反复复只说一件事："记住，缺项目，非常缺项目，严重的缺项目，帮我找，找着了就是你的——和我的了——"

华子只好连连点头。

猪头看看露露："老弟，该挣钱了，不为自己挣，也要为露露想一想，人家跟着你混，是看得起你——"

露露看了一眼猪头，然后踢了华子一脚："听到啦？这可是你大哥语重心长的话啊！"

❀　我要求提高待遇

为了找到米莱说的马场，陆涛足足多绕了两个小时，当他见到米莱的时候，已是黄昏，米莱牵着一匹瘦马，正像一个小可怜儿一样伫立在夕阳里。

两人来到马场另一处较为平坦的地方，陆涛在前面牵着马走，米莱骑在马上。

"停！"米莱叫道。

陆涛停下。

"我跟马说呢，谁让你停了？"米莱叫道。

"停什么呀，今儿天气多好啊，我还想再遛遛马和你呢！"

米莱从马上翻下来："陆涛，咱们今天的目标你忘了？"

"没有。"

"再重复一遍！"

"不就是重建你我之间的关系吗？"

"为什么？"

"我们以后要一起工作！"

"那你再说说怎么办？"

"你不是觉得咱俩儿的关系太紧了，需要松一松嘛，我不是一直响应呢吗？"

"那你是什么意见？"

"我的意见是，随你！"

"不行，我还是觉得不行，只要是跟你在一起，我心里就发紧，一点也无法冷静！我不能天天装着和你是同事的样子呀？"

"那就再上马吧，我接着遛你们。"

米莱爬上马背："我怎么就是不能像对一个平常人那样对你呢？"

"是啊！我也奇怪呢。"

"你！你还敢奇怪，是不是想气死我呀？"

"我怎么啦？"

"因为你早就把我当成一个一般人啦！"

"我可没有啊！"

"那你说说，在你心里，我是什么人？"

"初恋情人呗！"

"过气儿的初恋情人！现在你心里红得发紫的是夏琳！你就爱牵着她的破手到处瞎走，到我这儿，就剩下牵着憔悴的我、和我可怜的英国瘦马——"

陆涛想说什么，米莱高举马鞭，提高声调："我要求提高待遇！我迫切要求，提高待遇！"

陆涛笑了："那我揪着你的马鞭子走吧？"

天快黑的时候，两人还在马场上散步，陆涛在前面走，中间拉着一条马鞭，米莱跟在后面。

"我还是觉得不行！"米莱宣布。

"为什么？"

米莱长出一口气："你老在前面，我跟后面，老让我觉得我在追你！"

"那我跟你后面走吧？"

"那就更不行了！"

"那又为什么？"

"那样我就看不见你了！"

陆涛长叹一声："哎，米总，你怎么那么拧巴啊，来句痛快话儿，到底怎么着吧？说！"

"痛快话儿？痛快话儿应该谁说你想想吧你！"说着，一把夺回马鞭，扔到远处，接着，伸出一只手，闭上眼睛。

陆涛看着米莱的脸在暮色中闪着光，显得十分迷人，他把手伸了过去。

米莱抓住了他的手，那么多年了，她感到自己再一次抓住他。

"你带我去哪里？"米莱问。

"麦当劳怎么样？"

米莱睁开眼睛："你还记得？"

陆涛点点头。

"那是我以前觉得最幸福的地方。"

陆涛笑了。

"直到现在，我也再没去过，连美国的都没去过，我恨全世界所有的麦当劳！"米莱说着也笑一笑，"其实我是害怕全世界所有的麦当劳——那是我伤心之地。"

❀　时光倒流

米莱的话让陆涛感到非常震惊，他没想到多年前的事给米莱造成那么大的创痛，现在，在他看来，他有责任帮助她恢复过来，他把车开回北京市区，停在一家麦当劳餐厅门前，两人进入餐厅，两人排队，米莱排陆涛后面。

米莱凑到陆涛的肩膀边上："真香！"

陆涛回头。

米莱一把把他的头推回去："没说你，我说这里面的味儿呢！"

两人接着排队。

一会儿，米莱又在陆涛背后的耳边小声说："夏琳临走前，我们见了一面。"

陆涛回过头："她跟你说了什么？"

"有你这么说话的吗？"米莱不满的声音响起。

陆涛眨眨眼睛。

"自己想去！"米莱说。

陆涛接着排队，一会儿又回过头来："你们俩说了些什么？"

"还是不对！"米莱说。

陆涛再次回过头，片刻又回过来："你跟她说了些什么？"

米莱笑了："这还差不多！我想想吧。"

陆涛转回去接着排队，米莱凑到他耳边："夏琳对我说——"

"说什么？"

"夏琳说，"米莱学夏琳的腔调，"公平一点说，也许你比我对陆涛更有感情，我看得出来。"

陆涛愣了一下："啊，知道了。"

说完转回身去。

米莱踢了陆涛一脚："人家夏琳都看出来了！"

"夏琳还说了什么？"

米莱捅他："排队！"

陆涛刚要回头说什么，服务员叫道："先生，您排到了！"

米莱从后面一把抱住陆涛的肩膀，把他推到柜台前："哈哈！夏琳说的就是这个！她说我排队排到啦！我占座儿去了，记住，我要我的老三样儿！"

吃完麦当劳，两人出来，就在这一条商业街上走。

夜色中，到处霓虹闪烁，空气中飘荡着食品的香味儿，看来米莱高兴了，陆涛想一劳永逸地解决问题，他推一推米莱："说，你还有哪儿不能去？"

"凡是以前咱俩去过的地儿，我都不能去！别说去，一走近我就哭！想想看，我在美国竟然没吃一次肯德鸡、麦当劳、比萨饼，你能想象吗？你害死我了你！"

陆涛向四周看看："你说说还有哪儿，咱就近先去？"

米莱高兴地两臂伸开，踢起一脚："多啦！太多啦！"

"没事儿！咱有的是时间，一个一个去！"

米莱狂笑："哈哈哈哈！"

"你怎么啦？"

米莱跳起来大喊："我得救啦！我解放啦！我自由啦——哎，我又想起一个，跟我来！"说着向前面跑去。

陆涛追上去。

米莱灵巧地绕过行人，沿着街跑。

不远处，一个熟悉的冰激凌店跃入陆涛的眼帘，米莱跑到门口，推开门就往里冲，陆涛跟上去，突然，米莱推着门，两臂伸开，猛一转身，往上一跳，陆涛正好儿一下抱住米莱，米莱把两条腿盘在陆涛腰上。

米莱大笑："你又上当啦！"

陆涛看着米莱的脸，米莱也看着陆涛的脸，她的笑容渐渐收住。

陆涛想说什么，米莱轻轻摇摇头。

陆涛把米莱放下。

米莱笑："谢谢你！"

"米莱，我以前太坏了，我从没想到这几年你是这么过来的！"

米莱撒娇："是，我被你坑惨了！"

"我还能为你做什么？"

"买冰激凌！全世界只有你才知道我最爱吃的那种口味。"

"还有你自己。"

米莱眼泪一下子流了下来："我已经忘了，连冰激凌是什么味儿我都忘了，"她的声音在一刹那变得尖厉，"我再也没有吃过冰激凌！"

陆涛感到自己快哭了，他抱住米莱的肩膀往里走："香草和咖啡！"

两人来到柜台前，米莱哭着对售货员说："我是香草，他是咖啡。"

陆涛点点头："香草和咖啡，一样两份儿！"

售货小姐诧异地发现陆涛在流着眼泪，被弄蒙了的小姐愣愣地问："先生您刚才说什么？"

陆涛毫不掩饰地擦眼："我说香草和咖啡，我说各要两份儿，我说我要两份咖啡——"

米莱走过来哭："我要两份香草——"

小姐拿来两个小盆，一边放了两个香草球，一边放了两个咖啡球，端到他们面前。

米莱哭得更厉害了："不是这样的！"

陆涛哭着比划："对，不是这样——请把他们放在一个，一个纸杯里——"

米莱边哭边用手做着搅拌的动作，用不清楚的声音说："混起来——"

忽然，她受不了了，蹲在地上使劲地哭起来。

陆涛跺跺脚，擦干眼泪："对不起，小姐，对不起！"

他也说不下去了，只好转身，走了一圈儿，发现身后是几个排队的人，都看着他们。

陆涛对那些人说："对不起，对不起，请等一下，"他转回来，长舒一口气，咬着牙，努力说了半天，才发得出声音："把两份混起来，混匀！"

小姐把两种冰激凌混和起来，然后插上两把冰激凌勺儿。

米莱正好站起来，一看，又蹲下去哭了。

陆涛蹲下去看她："米莱！你怎么了？"

米莱放下两只手哭得更伤心了："不是那样的！"

陆涛站起来，看一眼服务员，拔掉一把小勺儿，放回柜台上，然后蹲下去，用剩下的一把一小勺儿在米莱面前晃晃。

米莱又哭又笑："就是这样儿的。"

"米莱，振作起来，来，站起来，走，咱吃冰激凌去！"

说着，一手拿着冰激凌，一手拉起米莱，往远处的座位边儿上走，他与米莱一样，被一种强大的伤感痛击，他内疚而难过，为那些突然倒流回来的时光。

❀　　那才是我的幸福

半小时后，两人重新回到车内，陆涛开着车，米莱坐在他身边。

米莱严肃而平静地说："这是我的座位。"

陆涛点点头。

"夏琳不在的时候，我就坐在这里。"

陆涛再次点点头。

米莱不看陆涛，微笑："你比以前更好了。"

陆涛咬着牙，使劲地摇摇头。

米莱看一眼陆涛："你现在送我回家——以前你经常送我。"

陆涛使劲地摇摇头，他想说"我错了"，却说不出。

一路上，两人再没有说一句话，直至米莱忽然面无表情地说："到了。"

前面是米莱家，别墅门前有一个小花园，一个小铁门半开半合，门旁有一盏灯发出昏黄的灯火。陆涛从车里钻出来，把米莱的车门打开，米莱慢慢地出来。

"谢谢你，以后在办公室见面，我会很自然地对待你，不会紧张，不会觉得你随时会跑，不会觉得我又傻又笨。"

"米莱，我还能为你做什么，做什么都可以！"

米莱慢慢地说："以前，你总是坑富家女，你和华子还有向南一起，用各种玩笑骗我为你们付账，养成我一个坏习惯，就是爱为你们刷卡，你们吃得越多，我就越高兴，我在小摊儿上买衣服，回去让夏琳改两下，再让杨晓芸随便往上缝点儿东西，就跟我爸说是两千一件，我爸从来都相信我，我穿什么他都觉得好看，其实我的衣服才是我们三个里面最便宜的，你知道吗？"

陆涛摇摇头："我当时没看出来——那时候我们太叛逆了，有仇富心理，觉得坑你是应该的。"

米莱接着慢慢地说："给你讲个道理，你听清楚——让我付账是应该的——但离开我是不应该的。"

陆涛点点头。

米莱的声音变得越来越像是梦幻："你那么坏，我还是喜欢你，我就喜欢你坏。我喜欢你在使坏之前的眼神，坏主意总是你最先想出来的，还和你的狗腿子，向南、华子和高强，你们四个，相互看一眼，笑一下，心领神会，然后就去捣乱。我觉得真痛快，我爱跟着你们，我喜欢看你们无法无天的表演，我买一张话剧票，你坐在那里，一会儿就能画出三张来，然后大家一起去看话剧。我脸脏了，你偷人家汽车里的纸巾盒，给我擦脸。我羡慕你们，因为你们是男孩，你们老是引起围观，被抓住了也无所谓。我喜欢你满不在乎的样子，我觉得特来劲，特帅，我一直想变成一个男孩跟你们一起干——但我是一个女孩，只能在后面给你们望风，为你们刷卡，想办法捞你们——"

陆涛慢慢地摇头："我错了，米莱，那时候，我可能，可能是一直把你当哥们儿。"

米莱摇头："我是女孩儿。"

陆涛咬着嘴唇再次摇摇头："对不起，米莱。"

"我只骗过你一次。"米莱说。

陆涛看着她，等她说下去。

"有一次，我们一起吃完饭逃单，你们四个跑了，把我落在后面，你们等了我半天，我找到你们，我说我也跑掉了，其实我没有，他们抓住了我，我付了账。"

"我——我——"面对米莱那张忧伤而可爱的脸，他无法继续说下去。

米莱轻轻摇摇头："你真傻，陆涛，你一点儿也不理解我，"一丝笑意浮现在米莱的脸上，"知道吗，我刚才说的一切，所有的一切——那才是我的幸福。"

❁　　我还有一个问题

就在同时，华子的蛋糕店收摊了，最后一个店员打了声招呼走了，露露弟坐在一边看电视，表情严肃，露露抱着存钱箱数钱："华子，有一事儿我得跟你商量商量。"

华子也在数："说吧。"

"我妈想来北京玩儿。"

"成啊！现在咱生意还成，正好儿你们一家人团聚，生意你甭管了，我盯着就行了，带你妈和你弟到处转转，给他们多花点儿钱，让他们享受享受！"

"你答应啦？"

"当然啦——那怎么着也是我未来的丈母娘和小叔子啊！"

露露抱住华子亲了一口："华子你真好！"

"好不好瞎好！"

露露拉住华子的手："我妈从小儿最疼我，五块钱的盒饭，菜都给我，她吃白饭。"

"嗯哪！"

"那我今儿晚上就给我妈打电话了？"

"成——不过——"

"不过什么？"

"你带他们玩吧，你们是一家子，我就不掺和了——"

"可是我妈想见见你！"

"这没问题，我开车接她的时候见一面，叫她一声'阿姨您来啦'，送她走的时候再见一面，再叫一声'阿姨您走好'，这叫两面儿定印象！"说着，华子眨眨眼睛，"哎，回头你帮我问问，像我这种——印象派的——新好男人——到底给她留下的是——好印象还是——坏印象？"

露露笑了："行——可是，华子，我还有一个问题。"

华子有点颓了："说来听听吧——"

"我妈——我妈来了住哪儿呢？"

✿ 你说怎么办

一星期后，露露带着弟弟在北京火车站接到她妈，一家人见面特别高兴，不过以前提到的那个问题仍是悬而未决，露露就在站台上打电话给华子，不料听到的是华子醉醺醺的声音。

"华子，我是露露。"

"你好。"

"你喝多了吧？"

"没有，我从来喝不多，露露，我告诉你，我长这么大都不知道什么叫醉醺醺的感觉！"

"我有事儿找你。"

"欢迎欢迎，快来呀，我在麦子店儿把口儿，这饭馆叫金三角儿！"

华子对面坐着猪头，他也喝多了，一把搂住华子："谁呀，谁呀？叫来叫来，我请客！都叫来，服务员，你把所有的菜都再热热，我们的朋友要来接着吃！"

露露摇了摇电话，跑到一边："我就知道关键时刻你给我掉链子！都什么呀——算了，以后再说吧，你接着喝吧。"

"好吧，没事儿给我打电话。"

露露挂了电话，左右看看，拎着行李，拉着露露弟和妈向站台外走去。

在饭馆里，猪头指着装醉的华子："行啊，华子，没想到你还是一表演艺术家啊！"

"哥们儿可不是搞表演，是真遇上难事儿啦！"

"什么事儿不跟我说？"

"露露把她妈接来了，没地儿住，你说我怎么办？"

"赶紧找项目，挣钱给人家买房呀！"

"是啊，我这不找呢嘛，可这远水也解不了近渴呀！"

"华子，不是我说你，这就是你的不对了，跟人家露露好，就得真好，人家为什么跟你，不就图一个结婚生孩子，把家里人儿接来一起过日子嘛！"

"我知道！"

"那你闪人家，合适吗？"

"你说怎么办？"

✿ 先吃饭

露露感到委屈，第一次从心里怪华子，她带着妈和弟弟在一个小旅店前下了出租车，这时华子的电话来了，露露没好气儿地接了，华子问明情况，果断地说："别住那儿了，不合适，我马上去，你就在那儿等我。"

"那住哪儿？"

"住家里。"

"地儿不够呀，你怎么办？"

"再说吧，我自己想办法——我马上过去。"

半小时后，华子的车开过来了。露露高兴地指着前面："看，我男朋友的车来了！"

华子的车就停在露露妈面前，他跳下车："阿姨，您好，我叫华子，上车吧。"

"哎，我们家露露一直夸你好，说你老照顾她。"

"是露露好，老照顾我，来，行李给我。"说罢，提起行李，拉开后备箱门儿，把行李放进去，又回来拉开车门，让露露妈和露露弟弟上车，动作干净利落。

露露妈一直看着华子，觉得这小伙子挺帅的。

"去哪儿？"露露问。

"吃饭了吗？"

"没有。"

"先吃饭！"

华子把车开到附近的一个饭馆，和露露一家吃饭。

露露弟冲华子笑，华子也冲他笑。

露露弟冲露露妈笑，露露妈很吃惊，以前她从来没有见过露露弟笑，她问露露："你弟他——"

露露得意地说："妈，这是我教他的手艺！"

"手艺？"

"弟，再给妈笑一个！"

露露弟对露露妈笑，露露妈也笑，笑着笑着忽然哭了起来。

"妈，别哭啊，你说我弟这手艺好不好？"露露说。

"好，好。"

"妈，咱一家人终于团聚了！"

"是啊是啊，瞧，上了这么多菜！"

华子眼圈儿也红了："阿姨，吃！"

❀　　我住哪间屋

华子把露露一家安顿好，给陆涛打了一个电话，直接杀奔陆涛家，一进门，看见米莱也站在门口儿，华子向后退："哟，这事儿深啦，哥们儿还是走吧。"

陆涛拉住他："你和米莱前后脚儿！"

米莱一边脱鞋一边说："吓死我了华子，我还以为你跟踪我呢！说，是不是夏琳花钱雇你的？"

"真不是，我——"

米莱兴奋地在地上蹦了几下："陆涛，我来是有消息向你正式宣布！"

华子和陆涛都看米莱，米莱笑了，把鞋一踢，大声叫道："听着！从现在起，你已经成为'田园牧歌'的项目经理了！"

华子也学着米莱把鞋一踢："陆涛，我也向你正式宣布，哥们儿无家可归，投奔你来了！"

"你和露露不是挺好的嘛，怎么了？"米莱问。

"是挺好的。"

"那你这是什么意思？"陆涛也问。

"露露把她妈接北京玩来了，我那儿住不下了。"

"我还以为什么事儿呢！来，坐，哥们儿这退休生活缺伴儿的时候你不来，要干事业的时候你来了，你什么意思呀你！"

"我住哪间屋？"

"还剩两间你随便挑！"

"我能趁向南不在，把他那屋儿霸占了吗？"

"你们的事儿我不管！"

米莱笑起来。

华子点点头："成，就这么办！"

陆涛也学着米莱的样子："我也正式宣布：等向南下班儿以后，咱切球去！"

"解放啦！晚上切球去！"华子叫道。

"陆涛，我还没跟你说公司的事儿呢！"米莱说道。

"我哥们儿都来了，说什么公司的事儿呀！公司的事到公司说！"

晚上，向南下了班直奔台球厅，比陆涛一干人早到了一分钟，他"啪"地一声开了球，然后夸张地把手一挥："陆总，请！"

陆涛一抡球杆："来了！"

他摆出一个很夸张的姿势，上去就一杆，三个球撞了几下，黑8误撞入袋。

米莱和华子都笑了起来。

陆涛立刻码球："这盘儿不算！"

"你看你看，生意人的赖皮尾巴露出来了吧，误进了黑8怎么能不算？你们说，怎么能不算？"向南叫道。

华子冲上去一把抢过陆涛手里的球杆："不许耍赖！就你这种代表队的种子选手，也敢跟我们北京十强比台球，你疯了吧你！"

陆涛要往座位上坐，向南隔着案子伸出台球杆儿一指："陆总，不许耍赖！千万不要忘记，输了球是要码球的！"

华子刚码了两下，一听，又赶紧把球全放了回去，用手做了一个请的手式："陆总请！"

米莱哈哈大笑起来。

陆涛走过去一边码球一边冲远处大喊："老板！包场！请把这台球厅的大门反锁上！今儿晚上我们要血战到底！"

"你们血战到底，我怎么办呀？我还得回家睡觉呢！"米莱嘴一撇说道。

陆涛看了一眼米莱，迅速码完球往回走，仍夸张地向远处大唉："老板！我们的啦啦队队长撑不住了！想回家睡觉了！请在锁门前把她——轰出去！"

三个男的一齐狂笑起来，陆涛回到小桌边刚要坐，米莱生气地一脚踢开了陆涛要坐的椅子，陆涛一下子坐在地上。

大家笑得更厉害了。

米莱正色道："陆涛，我再向你宣布一个更重要的消息，你是项目经理，我是项目总监，从明天开始，你将在我手下打工！以我的监督为荣！每天在我严厉的目光下浑身发抖！

过着生不如死的悲惨生活！想把我轰出去，没门儿！这就是你的下场！我的话说完了，起来吧，给我买饮料去，作为你的总监，刚才向你训话训得嗓子都干了，听老娘我说最后一句，我要喝可口可乐！"

向南和华子叫着好儿鼓起掌来！

华子做着夸张的手势："停！大家安静一下，听我说！陆涛，站起来！从现在开始，你要从失恋的痛苦和退休的阴影中走出来，去干事业！去谈恋爱！去吃饭！去喝酒！去打台球！"说着把上衣一脱，团成一团，扔到身后，"你要珍惜我和向南都没有的机会，你要替我们珍惜，特别珍惜，为了美好的明天去奋斗！"

旁边儿台子上有个形状滑稽的小痞子特别兴奋，他连蹿带蹦，挥舞着球杆儿尖声大叫："说得好！"

大家笑得更厉害了。

向南兴奋地跑过来："我也要对陆总训话！"

话音未落，华子扔出去的上衣在空中一个抛物线被扔了回来，正罩在他脸上，他一跤摔在陆涛身上。

陆涛坐在地上，一手抱着向南，一手挥着拳头对华子大喊："朋友们！我听到了！我记住了！谢谢！友谊万岁！"

向南费劲儿地把头钻出来："靠，哥们儿的友谊还没来得及说呢！"

❀ 在所不惜

就在此时，露露安顿弟弟和妈妈睡下，自己一个人来到窗前祈祷："爸，妈来了，我们一家人团聚了，我太高兴了，谁也不知我有多么高兴，我的梦想又增加了，那就是和他们不分开，永远也不分开，我要努力奋斗，实现这个最后的梦想，无论付出什么代价也在所不惜，请保佑我。"

❀ 十五亿

就在露露一家在天安门广场照相、故宫照相、颐和园照相、天坛照相的时候，米莱把陆涛带到他的新办公室。

"这办公室是我设计的，我知道你不满意——"

陆涛看了看，是个套间："非常满意。"

"我在那边，有事你可以敲这个门，也可以从外面走。"

陆涛点点头。

"这个门两边都可以锁，我的那一边，是永远开着的。"

这话说得两人都愣了一下，米莱低下头："再见，我过去了。"

陆涛决定，从今天开始奋斗，为了朋友们，为了米莱，也为了自己。

没过几天，米立熊便把陆涛叫到他的办公室，和方德昭三个人一起，对着一张将要拍卖的土地地图在商量，这三块地陆涛已经看过了，他对此早有设想。

"这三块地，18、21、22号，很适合我们盖节能房，东、西、南三面没有明显的遮挡物，18号地形状比较好，21号地前面有一条路穿过，最理想的，我认为是22号地，面积最大，距离环路有六百米，中间有绿色隔离带，听不到车声，把'田园牧歌'放在这里是最理想的——"

米立熊说："这很清楚，22号地条件最好，竞价一定很激烈，估计各地产公司都想拿这块地。"

方德昭也说："我们能不能给自己一点缓冲，不要那么绝对，如果22号地不行，我们就拿21号，21号不行，我们就拿18号，18号还不成，我们可以等下一次机会。"

"下一次机会？"陆涛提高声音，"到下一次的时候，我们还会觉得有下下次机会，我认为机会是拼出来和抢出来的，方伯伯的话我可以这么理解吗？我们先力拼18号地，如果不成，我们再去拼21号地，再不成，我们孤注一掷，不惜一切代价拿下最后的22号地！"

米立熊和方德昭相互看了看，又都把目光望向陆涛。

米立熊问："陆涛，你打算用什么价钱去拼？"

"起价是10亿，我打算拼到15亿。"

"节能房的造价，保守估计将增加每平米一千，你在地价上加进了百分之五十，那么，你的销售价将提高到起价每平米一万元，而这一片地区售价最高的公寓只是每平米八千，你认为有可能卖出去吗？"方德昭也问。

"完全有可能！"

"为什么？"

"因为整个北京还没有这样的房子，人们走进这个房子，就像从夏利坐进奔驰，它值这个价钱。"

"真是年轻人——敢于去想我们不敢想的事情。"方德昭说，陆涛完全听不出他是在夸自己还是话里有话。

米立熊想了想，说："陆涛，我们手上最终能筹集到的资金只有二十亿，如果预售的效果不好，我们的资金链就会断裂，那么，谁来收拾下面的局面？"

"投资总是有风险的——'田园牧歌'就是这样一个项目，这个盘子是个中级楼盘，我们可以一期一期来。"

"陆涛，我想问一句，你刚才说，人们走进这个房子，就像是从夏利走进奔驰，可是，奔驰不是在一天内成为奔驰的，我们凭什么能够在短期内造出奔驰车来？"米立熊问道。

"不是我们好，而是对手太急功近利了，所有的房地产公司都从艺术方面入手来造房子，花最少的钱取得最大的效果，而不是真材实料地从技术上下手，我们是。"

米立熊和方德昭交换了一下眼色，然后说："好吧，如果你有这个信心，那么我支持你。"

"那么我们的竞拍价——"陆涛问。

方德昭和米立熊再一次相互看了一眼。

"15亿！"米立熊拍板。

❀　　永远支持你

拍卖会上，陆涛发现徐志森也来了，起价10亿的22号标地被买家争夺得十分激烈，价格冲到了15亿上限后，陆涛没有看到米立熊对他摇头，举起了15.5亿，徐志森举了16亿，方德昭一把按住陆涛的手，低声对他说："陆涛，这不是数字，这是16亿，我们可以放弃了。"陆涛回头看了一眼徐志森，徐志森对他笑一笑，他顿时觉得血往上冲，竟举起了16.5亿，吃惊的米莱只听到方德昭简短地对米立熊说："他不会再出价了。"然后便走出了会场。

从拍卖场出来，陆涛失神地走到自己的车边，刚要上车，米立熊走过来，拍拍他的肩膀。

"陆涛，你来一下。"

陆涛跟着米立熊，来到米立熊的汽车边。

米立熊拉开后门坐了进去，陆涛也跟着坐了进去。

米立熊用手擦擦脸上的汗："陆涛，付完土地出让金，我们就没有多少资金了。"

"我想好了，我拿出我个人在这个项目中的全部管理股。"

米立熊长出一口气，拍拍陆涛的手："我再增加五千万投资，我会全部打到公司的账上，这件事过去了，就这么定了。"

陆涛点点头："也许，如果我们的资金链紧张，我们不得不负债施工了。"

"不要负债施工，那会很麻烦。"

陆涛点点头。

"这就是我全部能做的了，陆涛，方德昭对你今天的表现非常不满意，他不会再多出一分钱了，这你应该明白。"

"明白。"

"到此为止！陆涛，到此为止！你明白我的意思吗？"米立熊的语气变得严厉。

晚上回到家，陆涛意外地接到徐志森的电话，两人约在徐志森住的饭店的雪茄吧见面，一见面，陆涛便强压怒火，用强硬的口气问道："请先解释一下，为什么你们要抬22号标地的地价？"

"我没有抬价，我是在参加竞价，是你从我手里把那块地抢走的。"

"你想说什么？"

"我对你的项目不太放心，我刚刚和老方谈过，他很担忧，在这方面我有经验，我希望——我能为你做一点什么。"

"谢谢，现在不用。"

"陆涛，你听我说，有时候，你一开始抓到一手好牌，然后你就往上面押越来越大的赌注，赌注越压越大，有一天，你会再次翻开你的牌，它足够好吗？新能源、绿色、环保、人性化，谁会关心它？人们买房子是因为房子下面的那块地会升值……"

"徐总，请听我说，我知道的是，只要我造出好房子，就有人会买，我造得越好，买的人就越多，那房子就会越值钱——"

"看来，我们暂时不用谈了，今天你头脑不清楚，过一段时间，我再给你打电话，再见。"

徐志森站起来便走，陆涛追上去。

"徐总，等一等！"

徐志森停住："陆涛，你想请我说服老方，叫他按照超出预算的比例追加投资，是不是？"

陆涛点点头。

"所以我才走。"

"为什么？"

"因为那不可能。"

"为什么？"

"因为他没有错，错的是你。"

"我错在哪里？"

"你是项目经理，你必须为你的投资人考虑，他们的投资必须赢利。"

"他们会赢利！"

"这是你的信心而不是现实，现实是，至现在为止，方德昭认为这个项目风险非常大，大到难以控制！"

"你怎么认为？"

"我认为，老方是对的。"

"我请你支持我！"陆涛提高声调。

"以后不要对我说'请支持我'，我会支持你，永远支持你，这是无法改变的——不过，可能不是用你要求我的方式——那种方式无法成功。"

"谢谢。"陆涛失望地说。

徐志森也提高声调："陆涛，你以后也不要对我说谢谢，因为我们的关系，完全不是那种相互感谢的关系！我们之间，有更加紧密的关系！"

❀　　乌鸦嘴

地买下了，紧张的运作开始了，陆涛把"田园牧歌"的设计交给了老东家"凡尔赛"，课题组长是徐峥，这让他比较放心，设计合同签完后，陆涛送走徐峥，在公司的走廊里，意外地发现灵姗穿着正装低着头走过来。

两人错过时，陆涛叫道："你好，乌鸦嘴。"

灵姗转身："站住陆涛哥，你叫我什么？"

"我叫你小灵仙儿。"

"谢谢，我说的是挺灵的呀！"

"是是是，你怎么会在这里？"

"我不告诉你！"

"你在楼上你爸的办公室吧？"

"不告诉你！"

"那好吧，我有事儿，先走一步。"

"等一下。"说着，掏出一份礼物，"给！"

陆涛看也不看地装进口袋里："谢谢，再见。"

"HI，你就不问问我为什么到这儿来了？"

"那还用问，替你爸办事儿来的呗。"

灵姗顿时满脸通红："不是。"

"给我送礼物来的？"

"不是。"

"那为什么？"

灵姗想了想："我来上班。"

说罢，挤挤眼睛，转身走了。

陆涛想问什么，没问，也走了。

刚一进办公室，米莱便神色紧张地告诉他，方德昭走了，只让灵姗在这里晃一晃，过问一下项目的事儿。"这可不是好苗头。"米莱说。

✤ 福将

晚上，陆涛回到家，只见华子和向南坐在电视前闷闷不乐。

"怎么了？"他问。

"这回我是真瞎了。"华子叹口气。

"露露一家人还没走。"向南说。

"他们不想走了，成天买菜做饭的，过得还挺来劲，露露今天跑到蛋糕店告诉我，她妈挺喜欢北京，她想让她妈盯发廊。"华子说。

"工作狂，你那里情况怎么样？"向南问。

"开始不利。"陆涛说罢便进了自己的房间，他要把自己面临的局面好好想一想。

晚上，华子找猪头喝酒，华子上来连干三杯，接着又举起第四杯对猪头说："你再敬哥们儿我一杯苦酒吧？"

猪头笑笑，陪他喝了，然后问："哎，华子，最近好长时间没看见露露了。"

"别提这事儿了，咱还是谈项目去吧。"

"怎么了？"

"露露把她妈接来了，弄得我都住朋友那去了，她还想让我给她弟找工作呢——"

"你把她弟叫来。"

华子叫来了。

隔着饭桌，猪头打量着露露弟。

"他又聋又哑。"华子说。

猪头点点头，又看露露弟："他会什么？"

"就会笑。"

"笑？"

华子做了一个手势："弟，笑！"

露露弟笑。

猪头看着露露弟，他的脸色越变越高兴，忽然一巴掌拍向华子的肩膀："我很激动，非常激动，我太激动了，我就缺这个！"接着一拍露露弟，"就缺你！告儿你华子，我一直在找一个人，这个人能够在我的公司，在我身边，替我倒水擦桌子，同时，又听不到我们说的商业秘密，哥们儿有好多的商业秘密呢！说真格的，我特别需要这样一个人，我简直是天天在盼这个人，可以呀华子，真给我找来了，你肯定是我的福将！"

猪头伸出手，与露露弟握手。

"那他什么时候可以上班？"华子问。

"现在他就开始上班！服务员，你们能不能教会我们这位帅哥端茶递水啊？"

一个月后的一个中午，在露露蛋糕店，华子和露露在门口吃着盒饭。

露露深吸一口气："你回不回家了？"

“家里不是挤嘛，我在陆涛那再混一阵儿吧。”

“我妈挺好的，做的菜特好吃。”

华子没出声。

“其实没事儿，我买了一个沙发床，把厅的沙发换掉了，我妈可以睡外面的厅里。”

“我觉得有点别扭。”

“要不咱们结婚吧。”

“结婚我算什么，倒插门儿呀？”

这时，露露忽然看到弟弟走了过来，笑眯眯地把一个信封给了露露。

“发工资了？”露露问。

露露弟点头，露露打开信封，看了看里面的钱，又忙收回去，然后心花怒放地对华子叫道：“三千！我弟每个月能挣三千！华子，这样吧，咱租一个三居吧！”

“替他收好了，那是你弟弟的钱。”华子冷冷地说。

我不能再听了

为了作出很好的设计，陆涛夜以继日地投入工作，有一段时间，他天天泡在“凡尔赛”连米莱都见不到他，结果是，他这一点那一点地不停地超预算，引起了米立熊越来越强烈的不满，但陆涛坚持，他完全地陷入到一种使项目尽善尽美的想法中了。

这一天，他抱着效果图回公司，再次碰到灵姗，她正在自动饮水机前喝水。

“小灵仙儿！”陆涛叫道。

灵姗递给陆涛一杯水。

陆涛喝：“哎，你怎么一副不高兴的样子？”

“陆涛哥——”灵姗欲言又止。

“怎么啦？”

“因为你今天会遇到一些不高兴的事。”

“乌鸦嘴，我才不信！告诉你，我亲自为‘田园牧歌’设计两条彩虹，回头带你去看设计图，可漂亮了。”

半小时后，在陆涛的办公室，所有的人都在看陆涛拿出来的新设计，事实上，这已是第三次修改了，米立熊、徐峥、陆涛、米莱、灵姗都在听陆涛讲解。

“这是我们原来的设计，会所这里，你们看，现在，我要把会所建在天上，看，在这里，就像空中彩虹，把这两座楼连起来，夜里，这里的窗口露出灯光，真的会像彩虹，非常漂亮。”

徐峥展开另一份图纸：“就像这样，这是陆总亲自设计的。”

大家看完纷纷抬起头，鼓了鼓掌，新设计看起来的确很别致。

米立熊好像意识到什么，他皱了皱眉头，问徐峥：“很好，还有什么问题？”

徐峥放低声音：“预算会增加两千万。”

陆涛马上打断他：“钱不是问题，我们现在谈设计。”

“陆涛，你这个空中彩虹的收益呢？”米立熊问。

“那是我们后面考虑的事情。”

米立熊转身走了。

米莱拉着陆涛去追米立熊。

灵姗在后面小声儿说："对不起啊，陆涛哥。"

两人一直追到米立熊的办公室才追上，陆涛气喘吁吁地说："我私人可以出一千五百万，现金，还差五百万，我要这个设计，这个设计非常漂亮！"

米立熊有点失控："陆涛，你不能老是你要你要你要，像小孩一样，你知道——有时候，大人们给得起，有时候，给不起。"

"对不起，我刚才太激动了，说话没有注意方式。"

"这不是说话方式问题，而是——陆涛，你添的这个东西将使我们非常麻烦，新设计需要重新报批。"

"这没问题，我可以找陆亚迅。"

"最后五百万，最后的五百万，再也没有了。"米立熊气急败坏地说道。

"谢谢你，米总，我为北京谢谢你，北京将多出一个有特色的建筑，我也可以完成我的理想——我去通知他们，设计通过了！"陆涛兴奋地跑了。

米莱把门关上。

米立熊勃然大怒："他的理想，他的理想，我的钱，我买单，孩子，还是个孩子……"长叹一声，"米莱，对陆涛要小心小心再小心，这种事情我一听头就大，我不能再听了！"

✿ 陆涛没钱了

一天夜里，陆涛刚要上床睡觉，忽然连接两个电话，一个是米莱，一个是徐峥，还都说要面谈，放下电话，听到门铃响，陆涛去开门，露露走了进来。

"华子呢？"

"华子和猪头刚出去吃饭了，估计吃完了就回来，来，坐。"

露露坐下，深深地叹了一口气，面色憔悴，以前陆涛从未见过露露这样过。

"怎么了露露？"

"华子最近老和猪头在一起，连蛋糕店都不去，我整天见不着他人影儿，心里慌。"

"没事儿，他也就是做着发财梦满大街跑，叫他跑跑吧。"

"陆涛，我问你一件事，你可别骗我。"

"我不会。"

露露鼓起勇气，神经兮兮地问道："华子最近身边有没有别的姑娘？"

"我保证他没有，前一段儿我、向南、他，三人儿天天夜里混台球厅，打球都打疯了。"

露露点点头："他住哪间屋，我替他收拾一下。"

陆涛一指："那一边儿。"

露露去了。

接着门铃又响，陆涛去开门，米莱进来了。

"脸色不对呀！"陆涛笑着说道。

米莱往桌边儿一坐："陆涛，我不明白，非常不明白，你为什么把自己的钱投到没有回报的东西上去呢？我太想知道你是怎么考虑问题的了！"

"这就是我与众不同的地方。"

"我没跟你开玩笑。"

"我也没有。"

"你这样，叫大家都很为难。"

"米莱，我要做的项目必须有一种别的项目没有的价值，我梦想，这个项目以后能成为那一片的地标性建筑，从现在看，它有这个素质。"

"可我们是生意人。"

"我明白。"

"我爸今天特不高兴，他意识到风险，陆涛，今天我有些话必须说出来了。"

"对我有什么意见，说吧，别憋在心里。"

望着陆涛生机勃勃的脸，米莱却不知说什么了。

"说呀。"

"你这样下去，不是合作，是任性，你会失去别人对你的信任，后果会非常严重。"

米莱终于甩下这句狠话，"陆涛，这话早就该跟你说了！"

"我——"陆涛话音未落，露露抱着一包东西从华子屋里出来："陆涛，洗衣机在哪里？"

"那边，洗衣房——"陆涛一指。

米莱也站起来："哟，是露露呀！"

露露风风火火地走过，边走边说："你们看呀，华子屋里完全是一个垃圾堆！三个男人住在一起，后果就是把豪宅变成垃圾堆！米莱你说是不是？"

"公平地说，他们本来就不是三个男人，而是三块垃圾！"米莱说罢，和露露一起笑了起来。

门铃再次响，陆涛去开门，徐峥走了进来，神色非常惊慌。

"请进，那边坐。"陆涛一指沙发。

徐峥坐下，忽然他看到米莱，两人点点头，点过之后，徐峥却不说话了，一副欲言又止的样子。

"徐峥，这太不像你了，你怎么铁青着脸呀？"

"我没有啊。"

"我怎么觉得今天气场不对呀，每一个来的人都铁青着脸，到底发生了什么？"

徐峥和米莱都干笑了两声，没说话。

"徐峥，你不是说有急事儿吗？说！"陆涛急了。

徐峥看看米莱，只是长叹一声。

米莱站起来："我还是先走吧。"

陆涛拦住她，对徐峥说："没关系，当着我的面儿可以说的话，就可以当着米莱说。"

徐峥的嘴张了几张，最后终于小声说："新设计的预算做错了。"

陆涛一听就急了："错哪儿了？"

"少报了三百万，我们设计公司无法承担这个损失。"

"这怎么可能？"

"我们以前从来没有出过这样的差错。"

"陆涛，这事儿可累了，公司不可能再——"

陆涛一挥手，止住了米莱。

徐峥站起来："有个办法，可以再修改一下设计——我想过，去掉一个彩虹——"

陆涛止住徐峥，他站起来，就在房间里旁若无人地来回走了起来，他的脸严肃而专注，米莱和徐峥都知道，他在想。

房间里充满了陆涛单调的脚步声。

半小时后，陆涛仍在走，米莱和徐峥都看着他，谁也不知他会如何决定，露露出来看到场面这么紧张，吐了一下舌头，钻回洗衣房。

陆涛忽然站住，顿了一下脚："徐峥，是三百万吗？"

徐峥肯定地点点头："三百万。"

陆涛刚要说什么，门开了，向南冲进来："朋友们好！哥们儿今儿做成了一个二十万的单子，我要请你们吃宵夜！"

正说着，华子从后面一把抱住向南："可逮着你了！跑什么跑，哪那么兴奋呀？我在地库叫了你七声，你是真没听见还是假没听见？"

"进来进来，坐坐，正好儿，人到齐了，我要宣布一个消息！"陆涛叫道。

露露冲出来，一把抱住华子："你怎么这么晚才回来？"

华子挣开露露："安静，安静，我最爱听陆涛宣布新消息了，他那里全是好消息！"

向南鼓起掌来："我提前叫个好儿吧！"

陆涛提高声调："我宣布，朋友们，咱们的好日子结束了，散伙儿了！"

"停，停，陆涛，你什么意思啊？"向南叫道。

"朋友们，对不起，这房子要卖了，我需要三百万！"

"完了，陆涛没钱了！"华子对向南叹口气。

米莱用手捂住自己吃惊的脸，她了解陆涛，这很像他干的事儿，这也许是把事情推动下去的唯一办法了。

✼　心碎乌托邦

第二天，陆涛正在办公室工作，米莱敲门进来。

"请坐。"陆涛说，说罢叹了一口气。

"卖了房子心里不舒服吧？"

"我倒没什么，只是让华子和向南失望了，他们喜欢跟我住在一起。"

"你知道为什么？"

"我随和呗！"

"不。"

"你说为什么？"

"因为，你是他们的希望。"

陆涛长叹一声："这下我们可平等了，全成了打工白领儿。"

米莱挑了挑眉毛："陆涛，你要谢谢我，我倒有一个主意，可以让你们接着混。"

"谢谢你谢谢你，我替华子和向南谢谢你。"

下午，在米莱的指引下，陆涛把车开进一个破旧的工厂大门。

"我爸的这个厂子现在停工转改，接手的人也没打理，里面有好几个仓库呢，闲上一两年也用不着，可以免费向你提供，现在不是时兴LOFT嘛，那才真是LOFT，在里面打篮球没问题，就是这儿，前面向右一转就是。"

陆涛把车停在一个仓库前。

米莱打电话叫来看门人，那人打开了锁着的仓库大铁门，陆涛和米莱走进去，里面空空荡荡的，阳光从顶篷边上破碎的玻璃上照射进来。

"真大呀。"陆涛叫道。

"这仓库结构不错，四面墙都能打开，那一面墙外可以做一个花园。"

"我们可以做个公社吧，把朋友们都叫过来。"

"我跟这儿的人说一声，网线都可以拉过来，就是冬天太冷，夏天太热。"

"冬天可以中间升堆火，夏天嘛，每个人缩回自己的小房间里就行了。"

"每个人？"

"对，边儿上用木头搭一溜儿小房间，共同用一台中央空调就行，地上打一层水泥，去装修城买最便宜的旧地板一铺，就算全完了，墙嘛，四面儿都开成大开窗，装修费算我的，把华子和向南都找来，可惜的是夏琳走了，她最喜欢LOFT，空空荡荡的，以前总说有钱了要——"

"你就是老想着夏琳——"

"我错了。"

"你要是愿意折腾，我也算一份，别忘了给我留一间小屋。"

"我愿意折腾！"

三个月后，在杨晓芸她妈何翠凤的张罗下，这间仓库焕然一新，除了建起六间独立卧室，全部悬空搭在二楼，把一楼的地面完整地空了出来，建了自助酒吧、厨房和餐厅，四周厚厚的墙被打开，装上了窗户，有两门通向室外，米莱还建了一个小花园，陆涛取名为"心碎乌托邦"。

装修这房子成了华子向南等人最关心的事情，他们花了最少的钱，在公共活动区域用的所有的建材都是何翠凤找来的残次产品，只有米莱找来的一套厨柜看起来气派十足，那是她以前公司的一套被摔坏的报损的高级厨柜，修理一下，居然使整个餐厅显得特别时尚。

尽管大家都想AA，但公共区域的装修费还是被陆涛包了，他觉得欠大家的。在华子的坚持下，每个人自己的房间自己付费装修。

工程一完，华子走进向南的房间一看，傻了。

"你觉得怎么样？"向南问他。

"够心碎的！这地儿跟你原来那地儿长得一模一样！"

"我这间房就叫做'怀念杨晓芸'。"向南得意地说。

"长这么糙，还真够痴情的你！还真是对杨晓芸念念不忘啊！"气得华子直嚷嚷。

"当然啦，我们还没离呢！"向南更来劲了。

最后，大家举行了一个小仪式，所有人看着一个工人把"心碎乌托邦"的牌子钉在门前。

"有你们这么心碎的吗？一个个满脸堆笑的，太娇情了。"华子忍不住说。

"你管得着嘛，我们愿意。"向南说。

"我起的名字多好，希望工厂。"华子仍在不屈地叨唠。

米莱一指华子："俗！"

向南也说："你给希望工程捐过钱吗？"

"就是我起的名字好，我一点也不心碎，我还没开始享受人生呢！"华子笑道。

"这一次你不是享受上了？"向南说。

"我看是你前丈母娘才享受上了！她被你勾过来一趟就能推销出一堆卖不出去的铁栅栏！她怎么老能把人家不需要的东西卖给人家？"华子气愤地问向南。

向南一脸无辜："陆涛买的啊，跟我没关系！"

米莱笑眯眯地冲大家说："还是我好吧，你们以后多去我的小花园坐坐，可舒服了。"

陆涛点点头："你要是养条狗更舒服了。"

米莱笑了："我已经买了，明天就带过来。"

门牌钉好，大家鼓掌，仪式完毕，大家纷纷开始搬家，一直忙到半夜才算消停。第二天是休息日，大家怀着巨大的新鲜感在各处转来转去，觉得简直是太神奇了。陆涛走到小花园，只见米莱坐在秋千上，旁边一条小狗转来转去，米莱正用狗食逗狗。

"结完账了？"米莱问陆涛。

"完了，这账你结一笔，我结一笔，向南和华子也跟着起哄，都乱了套了。"

"不过房子做得真不错，拆的时候一定挺心疼的。"

"小打小闹吧，大家在一起热闹就行。"

"向南和华子高兴坏了，我看他们俩装修自己房间的时候还攀比呢。"

"我看他们也没少花钱，唉，人一有梦想，就不会理智，我都跟他们说了，这房子就是住着玩，以后会拆，他们还是使劲装，平时省下一点钱都用这儿了，你说干房地产能不挣钱嘛！"

"那就干好房地产吧！"米莱说。

"我们一起盖那种可以住上三百年的好房子！"

❀　　搬进来

话音未落，只听到空旷的房间里响起华子的声音："搬进来，搬进来！"

陆涛进去一看，几个工人把一张台球案子往里搬，七手八脚地安装在华子指定的地方。

米莱养的狗跑过去，好奇地看。

楼上，向南从自己的房间跑出来。

华子拿出一支台球杆对着向南挥舞："向南！向南！下来！快下来！你看，我买的！新的！"

向南冲下楼，只见华子正跑去开灯，灯开了，案子被照得雪亮，华子跑回来检查台球案子。

"球呢？"向南问。

只见华子从自己背的包里拿出一盒球，拿出一个，放到案子上滚动。

"你说咱们这是乌托邦还是天堂？"华子得意地问道。

"要是就咱俩，就是乌托邦，再加俩美女，就成天堂了。"向南说。

华子把一个壳粉扔给向南，乒乒乓乓地开始用三角码球。

"华子，这案子算我一半吧。"向南不好意思地说。

"没你事儿，这是我贡献的！这会儿是共产，回头共妻的时候你别舍不得。"

"我媳妇都不理我了，今儿我给她打仨电话，她一个都没接。"

"那不正好嘛，来，咱是先喝杯小酒儿呢，还是现在就开始？"

"当然是现在就开始，你要输了，自己去喝杯小闷酒吧。"向南还嘴硬。

"我什么时候输过啊，我先开了啊？"华子叫道，说着趴下身去。

"你开吧。"

华子刚要开杆儿，忽然在半空里停住了。

"开啊？"

"还是倒上一杯酒吧，不然没气氛！"

向南猛一挥拳："讲究！"

说罢走到小酒吧边上，和向南一人倒了一杯酒，得意地相互看一眼，放在台球桌边上，向南支着杆，华子往杆上蹭壳粉，然后再次做出要开杆的架式，却再一次停住。

"哎，你不开我开了啊？"向南叫道。

华子抬起头来笑了："音乐，没有音乐，为什么没有音乐？音乐一响我就开！"

向南跑去开音响，刚要开却回过头来："华子，咱能不窃喜吗，我受不了了，我想表达一下我的狂喜！你看行不行？"

华子点头："那我也表达！"

向南打开音乐，腿一软坐在地上："靠，真他妈是天堂啊！"

华子冲过去，坐到向南这，两人相对，同时把双手伸向空中，身子轻轻晃动，每人一只手里拿一根台球杆，脸上都是一副陶醉的样子。

这一幕，打动了在远处偷看的米莱和陆涛，米莱小声说："我表现欲也上来了，咱庆祝庆祝吧？"

陆涛一听，冲到向南和华子边上高声叫道："米莱说要庆祝！"

米莱也跟着陆涛大喊："让我们这儿乱起来！越乱越好！"

向南一听，从地上蹦了起来尖叫道："赞成！好日子要开始啦！杨晓芸，你这朵罩在我头上的破乌云，散去吧！"

❁ 庆祝庆祝

猪头第一次来到心碎乌托邦大门口时，指着牌子问华子："心碎乌托邦，这是什么意思？"

"也不知是哪个神经病瞎起的名字，没什么狗屁意思，走。"华子说着领着猪头进去了，只见大家散坐在酒吧区，向南和杨晓芸一桌，米莱、陆涛以及另外一男一女一桌。

孙大海和一个乐队在表演唱歌，下面还有六七个打扮时尚前卫的年轻人站在那儿捧场，一副自娱自乐的样子，露露在下面转来转去。

猪头把墨镜摘了，多看了几眼露露，华子带着猪头坐在一张桌子边上。

"可以呀，在这儿开酒吧，还有乐队呢。"猪头说。

华子陪着笑脸儿："我们这叫LOFT。"

猪头招手叫露露："哎，小姐，先来四瓶喜力吧。"

露露没理他，走了。

"哎，华子，你们这儿的服务员怎么这样啊，培没培训过？"

"那个什么，猪头，露露可能今天不爱当服务员。"

"那得罪了啊，服务员呢？"

"这儿没有服务员。"

"没服务员？自助啊？"

"对，自助。"

"谁收钱啊？"

"不收钱，这地儿就是自己的，我们都住那儿，你看，一人一间，这儿是公共的，谁要是闷得慌，谁就到这儿来玩。"

猪头不吱声儿了，他的眼睛又一次望向露露，只见露露在跟着乐队节奏一个人跳舞，很自在的样子，尽管是在室内，猪头还是把墨镜戴上了。

另一桌上，向南正对杨晓芸抱怨："还有那铁栅栏——你看你看——"

杨晓芸跑过去看了一眼，走回来说："我妈怎么那么缺德啊，我还说呢，那么一大批旧货都跑哪儿去了，还卖出那么多钱来，原来她都给推这儿来了，都不跟我说一声。"

"我觉得挺好的，用这儿挺合适的，呵呵——不过你们母女俩分头行动可是我一手策划的，你怎么谢我？"

"我做梦的时候谢谢你吧。"

向南叹了口气，低头看一张单子，杨晓芸想一把抢过来，向南闪开了："陆涛都付完钱了，别看了！"

"桌布，桌子，那边儿的椅子，那边的灯，窗帘——这边的蜡烛台是不是啊？"

杨晓芸："是。"

向南忽然低声问："那蜡烛台值七十吗？"

杨晓芸一下子不自在起来。她把目光转向孙大海那一边儿，只见他仍在唱着一首以前的老歌儿，还招手叫露露。露露跑上去，与他一起唱，样子很轻松，声音也很好听。

墨镜后面，猪头的两只眼睛看直了。

向南也在看露露，嘴里叨唠着："唉，怪不得华子离不开露露呢，原来这么骚——"

杨晓芸打断他："那你以后就住这儿啦？"

"是啊，米莱、陆涛也都住这儿，我们一人一间房，大小都一样，平等得厉害，那边还留着四间客房呢，你要是没事儿，也到这儿来玩玩。"

"我哪儿有工夫啊，店里成天忙得要死。"

"你多找点人儿啊。"

"找人自己也得在那儿盯着，哪儿像你，成天过着花天酒地的生活！"

"我没有！我也就是下班回来，自己泡碗方便面，和华子打打台球，玩玩游戏，差不多十二点就睡了。"

"你住哪儿？"杨晓芸问。

"那儿，正数第二间，第一间是向南，我下面那间是陆涛，再下面一间是米莱。"

"这两人没住一块儿啊？"

"据我所知，好像没有，不过陆涛最近鬼鬼祟祟也不知成天弄什么事儿，老开夜车，也不理我们，事儿事儿的，只有米莱常去看看他，估计两人儿又偷偷摸摸地搞什么发大财的计划呢！"

杨晓芸回头，看到陆涛米莱和两个人围着一桌子在说着什么。

向南趁机凑上去："要不然去我那屋看看？"

杨晓芸迟疑了一下："走，去看看。"

两人一起上了楼，打开房门，走进去。

✿ 有点乱

杨晓芸一进门就东看西看："这儿还真是挺好的，挺舒服的，还有洗手间。"

"我们每个人的房间都是一样的！"

"哎，你看，你这地板怎么鼓起来了？"

向南往地上一看："哟，真是，原来是平的呀！"

"哎，这地上怎么全是水呀？"

向南蹲下去，不错，地上一层水。杨晓芸冲进洗手间："向南！你快过来，这水管子裂了，正漏水呢，你快把总闸关了吧，要不地板全泡了。"

向南站起来大声喊道："这地板是你妈卖给我们的！"

说着冲进洗手间去关水闸，边关边回头儿，幸灾乐祸地说："我想起来了晓芸，这水管子也是你妈卖给我们的！"

这下杨晓芸嘴软了："我妈也太缺德了！"

漏水停了，两人相互看一眼，接着走出洗手间，坐在向南的床边。

杨晓芸长出一口气："幸亏——你把手擦擦，全是水！"

向南把手伸进兜里擦干，忽然，他摸到什么，接着，他把那张结账单掏出来还给杨晓芸。

杨晓沉默地看了看，接过来，装兜里。

"杨晓芸，我想对你说句你不爱听的话。"

杨晓芸腾地站起来："我想上洗手间！"

"你现在越来越像你妈了！"

杨晓芸回头瞪了一眼向南，想说什么，却没说。

这一句话还真刺痛了杨晓芸，她把洗手间的门锁好，把账单掏出来撕碎，扔进马桶，冲了下去，然后走到镜子边，对着镜子，做出几个模仿何翠凤的表情。忽然，她猛地扭过头去，哭了——她觉得她不该是这个样子。

楼下，华子和猪头都喝多了，桌上摆了好多空酒瓶。

华子看着那帮唱着跳着的小孩："我一个都不认识！"

猪头一拍桌子："你真不认识？真不认识我报警了啊，一帮小屁孩不在家好好学习，跑这儿瞎起什么哄啊！"

"得得得了，叫他们闹吧，都是露露找来的，轰人家她脸上下不来。"

猪头猛一抬头，只见露露正小脸儿绯红地扭过来："露露，今儿你挺漂亮啊！你弟——"

露露只是亲了一下华子，喝了一口华子杯子里的啤酒，然后跳着舞走了。

华子看着她的背影儿："在那儿装嫩呢，其实跟这帮儿小孩儿比，她都是骨灰级的女混混了。我告诉你，那唱歌儿的是她前情儿，两人没准儿现在还藕断丝连着呢！"

"真的？那你还不大嘴巴把那孙子抽台下去？"

"别啊，人家是我们请来凑热闹的。"华子幽幽地说。

向南房间里，向南和杨晓芸一人手里一块破布，一趟一趟地擦地上的水，又跑到洗手间拧干。

终于，杨晓芸把破布一扔："差不多了。"

向南直起腰："回头打开门窗，通通风，水干了，地板就下去了。"

"那可不一定，我妈找的这地板，说不定是人家泡过退回来的。"

"那我就认了！"

"咱出去看看吧，外面那么热闹。"

向南忽然一把抱住杨晓芸："晓芸，晓芸，我想你。"

杨晓芸推向南："干什么？"

向南想亲杨晓芸，被再次推开。

"你松手，别碰我，你离我远点儿！"

"晓芸——"

杨晓芸正色道："哎，向南，你听着，我来是为了参加你们的乔迁之喜的，不是为了跟你搏斗来的！"

向南松了手："对不起。"

杨晓芸笑了："向南，你什么时候计划把自己变成强奸犯的？"接着假装酸溜溜地说，"怎么这计划不早几年提到日程上来呀？"

"你老折磨我什么意思啊？我告儿你，我要受不了就会改主意！而且改得很果断！"

杨晓芸一拉门："我希望你快点儿——改主意！"

向南想说什么，杨晓芸走回来一拉他："走，出去吧，跟你关在这儿，人外面儿不定怎么说咱们呢！"

❀　　太乱了

又一拨小朋克冲进来了，乐队把声音调高，猪头受不了，走了，陆涛一干人只好全部撤到小花园。

华子兴奋地说："人越来越多了，把咱们的饮料、酒和自助全吃光喝光了！"

杨晓芸问道："米莱，现在你们这LOFT怎么成公共场所了？"

米莱说："是啊，这些人都哪儿来的呀？"

就连露露都跑出来了："里面也太乱了，吵得我耳朵直疼。"

华子笑道："反正客厅是被他们占领了。"

"都怪大海！怎么弄这么多小孩来！还当着我面儿跟一小姑娘调情，也不看看自己合适吗！"露露说道。

"孙大海还不是你找来的？"华子笑她。

"你呢，找来一俗人管我叫服务员，讨厌！"

"他刚还夸你漂亮呢！"

露露气道："我招他惹他了，凭什么夸我呀？"

陆涛一看不对，连忙打岔："哎，向南，你们俩刚才去哪儿了？"

杨晓芸抢着说："在他屋儿里商量事儿呢！"

米莱乐了："那你们破镜重圆的事儿商量得怎么样了？"

向南看了一眼杨晓芸："我们一直在破罐破摔！"

杨晓芸一指向南："你就是一衰人！"

大家笑。

陆涛提议："要不咱出去吃饭吧，我饿了。"

"好啊好啊！我也饿了，你们准备的自助餐我都没吃着！"杨晓芸响应。

向南也说："唉！这新屋落成典礼办得也太失败了，哪儿有客人醉醺醺地在外面使劲地享受，房主却关在小黑屋里愁眉苦脸的？走走走，出去吃饭！"

大家从小花园里出来，经过大厅，向外走去，只见，孙大海唱得更加卖力了，下面的人也跟着一起唱，是迪克与牛仔的《爱如潮水》。

向南边走边听，忽然被打动了，他站在门口对着杨晓芸激动地唱最后两句，"答应我不要在深夜里买醉，不要轻易尝试放纵的滋味，你可知道那样会让我心碎！"

他被杨晓芸粗暴地推出门去。

❀　梦中情人

乌托邦的建成，把几个单身汉的生活推向了一个高峰，也许是最高峰，它就像一块巨大的磁石，牢牢地吸住了这些年轻人。又一个星期日，陆涛坐在乌托邦的咖啡吧里，脚架在一张椅子，看着米莱带着灵姗在二楼参观房间，手里打着电话。

"向南，有件事我得报告你。"

正在买衣服的向南问："是不是来姑娘了？"

"你的梦中情人来了。"陆涛干脆地说。

"灵姗吧？"向南简直不敢相信自己的耳朵。

"别再白花钱买衣服了。"陆涛笑道。

向南试完衣服，走到收款台前，拿出卡，忽然，在潍坊的一幕幕悲剧再次闪现在他的脑海了，他决定不买了。

灵姗是被米莱勾来的，她觉得这里只有她一个女的，在性别上不太平衡，于是邀请灵姗来参观。灵姗以为是一个小别墅，她带来了一块真丝地毯当礼物，又漂亮又滑，只是铺在地上小得可怜。

"这房子好大啊！"

米莱往楼上一指："我们还有空房呢！"

"两间！"陆涛补充道。

"我也要搬来住！"灵姗参观了一小圈儿便上钩儿了。

"欢迎小灵仙儿。"陆涛笑呵呵地说。

"住在这里的人都是心碎过的人。"米莱手舞足蹈地说道。

"米莱姐，小灵仙儿也心碎过！"灵姗说着对陆涛眨眨眼睛，把米莱和陆涛都逗笑了。

尽管向南故意不想灵姗，但他的脑子自己就想起来了，他不知为什么很兴奋，从商城飞车冲回乌托邦，一进门就大声叫道："朋友们，我回来啦！"

陆涛等三个人此时正走在楼梯上。

"小灵仙儿，看！"陆涛一指向南。

灵姗一抬头，大声叫："向南哥！"

"啪"的一声，向南踩中地上的那块刚刚铺上的真丝小地毯，横着飞了出去。

❀　我气死他

上午，精品店里顾客很少，杨晓芸一个人坐着，无聊地发呆。

何翠凤风风火火走进来，一直走到杨晓芸面前："晓芸，你张婶儿家那老二回话儿了，人家挺痛快的，说找媳妇就找你这样的！"

杨晓芸抬起头："妈，我不是说了嘛，那人儿我不待见，长得五大三粗的，穿件西装还是三年前西单的甩货，都什么呀！"

"人家还想再跟你发展呢！"

"狗发展！"

"人家可在七家商场有柜台，今年车也换成宝马了。"

"你这么跟张婶儿说吧，他人儿要换成陈冠希，我就答应！"

何翠凤叹了口气："那你说句清楚话儿，到底要找什么样的？"

"比向南强就行！"杨晓芸脱口而出。

"给你介绍的这几个，哪个不比向南强啊？"

"再强点儿！越强越好！我气死他！"

就在这个上午，灵姗的房间装修完毕，她带来一个箱子，把里面东西一件件摆上，还往墙上贴了很多自己的旧照片。

晚上，向南下班回来，听说灵姗搬过来了，他完全抑制不住内心的激动，脱了西装，换上件儿休闲装就去敲门。

灵姗开了门，直叫他"向哥哥"，叫得他心里巨甜，连腹股沟都往外冒热气儿。

"哟，全齐啦！"向南搓着手东看西看。富家女的品位还真不一样，小房间里到处是淡绿色和淡黄色，还有股香味儿，搞得跟日本妹的小闺房似的。

"是啊，从今天开始，我就住在这儿了，请多关照。"灵姗还真玩出一个日本范儿。

向南趴在墙上看照片，灵姗大大方方地一一介绍："这是我小时候，这是我爸爸，我妈妈，你看，我妈妈漂亮吧？"

向南伸手就把一个汗手印儿按在灵姗母亲的脸上："漂亮。"

"人家都说，我妈妈长得比我漂亮。"

"不是一STYLE。"向南的英语都出来了。

"这是我在毕业舞会时穿的裙子，我从美国回来的时候，不舍得丢掉，带到香港，又从香港带到上海，最后带到这里——你看，在这里。"说着，灵姗从衣柜里拿出一件礼服裙，在身上比，"好看吗？"

这下把向南馋坏了："好看！"

看完灵姗各个时期的照片，向南心里简直就被她迷住了，他坐到灵姗床上："你怎么不留在美国呀？"

"我不喜欢美国人，势利眼。最早我去学校，骑一辆单车，结果没有人愿意和我做朋友，后来，我开了一辆保时捷911去上学，同学们立刻就主动跟我交朋友，好多学校社团也请我去参加，周末，学校里的帅哥也来约会我。"

向南"噢"了一声，顿觉和灵姗之间的距离一下子大了，他站起来，走到墙边儿，抄起一根高尔夫球具，在手里晃晃。

"我刚刚学的，你打得好吗？"灵姗问。

"我？我不会，我看看这玩艺儿当拐棍儿结不结实？"

灵姗笑了："你真会讲话。"

"小意思。"

门外传来华子的叫声："向南，向南，别跟人灵姗耍流氓了，吃饭去！快点！"

�֍　　我怎么了

陆涛坐在灵姗和米莱中间，灵姗边上是向南，米莱边上是华子，大家边吃边说话，华子在打电话："来吧，吃点东西再睡，我们都等你呢——得了吧，你一点不胖，瘦得都随时要抽筋儿似的，真的，吃点来吧，好吧，等你。"

华子放下电话，看到大家都在看着他。

"露露一会儿过来。"华子说。

陆涛一拍桌子："华子，你和露露的事儿就趁今儿晚上定了算了。"

"我和露露有什么事儿？"

向南摇摇头："不真诚啊！不真诚。"

"怎么了？我怎么了？"

"你和露露耗这么长时间了，都快把人家耗成妇女了，依我看，你们俩挺合适的，还等什么呢？"向南说。

"其实这事儿也不全是我主动，露露主意挺多的。"

"主意也是小主意，你要是坚决点儿——"陆涛说。

"怎么坚决？"

"求婚！"陆涛又说。

"对，女人最喜欢的就是正式求婚，我到现在都没碰到过这种情况！"米莱说罢白了陆涛一眼。

向南笑了笑："米莱，你怨得厉害呀——看来是被有些人耽误得够呛！"

米莱立刻装出一副幽怨的样子："是啊，少女变大嫂，早恋变单身，文秘变老总，一失足成千古恨！"

"恨谁啊？"

米莱又白了陆涛一眼："还我青春！"

华子对向南说："是啊，欠债还钱！"反手儿一指陆涛，"欠青春还青春！"

陆涛一听慌了："哎哎，哥们儿也有过那青春啊，谁还哥们儿啊？"

米莱点点头："还什么都行，就是不能还你青春！还了你你就拿来欺负人！"

华子凑上去："说说说说说，我就爱听这其中的缘由！"

"他，他一副老实单纯的样子，骗得人家一愣一愣的！混蛋一个！"米莱越装越来劲，逗得大家狂笑。

"混蛋归混蛋，那人家米莱青春也得还！"向南一副主持公道的样子。

"还给你我也不放心啊！"陆涛对米莱说。

大家一起"哟，哟哟，哟，哟，哟"个不停。

"结果还不是再次受骗上当！"陆涛说。

"反正不再上你的当了！"米莱说。

"那还不是一样。"

"不一样！"

大家笑。

灵姗推推向南："你们在说什么？"

"打情骂俏呢——我告诉你，这两人儿以前还初恋情人呢！"

灵姗听得瞪圆了眼睛："啊？真的？"

向南得意地说："这关系够乱的吧？"

灵姗看着陆涛和米莱两个人："原来是这样。"

服务员端上来一个汤锅，里面是汤。

米莱打了一个哈欠："吃饱了，困了。"

向南站起来："我也饱了，咱们先撤吧——服务员，麻烦您去跟那玩幽怨的女老总儿结账！"

华子见势不妙："别啊，别走啊，我说不叫露露，你们非叫，看，还得我等着她！"

米莱一边结账一边说："哎，华子，有点责任感行不行！等人家一会儿怎么了？你以为你还青春少年呢，玩完电游儿就睡觉？我们回去等着你求婚成功的好消息。"

"是啊，看你的了。"向南也说。

"行行行，你们等，我也等，我等，我等，我等等等！"

大家说着再见走了。

华子对服务员说："请把这两菜再热热。"

服务员端着菜走了，华子想抽烟，拿起桌子上的一盒烟，烟盒空了。

✿　　求婚

露露进来的时候，只见华子一个人坐在桌边儿，手里还拿着一支廉价玫瑰。

"他们都走了。"华子说。

"我正饿呢。"露露说着坐在华子边儿上吃起来。

"服务员，把这些菜也热一下。"华子说。

服务员过来，端走一盘盘的菜，服务员走后，华子看了露露一眼。

"你看我干什么？"

华子把花递过去："给你。"

"干什么？"

"你先接着。"

露露接过来，闻了闻："一点香味儿也没有。"

"马路边上买的，三块钱一支。"

"有什么好事儿吗？"

"没有，还那样。"

"你和猪头找到项目了吗？"

"我正找呢。"

"噢。"

华子看露露专心吃饭，露露也不主动说话。

一会儿，华子咳了一声："猜猜我为什么送你花？"

露露看着华子，摇摇头。

华子有点紧张，东瞧西看。

"你说呀，为什么送我花？"

"这话应该是怎么说来着？那个那个，露露，这么着吧，你要是没什么别的打算，就跟我算了。"

"你这话是什么意思？"

华子在身上摸来摸去，把烟找到了，点上火。

"我的意思是，要不咱俩结婚得了。"

露露看着华子，愣了一会儿："为什么？"

"反正人人都得结婚，咱俩这么多年知根知底儿的，这不挺好的嘛。"

"你不是一直不想结婚吗？"

"这不是我这帮朋友劝我嘛——"

露露想说什么，服务员把热好的菜端上来，露露忍住了。

服务员走了，华子问露露："你说怎么样？"

露露想了想，刚要说什么，服务员又端来一盘菜，露露收住话。

"你什么意见？"华子问。

露露笑了："行！"

✖ 加油加油

回到乌托邦，大家各回各屋，陆涛看了会儿书，正要睡觉，敲门声响起。

"请进。"陆涛喊道。

灵姗走了进来。

"什么事儿？"

灵姗慌慌张张在陆涛床边上坐下。

陆涛想起床，发现被子被灵姗压着，只好原地待在那儿了。

"原来你和米莱姐是初恋啊。"灵姗吃惊地说。

"怎么问起这事儿了？"

"怪不得她那么支持你。"

"我们现在是生意伙伴，你不是也加入进来了吗？"

"没想到关系这么复杂。"

"没有什么复杂的，都是过去的事儿了——哎，不早了，我要睡觉了，你还有什么事儿吗？"

这下轮到灵姗慌慌张张了："我——我，我是想问问你，向南哥离婚了吗？"

"你问他自己吧。"

"我先问问你。"

"没离，怎么了？"

"他刚才给我发了一条儿短信儿，说他喜欢我。"

"喜欢就喜欢呗。"

"你说，我该怎么办？"

"这你还问我？你不是小灵仙儿吗？"

"我就是算不准自己的事儿。"

"向南人挺好的。"

灵姗站起来："Byebye，我走了。"

"Byebye。"陆涛说，他看着灵姗关上门离去，拿过床头儿的笔记本电脑，翻到夏琳照片，变成幻灯的模式，然后躺好，关上灯。

黑暗中，夏琳的一组照片，就好像活动的一样，她在对陆涛笑。

一分钟后，刷牙洗脸完毕的向南刚躺到床上。手机短信息响起，他接过来看。

短信息上写着："谢谢。灵姗。"

"谢谢，这是什么意思？"向南嘟囔道，他拿起电话打给灵姗，犹豫了一下，又把电话挂了回去，起了床，拉开门，走了出去。

向南走到灵姗的房间门口，想敲门，却忍住了，门上挂了一个大卡通，向南用手摸了摸，一转身，走到陆涛的门前，敲门。

房间里传来陆涛的声音："谁？"

"是我，向南。"

陆涛把电脑关上，打开灯："进来吧。"

门开了，向南进来，坐在陆涛床边的椅子上。

"什么事儿？"陆涛问。

"没事儿。"

"真没事儿啊？"

"真没事儿。"

"那你坐着，我睡了啊。"说着，把头钻进被子。

向南掀开被子："别啊！"

陆涛坐直了："那你说什么事儿？"

"你觉得我和灵姗有戏吗？"

"这你该问灵姗，我哪儿知道？"

"要不你帮我问问？"

陆涛拿起电话，向南一把拉住他："别别别，哪儿能这么问？"

"那你说怎么问？"

"我是说，凭你对灵姗的了解，你觉得她会看得上我吗？"

"这话你问过我好几遍了——"

"我知道，我就想再听你说说。"

"我觉得吧，灵姗挺单纯的，不会想那么多，她这年纪，一般是喜欢谁就是谁。"

"要的就是你这句话！"向南说完站起来就往外冲。

陆涛笑了："唉，有信心就成，管它呢，大不了就是遭灭嘛！"

向南大步流星走到灵姗门口，停下，抬起手要敲门，背后传来一声叫喊："向南！"

向南一回头，楼下，露露坐华子腿上，两人抱着坐在酒吧的一张沙发上，正一起鼓掌。

"加油！加油！"露露喊。

"加油！加油！"华子喊。

向南抱着头蹲在地上。

❀　　　条件

应露露的要求，华子找了一贵饭馆，买了戒指，向露露正式求婚，露露倒是来了，是和她妈和她弟一起来的。

华子愣了一下，才站起来："阿姨坐这儿吧。"

大家相互问好，然后坐下，接着就一言不发。

华子站起来，走到门口，拉开门，拦住一个服务员："我们这个包房的菜，快上，把菜单拿来，我再点几个。"

服务员点点头。

华子回来坐下，一个服务小姐进来，分别给每个人倒茶，倒完后站在一边。

"小姐，我们要说点话，你先出去一下行吗？"

小姐出去了。

华子："阿姨，我不知道您和弟弟来，露露没说。"

露露妈笑了："好事啊，我们也是刚听露露说的，一高兴，就来了。"

露露弟笑眯眯地举杯，华子只好和他干一杯。

华子又倒上一杯啤酒，要跟露露妈和露露干："阿姨喝吗？"

"我就能喝一口。"说着，露露妈喝了一口。

露露一言不发，只是坐着。

"我们家露露爸死得早，这孩从小没少吃苦，我们还一直发愁呢，不知道她以后会嫁个什么人——"露露妈说。

"妈！"露露说。

露露妈看了露露一眼，收住声。

"华子，你什么时候到的？"

"我到了半个小时了。"说着，华子把戒指拿出来，"露露，我今儿买了一对儿订婚戒指。"

露露接过来，从盒里拿出一个，先拿给妈和弟弟看，戒指传回来，她才戴到手上。

"真漂亮。"露露说。

"合适吗？"华子问。

"合适。"

忽然，露露妈咳了一声："华子，你的情况露露都跟我说了，现在你们也订婚了，咱们一家人不说两家话，阿姨有一事儿求你——"

"妈，你又有什么事儿啊？"

"我这不是顺手儿问问嘛！这孩子！"

"阿姨，您说，只要我能办到的。"

露露妈看了一眼露露，露露低下头，露露妈显得有点紧张，接着说道："是这事儿，露露吧，虽说你们在一起，可一直跟我说没有自己的买卖，万一，我这人说话直啊——"

华子注意到，露露妈说话的时候，露露表情有点不自然，虽然他点着头说着"是是是"，但心里有一丝不痛快升起。

露露妈希望华子帮露露开一个属于露露自己的买卖。

几天后，华子便来了灵感，就在乌托邦边上，向米莱借了一个仓库当场地，开了一家有十二张案子的台球厅，正好露露过生日，华子便把台球厅当做生日礼物送给了露露。

开业那天，露露指着"露露台球厅"的牌子兴奋地说："华子，从此，我就有真正属于自己的事业啦！"

"我说过，我是华子啊，在我这儿，什么都没问题！"华子嘴上这么说，心里却认为麻烦总算结束了。

❀　　你爱我吗

几天后，在台球厅收摊以后，露露拉住华子："华子，我只想问你一个问题。"

"说。"

"你爱我吗？"

"还行吧。"

"爱就是爱！不爱就是不爱！什么叫'还行'呀？"

"咱别那么庸俗行不行？我这不是深沉含蓄嘛——"

"我知道，你在心里把爱想得又神圣又神秘，连说都说不出口，这么着吧，你回答我，一个字儿还是两个字儿？"

"一个字儿，行了吧？"

露露笑。

"就到这儿吧，以后别逼着我说这一类的话了。"华子说。

"那我还有一个问题！"

华子苦着脸儿："什么问题呀？"

"你打算什么时候跟我结婚？"

华子慢慢用单手捂住脸："哎哎哎，咱能不说这事儿吗，你手指头上不是有我送的订婚戒指吗？"

"我就是要你亲口说一个准时候。"

"你这不是为难我吗？你看我现在这情况，像能稳定下来的样子吗？"

露露叹口气："好吧，我不为难你了。"

当天晚上回到乌托邦，华子便在喝酒时把这事儿告诉陆涛。

"可能女的都这样吧，没安全感——哎，你到底觉得露露怎么样？"陆涛问。

"我？我觉得还行。"

"什么叫还行啊？"

"嗨，就是跟她结婚也行，不结也行的那一种——其实我无所谓，你说呢？"

"有你这样儿的吗？我哪儿知道你们的事儿啊。"

"我们的事儿就摆在明面儿上——我对露露可没有你对夏琳的感觉——"

"那就等你有了那感觉以后再结！"陆涛说。

✿ 奇怪

台球厅开业后，露露成天泡在那里，华子照顾着原来的蛋糕店，把小发廊让她妈看着。

星期六，华子一醒便冲进陆涛的房间，只见陆涛正在电脑前工作。

"陆总，今儿是星期六，不出去逛逛啊？"

"你们逛吧，我干了一夜，扛不住，睡会儿去。"说着起来收拾东西。

华子叹口气："都是让项目害的，什么做项目做项目的，瞎忙乎什么呀！"

向南的门开了，向南走出来喊道："华子，今天有什么活动吗？"

华子小心地说："要没事儿，去露露台球厅当球托儿去吧？"

"又去啊？"向南叫道。

两人一起来到露露台球厅外面，华子却站住了，自言自语道："哎，怎么猪头的车在这儿啊？"

"怎么了？"向南问。

华子摇摇头："奇怪，他怎么会跑这儿来？难道露露把他也给发动起来了？"

两人推门进去，只见十二张案子全满了，还有人在边儿上等着，所有的人都在玩，连露露弟也在玩，没有人注意到他们。

向南笑了："火了啊？"

华子慢慢摇摇头："这帮人儿好像是猪头公司的员工。"

"是吗？他还干不干公司啦？"

华子完全没听见向南的话，他的目光落在最远的一张台子边上，露露和猪头在一起打台球，猪头穿着很年轻时髦，露露穿得很风尘，两人动作很亲热。

华子拉了一把向南，迅速走了出去。

"你跑什么，怎么了？"

华子上了向南的车，点燃一支烟。

"怎么了？"

"我觉得有点不对——"

"怎么不对？"

"猪头和露露怎么会在一起？他们为什么不告诉我？"

"你过去问问不就完了？"

华子摇摇头："我不问。"

"怎么了？"

"没什么可说的。"

❀   不爱说真话

华子在前面走，向南在后面跟着，两人回乌托邦，华子一进去就打开冰箱，从里面取出一瓶啤酒，喝了起来。

"华子，你最近一直忧心忡忡的。"向南饶有兴致地凑上去。

华子长叹一声。

"有什么别堵心里，说出就好了。"

"露露真是个麻烦——"

"你什么意思？"

"其实我们俩若即若离的也混了不少年了，露露吧，表面儿上挺随和的，你觉得她什么都无所谓，其实她有她自己坚持的东西。"

"她坚持什么？"

"我哪儿知道，我们俩从来没有深谈过。"

"噢——不过你向她求婚她不是挺高兴的吗？"

"她一直就那样，我看不出有什么特别的改变——她办事儿吧，唉——"

"怎么了？"

"没什么，我就是觉得有点怪——"

向南看华子，在向南的注视下，华子不得不吞吞吐吐地倾诉下去："我从没带猪头去过那里，他怎么就知道了？而且，露露也没有猪头的电话呀！"

"她是不是尽顾着往她这儿拉人呀？"

"谁知道——那也不至于把猪头公司的人都搬来啊，这明显是讨好露露呀！唉——这一段儿，她天天泡在台球厅，也不知道是迷上台球了，还是迷上台球厅里那帮人了。"

"有一事儿不知道该不该告诉你。"向南说。

"你说吧。"

"陆涛跟我说，前一段儿，他在一据说是'钻王派对'上还看到过露露，说穿得像模像样的，陪大款喝酒聊天呢。"

"其实她到现在跟孙大海也没断，两人有时候相互发短信息，说的话还挺肉麻的，也不知他们是不是经常偷偷摸摸见面。得了，不说这些了，没劲。"

"这事儿杨晓芸就干不出来。"

"这还用说，露露跟杨晓芸、夏琳、米莱那帮人儿不一样。"

"怎么不一样？"

"那三个人都不会说瞎话，露露就不爱说真话，我觉着——我们刚订婚那一段儿她还可以，这一段儿，好像又不怎么爱说真话了。"华子说着说着，把酒喝完了。

"其实这事儿我心里也跟明镜儿似的，比比陆涛就清楚了，杨晓芸和露露对咱们俩就没什么信心。不信，咱俩要是一有钱，她们的态度立马儿就变！"

"算了，甭提钱的事儿，想游泳去吗？"

"累，还不如床上躺会儿。"

"走吧，我一游泳，心情就会好点儿。"

向南不情愿地站起来："那我陪你吧。"

两人分头回房间取了游泳裤，在大厅里聚齐向外走，在门口，碰见进来的灵姗和米莱，她俩一人拎两个大塑料袋。

"你们干吗去?"米莱问。

"游泳——你们又逛超市去了吧?"华子说。

"我还说一起吃顿牛排呢,我刚买的,T骨牛排,还有美国A1牛排酱,灵姗说她做蔬菜沙拉。"米莱说。

"谢谢啦,我们回来吃,给我们留着。"向南说。

华子问:"你们去不去?"

"我们这魔鬼身材去了净让像你们这样的色狼占便宜白看,不去!"米莱干脆地回答,说着走了,向南恋恋不舍地回头看了一眼灵姗,华子拉他一把:"走,走,回来再看,光明正大的,老偷偷看人家多没出息!"

"少废话,你管呢!"向南甩开了华子的手。

❀ 背影杀手

一进游泳馆,华子便恍然大悟:"我明白了,我跟露露订婚不是长久之计,还不如像以前那样混着!"

向南笑:"那你怎么跟她说?"

华子眼睛转一转:"我才不说!我等着她跟我说!"

两人跃进泳池一通狂游,然后一人一张躺椅,舒舒服服地靠着看游泳馆里的姑娘。

几个女孩笑着从他们身边经过,其中一个女孩故意把另一个推到水中,姑娘们笑。

向南指着一个姑娘的背影:"看,那绿衣服的,像不像杨晓芸小时候!"

向南声音太大,以至于那姑娘果真转过脸来——难看。

华子乐了:"杨晓芸小时候是背影儿杀手啊?"

向南戴上潜水镜:"没杨晓芸好看!"

华子笑了:"比灵姗还难看!"

"这是什么话啊,灵姗可是美女啊。"

"喜新厌旧!我告儿你,你喜欢的美女啊,我就觉得一般,尤其是那一类长得纯的,看着就跟装出来的似的,人一般缺什么就喜欢什么——说实话,你心里是不是挺肮脏的?"

"得了吧,你才肮脏呢!"

"我喜欢带点风尘劲儿的姑娘,来劲!"华子说。

"哟哟哟,真没看出来——你还挺会夸自己灭别人的,我看你一点不缺风尘劲儿。"

"唉,向南,我也是从两小无猜的时候一步一步走过来的,你说我招谁惹谁了,怎么变成现在这样子?"

❀ 咱们还是晒太阳吧

同一时间,米莱到陆涛房间里瞟了一眼,发现他仍趴在设计图上工作着,边儿上放着没动的牛排,她没有打扰他,叹了口气,来到小花园,她的狗跟了过来。米莱倒在沙滩床上,一抬头,灵姗就坐在边上一把躺椅上。

"星期天好好休息休息！"米莱说。

灵姗凑过去："米莱姐，向南离婚的事是怎么回事？"

"杨晓芸想离，他不同意，没离成。"

灵姗"噢"了一声。

米莱直起腰，好奇地问："他跟你怎么说的？"

"我没问过他。"

"你喜欢他吗？"

"一般啦。"

"噢。"

"我喜欢另一个人。"

"喜欢陆涛你会受伤害。"

"你怎么知道？"

"咱们还是晒太阳吧。"

"陆涛哥——"

"你陆涛哥就喜欢他自己，喜欢他自己的想法，我看他是根本没有能力喜欢别人。"

"米莱姐——"

"啊？"

"你为什么这么说？"

"这是夏琳在去法国之前说的。"

"噢。"

"还是让他忙'田园牧歌'，忙事业总比忙着欺负你强。"

"他没有欺负我呀？"

"你喜欢他，他不当回事儿，这就是欺负你，懂了吧？"

"米莱姐，你生我气了？"

"对不起，灵姗，我是生自己的气。"

"为什么？"

"因为，我曾经像你一样喜欢他，他却背着我，跟我最好的女朋友好上了，他是我这辈子见过的最混蛋的一个人。"

"那你还跟他一起做生意？"

"我傻呗。"

❀　　通体雪白

游泳馆内更衣室内，华子和向南换衣服。

"杨晓芸的优点？你疯了吧，这都什么时候了，还夸她优点？"华子对着絮絮叨叨的向南大喊。

向南摇摇头，喃喃自语："白！通体雪白——就像一个洋娃娃，我觉得这方面夏琳和米莱都不行。"

"得了吧，谁掉面粉里都那样儿！"

"我现在就在她这个优点上转不过弯儿来。"

"那你多想想她的缺点。"

"哎，华子，我告诉你杨晓芸真正的缺点在哪儿吧——你看出来没有？"

"我哪儿看得出来。"

"我告诉你，要是不仔细观察，还真看不出来，我有好长一阵儿吧，也没看出来，觉得她哪儿哪儿都好，简直完美，可就是有一点说不清道不明的地方，后来有一天晚上，她看电视傻笑的时候，正被我看见，我才发现了她真正的缺点，你猜是什么？"

"傻！"

"不是——是俗！她就是有点俗。"

"哎，杨晓芸嫌没嫌过你俗啊？"

"嫌过，太嫌啦！"

"那你们俩正好一对儿！怪不得闹离婚呢，同性相斥啊！"

✿　　他会赢吗

就在陆涛开始一边看图纸一边用手拿着牛排吃的时候，小花园里的灵姗对米莱说："我爹爹说，'田园牧歌'这么做下去风险太大，除了已经说好的，他不再追加投资了，只是让我帮着看一看。"

"你爹爹很聪明，陆涛总能让别人对他有信心，"说着，她对灵姗笑了笑，"你爹爹是第一个对他的想法表示出缺乏信心的人。"

"公司的财务情况怎么样？"

"陆涛已经是第三次改变设计了，他只想作出叫人大吃一惊的设计来，根本不考虑财务问题，灵姗，我们的财务情况越来越坏。"

"那你怎么不告诉他？"

"我每天都在告诉他，但是他一心一意忙着往他的想法上下注，根本不听我说。"

"他会赢吗？"

"我不知道，这一次，谁也不知道。"

与此同时，在游泳馆外停车场，向南忽然来了灵感，冲着华子直嚷嚷："别打断我思路！我，我——哎，你说，杨晓芸想跟我离婚，是不是因为只想报复我一下，其实她还是喜欢我？"

"她到底想报复你什么？"

"别打断我思路！你说这杨晓芸现在会有新男朋友吗？"

"哪天问问她不就得了？"

"你帮我问啊？"

"别打断我思路！说说杨晓芸到底想报复你什么？"

向南忽然跳起来："杨晓芸报复我！杨晓芸报复我！谢谢你华子，我明白了，杨晓芸不是不爱我了，她是在报复我不关心她，她是在惩罚我！再见！"

华子一扭头，正看到向南往停车的地方疯跑，华子喊："你干什么去？我车钥匙还在你那儿呢！"

向南回身扔过一把钥匙。

华子接住了，看了看："哎，这把不是我的！"

向南飞车冲到杨晓芸精品店，他从车里下来，顺着窗户向里看，只见杨晓芸正在向顾客卖东西，一副振振有词的样子。向南大步走了进去，一把抢过杨晓芸正在卖的一张小块毯："这毯子我要了。"

杨晓芸白了他一眼："我不卖你。"

"我买两个，替他也买一个，求你出去听我说一句话。"

顾客也生气了："我也要买两个！"杨晓芸见势不妙，一把把他揪到外面。

"杨晓芸，你是不是在报复我？"

"滚！我还以为你来离婚解放我呢，没想到跑来说我报复你。我问你，你有什么可报复的？"

"你报复我，是因为我对你不够关心，你报复我，是因为你明知道我想跟你在一起，所以你就是不跟我在一起，你是在惩罚我！"

"我？我惩罚你？我有病吧我！告诉你，以后除了离婚和买东西，别的事儿别来找我！再见！"杨晓芸说着走进店里。

向南站在原地喊："杨晓芸，你就是惩罚我，你现在就是在惩罚我，告诉你，我就不离婚，就不离，我看你能把我惩罚成什么样儿！"

门开了，一块毯子飞出来，砸在向南头上。

✿　　寂寞

打烊了，店里空了，只有杨晓芸一个人在点钱，她点着点着，停了，有点失神儿。

门开了，何翠凤进来："晓芸，大周末的，生意怎么样？"

杨晓芸点点头："挺好的。"

"流水多少？"

"我数数。"

杨晓芸低下头数钱，数了一会儿，忽然生气地把钱全部扔在地上。

"晓芸，怎么了？"

杨晓芸抽泣起来，接着放声大哭："为什么别人周末都和男朋友约会，逛街，和家里人看电视，我就天天盯着这么个破店，一个周末也没有啊！凭什么呀！为什么呀！"

她越哭越伤心。

何翠凤过来抱住她："晓芸，晓芸，别哭了，都是妈不好，妈今天带你爸看病去了，以后星期天你爱干嘛干嘛，我和你爸在这儿盯着——好了好了，晓芸，妈的好闺女，不哭了，心疼死妈了。没男朋友，妈给你找，想逛街，妈给你钱，妈就一个闺女，妈活着还不是就为了你——"

何翠凤从地上捡起一摞钱塞进晓芸手里："晓芸，别哭了，现在才七点，还来得及，你逛逛街，购购物，看场电影什么的，心情就好点了，去吧——"

"可我还没离婚呢，哪儿来的男朋友呀！"

"这事儿我得找找向南去，干什么这是啊，想耽误我闺女的幸福是不是？"

杨晓芸接过钱，背上包走了。

一小时后，杨晓芸一个人走在西单商业街上，一边走一边愣神，手里抓着那一把钱，忽然，她停下来，原来这正是她和向南新婚时曾逛过的一个商店，她想到向南曾抱着她，她拎着大包小包，让向南抱得美人归。

杨晓芸跺了一脚，清醒过来，走向街边打车去了。

现在，杨晓芸心里充满了怨气，她来到心碎乌托邦找向南离婚，两人吵得四邻不安，大家纷纷放下手中的事儿，出来看现场离婚秀。

只见杨晓芸在大厅里走来走去，向南跟在后面，杨晓芸对向南嚷嚷："这事儿别再拖着了，黏黏糊糊的，像个男人吗？"

"你让我再想想，着什么急呀，我不是说了嘛，如果你有新人儿了，我立刻就跟你离，咱不耽误你！"

"废话，我这么一结着婚的人，哪儿找新人儿去？"

"那正好儿，别找了——"

杨晓芸白了向南一眼。

向南皮笑肉不笑："再说，我不也结着婚嘛！你学学我，别那么着急行不行，我告诉你啊，我的承受能力是有限的，你要再逼我离婚，回头我真来个三长两短的——"

"滚！"

"晓芸，咱别说这种伤感情的话了，去那边坐会儿吧，我给你做一杯咖啡，咱一起小资小资，相互安慰安慰，鼓励鼓励，都是心碎的人——"

"滚，你们这儿我一来就生气，什么'心碎乌托邦'呀，还那么来劲，明明是'糜烂乌托邦'！"

向南得意地点点头："要不你搬过来咱一起糜烂糜烂？"

"得了吧，我可不想耽误你！"

楼上的观众聚齐了，大家都被他们的表演迷住了。

"你都耽误我那么多年了——"

向南话音未落，便被杨晓芸拦住："哎哎哎，别那么恶心行不行？以为我不知道呢，背着我偷偷摸摸地讨好儿富家女，你也不照照镜子，就你那样儿，像脚踩两只船的人吗？踩着我也得了，踩人家富家女，想吃软饭，我问你，丑八怪不整容想当电影明星的事儿你听说过吗？"

"我没有！"

"别顶嘴——讨好富家女，住LOFT，我看你就是变相地嫉妒陆涛！"

"陆涛是我哥们儿！"向南有点急了。

"有一这么成功的哥们儿在身边挥之不去，是不是觉得自己挺失败的？"

"你以为我是你呐？想什么呢？"

"你看，这么漂亮的LOFT，一想到没有陆涛没有米莱你就住不进来，是不是心里挺不是滋味儿的？想想你是一个什么样的人，一个失败的人啊——百感交集吧，小苦涩啊，小辛酸啊——你骗得了我吗？"

"你半夜三更地跑这儿来想打击我，太可笑了——"

"我就打击你，因为我太了解你了——"

楼上的米莱一推陆涛："陆涛，想想你现在是一个什么样儿人，一个快失败的人啊——百感交集吧，小苦涩啊，小辛酸啊——你骗得了我吗？"

陆涛学着向南："米莱，你半夜三更地跑这儿来想打击我，太可笑了！"

米莱学着杨晓芸："陆涛，我就打击你，因为我太了解你了——"

下面，杨晓芸气得飞起一脚，把向南踢翻在地上，然后摔门而去！

楼上，大家鼓掌，华子喊："向南，我们要看定期演出，下个周末杨晓芸还要来，我去请！"

向南捂着裆站起来，对大家鞠了一个深躬："表演结束了，谢谢大家。"

一个站不稳，又摔倒在地上。

✿ 太成功了

在东直门吃宵夜的时候，向南和华子喝得有点高了，陆涛也在喝着酒，啤酒瓶堆得到处都是，三个人轮流出门上洗手间。

"来，碰完这一杯——我去趟洗手间。"

三个人干了，向南出去了。

"陆涛，现在这生意怎么这么难做啊？"华子问。

"我哪儿知道。"

"我的蛋糕店流水越来越少，全是让连锁店挤的。"

"连锁店也有风险，如果没有突出的特点，规模越大赔得越惨。"

"我是小本儿生意，就是混口饭吃，哪儿来的狗屁特点？"

陆涛叹口气："说到生意，其实我也是越来越糊涂，以前觉得东西好就值钱，现在看到太多的坏东西一样值钱，就说房子——"

"求求你别说房子——"华子摇摇手。

"不说房子不说房子，干了这杯。"

华子和陆涛碰了一杯，向南走了进来。

"我也去一趟。"华子站起来走了。

向南在陆涛身边坐下来："几点了？"

"快两点了。"

"那得回去了，明儿还得上班呢。"

"等华子回来吧——服务员，买单。"

说着，两人碰了一杯。

"陆涛，你太成功了，太成功了！"向南忽然说。

"你什么意思？"

"没见过你这么顺的人，干什么成什么，你不要的扔给我我都接不住！"

"向南，你把话说明白点——"

"算了——没什么好说的。"

"说吧，说吧——"

"陆涛，有时候，跟你在一起，心里特不是滋味儿。"

"怎么了？"

"这么说吧，咱俩是哥们儿，一直是，可是，你的成功叫我觉得特紧张。"

"我成什么功了？你紧张什么？"

"你开奥迪，和富家女在一起，一张嘴就几千万几亿的，我呢，钱越挣越少，前年多的时候，一个月一万，去年八千多，今年就剩下六千多了，连杨晓芸都对我彻底失望了，来一趟咱们那儿说一次离婚。陆涛，我怎么了，我挺好的，好多人还不如我，我刚刚还想，要是没有你作对比，杨晓芸没准儿还觉得我挺牛的——"

服务员过来结账，陆涛付了账。

华子走回来坐在边上："是不是要回去了，你们俩儿明儿还有班呢！"

陆涛拍向南的肩膀："哥们儿跟你说句实话，你别嫌我的话操蛋啊——"

"你说你说。"

"成功这事儿吧，每个人想法不一样——"

向南把陆涛的手拨开："你不用跟我绕弯子。"

"向南，怎么说呢，我觉得成功的人至少应该高兴，可我一点也不高兴，我从社会上得到一些东西，但不是我最想要的——"

华子一听就急了："陆涛，我插一句啊——你知足吧，最想要的，最想要的！我最想要的一千万，一千万人民币就成。"

"我只要一百万。"向南说。

"我最想要夏琳。"陆涛说。

❀　　跟夏琳有关

宵夜一回来，陆涛三下两下脱掉衣服，躺到床上，顺手从枕头下面拿出一个镜框，里面是夏琳的照片，还没来得及回味，敲门声响起。

"谁？"

"我，向南。"

陆涛起来开门，然后上床，向南坐到陆涛边上的一张椅子上。

"我想起一事儿来，跟夏琳有关。"

"说。"

"你还记得关鹏吗？夏琳的第一个男朋友？"

"当然啦。"

"我知道他一个小秘密，挺无聊的。"

"你说。"

"我怕给你添堵。"

"堵堵我吧——免得你烦哥们儿。"

"关鹏其实一直在骗夏琳，跟夏琳好的时候，他早就成家了，还有个十岁的孩子。"

"真的？"

"而且，关鹏一直在悄悄地追夏琳，前一段儿还去了一趟法国看她。"

"你怎么知道的？"

"关鹏是我小姨夫。"

"靠！"

"第一次见到关鹏我都呆了，这叫怎么回事儿呀！后来，我几次想跟你说，可怎么说怎么觉得别扭。我跟我小姨也没说过，我小姨以为他成天在外面忙着挣钱，哪儿知道他在外面勾三搭四呢。"

陆涛长叹一声。

"反正都是过去的事儿了，得，哥们儿回去睡了啊。"向南说完走了。

陆涛想睡觉，睡不着，在床上翻来翻去，最后还是坐起来，拿起电话，拨了出去："夏琳，我是陆涛。"

电话里传出夏琳的声音："你那儿是半夜吧？"

"嗯。"

"别浪费电话费了，这可是国际长途。"

"我刚知道一破事儿，想告诉你，听了别生气啊。"

"你说吧。"

"知道吗？你那前男友，关鹏，是向南他小姨夫，孩子都十岁了。"

"这个混蛋！太混蛋了！哎，陆涛，我问你，你们男人怎么都没一句实话啊？"

"我说的就是实话，夏琳，我爱你，只要你一句话，我马上丢掉一切，去法国找你。"

"谢谢你这么说，你不用来了，我快回去了。"

"真的？"

"是，我快放假了。"

"那我等你回来。"

"陆涛！"

"好吧，算我没说。"

"再见。"

"再见。"陆涛挂了电话，仰面躺在床上，这下他能睡着了。

❀　　打折的日子

生活在继续，陆涛仍在造他的完美房子，为此需要不停地追加投资，搞得米立熊见到他就恨不得急疯了。每天回到LOFT里睡觉的华子和向南，简直就觉得共产主义已经实现了。米莱内心里有点失落，但能天天和陆涛在一起仍感到亢奋。杨晓芸仍隔三差五地去乌托邦免费出演离婚秀。灵姗则天天用好奇的目光在这些人身上扫来扫去，觉得他们每个人都好奇怪。

五一节是打折的日子，每一个大卖场外都五花大绑着一些大条幅，上面写着买一百返六七八十，卖场里人山人海，人来人往，当然落不下杨晓芸了。此刻，她正跟一文质彬彬带眼镜的男人在逛，他叫俞忠，是她妈顶着她的白眼儿新给她介绍的男朋友，两人手里各拎两个购物袋，边走边聊。

"后来我从上海去美国学建筑，回来后发现找不到工作，就改行做了电脑，现在写程序。我那家公司在上海，总公司在北京，我每月两头儿跑，如果我们继续交往，我可以在北京多一点时间，我保证可以待十八天以上。"俞忠说。

"你觉得我哪儿好？"杨晓芸问。

"我爱听北京话，你北京话说得蛮好的，我蛮爱听的。"

"我觉得你上海话说得也挺好听的，软软的，听得我骨头直痒痒真想在谁身上蹭蹭……你还觉得我哪儿好？"

"你长得蛮漂亮的，像南方的女孩子，带出去在朋友家人面前一定会蛮有面子的。"

杨晓芸差点想发火，但她忍住了："你也挺给我面子的，第一次见面就花了三百巨款给我买上衣，我那个不争气的狗前夫三年加起来也没买过那么贵的，你一定很会关心人，我太需要关心了——"

俞忠刚要说什么，杨晓芸忽然发现打扮得油头粉面的向南和背着双肩背包的灵姗也在人丛中走，两人手里各拎着六七个购物袋，她急忙对俞忠说："对不起，等一下——在那个大门前等，我看见朋友了，过去说句话。"

说罢就开始跟踪那一对不要脸的狗男女。

灵姗和向南一点也没有察觉，他们俩聊得眉飞色舞。

"我最爱买打折的衣服，在香港，没有折扣我一件都不买。"灵姗说。

"这儿还有抽奖呢，我以前抽到一瓶香波。"向南一指。

"我抽到过一个彩电和两台冰箱。"

"在哪里？"

"在香港。"

"什么时候我也去香港试试。"

"还有多少返券？"

"还有九百多。"

"为什么我越买返券越多？"灵姗蹲下来，揉着自己越走越细的腿问。

"那是因为你不停地买。"

"我累死了。"

"那边有一个咖啡座，我们喝点东西去吧。"

❀ 吃醋

两人来到商场里的一个咖啡座坐下。

"你喝什么？"向南问。

"西柚汁。"

向南走到柜台前："一杯西柚汁，一杯可乐。"

杨晓芸从隐蔽得很好的一根大柱子后面溜出来，出现在向南边上："小姐，我要一杯毒药，加到西柚汁和可乐里。"

"晓芸，你怎么在这儿？"

"我跟你们走半个小时了，眼看到你跑前跑后的恶心背影，现在你在我眼里完全是一只大苍蝇，我告诉你，再走一秒钟，我就会被你气死。"

向南拿着两杯饮料坐到桌边："灵姗，正式介绍一下，这是我媳妇，她也爱买打折衣服。"

灵姗用刚学的北京话问："你们俩最近有什么进展？"

"还在冷战。"向南说。

"要不是当着这么多人儿，我们俩很可能会肉搏——向南，明天我在店里等你，快点把婚离了吧，再拖下去，所有的姑娘都被拖成大妈了！"

"你不是说下个月吗？"

"我说明天，就明天！你要不来找我，我去找你！"

说罢拿起一杯饮料喝掉一半，剩下一半倒在向南脸上，然后站起来走了。

向南擦擦脸，对灵姗一笑："她吃醋了。"

灵姗笑了。

向南突然站起来对着杨晓芸离开的方向飞跑，他在人丛中穿来穿去，终于，向南看到杨晓芸，他追了上去。杨晓芸站到扶梯上，往下走去，向南追了下去。

杨晓芸察觉到了，她得意地回头看了一眼向南，顺着扶梯往下跑，下了扶梯，直奔正门，俞忠正等在那里。

杨晓芸滑着就冲到俞忠面前，一把挽起他的胳膊："走吧。"

这一幕完全被向南看见了，他一个急刹车停住，深吸一口气，不过还是追了出去，他怕杨晓芸误会。

卖场外，杨晓芸和俞忠刚要迈进出租车，被向南一把把车门关上，他靠着车急急地说："晓芸，求你，我可是假的，而且就这么一次，原谅我吧。"

"没什么好说的，非离不可！"杨晓芸说着，从兜里掏出一把返券往向南兜里一塞，"这是两百块返券，去给人家买几双名牌袜子！"

说罢和俞忠一起钻进出租车后座。

向南弯下身，对着车玻璃窗："晓芸，再给我一次机会吧！"

杨晓芸把窗玻璃摇上，出租车开走了。

向南失魂落魄地站在路边，他坐下，从兜里掏出一把皱巴巴的返券，数了起来。

一个保安过来："对不起先生，这里不能坐。"

向南直愣愣地看着保安，脑海里只有一个画面来回浮动，那就是杨晓芸跟着一个别的男人走了。

"先生，你坐这里影响车辆通过。"保安客气地说。

"你管呢！撞死我活该！"向南跟保安急了，其实他是吃醋了。

❀　　再接再厉

自打见到杨晓芸领一个对象儿逛商店，向南的情绪就出现了强烈的波动。杨晓芸埋在乌托邦里的内线儿米莱，及时地把这一情报传了出去，杨晓芸一听大喜，下一次来乌托邦就带上了俞忠。

这是一个周末，杨晓芸和俞忠坐在厅里，华子、灵姗、米莱在那儿陪着。

米莱装腔作势地问："先生以前也是学建筑的？"

"米莱！"杨晓芸怒吼道。

灵姗叹口气："今天又要发生一些叫人不高兴的事情了。"

米莱斜了她一眼："完了，乌鸦嘴又说话了！"

"那今儿散了吧！"华子说。

"不行！向南说我找着一下家儿他就同意离婚，现在我好不容易我把人带来！不能散！"杨晓芸说道。

华子立刻陪着笑脸儿问俞忠："对不起先生，我忘了您贵姓——"

杨晓芸把桌上的名片往华子眼前一拍："没长眼睛啊你！"

"啊，我叫俞忠。"

华子拿起名片："俞忠？这名字好，杨晓芸就喜欢对她愚忠的男人！"

俞忠看了一眼杨晓芸，笑了笑。杨晓芸抖一抖上身儿，一副得意的样子，烦得米莱、华子、灵姗一起翻白眼儿。

"杨晓芸楼上那恶前夫的名字起得就不行，向南，他就是知道向南，杨晓芸叫他向北，他偏向南，杨晓芸叫他打狗，他非骂鸡，特讨厌——"华子假装谄媚地说。

"华子！"杨晓芸再次怒吼。

华子颓废地："好吧。"

俞忠一点也看不出来这帮人想调戏他，他一本正经地回答："杨小姐跟我说过了，呵呵。"

米莱笑："俞忠先生，真谢谢您，杨晓芸是我的好朋友，被她老公赖上了，我一直爱莫能助，您能站出来，真是大快人心！"

"米莱！"杨晓芸提醒道。

米莱颓了："好吧。"

华子盯着俞忠又看了一会儿，刚要说话，杨晓芸柳眉倒竖："华子！"

华子只好颓废地点点头："好吧——你说我能帮你什么忙吧？"

杨晓芸点点头："帮我再叫向南一声儿，他一个走过跳楼秀的哀人，还挑着时候东躲西藏的，押谁呢？跟我玩什么羞答答啊！"

华子站起来大声："向南！向南！这个周末的演出什么时候才能开始啊！"

此刻的向南正在楼上陆涛房间里急急忙忙地挑衣服，听到华子的声音喊道："挑完服装就下去！没服装怎么演出啊！"一抬头对陆涛说，"非从服装上先压倒那孙子不可！"

陆涛叹口气，只见他的房间里，名牌儿西服堆得哪儿哪儿都是，向南裤子挂膝盖上，上身儿还在试着一件，脖子上还围着花里胡哨的领带，一根皮带挂在脖子上，一只脚在皮鞋里，另一只脚在皮鞋外。向南踩上一椅子照着挂在墙上的一面小镜子："这件多少钱啊？"

"我哪儿记得住啊！"陆涛说。

"看着我，这件像是最贵的！"

陆涛得意地告诉他："最贵的是我身上这件儿，五万六，是我疯了的时候胡买的！"

"脱下来！"向南说道。

✿ 再见再见

楼下客厅里，大家仍顽强地与杨晓芸俞忠两人交流着，米莱问："俞忠先生，您以前也是学建筑的？"

"是，我在国内大学读四年，美国MASTER读了两年。"

米莱装腔作势地说："先生，您知道吗，我和杨晓芸是服装学院的同学，一直是好朋友，从做学生起，我们找男朋友就有个条件，那就是要求他们必须要懂建筑，那谁谁谁说，建筑是凝固的音乐——"

杨晓芸一跺脚："米莱！"

米莱叹口气："好吧——华子说吧。"

"米莱说得对！我也学过建筑，四年！因为没学好，所以当年追杨晓芸，就没追上，他丈夫比我学得好，就追上了。你学了六年，不过你转了行，说明你没学好，这是你比较不利的地方。不过你毕竟学六年，比她丈夫学得好，这是你比较有利的一面——"

杨晓芸一指华子："华子！"

华子只好用眼睛看一看灵姗："好吧——那个，那小灵仙儿，要不你算算俞忠先生和杨晓芸小姐有得成没得成啊？"

杨晓芸伸长脖子对着楼上狂叫一声："向南！快下来！"

"马上！"向南的声音传回来，此刻，他已收拾停当，满意地照完镜子，然后得意地要往外走。

"向南！"陆涛喊了一声。

向南站住，陆涛做了一个拉上拉链的动作。

向南低头看了看，一边系裤扣一边说："你说哥们儿就这么出去坐他们对面劈着腿跟他们说话，能把他们恶心死吗？"

陆涛不耐烦地一指："把包儿拎上！"

"噢，对了。"向南劈手拎起一个帅包儿，在手里掂了掂，扔回给陆涛："替我拎着！"

楼下，还是灵姗稳住了杨晓芸这一对，她认真地问："你们的星座？"

米莱看到向南和陆涛从楼上下来，她一边招手一边说："杨晓芸是天蝎！"

华子也对楼上招手："向南是双鱼！"

"我们认识的时候，他骗我说是金牛，害死我了！"杨晓芸气愤地说。

华子接口道："向南一定事先查过金牛和天蝎配，这事儿太像他干的了！"

杨晓芸对着走过来的向南投掷出一个小公仔："王八蛋！快过来！"

不料这一次陆涛扮演给向南拎包的，他一把接住小公仔，递给向南："向总——您看——"

"扔回去！"向南说道。

陆涛扔了回去，正砸在俞忠的身上，俞忠拿起小公仔刚要说什么，米莱急忙问道："先生您的星座是？"

俞忠拿着那个小公仔看了看："噢——我是金牛。"

米莱乐了："呵呵，这下可碰上真金牛了。"

灵姗一把把小公仔抢回来："这是我的！"

华子高兴得直鼓掌："杨晓芸，这回你找对人儿了，绝配！牛！"

"不过这个月的月亮不好，你们俩暂时不好配啦！"灵姗说。

"住嘴！"杨晓芸打断她。大家笑了起来。

向南和陆涛已走到沙发边儿上，陆涛把拎着的名牌皮包交给向南："向总，您——"

向南接过包，一副急匆匆的样子："对不起各位，最近太忙了，我公司有点事儿，实在是抽不开身，抱歉啊，让大家久等了，兄弟我先走一步，我解决完问题就赶回来！"

说着就往外走。

米莱灵姗陆涛和华子都笑得直不起腰来。

"向南，你给我站住！"杨晓芸急了。

这一次演出杨晓芸落了下风，杨晓芸见势不妙，拉着俞忠走，向南送得最积极，先送一步，等大家一出来，发现向南一个人站在墙边儿，杨晓芸在他对面儿训他，他一副满不在乎的样子。

"人儿我给你带来了，你也看见了，了解了，别再二皮脸了，我告诉你，我们就等着跟你离完婚结婚！"

"我放心了，俞先生真不错，比我强多了，你们结吧，我举双手投降！"说着把双手举了起来。

杨晓芸回头："哎，你们大家看一看，他这大猩猩动作是什么意思？就是投篮儿也得到里面去投去啊！"

向南咳了一声："我来解释！举左手的意思是赞成！右手是同意！下星期离婚！一定离！现在，你们看，我两只手一起晃了，意思就是我不想再看见你们了，跟你们再见！杨晓芸，我还是那么机灵吧？可以吧？"

大家哄笑，杨晓芸气得踢了向南一脚，向南躲开，杨晓芸一挽俞忠："我们走！"

两人走，身后是大家幸灾乐祸的歌声："再见！再见！等到离婚的那一天！"

❀　　你什么意思

华子好久没有见到露露了，这一天，他来到台球厅，只见门口空荡荡的，只有两辆自行车。华子下了车，推开门走了进去。

只见偌大一个台球厅内，只有两个中学生在那里打台球，露露弟在一边扫地，华子坐到一把椅子上。

露露弟看到华子，走了过来。

"生意怎么样？"华子点上一支烟。

露露弟只是笑。

"噢，对不起，我想你听不到也不会说。"

华子叹口气，一边抽烟自言自语："你妈好吗？住我那儿方便呢？露露呢？猪头呢？他们俩呢？我知道你最能保守秘密——靠这个一个月挣三千——"

华子抬头看露露弟，他仍在笑，那笑容又无辜又纯洁。

华子拍了拍露露弟的肩膀："朋友，我很失落，非常失落，我必须要弄清一切都是怎么发生的，以后又会怎么样？可是，这些跟你说有什么用呢？算了，我还有点事儿，先走了——"

说罢一个人孤零零地走出台球厅。

晚上，华子回心碎乌托邦，心绪烦乱。楼上，陆涛、米莱和灵姗靠在栏杆上说话。楼下，只有华子在上网。

门开了，露露和向南一起回来了，露露穿了一身儿很贵的套装。

华子抬头："哟，今儿回来够早的！"

"我正在班上晃着，接露露一短信息，说今儿下班早，我也溜了，趁着堵车之前，把你亲爱的给送回来了。"向南说。

华子用手摸了摸露露的上衣："这身儿打一折我都买不起，你怎么给穿上了？"

露露嘴一撇："是猪头他们公司发的文秘服，看，我像不像一小文秘？"

华子忽然连点两个网页，在网上找到一身与露露一样的时装："公司发的？猪头公司发小文秘新款瓦萨驰当制服穿？你以为他开的什么公司啊你？"

露露一听就急了："怎么了，你买不起，所有人都买不起啊？"说着就要走。

"你去哪儿？"华子问。

"我，我上楼洗个澡。"露露犹豫了一下说。

"哎，等一下。"华子从椅子上站起来。

露露站住，有点不自然。

"你最近还去台球厅吗？"

"你什么意思？"

"我就是想问问。"

"你是我什么人啊，凭什么问我？"

"我——我——得，你洗澡去吧！"

露露向楼上走，却看到楼上站着米莱、陆涛和灵姗，正往她脸上看，她低下头，转身兜了一圈儿，出了乌托邦。

向南走上去："怎么了，华子？"

"哎，你屋里有绿帽子吗，去找找，扔下来让哥们儿戴会儿。"

"露露不至于吧？"

华子叹口气："太没劲了。"

"我跟你说华子，这事儿可跟我没关系啊，宁穿朋友衣，不夺朋友妻，这点水平我还是有的，今儿回家捎上露露纯粹是碰巧儿——"

华子乐了："真没见过你这么缺心眼儿的人。"

"唉，你说露露能搭上谁呀？"

"爱谁谁！向南，不是哥们儿吹牛，她这样儿的，就是一卡车一卡车地冲上来我都不带看一眼的！可怜人必有可气之处！我这个村儿一过，我看她哪家店里去投宿！这网上小姑娘一把一把的，她一中年妇女就是大甩卖也换不来市场占有率啊！向南，你说吉普车不省油吧，她一纸糊的破灯笼在那儿瞎起什么哄啊，假装浪费还是怎么着？有毛病啊！"

"朋友朋友别激动！别激动！"

"我有什么激动的，我高兴还来不及呢！向南，我车没油了，你借我车使使，有一小蜜跟我磨蹭小半年了，我还抻着呢，今儿晚上非把那层窗户纸给捅破了不成！"

向南把车钥匙扔在桌上："你开慢点啊——"

华子脸涨得通红，拿起车钥匙，头也不回地走了出去。

向南愣了一下，叹口气，上楼，走到大家面前，大家没说话，用表情表示无奈。

❀　不平静的夜晚

向南觉得无所事事，看到灵姗的门开着，就走了进去坐下，灵姗从后面走过来，在衣柜边上找换洗的衣服。

"华子生气了，我都十年没见过他那样儿了——"向南没话找话地说。

"华子哥遇到坏事儿了。"

"是啊。"

"华子哥还有别的女朋友吗？"

"有也是不怎么样的，要不然早就带过来显摆了……估计不是他的蛋糕店的蛋糕妹，就是他发廊的发廊妹。"

"向南哥，我问你，男人是不是一受伤害，就要想办法找别的女人安慰自己？"

"男人，男人可没那么脆弱！"

"你等会儿啊，我要洗个澡——我给你放一首歌吧。"说着，灵姗打开音响，给向南放了一首歌，然后走进洗手间，片刻，洗手间里传来水声。向南点燃一支烟，听着歌儿，把一张灵姗的照片移到眼前看。

与此同时，在楼下客厅里，米莱和陆涛在喝咖啡。

"没想到露露这么有主意。"米莱若有所思。

"我觉得露露一直就对华子不太上心。"陆涛说。

"我还以为是华子对露露不太上心呢。"

正说着，门开了，杨晓芸走了进来。

米莱一惊："晓芸，你来啦！"

杨晓芸招招手。

米莱笑着压低声音对陆涛说："我希望向南不在灵姗那里。"

陆涛抬眼望望楼上，叹了口气对米莱："完了。"

杨晓芸已走到他们面前："向南下班了吗？"

"回来了。"陆涛说。

杨晓芸把包往沙发里一扔："还有这么差劲的人，约好了今天去离婚，他竟然在这件事儿上放我的鸽子！打他电话也不回！我先上去一下！"

"要不先坐这儿喝点什么吧？"陆涛劝。

杨晓芸长出一口气："待会儿回来再喝。"

说着走上楼去。

米莱对陆涛做出一副苦相儿，又做了一个"全完了"的手势。

陆涛苦笑："我很焦虑，非常焦虑——"

此刻，在灵姗房间，向南美滋滋地听着歌，还轻声跟着唱，脚搭在另一张椅子上，一副很舒服的样子，他脑子里全是灵姗洗澡时的样子，而杨晓芸正推开向南房间的门，走了进去，只见里面乱乱的，手机放在桌上，杨晓芸按了一下，只见上面显示出三个未接电话，都是她自己的，杨晓芸打开洗手间的门，往里看了一眼，退出房间，她刚要对陆涛他们说什么，忽听边上的房间里传出灵姗的声音："向南，帮我拿一下浴巾——"

杨晓芸站住了。

同一个声音传入向南的耳朵里，使他像炮弹般地窜起来："浴巾在哪儿啊？"

"就在我衣柜里。"

向南去拿浴巾，然后走到洗手间门口："来啦。"

门开了，杨晓芸出现在门口。

洗手间内，灵姗光光的胳膊伸出来："给我！"

向南伸出的手被杨晓芸凶狠的目光钉在半空中，他愣住了。

灵姗的声音再次传来："给我呀！"

杨晓芸猛地关上门，走了，向南把浴巾塞在灵姗手里，追了出去，只见杨晓芸在前面狂走，向南只好在后面不远不近地跟着。

米莱一眼看见，直吐舌头，杨晓芸一直走到陆涛和米莱身边，气哼哼地坐下。

"米莱，有比我的心还凉的冷饮吗？"

"有！我们这儿有最寒冷的！"说着，快速站起来去拿。

杨晓芸一边上下点着头儿一边唠叨："太丑恶了！太丑恶了！真是太丑恶了！"

陆涛接过话茬儿："是骂开发商呢吧？开发商不是东西！"

"陆涛，你别打岔！"杨晓芸瞪了他一眼。

向南坐到陆涛边儿上："晓芸，你听我解释。"

米莱回来，悄悄把一杯冰镇可乐放在杨晓面前。

杨晓芸斜了一眼向南："小胳膊够白的，跟鲜藕似的，你怎么不拎着那小胳膊儿把人给揪出来啊？"

"怎么了，晓芸，你看见什么了？"米莱问。

杨晓芸指着向南："我看见这个混蛋给人家递浴巾呢！"

陆涛笑了："真不堪入目！向南，递过几次啦？以前给杨晓芸递的不算啊。"

"陆涛，有你这样的吗，还煽风点火儿的！"

向南假装轻松："君子坦荡荡，完全是误会，一会儿等灵姗出来就全清楚了。"

"我现在就全清楚了！向南，你兜里是不是还揣着人家的内裤呢，掏出来让我们开开眼界，真不要脸！什么心碎乌托邦啊，完全是'臭流氓的老黑窝儿'！真没见过有人像你们这么心碎的！"

陆涛笑着轻声对杨晓芸说："要不你也搬过来吧？"

"滚！"杨晓芸恨恨说道，拿起可乐喝，呛着了，向南赶紧过去拍她后背，不料杨晓芸触电一样尖叫一声，把他推开，可乐罐掉在地上："别碰我！离我远点儿！你完全是个骗子！"

向南把手插裤兜里假装满不在乎地坐到一边，杨晓芸绷着脸，想说什么，米莱立刻做着手势小声说一声"冷静"，杨晓芸把话咽回去了。

向南想说什么，陆涛立刻做着手势小声说一声"冷静"，向南苦着脸把话咽回去了。

陆涛想说什么，米莱立刻做着手势小声说一声"冷静"，陆涛叹口气，把话咽回去了。

四个人都不知说什么才好，相互看着，一言不发。

杨晓芸站起来，踏着步走来走去，慢慢地变成一脸笑模样儿，她挥着手尖声尖气地说："我很冷静，非常冷静，特别冷静，向南，必须离婚的，非离不可，这事儿必须马上就办，不能再拖下去了，我一分钟也不能等——"说着说着觉得没意思了，脸慢慢变冷了，她快速地挥一挥手，把声音放低，"再说下去也没什么意思，你需要自由，我也需要，我回去等你电话！"说罢，冲陆涛和米莱点点头，站起来走了。

向南站起来："晓芸！"

晓芸回头。

向南谄媚地叫道："我一点自由也不想要，你可别受骗啊！"

杨晓芸出了门走了。

米莱看着向南说："我看杨晓芸心里想的是，别受你的骗就行了！"

"完了，说什么都晚了，反正是完了。"向南自语道。

灵姗水灵灵地走过来："你们干什么呢？"

向南猛地抬起头："哎，灵姗，你刚才怎么想起叫我给你递浴巾啊？"

"怎么啦？"灵姗问。

"小灵仙儿啊小灵仙儿，你这一回终于不灵了！"陆涛乐了。

"我怎么了？"

"你这回可真把你向南哥害惨了——"陆涛说。

米莱兴奋起来，"唉，刚才你洗澡叫他递浴巾——"米莱忽然提高声调，"叫他媳妇儿给撞见啦！"

陆涛一字一顿地补充："这件事儿发生的概率比见鬼还小。"

"我做错事了吗？"灵姗说道。

向南也一字一顿地说："对一个霉运当头的人来讲，没有一件事是对的！"

"你说谁呢？"灵姗问。

"我说我自己。"

米莱笑了："小灵仙儿，以前你只是一个乌鸦嘴，没想到住进来没几天就有长进了。知道嘛，你现在已经开始亲自参加破坏别人家庭及婚姻的各种活动，不简单呀！"

灵姗瞟了一眼在座的人，不服地辩解："还不是让你们给带坏的啦！"

大家一起笑了起来，他们总是笑得出来。

✾　　霉运当头

夜色里，华子抱着一个胖乎乎的姑娘从酒吧里出来，这是他费了半天劲儿在网上认识的网友，又费了更大的劲儿，才把她灌醉，两人来到街边，上了华子的车，华子发动汽车。

"你不用送我回家了，我自己打车就行。"姑娘说。

"我不想送你回家。"

"你喝多了吧？"

"你忘啦，咱俩儿一人两瓶喜力，这叫多呀？"

姑娘的手机响，华子看着姑娘接。

"喂——啊——我——我刚加完班儿，正要回家，你等我吧。"说着挂了电话，看着华子。

"你老公？"

"我老公给我炖了红烧肉，等我回去吃。"

"你饿吗？"

姑娘摇摇头："我一口也不想吃。"

华子看着她。

"可是我得回家，要不然对不起我老公。"

"那我送你回去。"

"我自己打车吧，回头QQ联系，你可别把我给删了。"

"不会。"

"下次我有空打电话给你。"

"好吧。"

"再见。"姑娘说完拉开门，下了车，在路边拦住一辆出租车，走了。

华子感到失落，为了露露，为了自己，为了所有的一切，他开着车在街上闲荡，觉得自己脑门上方乌云翻滚，霉运当头。

正在他打算回去睡觉的时候，接到杨晓芸一个电话，杨晓芸在电话里用失控的语气生硬地说："我想问你点事儿！"

"你在哪儿？"华子问。

"在我店里。"

"那——那我去你店里。"

❈　熟张儿

华子把车停在杨晓芸精品店外，慢慢下了车，一眼望去，看见杨晓芸装修店里亮着灯，杨晓芸在里面忙着什么，她就一个人儿，显得有点孤单。

华子点上一支烟，犹豫了一下，然后走去敲门，杨晓芸过来开门。

"这么晚了还不回去，搞得店像鬼屋——"

"我本来就是孤魂野鬼——没事儿，刚才叫向南气着了，正好，店里进了点新货，我摆一摆，消消气。"

两人走进店内。

"看样子，生意不错呀。"

"要不是我妈老进些便宜货让店里的东西下档次，还能更好点。"

"噢。"

"我给你倒杯水。"杨晓芸说着，跑到自动饮水机前给华子倒了杯水，放在华子面前，然后坐在华子边上。

"是不是想跟我探听探听向南的事儿啊？"华子问。

"向南的事儿我现在一点兴趣也没有，就是有点烦，想找个人说话。"

"我也正烦呢。"

"你烦什么？成天一个人自由自在的？"

"我倒想不自由呢，也没人来帮帮我。"

"你这话是什么意思？"

"没什么意思——"

杨晓芸拿起华子的空杯子，又给他倒了一杯水，走回来放在华子面前。

"还是你好。"

杨晓芸轻笑了一下，看了华子一眼，华子低下头去。

"我刚刚去了趟你们那儿。"杨晓芸说。

"怎么了？"

"正撞上向南给灵姗递浴巾，差点把我气疯了。"

"可能就是老住在一起，比较随便吧。"

杨晓芸小眉毛一竖："那也不能那么随便！"

"向南是挺爱往灵姗房间里跑的——不过——"

"向南和灵姗睡过觉吗？"

"我哪儿知道？"

"你肯定知道。"

"我估计没睡过，怎么突然问起这个？"

"没事儿，就是瞎问问。"

"怎么了？"

"从上学的时候起，我就一直很平常，米莱特有意思，夏琳很骄傲，她们都比我吸引人，每一回一出去，她们俩都是男生注意的中心，最好的事永远属于她们俩——不过我有一点比她们俩都强——"

华子看着杨晓芸。

"我从来不说瞎话。"杨晓芸说。

华子仍看着杨晓芸。

"我最喜欢男生的手漂亮，我说出来你可能会笑我，我一开始没注意到向南，觉得你更好，后来有一天，看他打电脑的时候，我突然发现向南的手很漂亮，手指很长，很灵活，我才跟他好了。"

"真没想到，"华子看了看自己的一双短手，"一双手也能定胜负——"

"我不喜欢说瞎话的人，谁要是骗我一次，我就能记他一辈子。"

"有时候，说瞎话不一定是出于恶意，有些人就爱编瞎话，张嘴就来。露露就是，要不就是一些模棱两可的话，也不知道她到底要说什么。"

"现在向南就一句实话也没有，昨天他还能说爱我，死等我，今天他就能跟一小姑娘在一块儿逗。"

"那你希望他怎么个等法儿？"

"我本来希望他踏踏实实地等我——就是上班忙忙碌碌的、下班后看会儿电视玩会儿游戏，然后睡觉。"

"他也需要娱乐啊。"

"我自己就是这样。"

"人和人不一样——其实我倒是从心里就喜欢你这样的姑娘，叫人心里踏实。"

"那你还老找那些不三不四的？"

"我这不没碰上嘛，碰上你，还让向南给抢走了。"

"露露不是也挺老实的？"

"她老实？今天刚刚发现，她偷偷摸摸也不知给我带了几顶绿帽子。"

"我说你进来的时候脸色怎么那么难看。"

"是吗？都让你看出来了？"

杨晓芸笑了。

"咱俩今天都过得太失败了。"

"还记得我和向南结婚那天晚上的事儿吗？"

"我记得。"

"你说的都是真话吗？"

"是真话——怎么了？"

"我觉得跳舞的时候，你抱着我的感觉很好。"

华子看着杨晓芸，忽然慢慢地把手伸出来，伸向杨晓芸，一副要抱她的样子，杨晓芸向后慢慢撤，但很有点挑逗的意思。

"停！"杨晓芸说。

华子笑了。

"凭什么许他们胡来，就不许咱们！"说着杨晓芸往前凑凑，正好让华子抱上，也笑了起来。

华子向窗外看了一眼："这完全是在演露天电影！"

"你送我回家吧。"杨晓芸突然说。

✿　　我什么也不怕

两人一起走到精品店外，夜色正浓，华子等着杨晓芸关灯，锁门，他紧张地抽着烟，杨晓芸过来，冲他笑笑："你想逃跑就算了，把我送到一打车的地方……"

华子拉开车门，做了一个请的姿势。

杨晓芸笑着一钻，钻进车里。

一路上，两人默默无言，终于开到青年家园，杨晓芸和华子从车里出来，华子帮着杨晓芸拎着包，杨晓芸回头看了一眼华子，然后抬腿就走，华子犹豫一下，跟了上去，两人一起走向楼内。

在电梯里，两人对面站着，相互看一眼，又把目光移开。

终于到了杨晓芸家，杨晓芸开了灯，用华子从未听过的语气说："你坐会儿，我先洗个澡。"

华子顺嘴儿说："回头我给你递个浴巾吧。"

"滚！"杨晓芸说着走进洗手间。

华子无聊地来回逛逛，看到有一张陆涛、向南和他，以及米莱和杨晓芸的合影，觉得特别扭，他把那张照片扣过来。

华子走到洗手间外，里面传出水声，片刻，水停了，华子敲敲门。

"什么事儿？"

"你说，咱们俩要是发生那个什么一夜情，合适吗？"

"谁要跟你发生一夜情啦！"

"那我就放心啦。"

门忽然开了，杨晓芸裹着浴巾出现在华子面前，头发湿湿的，露着肩膀，看起来很漂亮。

"你站哪儿不行啊？起开点儿。"杨晓芸说着，蹲下身去用浴巾擦腿，华子一低头，看到了杨晓芸的胸部。

华子赶紧移开身体："我这不想着什么时候往里冲吗——不过还没想好你就冲出来了。"

"你要洗个澡吗？"

"洗澡干吗？"华子问。

杨晓芸转过身，拿起一把梳子梳头。

"不洗不行吗？"华子再次问。

杨晓芸走到一边，往胳膊上涂爽肤水。

华子拉住杨晓芸的手，杨晓芸对华子笑。

"说好了，这次是我主动的。"杨晓芸说。

"不不不，是我。"

"是我打电话叫你来的。"

"不不不，是我主动找你去的。"

"你们男人都怕负责。"

"我什么也不怕。"华子嘴硬道，事实上他觉得非常不合适，但若是抬腿离去，他觉得更不合适，那会伤害杨晓芸。

❀　　睡不着

乌托邦里，向南一个人在楼下的客厅里喝闷酒。

楼上的门开了，灵姗走出来看了看，想回去，但犹豫了一下，走下楼。坐在向南身边。

"怎么还不睡？"灵姗问。

"睡不着，本来打算喝点酒就睡，没想到越喝越不困。"

"今儿的事儿都怪我。"

"今儿的事儿——跟你一点关系也没有。"

"我来是想跟你说，我对你挺有好感的，是妹妹对哥哥的那一种好感。"

向南摆摆手："别说了，我知道。"

"那我回去睡觉了？"

向南点点头："再见。"

"明天你上班前不要叫我了。"

向南点点头。

"我知道你对我好。"

向南再次点点头。

灵姗还想说什么，却停住了，摇摇头，走了。

望着灵姗的背影消失，向南又给自己倒了一杯酒。

灵姗上楼正碰到从房间里出来的陆涛，灵姗一咧嘴，回到自己的房间，陆涛也回到自己的房间，米莱正坐在那里："还在呢？"

"灵姗走了，改一个人儿喝闷酒了。"

"你敢下去吗？"

"不敢，一下去陪他，非把我灌醉了不可。"

灵姗走过："我先睡了，明天见。"

米莱和陆涛一起点头："明儿见。"

陆涛笑："你还想看一眼向南一个人喝闷酒的样子吗？"

米莱坐在那修指甲："用不着看，我都知道他心里在想什么。"

"想什么？"

"他在想，杨晓芸啊杨晓芸，我这张过期的旧船票怎么就是搭不上你那趟开不动的破船！"

陆涛笑了。

米莱一拍桌子："笑什么笑！这也是我喝闷酒的时候想跟你说的！"

陆涛站起来就想走。

"站住！"

陆涛只好又坐了回来。

"今天你太缺德了，明明是往人杨晓芸伤口上洒盐嘛！"米莱说。

"我这不是开开玩笑嘛，那种时候，越小心翼翼的越不行，反而叫人觉得好像真有那么回事儿。"

"那也没你这么说话的。"

"以后遇到这种情况，我一句话也不说，就板着脸坐着，跟在公司里一样。"

"哎，陆涛，其实有一句话这一阵儿我一直想跟你说。"

"说——"

"我知道，说了你也不会听的。"

"说出来让我听听嘛。"

"'田园牧歌'的预算，一超再超，我怎么办？"

"设计一定型，我们下一步的工作就是出去融资。"

"陆涛，你想想，我们的生活中，有哪一件事情是完美的？为什么你要把房子造得那么完美啊？"

"我就是这样一个人，要不然不干，要干，就一定要把它干好。"

"你不觉得这样太极端了吗？"

"极端？什么是极端？"

"记得第一次发现你和夏琳在一起，我气疯了，在我心里，接下来只有两个结果，要么我嫁给你，要么我永远不见你，但是，好多年过去了，你看，我们现在仍然在一起，我没有嫁给你，也没有永远不见你，所以，那个时候，我的想法就很极端。就像你造房子，要么不造，要造就造最好的——"

陆涛抬起头来，看着米莱。

"我说得不对吗？"

"你说得很好——下一次，下一次我一定用你的方式，不过这一次，不管后面有多困难，我一定会把'田园牧歌'完成！"

米莱不说话了。

"哎——"陆涛说。

"哎——你说，这半夜三更的，华子还不回来，会不会出什么事儿啊？"米莱打断他。

陆涛拿起电话："我给他打个电话。"

❀　　客气

青年家园里，杨晓芸和华子仍在客厅里坐着说话，两人语气慌乱，简直就是胡说八道。

电话响，华子看了看："是陆涛，接不接？"

华子和杨晓芸相互看看。

杨晓芸："接接接，跟他撒个谎，求求你，我突然特想看看你撒谎的样子——男人撒谎的样子——"

华子点点头："我满足你一次吧，"说着拿起电话，"喂——"

"你没事儿吧？"陆涛的声音传来。

"没事儿，放心吧。"

"那好，就这样。"陆涛挂了。

华子也挂了，一抬头，杨晓芸正目光炯炯地瞪着他："他没问你在哪儿？"

"没问。"

"哎，看来我永远看不到男人的另一面。"

"其实我不是不会撒谎，不过，也许，就像刚才，是没机会。"

"可能我也一样。"

"我越来越觉得咱俩真是好人，孤男寡女的，还这么正直勇敢坚强——他们啊，真该学学我们啊！杨晓芸，我们为什么那么伟大？"

杨晓芸笑："因为我们敢于和自怜情绪做斗争！还有啊——我们还带头儿遵守并维护了国家的法律以及个人的尊严——"

"反正绝不能为了报复坏人搭上自个儿！"

华子和杨晓芸大笑起来。

"杨晓芸，这事儿想想都后怕，你说，要是——今晚上——这，这怎么跟人交待呀——"

杨晓芸抢着说："得这么说——"

华子也抢着一字一字说："得这么说，两个极度失败而绝望的肉体差一点、只就差一点——就厚颜无耻地结合在一起了——这么做自我批评行吗？"

"不行！应该说，两个受到伤害的孤独的灵魂差一点，只差一点就得到安慰！"

"聪明！哎，这事儿以后说出去，可得说是我主动的！"

"不不不，必须是我，说你以身相许，人家也得信啊！"

"客气！太客气了！"

"这件事儿赖我，华子你没事儿吧？"

"我没法儿克服心理障碍，向南我是哥们儿！"

"我也没法儿克服！向南是我丈夫！我还没离婚呢！"

"我错了，一开始，这脑子也不知是怎么回事，尽往不该想的地方想，这太不应该了，我太禽兽了！"

杨晓芸扭扭腰肢，神采飞扬："华子，我非常喜欢你特别喜欢你，可在这件事儿上太别扭——"

"太尴尬了！"

"可不是！"

"我不是怕负责，我是真的——"

"我知道，我知道，今天晚上我心里有点阴暗，不，特别阴暗，我算是明白了，我就是那种报复心特重的人。"

"你一点错儿也没有，我倒是觉得我自己有点趁虚而入，想占你便宜。"

"就我这人老珠黄的样子，有什么便宜可占？华子，我觉得你是一好人。"

"求你再让我说一句自我批评的话——我肯定算不上是好人，我是一个没有使坏机会的坏人，要不然根本就不会往那儿想。"

"我也有这感觉，但我完全相信自己是个好人！"

华子叹了口气。

"华子，你对我说实话，就当你是局外人，是不是我这样子一点也不吸引男人？"

"我觉得你特吸引，要是咱俩以前不认识，没有向南，我肯定——"

"我觉得我一点魅力也没有，除了向南，好像别人都对我挺平常的，老是普普通通，我的生活里完全没有浪漫。"

"晓芸——"

"啊？"

"说句心里话，其实，我觉得你比夏琳米莱都漂亮！你就是我的梦中情人！"

"我？你开什么玩笑。"

"真的，你比她们都完美，米莱虚荣，夏琳骄傲，你朴实、大方、温柔、细致，你哪儿哪儿都好!"

"你才好，你讲义气，真心实意，办事儿干脆利落——我觉得要是有机会，你比陆涛都能干！"

"我跟陆涛可没法比，陆涛花三天就能把《高数》看通了，我用一个月也没看懂，其实我笨着呢！"

"反正不管怎么着，今天的事儿我得谢谢你，换了别人就不会像你这样。"

"我才要谢谢你——"

杨晓芸叹口气："真倒霉，今天太遗憾了——"

华子忽然笑了起来，接着越笑越厉害，完全控制不住自己，一下子滚落沙发下。

杨晓芸低头一看，皱皱眉头："你怎么了，华子？"

"杨晓芸，你真是太可爱了，我快被你逗疯了。"

"我怎么了？"

华子仍在笑："你说，今天——太——遗憾了。"

说着，接着笑了起来。

"这话有那么可笑吗？"

华子止住笑："从你嘴里说出来就让我受不了——我上趟厕所——"

"去吧去吧，表示你来过了，这是你的地儿，我们楼下的狗都这样儿！"

华子进入洗手间，门一关上，杨晓芸长出一口气，飞速换上一身正经衣服，她知道，冒险结束了，退场的时候到了。

同一时间，向南把一杯剩酒喝完，打了一个哈欠，趴在桌上睡了。

而米莱回到陆涛的房间："陆涛，他睡了，我觉得他现在的样子很可怜。"

陆涛正把一摞资料在桌上一顿，伸一个懒腰，从桌子边上站起来："我的报告也写完了——米莱，我看今晚什么坏事也不会发生了——可以睡了——"

米莱叹口气，往外走，走出门以后忽然回来了："忘了跟你说再见了。"

"再见。"陆涛说。

"这才是坏事儿！"

陆涛刚要说什么，米莱忽然一下子扑到陆涛怀里。

米莱抱紧陆涛，然后慢慢推开他，看着他："只许我说再见，不许你说。"

说罢，倒退着出了门，把关上了。

陆涛叹了一口气。

❀　　友谊万岁

在最黑的黑夜里，杨晓芸衣冠楚楚地坐在桌子边上，用热水器烧了一壶水。

华子从洗手间出来，也衣冠楚楚的，坐在杨晓芸对面。

"喝咖啡还是茶？"杨晓芸问。

"随便。"

"我们泡一壶红茶吧，待会还能睡几个小时。"

"成，我喝杯茶再走，就这么走了也不太合适，有点落荒而逃的意思。"

"是啊，本来就有点见不得人，现在我觉得特别扭，简直不能原谅自己。"

"那我先走了吧？"

"别别别，坐会儿再走，叫我定定神儿，你一走我会觉得更别扭。"

"好吧，我们喝杯红茶。"

"一分钟就好。"

"现在我一下子松了三口气，幸亏没成，要不然后果简直不堪设想。"

"这得谢谢你，你太及时了。"

"这么说我也觉得不是滋味——咱俩坐一起不伦不类的，可能都不是搞一夜情的料，可能跟别人会好点，咱俩最不合适了——"

"别说这事儿了，别说了，再说我要自杀了。"

华子干笑了两声儿。

两人愣了一会儿，很尴尬。

杨晓芸咳了一声："其实儿觉得你跟露露挺合适的，我觉得她可能不爱说实话，但没什么坏心眼儿。"

"谁有坏心眼儿啊？"

杨晓芸笑了："我今儿晚上就是不得不有了大量的坏心眼儿。"

"那我简直就是一个'试图强奸犯'。"

"不许乱下定义，更不许胡说！"

"好吧，听你的。"

杨晓芸摸摸胸口："现在我心不跳了，舒服多了。"

"我也好点了——怎么看咱俩也不像奸夫淫妇。"

"就是，我这辈子就跟向南一个人过。"

"向南那方面怎么样？"

"向南？别提了，面瓜一个，洗澡时间比我还长，准备阶段更长，好几次，他准备好了，我也睡着了——唉，跟他结婚我一点甜头儿也没尝着，新婚之夜就弄得跟金婚似的。"

华子笑了："他说他喜欢纯洁无辜型的。"

"那是因为他是一个下流肮脏型的，成天粘粘乎乎、婆婆妈妈，说虫子不像虫子，说猪不像猪。"

"向南以前的特点就是耐心细致。"

"他追我的时候我以为他挺浪漫的呢，没想到刚一答应，他几天以后就原形毕露了。"

"水都开了吧？"

"呀！"

杨晓芸把热火倒进一个玻璃茶壶，袋装红茶和菊花在水中转着，她递给了华子一空杯子，另一只空杯子放在自己面前："以前，我知道自己不擅长一夜情，但没想到这么不擅长，真是失败的一天！"

"你看，天都亮了——总算过去了。"华子长出一口气

两人一人倒一杯红茶，华子还加上奶油，细细的奶油连成一条线，注入华子的茶杯。

"看来，不该发生的，就是不该发生的，即使发生了，也不是那么回事儿了。"华子感慨道。

"是啊是啊——我刚还想，以后咱们见面怎么说话啊！"杨晓芸也跟着瞎感慨。

"还真是，你说坦然面对吧，就跟装孙子似的，你说要是真装吧，咱装什么呀——"

"别说了别说了，说得我就跟身临其境似的，太挂不住了——"

"对对对——不说了，那——那我走了，看，我茶喝完了。"华子说罢，连着几口把热茶一饮而尽。

"那——好吧。"杨晓芸说。

华子站起来，刚要再说点什么，杨晓芸冲他摆摆手："一句客气话也不许说了！"

"好吧，好吧，太羞愧了，那我灰溜溜地走了啊——"华子说着一猫腰走出门去。

杨晓芸追了出去。

黎明前最黑暗的时候，华子化成一道黑影，从青年家园溜出来，他来到车边，拉开车门，刚要上车，忽然看到杨晓芸从楼洞里走出来。

华子举起手与她再见。

杨晓芸做了一个飞吻，然后大声说："华子，再见！"

华子招招手，黑暗中，华子的声音悲凉而好听："友谊万岁！"

❀　轻松

杨晓芸返回家，关上门，用手捂住脸，觉得小脸儿上直冒热气，心头鹿撞，她来到洗手间的镜子前，把手放下来，镜中的她脸通红。她胡乱往脸上擦了点化妆品，用口红涂了一下嘴，忽然扔掉口红，对着镜子，挤眉弄眼儿地自言自语。

"傻瓜！笨蛋！你，就你，杨晓芸，你还闷骚闷骚的呐！怎么那么骚啊你！你怎么能把华子引家里来呀，你怎么能干出这么件缺心眼儿的事儿来呀！这说出去谁信啊？愚不愚昧啊？太愚昧了！你也太愚昧了！我问你，华子是谁？向南的铁哥们儿！向南是谁？杨晓芸法律上的丈夫！杨晓芸是谁？向南没离成婚的妻子！华子和向南什么关系？朋友关系！杨晓芸和向南什么关系？夫妻关系！杨晓芸和华子又是什么关系？相当危险的关系，完全不应该有的关系！绝对绝对不能发生的任何关系！杨晓芸，你有病没病？有病看病去！用屁股想事儿呀你！笨蛋！睡觉去！"

说完，躺回床上，盖上被子，把脸蒙上。

不幸的是，她兴奋过度，无法入睡，没多一会儿，就连被子一起，炸尸一样坐起来了，杨晓芸长出一口气，再次走到镜子边，杨晓芸看看表，觉得还有话要对自己说。

"杨晓芸呀杨晓芸，这都几点了，你怎么一点儿也不困呐，瞧你那点儿出息，见着男的就整夜睡不着觉，这叫什么事儿啊！啊？况且呢，这男的还是一熟张儿，啊，你至于吗？就他——华子，可能吗？不可能！瞎兴奋什么呀你？我问你，有什么可兴奋的？今儿的事儿多悬呐，万一要是不小心、一个把持不住，这事儿可怎么收拾啊——再说啦，要是真碰上一新

人儿，陆涛那样儿的，就凭你，就更把持不住啦，那还不日思夜想，小脸儿滚烫，夜里哼哼叽叽，在床上一下一下翻烙饼，啊？再发展，有一天，一个绷不住，啊，遂放弃自尊，主动投怀送抱、哭着喊着争着跑到人家那里当牛做马，人家无论同意还是不同意，你都得过上非人的日子，这事儿多可怕啊，想都不敢往下想，你想变成神经病啊你！唉，老杨啊老杨，是不是因为门前冷落车马稀，你就耐不住寂寞啦？是不是心里直痒痒，有点想把那颗小红杏儿往墙外伸啊？我告诉你，错错错！记住，你是已婚妇女，你有证儿！国家发的铁证儿！你不是小姑娘啦，收着点，啊，收着点，听见没有？好男人是好男人，你是你，你是杨晓芸，你已经是个大人啦，对于特别危险的关系，一点就着、一点就炸的关系，要特别小心，不能太接近，看见小火苗儿、小青烟儿，要及时掐灭，要有防范意识，不能往绷不住收不住的地方出溜儿——要不然，后果非常不堪设想，等待你杨晓芸的将是不堪忍受的冰冷的现实，漫漫长夜里的无尽的思念、一个长达五十米的游泳池都装不下的苦涩的眼泪，没完没了的希望与失望，你受得了吗你杨晓芸？看看吧想想吧，米莱就是你活生生的前车之鉴呐！瞧一瞧，就因为爱上了陆涛，她现在都变成什么样儿啦！得，别想了，回去睡觉！"

一点用也没有，杨晓芸完全绝望了，她仍觉得有话要对自己说，于是从床上再次跳起来，形容憔悴的她来到镜子前。

"哎，你到底想怎么着呀你？痛快点儿，听见没有？该离婚离婚，该挣钱挣钱，该找男朋友找男朋友，该孝顺你妈孝顺你妈，好好过日子，踏踏实实的，听见啦？我告诉你我可经不住再折腾了啊，这闲话要传出去你负责啊？你说说，你丢得起那人吗？啊？从今以后，你给我老实点儿，要不然我抽你！听见了吗？呸！讨厌！滚！快到点了上班去！"

说罢，做了一鬼脸，然后站直，放下手，长长地出了一口气，笑了笑，她觉得心里好受多了。

此刻闹钟响了，她回到床边，用手"啪"地按下闹钟，拉开窗帘，外面天亮了，她转身跑去洗手间刷牙洗脸，嘴上插着小牙刷，往脸上涂化妆品，动作熟练，接着背上小包，换上鞋，整理清楚，拉开门儿，走出去。她觉得浑身是劲儿，头晕脑胀，她认为这正是步行上班的好机会，反正大不了在班上儿睡。

晨曦中，杨晓芸回头看一眼青春家园，决定不再想发生在那里的一切。她迈着轻快的脚步，还一颠一颠的，像个小女孩，她感到心里说不出的轻松。

❀　　我也没睡

黎明前来临的时候，华子把车开到一个加油站，只见一个工作人员孤零零站在那里，困得摇摇欲坠，华子把车停在加油机前："90号，加满。"

把向南的车加满了油，华子忽然觉得自己特别饿，他沿街开着，听着一首伤感的歌儿，觉得生活可笑而拧巴，也觉得自己荒唐无聊，终于，他发现了街上的一个早点摊儿，停车，给了自己一个小嘴巴，然后下车，坐到桌儿边："来两根油条！一碗豆浆！"

做早点的走过来："等会儿，油还没热呢。"

华子就在早点摊前等着，太阳出来的时候，他吃到了新出锅的第一根油条，觉得分外香甜。

好了现在太阳出来了，什么都结束了，他将忘掉这个讨厌的夜晚。他上了车，开回乌托邦，下了车，对着初升的太阳伸了一下懒腰，打了一个哈欠，以至于眼泪都流出来了，他擦掉眼泪，看到东方的天空彩霞满天。

华子进了乌托邦，只见一帮人都在厅里坐着。他知道，大家都关心他，他们在等他。

华子把钥匙扔给向南，向南也把车钥匙扔给他。

"一夜没睡吧？"小灵姗小心地问道。

"没睡。"华子摇摇头。

向南兴奋地说："我也没睡！"

"我也没睡！"陆涛过来拍拍他的肩膀。

"我也没睡！"米莱说道。

"你们怎么都不睡啊！"小灵姗小声说。

华子和向南击掌："妈的，这个周末过得真来劲！"

同一时间，杨晓芸钻出出租车，来到店里，何翠凤心疼地看着她。杨晓芸蹦跳几步，跑到她面前："妈，我今天心情可好啦！"

❀　　回来

窗外是翻腾的云海，以及蓝得望不到底的天空，夏琳穿一身户外旅行装，那是出国前陆涛送她的，头靠在窗户上睡着了。在梦里，她见到陆涛和那些朋友们，他们都在巴黎街头，叫哪一个都不理她。她睡得太香了，以至于飞机降落她都没有察觉。

一个空姐发现了夏琳，走过来，拍拍她："小姐，到站了。"

"到北京了？"

"是。"

"对不起，刚睡着一会儿。"说着站起来。

周梅玉和夏春生在人丛中等夏琳，一会儿，只见夏琳从里面走了出来，周梅玉招手，夏琳过来，一把抱住周梅玉。

"妈！"又向夏春生笑，"爸！"

夏春生笑一笑。

周梅玉松开手，上下打量了一下夏琳："琳琳，你像个外国人啦！"

"是吗？"

"身体好吗？"

"好极了，我每天都游泳！"

"妈昨晚上一夜没睡好，老梦见你。"

"妈我想你。"

夏琳再次抱住周梅玉。

三个人坐出租车回家，一进门，周梅玉就说："琳琳，妈准备了好多好吃的，全是你最爱吃的，我这就做给你吃。"

夏琳动手去打开箱子："妈我给你买了好多东西，有吃的，有用的，我恨不能把全巴黎最好的东西都给你背回来。"

周梅玉一把按住箱子："谁让你乱花钱的？妈不让你回来，你偏回来，买飞机票就得了，还买东西！"

夏春生只是站在一边，看着这母女俩，他感到自己完全离不开她们俩。

"妈，我找到工作了，在一个设计公司做设计！而且这学期我还拿了奖学金，下学期我接你去法国玩吧？"夏琳打开箱子，把里面的东西往外拿。

"算了吧，我可不敢坐飞机。"

"妈，你身体好吗？"

"好，好，妈三个月都没生病!"

"妈，我在法国，最想的人就是你!"说罢，向夏春生眨眨眼。

夏春生笑了。

周梅玉忽然哭了起来，赶忙自己用手擦去。

"妈，你怎么了？"

"我女儿真争气，真争气，我高兴啊！"说着，周梅玉闪身进入厨房。

半小时后，周梅玉把一条红烧鱼从锅里捞上来，装在盘子里，端到厅里的桌子上，嘴里叫着："琳琳，吃饭了，吃饭了。"

只见沙发上摆满了花花绿绿的法国货，大背包空了，歪倒在一边。

"琳琳可能累了。"夏春生说。

周梅玉推开夏琳的房门，只见夏琳躺在床上睡着了。

此时，门铃声响起。

❀　　怎么样

杨晓芸来了。

她在夏琳家一直耗到深夜，在夏琳的小房间，夏琳和杨晓芸背靠着墙，后面垫着垫子，坐在夏琳的小床上。

"你先说！"杨晓芸揪着夏琳的头发。

"你先说！"

"你说，在法国遇见没遇见帅哥？"

"遇见了，可是不爱搭理我！"

"那怎么回事儿？"

"我们学校帅哥净喜欢帅哥，越帅越喜欢帅的，没女的什么事儿。"

"你们学校校风也太差了。"

"是啊。"

"没帅的，那不帅的呢？"

"有一六十一的意大利人追我，是一开服装店的，骑一辆破自行车，就停他店门口，还给我送花呢，我去他店里买衣服一分钱都不少，你说有这么追人的吗？我上学还必须得路过那儿，后来我一看见那辆破自行车，撒腿就跑，你猜后来怎么着，这学期运动会我两百米得了一第三！"

杨晓芸狂笑起来。

"你怎么样？碰见合适的了吗？"

"你看我像吗？"

"你开一店，天天那么多生人儿往那儿跑，就没一个不识货只看人的？"

"真有一个，真有一个，跟你有一拼！"

"拼拼我听听。"

"是一中学生，戴一眼镜儿，没事儿老在我店里贼眉鼠眼地偷看我，也骑一自行车儿，擦得倍儿亮，靠，要不是不让招童工，我早把他弄我店里当销售了！"

夏琳笑了。

"别说，这中学生还挺能干，带着他们同学来买靠垫儿，就最便宜的那种，一买买了十多个！"

夏琳大笑起来。

杨晓芸叹了口气："你说咱们靠自己行吗？我现在觉得一个人儿越来越没劲了。"

"向南呢？"

"别提他，别提他，一提我就崩溃。"

"怎么啦？"

"这事儿说起来可长了，反正现在我是明白了，要想不花钱白做噩梦，找向南就行！"

"到底怎么啦？"

"哎，你都想不到，你走了以后，那帮人儿弄了一破仓库，我看以前像是存鸡屎的，现在让他们竹板儿闹革命，给搞成LOFT了，还起了一特恶心的名儿，叫'心碎乌托邦'，说里面住的人个个都心碎，你猜都谁吧——以陆涛为首，然后是米莱、灵姗、华子、露露、向南，陆涛说是为你心碎，米莱说是为陆涛心碎，灵姗吧，可能也是为陆涛心碎，向南说是为我和灵姗心碎，华子是为露露心碎，露露为孙大海心碎，孙大海为摇滚心碎，反正表面上一个个心碎得一塌糊涂，其实过得比谁都好，那个小资啊，情调儿啊，落地窗啊，小台球、小篮框、小飞镖啊，小花园啊，还有狗啊，小酒吧啊，一帮子人成天关起门儿来在里面乱来，回头你去了就知道了，你看他们一个个狼心狗肺的样子，该事业的事业，该胡搞的胡搞，一个个天天高兴得跟王八蛋似的，然后合伙儿起了个叫人同情的名字气咱们——你说他们多缺德呀！"

✿　　就这儿

一辆出租车停在心碎乌托邦门口儿，杨晓芸和夏琳从里面下来。

杨晓芸一指儿："就这儿！你看！"

只见门牌上被一块条幅挡住了，上书"欢迎法国学成归来的著名设计师夏琳女士光临指导"。

杨晓芸嘴一撇："上面没提我嘿！你进去得了，我算了，回家睡觉。"

夏琳一把拉住她："不行！"

"华子和向南都可能在里面！"

"那又怎么啦？"

"我怎么觉得这下我没资格批评他们了？"

"你怎么没资格？"

"那假一夜情的事儿我不是跟你说过了吗？我现在觉得自己劣迹斑斑的，比他们强不了多少——自卑啊！"

"这不是还有我撑着呢嘛——在法国一年多，一次都没失足！"

"早知道法国一点机会没有，我还不如跟你一块儿去算了！"

夏琳笑了，跳起来想撕那条幅，可惜够不着。

"地方我是给你带到了，那我走了啊？"

夏琳再次抓住她："不许逃跑，跟我一起进去！"

"你说要是华子那个不要脸的东西把这事儿说出去，我还活不活了？总不至于一会儿就因为道德败坏横尸当场吧？"

"你装什么装，干都干完了，还怕说？"

"我怕。"

"那我也不去了。"

"别别别，都说好了的，人家在里面等着呢。"

"那进去吧？"

杨晓芸点点头，两人抖擞了一下精神，抬头挺胸，相互看一眼，都满意地点点头。

夏琳推门，没动静。

杨晓芸泄气地伸出手，可怜巴巴地一指，小声儿说："那个是门铃儿。"

夏琳一手按了下去。

大厅里，只有露露弟在那里一个人玩篮球。

突然，门铃声大作。

坐在楼下长条桌边儿的所有人都站了起来，陆涛飞跑去开门。

米莱看了一眼灵姗，一拍桌子："太吓人了！谁叫他起跑的！怎么人家一按门铃他通上电了！"

灵姗叹口气："我看他还是喜欢夏琳。"

"华子，杨晓芸要是跟我说离婚的事儿我怎么办？"向南说。

"我一点儿也不想看见杨晓芸。"华子说。

"今天晚上女多男少，我最讨厌这种情况了。"露露说。

华子把烟灰弹掉，用酸溜溜的小斜眼儿看着露露："那你叫点儿男的来呀！"

露露冷笑一声："我叫了我弟！"

华子不说话了。

露露又抢白了一句："你说话含蓄点，今天可是你请我来的！"

只见陆涛领着夏琳和杨晓芸远远走来，一路指指点点，动作夸张，兴奋地说着什么，隐隐约约好像谈的是乌托邦的设计，眼睛却是一眨不眨地盯着夏琳。

桌边儿上，华子伸着脖子聚精会神地看，嘴里小叨唠着："夏琳好像更好看了。"

向南点点头："她瘦了。"

"脸是绿的——难道法国人现在靠吃草生活？"米莱忍不住纠正他们。

露露的小声音响起："其实现在海归都找不着工作。"

他们看到夏琳一行人朝着这边儿走来，刚要迎上去，却见陆涛拉着夏琳和杨晓芸，指指点点，竟绕过众人，旁若无人地一直奔向二楼。

所有人面面相觑。然后开始面无表情地低声说话。

"天呢,我真不敢相信自己的眼睛,我们陆总怎么了?刚才谁给他喝鸡血了?"米莱说。

"陆涛今天太兴奋了!奇怪,平时他不这样儿。"华子说。

"他现在点头哈腰地说话,这么失态,低三下四的,一点不像老总VIP,得派个好心眼儿的人提醒他一下。"向南说。

"完全是变态!"米莱低声说,"摇头甩尾的!"

大家笑起来。

"关于我们这位精英老总目前的表现——米莱,我们要听客观的评论!"华子起哄。

"什么老总?骚狐狸公司的老总儿吧!"米莱发挥道。

大家爆笑。

向南指着重色轻友的陆涛:"我们要听抒情一点的描述!"

米莱发狠道:"我的狗要是用他这姿式跟着我走就好了!"

众人再次爆笑。

华子望着米莱:"你说夏琳在法国到底学的是什么?"

"催眠勾魂术!"露露说。

"我汗!"灵姗说道。

"灵姗,贵公司的米总已经出离愤怒了,现在只好看你的了。"华子继续挑。

灵姗用征询的目光看看众人,众人都沉重地点点头。

灵姗把手拢成一个喇叭筒儿,用甜甜的拖长的声音大叫:"陆——涛——哥——"

这个尾音长长的声音在空空荡荡的大厅上空盘旋,终于使走到楼梯半途的三个人忽然停了,并且回头张望。

下面的人爆发出一片大笑。

华子按下一个按键,片刻,大厅里轰然奏响一曲节奏强劲的电子音乐,庆祝会终于开始了。

人人笑脸相向,大家都在长条儿桌边上喝咖啡、酒、饮料,吃冷餐、聊天,米莱和夏琳、杨晓芸同时从座位上站起来,跑过去和对方拥抱,露露也跑过去,却只赶上跟杨晓芸抱了一下,华子向南陆涛相互指着笑着说着什么,灵姗一个人盘坐在椅子上,拿着一个小麦克唱歌,自得其乐。夏琳送每个人一件小礼物,向南用胳膊搭住杨晓芸,被杨晓芸用一把小筷子敲开,大家笑,华子和杨晓芸干杯,杨晓芸起身去洗手间,对着镜子不好意思,露露端着杯酒一个人在外面溜达,边走边跳舞,但神态远没有灵姗自如,她不时向一桌人看,她觉得她仍无法融入他们。

夏琳指着二层平台对米莱和陆涛说着什么。

✿　你不理解我

十五天以后,夏琳指挥着工人,从二层搭出来一个平台,楼梯扶手中间没有竖栏,只是一个框架,看起来很漂亮。那是夏琳设计的,而陆涛夏琳站在下面。

"那个楼梯的扶手我也给改了,这样漂亮些。"

"夏琳,你还会设计什么?"

"我常去艺术家手工作坊参观,这都是抄大师的,我可设计不出来。"

"我喜欢你做的所有东西,我喜欢跟你有关的所有东西,我喜欢——"

夏琳瞪了陆涛一眼："别胡说！"

说罢走到一边去逗米莱的狗。

"明明有我在这儿，你逗狗干什么？"陆涛幽怨地说。

夏琳蹲下来跟狗玩。

"那狗有什么好的？"陆涛话音未落，忽然，狗咬了夏琳一口，夏琳捂着手站起来。

"怎么了？"

"是你叫狗咬我的吧？"

"我看看。"

夏琳伸出手来，上面都是血。

"走走，去医院吧，怎么也得打一针。"

"着什么急啊，小心我也咬你一口。"

陆涛的手机响了，陆涛接："喂，啊，我正要走，还得耽误一会儿，我一小时后到公司。"

陆涛放下电话："快点，我送你去医院。"

"你去公司吧，我自己去医院。"

夏琳的电话响了。

"帮我拿一下。"夏琳说。

陆涛从夏琳的小包里拿出手机，看了一眼，只见屏幕上显示出关鹏，陆涛把手机放在夏琳耳边。

"喂，啊，你好——回来半个月了，下月走，对，我在大山子一带，对，我一会儿要去医院——别提了，被狗咬了一口——那，那好吧，我马上出去，你在路边等我吧。"夏琳说罢示意让陆涛挂了电话，"走吧，你上班，我去会一个朋友。"

"关鹏！"陆涛叫道。

"好吧，是关鹏。"

"你跟他有什么可说的？"

"你管我呢！"

"我不放心你。"

"陆涛，咱俩已经分手了。"

"你跟关鹏在我们分手之前就分手了！"

"我们就是一般朋友，见个面，聊聊天。"

"你们在巴黎不是已经见过了吗？"

"你！你怎么还那样啊！没法儿跟你说话，我先走了，再见！"夏琳说着往外走。

两人一前一后出了乌托邦，走到车边，陆涛拉住夏琳："我把你送出去。"

"我想自己走几步。"

"你就是不想让关鹏看见我们在一起。"

"再见。"夏琳抬腿就走。

陆涛开车追上去，从窗口探出头儿来说话："哎，那你到医院打完针再给我打个电话。"

"为什么？"

"我就是想知道你没事儿。"

"我现在就告诉你我没事儿。"

"不，你很危险，有可能得狂犬病。"

"我看你现在已经得上了。"

陆涛把车一横，把夏琳别到墙边："你要是不给我打电话，我就送你去医院。"

"陆涛，你别这样，这次我回来，刚觉得相处还行，你又——"

"我不干涉你交友自由，但你也得给我同样的机会啊！"

"陆涛！"

"好吧，对不起，我小心眼儿，我嫉妒，我百爪挠心，我——对不起。"

"换我想想——你天天跟米莱和灵姗在一起！"

"我不像你，我自觉！"

"你自觉？陆涛，你还是那么自我，如果大家都刻薄地想问题，知道我会怎么想你？"

陆涛盯着夏琳："说来听听！"

"你要么靠女人，要么靠富爸爸，什么时候靠你自己——好吧好吧，我不想跟你吵，我们以后再谈。"

两人相互盯着，陆涛泄劲儿了，忽然把车头掰开："你走吧。"

"对不起，刚才我说的是气话，我不是那么想的，你也不是那样的人。"夏琳说。

陆涛没说话。

夏琳伸手摸了摸陆涛的脸，陆涛闪开了，夏琳走了。

陆涛坐在车内，气得手直发抖，点一支烟半天都没点着，索性把烟和火都扔出车外，他对着前面大喊："夏琳！你不理解我！非常不理解我！特别不理解我！你一点也不理解我！"

❀　　未来将证明一切

米立熊公司的会议室里坐满了人，他们在等着陆涛，一个女秘书给大家倒水，人人面前有一本《田园牧歌设计方案》，有的人面前支着笔记本。

陆涛冲进来了："抱歉，让大家久等了。"

米莱说："今天我们讨论最终设计方案，这个方案是我们历时半年，修改了六次才做出来的，大家都知道，陆总是个追求完美的人，在这个方案里，他把最新的节能技术与一种艺术感结合在一起，每一个系统，我们都力求使用最好的，系统间的搭配也是精心考虑的，所以，这个方案凝结着陆总、技术人员、设计师们的心血——"米莱说话间偷眼一看陆涛，不由得怒从心头起，只见他正在桌子下面发短信息，"陆总，大家已经看过了方案，你还有什么要强调的吗？"

陆涛抬起头："我，我没有，全写在方案里了。"

"那么，下面，听听大家的意见——"米莱说。

陆涛按了一下发射键，把短信息发了出去。

这个信息一直发到医院治疗室，夏琳正在打针，听到手机铃响，夏琳想从包里拿手机。

"别动。"护士说。

夏琳坐直。

护士把针打完，让夏琳用棉花球压着针眼儿，她要给夏琳处理伤口，护士一转身，夏琳立刻从包里拿出手机看，短信息上写着："你误解我了，这个公司是他们找的我，为了建田园牧歌，我的股份已经卖出，我的钱也押了进去，我只是想造出好房子，未来将证明一切。"

护士走回来："叫你按着点，你怎么松手了？你看，血都流了下来了。"

夏琳忙说："对不起。"

"狗咬的地方呢？"护士问。

夏琳伸出右手："这里。"

夏琳回短信，用左手按着键。

"搞对象呢吧？"护士问。

夏琳抬起头笑了一下，接着写短信息。

会议室里，一个公司销售人员说道："陆总，我们的性价比能被接受吗？顾客能从这些数据里看出我们的房子好吗？"

陆涛站起来："地段，价钱，性价比，数据，外形，内部结构——所有这一切，都是片面的，事实上，人们只要一站在一个房子中，第一秒钟就能决定他想不想要，再伸手摸摸钱包，第二秒钟就已经知道了这房子是不是自己的——"

短信息的声音，陆涛知道不该这么做，但他还是低下头去拿手机，上面显示出夏琳的话："你真是个孩子。"

米莱的声音再次袭来："能不能请陆涛再说得详细点儿？"

陆涛抬起头："你是销售部门的，所以你关心的'田园牧歌'的一个环节，设计师也是，结构也是，给排水都是，但'田园牧歌'，是一个整体，它建好后就在那里，把所有单一方面的东西整合起来，有实物有概念有想象，我们拿这个整体冲击顾客的购买欲，有的单项就会叫顾客满意，有的不满意，但只要在顾客心中，满意的单项合起来战胜不满意的，我们就能成功。"

另一个销售人员低声说道："舒适度战胜房价？"

"对有的顾客来讲，是这样的。"

"问题是，这样顾客有多少？"

陆涛急了："我再次重申一遍，'田园牧歌'是造给那些要在里面居住的人，要长期住在里面的人，不是炒房者，不是投资者。作为公司的销售部门，我只要你告诉可能的业主三件事，第一，这个项目的位置在哪里？第二，它的价钱？第三，它是什么样的？"

伴随着陆涛的落座，是长长的冷场。

米莱、米立熊和方德昭对视一眼，灵姗也在看方德昭。

米莱推过一个杯子过去："陆总，别着急，喝口水再说。"

✿ 乖乖女

夏琳在医院的走廊里遇到关鹏，他已等了一会儿，见夏琳走出来，问道："怎么样？"

"没事儿的，米莱养的狗咬我一口太正常了，就是米莱跑过来亲自咬我一口也不奇怪。"关鹏笑了。

"走吧。"米莱说。

"你想吃法国菜还是粤菜？"

"我回家吃饭，我妈做好了等着我。"

"那我送你回去。"

"好吧。"

"我们也没时间说说话，要不先找个地方坐会儿？"

"下次吧。"

关鹏看看夏琳，只是觉得夏琳更漂亮了："那——那好吧，我送你回去。"

米立熊公司的会议室里，只剩下米立熊、方德昭与陆涛三个人，都一言不发。

米立熊半天才说了一句："情况就是这样，我们都看见了。"

"我先走了，我等着公司的决定。"陆涛说罢站起来，走了出去。

方德昭对米立熊一摊手："我们能怎样？"

陆涛回到自己的办公室，发现米莱正等着他。

"陆涛，你坐一下，最近一段时间你情绪比较急躁，是不是压力太大了？"

"刚刚他们讲的都是实情，我说过，我的设计是个新想法，是有风险——做生意要承担风险这话谁都知道——都知道了，我还要说什么？"

"公司现在意见不统一，但不要紧，只要资金链不断，事情就会继续做下去，陆涛，我是支持你的——可是，我们的预算太高了。"

有人敲门，米莱说"请进"，灵姗进来了。

"我爹爹说，像我们遇到的情况很正常，总会有人反对的。"

"你爹爹走了？"米莱问。

灵姗点点头。

"什么时候来？"米莱问。

"下个月。"

米莱看了一眼灵姗，陆涛低下头，这绝不是好兆头。

灵姗深吸一口气："陆涛哥，我知道你想知道什么——我爹爹看了预算，他说不会追加投资——"

米莱着急地问："还说了什么？"

"他说他不会把所有的鸡蛋装一个篮子里。"

陆涛说了声"明白了"，就走了出去。

"他有点不高兴了。"灵姗说。

"最近大家都有点不高兴。"米莱说。

"好闷啊。"灵姗说。

米莱拉住灵姗的手："出去透口气吧。"

两人出了公司，来到街上，米莱在前面走，灵姗在后面跟着。

灵姗跑了两步，抢到一把空椅子，坐下，向米莱招手，米莱走过去，四下看看，她心绪烦乱，想走走，看着灵姗的笑脸，还是坐下了。

"我不喜欢夏琳。"灵姗突然说。

米莱抬起眼睛看着灵姗："你这句话倒是挺叫我高兴的。"

"我不是说我不喜欢她这个人，我是说，她身上有种很硬气的东西——第一次见到，就给了陆涛哥一记耳光。"

"北京人叫横，我是假横，夏琳是真横，那是一种力量，是一种不怕失去任何东西的勇气，认赌服输，不耍赖——夏琳是个成功的叛逆，很努力，也很自信，她把所有的资源都用来发展她自己，她一定吃过什么别人吃不了的苦，她好像永远在蒸蒸日上。露露也是一个叛逆，但她没有夏琳的条件，也没有夏琳努力，更不会有夏琳成功，还没有夏琳的运气，现在得过且过。而我们，算上杨晓芸，都是乖乖女。"

"乖乖女很好啊。"灵姗说。

"人好，但一点也不成功，一句话，我们其实没有那么好，但我们的确需要别人对我们好。其实，那些酷哥、帅哥、钱多的男人不适合我们，这种人支配欲强，跟他们在一起，我们并不会过得好。"

"那你说我们需要什么样的人？"

"普普通通、平平常常的人，说不出任何特点的人。"

"我不要那样的人，好没意思。"

"唉——这方面我跟你一样，总是自找苦吃，要能改改就好了。"

"米莱姐，你跟我说了好多真心话，我好喜欢你这个人。"

"灵姗，你是我的青年香港版。"说罢，米莱自顾自笑了。

灵姗看着她："米莱姐，你笑什么？"

米莱用手把灵姗的头发弄好："作为前辈，我从你身上看到我以前在弯路上走的样子，呵呵——"

"那我——"

"灵姗，发现和改变是两回事儿，唉——我现在仍然在那条弯路上走着，拐不出去啊！"

❀　　陆涛的生日

陆涛不爱过生日，但他身边的人爱过，向南威胁他，说不过也可以，朋友们可以找一个地儿玩一晚上，他最后过来把账付了就得了，陆涛只好闪着小眼睛说过，并把这事儿交给向南。向南拉上华子，花一天时间琢磨怎么才能让这个聚会大乱起来，硬指标是不报警不算过好了——看来必须把那些可能打起来的人都请来，一个个相敬如宾的样子，这生活还有什么乐趣？

为了表诚意，向南抓起电话就打给杨晓芸。

"今天晚上陆涛过生日，来乌托邦玩吧！"

"离完婚就去！"

"来吧，我都不怕你跟我说离婚的事儿。"

"你不在我就去！"

"来吧，几点都成，带你那未婚夫来也成，大家都来。"

"你要气死我怎么办？"

华子当然不甘落后，也拿起电话打给露露。

"今天晚上来玩吧，带男的来也行。"

"你怎么这么说话？"

"我正给陆涛做生日蛋糕，晚上过来吃吧。"

"你是不是找新女朋友了？"

"这话真不像我未婚妻说的，呵呵，来玩吧，啊？"

露露眼珠一转，想起孙大海，于是打给他，不料从电话里却听到孙大海兴奋的声音："我出唱片了。"

露露："那得庆祝一下。"

孙大海："庆祝就算了，卖得不好。"

露露："唱片店有吗？我去买。"

孙大海："我正在一大唱片店呢，他们把我的唱片摆在不引人注目的角落，你可能找不着。"

露露："那送我一张吧。"

孙大海："成。要不下班以后一起吃顿饭？"

露露："今天陆涛过生日，大家都去LOFT，这么着吧，你也来吧，晚上八点。"

所有的人都到了乌托邦，除了陆涛。他被徐志森约到一个包间，一进门，桌子上摆满了菜，徐志森和林婉芬在里面。

"妈，徐总。"

徐志森笑着站起来："坐。"

陆涛坐下，问母亲："陆亚迅呢？"

"你爸他死活不来。"

陆涛"噢"了一声。

"项目进展得怎么样？"徐志森问。

"还可以，方案设计完成了。"

"有什么困难吗？"

"资金上有一些麻烦，超出预算很多。"

"先吃点东西吧，我们一直在等你。"

"陆涛，你瘦了，是不是最近休息得不好？"林婉芬说。

"还可以，我身体没问题。"陆涛轻声回了一句，三个人默默无言地用筷子夹菜吃，气氛尴尬。

❀ 全是男的惹的祸

同一时间，乌托邦里却是热闹非凡，音乐响着，灵姗陪着一个白肤金发的美国帅哥，两个人用英语说话，华子、猪头、向南在打台球，露露在跟孙大海说话。咖啡机边上，露露弟在做咖啡，夏琳环视了一圈房间的人，最后目光落在和俞忠坐在一起的杨晓芸身上。

"真乱，现在大家的关系太乱了！哎，我问问，这些关系是怎么发展起来的？"夏琳叫道。

杨晓芸看一眼米莱："还不是你带头儿发展起来的！"

"噢，我错了。"夏琳说。

米莱手一挥："认错就行了？"

"交代清楚！"杨晓芸却是一点也不放松。

夏琳清清嗓子："我以为是我一个人儿的事儿，谁想出国才半年，就让你们给发展成这么一场轰轰烈烈的运动了！"

米莱悲愤地接上："在这场运动中，我扮演了一个极其不光彩的孤单角色！"

"全是男的惹的祸！你说，咱仨以前在学校多好啊，谁让你们找男朋友的？害得我跟着学，你们看，"杨晓芸一指向南和俞忠，"都学成什么样儿啦！"

大家笑起来。

夏琳拍拍杨晓芸的肩膀："哎，这位后起之秀，你真能折腾啊你！"

杨晓芸瞟了一眼夏琳："嗨，反正闲着也是闲着，这不还有点残余姿色嘛，不折腾折腾就全浪费啦——"

"哟哟哟哟哟——"大家叫起来，对杨晓芸的残余姿色表示异议。

这声音吸引了台球案子边上打球的人，本来就心猿意马的向南伸长了脖子："这帮女的！怎么那么高兴？哼！三十年后全变大妈！"

"那人家也高兴！"华子说。

"凭什么呀？"向南不服。

"她们可以在一起回忆三十年前把一帮男的给坑惨了！"华子拍拍向南的肩膀说。

猪头看了他们一眼："哎，我跟你们说啊，这女的吧——"

华子和向南看猪头，猪头却连着打进两个球。

"女的怎么了？"华子追问。

"就是这样儿才有意思。"猪头说。

向南："有什么意思啊？"

猪头立刻凑上去："人家合理合法地浪，明目张胆地浪，那叫健康，阳光！回头真往屋里一关，两人儿成天面面相觑，就瞎了。"

向南摇摇头："胡说！"

华子乐了："向南就爱把杨晓芸关小黑屋儿里过小日子，这下人钻出来了吧？你觉得那俞忠儿怎么样？"

向南早就把俞忠看了个三百六十度："还行，杨晓芸没准儿真喜欢他，我再拖他们一段儿，免得杨晓芸受骗上当。这男的要禁得住这种考验，也算我对得起杨晓芸了。"

"哎哎哎，向南，你不喜欢杨晓芸啦？"华子嚷道。

"喜欢也没用，哥们儿满足不了她的虚荣心，再过一段儿就撤了。"

猪头打进黑8，向南把杆交给华子，华子拍了拍他的肩膀，想说什么，又长叹了一口气，打球去了。

❀ 八卦

同一时间，杨晓芸探头儿问米莱："那老外跟灵姗是什么关系？"

"就是一同学，到中国来玩，一句中国话不会说，你想怎么着？"

杨晓芸咬着后槽牙说："真酷！瞎看看呗！"

米莱立刻对俞忠说："俞先生，你要跟她结婚，第一件事就是防着她找酷哥，虽然到现在为止，她一个也没找着！"

"我很自信——"

俞忠话音未落，杨晓芸就打了他一巴掌："傻不傻呀你！"

大家都笑了。

米莱大声喊："灵姗！"

灵姗抬头对米莱招手。

"把那没染头发的酷哥发过来！"

灵姗招了一下手，拉着美国酷哥走过来："他叫Julian Gegliano。"（意大利名，朱利安·盖格里阿诺。）

酷哥使劲点头儿。

杨晓芸用北京腔儿重复这个名字，重复了三四遍，有一个一个字儿念的，有连读的，每一遍都念错，每错一次，酷哥便认真地用夸张的升或降调纠正她，大家都笑，酷哥把自己的名字念完最后一遍，杨晓芸放弃了："什么破名字，改！我告儿你们本来我绕口令儿的水平超一流儿，一见酷哥太紧张了，舌头使不上劲儿啦！"

"你是舌头太使劲儿使抽筋儿了！"米莱说。

灵姗用英文介绍："这是杨晓芸小姐，这是俞忠先生，晓芸杨是俞忠的未婚妻——"

酷哥非常认真地点头，杨晓芸有点颊了："小灵仙儿，求你别介绍了！有这么向美女介绍酷哥的吗？"

米莱眉飞色舞："继续！"

"俞忠先生是杨晓芸小姐的未婚夫——"灵姗立刻心领神会。

"我上学的时候有英文名！"杨晓芸说。

夏琳见缝儿插针："对对对，姓Young，名Rose，我都叫她羊肉死！灵姗，翻！"

灵姗几乎是同声翻译："杨小姐姓杨，名玫瑰花，英文的意思是玫瑰花儿正年轻，中文意思是死去的羊肉。"

酷哥做出惊奇的表情，发出惊叹。

夏琳又给杨晓芸翻回来："灵姗小姐是这么翻的，她说，杨小姐姓年轻，名叫玫瑰花儿，英文的意思是玫瑰花儿正年轻，中文意思是死去的羊肉。"

杨晓芸一举手："抗议！"

灵姗用英文翻译："抗议！"

酷哥两头看看，直耸肩膀儿。

米莱总结道："她的名字叫'肉死羊'也行！"

灵姗用英文翻译："'肉死羊'的中文意思是羊肉死了但羊没死！"

酷哥摇头，发出惊叹，表示不理解，直说："What happened？"

夏琳更来劲了，对着杨晓芸起劲地说："灵姗跟他说，肉死羊的中文意思是羊肉死了但羊没死！"

杨晓芸一搭脑袋："乱了乱了，全乱了！欺负我不懂英文是不是？找我背井离乡出国学英文呢是不是？"

酷哥疑惑地在几个姑娘脸上看来看去。

灵姗对酷哥用英文说："夸她！杨小姐在等你夸她！快！"

酷哥反应过来，用英文说："好名字！好名字！"

"Julian Gegliano说你的名字起得好！"灵姗这下松了口气。

杨晓芸却气愤地大叫："小灵仙儿，求你啦，快把这小金毛儿带离现场！这不是给我添堵、砸我场子、煞我风景嘛！"

米莱不同意："人刚来就轰人家合适吗？"

杨晓芸指天画地："求你们啦，把他骗走！就说北海后门口儿有一美女急着找他！"

"对对对，那女的叫ROSE YOUNG！"夏琳补充道。

杨晓芸冲夏琳挥挥手："滚！"

此时俞忠拿过一杯酒递给美国帅哥，用英文说："HI，Julian Gegliano，我在美国读书住过布朗克斯区——"

酷哥脸上立刻露出一副极度高兴的样子："我家就住布朗克斯区——"

俞忠用英文说道："房子两层的，前面有一个小花园，种着玫瑰——"

酷哥兴奋了："是！是！是！"

俞忠用英文说："我们是邻居！"

话音未落，两人顿时来了一个热情的意大利式的拥抱，俞忠说着什么，顺手把酷哥抱走了。

看着酷哥站起来和俞忠一起走，杨晓芸对俞忠竖起拇指："俞忠GOOD！带走带走快带走！"接着一拍大腿对众人嚷嚷，"谁那么缺德把他叫过来的！他这父母会不会起名儿啊？折腾谁呢？"然后用手卷成喇叭对俞忠的背影儿喊，"俞忠，你今儿要能抽冷子把他捆火车道上，火车一开过去我就嫁给你！"在众人的笑声中，杨晓芸小脸儿一绷，"告儿你们我烦死这老外了！完全是一缺心眼儿！"

大家狂笑起来。

❀　　山穷水尽

同一时间，徐志森和陆涛的谈话远没有这么轻松，徐志森两手一摊："上海人现在把房子当蓝筹股买，房价越来越高。我本来想停下来，但是，到手的房子，不管价钱多高，都能卖出去，市场太疯狂了，美国这种情况都少见。"

陆涛明白很难从徐志森手里得到投资，于是说："我吃完了，有朋友在等我，我先走一步。"

徐志森一把按住他："我还想听你讲讲你的项目呢——陆涛，我们不是竞争对手，我们是父子，虽说现在市场把所有人变成竞争对手，要不就是攀比对手。"

"因为是新能源的第一个创牌子项目，所以，我想走一条新路，不过，项目做起来，发现技术含量过高，叫投资人心里没底。"

"方德昭没有追加投资吧？"

"是。"

"这是老方的一贯方式。"

"是。"

"山穷水尽了？"徐志森突然问道。

陆涛犹豫了一下，说了实话："是。"

徐志森不说话了。

陆涛感到自己像被悬在半空，他想继续说点什么，喉咙里却发不出声音。

林婉君给徐志森倒了杯水，端到徐志森面前，徐志森按住杯子，两眼凝视着陆涛："那么，现在，你手上还有什么牌？"

"我的股份卖出去了，我的房子和我的钱都押进项目了，我手上没牌了。"陆涛听到自己这么说。

"也就是说，项目做成，你没有分红。"

"是，也没有其他好处。"

"在里面，没有你的个人利益，是吧？"

"是的，什么也没有。"

"那你为什么做这个项目？"

"我只想把它做好。"

"幼稚！难怪没有人相信你！"徐志森愤怒了。

"人不一定都是自私的——"似乎为了证明徐志森说对了，陆涛分辩了一句。

"在生意上，人必须是自私的，生意也必须是赢利的，就像做人一定要做一个活人一样，这是生意最基本的底线，要不就是做慈善。"

"我觉得，只要把事情做好，利益自己就会来的。"

"很多艺术家把他的艺术做得很好，甚至完美，但利益却没有去找他们，他们还是穷艺术家——陆涛，人人都有自私和牺牲精神这两种品质，但要把它们用到该用的地方。真不知道他们怎么会让你做这个项目！"

陆涛站起来："对不起，我先走了。"

说罢走了出去，徐志森站起来追出去，他在过道里追上陆涛，拉住他："陆涛，等一等，我话还没说完！"

陆涛站住，非常不自然地看着徐志森。

"刚才我是太心急，话说得不好，我是诚心诚意想——"

"我不需要！"陆涛叫道。

"这样吧，我明天派人到你的公司把你的方案取过来看一看，我希望能找到一个方式与你合作，作为投资者，我现在还是有一点力量的。"

"好吧，那我走了。"

林婉芬此时也从包间里出来："陆涛——"

"陆涛——"徐志森也叫。

陆涛像是停了一下，却并没有真停，他说了声"再见"，便走掉了。

徐志森和林婉芬失望地回到包间，徐志森有点难过："婉芬，刚才那种情况真不该发生，不知为什么，我一见到他，就控制不住自己的感情！"

林婉芬叹口气："这孩子从小就受不了别人教训他。"

"是啊，他长大了，刚到我那里的时候，我说什么他都爱听。以后，跟他沟通要换个方式，不能像以前那样，如果大家都强硬，那么，大家只好互不来往。换成别人我可以，对陆涛，我做不到，我只有他这么一个儿子！"

✖ 越乱越好

同一时间，华子和猪头在打台球，猪头进步神速，一个个进球，华子一脸颓废的神色，他一心地认为这球技定是露露教的，而向南站在台球案子边上，百无聊赖地喝着啤酒，再远处，露露和孙大海比手划脚地在聊着什么。

"去跟杨晓芸说句话吧，别站这儿愁眉苦脸的，是你把人家叫来的。"此时的华子只好找更软的柿子捏一捏。

"我不去，我等她过来跟我说。"向南倔强地梗一梗小脖子。

"别做梦了！"华子在他耳边悄声说。

"你怎么不跟露露说话？"向南看看猪头打球的样子，一下子明白过来了。

"咱也不听流行歌曲，他们说的歌儿一首没听过。"

猪头转过来："咱的泰国饭馆里以后也放点流行歌曲吧？"

"成啊。"华子强撑着应了一句。

"你说是泰国歌还是中国歌？"猪头接着问。

"我哪儿知道？"华子没好气儿地说。

向南打岔："这聚会没组织好，大家都没话说。"

华子环顾四周："谁说的？大家都说得挺好的，我看你老毛病又犯了，就想跟女的说话！"

咖啡机边儿上，俞忠与美国人正聊着，露露弟把刚做好的两杯咖啡递过去，两人点头。

露露弟把一杯杯咖啡装进盘子里，端到桌边儿上，发给每一个人。

米莱接过来："谢谢。"

灵姗向他招招手："谢谢，我叫方灵姗——"

露露弟神秘地笑着离去。

"米莱姐，他是谁？"

"去问露露。"

杨晓芸插嘴："他是露露的弟弟，是个聋哑人，今儿来帮忙儿的。"

灵姗完全没有回过味儿来，自言自语道："他笑得好甜。"

杨晓芸、夏琳、米莱相互看了一眼，三个人都感到诧异。

"露露！"米莱站起来叫道。

露露向她招招手。

"过来！"杨晓芸接着喊道。

露露走过来。

杨晓芸夸张地说："灵姗爱看你弟笑，叫他表演一下吧！"

露露点点头，走过去拉住弟弟，带着他站到灵姗面前："弟，笑一个！"

露露弟笑，很甜。

灵姗直勾勾地盯着露露弟，紧张起来，想笑但没笑好。

米莱悄声问："灵姗，你怎么了？"

灵姗小脸儿都红了，"他笑得好，"边说边捂胸口，"把我的心都笑软了——"

大家顿时面面相觑。

"出事儿了！"夏琳说。

杨晓芸兴奋地站起来："要乱！"

米莱一挥手："露露，叫你弟再笑！"

"弟，再笑！"露露脆声说。

露露弟再笑，更甜更灿烂。

灵姗愣愣地看，又捂住僵僵的脸，揉了揉，回了一笑。

"好！有礼貌！"杨晓芸起哄。

米莱急不可待地叫道："第三笑！"

露露弟又笑了。

灵姗站起来，走到露露弟面前，仔仔细细地把他从头到脚看了一遍，终于说道："我喜欢你！"

杨晓芸、夏琳、米莱又相互看一眼。

"玩上'三笑'了。"夏琳故作深沉地说。

"原来在北京，唐伯虎就是这么点中秋香的！"杨晓芸叹口气。

"太赤裸裸了！一点也不含蓄！"米莱说。

露露拉住灵姗："别逗我弟了。"

灵姗问露露："他为什么笑？"

"这是他的手艺。"露露说。

"富家女没想到吧？"杨晓芸说。

灵姗一脸疑惑："手艺？什么手艺？"

露露弟忽然自己向灵姗笑了起来。

灵姗赶紧拉一下露露弟："我好喜欢你！"

"今天要乱！"杨晓芸宣布。

"已经乱了！"夏琳纠正她。

"越乱越好！"米莱说，话音未落，她的电话响起。

❀　　马上就到

米莱对着电话"好好好"了两句，一抬头，只见大家都坐回到座位上，看着她。

杨晓芸问："陆涛怎么说？"

米莱一拍桌子："马上就到！"

门铃响。

"不会是他，他有钥匙。"米莱说。

华子冲过去开门，只见关鹏走了进来。

米莱一看就乐了："向大家介绍关鹏！夏琳的前男友儿！"

大家鼓掌，杨晓芸叫道："夏琳，看来今天晚上你是下了决心要让陆涛过一个难忘的生日了！"

"你到现在都没跟向南说一句话，还说人家！"米莱说。

"他还没跟我说话呢！"杨晓芸看都不看向南一眼就说。

那边儿夏琳已经迎上去了："你好，关鹏！"

米莱也站起来："欢迎欢迎，关鹏，你现在完全不给我打电话了！"

关鹏神态自若地坐下来："米莱，最近怎么样？"

夏琳探出身儿："大海，你现在还唱歌吗？"

孙大海点点头："瞎唱吧。"

露露也说："唉，大海，我还没听你的新专辑呢。"

孙大海从椅子后面的包里拿出一张CD，递给露露："送给你。"

被米莱一眼看见："怎么不送我们？"

孙大海笑笑："就带了一张，网上也能下。"

米莱叫道："露露，放一下，让我们大家听听大歌星迷人的歌声！"

露露去放唱片，没人搭理的杨晓芸瞎嚷嚷："哎，那个不争气的老寿星呢？"

"据说是谈事儿去了，弄得一副很了不起的样子，让我们一堆人都等着他，真不像话！"米莱的话音未落中，一阵急促的音乐传出，接着就是一声沙哑的声音，把大家吓了一跳。

露露走回来："大海，这是你吗？"

孙大海点点头："我最近比较喜欢灵魂金属。"

杨晓芸问："这就叫灵魂金属是吗？"

孙大海点点头："瞎玩的。"

杨晓芸说："我怎么净听见金属声，没听见灵魂的声儿？"

米莱白了杨晓芸一眼："大海，别理她，没文化！她就听孙楠！"

杨晓芸不服："现在我最喜欢听的是张学友唱的老情歌儿，特有味儿！"

孙大海站起来："那我换！"

说着过去关音响。

✿　　干杯

就在这种乱哄哄的情况下，陆涛走了进来，双手抱着一箱啤酒，大家冲他招手，叫了起来，陆涛把啤酒往桌上一放，正好音乐声停了。

"哎，大家好！开始喝酒了吧？"陆涛说。

孙大海换上一盘《祝你生日快乐》，大家跟着一起唱。

"得，蛋糕该上了！"华子冲到边上，推过来一个小车，上面有一个大蛋糕。

华子把刀交给陆涛，手里托着一叠纸盘子，陆涛一边切蛋糕，华子一边把切好的传给大家，陆涛又把啤酒一瓶瓶拿出来，每个人面前摆了好几瓶。

歌儿放完了，大家鼓掌。

米莱举着手大喊："我们要听老寿星讲话！"

大家都喊："对对对！"

陆涛只好站起来："谢谢大家，没什么可说的，啤酒代表我的心！趁着我生日，大家放开了乱起来，来，一起干！"

大家都不动，纷纷说："不行！草率！简单！不激动！讲话！讲话！要求讲话！"

夏琳带头叫道："不是讲话！我们要听演讲！"

米莱也叫："对！学学人家老外！"

向南也说："陆涛，咱可都是有头有脸儿的人，不带瞎对付的！"

华子叫道："没错儿！必须尊重每一个来宾！必须有一个正式的开始！"

杨晓芸跳到椅子上："对！壮志凌云、鼓舞人心的那种！"

陆涛喝了口酒："好！我说！"

大家热烈鼓掌。

陆涛："好吧，我讲——今天，在这里，我先感谢我的父母，感谢他们把我带到这个世界上来，感谢我在这个世界上碰到的人们，尤其是你们，我的朋友们！"

大家鼓掌。

"说得好！昔日大学里讲演比赛的冠军果然名不虚传！"向南讽刺道。

"我想说，我们既然来到了这个世界，就不能太客气了，人在哪里我们就混哪里！"

大家鼓掌。

华子不爱听了："说点跟咱乌托邦有关系的话！"

向南也提出要求："我想听有理想的那种！"

陆涛立刻换了一姿势："上学的时候，老师教育我们说，我们来到这个世界，不是为了从中拿走什么，而是要努力为这个世界增添光彩，我那时候同意！现在也同意！——可是，怎样才能做到呢？我相信，这一点，他们也不太清楚！就是清楚了，他们也不一定能做到！他们告诉我们的只是他们的梦想！好吧，我们听他们的，把他们的梦想当成我们的，我们像他们一样，为着梦想而奋斗！但是，梦想是艰难的，因为这梦想就是我们所有人的人生！就是我们的爱情！我们的事业！我们的幸福！"

大家鼓掌。

"可是，当那抽象的梦想变成生活中一件件具体的事情的时候，我发现，我们离那梦想很遥远，特别遥远，但我们不会放弃，我们努力做好每一件事儿！"

大家鼓掌。

"在这个世界上，我们碰到很多好事儿，也碰到很多坏事儿，今天以前，它们都过去了，明天，它们还会跟我们迎头相撞，我们的态度是，我们谁也不怵坏事儿！"

大家鼓掌。

陆涛一字一顿地喊："来！为了我们所有人不得不碰见的所有的坏事儿！干！"说着自顾自干了一筒啤酒，放下酒杯，"我说完了。"

华子喊："同意！为坏事儿干杯！"

所有人都喊着"为坏事儿干杯"干了一杯！

华子更兴奋了："陆涛，咱们这儿还有好多洋酒呢！"

"全拿出来，喝！"陆涛叫道。

华子和向南立即跳起来去拿酒，片刻就拿来十几瓶，上来把盖儿全开了，一个个酒杯地倒下去。

米莱见势不妙："苗头不对！这哪儿是过生日啊，明明是一个酗酒派对，我一个良家妇女不参加这种痞子运动，我退场！"

陆涛一下按住她："不行，米总，不许走，在座的都是骨灰级的老朋友了，你看看岁月把大家都摧残成什么样了！啊？谁容易呀？好不容易聚在一起，你忍心走吗？"

米莱还拧巴着想站起来："我可不记得什么狗屁岁月，我就记得你曾使劲儿使劲儿地摧残我！"

大家笑了起来，陆涛高喊："那我就先跟你干一杯！"

米莱只好苦着脸跟陆涛干了一杯。

陆涛又喊："下一个！我跟夏琳干，祝你学成归来！"

夏琳一口喝干了："谢谢！我绝不许你再摧残我！"

大家鼓掌！

陆涛也把手里的酒一饮而尽："好吧好吧——再下一个——"

就在陆涛找人儿干杯的时候，华子站起来，上衣一脱："靠，甭麻烦了，咱们男的全干了吧？"

陆涛高喊："好主意！跟所有男的干一杯！"

男的全部站起来干杯。

"米莱，陆涛平常是这样儿吗？"杨晓芸吃惊地问。

米莱斜了一眼夏琳："好长一阵儿不这样儿了——"

忽然她站起来尖叫："哎，听我说！"话音未落，把上衣一脱，露出里面大姐大镂空上装，气势豪放，引来一片鼓掌，米莱举起一杯酒，"所有女的也干一杯！"说罢，把杯中酒一饮而尽。

女的都站起来干了一杯。

杨晓芸用手扇着嘴里的酒味儿："这喝得也太快了，总得有个理由呀——"

她还没说完，向南跳起来打断她："巨蟹座的干一杯，杨晓芸就是！这就是理由！"

"太可怕了，我不跟你喝。"杨晓芸说。

"我也是巨蟹，我干！"这一回冲在前头的又是米莱，她站起来一脚踩着地，一脚踩到椅子上，一拉杨晓芸，与杨晓芸碰了一杯，一口喝干。

掌声。

向南也一脚踩到一张椅子上："我也是！我也干！"

说罢一口喝干。

小灵姗也站起来了："我也是巨蟹，我还没喝呢！"

说着站起来也干了一杯。

大家哄笑。

笑声还没停，陆涛就喊："该天蝎了，天蝎干一杯！"

说罢，站到椅子上。

猪头站起来："我11月5号的，算什么星座？"

"天蝎！"灵姗叫道。

"小灵仙儿，他像天蝎吗？"杨晓芸指着猪头。

"像的啦！"灵姗说，引得大家一阵笑。

"猪头，站上来，咱们得灭灭他们巨蟹！来，干！"陆涛拉住猪头。

猪头也站到椅子，一脚踩椅子，一脚踩在椅子靠背上，干了一杯。

"Julian Gegliano也是天蝎！"灵姗用英文叫道，"天蝎干杯！"

那老外站起来，笑眯眯地一直站到椅子上，也干了一杯，却醉得掉到地上，被华子麻利地接住，他和向南一起，七手八脚地把老外横放在两张椅子上，中间儿悬空，老外就那样儿睡着了，两人就像什么也没发生一样，飞跑回来就座。

华子刚坐下就大喊："双鱼座的起来干一杯！"

说着，自己站到桌子上。

关鹏站起来："我是双鱼！"他也站到桌子上。

"我也是！我弟也是！"露露站起来，移开盘子，拉着弟弟，站到桌子上。

夏琳站了起来，踩到椅子上，桌子上满了，她竟轻轻地踩到桌子上两个装着酒的酒杯上，身上松松的，头轻轻晃着，面带笑容："我也是！干！"

在大家掌声中，双鱼们干杯。

陆涛完全被夏琳迷住了，他看夏琳看得出了神儿，为了看得更清楚，把椅子向后翘，不料却从椅子背儿上翻了过去，引起一阵儿哄笑声。

酒被迅速地倒在所有杯子里。

露露放了孙大海的一首早期唱过的抒情歌儿，她又跟着唱了起来。

猪头偷看她，露露摇着头，显得很迷人。

灵姗忽然出人意料地站起来，慢慢地说："听我说，这样好吧，水系星座的站起来，干——三杯吧！"

大家喝得太HI了，所有的人都纷纷站起来响应，杨晓芸睁圆了眼睛对米莱说："怎么全是？天下哪儿有这么巧的事儿？"

那边陆涛不由分说已带头喝掉第一杯。

洗手间里，一阵冲水声后，门开了，孙大海醉醺醺地走出来，他用手揉着卫生纸，揉成一团儿，转着扔进纸篓儿，然后他系裤子，走到洗手池边儿上洗手、洗脸，把头发弄好，接着拿起洗手池边儿上的一杯剩酒，喝了一口，拉开门，又喝了一口，摆了一姿势，喊着"一二三"，小跑着冲出去，越跑头越低，展开双臂，像在飞翔，高叫喊着："朋友们，等等我，我来啦！"接着一个"狗吃屎"摔倒在地，他把手伸出来，酒还在杯子里晃，他一口喝完，爬起来，脸上露出吃惊的神情，他站着，呆呆地转动头，望向大厅里，嘴里喃喃地说着，"啊？才五分钟！"

事实上，他被眼前的情况惊呆了，大厅里空荡荡的，桌子椅子都空了，只有灵姗一个人坐在桌前发愣，他定睛观瞧，这才发现所有人都喝倒了，以各种姿势，散落在整个儿大厅里的地上。

心碎乌托邦的大厅里弥漫着孙大海早期唱过的柔情歌，孙大海就在自己的歌声里走着，在大厅里绕来绕去，推过每一个躺倒的人，孙大海注意到每个人的形体与表情的细节，甜蜜、忧伤、颓废、安静、热情、抗争，令他感到一股说不出的小诗意，孙大海想新写一首歌儿，献给这里所有的人，他们奋斗、挣扎，却都失败了，但他们仍不服输。

他为看到的一切感到震惊，没想到这帮人比他的摇滚兄弟们还疯狂。

半小时后，大家开始缓过来了，在女洗手间，灵姗和米莱在一起吐，而男洗手间，华子和陆涛在一起吐，洗手间门口，关鹏大字横躺在地上，向南只能从他身上假装敏捷地跳过去，不可思议的是，夏琳和露露在跳舞。

✿　　掐钱的秘密

又过了半小时，大家纷纷清醒过来，相互拉着推着扶着，说一些问候的话，醉醺醺来回走动，最后重新坐回到桌边，现在大家倒酒都是一满杯一满杯地倒红酒，并且无须别人帮助，自己给自己倒。

一向体面的小灵姗，陪着坐在地上的美国人，他喝得头重脚轻，她陪他一起唱一首美国校园歌曲。

露露转来转去，又兴奋又友善，给每个人倒酒。

米莱的嗓门大了两倍："陆涛，你得吃蛋糕啊，过生日不吃可不行！"

华子蹲到灵姗面前："小灵仙儿，你怎么样？"

灵姗小孤魂儿似的拉着华子坐回到椅子上："我很绝望，非常绝望，我绝望死了，你们都喝醉了，我怎么喝不醉？喝醉了才好玩儿。"

"你找什么呢露露？"华子一把扯住想从他身边绕过的露露。

"我向你们提供服务呢！"露露说。

向南也拦住露露："你能不能站住？"

露露站住了。

"谢谢！这才是最好的服务。"向南说。

"别理他，露露，接着找你的大海。"华子说。

露露笑了："我没找大海。"

陆涛在吃蛋糕，吃得脸上都是，他醉得一直在抖动膝盖，忽然他停住了，往下摸摸，站起来，接着用双手一拉，是孙大海："大海在这儿呢！"

大家笑起来。

华子叫道："陆涛，趁着酒劲儿，说说挣钱的秘密吧！"

"我哪儿知道！"

"那你说，我挣得着钱吗？"

"这事儿你得问小灵仙儿。"

向南叫道："这事儿不能问她。"

杨晓芸急了："你怎么知道？"

华子替向南说："她是乌鸦嘴！"

灵姗一拍桌子："华子，你等一分钟！"

陆涛把他的名表"当"的一声扔在桌上："咱用劳力士计时！"

大家都沉默下来，静静等着会发生什么，一分钟到了，华子的椅子腿儿"咔"地一下折了，人掉地上。

这种灵异现象把大家搞得全都面面相觑。

华子爬起来："灵姗，我错了！"

忽然，大家都笑了。

"不过我不服啊，下次有本事叫我掉美国金库里我再服！哎，陆涛，我的问题你还没回答呢，今儿是你的生日，我想借借你这个挣钱二把刀的吉言！"华子喊道。

陆涛站起来："让我看看！"

然后就看华子，大家也都看华子，华子变得紧张起来。

杨晓芸摩拳擦掌："这可是决定命运的大事儿啊！"

大家笑。

陆涛做了一个停的手势，大家不笑了，陆涛一指华子："你站起来！"

华子站了起来。

"站到椅子上！"

华子想了想，又看看后面，椅子坏了，向南把自己的椅子让出来，华子站到椅子上，接着，大家都看着陆涛。

陆涛一指："你把那蛋糕顶到脑袋上。"

华子小心翼翼地拿起吃剩的蛋糕，顶到头上。

"你还要怎么着？"华子信心十足地说。

"把手伸开，就泰坦尼克那姿式就行！"陆涛比划了一下。

华子向两边伸开手臂，展得尽量地开。

"把后腿儿飞起来！小蜻蜓那种！"陆涛叫道。

华子更小心地伸出后腿，这动作挺难，经过三次努力，他成功了，大家鼓掌。

陆涛却煞有介事地叫道："华子停！大家停！我的结论——我的结论是，华子，你成不了大事儿！"

华子的心一下子凉了，他仍保持那姿式不动："为什么？"

"因为，大家听着，"陆涛得意地把徐志森对他说过的话说出来，"能挣大钱的人会听一听别人的意见，但从来不听那些荒唐的意见！"

大家爆笑起来。

"你敢消遣洒家！"华子气得把蛋糕扔在陆涛脸上，陆涛抹脸，越抹越乱，大家笑得更厉害了。

❀　　关鹏气跑了

陆涛边儿上坐着夏琳，再下面是关鹏。

米莱喝了一大杯酒，满脸通红，用手扇着风："夏琳，哎，琳琳，美女，姐们儿！"

夏琳转过头看她。

"从你回来以后，我们陆总成天心里七上八下的，弄得我们也跟着七荤八素的。那个什么，我要说什么来着，对了，今天你也撂句干脆话儿，到底是喜欢我们陆总还是你们关总？"

夏琳往两边看一看，分别伸手搭住两人的肩膀，笑着说："我觉得两人儿都挺好的！"

大家大笑起来。

"这叫博爱！法国范儿！学着点儿！"杨晓芸说道。

米莱也说："真是不一样啊！咱们这儿正奋斗自由平等呢，夏琳那儿都奔博爱啦！时尚！前卫！"

夏琳摇摇头："法国那边儿一点意思也没有，还是这儿好！"

米莱一拍桌子："琳琳，我问你，那要是只能选一个呢，关鹏还是陆涛？"

"关鹏！"夏琳清脆地叫道。

米莱尖叫起来。

夏琳醉眼惺忪："不是，我话还没说完呢，我叫他是想问他一个问题！"

关鹏一下把杯中酒喝完，豪情万丈地站起来："你问！我时刻准备回答！"

夏琳拖长声调："关鹏——"

"在！"

"你老婆孩子的事儿怎么一句没跟我说过？"

杨晓芸尖叫："啊，要出事儿啦！"

大家全都把脸转到关鹏脸上。

"你说什么呢——"关鹏小声说。

夏琳提高声调："我是说，你孩子都上中学了，怎么从来不跟我说一声？"

"你喝多了吧？"关鹏反问。

"关鹏，这事儿我一直都特好奇，我问你，到底你是想把我当女朋友呢，还是当二奶？我糊涂五年了，今天喝了酒，有点清醒，随便问问你——当着大家的面儿，正好儿你也说说清楚！"

米莱更兴奋了："大家小声点，听听特大新闻！说啊，关鹏，说来听听——"

关鹏看看向南，向南低下头，他只好左右看，半天才说："我说什么？"

米莱生气了："关鹏！就说说你成家立业之余，还有什么其他的桃色想法？还有啊，为什么这事儿你连我也不告诉啊？"

关鹏忽然坐下去，又站起来，说了声对不起，突然，他恼羞成怒地走了。

大家一起唱："再见！再见！再见！等到离别的那一天！"

陆涛高兴地拎着一个包儿追上去："这是你的包儿吧！"

关鹏接了，走得更快了。

陆涛回来坐在夏琳身边，一副得意的样子。

夏琳喃喃自语："他气跑了。"

米莱伸出大拇指："说得好！夏琳！真痛快！来，咱们跳舞去！大海，放放你的新歌吧，我觉得特好听！"

孙大海站起来放音乐。

米莱拉着夏琳去跳舞，路过灵姗又把灵姗拉上，灵姗走了几步拉上露露弟，露露弟想拉露露，华子却一把拉住露露，并把孙大海塞到露露弟手里，几个人像一串串在一起的红辣椒，纷纷去跳舞。

❀　　　变得太厉害了

华子坐回到猪头身边："露露，我有个问题必须问你一下！"

"说！"

"前一段儿，你是不是背着我跟大海睡觉了？"

"我没有！"

"你敢发誓吗？"

露露站起来："我发誓！你要怀疑我，我现在就宣布，以后再也不跟孙大海来往了！"

露露声音过大，跳着舞的孙大海听到了，他愣住了："怎么回事儿，露露？"

露露一指华子："他心里阴暗，怀疑我们俩上床！"

孙大海冲到华子面前："没有没有，绝对没有，我们现在只是一般朋友，华子你别多心，我孙大海可不是那样儿的人。"

米莱一拉孙大海："大海，接着跳！"

华子问露露："那你还愿意当我的未婚妻吗？"

露露点点头，华子抱住露露亲了一口，猪头看一眼他们，站起来走了。

"华子，跟你好，是我的一个重要改变。"露露说。

"你就是变得太厉害了，这回可别再变回去呀！"华子忽然真情流露。

露露点着头笑了。

❀ 最后一次机会

向南从洗手间出来，一把拉住杨晓芸："你未婚夫呢？"

杨晓芸一指，只见俞忠已和那老外并排大字儿躺在地上睡着了，衬衫拉上去，露出一截鼓起的白白的肚子。

"杨晓芸，咱别离婚了，你看他们一个个拼事业拼爱情，拼得乱七八遭的，咱俩跟他们都不一样，我算明白自己是什么人啦，就是一大拨儿轰。你呢，高肯定是不成，这低呢，就救救我得啦！我保你稳居中游！我就想跟你一起踏踏实实过日子，你让我搬回去，咱奋斗奋斗，再起风云，把小日子过得又快乐又温馨，肯定比这帮瞎折腾的都幸福！"向南把杨晓芸的手攥得更紧了，"杨晓芸你说怎么样？"

"这话我怎么听得那么耳熟啊？你喝多了吧？"

"你再给我最后一次机会——"

"我曾经给过你最后一百次机会，你都浪费掉了，现在，"杨晓芸放低声调，"你又向我要求这最后一百零一次——"

向南使劲点头。

杨晓芸醉眼朦朦胧胧地贴近向南："好让你真的气死我？"

说着，走到桌边儿坐下，向南跟过去。

"晓芸，这一回我发誓，我要是再让你不满意，不用你说，我自己走，真的。"

"你先把这杯酒喝了，让我想想。"

向南拿起酒就喝了，然后坐直了，严肃地看着杨晓芸。

"说好了啊，我可告诉你，这是你耽误我的最后一次机会了啊！"

向南一把抱住杨晓芸，用力过猛，两人从椅子上掉地上了。

陆涛正在绕着桌子，给每一个杯子倒酒，看到这一幕，叫道："哎哎哎，你们是正在搏斗，还是和好了？"

向南和杨晓芸爬起来，齐声说："对不起，我们和好了！"

陆涛眉毛一挑快速与他一碰："那干一杯！"

向南和陆涛飞快地干杯，喝下一杯。

华子冲过来抱住陆涛："又出什么事儿了？"

"他们俩和好了！"

向南和杨晓芸使劲地点头。

华子惊喜地叫道："陆涛，你这生日太成功了！哎，大家听好了，向南和杨晓芸喝醉以后和好啦！"

所有人凑过来的人一起唱："祝你生日快乐！祝你生日——"

在向南抱着杨晓芸，环顾四周，迷蒙的醉眼中，世界是那么温暖，大家站成一排醉醺醺地向陆涛唱生日歌，人人脸上都挂着笑容，向南感动了，他亲了一口杨晓芸，伸过脖子大喊："哎，陆涛！什么时候咱把生日再过一次？"

"明天就过！"陆涛叫道。

向南夸张地挥手："太好了！太好了！"

然后向南把脸转过来，贴在杨晓芸耳边讨好地说："你看你看，这帮人多傻呀，我才不爱跟他们过生日呢，没劲，要过咱俩悄悄地单过！"

华子拉着露露："有一件事儿——我，那个什么——"

"说吧，今儿你说什么我都答应你。"

"我不是要跟猪头一起开一泰国饭馆嘛，过几天要去趟泰国置办点东西，我的意思是——意思是——"

"是不是想给我一个惊喜？"

"要不一起去吧？"

露露一把抱住华子："你真好！"

此刻，躺在地上的美国酷哥和俞忠一起醒来，酷哥一指："那是你未婚妻——"

俞忠揉揉眼睛，吃惊地看到，杨晓芸正与向南亲吻，他环顾四周，乌托邦笼罩在音乐酒精与喧闹之中，他甚至完全忘记了这里是哪儿，自己是怎么来的，只觉一切都像大梦一场。

❀　　晓芸，主动点儿

三天后，在杨晓芸父母家的晚饭桌上，杨晓芸和父母以及奶奶围在一起吃饭，杨文礼生气地说："俞忠是最后一个了，再没有更好的了！"

"爱有没有！"杨晓芸满不在乎地答道，抬手儿夹了一筷子溜肉片儿。

何翠凤戴着一副老花镜看着一份合同，然后看一张支票，脸上眉开眼笑。

"笑什么笑！"杨晓芸对她妈嚷嚷。

"还不是向南给我办的事儿好！"

"什么事儿啊？"杨晓芸问。

"就是前一段他有一朋友盘了一酒楼，想找人儿装修，我就把这事儿给揽下来了，这不合同已经签下来了，里里外外怎么也得挣七八万，跟我签合同这人儿吧，他还正谈着一旅馆，估计马上就能盘下来，四十多间房，等我把酒楼给他装好了，估计那旅馆也没跑儿——芸子，要不你也买辆车开开？"

"我不想开车，打车就挺好，再说咱店里不是有辆小货车了吗？"

何翠凤拾起筷子接着吃饭："这孩子，什么都不买！"

杨文礼咳了一声："其实，我一直觉得，向南人还是不错的，从目前的情况看，以后像他这种条件的也不一定能碰得到。"

何翠凤也点头："这孩子已经给咱们家揽了仨活儿了，怎么也得给人家买点东西谢谢他，芸子，你说呢？"

众目睽睽之下，杨晓芸小脖子一梗："你们甭管，我自己的事儿我自己知道。"

奶奶武荷花不失时机地接了一句："你妈托人介绍来的那几个都不行，比向南差得不是一星半点儿。"

"妈你以后别给我介绍了啊，都什么呀，说是经理，是小家具厂经理，说是搞批发的，批什么不行呀，非批苦瓜，人长得比苦瓜还惨！还穿西装打领带呢！妈我告儿你，你再用这种残酷的方法打击我自信，我可跟你没完啊！"

"我这不是为你以后想嘛，你总得嫁人啊。"

"妈你就别操这份心了，上次二大爷介绍来的那个叫咱们一回，连二大爷也得罪了，二大爷到现在电话都没来一个！"

杨文礼一听不高兴了："他二大爷也是，找来一个卖保险的，跟我说了两个多小时保险，头都大了，怎么着啊，向我们家展示他的工作能力啊？连我都看不上他！我看啊，要是连俞忠都不行，那就说明，咱家晓芸的心思还是在向南身上！"

"都不如向南！不如向南！人家向南在这儿看电视一看三个小时，不烦人啊，叫干什么就干什么。前年我那破烂，叫你们下楼卖你们谁都不去，还是人家向南去的。还有啊，你们拉着人家打麻将，人家不会玩，还教人玩，还赢人家钱，在咱家一个多月没开和儿，输了钱人什么也没说。就冲这人品，我觉得挺好，离什么离，我看时间拖得也差不多了，人家一点也没有要离的意思，和好得了。"奶奶说道。

"你们再说我不吃了啊！"

"不说了，我吃饱了，走了。"杨文礼说罢站起来，离开前忽然对晓芸挤挤眼睛："晓芸，主动点！"

杨晓芸气得饭碗一摔："我以后谁都不嫁了！"

❀　　便宜货

杨晓芸以谢谢向南为名，约向南吃饭，挑了一家有情调的餐厅，她穿得很淑女，早到了半个小时，坐那里翻一本时尚杂志，刚下班的向南拎一电脑包儿匆匆忙忙冲进来，刚一坐下就叫道："我跟你说不用谢！大老远儿的跑这儿来挨宰，咱犯不上！"

杨晓芸脸色一沉："你嚷嚷什么！是不是停车场不让奥拓进啊？不让进告他们去！"

"哎哎哎，别这么说啊，我这奥拓耽误你什么事儿了？"

"一人一客鲍鱼饭，剩下的你还要点什么自己看吧。"

"这地儿得二百多吧？"

"你管呢，我请你又不是你请我。"

"吃鲍鱼我知道天津有一地儿才三十八一位，东西是一样的！"

"得得得，你自己买回家做还更省钱呢，一分钱不花你有什么可抱怨的？"

"我这不是能替你省点就省点嘛。"

"哎向南，我问你，这么多年，除了跟我在一起省钱玩儿，你生活还有什么乐趣？"

"把你省高兴了就是我的乐趣啊！"

"你想过没有，我有时候也想浪费一下？"

"你？"

"我，怎么了？我不配啊？"

向南恍然大悟，他小声答道："你怎么这么说话——我，我不是那意思——"

"你知不知道，跟我在一起，什么都要便宜叫我感觉很不好？我是便宜货吗？凭什么轮到我就那么便宜？我自己又能挣，有时候多花点钱又怎么了？又不是偷的抢的骗来的。"

"好好好，以后我注意。"

"我也不喜欢浪费，可受不了跟你在一起抠抠缩缩的样儿，咱哪儿至于寒碜到那儿去了？钱多就多花，钱少就少花，没钱就不花！"

"成，同意！还有什么要求？"

"没了。"

"那我可点菜了啊？"

杨晓芸把菜单子推过去。

"单子我不看了啊，就龙虾三吃吧，要大个儿的龙虾，不要那种澳洲小龙虾，实话告儿你，我吃龙虾从来就没吃够过，昨天看一南韩DVD，里面的爸爸对儿子说，他小时候第一次吃虾，因为味道太鲜美，吃得哭了起来！这也太惨了！弄得我今儿特想吃龙虾！"

"我看看你是怎么吃哭的！"

"我怕谁呀，反正你付账，老夫老妻的，一起消费消费，又不低人一等，妈的吃完了再心疼。"

"成！"

"那我叫来服务员你不会跟我说离婚的事儿吧？"

"你叫吧，我不说。"

"那我可放心地叫了？"

杨晓芸笑着："叫吧——"

向南忽然把抬起的手再次放下："你的意思——是不是说，不离了？"

杨晓芸仍然笑，笑得意味深长："我没说啊——"

✿　心神不宁

台球厅里，露露在柜台后面接一个电话，神色矛盾："一会儿我们就见面，是——是——我也不知道这事儿怎么办？"接着，她点头再点头，然后把电话挂了。

露露长出一口气，站起来，背好包，走到不远处的弟弟面前："弟，姐最近不会笑了，教姐一个！"

弟弟笑了，那笑容令人感到安慰。

露露想学，却笑得不好。

"再教姐一个。"

露露弟又笑。

露露还是学不好。

露露灰心了："今天算了，明天再教我吧。"

说罢，露露背上小包走出台球厅。

与此同时，在猪头公司，猪头从洗手间出来，一直走到华子坐的办公桌前。

"华子，你这泰国什么时候走啊？"

"我这不是等着露露办护照呢嘛。"

"等露露？"

"是啊，正好一起玩一趟——我还想说说呢，这露露的机票儿能不能充充公啊？"

"这事儿你自己看着办吧。"

"得，这事儿我不提了。"

"充公吧，就这一次啊？"

"那我谢谢你。"

"华子，我刚才那话不是那个意思，我不是在乎那机票钱，我是在乎公和私这件事儿！饭馆起来以后，咱就是管理层了，上梁不正下梁歪，我是怕下面的人模仿咱们——"

"得得得，你别说了，这机票还是我自己出吧。"

"华子，你要这么说可就没劲了，你是我哥们儿，露露是你女朋友，也就是我弟妹，是吧？我和我哥们儿弄点儿事儿，我哥们儿带上我弟妹这点面子我能不给吗？不给我成什么啦？你再说我替你定一等舱了啊！"

"别别别！"

"这事儿就这么定了，本来我还想找一人儿跟你一块儿去呢，露露还挺合适的，你们一起就多为公司张罗吧，多尝尝泰国菜，所有差旅费全报，你们就当蜜月吧！"

此刻，在餐厅，装在船里的生吃龙虾被端上来了，杨晓芸和向南一人夹了一筷子，沾了点芥末吃下去，然后相互看着。

杨晓芸："你哭得出来吗？"

向南摇头："没电影里说得那么鲜啊！"

忽然，杨晓芸捂住脸，向南也捂住。

"放那么多芥末，非让我吃龙虾吃得哭起来，你也太缺德了！"杨晓芸叫道。

两人都放下手，擦眼泪，然后笑起来。

"再叫瓶酒行吗？"杨晓芸提议道。

"要是白酒就一瓶，要是红酒就两瓶，要是啤酒就一人三瓶！"

"服务员！我们要红酒！"杨晓芸冲服务员挥手。

同一时间，露露和华子在一夜市上见面了，两人一人叫了两串烤鱿鱼，等了半天，才从人群中挤出去，然后离开小摊儿，边走边吃。

"华子，我问你，你什么时候想真结婚啊？"露露像是漫不经心地问道。

"你看我现在这样儿，像结婚的吗？就是结了也得离了，再说我不是都把你给预订了吗？"

露露低头只吃烤串儿，不说话了。

"去泰国的事儿我跟猪头说了，你算公司一采购，机票食宿全报！"

"这事儿你跟猪头说什么呀！"

"我不是顺嘴一说嘛，这不，成白玩了！"

露露又不说话了，两人接着走了一小段儿。

"怎么了？"华子问。

"我觉得你跟猪头说不好，让他觉得你公私不分的，影响你们以后一起合作。"

"我的事儿，你就甭管了，想想我们在泰国怎么玩吧！"

露露手机响，露露接，啊啊了几声挂了电话。

"谁啊？"华子问。

"一推销房子的。"

"你没事儿还自己看看房啊，怎么不叫上我？"华子假装很随便地问道。

"不是不是。"

"唉，往这边儿走，咱在那儿打车吧。"

"华子，今晚我不跟你回去了，我得回家看看我妈去。"

"那——那好吧。"

"再见。"

"再见，你小心点，我怎么觉得你心神不宁的？"

"我没有。"

"那边，车来了。"

"那我走了。"

"再见。"华子对露露招手，却见露露头也不回，慌慌张张地冲向一辆出租车，一种不祥的预感涌上心头，烤串在嘴里全是辣味，辣得华子直想哭。

✿　第一套计划

同一时间，杨晓芸醉醺醺地一个人从饭馆里出来，还唱着歌儿，后面，向南追出来："慢点慢点！"

"你磨磨蹭蹭地干什么去了？"

"你以为吃完就能随便走啊——我结账去了！"

"噢——"

向南扶着杨晓芸走向自己的汽车，杨晓芸忽然站住："今天说的是我请你啊，是不是？"

"我请你是有道理的，那天喝醉了把你和俞忠的事儿给搅和黄了，我心里过意不去——得了，就我请你，钱不钱的小意思，你高兴就行。"

"不行，哪儿有说我请你你买单的？你等会儿。"

杨晓芸说着从包里拿钱。

"不用，真不用，能跟你在一起吃顿饭我高兴极了，付双倍的账都愿意。"

"付双倍的账我们就应该吃两顿，笨蛋！"

"是是是，你上车吧。"

"我带着现金呢，你看。"说着从包里拿出一大钱包，开始数钱。

向南拉杨晓芸："唉，要数车里数去，找打劫呢吧？走走走。"

"不，我不嘛，先把钱给你再上车。"

"唉，晓芸，别别别，要么下一回你再请我？"

"下一回该你请我！"杨晓芸尖声叫道。

向南拉杨晓芸，杨晓芸索性蹲地上撒娇："我就不，这次就得我请你，你帮我妈揽活儿你还请我，哪儿有这样的？"

"晓芸，求你了——"向南说道，见杨晓芸一动不动，他灵机一动，"要不然亲我一下，钱就免了。"

"亲你一下？"

"啊。"

"为什么？"

"就算谢谢我。"

杨晓芸伸出一根手指："亲你一下就行了？"

"啊。"

杨晓芸站起来，冲向南扑过去，一把抱住向南，狠亲了一下。

两人分开。

"一下就行了？"杨晓芸不甘心地问。

"啊。"

杨晓芸来回走了两步，又转过身冲向南："不行，还是得我买单！"

"刚不是说好了吗？"

杨晓芸笑着摇头。

"那你说怎么着就能让我买单？"

杨晓芸凑近他："先亲一下，再亲热一回！"

"你是不是喝多了开始胡思乱想了啊？"

"对！"

"那好吧，上车！"向南喜不自胜。

杨晓芸撒娇："不在车里。"

"当然啦，回我那儿去！"

"不！"

"那去哪儿？"

"回家。"

"回家？"

"一起回家亲热。"

向南打开车门："那快上车。"

杨晓芸贴近向南，抱着他又亲了起来，向南抱紧杨晓芸，转身拉开车门扔进车里，杨晓芸尖叫起来。

向南几乎是冲刺着把车开回家，一进门，打开一盏盏灯，他迫不及待东看看西看看，这里的一切都是那么熟悉，一点没变，就好像仍是每天下班后回来一样，向南的心被击中了，他差点哭出来，杨晓芸带着醉意把门关上，看着向南东看西看，东摸西摸，还有点激动，她发现向南的眼圈儿都红了，杨晓芸得意地想到，向南的心里一定回荡着那一句感人的话，"家，我的家啊"，她决定继续酒后撒娇："翻箱倒柜的干什么？"

向南揉揉眼睛，笑笑："看看你这儿藏没藏着野男人？"

"藏着一个！"

"哪儿呢？"

杨晓芸用一个小可爱姿势指向卧室："床底下。"

向南走进卧室，杨晓芸从后面跟上去，一把他推倒在床上，两人搂在一起。

"你让我看看床底下。"向南说。

"说错了，在床上面。"

向南亲了一下杨晓芸，杨晓芸喝得醉醺醺的，煞是可爱。

杨晓芸定睛看一看向南，心里哆嗦了一下，她慢慢摇头："你一点也不野，不是野汉子。"

"那我是什么？"

杨晓芸小声说："我老公。"

"再说一遍？"

杨晓芸大声叫道："我——老——公！"

向南翻过身压住杨晓芸，脱杨晓芸的衣服。

杨晓芸一下子推开他："不用你，装得跟强奸犯似的，你起来，我自己来！"

她直起身来，自己脱，刚脱了一件，向南便压上去："杨晓芸我爱你！"

"再说一遍。"

"我爱你。"

"再说一遍，你想怎么样就怎么样！"

"我爱你！"

杨晓芸一把搂住向南。

就在两人开始的时候，向南忽然直起身来，脸冲着杨晓芸小声问："我问你，我不在的时候你跟没跟过别人？"

"你真想知道吗？"

向南颓了："算了，我不想知道。"

"那就别瞎问了。"

向南却更小声地用下流的语气说："我真想知道。"

杨晓芸转了转眼睛，想抻他一下："就一次一夜情，你呢？"

"我一次也没有！"向南立马儿就停了。

"胡说！"

"真的！"

"那我也没有！"杨晓芸叫道。

"你刚说有！"

"我胡说的！"

"跟网友？"

"不是！"

"去你那儿买地毯的？"

"不是！"

"婚介所儿的婚托儿？"

"滚！"

"到底是谁？"

"那一次什么也没发生，不算！"

"怎么回事儿？"

杨晓芸欲擒故纵，她目光迷离："不能说——"

"谁？"

杨晓芸用得意的语气说："说了你别生气啊——"

"我才不生气呢，你又不是小尼姑。"

"你保证？"

"我保证。"

杨晓芸更得意地气向南："刚认识的时候，你们不是对我订了两套计划吗？"

"猴年的事儿你也记得？"

"我是想跟你说一声，有一天晚上我闲着没事儿，你也不在身边儿，就和华子一起把第一套计划也执行了！"

"你什么意思？"

"那天华子来找我，说起这几年发生的一切，我们可后悔了，因为从一开头儿，就应该是我们俩好，咱俩在一起完全是阴差阳错，第二套计划怎么能提到日程上来呢？我们一生气，决定翻回头执行第一套计划！"

"后来呢？"向南的语气已经在颤抖了，这使杨晓芸获得巨大的满足，她装得漫不经心地说："后来，他跟我回到这里，先坐到厅里，后来嘛——"

向南有点急了："后来怎么样？"

"他就到了这里，我也到了这里！"

向南假装笑，但已笑得非常不自然了："你们只是路过这里！"

杨晓芸更加得意了："你非说路过就路过吧！我跟你说，路过也分快慢，我们怎么着也算是慢慢悠悠地路过吧——"她摸向南的小脸儿和脑袋，"哼哼，早跟你说了，我是抢手货，要不是可怜你——"

向南一跃而起："杨晓芸！"

杨晓芸抬起头笑眯眯地看着向南："嫉妒了吧？生气了吧？"

"离婚！"

杨晓芸仍在撒娇："呀，急了？有出息！真替你高兴！你算是救了我了！谢谢你。"

❀　　责任

第二天上午，在民政局离婚办事处，随着盖章机的轻响，两个章盖在离婚证上，向南和杨晓芸各拿一张。杨晓芸拿着离婚证呆看，忽然醒过味儿来："哟，你看看，这离婚证做得是比结婚证难看啊？"说罢，把证件塞给向南。

向南接过来拿在手里。杨晓芸探头向工作人员问道："请问，我能留着结婚证做个纪念吗？"

"可以，不过已经作废了。"

杨晓芸转头看向南，只见他在走神，她拉他一把："走吧，向南，吃顿散伙饭去吧？"

向南拿着离婚证看，内心里巨浪滔天，他呆呆地站起来，和杨晓芸一起向外走。

两人一直走出民政局，杨晓芸站住："向南，说实话，你为什么现在才跟我离婚？"

"因为我对你有责任。"

"什么是责任？"

"责任就是我应该做的事情，我现在就应该跟你离婚！"

杨晓芸看向南。

向南长叹一声："对不起，杨晓芸，我把应该做的事情都做完了，我还能为你做什么呢？你不再需要我了，现在，一切都结束了。"

杨晓芸顿时就颓了："结束就结束！你——你早晚要为你今天的无耻行为感到后悔！"

向南平静地说："你太不了解我了，杨晓芸，我就不是那种会后悔的人。"

杨晓芸一下子愣住了，片刻，又像大梦初醒的时候一样："把我证件给我！"

边说边抢过向南手里的一张离婚证，一直往前狂走。

向南追："哎，等一下，离婚证拿错了。"

杨晓芸翻开离婚证来看了一眼，居然是向南的，她冲着向南摔过去，向南捡起来，又走到杨晓芸身边，杨晓芸向他伸出手，向南把离婚证给了杨晓芸。

"别生气了，反正上班也晚了，要不一起吃顿散伙饭吧？"向南说。

"能毒死你我就吃！"说完，盯着向南，委屈得眼泪差点流出来。

"那——那再见吧。"向南的回答出乎杨晓芸的预料。

"再个狗见！告儿你以后你就是路人甲！我是路人乙！行同陌路！永远井水不犯河水！"

杨晓芸突然崩溃了，原来一切真的完了，她说完话抬腿就走，向南猛地一把拉住杨晓芸的后脖领子，一辆汽车从杨晓芸面前呼啸而过，杨晓芸被勒得直咳嗽，向南的声音在耳边响起："哎，杨晓芸，注意生命安全，你想什么呢？太叫我不放心了！"

"你有什么不放心的？你已经对我没责任了！"

向南想说什么，却说不出来："那——再见吧！"

说着向着停车场飞跑起来。

杨晓芸在后面叫道："哎，向南，你跑什么呀，你跑了，我这散伙饭找谁吃去？"

向南回头冲她挥手："我找华子吃去！"

❀　　怎么回事儿

向南跑冲进自己的车边，打开车门，钻进汽车，发动汽车，汽车疯狂地开走了。事实上，向南的心更加疯狂，他在车里打电话给华子，说了和杨晓芸离婚的事儿，并约在华子·蛋糕店不远处的一家小饭馆喝酒，然后就一直开过去。他万万没有想到，华子·竟能暗地里勾搭杨晓芸，杨晓芸他能理解，她就是那么一个自命不凡的人，然而华子，华子，华子是哥们儿呀！

向南在小饭馆门口停了车，直走进去，只见华子的笑脸相迎："哟，怎么小脸儿绿着就来了？"

向南本想跟他说说自己的内心的疑惑，不料却伸手抽了华子一记耳光。

华子捂着脸，他脸上笑容一下子凝固了，他深吸一口气，想急，抡起胳膊就冲向南打去，就在打到向南的一刻，手停住了。

只见向南已泪流满面。

华子喊道："你怎么啦？凭什么呀？你认错人了吧向南！我是华子！"

向南哭喊："我知道你是华子，我抽的就是你！"

"你怎么了？"

"你还有脸问我呢！华子，从今天起，我不认识你了，我对你失去记忆了！咱俩就是路人甲和路人乙，形同陌路，井水不犯河水！"

"你疯了吧，是不是想赖账啊，你还欠我钱呢！"

"我还你，我还你，我都还你！"说着歇斯底里般地把自己的钱包掏出来，里面却只有几个小硬币，他把钱包摔向华子，砸在华子胸口。

向南跑了。

华子摸摸自己的脸，坐下来，直喘粗气，他用发抖的手点着一支烟，抽了两口，然后大声喊："服务员，结账！"

服务员过来："一共三十七。"

华子摸口袋，却发现没带钱包，拿起向南的钱包，里面只有一些零钱，他拿起电话要打，却放下了。华子压着怒火对服务员："我忘带钱包了，这件衣服押这儿，我回去取去。"

服务员一把拉住华子："我们这儿不欠账，请你最好找个朋友来——"

"我没朋友！"华子喊道，说罢，站起来要走，服务员一把拉住他："请付了钱再走！"

华子一把推开服务员："我交钱！我交钱！我有的是钱！我把你这饭馆全交了！"

说着，抄起一把椅子就开始砸饭馆，服务员惊叫起来，有的吓得冲进里面，嘴里叫着："快打110！"有的出来按华子，却被华子甩到一边儿。

就在华子与小饭馆的服务们肉搏的时候，向南开着车，听着一首伤心的歌，眼睛模糊了，是那首《爱如潮水》，他跟着唱起来："请你不要深夜里买醉——"

他唱得泪如泉涌，走调儿得厉害。

就在向南最走调儿的时候，华子被小饭馆里从伙房冲出来的师傅按倒在地上，他破口大骂。

外面警笛声响起，门开了，两个警察进来，前面的正是向南他爸，向福贵。

饺子馆里的人立刻围过去："就是他，吃完饭不交钱还砸饭馆！"

华子本想说什么，一看是向福贵，立刻咬上牙闭上眼睛："靠！"

向福贵环顾了一下被砸得乱七八糟的饭馆，走到华子面前："哎，这不是华子嘛！松手松手，都松手！"

两个伙计松了手。

华子只好叫一句："叔叔。"

"怎么回事儿，华子？"

"我——我——叔叔，我——"

"最近还常跟向南在一块儿吗？"向福贵低声问。

向福贵把华子带出小饭馆同，来到警车边儿上。

"正巧，今儿我最后一班儿岗，亏得我在，明儿就调丰台了，华子，在外面小心点，酒要少喝，最好不喝！"向福贵说。

"是是是，叔叔，我错了，谢谢您，叔叔，钱我一会儿就给您送去。"

"给向南就行了！你们哥儿几个常在一起，最近向南一直没回家，华子，你跟叔叔说说，他和他那刁媳妇最近怎么样了，这婚到底离还是不离啊？"

华子听了差点儿哭了。

✿　　回家

晚上，在乌托邦，向南一个人大力投篮，发泄似的打得浑身是汗，陆涛在陪着他玩，还负责探听消息，因为向南什么也不说。不远处的桌子边儿，他的离婚证在华子、露露、米莱、灵姗手上传看。

陆涛喘着粗气就回来了，坐下叹口气，又喝了口水。

米莱看一眼向南，关切地问："到底怎么回事儿？"

"他不说。"陆涛摇摇头。

米莱又看华子："华子，他为什么抽你一嘴巴？"

华子把脸扭到一边儿去。

陆涛手一摊："瞧，他也不说。"

米莱看陆涛："得，本来在那儿立一篮球框是特意让你锻炼身体的，这下他趁机用上了！"

华子斜了向南一眼："是啊！你看他！不要钱也不能这么使劲呀，非给使坏了不可。"

灵姗也关切地坐过来："哎，你们说，离婚以后，是男人痛苦还是女人痛苦？"

米莱转转眼睛："我给杨晓芸打个电话去，这向南明明是回去和好去了，怎么就离了呢？"

说着就拨电话。

杨晓芸正在家里气哼哼地撕向南的照片，还真不是胡撕，而是一条胳膊一条腿儿地撕，地上已撕了不少，那些残废得可怕的向南，散落在地上，煞是好笑。

电话铃响，杨晓芸接："喂？"

"喂，晓芸啊——我是米莱。"

"别跟我提那禽兽啊，提我就挂电话！"杨晓芸怒吼道。

"晓芸，那，那什么时候一起吃顿饭啊？"

"不吃，饿死我算了！"说罢挂了电话。

陆涛问米莱："怎么样？"

米莱点点头："正发火儿呢，狂风暴雨，电闪雷鸣，把我电话都挂了——哎，这事儿真神秘，这两人在一起到底干什么了，怎么弄得跟决斗未遂似的？"

"是啊。"陆涛附和道。

华子却低下头。

忽然，向南朝这边看了一眼，把球一扔，走了。

向南离开乌托邦，走进夜色，心里乱成一锅粥，他开着车，挡风玻璃上映出他稚嫩的脸，连他自己都看不懂，自己怎么忽然间成了一个离婚的人了，更痛苦的是，因为中间隔着华子，他无法对朋友们倾诉，忽然间，他感到自己是那么孤独与虚弱。

向南决定回家，从那里离开的时候，他以为自己长出翅膀，可以飞向广阔天空了，但现在，他想回家看一看。

向南一边没精打采地上楼梯，一边吹口哨，他一吹口哨楼梯灯就亮了，上了三层后来到家门前。向南敲门，门开了，是向南妈。

"哟，是向南回来了！"

以前向南最烦母亲这句话，这一回听起来感到异常亲切，他强忍泪水，进了门，桌上摆着两盘剩菜，向南叫了声"妈，爸"，便拿出离婚证往桌上一扔，然后坐在桌边。

向南爸把离婚证拿起来看了看，没说话递给向南妈。

向南妈接过来："什么呀？"

向南拿起双筷子吃起菜来。

向南爸叹口气："可惜呀，来，咱爷俩儿喝一杯。"

说着，打开一瓶小二，往小酒杯里倒了一杯，递给向南，向南接过来，喝了下去。

"儿子，真离啦？"向南妈喜不自胜地问道。

"瞎咋乎什么呀，国家都出证明了，那还有假。"向南爸故意恶声恶气地说，他怕伤着向南的心，但向南妈却早已遏制不住："我早就说，哪儿也不如家好，现在这小姑娘儿家的都临时着呢，向南，以后多回家住住，你不在，妈想死你了，一会儿妈给你烙你最爱吃的馅饼去！"

"老娘们儿别胡说！"向南爸叫道，然后给了向南一支烟，并给他点燃，"向南，你还年轻，以后的路还长着呢，结婚这事儿急不得，回头我托托人儿，帮你寻么寻么，看看还有什么更合适的。"

向南妈兴奋地凑过来："向南，不瞒你说，从结婚那天起，妈就一直相信会有这么一天，我儿子一定会重新回家！你来，你来！"

说着，把向南拉起来，一直拉到向南原来住的房间，把门推开。

向南看到了他熟悉的小房间，桌子上连一丝灰尘都没有，他哭了出来。

向南妈抱住向南，眉开眼笑："儿子，你看，妈早把你的屋子收拾好了！儿子，回来住吧！陪陪妈，在家多住些日子，啊？"

❀ 干

这是决定性的一天，在米立熊公司会议室，米立熊、方德昭与陆涛坐在一起。

米立熊经过长久的权衡与思考，终于作出决定："不利因素很多，外面一直风传银行要紧缩银根，我们的项目又很新，我们现在是骑虎难下——不过，无论怎么考虑，你的想法也没有什么错儿，虽然有难度，但并不是不可能的，老想着风险什么也做不成，敢拼才会赢，我支持你拼一拼。疑人不用，用人不疑嘛，陆涛，你年轻，有冲劲儿，你方伯伯又拿出了一亿当作流动资金，我们的资金链是有基本保证的，我们决定了，干！"

陆涛点点头，激动地用手在桌子上擦来擦去："一年以后，我会让你们看到真正的'田园牧歌'是什么样儿！干！"

米立熊一把按住他："有一点是我们最担心的，严格执行预算——"

陆涛使劲地点点头。

方德昭破天荒地主动拉住陆涛的手："陆涛，我们相信你，干！"

从会议室一出来，陆涛便直奔米莱的办公室，他推开门，米莱抬起头，陆涛挥动拳头："开工了！"

米莱点点头。

"本来一脑门子麻烦事儿，幸亏项目及时下来了，让我能寄情工作，你说没工作我可怎么办？"陆涛说。

"没有我你怎么办？"米莱笑道。

"我知道你在里面使了不少劲儿！你不让我说谢谢了，我还能对你说什么？"

"说你保证把项目做成——是做成，不是做好，你已经做得够好的了。"

"明白——我一上午听了太多这种暗示！"

"你知道是什么让我爸和方伯伯下决心的吗？"

"什么？"

"徐志森！"

"他？"

米莱笑："前一段儿，他们一直在谈判，徐志森想参与或者收购这个项目，最后价儿没谈好，谈崩了。"

"徐志森？"

"怎么了？"

陆涛笑了，他想到徐志森曾说过，他会用他的方式帮助他，他一定是真动手了，陆涛叹口气，对米莱说："看来，他永远是最厉害的。"

"希望你以后比他还厉害，我们开始吧！"

陆涛点头，走到两人办公室中间那扇门前，把它打开："以后，我们就要天天在一起并肩战斗了啊，把这扇门拆了得了！"

米莱大笑起来。

❀　　万恶的坏女人

在首都机场候机室外面，华子很焦虑，他看着一辆辆车过来，想从里面看到露露的身影，他还不停地打电话，每一次都听到的都是关机。

终于，在他的视线里，猪头的车来了，露露出现了，背着一个小双肩背包，华子迎了上去，露露嚼着口香糖，冲华子笑。

华子冲过去对猪头说："谢了，我们先走了。"

"没事儿。"猪头说罢，便开车走了。

"快快，还有一个小时，这是国际航班。"华子冲露露嚷嚷道。

"你急什么？"

"我能不急嘛，早知道还不如接你去。"

"那你怎么不接我，叫人猪头送我，怎么想的你？"

"我不是去大山子看门脸儿房去了嘛，离这儿近，就直接过来了，你怎么手机都不开？"

"在泰国，发一短信息也得一块六呢，带它干吗？"

"走，进去！"话音未落，便拉着露露冲进候机室，边走边说，"那边，快点吧，还得入关呢。"

"瞧你紧张的。"

"你行李够少的？"

"听说泰国什么都便宜，缺什么买什么吧，回来我再大包小包的。"

"行，像过日子的人，精打细算！"

"当然啦！"

"别算在我头上就行了。"

"你的意思，一边儿跟我双宿双飞一边儿跟我AA是不是？谁精打细算呀？"

"我是说着玩的，唉，你机票呢？"

"包儿里。"

"给我。"

露露打开包，找机票，找了半天没找着，华子一把抢过露露的包儿，一下来了个底儿朝天，把里面的东西都倒在地上，一件一件找：没有，什么也没有。

"我去挂失，唉，你护照呢？"

"护照？坏了，我只带了身份证！"

露露从钱包里拿出一个小身份证。

"你再找找？"

露露摇摇头。

两人都愣住了。

"全完了。"华子嘟囔着。

"想起来了，护照在我那个阿迪达斯包里，我出门前觉得这个包可爱，换了一个包儿。"

"你怎么这样呀？"华子急了。

露露没说话。

"你也太晕了，这事儿我盼了半个月了。"

"时间来不及了，你先走吧，要耽误了没法向猪头交待。"露露说着，亲了华子一下，"别生气。"

华子仍看着露露，目光里已从不满有了一点别的意味。

"至于嘛，心眼儿那么小，像男人嘛！"

华子仍看着露露，这一次，他的目光已经不太含蓄了，像是看透了露露。

"对不起，对不起还不行吗？"

华子忽然一转身，恨恨地走了。

露露在后面喊："路上小心点儿。"

露露看着华子的背影消失在人丛中，她发现，华子从始至终没有回头。

露露转身往回走，恰在此刻，华子停住，回头看看露露，只见露露已经走了，华子转身入了关。

夜航的飞机在天空中闪闪发亮，坐在里面的华子却睡着了。

与此同时，在猪头家，露露跪在阳台上，对着黑暗的天空祈祷："我是一个万恶的坏女人，我撒谎，我搞破坏，我矛盾极了，我不敢想我到底干了些什么，我应该被关起来，让他们用鞭子抽我。我应该被判刑，在小黑屋里关个三五七年，过悲惨压抑的生活出狱后百毒不侵，过非常饥寒交迫的、艰难的生活，学会吃苦和受辱，然后去当修女，夜夜祷告，忏悔我的罪，祈求宽恕。我梦想，有一天早晨，阳光从窗外照在我脸上，我发现自己仍然很纯洁，我会快乐。"

她跪得有点歪，但说到最后，她的脸似乎被什么东西点亮了。

❀　　自我中心

"玩笑？哼，后果是非常严重的！"

在一个街头公园，杨晓芸和夏琳坐在一张椅子上，杨晓芸晃着手里的离婚证向夏琳介绍她的离婚史："这下我踏实了。"

"你根本就不该把那件事跟他说。"

"这么多年了你还不知道我？一来呢，我这人儿心里存不住事儿，那件事儿我不变着法儿的说出来就心里别扭不舒服，二来呢，我就是想逗逗他，看看他什么反应！"

"你不是逗逗他，而是激怒他！人家反应相当正确！傻妹！"

"我要不说，回头华子跟他说了，更要命！你知道他们男的之间就爱显摆这种事儿，假的也能说成真的！"

"笨蛋！华子是个义气型儿的人，人家一不会干！二不会说！就是你自己在那里吃饱了撑的瞎寂寞瞎折腾！"

杨晓芸眨眨大眼睛："啊？真的？"

"有什么可说的？玩火自焚！我真懒得同情你！"

杨晓芸一挥离婚证："哎，算了，反正已经玩完了，管它呢，"接着又深深叹口气，"现在我终于自由了！"

夏琳眨眨眼睛，笑着逗杨晓芸："有点苦涩是吧？"

两人决定去潘家园旧货市场逛摊儿，她们到达后便开始挑着一些鼻烟壶之类的小玩艺儿。

"多少钱？"夏琳问。

店主一指："最便宜八十。"

"我们要假的、便宜的！"杨晓芸说。

"这种就是假的。"

"我们送法国人当小礼物，要最假的那种！"

"那我后面还有几个，不过看起来不像古董，像工艺品。"店主说。

"本来这玩艺就是工艺品！"杨晓芸说。

"就这种，要三十我要十二个！"夏琳说。

"三十？我买你的！"

杨晓芸一拉夏琳："走！"

两人走了出去，店主追出来："哎，美女，三十，就三十！"

杨晓芸一指小店主，大喊："二十五！我们全要了！"

她们确实全要了，走出旧货市场时，夏琳背的包沉甸甸的，杨晓芸在后面托了托："太沉了，你分我点吧，我这包儿是空的。"

夏琳用一只手在后面扶了扶："没事儿。"

"你是想往法国倒腾啊还是送人家礼物啊？"

夏琳笑了，走了几步，夏琳叫道："你不做生意啦？成天跟我一起晃！"

"你都要走了，我陪陪你不行啊。"

"谁陪谁啊？"

杨晓芸乐了："哎，咱去吃东西吧，前面有一便宜日本店，店名儿三个字儿，叫我给忘了。"

"那就去'三个字儿'吧。"

两人来到一个日本店，夏琳和杨晓芸对面坐着。

"法国的日本菜可贵了。"夏琳说。

"有法国菜贵吗？"

"差不多。"

杨晓芸捂着小脸儿，可怜巴巴地说了实话："你一走，我又要孤独了。"

"得了吧，我还不是一样。"

"这回说好了啊，你回来咱俩一起干，你设计，我施工。"

"行，不过，我不一定马上回来，可能会在法国工作一段时间。"

"别啊，还是回来吧，你在法国，你没劲，我也没劲——再说了，你的小目的我还不清楚，不就是想抻抻陆涛嘛，这事儿你瞧着办吧，反正我已经把向南抻没影儿了。"

"哟，你以为我忙来忙去是搞欲擒故纵呐？告儿你，我在为自己找出路！"

"别嘴硬了——临走前看看陆涛去吧，跟他睡一觉，增进一下感情，也给人家一点希望！"

"他哪儿用得着我给他希望？"

"那就给你自己一点希望呗！"

"回来一见面，我就知道从他那里得不到希望！"

"人陆涛怎么了？"

"他还那样——自我中心！"

"哎，大姐，天下可没有十全十美的好事儿啊！"

"给你一辆没油的汽车，你要不要？"

"要！不要白不要！"

"别忘了就是因为什么都想要，你才混到今天的地步的！"

杨晓芸努力咽下一块生鱼，被芥茉辣得直流眼泪："要不然我就更惨啦！"

❀　　米莱晕了

夜晚，在米立熊公司，陆涛在工作，手机响，陆涛拿起一看，是夏琳。

陆涛抬头看一看另一边，只见灵姗、米莱以及其他几个人在说着什么，他犹豫了一下，想站起来，忽然，他发现米莱看了他一眼，于是他把中间那道门关上了。

陆涛接了电话："喂，夏琳。"

夏琳在家里的床上："工作还是休息？"

"工作——但明天可以休息。"

夏琳笑了，她挂上电话。

第二天，两人开车来到郊外，租了两辆自行车，在一条乡间路上，骑着玩。夏琳头发飞扬，陆涛骑着车在后面追。他们还一起在草地上散步。晚上，他们回城，在一个西餐厅里吃了烛光晚餐。陆涛拉着夏琳回乌托邦，夏琳没有反对，这使陆涛异常兴奋，他开车时手直发抖。

两人回到乌托邦已是夜里，进入大厅，只见灯光昏暗，朋友们都睡了，两人轻手轻脚地往里走，熟悉地形的陆涛拉着夏琳，但夏琳还是被篮球绊了一下。

夏琳一指那篮球："去法国的前夜，我能在这里投个篮儿吗？"

"你一投大家就都出来了！快，走！"

夏琳笑了。两人加快脚步，陆涛拉着夏琳轻手轻脚上楼梯，来到自己的房门前，开门，两人进去。

陆涛把门锁上，打开灯，一把抱起夏琳，冲向床上，把夏琳扔了上去，夏琳轻叫了一声，陆涛知道人多耳杂，做了一个"嘘"的手势，他抱住夏琳，两人在床上亲吻。

"我去趟洗手间。"夏琳说着站起来，走到洗手间，一拉门，猛然惊叫一声，接着又是另一声尖叫。

陆涛走过去，只见灵姗穿得整整齐齐坐在马桶上，手里抱着一束花，像一个小幽灵。

"对不起，陆涛哥，我本想吓一吓你，没想到你们是两个人，吓到我了！"

陆涛和夏琳相互看看，知道奸情已经败露了。

灵姗站起来走到陆涛身边："花给你，对不起，我不是故意的，我先走了啊。"

陆涛接过花，灵姗往外挤。

夏琳见势不妙也说："对不起，我也走了。"

说着一把拿起小包就往外走，陆涛愣了一下，夏琳和灵姗已挤出门去。

"我送你。"陆涛说。

夏琳刚要说什么，一个个门都开了，米莱、向南也走出来。

夏琳慌慌张张地越走越快："不用了，我打车走。"

向南冲灵姗眨眨眼睛："小灵仙儿，这回是叫你搅黄的吧？"

"我怎么知道！"

陆涛一回头，发现米莱双目如电，正如两把飞刀向他袭来，他一下子站住了，想说什么，不料米莱却大喊："陆涛，你还是送送人家吧！"

陆涛追了出去。

米莱看着陆涛飞跑对大家叫道："这完全是一流动强奸犯才能跑出的速度！没想到他跑得比逃单时还快！

向南循循善诱："灵姗，你刚才看见什么了？听见什么了？他们在里面忙什么呢？"

"没有啊。"

"现在这社会风气也太坏了，到处都是一夜情，怎么没有人找我？"米莱说得灵姗和向南直笑。

忽然，米莱身子一歪，倒了下去。

灵姗和向南又笑，以为开玩笑。

不料，米莱的身子却重重地落地，接着，顺着楼梯滚了下去。

向南和灵姗感到震惊，原来米莱是在强撑着，现在她终于撑不住了，她晕了过去。

❀　　天天想你

第二天，夏琳走了，而事情的严重性终于显出来了。

陆涛在医院里陪着米莱，他用一辆手推车推着米莱在医院的草坪上晒太阳。

"我想下来。"米莱说。

"不行！你爸回头看见又跟我急！"

"那你坐我对面去。"

陆涛把车停在一张椅子边儿上，自己坐椅子上去。

米莱撒娇，张开双手："坐一起吧？"

陆涛看着她，轻轻摇摇头。

米莱接着撒娇："我可软了，这么摔都没骨折，换谁也不行。"

"我知道——你骨头软、头发软，身体软，心也软，却装出一副很硬的样子——"

米莱哭了："你今天来就是跟我说这些的吗？"

"不！我有更重要的话要说！"

"说！"

"但你不能这样听。"

陆涛把米莱推回病房，抱上床，米莱享受着陆涛的照顾，她靠在床上，一脸天真的笑。

"我准备好了，说吧。"

"到现在我才明白，你是失恋了，而且一直没恢复过来！"

米莱点点头。

"我没想到你失恋的时间能那么长——太漫长了，五年！"

米莱刚要说什么，陆涛打断她："更没想到你这么能装！"

米莱笑了。

"你喜欢这种失恋的感受？"

米莱坚决地摇头。

"好吧，这是个必须解决的问题，从健康的角度讲，这是一种病。"

米莱点头："有学问！这件事千万别告诉我爸！"

陆涛笑了："一共三种办法。第一，看心理医生，通过催眠使你恢复对自己的信心。第二种，旅行，出国最好。第三种，移情别恋。"

米莱点点头："只要你帮我，什么我都愿意试——其实后两种我都试过了，失败了，移情也移不出去，我就想你，天天想你，老想你——"

陆涛贴近米莱的脸，直到他的脸上满是米莱伤心的泪水。

❀　　催眠治失恋

陆涛把米莱带到他曾去过的心理诊所，在一个治疗室内，隔着从窗外透入的淡淡的阳光，催眠师给米莱催眠，米莱像是睡着了的样子。

催眠师柔声细语："你很强大，非常强大，谁也没有你漂亮，你并不是很需要他，没有他，你完全可以过得很开心——"

室外，陆涛看着，耳边回响着医生的话："患者的治疗需要更长周期，根据我们的经验，她是个内心比较封闭的姑娘，如果说要完全的康复，恐怕并不能很快。"

他记得医生对他说："要有耐心。"

他记得他回答说："我有！"

两人出了诊所，上了陆涛的车。

"以后我一个人来就行了，不用你老跟着！"米莱打着哈欠说。

"再送你一次。"

米莱长叹一声："好吧，谢谢你。"

陆涛发动汽车。

"这可是我最后的秘密了，你绝对不许告诉任何一个人！"

陆涛笑："绝密！夏琳也不告诉！"

"啊，心里松多了！"米莱边说边看陆涛，"哎，谁也不知道你心眼儿有多好！"

"那是因为谁也不知道我有多坏！"

"住嘴！骂你是我的专利！不许你盗用！给我开车，回公司，接着做咱的房地产生意！"

❀ 华子归来

机场候机室，华子推着行李车出了关，车上堆满了箱子，人都看不见，猪头迎过去，从行李后面抓住华子："一猜就是你！"

"当然啦。"

"行李罚款了吗？"

"罚了。"

"我一猜就罚了。"

"当然了。"

"东西怎么样？"

"全是在摊儿上买的。"

"我一猜你就是在摊儿上买的！"

"我在学校学过艺术！告儿你摊上的东西才地道！"

"人找着了吗？"

"我找了一个在海边做海鲜的烧烤的，是一个小老头儿，因为形象不佳，被咱们中国政府给拒签了，咱们政府现在够牛的？"

猪头干笑："我不信！"

华子突然大喊："我找到了一流儿的泰国大厨！看！"

说着，忽然把猪头身后一个泰国人拉了出来！

他们的泰国饭馆就这么开张了，装修的时候，华子倾尽全力，开业了也一样，他好像是把所有的精力全部花在饭馆了，把带回的泰国工艺品一件件摆放，猪头经常就待在华子边儿上，每当华子问猪头怎么样时，猪头总是一拍大腿，说："好！"

事实上，无论华子怎么张罗，他都猛拍大腿，大叫："要的就是这个！"

❀ 寂寞

杨晓芸现在每天最惦记的就是和远在巴黎的夏琳打个长途电话，作为一个新入围的女光棍儿，她很不适应，特别想跟什么人交流交流。

"无可挽回！完全无可挽回！"她对着电话语气夸张。

"一点都不伤心？"夏琳在电话里问。

"只有一丁丁点儿伤心。"

"那我就放心了——幸亏你没心没肺的。"

"我才不是呢！现在我可是半个女强人了！"

"好吧，同意！我要去图书馆——"

杨晓芸听到电话里传出夏琳动作的声音，慌忙制止："别啊，再说一会儿吧！"

"那——那你今天都干什么了？"

"我出去消费了，在国贸的专卖店转了一下午。"

"买什么了？"

"看着觉得好的，全是名牌，最后我什么也没买，倒在超市买了两大包吃的。"

"万恶的食品！哎，衣服没见到合适的？"

"怎么可能？就我这身段儿外加文化品位，越贵越合适！"

"那就花钱让自己享受一下嘛。"

"太贵了！贵得讨厌！"杨晓芸气愤地说。

"那以后就多挣点钱吧。"夏琳安慰她。

"这还用你说！告你，我的理想就是以后阔得买阿玛尼回家当抹布使！"杨晓芸愤愤不平地叫道。

"哎，巴黎这一季普拉达推的款式特别适合我！哎，要是能论季买普拉达我就满足了。"

"那我就叫你四季普拉达！"

"算了吧，我不喜欢路易威登，这么着吧，你回国前，替我围着夏奈尔柜台边儿上多转几圈儿就成了！"夏琳说。

"然后一拐弯儿给我自己买几件范思哲！"杨晓芸说。

"算了吧，咱还是一起冲小摊儿吧！在那儿，可以论斤买！"

"我还是想买范思哲。"杨晓芸转了回去。

"你买得起吗？"夏琳问。

"哈哈——买不起瞎买呗！"杨晓芸的电话已经累得端不住了。

"得了吧，你那么穷，穿出去还不够丢人的，人家以为你是租的呢！"夏琳说。

"我不管，穿出去丢人也是好的！咱还没那么丢过人呢！"杨晓芸豪情顿生。

两人哈哈大笑起来。

电话传出提醒通话时间完的声音。

"你的电话卡真的才一分钟一毛五啊？"杨晓芸就怕这声音。

"我这儿还有好几张更便宜的卡呢，就是通话质量太差了，不过我可以给男的打电话的时候使。"

"那你再陪我说一个小时吧？"尽管杨晓芸话快，但电话卡忽然停了。

杨晓芸叹口气，放下电话，睡觉。

只有在梦中，她才能摆脱无边无际的寂寞。

同一时间，在乌托邦向南房间，向南正在收拾东西，准备背包出游。最近他参加一个网上背包族团队，休息日与一些新朋友奋力去爬北京近郊的那些小山，一副寄情山水的样子。

敲门声响起，向南开门，华子提着一包餐盒进来。

"华子，是你啊。"向南愣了一下。

"开业叫你去也不去，陆涛都去了，我给你带了点菜回来。这是我们的咖喱牛肉，这是生拌大虾，这是香叶肉末儿，这是我还你的钱，多加了一千，算哥们儿谢谢你。泰国菜生意不错，我们准备开连锁，这张金卡给你，什么时候带着晓芸去逛逛——"华子依然一如既往，就跟那件事儿没发生似的。

"别提杨晓芸了，都过去了。"向南说，声音有点沙哑。

两人相互看着，华子手一挥："那我走了。"

✿ 还是友谊好

华子刚走出门几步，听身后有脚步声，他一回头，只见向南鬼鬼祟祟地跟出来，脸上一副欲言又止的样子，华子站住脚，笑眯眯地看着向南。

向南凑过来，问华子："你和杨晓芸怎么啦？"

"没怎么？"华子漫不经心地回答。

向南看着华子，发现华子也正看着自己，他鼓足勇气，结结巴巴地说："杨晓芸说——你们，你们——"

"你再问问她去！"华子有点不耐烦地说。

"明白了——你抽我一下得了。"

华子笑了："我才懒得抽你呢——"

"那个——华子那天我——对不起——"

"打住，什么都别说了！"

"我这不是心里觉得羞愧嘛——"

"得得得，这么真诚法儿哥们儿可受不了啊——"

向南还想说什么，华子一指他："停！哎，你什么时候变得啰哩啰嗦的，跟女的学的吧？"

向南笑了："哎，那——那我说句友谊万岁成不成？"

"别废话了！不习惯！还不如你管我借点钱呢！"

向南乐了："那你等着，我过几天就跟你借钱！"

华子拍拍向南："这还差不多——以后不要把男女关系那一套拿到朋友这儿来！"

"以后我试试管女的借钱，看她们借不借？"

"行啊向南，你越来越有出息了，跟她们借去，借完了不许还啊！"

"估计借五千她们就得崩溃！"

"得了吧，女的一分钱也不会借你！"

"哎，还是友谊好啊。"向南给了华子一脚。

"早知道你这人心理这么阴暗，我早就应该给你来顶绿帽子治治你的毛病！"华子笑着说。

✿ 事业友谊爱情都想要

华子和猪头一起开的泰国饭馆挣钱了，这一天打烊之后，猪头华子和露露三个人决定庆祝一下。

"华子，咱们奋斗了那么多年，终于成功。真没想到泰国菜一个月能挣十五万！"猪头拍拍华子的肩。

"找准地方再开他几家！明年就成大富豪！"

"我真没白交你这个朋友，别忘了咱俩是在炮局认识的。"

"那还用说，咱俩一联手儿，全北京平趟！"

"华子，你再跟我说一遍那什么叫咸鱼翻身嘛！"

"我知道猪头,那鱼都被腌咸了,但终于坚韧不拔地重新站起来了,变成了小巨人!"

"华子,实不相瞒,第一次见到你我就知道你有出息,肯定能干成大事儿!"

"我也实不相瞒,当时我就觉得没有你我一个人战斗没戏!什么投资公司啊,顶着雷借着钱,蒙谁啊!"

"这你也知道?"

"当然啦,不过,猪头,我记得咱们几年前做旧书生意失败时你对我说的话,我憋着劲儿呢,就知道早晚咱能奋斗成功!"

"是啊,咱涉足了多少行业,汽车、快餐、出版,经历了多少失败,现在,喏!小彩虹出现了!泰国菜,我真喜欢泰国菜!比川菜强多了!"

"咱这第一桶金怎么得年底才能掘完,咱稳住了,后面的路就宽了。"

"华子,你不会离开我吧?"

"怎么可能呢,咱俩是黄金搭档啊!"

"那是那是,趁着今儿的高兴劲,我再宣布一个好消息!"

"等一下,等一下,服务员,再来瓶啤酒!"

服务员过来拿了瓶酒,华子连忙给打开,每个人倒上一杯。

"我怕我听了以后激动得受不了,倒上酒,连庆祝带压压惊,说吧,猪头!我准备好了!"

"我和露露要结婚了。"猪头突然说。

华子一下愣住了。

华子望向露露,露露表情小心翼翼的,赔着笑脸,一副怕伤害他的样子。

华子站起来,绕着桌子走一圈儿,突然张手就把桌子掀了,周围的人发出叫声,直朝这边儿看,还有人围了过来。

华子浑身发抖,他气得直胡说八道:"你再说一遍!再说一遍!"

服务员过来,猪头一指服务员,"滚!"然后扭头对华子说,"对不起华子,这话不是跟你说的!"

"那你跟我说什么?"

"华子,你先坐下,咱可是兄弟,我是怕伤害你!"

"我才不会被伤害呢!我就是想不通,你不是叫猪头嘛,怎么吃起了窝边草?"

猪头刚要说什么,华子一指猪头,尖声叫道:"哎,猪头,只有兔子才吃窝边草!"

"华子,你不会失去理智吧?"猪头担心地问。

"你跟露露结婚才是失去理智呢!"

"华子,这事儿不能再瞒着你了,今儿露露也在,咱一起给说清楚!"

"这事儿你们俩说清楚就行了,跟我说什么,我走了。"

猪头一把抓住他:"华子,华子。"说着,用酒瓶子往自己脑袋上一砸,酒瓶子碎了。猪头刚要说话,华子一指他:"打住!绝交!"

说完快步走了。

猪头一副惊慌失措的样子:"露露,这事儿怎么办?"

露露着急地站起来:"我说别跟他说嘛。"

猪头用手擦着头顶流下的血:"我怕他再想带你去泰国!"

"那你跟他说清楚不就完了?"

"这哪儿说得清啊！"

"那就等一阵儿，等华子平静下来再说。"

"等他平静下来？我自己都平静不下来我等他平静下来？我告诉你露露，我是事业友谊爱情都想要！"

❀　　华子请原谅

猪头还真有决心，第二天带着露露，打着一杆小白旗杀奔乌托邦。华子躲在自己的房间里不出来，吃饭就打电话从外面叫，可把猪头给急坏了。但谁也没想到，猪头也是一倔脾气，他就在外厅里面住下来，一住就不走了，夜里就睡沙发。

这奇怪的阵式把这里的房客搞得人心惶惶，不过时间长了，他们都跟猪头混熟了，向华子投降的猪头成了这里的一景儿。猪头成天请大家吃泰国菜，他自己就靠喝酒撑着，经常喝得烂醉，露露在边上陪着，就连露露弟也来了，坐在边儿上发呆。

向南曾路过那一杆小白旗，展开一看，只见上用红字写着："华子请原谅！"

灵姗曾好奇地问米莱："米莱姐，猪头和露露是心碎了吗？"

"听说过爆炒猪心，没听说过猪心碎的！"米莱一边说一边对楼上的陆涛做了一个手势。

陆涛点点头，走回华子房间。

"走了吗？"华子问。

"没走。"

"把你存的酒都喝完了吧？"

"昨天就喝完了，现在他自己买了两箱各种酒放那儿了。"

"各种酒？！"

"是，各种酒。"

"我报警怎么样？"

"人家是真心请你原谅，这事儿怎么报警？"

"靠！"

陆涛看着华子，眼睛发直："哎，都七天了！"

华子倒到床上。

陆涛转了出去，片刻又走回来，小心地建议："要不你出去原谅他一趟？"

华子飞快地接上："不！"

"唉，这事儿！"

"他今儿晚上说了些什么？"

"还是来来回回那几句，什么事业友谊爱情都想要——"

"他倒是都要了，我怎么办？"华子摊着手怒气冲天。

"我哪儿知道？"

"还说什么？"

"说他知道什么叫心碎了，说这儿的名字起得真好，他也想住进来——"

"不行！"华子打断陆涛。

"那你说怎么办？"

"我也还是那句话——叫那俩骗子赶紧滚！"

"那我睡去了，明儿还得张罗盖房去呢。"

"啊，别耽误了你的大事儿，几亿几亿的吓死我了。"

陆涛站起来走到门边儿。

"唉，要不再喝一杯吧？"华子突然小声说。

陆涛站住，犹豫了一下："成，最后一杯。"

两人坐下，一个人喝了一杯啤酒。

陆涛打了一个哈欠："哥们儿真得走了。"

"再见，唉，他要走了告我一声，我出去活动活动。"华子说。

陆涛走了出去，华子听到门外传来陆涛的声音："没走！"

他长叹了一声，再次倒到床上，他感到一夜之间，友谊爱情事业在他眼里变得特虚幻。

❀ 联系

青年家园里，尤其是夜里，让杨晓芸觉得特孤单，向南越来越少跟她联系了，她觉得自己好像变成一个小寡妇儿。电视开着，里面播着一个爱情场面，一脸面膜儿的杨晓芸关上电视，从沙发上站起来，打开CD，里面仍是那首《悲伤的茱丽叶》，她边跟着唱，边在房间里转了一圈儿，拉开衣柜，里面单隔出一排向南的衣服，这是他们之间仅剩下的一点有联系的东西了，她挑了一件，拎着衣服架子走出来，扔到沙发上。

她走到阳台上，显得孤零零的。

忽然，她拿出手机，一生气，又给向南发短信息："收拾屋子，发现你落在家里一件衣服，要是路过请拿走！"

正在房间里网聊的向南收到了这条短信，他迅速回了一个"好"字。他现在已经有点嫌杨晓芸烦了，他在背包团队里新认识了好几个单身姑娘，现在，他正跟一个他最想认识但没见过的美女聊着，打下的每句话后面都跟着一个花里胡哨的小图标。

杨晓芸看了看"好"字，叹了口气，接着发到："我明天扔到乌托邦！"

向南听到手机响，他看了一眼，仍是杨晓芸，没回。他的注意力被电脑上送来的一小包裹吸引住了，他把包裹下载，然后点击打开，一张长得健康干净还挺漂亮的姑娘的脸出现在他眼前。她叫遥遥，正是他喜欢的那一类姑娘，向南顿时心花怒放，马上写到："你平时喜欢玩什么？"

"就是周末和网站上的朋友一起去野营啊！"

"我去了几次，一直没遇到你！"

"一直忙，我下个周末参加活动！"

"我也去！"

❀ 周末

第二天上午，陆涛醒来，推开窗，看到天上阴云密布，他打了一个哈欠，然后去洗手间洗脸，接着出了门，他下楼来到乌托邦大厅，不出所料，只见猪头和露露分别睡在沙发及三把并在一起的椅子上，姿势很狼狈，猪头和露露分别打着呼噜，一起一伏，听起来很好笑，地上是码得乱乱的啤酒瓶，露露弟正收拾，陆涛得绕着走。

陆涛打开冰箱，从里面取出几个面包片，放在烤面包机里，又拿出黄油，并且切香肠，片刻，烤面包机响了一声，面包跳起来。

猪头也跳起来。

"哎，早！"猪头说。

"早。"陆涛说。

"没影响你们吧？"

"没事儿。"

"哎，露露，醒醒，天亮了。"猪头推露露，露露醒了。

"这是早上几点了？"露露问。

"是中午。"陆涛说。

"啊，中午啦！"

"今天是星期五。"猪头说。

"星期六！"露露说。

"星期五。"猪头说。

"陆涛，你说是星期几？"猪头问。

陆涛叹口气："星期天！"

"我们都过糊涂了。"猪头摸着脑袋说。

米莱从楼上走下来，穿得分外漂亮。

"陆涛，今天该去哪儿啦？"她大叫道。

"石景山游乐场！"

他们一起去了游乐场，这是米莱失恋治疗的一部分，他们坐了过山车，那是他们以前最爱玩的，曾经连着坐过八次，然后这回只坐了一次，米莱就不行了，吓得直想上洗手间，去了一趟回来却说白去了，陆涛带着她去买饮料，米莱从后面拉他："别买了，我喝不下，而且这过山车我也不会再坐了。这破地儿以后也不会再来了，全是转的东西，晕死了！走！"

"过山车你以前连着坐过八次！"

"当时是一定是被爱情冲昏了头脑！"

"唉，现在清醒过来了吗？"

米莱看看周围的人，又看看陆涛："得了，我们已经快把咱们以前所有去过的地儿都走遍了。"

陆涛掏出一个小本儿，上面列了很多地点，在后面纷纷被打上了叉儿："还差三个地方，其中就有你最不喜欢的，一会儿咱去那儿吧？争取能彻底解决你的心理问题！"

"哪儿啊？"

"你的母校门口儿。"

"不去！"

"那还剩下两地儿！"

"留着！今儿我特想回去，我觉得晚了会错过好戏！"

"心有灵犀！"陆涛笑。

✿　你们是怎么勾上的

陆涛和米莱回到乌托邦，走到猪头面前。

"哎，华子还没下来呢？"陆涛问。

猪头摇摇头。

"都中午了，随便做点吃的吧，我看看冰箱——"米莱说。

"谢谢啊，一会儿我叫他们把泰国菜送过来，一起吃吧？"猪头说。

"你叫了多少次了，人家早吃腻了。"露露提醒道。

"没有没有，你们那泰国菜百吃不腻。"陆涛说。

猪头拿起电话："那我再叫！"

陆涛慌忙摇手："别别别，要不你回头问问他们吃不吃？"

楼上的门开了，向南从楼上下来了。

"泰国菜吃不吃？"猪头问他。

"吃！"向南干脆地答道。

露露打电话叫餐，向南蹭到猪头边儿上坐下："哎，你们俩是怎么勾上的？"

猪头摇摇头："别提这事儿了。"

向南递给猪头一支烟，又开了瓶啤酒："我特感兴趣，说说，说说，说出来我瞧瞧能不能给你们出出主意——这华子吧，我了解，还跟我媳妇儿有一腿，大家都是朋友啊！"

一句话就把猪头的话匣子打开了。

✿　我去听

半个小时后，陆涛米莱兴奋地冲进华子房间，华子正一个人看书喝闷酒。

"怎么样？"他抬起头来。

"还跟向南聊呢！"米莱说。

"聊什么啊？"

"聊他们是怎么勾上的！向南听得津津有味儿，特别满意！现在正在那儿宾主频频举杯呢！"陆涛坐下说。

"靠！真缺德，这向南的心理也忒阴暗了！"华子叹口气。

"就是，我告儿你，今儿向南上来主动凑过去，软磨硬泡，启发猪头和露露说这事儿。"米莱添油加醋。

"他再这样我还得找杨晓芸去，反正他们现在也离婚了！"听得华子站了起来。

陆涛笑了："我要把这话儿传给向南，他非疯了不可。"

"我才疯了呢——唉，他们是什么时候勾上的？"华子忍不住问。

"我就听了一会儿，猪头说，刚开始，他也没觉得露露怎么着，那天咱们这儿开业，露露唱了首孙大海的歌你记得吗？"陆涛说。

"对对对，那歌我听得直想冒火！"

米莱立刻插嘴："猪头说，露露一唱，他就酥了，比一见钟情还厉害！"

"我呸！"华子叫道，说着长出一口气："我必须吐出来！太恶心了！住嘴，别再说了！"

陆涛苦着脸："是啊,换我也撑不住!"

"这事儿真不能再说了——"米莱也说,"华子,就跟陆涛告诉我他怎么在我母校门口对夏琳一见钟情一样,恶心!"说罢狠狠瞪了陆涛一眼。

华子咽了口唾沫,看了眼陆涛和米莱,两人有点尴尬,华子忙问:"后来呢?"

米莱笑:"你真勇敢,还想往下听吗?"

"我就想知道露露是什么时候喜欢上猪头的——"

"还没说到呢!"陆涛说,"向南听得全,我给你叫向南去!"

"别叫他,我就烦这人!"

米莱一转身走了:"那我去听!"

米莱冲下楼,来到厅里,轻轻坐下,猪头和露露还在跟向南讲着。

向南问露露:"你后来怎么被感动了?"

"让我感动的是他那句话。"露露说。

"哪句话?"米莱忍不住问道。

露露说到那是在露露台球厅,那一天,露露和猪头从台球案子上下来,坐在边上的椅子上。猪头问她跟华子以后会怎么样,露露岔开话题:"其实我倒没什么,真让我不放心的是我弟,他以后怎么办呢?"

说完,露露站起来,拉过弟弟,给他喝水,让他坐在猪头身边。

猪头看露露弟:"你弟挺好的。"

露露抱住弟弟:"弟,给他笑一个!"

露露弟笑。

猪头看着露露和露露弟,眼泪忽然下来了,他擦干脸上的泪水,然后用手拍露露弟的脑袋:"兄弟,没说的,以后有我一口,就有你一口,哥哥我离不开你这笑啊!"

露露弟像是听懂了,冲露露笑,露露也笑了,她终于听到了她想听的话。

露露刚说到这儿,向南一把抓住猪头的手,像找到知音:"猪头你够义气的!露露,冲这你就比跟华子强!"

米莱趁机冲上楼向华子汇报,等她再出来时,迎面遇到杨晓芸拎着一件挂在衣架上的上衣走了进来。

"哟,你还剩几件儿啊?"米莱问。

杨晓芸抖抖手中的衣架,叹口气:"向南的上衣没几件儿了。"

米莱冲杨晓芸招手,然后飞速转身,跑回华子房间:"华子,杨晓芸来了!"

华子站起来:"这下更乱了,简直太乱了!"

"我下去看看!"陆涛说着站起来走出去。

"他怎么这么大了还这样,唯恐天下不乱啊!"米莱说。

"娱乐时代嘛——"华子说,又补上一句,"不过拿自己娱乐就没意思了!"

"真鸡贼——我也下去瞧瞧去!"米莱说着也往外跑。

"我也待不下去了!"华子说。

米莱一听站住了:"你也想听隐私吧?"

"呸!我游泳去!"

"你唾沫星子都喷我脸上了！积点德行不行？"米莱叫道。

✿ 谁也没有你好

华子下楼走过大厅的时候，大家都停住了，以为他熬不住了，终于要来和好了，不料他目不斜视，一言不发，径直走出乌托邦。

他游泳去了。

乌托邦里，杨晓芸看到猪头和露露相偎依，便不理向南，想搞清楚到底发生了什么。

"那事儿讲过一遍了。"猪头说。

"我就没听着！"杨晓芸说。

米莱也说："你们的故事拐来拐去太曲折了，我真爱听！"

"刚才露露说，她问你为什么喜欢她——接着讲啊。"

"你怎么说的？"米莱问。

"我说我觉得你哪儿哪儿都好！"猪头看了一眼露露说道。

"说说，说说。"向南急切的声音再次响起。

于是猪头又讲回露露台球厅，那是在一个夜里，客人都走了，空空的大厅里只有他们两人在打台球。

露露对猪头说："你别把我想得那么好，咱俩不合适！"

"哪儿不合适？"猪头问。

露露低声说："到了北京，我没学会什么挣钱的手艺，学会的都是花钱的手艺，什么唱歌啦，打台球打保龄啊，购物呀，对了，我会买便宜货，后来我知道了，东西再便宜也是要花钱的。这些东西谁都能学会，而挣钱的本事才难学，我不争气，没怎么学会——"

"我说那也合适！"猪头一拍大腿，"我身边就缺一会花钱的人！"

大家大笑起来。

就在一帮人围在一起八卦的时候，在客厅的一角，灵姗拉着露露弟，也在说话，她简直被他迷住了，她就像拉着一个布娃娃一样拉着他。

"你笑得真好看，我喜欢你。"

露露弟弟又笑了一下。

灵姗也跟着笑，翘起嘴。

露露弟学她。

"你知道什么叫快乐吗？"灵姗问。

露露弟仍笑。

"什么时候你才能听懂我的话呀？"

露露弟笑。

"有一天，我一定要告诉你什么笑是什么意思——我告诉你，你要是对我笑，就说明你很快乐！"

露露弟又笑。

这孤零零的笑容击中了灵姗，她忽然觉得他好可怜，而更可怜的是，他自己一点也不知道。

"你是世界上最可爱的人，谁也没有你好。"灵姗幽幽地说。

❀ 啊呸

华子游泳回来了，他走过大家时，所有人全不说话了，相互靠着的猪头和露露迅速分开。猪头站起来，看着华子，想说什么却没说出来。

陆涛叫了一声："华子。"

华子却一低头，上楼了。

大家面面相觑。

"劝！"米莱替所有人作出决定。

陆涛点点头，站起来，追了上去。

陆涛追到华子房间，推门进去，只见华子躺在床上，鞋也没脱。

陆涛拉把椅子坐床边儿："哎，我看这事儿啊，算了吧，听猪头这么一说，没想到还是一个感情型儿的人，挺重哥们儿义气的——"

"啊呸！"

陆涛一脚把门踢上："你听我说啊华子，哥们儿现在门儿清了——其实他们也痛苦着呢，你想想，他们俩那么早就勾上了，名义上，你还一直是露露的男朋友，还来往着，猪头多痛苦啊，而且我一听啊，这俩狗男女也真不容易——"

"啊呸！"

陆涛用手擦脸："别啊，你吐谁呢？"

"对不起啊——我是真快气死了。"

"你听我说啊——这露露呢，原来把猪头当一大款傍了，后来发现是一底儿掉，钱都是借的，但人家后来有感情了，那时候，你还和露露订了婚，据说这俩人一想前途，三更半夜痛苦得直抱头痛哭——"

"啊呸！"

"你别激动啊。"

"他们敢说你也敢信啊！他们三更半夜给我戴完绿帽子以后抱头痛哭，是还嫌戴得不够正是不是？"

"不是，你误解人家了，人家是觉得命苦——"

"啊呸——命苦？凭什么、为什么啊？"

"据说是因为——相见恨晚！"

华子"噌"地坐起来："哎，陆涛，你到哪儿都帮哥们儿买一喷火器去，我拎着冲下去——我叫他们相见恨晚！我恨他们俩儿才是恨晚了呢！"

"噢对了，杨晓芸一来，向南更来劲儿了，在向南的启发下，猪头和露露把这事儿你一言我一语地又讲了两遍，米莱还一本正经地陪着人家掉眼泪呢！"

"真会配合呀！太缺德了！"华子说完又倒在床上。

"我觉得他们还真实诚，猪头今儿下午都哭了三次了，露露哭了至少六次，说喜欢你，但也喜欢猪头，觉得你们俩都不错，合伙儿做生意还能互补，还说不想因为她影响了你们的关系，她很痛苦——哎，华子，我这只是简明扼要地把今天从中午到现在发生的事儿给你提纲挈领地汇报了一下，挂一漏万啊！"

"这么着吧，你把剩下的都告诉我吧！"

"据说真让他们下决心跟你坦白，就是因为那次，你非要带人家露露去泰国借给公司采购之名双宿双飞，猪头说那次要是露露真的去了，他就不活了，那件事儿他们俩白天黑夜地商量了半个多月，每次一说猪头就哭，露露说她保证不跟你睡觉也不行，露露还提出一个方案，说猪头可以悄悄跟去，她可以趁你不备和猪头悄悄相会，猪头说是认真想了好几天，越想越觉得绝望，差点真的尝试自杀。你别说，别看猪头长成那样，心里还是一纯情少男呢，比贾宝玉还纯。要我说啊，我看猪头这个第三者当得真不容易，被嫉妒折磨得够呛，人家打着白旗就来了，一待十来天，你原谅了他算了！"

"啊呸！"

陆涛把脸一擦，忽然想起什么来，从兜儿里摸出一张皱巴巴的小条儿："啊对了，这是猪头下午托我给你传的小条儿，哥们儿净忙着听他说了，差点儿给忘了，给！"

华子没接。

"我出去再看一眼。"陆涛只好站起来，出了门，向楼下看去，只见猪头在哭，露露陪着哭，杨晓芸、米莱也陪着哭，向南在那里劝。

陆涛转回来："完了，又一轮！我看米莱和杨晓芸都被猪头给争取过去了，一帮人感动得哭成一团儿，这向南现在倒成好人儿了，正劝呢！"

华子忍不住也冲出去看了一眼，正看到那一幕，只见猪头和露露被米莱和杨晓芸扶起来，相偎相依着往外走，向南给他们拎着包儿。

陆涛追出来，拍华子肩膀："华子，想开点，谁跟谁好不是好啊！"

✿ 太感动了

华子一下把陆涛的手拿开，走回来，长出一口气，他展开那张纸条儿，上面歪歪斜斜地写着："华子，我们真不容易！你也不容易！原谅我们吧！我们还是好朋友！"

华子的眼泪忽然流了下来。

陆涛吃惊地站到一边，点燃一支烟。

华子打开窗，深吸了一口气，窗外，忽然一道闪电，接着是一声巨大的雷声，暴雨"哗"地下了起来。

华子愣了一下，看看陆涛，又对着黑暗的大雨大叫一声，突然冲出门去。

华子跑过楼道，下楼梯时差点摔一跤，他一下拉住了楼梯扶手，悠起来接着跑。

陆涛也跟在他后面跑。

厅里空空荡荡的，华子跑过，大门开着，华子冲了出去，一直冲进乌托邦门外的雨中，嘴里大声叫着猪头。

猪头刚要上车，转过身来，他吃惊地看到华子正往他面前冲，他有点想躲，可是华子已经到了，一把抱住他，又一把抱住露露，三个人抱在一起。

冒着大雨围着他们的米莱和杨晓芸灵姗以及向南看到这一幕，冲出来的陆涛也看到这一幕，大家鼓起掌来。

露露弟给灵姗打起一把伞，灵姗感谢地对他笑，露露弟也笑。

华子对着耳边大声叫道："猪头，我想通了，女人是女人，兄弟是兄弟！"

"华子，我的好兄弟！我对不起你！"猪头哭出声来。

"猪头，以后咱还一起做生意！"华子叫道。

猪头兴奋地接上："华子，咱开连锁店！"

"成！"

望着眼前这百年不遇的一幕，米莱叹道："太感动了。"

"我真想也冲过去抱抱他们，不过好像不太合适。"向南叨唠着。

"我觉得合适！"陆涛把他推进雨中。

向南骂着跑了回来。

"就你那德性！"杨晓芸再次把他推进雨中。

向南回身对杨晓芸叫道："正好儿，你跟华子好吧，反正现在也没人儿挡你道儿了！"

气得杨晓芸直翻白眼儿："你这是人说的话吗？"

✿ 快了

向南送杨晓芸回家，他开着车，杨晓芸坐边儿上。

"我们这儿热闹吧？"向南问。

"热闹！我店里整天都这么热闹！"

"别吹牛，你们那儿哪儿有我们这儿精彩！告诉你，没一天不出事儿的！一波未平，一波又起，这生活过起来真充实！"

"你找没找着新女朋友？"杨晓芸把她最关心的问题问了出来。

"快了，你呢？"向南说。

"我？我用你操心？"杨晓芸一听就急了。

"也是啊，我先自救吧，赶紧得从你造成的阴影里爬出来，重新开始生活！"

"停车！我现在就要从你的阴影儿里走出去！"

向南停车："你看，正好送到，你早怎么不喊啊你？"

杨晓芸推门下车，反手把门一摔，走进楼洞。

"你要再这样对我不礼貌，我以后还不送你了！"向南摇下车玻璃叫道。

"滚！"

向南缩进车内，开走了，杨晓芸假装往里走，一会儿跑出来，向着向南开走的方向看。

路上什么也没有，向南是真走了，她哭了。

向南开车冲回乌托邦，是因为到了他跟遥遥约了视频聊天的时间，电脑显示器上，遥遥的脸就顶在向南眼前。

"那你够专业的。"戴着耳机的向南对着话筒说，现在他们已经不在聊天室打字了。

"呵呵，你要想买登山装备，我带你去一朋友那儿买，七折。"

"真的？那我先谢谢你了！"

"不用谢，呵呵。"

"野营开心吗？"

"有时候，我们在山上野营，半夜睡不着，从帐篷里钻出来头，看到满天繁星，一下子觉得什么烦恼都没有了。”

“那一定很浪漫，我有十几年没见过满天繁星了！”

“下周末活动见！”

“好！”

“我下了！”

“明天这时候再聊几句吧？”向南意犹未尽。

遥遥回了向南一个笑脸。

向南对着那笑脸儿在空中亲了一下，双手一击掌，在空中一挥：“再见！杨晓芸！”

我在想你

好不容易等到周末，向南来到背包团队，终于见到了在网上泡了好几个星期的遥遥，叫他吃惊的是，遥遥比视频上看到的更漂亮，也更开朗。爬山的时候，向南的眼睛在遥遥身上转来转去，把遥遥看了个仔细，他确定，他喜欢她。

野餐的时候，向南很少说话，这是他平生第一次这样不爱表现自己，他默默地注视着遥遥。夜里，背包队在山上的营地野营，一溜儿小帐篷里亮着灯，煞是好看。不远处，点着一堆篝火，火堆边坐着两个背包族，他们把啤酒喝完，然后把火灭了，分头钻进各自的帐篷。只有吉他声在低低地响着。

一个单人小帐篷的门儿开了，一个小垫子推出来，接着，向南的头露了出来，他看到满天繁星。

正在这时，旁边的单人小帐篷的门也开了，也推出一个小垫子，遥遥从里面钻出头来，她也看满天繁星。

向南歪头看一眼遥遥：“HI。”

遥遥也歪头：“HI。”

“我睡不着，看见你说的满天繁星了。”向南说。

“那你还郁闷吗？”

向南想了想：“忘了，全忘了。”

“那就好。”

两人各自继续看星星。

片刻，遥遥又问：“你在想什么？”

向南盯着遥遥的脸：“我在想你。”

遥遥，我们欢迎你

向南和遥遥进展神速，半个月后，两个人终于混到了一起，他们决定纪念一下，去野营商店买了一顶双人帐篷。向南还趁遥遥不备，买了一把哨儿，然后向南决定把遥遥带回乌托邦，给朋友们看看。

遥遥对向南说的乌托邦很好奇，就跟他去了。他们跟里面的朋友一一打了招呼，向南就拉着遥遥扔篮球玩。

米莱和陆涛灵姗在厅里喝着咖啡，看着这一对新人。

"真是咬人的狗不叫啊，这向南前一段儿还杨晓芸杨晓芸的呢，这会儿就跟人姑娘打得火热。"米莱的闲话总算说出来了。

"人就是刚认识一女孩嘛，哪儿就火热了。"陆涛说。

"怎么不火热！看！还擦汗呢！"米莱说。

灵姗皱着小脸儿说："这女孩看起来好好的。"

"我看她前臂够强壮，腿嘛，也属于短小有力型儿的，跟杨晓芸比，脸和胸都太平了，撞墙上没缓过来还是怎么着？"米莱仍然嘴硬。

"哎，米莱，你这是替杨晓芸说话呢，还是对人家年轻姑娘心怀恶意呀？"陆涛说。

米莱看都不看陆涛："这姑娘年轻吗？我怎么看不出一点年轻的痕迹来？我猜她比向南大三岁。"

"刚才那女孩说了，二十五岁。"灵姗说。

"啊？我怎么没听见！"米莱说。

陆涛对灵姗说："别理她，她拿人家开涮呢！"

"真想打电话叫杨晓芸过来看看，杨晓芸一怒之下，非给这两人儿在马戏团报上名不可！"米莱喝了口咖啡，又冒出一句。

陆涛和灵姗都笑了。

"你们北京人说话太好笑了，我怎么就学不来？"灵姗说。

华子走过来："你们干吗呢？"

米莱一指向南和遥遥："我们欣赏体育比赛呢，哎，华子，你觉得你能假装喜欢上这个遥遥吗？"

华子乐了："你就甭替你姐们儿杨晓芸生气啦，人家向南喜欢就行了。"

"真没品位，杨晓芸这婚离得太对了！要不以后生了孩子还得防着他跟保姆谈恋爱！"米莱说道。

"双鱼座的男人就是喜欢谈恋爱。"灵姗说。

华子大声叫道："向南，车钥匙我给你放这儿了！"

向南挥挥手，接着和遥遥玩。

米莱把咖啡杯子往桌一放："实在看不下去了！太丑恶了，刚离婚就找新人！"

"人家那叫本事！"华子笑着气她。

"双鱼座的男人就是投入得快，恢复得也快。"现在，小灵姗基本上已经成了乌托邦里的星相专家。

"男人啊！混蛋啊！"米莱说。

灵姗一捅米莱："米莱姐，大家说男人离不开女人就像鱼离不开水——"

"不过人家可没说鱼离不开哪滴水啊！"陆涛一下把话接过去。

大家都笑了。

"笑什么笑，这么不要脸的观点你们也敢表示赞同？现在的社会风气真是太坏了！"米莱气道。

大家又笑了。

此时，向南和遥遥过来："你们笑什么呢？"

米莱立刻换上一脸笑容："你们这么幸福，我们能不高兴嘛！哎，遥遥，来来来，这边儿坐会儿，我给你倒杯水水去！"

说着站起来走向冰箱，遥遥过来坐下。

米莱一边开冰箱门一边回头：“我倒完以后给你讲讲向南和他前妻的事迹，保证跟向南自己说的不一样！”

向南一拉遥遥：“那我们渴死算了，遥遥，这冰水咱不能喝！”

遥遥笑了。

“遥遥，我们欢迎你！”陆涛说。

华子鼓掌：“遥遥，热烈欢迎！”

向南一指华子：“那人叫华子，你以后千万别理他，他老想勾我媳妇，我找谁他就惦记谁！”

米莱正好转回来：“所以他的下场是自己的媳妇也被人勾走了！”

“滚！再说我又心碎了啊！”华子双手捂住心口。

大家再次笑了起来。

遥遥喝了米莱递给她的一杯冰水，这表明，所有的人对她比较满意。

我一点也不怕你

在乌托邦闲聊到十点，向南送遥遥回家。在遥遥的指引下，他把车开到遥遥家楼下，出乎他的意料，这里竟是一个很贵的楼盘。

“明天下班我接你，咱还有新的娱乐项目呢！”向南说。

“你不想上去坐坐？”遥遥问。

“不方便吧，进去还得叫叔叔阿姨什么的。”

“这房子是我一个人住。”

“多大？”

“进去看看不就知道了。”

“你这么引狼入室不合适吧？”

遥遥笑了：“我一点不怕你。”

两人坐电梯，直入遥遥家内，遥遥打开灯，这里是一间一百六十平方米的大屋，却布置得很有品位，向南注意到，书架上有很多书，其中一半是英文原版书。

“哟，真大啊——还有英文书呢，哎，月供是多少？”向南一边四下里看着一边说。

“我还完了。”

“你——啊？对了，你是干什么的？”

“我是律师。”说着，遥遥拿出一张名片递给向南。

向南看了一眼，睁大了眼睛：“你一个月挣多少？”

“我运气好，从美国学法律回来以后，直接进了大事务所，又连着接了两个公司重组的大案子，一下子阔了，三年中一下子挣了不少钱，连我自己都没想到——坐。”

向南换了鞋，坐到沙发上，发愣。

“你怎么了？”

向南看了看遥遥：“咱俩不合适——你太有钱了——”

遥遥想了一会儿：“向南，我觉得，咱们合适不合适，不是钱说了算的。”

向南扫视一下房间，看到一个笔记本电脑。

向南："我知道谁说了算！上网！"

✿　　你都把我迷住了

电脑前，两人分别拿出身份证，放在一起。

"你来吧。"向南说。

"你来。"

电脑算命显示，两情相悦指数5，天长地久指数5，这是最高得分。

遥遥笑："看，绝配！"

说着站起来，闪进厨房，给向南拿了一筒可乐，然后就坐到他对面，看着向南喝。

向南抬头，发现遥遥直勾勾地盯着他。

"哎，向南，你喜欢我什么？"

"我喜欢你不俗气，大方——其实我什么都喜欢，想跟你吵嘴都困难，反正那感觉吧，就是顺风顺水——"

遥遥笑了。

"无论什么时候，只要一想到你，我就觉得心里一暖。"向南说。

"听你这么一说，我觉得心里一酸！"遥遥接上一句，说完笑，笑着笑着忽然转过身去。

回过身来后，眼圈都红了。

"你怎么了？"

"被你感动了呗。"

"我——我这是干什么了我。哎，那个什么，我问你，你不喜欢我什么？"

"我不喜欢你的是，从认识以后，老跟我说杨晓芸。"

"是吗？你怎么不骂我？"

"我心疼你呗！"

"谢谢啊——"向南喝完可乐，认真地说，"遥遥，认识你以后，我才知道什么叫真的对我好。杨晓芸其实根本就是一个表演型的人，她爱出风头，叫别人注意她，我是被她的表演感动了，所以老是离不开她。"

"那是因为她心理年龄太小了，幼稚呗，这只是一个青春期过程，我也有过，不就是永不知足外加孤芳自赏嘛。其实上学的时候，我选修心理学，老师带着我们一起做心理分析，讲得很清楚。"

"有文化！在美国学过的人就是不一样！哎你怎么那么有文化呀？"

"去去去。"

"杨晓芸就是太自恋了，她喜欢自己还喜欢不过来呢，所以根本顾不上我——他们都说我和杨晓芸是一个自私的人和一个更自私的人凑到了一起，我又没法儿满足她的虚荣心，我们俩其实是非离不可，早晚的事儿！"

遥遥笑："我得谢谢她，幸亏她没上过心理分析课，不然，我就遇不到你！"

"遥遥，你是真对我好，每一件事都对我好。"

遥遥不好意思地站起来，笑："别夸我，接着说你的杨晓芸吧！我们坐沙发吧，这么坐累。"

说着，来到长沙发上，靠在一头，双腿盘上去，对着另一头。

向南跟着遥遥来到沙发前，坐到另一头："杨晓芸怎么了？"

遥遥笑："我数了一下，你已经两个星期没提到她了。"

"对不起，我以前完全把你当一个倾诉对象了。"

"停！不许跟我说对不起。"

"好吧，不过，我真两星期没提杨晓芸？"

遥遥点头，笑："这是我觉得自己最成功的地方！"

向南往后一仰："完了，我终于喜新厌旧啦——我这良心一定是让狗吃了！"

"那我小小地祝贺你一下吧。"遥遥突然探身抱一下向南，抱得时间有点久，忽然两人分开，有点尴尬。

向南小声："再抱下去我真要动感情了。"

遥遥没说什么，低下头。

"哎，我也有一问题要问你，你喜欢我什么？我怎么觉得自己一无是处呀？"

"我做股票的原则就是人弃我取，呵呵。"

"你要是可怜我，我可要跟你急啊！"

"让我想想——我不是可怜你——我是喜欢你，我喜欢你幼稚，像个长不大的孩子——我更喜欢你的是——"

向南看着遥遥。

"你浪漫。"遥遥说。

向南喊起来："我——我还浪漫呢？杨晓芸就是因为我不浪漫才跟我离婚的！"

遥遥愣愣地看着向南，看了半天才说："你又可爱又浪漫！你都把我迷住啦！"

❀　难道日子就那么难过吗

同一时刻，在红火泰国饭馆里，华子穿一身经理服，露露也穿着一身经理服，两人背着手儿在泰国饭馆里走来走去，不时相互看一眼又迅速把眼神分开。

一会儿露露走过来："华子，你今天早点走吧，明天你盯着这儿，我们要去拍婚纱照。"

华子转身就走。

露露追了出去，一直追到饭馆外。

"华子，你能不能别这样，你以前不是这样的。"

"我挺好的。"

"华子，我知道你心里还难受，是我不好。"

"有时候我突然想抽你。"

露露把脸凑近华子："你抽吧，抽完了我心里也舒服点。"

"难道日子就那么难过吗？钱就那么重要吗？"

"华子，那不是最重要的。"

"什么是最重要的？"

"最重要的是，我每一次问你什么时候要结婚，稳定下来，你都说，你看我这样儿像稳定的样子吗——你的话叫我听起来心慌。"

"我怎么不慌啊？"

"因为我们是不一样的人。"

"我们怎么不一样了？"

"好吧，下班后我全都告诉你。"

❀　身份

饭馆关门后，露露看一眼空空的大厅，然后走回办公室，华子坐在桌边抽烟，露露坐到他对面。

"说吧，什么？"华子说。

"华子，你们都是北京人，我不是，向南是白领，陆涛是金领，你是小倒儿，你们是北京的小倒、白领、金领，但我是谁？北京对于我，就意味着整个世界，然而我对这个世界是那么陌生，这个世界对我也陌生，在这个世界中，我初来乍到，从他们第一次要看我的身份证的时候起，我就知道我真正需要的是什么，我所做的所有的一切就是努力奋斗，找到我的身份——我在酒吧认识了大海，大海让我当模特，我就成了模特，大海喜欢摇滚，我也成了摇滚青年，大海不要我，有一天赶我走，我就流落街头。我找了你，你开发廊，我就成了洗头妹，你开蛋糕店，我就成了蛋糕店老板娘，这就是我的身份。可是这些身份都让我感到不安，于是我向你要了台球厅，那一天，在LOFT你用轻视的语气跟我说话，我知道了你看不起我，我受不了。我只能离开你。我知道，有一天，台球厅倒闭了，我还是什么也不是。"

华子看着露露，摇摇头。

"只有猪头对我好，我只能去找他。"

"猪头对你好，你也不至于嫁给他呀，别忘了，你还跟我订着婚呢！"华子忍不住说。

"虽然我们订婚了，但我一点不觉得你想稳定下来，华子，说句不好听的话，我觉得你不是真心对我好，你自己还有很多问题没解决。"

"我？我——"

露露继续坚定地说："而猪头，猪头是真心的愿意娶我。"

华子看一看露露，低下头，不说了。

"这件事我想了好久，想来想去，我只是一个女人，什么都不会，所以我必须依靠男人，所以我才觉得，猪头的妻子才是我真正的身份，有了这个身份，我才觉得安全，我才能很好地面对北京。猪头给我办了户口，我现在也是这个城市里的人了，我有了身份证，我才愿意更熟悉这个城市，我才哪里都敢去，这时，我才觉得这个世界很亲切。我感到，我是属于它的，它也属于我。"露露说罢，拿出一张北京身份证，放在桌上。

此刻，华子才像是重新认识露露一样，仔细打量她。

露露的目光坦然，使华子感受到目光的力量。

❀　我是露露

一个月后，猪头和露露的婚礼正式举行，猪头包了一个带露天草地的餐厅，把他的三教九流的朋友全部请来，乌托邦的所有人都收到烫着金字儿的请柬。

那是一个晴朗的上午，在室外草坪上，星罗棋布地码满了餐桌，只有一桌是华子的朋友，其余的全是猪头的朋友，怪模怪样的，两拨人互相没话说，各自聊得热闹。

餐厅外间，猪头一个人坐在一张桌子边儿，面前摆着一块名表。

餐厅经理走过来："啊，新郎官儿，这饭什么时候上？"

"跟你说一百次了，朋友还没来齐呢，来齐了就上。"

餐厅经理点点头走了。

猪头的朋友金三儿过来："唉猪头，这叫什么婚礼啊，光喝酒不给吃的，再不上菜我出去吃了啊！"

"大哥，你再等等，一会儿给你上双份儿！"

金三儿急了："你干吗呢？"

"我等人儿呢，人儿还没到齐呢？"

"还有什么人儿啊？"

"朋友啊，今天来的都是朋友。"

"你这朋友是不是出交通事故了？"金三恨恨地说道。

"有你这么说话儿的嘛，今儿可是我大喜的日子！"

"得得，得，在你大喜的日子饿死我也值了。"金三儿说着走了。

穿着结婚礼服的露露走过来："唉，这人儿都扛不住了，你听——"

外面传来用勺儿敲盘子的声音，开始是一个人，慢慢的，一下一下的，接着，所有人都加入进来，暴风骤雨的响成一片。

"这是第几轮了？"猪头问。

"第三轮。"

"华子呢？"

"又有人打过一电话，说不来。"

"我也还是那句话，不来，婚礼就不开始！让所有人都等着他，我还不信他不来！"

"你打吧。"

"我不打，我等！"猪头把手一摆，露露只好走了出去，只见大家仍在敲。

露露拎着裙子冲到陆涛这一桌边儿上高声叫道："认识华子的人还有谁没给他打过电话？"

"我打了三次，第一次说，不参加女友儿和男友儿的婚礼；第二次说，困了，正睡着；第三次说，别等我了，不去。"陆涛说。

"我打了两次，都说不来。"米莱说。

"两次，不来。"灵姗说。

向南挨着遥遥坐："一次，不来。"

杨晓芸皱皱眉："两次！他就不来！"

"那怎么办？"露露着急地问。

米莱一指露露："解铃还需系铃人！"

向南也说："是啊，这事儿明摆着，得你打。"

"我哪儿请得动啊！"露露说。

陆涛翻了一个白眼儿："饿啊！"

"饿啊！"向南跟着起哄。

大家又开始敲盘子。

"好吧，电话！"露露高声叫道。

陆涛把电话扔过去，露露拿着电话跑到一个安静的小厅内："华子，是我，我是露露！"

❀　你们等着

华子此时正在乌托邦的房间内，听着一首悲伤的日本歌，手里拿着一支烟，他接了电话："还有谁？"

"就我一人儿。"

"婚礼快乐。"华子有气无力地说。

"谢谢。"

"不客气。"

"你是不是还在生我的气？"

"不是。"

"华子！"

"叫什么叫，叫魂儿啊！"

"华子。"露露的声音夹带着哀求。

"露露，其实我对你挺在乎的，在一起混的时候不显，突然，你跟别人结婚了，我心里特别扭。我没有生你的气，我一直在生我自己的气，露露，我特后悔，你给过我那么多次机会，可我——唉，还是那句话，拥有的时候不知道珍惜。"

"我还以为你暗中松了一口气呢——我自己是什么，我自己心里最清楚，我这人什么都不会，跟谁在一起就给谁添麻烦，你没直接跟我说，不过我心里明白，好多次吧，我看着你不耐烦为我办那些破事儿——"

"露露！"

"好吧，好吧，我不说这些了，今儿他们起哄，让我来叫你，不过我倒是真有一件事想跟你一个人说说。"

"什么事儿？"

"怎么说呢？"

"直说！"

"直说怎么说呢——猪头这人儿吧，你觉得他非叫你去是要面子，想让人家看看，他做人挺成功的，是不是？"

"我哪儿知道他怎么想的，我也不是怕别人开玩笑，我这人你知道，反正我今儿是真不想去。"

"唉，你跟猪头一样怪，看着挺随和的，可不定动了哪根筋了，怎么说也不行。"

"猪头哪儿怪？"

"唉，说出来你可能不信，不过，我还是直说了吧，我告儿你，猪头从没给你戴过绿帽子，我们暗中来往快一年了，那事儿一次没干过。"

"为什么？"

"猪头说，他一辈子认识人儿不少，可就你一个能相信的朋友，他说他干什么都可以，就是不能跟朋友的女朋友睡觉，我主动过好几次，他都说不行，说瞒着你已经够对不起你的了，那件事绝对不能干，从他自己心里就过不去。"

"就是结婚了也不能干是吗？"

"猪头说，猪头说，如果你不参加婚礼，这婚就算没结成！"

华子长叹一声："你们等着！"

❀　　这是必须的

一小时后，猪头婚礼现场悄无声息，大家不怎么说话了，一个个板着脸，坐在那儿等。

金三儿的公鸭嗓有气无力地回荡在空气中："我从来没参加过这种婚礼！"

陆涛自言自语："我也没参加过。"

杨晓芸接上："婚礼不开始就完了吧，还不给来宾吃饭，这叫什么事儿啊！"

"这事真是太怪了。"远处有什么回应道。

猪头的一朋友操着东北嗓高叫："猪头到底是怎么了？那华子是谁啊？市长啊？"

米莱摸了摸自己瘪瘪的肚子："我都饿过劲儿了。"

向南和陆涛彼此看了一眼："咱们现在抬脚就走也不合适呀。"

小灵姗突然笑了一下："婚礼会开始的。"

露露弟笑了。

外间，猪头忽然像弹簧一样从椅子上跳起来："华子！"

只见华子手抱一束鲜花走了进来。

婚礼终于可以开始了。

婚礼进行曲中，大家站成两排，看着不远处的门口。

华子也站在人群中，他一抬头，只见猪头和露露手挽手出现在门口，穿着一身儿新娘装，还带着朵花儿，手里抱着一束花，显得分外漂亮。

华子大步走过去，把露露手里的花一把抢过来扔了，把自己手里的花给了她。

露露一下就哭了。

音乐停了，所有人都看着这三个人。

猪头看一看两边的来宾，又看看自己的新郎装，苦着脸儿小声说："要不华子咱换身儿衣裳得了。"

华子没理他，而对露露高声叫道："露露，你表情不对，这像大喜的日子吗？音乐！"

音乐起。

露露终于笑了。

华子看到猪头和露露相拥着往前走，露露显得那么漂亮，他的眼睛湿了，浑身止不住颤抖起来，他知道，如果他努力，站在露露身边的人完全可以是他自己，这想法令他伤感，他急忙用手挡住额头，免得别人看到他夺眶而出的眼泪。

向南和陆涛冲到他身边，向南把他的手猛地拉下来，大声嚷嚷："华子你表情不对，这像是在大喜的日子里应该有的表情吗？"

华子放下手："谁表情不对了？等着！"

他走到露露弟身边："哎，教我笑一笑。"

露露弟看着他。

华子努力笑了一下，没成功："我是真不会笑了，今儿全靠你了，教我！"

露露弟再次笑，华子学，仍没学会好。

"还是不对。"向南在边儿敲着边鼓。

"再教！"华子冲露露弟喊道。

露露弟又笑。

华子终于可以笑了。

"这次对了！"向南拍拍他的肩膀。

"华子你太牛啦！"陆涛也拍拍他。

"这是必须的！"华子挥了一下拳头，摸了摸露露弟的头发说，"谢谢你！"接着对陆涛和向南喊道："走，咱们喝喜酒去！"

这婚礼一直持续到傍晚，猪头请了两个说相声的，把他的婚礼完全变成了相声晚会，大家都喝了很多酒。婚礼后，大家鱼贯而出，猪头在入口处鞠着躬送每一个人。

出门时，杨晓芸瞟了一眼向南和遥遥，想一个人悄悄溜走。

"我送你吧。"陆涛看在眼里，心一软拉住她。

"太好了！哎，今儿跟向南在一起那女的穿的礼服是真的还是假的？"

"真的吧，礼服哪儿有假的？"

"没想到这向南还是挺擅长吃软饭的！那是名牌！"

"他是吃不好瞎吃吧。"陆涛敷衍着杨晓芸。

灵姗在门口看着露露弟，笑了一下，露露弟笑。

灵姗拉住露露："他这病医生怎么说？"

"他是先天的，根本没看过医生。"

灵姗又看了一眼露露弟。

米莱揪着灵姗的头发："又看帅哥，走！"

最后一位来宾是华子，他喝得有点多，站在那里冲着东南西北瞎招手："婚礼！再见！"

猪头拉过华子："华子，婚礼上你一直没跟露露说话，去跟露露说句话吧！"

✾   友谊万岁

华子走到露露身边，直直地看着露露，像在看一个完全陌生的人，嘴张了几下，却没发出声音。

两人中间隔着一段距离，这距离恐怕会永远横在那里。

"我平生最讨厌别人骗我。"华子喃喃地说。

"我也是，华子。从今以后，我再也不会骗你了。"

"我不相信你自私冷酷，露露，你不是那样的人——可为什么？露露，我还是不明白你为什么？我就是不明白你为什么？"华子终于开口了。

露露低下头，不看华子："我爸临死前——"

那一幕露露永远不想再提起，但她必须告诉华子，那是她来北京前的一个月，在她老家的破房子里，露露爸躺在床上，露露妈露露弟站在露露后面，露露握住她爸的瘦瘦的手："爸！"

"露露，答应爸一件事爸才闭眼。"露露爸用他最后一点生命挤出一句话。

"我答应！"露露看着爸爸那被疾病折磨得消瘦的脸说。

"一家人永远不分开。"露露爸清楚地说。

"我答应！"露露说。

露露爸闭上眼睛，从此再没有睁开。

"华子，第二天，我坐在开往北京的火车上，看着车窗外的景色，脑子里想着我爸临死前的话，什么也说不出来，只是把手慢慢攥成拳头，指甲一直顶进手心儿里，血都流出来了，但我一点也不觉得疼，"露露看着华子吃惊的脸，"你也许不会理解，我不是一个说谎的人，我答应了我爸，后来我一直为完成这件事而奋斗。"

华子想说什么，露露又加了一句："我成功了。"

在那一刻，华子觉得露露脸上闪出光彩，他叫着，"露露——露露，"然后长叹一声，摇摇头，"我以前完全不理解！现在我全明白了，露露，你真棒！你真的很了不起！"

露露却着急地推推华子："以后，我，你和猪头，我们仨，我们还能做朋友吗？"

华子使劲点点头："我们永远是朋友。露露，我祝福你！"说罢，在露露的额头上吻了一下。

露露叫道："猪头，我们说完了。"

猪头跑过来推推华子："我媳妇都跟你说什么了？"

"她问我，以后，你、我和她，咱们三个还能做朋友吗？"

"你说什么？"

"我说，咱们三个永远是朋友！"

猪头猛地和华子拥抱在一起，华子在猪头耳边轻声说："好好对露露啊猪头，你要是想踹了她，提前跟哥们儿打声儿招呼，肥水不落外人田！"

两人松开手，猪头笑了："你就死心了吧，别惦记我媳妇了，回头再耽误你找自己的，唉，哥们儿明儿就给你介绍一个飒蜜——"

"得了吧，你的事太没谱儿了，再见，祝你新婚快乐。"说罢，华子手一招走了。

露露拦住他，猛地抱住他，三个人就像上次在雨中抱在一起那样抱着，全哭了。

"华子，你有什么最后的要求？"露露用哭声儿问道。

"我想看你们对我笑一笑。"

露露泪流满面，怎么笑也笑不出来。

华子走了。

"我们都没跟华子笑一声，他就走了。"

"你笑得出来吗？"猪头问。

两人相互想笑一下，都没笑出来。

"对了，我落了一个人，我弟！"露露叫道。

猪头拉着露露，冲到露露弟身边，一把拉着露露弟，三个人一起追向华子，三个人跑不动了，于是，猪头指着华子的背影，露露大声说："弟，替我们给他笑一个！"露露弟笑了。

猪头和露露一齐大喊："华子！看！"

华子回头，他看见露露弟灿烂的笑容。

华子向空中击出一拳："友谊万岁！"

❀　华子

在新房里，猪头睡去之后，露露坐起来，走到阳台边，关上门："爸，今天是我大喜的日子，可我发现我仍然爱着华子，非常爱，但是，爱情只是生活中的一部分，对于我这样的人，爱情是奢侈品，我不能贪得无厌，什么都要，我必须懂得满足。我现在就很满足，以后，我也必须满足，我要的全有了，和妈妈弟弟在一起。我结了婚，不再四处飘来飘去，我成功了，我不再害怕了，我时刻提醒自己，珍惜这来之不易的一切，请保佑我，保佑我以后当个好女人，保佑我的妈妈和弟弟、保佑猪头，还有，还有，还有，华子。"

只在说出"华子"两字的时候，她流下一滴眼泪。

❀　全明白了

同一时间，在乌托邦华子房间，华子、陆涛两个人坐在一起。

华子被整件事震撼了，他仍在跟陆涛谈着露露："其实我挺羡慕露露的，她生活有目标，而且很明确，她就一直为那个目标而奋斗，反倒是我们，一直那么迷茫，现在我也有钱了，但我还是觉得少了点什么，你说，对于我们，什么是成功？"

陆涛叹口气："我也不知道——但是，我们必须像露露一样，我们必须先找到那目标，然后为那个目标而奋斗。"

"可是，那目标是什么呢？"

"我现在觉得，那目标，就是我们生命中最重要的东西！"

华子使劲点头。

"我们必须有一个明确清楚的目标，那目标可以让我们努力奋斗，不放弃，让我们不空虚，其实那目标是什么都可以。"

"全明白了！"华子说道。

❀　开干

一星期后，在一间商场里的毛坯大屋中，猪头和华子站在那里看，作最后的决定，他们打算盘下来，开一个北京最大的泰国菜馆。

"干不干？"猪头问华子。

"我把我的蛋糕店台球厅都盘去了，不干等什么呢？"

"这儿行吗？"

"猪头，我认为，以后，我们的连锁店会开在每一个超市和大写字楼里，这也就是第一家儿吧——"华子笑着说。

"你说什么？"

"我说的，就是我们将要做到的，我说的就是我们能做到的，我说的，就是我们必须做到的！"

猪头一把抱住华子："华子，我的好兄弟，我娶媳妇靠你，挣钱靠你，没有你我可怎么混呀？"

"打住！说这么恶心的话干什么？咱是兄弟啊！少废话，今儿就签租约！开干！"华子一把把猪头推向门口。

同一时间，在灵姗的坚持下，灵姗和露露带着露露弟来到北京最大的一家医院五官科治耳朵。当大夫正给露露弟检查的时候，灵姗和露露坐在椅子上等。

"露露姐，他真的不知道我喜欢他？"灵姗闪着大眼睛问。

"他不知道。"露露说。

"他那么可爱。"

"他刚来北京的时候，没手艺，怕人总欺负他，我就教了他笑，他就老对人笑。我想，他老对别人笑，别人就不会老欺负他了，可他不知道笑是什么意思。"

"这一回，我希望他能知道笑是什么意思，他应该懂得快乐。"

你也太浪漫了你

向南和遥遥的感情进展很快，每天一下班，两人就像是丢了魂儿一样彼此寻找。周末，每一分钟他们都形影不离，即使是在公园里划划船也能划到天黑。

他喜欢天黑。公园里到处是星星点点的灯笼，煞是好看，犹如山上的满天繁星。

"以后我们天天这样！"向南说。

"那该多好啊——"

"只要你跟我在一起，怎么着都行。"

"我们还背着包儿到山上去看星星。"

"以后你看星星吧，我看你。"向南谄媚地说，边说边松了桨，往遥遥身边凑。

"呸！划船！"

向南只顾谈情，把桨丢了。

遥遥拿着灯笼在水里找。

向南探身在水里摸来摸去够桨，忽然"扑通"一声掉进水里。

"哎，你至于嘛，一破桨——"遥遥说道，一分钟后，她发现向南还不出来，忽然，她急了："向南，向南——向南，我知道你会潜水，别装啦，小心淹死——"

没有回应。

遥遥在船的两头找："向南，向南——"

遥遥看着黑暗的水面，她准备跳下去捞人。

向南忽然从水里冒出来，向遥遥脸上吐了一脸水，遥遥一把抱住他。

两人接吻。

遥遥往向南脸吐了一口唾沫："你以为你是纽约小痞子呢，学什么《美国往事》呀，讨厌！"

向南大口喘着气："你怎么了？急了？怕我淹死吧？"

"滚！"说着把向南拉上船。

"别碰我，这水又脏又臭，我腿上全是泥。"

遥遥猛地一把抱住向南。

两人紧紧地抱在一起，遥遥感到无法离开怀里这个又脏又臭但却带着体温的小混蛋。

"咱俩好吧？"向南说。

遥遥看着向南，停了一刻："你搬家吧，搬到我那里去。"

"那我付你租金吧？"

"你开着奥拓送我上班吧，每星期一次就行。"

"别逗我了，你自己有车！"

"你怎么知道？"

"因为上次我跟你去物业，听见你跟他们说交车位费。"

遥遥叹口气："我爱坐你的车。"

"你有什么车？"

"Z3。"

向南长出一口气："你有宝马跑车——"

遥遥笑了："我错了，我会把它卖了，专心坐你的奥拓。"

向南直直地盯着遥遥："你胆儿够大的，有病吧？敢从豪华游轮里往小舢板上跳！你，你也——太——浪漫了你！"

向南猛扑过去，抱住遥遥，用力过猛，一齐摔进水里。

❀　　我和遥遥好了

乌托邦的门被推开了，湿淋淋的向南抱着遥遥走进乌托邦。

走到厅里，向南兴奋得原地跳了几下，用手罩在嘴边儿大喊："朋友们，朋友们，都出来吧，我碰到好事儿啦！"

门开了，陆涛、华子、米莱、灵姗纷纷走出来。

向南一把把遥遥横抱在胸前："朋友们，我和遥遥好啦！我要吃上软饭啦！朋友们再见啦！我今晚要搬走啦！"

叫他奇怪的是，朋友们都没出声。

向南往楼上定睛一看，只见杨晓芸从米莱背后慢慢走出来："向南，你疯了吧？"

大家哄然大笑起来。

忽然，杨晓芸一转身，手一挥，一大堆向南的衣服从天而降，全部落在向南和遥遥身上，接着，杨晓芸下了楼梯，看也不看向南，一直走了出去，门"咣"地一下关上了。

大家都愣了。

向南冲楼上喊："哎，大家说句话啊？我现在该怎么办？"

大家相互看看，都没说话。

"陆涛，你说！"向南说。

"这可能是你和杨晓芸演的最后一场戏了！向南，演得好！我祝贺你！"陆涛拍拍向南。

"我也祝贺你！"华子也拍拍他。

大家说着往楼下走。

米莱走近陆涛，在他耳边说："我觉得杨晓芸不会甘心的，后面可能还有戏！"

"那我们也看不到了。"陆涛说。

“为什么？”米莱问。

“杨晓芸不会让我们看到！她喜欢演出，但她好强要面子，不会演求人的角色。”向南回答。

米莱的手机响，米莱看了一眼手机，对大家说：“是杨晓芸。”

陆涛点点头。

“估计叫我去安慰她。”米莱说。

华子摇头：“我估计她想叫向南安慰她。”

“你们先下去！”米莱说罢，坐在楼梯上接电话。

谢谢你们

大家下了楼，纷纷坐到厅里。

向南问：“杨晓芸怎么在这儿？”

陆涛一边打开一瓶啤酒一边说：“还不是闷得慌，到这儿来折腾折腾。”

华子冲向南眨眨眼：“她折腾你折腾惯了，一时还找不着更顺手儿的人！”

“那我怎么办？”向南问。

陆涛看了一眼这一对儿小鸳鸯：“你们刚才掉臭水沟里去了吧？太臭了！熏得我的啤酒都变味儿了。”

向南和遥遥相视一眼，笑。

遥遥站起来：“向南，我们先去你屋里洗个澡，换身儿衣服吧。”

向南也站起来：“我们俩一起洗去，十分钟就出来！”

“遥遥真是个好姑娘，大方。”华子说。

陆涛也说：“我觉得比杨晓芸好多了。”

灵姗眨眨大眼睛：“向南哥，遥遥姐旺你！”

遥遥笑了：“谢谢你们！”

向南举起抱着遥遥的手也喊：“谢谢所有人！”

向南和遥遥往楼上走，路过米莱，只见米莱把声音迅速放小，跟他们点点头，然后拿着电话站起来，往楼下走，她一直走到厅里，走到大家身边，电话一挂，手一挥：“宣布一个坏消息，杨晓芸崩溃了！就站在咱们门前不远处大哭，我要出去陪她，陆涛，把你手机开着，别叫向南走！”

“理解！”陆涛说。

米莱走了几步：“对了，陆涛，把你车钥匙给我，我们还是坐在车里谈比较好。”

陆涛把车钥匙扔给米莱。

米莱接了，出去了。

“喝一杯吧？”华子说。

“为什么一件好事后面总跟着一件坏事儿？就不能皆大欢喜吗？”陆涛说着跟华子碰了一杯。

“那也比什么都没发生强吧？”华子说。

"还是喝酒吧——咱俩现在就是什么都没发生，你觉得不好吗？"陆涛说。

"我才不信咱俩什么事儿都不发生呢！也就是晚点儿而已！"华子说。

小灵姗转着眼睛，在两人脸上看来看去："你们在说什么啊？"

"大人的话，你一小孩儿哪儿听得懂？"陆涛说。

❀　　不去

同一时间，在陆涛汽车内，杨晓芸的哭声渐弱，接着停了。

米莱抱着一纸巾盒，给她递纸巾："还想哭吗？"

"心里堵得慌，还想哭！"

"那就再哭会儿。"

"我哭没劲儿了。"

"我送你回家睡一觉就好了。"

"不，我不走！"

"要不咱俩去吃宵夜？"

"不去！"

"那你想干什么？"

"我想冲回去，向那一对儿正在洗澡的狗男女投去仇恨的目光！"

"那多不合适呀！"

"他们合适吗？我千里迢迢地给那个王八蛋送衣服，他向我宣布那么不要脸的消息，你说他怎么能对我这样？"

米莱叹口气："人家在一起已经谈了好几个月了，我不是把他们每一步的进展都向你汇报了吗？"

"我？我？那我就白跟他结婚了？那我那人流儿就白做了？"

"这话你怎么不早说呀？"

"我在这儿等着，你替我进去，上楼把门踹开，跟那个王八蛋把这话说一遍！"

"还是自己进去说吧，人家正洗澡呢，我可不能当女流氓。"

"为什么？你不想帮我出口气啦？"杨晓芸一听更火了。

"我说的没你说的那么来劲！我是第三方发言啊，回头陆涛和华子一句话就给我灭回来。"

"那你先进去跟陆涛和华子说说。"

"好吧。"

"快点儿啊，我在这儿等着。"

"一起去吧？"

"不去！我就在这儿等着！"

❀　　演得真好

米莱回到乌托邦客厅，刚坐下伺机说说向南，就见向南和遥遥一起走下楼来，遥遥穿了一身向南的衣服，宽宽大大的，和向南一起坐到沙发上，米莱只好把话生咽了回去。

"情况怎么样？"陆涛无事生非地凑上来。

米莱一拍桌子："杨晓芸让我替她质问一下向南，不过当着人家遥遥说不合适。"

向南抱了一下遥遥："没事儿，在遥遥面前说什么也都没事儿。"

"你们要是觉得不方便，我先到楼上去？"遥遥笑嘻嘻地说。

"你想在这儿还是上楼？"向南问她。

"我想在这儿。"遥遥说。

"那就在这儿！反正我没干过什么见不得人的事儿——质问吧！"向南满怀豪情地冲米莱说道，顺手抱紧了遥遥，遥遥也抱住他，两人显出很铁的样子，把米莱的火儿勾起来了。

"杨晓芸让我质问你，原话儿是，原话儿是——"米莱的眼睛在遥遥脸上左看右看，一直看到遥遥仿佛很有准备以后，才一拍脑门儿，"噢，对了，首先，她想让我替她向你们这一对儿投去仇恨的目光！"

说着狠瞪了一下向南和遥遥，大家笑了起来。

"又是那一套。"华子说。

"接着呢——"陆涛问。

"接下来，她说——'你合适吗？我千里迢迢地给你这个王八蛋送衣服，你却向我宣布那么不要脸的消息，你怎么能对我这样？！'"

向南把目光望向陆涛："哥们儿该怎么回答她？"

"你不是刚才说了吗？反正你没干过什么见不得人的事儿。"陆涛说。

向南对米莱点点头："对，就回她这句！"

"接下来，杨晓芸还要质问你——"米莱说。

大家的目光一下子全聚到米莱那里。

"她跟你结婚是不是白结了？她做的人流是不是白做了？"米莱突然提高声调儿。

大家全看向南，这问题的确比较严厉。

向南也傻了，他想笑没笑出来，只好看遥遥："遥遥，作为律师一名高级律师，我该怎么回答这个质问？"

遥遥想说什么，却止住了。

"对不起，这问题该我自己回答。"向南说。

"杨晓芸在外面等着呢，她转不过这个弯儿来。"米莱说。

遥遥站起来："向南，我先走了，你还是跟她好好谈谈吧，别伤害人家。"

向南顿时急了："遥遥，你是不是想让我鸡飞蛋打啊？"

遥遥站住："只要你不跟我说分手，我就会跟你在一起！"

说着，站起来，走了。

"好姑娘！"陆涛一拍桌子。

"没杨晓芸好！"米莱说。

"绝对灭杨晓芸！"华子说。

等在外面的杨晓芸终于眼前一亮，只见遥遥先疾步走出来，接着后面跟着向南，虽然遥遥穿着向南的衣服叫她产生了气愤而阴暗的小联想，不过看遥遥在前面走得那么急，她还是挺高兴的，接下来，她看到两人招手再见，心里又是一凉，接着，向南拉开车门，坐了进来。

杨晓芸白了他一眼，却推开车门走了出来，一直走进乌托邦。

向南只好跟上。

令所有人吃惊的一幕出现了，只见杨晓芸走进来，向南在后面跟着，而杨晓芸进门后也不跟大家打招呼，只是弯腰从地上一件件捡衣服，那是她刚才扔的，接着她一件件叠好，放在一把椅子上。

大家都看着，不知下面一幕会发生什么。

终于，杨晓芸平静地转身对大家："对不起，刚才是我不好，向南，我没事儿了，我以后不来闹了，我希望你和遥遥好好过日子，不要重演咱们俩之间的悲剧。这是你落在我那里的最后几件衣服，都能穿，收好吧。大家再见。"

大家站起来纷纷对离去的杨晓芸说再见——都从心里松了一口气。

米莱却尖叫一声："向南，你还不送送人家去！"

向南站起来。

杨晓芸却把手一摆："不用了，人家遥遥听到该不高兴了。"

说着往外走，米莱追上去："那我送你！"

杨晓芸转身："米莱，不用，真的不用，我想一个人待着，放心吧，我不会出事儿的。"

说着往外走。

米莱瞪了一眼向南："她在威胁你！"

"向南，这回人家扮小可怜儿扮得这么好，你得送啊，那意思明摆着。"陆涛笑道。

向南看华子，华子点点头："演得真好！送！"

✿　　我受不了了

向南追出乌托邦，杨晓芸一个急刹车站住了，正站在向南的车前，夜色里，她的脸显得又白又凄楚，看着就叫人心碎。

向南咽了一口唾沫，拉开车门，杨晓芸坐了上去，他开着车送杨晓芸回家，路上两人默默无言。

杨晓芸打开音响，里面是向南爱唱的歌："答应我不要在深夜里买醉——你可知道那样会让我心碎——"

向南听着觉得完全是讽刺自己。

果真，这首歌刚完，杨晓芸便重放，而且一路上就放这首歌儿。

青年家园到了，向南停车，关了音乐。

"对不起杨晓芸，刚才，刚才我不知道你在那儿。"

杨晓芸坐着不动，一会儿才幽幽地说："没什么对不起的。"

"那，再见吧。"

"你不想上去看看了，以后可能就永远不会上去了。"杨晓芸突然用哭腔说道。

"我，我还是别上去了——以前老想上去，所以一直不高兴，现在——我不想上去了。"

杨晓芸看向南，幽怨加剧：这个铁石心肠的混蛋！

"真的不想上去了。"向南平静地说。

杨晓芸突然崩溃："你陪我一会儿吧！我老是一个人儿，除了我妈，就是我，我老是一个人儿！我受不了了！"

向南笔直地坐着，杨晓芸就在身边痛哭，一会儿，杨晓芸靠着他哭，再一会儿，杨晓芸停住哭声。

"好点了吗？"向南问。

"上去坐会儿吧。"

向南跟着杨晓芸回到家，两人面对面坐在饭桌边。杨晓芸发现向南出奇的平静，他再不会为她着急了。

杨晓芸抽手在饭桌上的杂物盒里乱摸，居然摸出一个老掉牙的录音笔，她打开录音笔："说吧，我录下来，等我一个人闷得慌的时候多听听，说什么都行。"

"我不知道说什么。"

"随便说几句什么，叫你上来，就是想听你说几句话的——你不是平时特能说吗？"

"从前，有一小女孩，她得到一个大玩具，她很喜欢那玩具，但有时会把它扔在一边，有时又抱过来玩，有一天，那玩具坏了，她就不高兴了，她想修好那玩具——她以为能修好——"向南点上一支烟。

"说啊，接着说啊你！"

向南摇摇头："杨晓芸，我不是玩具！"

杨晓芸突忽提高一个声调："我从来没有拿你当玩具！我只想对你好！"

"杨晓芸，以前，我以为在这个世界上，你对我最好，但后来我遇到真对我好的人，才知道你不是对我最好——"

"不就是那个破遥遥嘛！"

"她也许没有你可爱，但她叫我对生活有信心，对自己有信心。"

"你说！她有我可爱吗？"

向南摇摇头："没有，杨晓芸，我曾经迷恋你的可爱，不过，我现在懂得了，可爱只是骗人的东西，那不是最重要的——记得吗，你曾经在商场因为嫉妒夏琳而打我耳光，我那时爱你，虽然打碎了我的心，我还认为你打得对，后来听陆涛说他和夏琳的事，我才明白了，你打得不对！我把我最好的都给了你，但你却不满足，你一直不满足，你不知道，我已经没有什么东西可以给你了——"

"夏琳怎么了？我承认，夏琳是可爱，不过——"

"杨晓芸，你知道夏琳可爱，很多人喜欢她，所以你什么都和夏琳攀比，什么都学夏琳，你不知道，是夏琳可爱，而不是你可爱，因为你没学到夏琳身上最重要的东西，那就是真诚。夏琳始终在为陆涛付出，直到自己没东西可付出才离开陆涛，而你呢，你最爱的就是在我面前表演你有多可爱，用可爱把我支得团团转，你是叫我在为你付出。我离开你叫你不满意，是因为你没有找到一个更好的观众看你表演可爱，而夏琳离开陆涛，是因为她对自己不满意。杨晓芸，跟你在一起，你始终对你自己很满意，对我不满意，你让我也对自己不满意，让我对自己没信心，让我感到屈辱与沮丧，我不喜欢那感觉。尤其是这两年，我跟你在一起越来越不快乐，离开你我很失落，但我为你能做的一切我已经做完了，我知道我做得不好，但我尽力了。离婚以后，我对你也没有责任了，我现在想为我自己做点什么，我运气好，找到真爱我的人，我有了我的新生活，我喜欢那种新生活。你不用在我面前再表演可爱了，没有用了，杨晓芸，这些话我早就想对你说了，还有最后一句话我更想对你说——"

杨晓芸看着向南。

向南站起来："杨晓芸，我现在必须离开你了，因为我已经不爱你了！再见。"

说罢，向南把烟在烟灰缸里按灭，然后就在杨晓芸的注视下走出门去。

杨晓芸失神儿地关掉录音机，她忽然明白了，向南不是离家出走，而是——游戏结束了。

✿　　我会一直要你

向南跑出了青年家园的楼洞，跑向自己的汽车，他上了车，开了出去。

终于把想说的都说了，向南觉得痛快极了，他开着车，穿过灯火辉煌的北京城，觉得像是重获新生一样，他感到新的生活在向他招手，令他兴奋。

向南一直把车开到遥遥家，飞跑向楼门，按下访客应答机："遥遥，我是向南，我有话对你说！"

门开了，向南冲进去。

电梯内，向南看着楼层数，电梯停了，门开了，遥遥就站在电梯门对面。

向南走出电梯，看着遥遥。

"遥遥，我现在最想对你说的是——要是没有遇到你，我会有很多重要的事情永远也想不明白，我更可能总是不高兴，我还可能一辈子就折在杨晓芸手上，那就完蛋了！"

"可是我及时出现了——我一直在等你。"遥遥笑了。

"我在路上就开始想你！"

"我从离开你就开始想你！"

向南一下抱住遥遥，两人接吻。

"你还想对我说什么？"

"我想对我说，遥遥我爱你！"

"向南我爱你！"

两人再次接吻，然后脸略略分开。

"我真希望你没有宝马，我希望你在我手下当销售！我希望——"向南说。

"我希望你别在乎那破宝马！我希望你在乎我！"

"遥遥，我以后就在乎你！"

"向南，你记住，我永远在乎你，你可以不要我，我会一直要你！"

✿　　出事儿了

"田园牧歌"工地上，戴着安全帽的陆涛边走边看着一片拔地而起的楼，工程师刘凡及两名技术员陪着他，说着工程上的事。

"陆总，这边请，地热系统有些问题——"工程师刘凡说。

陆涛跟着刘凡走进仓库，来到一排钢管前。

"这一批国产的钢管要埋在地下二十米，我们已检测过，达不到技术指标，不行。"刘凡肯定地说。

"怎么解决？"

"只有进口德国钢管，那是最好的。"

"就使德国的。"

"费用会增加——"刘凡说。

"那不是你的问题。"

"陆总，这件事的责任——"

"现在不是追究责任的时候，我们还是尽快开始重做吧。"

"好吧，我们需要马上订货。"

"多长时间？"

"三个月。"

"你是说，工期要往后拖三个月？"

刘凡点点头。

"还要追加投资？"

刘凡又一次点头。

"好吧，要快。"陆涛说，他心里想，一切都会解决的。

但这一次，陆涛估计错了，两小时后，米立熊也来到正在施公的楼下，陆涛把安全帽递给他，风吹着他们的衣服，米立熊听完陆涛的汇报后，重重地摇摇头，神态严肃，语气严厉："你不能作这个决定！"

"米总，我是项目经理，我作的决定我会负责——"

话音未落，米立熊再次提高声音："我不能再同意了！"

"米总！"

"陆涛，这不是开玩笑——"

陆涛还要说什么，米立熊坚决地摇摇头："不行！"

他见陆涛仍想说话，手一挥制止他："你不仅不能作这个决定，我希望你暂时不要作任何决定了——"

"米总，你什么意思？"

米立熊叹口气，扔了安全帽，走了。

两天后，陆涛被叫到米立熊公司的会议室，在坐的只有米立熊一个人，气氛很不一般。

"陆涛，你知道这件事意味着什么？"米立熊说。

"我知道，我们要拖工期，要多花钱，还要被追究责任。"

"那是一笔大钱。"

"我知道。"

"我们去哪里找这笔大钱？"

"我们可以融资，我们可以——我会想办法。"

"你没有办法了，本来我们就是强行开工，强行预售，可我们赶上了房地产泡沫，预售情况很不好，广告费却大笔地花出去——"

"我会想办法。"

"取消这个系统，然后向业主解释，反正我们的销售也不好，宁可赔业主一点钱，也比重新做系统要好！"

"米总，我再说一遍，地热管非常重要，地热循环系统是整个节能楼的核心，它利用地表与地下的温差调节楼内的温度，它不是一个独立系统，而是与所有系统都有关联，这个系统取消了，其他系统就成了样子货，我们盖的就不是节能楼——"

"这一点我们都知道！"

"我要盖的是节能楼！"陆涛叫道。

"你至少要把楼盖起来，不管盖起来的是什么楼，现在你根本不可能把楼盖起来——"

"再给我一个星期，我会想出办法的，我找徐志森——"

"陆涛，我不能再相信你了，我最后一次相信你，是我们冒险开工，你答应我严格按预算执行，但问题一个接一个，工期不停地向后拖，钱越花越多，我们现在欠的钱太多了，我们根本无法完成！这不是开玩笑，陆涛——现在，我们该考虑如何收场了——"米立熊说完，两个人都愣住了。

❀ 小巷思维

在徐志森办公室，徐志森在看"田园牧歌"的项目报告和财务报告，陆涛来了。徐志森揉一揉疲倦的眼睛，对陆涛说："坐吧。"

陆涛着急地坐下："徐总，结论是——"

"结论是，这种做法——在我看来，成功率不会很高。"

"理由是——"

"理由是，节能房在国内只是一个实验项目，虽然国家标准早在1995年就公布了，叫做《民用建筑节能管理规定》，先后颁布针对三个气候区的节能百分之五十的标准，但关于建筑节能、节地、节水、节材和环保的综合标准体系还未建立，原因是缺乏激励惩罚制度，中国能源价格偏低，公众意识不强，开发商为什么要平白无故地去增加投入成本？"

陆涛失望地站起来，走了出去，他刚到楼下，就接到徐志森的电话："有关你的项目，不知你想不想谈一谈。"

"你不是谈完了吗？那项目怎么了？"陆涛问。

"那项目——我有兴趣，好吧，约个时间吧，明天早上怎么样？"

第二天一早，陆涛在高尔夫球场见到正在打球的徐志森，两人一起散步。

"我年轻时一直喜欢刺激的运动，去美国第一年，就进一个射击俱乐部，我用一把大口径手枪练习射击，第一声枪响，震得我耳朵半天都在响声里，手发麻，后来我才发现自己没带耳机，我观察俱乐部的人，他们似乎有种愤怒，需要在不停的射击中去发泄，他们为什么愤怒？我得出结论，他们因为被拒绝而愤怒。在美国，射击俱乐部的人大多来自社会的中下阶层，那个阶层的生活缺乏回旋余地，就像在一条儿窄巷里行走，不是进，就是退，你甚至无法转身——后来我去了华尔街，华尔街有很多成功者，各有特点，可我的注意不在那些人身上，我把注意力放在少数的失败者身上，我观察他们，有一个发现，我发现，不管他们来自何种阶层，他们的共同点仍旧是沿用那种小巷思维，不是进，就是退，要么完成生意，要么放弃它——在小巷中，人们承担太多压力，因为在小巷中，只有两条路可走，要么进，要么退，压力很容易造成人们失控，一旦失控，人也就离失败不远了。有一天，我想，是什么把人们推入到小巷当中，答案是人们自己，人们总是想着最省力，最快，最好，结果却走入小巷。陆涛，你看，现在我们走在哪里？"

"我们在球场。"

徐志森站住，向四下里望望："是的，我们在球场，看看四周，你不觉得，在这里走，好像走向哪里都可以？"

"那当然。"

"今天我要跟你说的就是这些。"

"你到底想跟我说什么？"

"我想跟你说的，我已经说了，下一次见面，我们一起谈生意。"

"下一次？"

"是的，下一次。"

"为什么？"

"我要你停下来看一看，你是在一条窄巷里，还是在一片平原之上。"

"这跟生意有关吗？"

"记得我第一次教你开车吗？"

"我记得。"

"那么，当时我告诉你，最重要的是什么？"

"刹车。"

"是的。看来你全部都记得。"

"可是，这跟我的项目有什么关系，你想让我停下来吗？"

徐志森叹口气，摇摇头："陆涛，现在我什么也没法跟你谈，你已进入小巷，想的只是完成你的项目，或是放弃它，是不是？"

"我从没想过要放弃'田园牧歌'。"

"那么你是在迷宫里，你只是觉得在一直往前走，而不是在进进退退地寻找出路，但是，我问你，你是在往前走吗？"

"我不知道你在说什么，我只懂得，做生意都有风险，高收益大多伴随着高风险！"

"你把你的股份都卖掉了，你有什么收益？"

"公司会有收益，我的投资人会有收益。"

"记得我们一起合作，你最后得到多少？"

"二千万。"

"我们虽然不再合作了，但你得到二千万，这是生意，尽管不是很完美，不管怎么说，它是一笔成功的生意，可你现在根本不是在做生意。"

"你认为我在干什么？"

"我不懂你在干什么，所以，我不知从哪里开始跟你谈起。"

"你认为我们应该从哪里开始？"

"我们应该从这里开始，我要你回去问问自己，从'田园牧歌'中，我能得到什么？更具体的一点是，我应该得到多少钱？然后我们一起商量怎么去得到它。"

"你要我为了自己，去出卖我的公司，我的朋友，我的合伙人？"

"我从来没有要你出卖谁，我只是希望跟你谈生意，而不是其他，与一个为自己的私利而奋斗的人，我总有清晰的线索去谈，那是谈判的基础，这个人必须得到多少，是生意的底线，这是很清楚的，现在，在你身上，我找不到这个基础，所有的东西都无从谈起。"

"那你认为我在干什么？"

"我觉得你在幻想，你幻想造出一种房子，让自己和别人都觉得它足够好。"

"是的，我是这样，但是，那房子是足够好，别忘了我是一个专业人员。"

"这世界上有很多房子足够好，我是指，从专业的角度，但它不一定是成功的生意，好了，我们今天就到这里，再说下去我们只会无休止地争吵，我希望有一天，我们换个角度来谈这件事。"

✿ 无从谈起

陆涛回到办公室，无计可施，他转来转去，还是抓起电话打给徐志森。

"徐总，你跟我说，我们换一角度来谈，你到底想说什么？"

"陆涛，我有一些设想，一些设想。"

"比如。"

"比如，由我来入股你们的公司，然后我扩大我的股份——"

"这不可能。"

"作为生意，我相信，什么都是可能的，不是吗？"

"你说的事情不可能发生，米总不可能让别人来控制我们。"

"我想与你合作，不是控制你。"

"我认为你说的对，我们找不到一个基础，因此，所有的事情全都无从谈起。"陆涛失望地挂下电话。

陆涛觉得口渴难耐，他喝了杯水，去找米立熊，米立熊去马场骑马了，电话也不接，陆涛知道，这正是米立熊心烦意乱的表现，他直接去了马场，见到了米立熊。

"米总，我想做最后的努力。"陆涛开门见山地说。

"在现在这种形势下，我用什么支持你？"米立熊冷着脸说。

"出售一部分股份。"

"出售——出售——我们会倾家荡产的，再说，谁会接？"

"我想办法。"

"办法我已想过了，现在人人手里都没有钱，银行银根紧缩，开发商都在过冬。"

"米总，这情况是我造成的，是我的责任。"

"你想怎么样？"

✿ 情况很紧急

陆涛决定向徐志森妥协一下，他知道，徐志森有能力为项目注资。

晚上，他来到徐志森住的饭店，徐志森在等他，见面就问："情况很紧急？"

"是。"陆涛说。

"为什么？"

"有些是因为我没有安排好，还有一些是因为意外。"

徐志森点点头。

"现在，我只能孤注一掷了。"陆涛说。

"那是极端的想法，陆涛，任何时候，都有别的选择，人们走进死胡同，是因为人们陷入了自我，没有注意到其他道路。"

陆涛急切地："我们公司的财务报表你看了吗？"

"看了，我的财务部门专门做了分析，结果是——"

"请讲。"

"问题不大，只是事先的风险意识稍差，如果是我，投资额度还应再追加，以确保项目顺利完成。"

"我们现在缺三亿资金。"

徐志森点点头，站起来，背着手在房间走动了两圈，忽然站住："好啦，这样吧，陆涛，你愿意跟我合作吗？不是按你的方式，是按我的方式。"

"什么意思？"

"你的目的，就是把'田园牧歌'完成，是不是？"

"是。"

"那么，如果我收购这个项目呢？"

"你的实力——"

"那是我的事。"

"当然，如果我的合伙人同意——"

"陆涛，你静下来，听我慢慢说，你的合伙人同不同意，取决于他们对项目前景的判断——是不是？"

"同意。"

"如果他们的判断是灾难性的，那么他们会希望以很小的损失来保全实力，是不是？"

"可是，这个项目是能赢利的，并且——"

"现在只有你一个人这样认为，谁也不会相信你！"

"有人相信我，米总就是因为相信我，才给了我最后一次机会，让我出来融资。"

徐志森笑了："他自己都融不到资，你怎么会融到？"

陆涛无语了。

"我们过一会儿再谈，你有很多情况不了解，走，我们出去转一转。"

❀   赌博

徐志森开着车，徐涛在他身边坐着，徐志森不时用手透过车窗指指点点，从车窗里可看到北京的夜色中一片片未盖好的楼房。

徐志森把车停在一个路边小广场，两人从车里走出来。

徐志森一指："你看到了？"

"只要我能找到三亿资金，就能叫他们相信我，项目一完成，我们就会脱颖而出，因为我的房子好！"

"这是赌博！"

"我相信——"

徐志森提高声调："这是赌博！你必须清楚你在干什么！陆涛！"

"我不懂赌博，徐总。"

"好吧，我们回到你的小巷中，记住，那不是做生意，那是赌博，你一点也不懂，那么好吧，好吧——"

"徐总，你说什么？"

"有个决心，我必须要下，那就是和你一起回到小巷中，在那里，只有一条出路，那就是勇往直前，你绝不能回头，只是向前冲，或许有出路，那是你冒险冲出来的！"

"这是什么意思？"

"这意思就是我要告诉你的一种生意，一种人生，那就是绝处逢生，它是赌博，谁也不知下面会发生什么，但这也是一条出路——陆涛，在现在的情况下，你无法找到资金，你的分配方案不对头，没有人会接受，现在的大势你是知道的，政府希望房价下降，而地产商与政府博弈，死扛房价，买房人持币待购，房子有价无市，这从你们的预售反应出来了吧？"

陆涛点点头。

"这个时期也许比你想象的要长，观望是需要时间的——我们都知道，这是个坏消息，极坏的消息，是不是？"

"是。"

"刚才你看见了，整个城市到处都是没盖好的楼，有多少像你们一样的地产商呢？谁也说不清，这是真正的风险！如果地产商的资金链断裂，那么房价便会跳水，你同意吗？"

"我同意。"

"你现在所能做的，就是用某种办法，帮着我促成一笔生意，由我来接下这个盘子，因为你，我准备冒这个险的，也许要持续很长时间，最坏的情况是，我会输掉所有的钱，但至少我们可以从中学到东西——"

"可是——"

"陆涛，你是我的儿子，我相信你，相信你的才华，我希望你的合伙人能作出一点让步，只要你能说服他们，那么，你将得到充裕的资金把这个项目完成，把它当作我们父子间的第一次合作——详细情况，两个工作日内，我会把我的想法送到你的公司。"

❀ 又出事儿了

两天后，在陆涛办公室，当陆涛用一把剪子要剪开远大公司送来的快递时，米莱冲进来："陆涛，工地又出事儿了！"

"怎么了？"

"德国HS系统的代表，在指挥安装时从四楼的脚手架上掉下去了，刚被送到医院，幸亏下面是沙子，不然后果不堪设想——我去医院看他，碰见他们公司的总裁，德国方国要求我们尽快结清已经铺装完毕的设备款，我们已经违约了，再不结清，他们可能——"

"那就尽快把钱打过去。"

"我们没钱了。"

陆涛不说话了。

"预售那边又有两户退订——"米莱说。

"银行那边有消息吗？"

米莱摇摇头："不能指望银行，现在正是宏观调控最严的时期，比我们的条件好得多的贷款都放不下来。"

"我知道了。"

"你在干什么？"

"我在想办法。"

"我不想给你压力，不过，明天的常务董事会上，你得给出一个解释。"

陆涛点点头。

米莱出去了。

陆涛坐下来，把远大公司送来的文件看了一遍，拿起电话："喂，徐总，我到哪里才能找到你？"

陆涛在高尔夫球场找到徐志森，陆涛知道，徐志森有个习惯，每当他要做出某个重大决定时，他便会泡在高尔夫球场，这件事会是"田园牧歌"吗？

远远地，陆涛看到徐志森正要挥杆击球，他冲过去，挥一挥手中的文件："徐总！"

"我知道。"徐志森说着打出一个远球，然后把杆儿交给球童，自己走到陆涛面前。

"徐总，按你的方案，如果赢利，你不会把方总和米总甩掉吧？我向他们保证过。"

"陆涛，如果我冒风险，那么在赢利时，分配权当然在我手里，我会根据情况做具体安排。"

"徐总，我不想做对不起朋友的事。"

徐志森笑了："这里不会发生对不起你朋友的事，没有人是傻瓜，这是生意，陆涛，事情真的进展到你说的那个地步，你就需要休息一段时间，到那时，对你来说，该做的事你已经做完了，其余的事儿我来处理，你不要东想西想了。现在你的头脑里尽是些感情而没有理智，这样不适合对生意作判断，如果你同意我的方案，那么，你的任务就是促成这次生意。"

"可是，你出的条件对他们来说，太苛刻了——"

"那是他们的事，他们可以拒绝合作嘛——这件事我已经对你说过，如果他们认为他们陷入了一个烂摊子，那么他们就会设法摆脱麻烦，我的条件就是很好条件。"

"那不是在利用他们的危机心理吗？"

"谁也没有利用谁！陆涛，我要说多少遍你才能明白，在生意上，一买一卖之所以能够成功，正是说明两方的人都觉得划算，公平不公平不是一个人说了算的，我之所以下决心做这件事，是因为这件事的核心是，我想让你看看——谁更信任你！是我，你的父亲，还是他们？我在赌博，陆涛，赌注比你想象的要大——要知道，他们不是完全山穷水尽了，如果他们相信这个项目能够成功，他们可以为了这个项目继续借债，把它做完，他们是有这个能力的，他们绝不会放弃这个项目——陆涛，在这个项目上，你已经做了你能做的最好的努力，这一点，我很清楚，现在，请把你的努力进行到底吧，去说服他们，跟我合作，这是一件对所有人都好的事情。"

"我不能答应你。"

"为什么？"

"这种合作不公平。"

徐志森长出一口气："我怎么说你呢，陆涛，这件事的关键点在于金钱，而不是项目，你不能从一个项目经理的角度去衡量它，你得有一个更广阔的视野，陆涛，对于你的合伙人来讲，你会赢利，你才有价值——"

"我不相信你的话，当初米总和方总愿意跟我合作，不光是因为利益——"

"好吧好吧，你到底想怎么样？你想叫我把剩下三亿给你补齐，然后只拿很少的利润，你想想，为什么你融资失败？在这个楼市低迷的时候，没有人会为那么一点利益去冒险的，三亿已经够投资人去收购一个小楼盘，或者开发一个有特色的新盘了，谁会为一种概念房投资？并且这种投资在某种程度上是不可控的。想想你超过预算多少？后面还会发生什么？"

陆涛愣在原地。

❀　　山穷水尽

第二天，在米立熊公司的一个会议室，方德昭、米立熊和陆涛坐在一起，陆涛正在讲话："更具体的情况在公司报表里反应得更清楚，我们现在到了一个十字路口，我认为，最好的情况是，我希望董事会同意追加投资。"

"最坏的情况呢？"米立熊问。

陆涛把一份文件从包里拿出来放在桌上："这是最坏的情况，远大公司提出了一个一揽子收购计划。"

"你什么时候得到这份计划的？"米立熊问。

"昨天。"

"收购的要点在哪里？"

"收购要点在于，我们把公司与项目一齐转给远大。"

一向稳健的方德昭探出头来："债务呢？"

"包括债务。"

米立熊和方德昭交换了一下眼色。

方德昭拿过文件，翻了几面，然后不耐烦地问："他们出价多少？"

"按到现在总投资额算，我们将损失一亿，我认为这是一个完全不用考虑的计划。"

方德昭"啪"地合上文件："这是徐志森的风格，他愿意冒风险，请你转告徐志森，我们愿意考虑这个计划——不，还是我亲自跟他说吧。"

"现在最紧急的是，我们有两千多万马上要付，我们已经一拖再拖，现在拖不下去了，如果不付，工地就会在十天之内停工，那么我们就会损失更多。"

米立熊叹口气："我这边已经山穷水尽了。"

两人的目光望向方德昭。

"情况很紧急。"陆涛说。

方德昭提高声调："当初在开工条件不具备的情况下强行开工，我就投了反对票，造成现在的情况，我没有责任。"

米立熊沮丧地低下头。

❀　　停工了

陆涛的眼前是寂静的工地，这寂静令他心头如同压了一块巨石，还如同悲怆的音乐突然在他背后响起，陆涛站在那里看着，眼泪忽然流了出来。

有人拍拍他肩膀，陆涛回头一看，是陆亚迅。

"别难过，有些挫折是难免的，世上一帆风顺的事太少了。"

"说实话，最初我做这个楼盘的时候，你觉得它能成功吗？"陆涛问道。

"我不做预测，还是那句话，事在人为。"

"那你为什么一直帮我？"

"我关心你。"

"关心我？"

"陆涛，每个人的路都要自己走，从我这里看，人生的路很长，很难说哪一件事最关键。你可能不这么想，也许你必须通过一座房子才能看清人生，那么，你就通过这座房子去看吧。"

"那么你觉得呢？"

"我几天前陪一个朋友去故宫，想到这座建筑当初也可能是一个古代设计者的全部心血，但在我们眼里，它只是一个供游人走马观花的地方，而且，人们建的那么多东西都没有了，人们投入到那些建筑里的梦想呢？也许等你到了我这个年岁，回想起'田园牧歌'，只是人生中诸多事情中的一件而已。"

晚上，陆涛回到乌托邦，只有华子在厅里坐着看电视，陆涛过去坐在他边上，点上一支烟。

"情况怎么样？"华子问。

"停了！"

"那够郁闷的！"

"那怎么办？"陆涛叹口气。

华子也叹口气。

"其实哥们儿有句话一直想跟你说说。"

"你说。"

"我觉得你可能是开头儿起步儿的时候太顺了，所以吧，一直叫我觉得有点孤傲。"

"我孤傲？"

"我就是这感觉——我做小本儿生意，平时对谁都得点头儿哈腰儿的，咱谁也惹不起呀，不说工商、税务，就是员工你开一个还不是得自己再去招一个？我觉得你要是真牛，就得是那种四两拨千斤那一种，也没见你干什么惊天动地的大事儿，可就是财源滚滚。我也没见过什么大款啊，也不知道人家怎么挣钱，可我总觉得你好像用劲儿用得太拙了，干什么也要争第一，就跟你在学校一样，叫人觉得你心里老那么紧张——这社会吧，其实没什么谁对谁错的，谁都不容易，谁都得从里面挣钱养活自己——不是哥们儿刚开始挣点钱就跟你讲大道理，比起你我差远了，我的意思吧，我是说，其实我也不知道该说什么，就这意思——"

"我明白你的意思，哥们儿这人有时候就是挺主观的，一点也沉不住气，其实有时候在外面谈事儿，也知道比别人差一块。有的人吧，就今儿我谈的这家投资公司，那老板四十多岁，比咱们大不到哪儿去，我跟他说这项目，他就听，一言不发，就看着我，一直说了一个小时，我都说得不知道该说什么了，他还是不说，一句下茬儿也不接，就坐那儿看着我，我晚上刚回这儿来，接他一个亲自打来的电话，说这个项目他想放放，以后有机会再合作。那真是生意人，就是你说的那种圆通型儿的。还有，比如徐志森，他就是一个一个下命令，没有商量，可商量的他都替你想好了，你怎么算怎么不吃亏，就按他的话做就挺好，那也是一型儿。哥们儿自己也反思过，跟他们比，我其实根本就不适合做生意，人家嘴里不说，估计背后说我学生气重，老是想把一件事做得完美，做生意是，谈恋爱也是，总之是太自我了。不过要我改吧，也不容易，要是老听别人说，想想也觉得都对，反倒叫人六神无主的，不知道到底该怎么办。你看我表面上挺有主意的，其实再往深里说，我也说不出个所以然来，就说现在做的项目，到现在我心里一点底也没有。"

"唉，该干吗干吗吧，谁都一样，我有时候觉得扑腾扑腾就是为了不闷得慌。"

"我也不信天下有几个人觉得他们干的事情真的特有意思，他们只是在不停地干罢了。"

"你说我们以前的热情都到哪儿去了？我记得不管什么事情，我都觉得特有意思。"

"不过我们现在可装着觉得特有意思，有时候，通过我们自己的奋斗，就能使事情有意思。"

华子拍了拍陆涛："咱俩骨子里可能是一种人。"

陆涛笑笑："过一段儿就好了。"

"我心情不好的时候，也这么对自己说，过一段儿就好了。"华子说。

❀　　决定

方德昭赶到米立熊的马场时，远远地看到他正跟米莱坐在一把阳伞下喝茶，米立熊待方德昭走近，对米莱说："米莱，爸跟你方伯伯有点话说。"

"我骑马去。"米莱说着走了，米立熊方德昭坐下来。

方德昭一坐下就说："我和老徐谈了，事情很明显，收购的事儿，他不会让步，而且，越往后拖，他出价越低。公司方面，虽然现在项目全部停下了，陆涛也不会让步，他还对形势抱幻想，我知道，你们的全部身家都压在这个项目上，我也考虑过很多次，是否继续为这个项目投资，我不能说服自己继续冒险，我认为董事会对这个项目已经失控了，更准确一点说，我们无法控制陆涛。当然，陆涛有他的长处，如果顺风顺水，即使遇到现在这个局面，问题也不会很大。现在大环境出了问题，风险太大了，我不愿意承担，我说过，这个项目有它的特殊性，但陆涛过于追求完美，以至建筑成本越来越高，他注重设想，却不计成本，盖好的楼因为有点缺陷也被他拆了重来，工期也拖了，业主纷纷投诉，官司不断，就连公司的法律顾问也要求辞职。事情到了这一步，老米，我无法再相信陆涛了，与其让我追加投资，不如让徐志森来冒这个险，他们是父子，可以慢慢磨合。"

"陆涛本人现在已经没有表决权了，他在这个项目上的所有股份已经出售给我了——"

忽然，米莱骑着马转回来："爸，有什么决定吗？"

❀　　努力

夜晚，在昆仑饭店咖啡厅，陆亚迅和陆涛坐在咖啡厅的一张桌子边。

陆涛抬手看看表，陆亚迅也抬手看看表。表针指向八点。

"要么，再给他们打个电话。"陆涛说。

陆亚迅低声说："再等等。"

"我以前一直很不喜欢等人，有种被别人牵着走的感觉，很不舒服，直到这次融资，现在已经习惯了。"

"你上学的时候，我和你妈每到周末就做好饭，等你回来，有时候，你打个电话，说不回来了，有时候，你连电话也不打，我们后来也习惯了。"

"我那时候太自我了。"

"陆涛，这几年，我觉得你慢慢成熟了，经过生活的磨砺，人有时候会在某一个时期发生转变。年轻的时候，人反抗生活，与生活做斗争，慢慢的，人们发现，如果与生活达成和解，那么效果也许更好。"

陆涛点点头。

"不一定非要以成败论英雄。"

陆涛再次点头："不过，和你在一起被别人放鸽子还是有点不好受。"

"为了干成事业，这一点不好受算什么？"

"叫点吃的吧？"

陆亚迅摇头："我不饿。"

陆涛重新坐直。

"陆涛，有时候，我回忆过去，发现我有很多事情都白做了，事后没有留下任何痕迹，但在做的时候，我很努力，我想，那样的努力有价值吗？想来想去也想不出一个结果，因为谁也无法知道你是在这件事上成功，还是在另一件事上成功，但在做的时候，我觉得，还是应该全力以赴。"

"为什么？"

"对我来讲，努力，只意味着一件事，那就是以后可以不后悔！"

半小时后，陆亚迅接到一个电话，说到一个地方去谈事儿，两人出了饭店，陆涛开车，在与通县交接处的小马路上兜来兜去，陆涛一边找路一边看，陆亚迅每每都说这里不是，东拐西拐，开了两条街前面出现一个豪华洗浴中心似的建筑，灯火辉煌。

"是这里？"

陆亚迅点点头："就是这里。"

陆涛冲着陆亚迅一笑："咱们还用去吗？"

"咱们都来了，去吧，这个老陶，六年前我帮过他，他出资的可能性比较大。"

他们进去了，跟着一个职员走过一条走廊，在总裁室门前停下，职员小心地敲了敲门，里面传来一声高喊："直接进来，别敲门！"

职员打开门，陆涛和陆亚迅进去，只见里面老板台后坐着一个红脸大汉，有一个钻在桌子下面的女孩在给他洗脚，他衣冠不整，满脸疲倦地趴在桌上。

"老陶，我们来了。"陆亚迅说。

老陶从桌上疲倦地支起身子："老陆，老陆，我真是太累了！"

说罢把洗脚盆一踢："给我泡杯浓茶！"

桌下的那姑娘出溜一下灵活地钻出来，走了。

老陶撑开布满血丝的红眼睛："你们的项目是——田园牧歌，是吧？"

陆亚迅和陆涛一齐点头："是。"

老陶忽然提高声音："为什么不叫财富全球呢？我觉得你们的项目叫财富全球更好！"

"项目名称可以商量。"陆涛说。

"你们缺三亿？"

"是。"

"我给你们三亿，回报是纯利的百分之八，周期是两年——也就是，我现在给你们三亿，两年以后你们多还给我两千四百万。"

陆涛赶紧说："是。"

老陶眼睛一转："你要是不还我，我是不是也没办法？"

陆涛立马就傻了："啊——我们的楼放在那里——"

"你们的楼要是卖不出去，我的钱就老放在那儿，是不是？"

"我们的拆迁工作已经完成了，主楼也建起来——"

老陶打断陆涛："我是做钢材起家的，我知道你们这些房地产，我也做过房地产，这个楼就是我盖的，我是一直想做房地产，有六亿我自己都能做了，干吗跟你们一块做？"

"那可以提升你的品牌——"

"我才不在乎牌子，哪块牌子挣钱就用哪块，牌子下面就放着东西。中国人主要是买东西，不是买牌子，牌子没用，我做过两百多个牌子了，现在人家除了知道我，什么牌子也不知道。这项目我现在没空做，周期太长，花钱太多，现在煤价高，做新能源还不如倒腾煤，我前年做煤那会儿，在山西买煤矿，连买了三个，合成一个，结果怎么着，全赔了——能源方面的事就别谈了，地底下的东西谁也说不准——"

陆涛和陆亚迅相互看看，苦笑。

从老陶那里出来，陆涛开车回家，一路上两人默默无言，都有种灰溜溜的感觉，到了楼下，把车停住，陆亚迅钻出车外："陆涛，今天的事儿别放在心上——"

"我知道。"

"注意身体。"

"啊——那我走了。"

陆亚迅低声说："陆涛，我能做的也就这么多了，你回去早点睡吧，都一点多了，我可以明天晚一点起。"

"好。"

陆亚迅走了两步，忽然回头："我的包儿。"

陆涛从车里找到陆亚迅的包递过去。

陆亚迅接过来抱在手里："太晚了，我回去睡了。"

陆涛点点头。

"陆涛，事在人为。"

"嗯。"

陆亚迅点燃一支烟："你都看到了，我不行了，就这么点儿本事——"

陆亚迅还想说什么，却慢慢走进楼洞。

望着陆亚迅显得苍老的背影，陆涛百感交集，一瞬间，他感到了陆亚迅对他的感情。这令人羞愧，他知道，陆亚迅一生只为他才会求人，他一定有种屈辱感，但他却什么也没说，这一次，陆涛是真真切切地感到了自己的自私。"不，我要努力，只是为了不后悔。"陆涛在心里对自己说道，他钻进汽车，开向徐志森住的酒店。

✿　　我求你

"陆涛，坐。"徐志森拉住刚刚来的了陆涛。

"不，我站着说。"

徐志森也站起来。

"徐总，我求你，我求你，我只要三亿！"

"告诉我，是谁让你对我说这句话来的？"徐志森突然变了脸色。

陆涛与徐志森对视了一会，他无法忍受徐志森锐利的目光，低下头轻声说："我自己。"

徐志森又看了一会儿陆涛才压低声音，一字一字地说："你自己？陆涛，请你答应我一件事，你这一辈子不许对任何人说我求你，不管那是什么人，也不管为谁而求！"

陆涛看着徐志森。

徐志森盯着陆涛："我一生努力奋斗，就是为了避免对别人说这一句话！我不说，也不许你说！"

"好吧。"陆涛说。

"你走吧！"徐志森突然说。

陆涛走到门口，徐志森叫道："等一下，你马上跟老米他们说，我出十三亿！"

"截止到目前，'田园牧歌'已经花去了十四亿！我来就是想说这件事。"陆涛说。

徐志森猛地砸了自己手中的茶杯，吼道："十三亿！去说！马上去说！"

米立熊家。夜里。

米立熊："十三亿？"

陆涛点点头。

米立熊："我们昨天谈判的时候，徐志森还说十四亿！你怎么掺和进来的？你都跟他说了些什么？他为什么杀价？"

陆涛茫然地摇摇头。

陆涛办公室内。第二天。

陆涛进来。

周律师站起来："陆总早。"

陆涛："周律师早。"

周律师："这个案子很难办，我必须要准确清楚地知道，公司是否能给业主赔偿？公司是否还有这个能力？"

陆涛："说实话，我也很想知道。"

周律师："这件事闹大了，会使公司很被动。"

陆涛："公司不会很被动，公司只会更被动！"

周律师："我们怎么办？"

陆涛："告诉业主，我们不会让他们损失，我们会尽快处理好这件事。"

周律师："业主已经不相信这样的解释了。"

陆涛："我们目前只有这个解释。"

周律师："陆涛，有个问题实在不好意思开口。"

陆涛："你说。"

周律师："我的律师费——"

陆涛："米总没有——"

周律师摇了摇头。

陆涛："我会想办法。"

徐志森住的饭店。夜里。

陆涛、徐志森坐在沙发上。

"为什么少了一亿？因为他们不该那样对待你。"

"他们对我很好。"

徐志森笑："他们会把你踢出局，到那时我出价十二亿八千万。"

陆涛："徐总，项目的潜力你是知道的，现在董事会快要相信他们就要破产了，这个关键时刻入股对你很有利，董事会会给你更好的条件，我最后一次请求你挽救这个公司，挽救这个项目，我能说的就这么多了。"

徐志森："陆涛，你的错误在于——你把事情拖得太久了，现在一切都晚了。"

"我真正的错误在于，不需要盖那么好的房子，我不会住，很多人都不会住。"

"这正是我欣赏你的地方——做任何事情都要做得最好。"

"这是我最讨厌的一个毛病——它让我不快乐。"

"看来，很多话题，我们之间还是说不到一块儿去。"

"我等着你的决定——它将决定这个项目未来的命运。"

"我现在就可以告诉你，我不会入股，那个烂摊子，它到底有什么价值？我的兴趣在于你。"

"这么说，你决意要买下所有的一切？"

徐志森笑了："这件事，我们现在最好不要谈它。"

陆涛笑了："那好吧，我作了最后的努力。"

"我很奇怪，陆涛，你为什么还能笑出来，我记得这种笑容是你取得成功的时候。"

"我认为我已经取得成功了。"

"看来，我们两个都是非常顽固的人——我完全看不出你成功在哪里。"

"为了公司，为了董事会，为了别人，我已经做了所有我能做的，这就是我的成功，我走了，再见。"

陆涛站起来往外走。

徐志森也站起来："哎，陆涛，问你一个问题。"

陆涛站住了。

"他们还相信你吗？"

陆涛笑了："那对我不重要。"

说着，转身走了出去。

"如果不出我所料，陆涛，你将从这件事情上体会到世态炎凉，我要告诉你为什么我是正确的！你最终会回到这里，你是我的儿子，我要你回到我身边——"

陆涛停了一下，听徐志森把话说完，走了。

徐志森小声对自己说："我要听你叫我爸爸！这才是我最想要的！"

米立熊公司的会议室里，方德昭米立熊两个人正在为一个决定而相互看着。

"还是你说，我不好说。"方德昭说。

"陆涛是我看着长大的，我不好开口。"米立熊说。

方德昭叹口气："他有很多长处，灵姗也很喜欢他，我一直觉得，其实陆涛是个很好的项目经理，我们没能控制好他。"

"是啊，他还年轻，我们不该交给他太多权力。"

"他就是太理想主义了，等他再成熟一点，就会知道，他的理想也是要有人买单的。"

"他自己要是买了他的那一份，我就不会作出这个决定。"

"他出了两千万。"

"太少了。"

门开了，一个秘书进来："米总，方总，陆涛来了。"

米立熊叫道："请他进来。"

一会，秘书把陆涛带了进来。

方德昭清清嗓子："陆涛，今天我们来宣布董事会的一个决议。"

陆涛点点头。

方德昭打开一个文件夹，想要念。

米立熊忽然叫道："老方，请不要念那个文件，我听着不舒服。"

方德昭看着米立熊。

米立熊放低声音："不说其他小股东，陆涛，这个项目，让我和你方叔叔每个人至少损失两亿。"

"我被解雇了？"陆涛问。

米立熊把文件从方德昭手里拿过来，交给陆涛："你自己看吧，上面有大股东的签名。"

陆涛接过来，看了一眼，签了字，把其中一份叠好，收进口袋里。

"陆涛，你自己也知道，再也没有什么东西可以拿出来挽救大局了，你知道你都干了些什么？我们不能再信任你了。"米立熊说道。

"米总，我尽力了。"

"你走吧。"米立熊说。

陆涛走到门边，转身："徐志森在一件事上是对的，你们不相信我。"

方德昭与米立熊相互看了一眼。

方德昭说："你可以这么理解，这是生意，不涉及私人感情，我们在你身上下注，输了钱，我们离场。"

"你们是叫我离场——我现在最后对你们说，如果你们肯坚持到最后，我们就能成功。谢谢你们曾经对我的鼓励和帮助，再见。"说罢，陆涛转身走了出去，门关上了。

方德昭指着门叫道："有其父必有其子，跟徐志森真像——不可战胜。"

米立熊也说："这孩子从小就嘴硬——他一点没有责任感，他完全不会做生意！"

✿ 你去哪儿

陆涛回到自己的办公室收拾东西，他收好，要走，又站住，走到与米莱相隔的门边，刚要拉门，门开了，米莱出现在门口："我都知道了，我不知该说什么。"

陆涛笑一笑："生意归生意。"

"很多事情都不是我们能决定的。"

"我让你失望了吧？"

米莱摇摇头："生意对我不重要。"

"我先走了。"

"你去哪儿？"

陆涛去了泰国饭馆，一进门就看见华子冲他招手，接着把陆涛领到一个包间里。

"我被炒了。"陆涛说。

"你现在还有什么？"华子问。

"我还有什么？还有我自己吧。"

门开了，向南冲进来："陆涛，哥们儿听米莱说了你的坏消息，旷着工就来了，等什么开喝吧？"

"不想喝酒了，吃泰国菜吧？"

"你的两千万呢？"向南问。

"没了。"

华子和向南沉默了一会，华子笑了："我这不开了一饭馆吗？回头给你做一张贵宾卡，只要这饭馆在，你就可以不花钱白吃！"

向南一拍桌子："两张！"

与此同时，在米立熊公司会议室，米立熊、徐志森、方德昭三个人已对"田园牧歌"作了最终决定。

"十二亿八千万。"徐志森说。

方德昭摇摇头："老徐，你这最后出价我有点不懂，你以前从来没有这样干过。"

"就是十二亿八千万。"徐志森说。

米立熊抬起头："为什么在这种时候突然卡掉我们两千万？"

徐志森不说话，眼睛看着窗外，半天，才吐出一句："我只有这么多。"

方德昭和米立熊相互看一眼，方德昭点点头。

米立熊："好吧。"

大家在合同在桌上交换了一下，双方签字。

徐志森签完后长出一口气："我认为，那两千万是陆涛的。"

✿　　这是我最迷惑的

一个月以后，在一个小广场的咖啡座上，徐志森和陆涛又见面了。

"一定又是你赢了。"陆涛笑着说。

"他们用一种方式挤压你，让你来求我，我不喜欢，我让他们损失一亿，最后，我为你要回你的两千万。"徐志森说着，拿出一张卡，推到陆涛手边。

陆涛摇头："这不是我的——他们相信我，他们想帮我，我却让他们损失了二亿二千万。"

他把卡反推回去。

"最后他们把你踢出局！"徐志森说。

陆涛慢慢摇摇头："那不重要。"

"什么重要？"

"这是我最迷惑的，为什么我总是错？"

"也许是你自我矛盾，也许是你太封闭了，妨碍你了解成人世界的游戏规则；也许，你根本没有错，是他们错了，没看到你的潜力——我也不说清，陆涛，现在结果还没有出来。"

徐志森重新把卡推到陆涛面前，"它是你的，你要是现在不要，我会把它作为你的股份，放在'田园牧歌'中，这一点是我做生意的原则，是谁的，就是谁的，你为项目付出心血，钱是你的。"

陆涛把卡推回去："我一点也不需要它。"

两人都没话说了。

"我说的事情，考虑好了吗？"还是徐志森先说话。

陆涛摇摇头。

"我为项目注资三亿，现在，它要重新启动了，我们一起来操盘，一起来完成它，这是很有意思的赌博！"

陆涛摇摇头。

"陆涛，振作起来！你看，我还有东西要教给你，保证是你没见过的，你不想看一看如何赌博吗？这是最后一课了！"

"我不想学了。"

"陆涛，你泄气了？到证明你是对还是错的时候，你泄气了？"

"不，我只是迷惑。"

"记得我第一次教你什么？"

"刹车！"

"第二次，我教你突破小巷思维，我教你凌空跃起，审视整件事，我教你退一步海阔天空，你不学，你非要把'田园牧歌'做下去。那么好吧，你愿意走上绝路，我说，那么在绝路上也有一种走法，我把我的全部身家押了上来，只是想告诉你如何在绝路上走出路来！陆涛，记住，我是你的父亲，那些生意现在对我不重要了，你才重要，我只想把自己知道的全部告诉你，这个时刻，你怎么能退缩？"徐志森激动得浑身发抖，他想端起咖啡杯，端了两次都没有成功。

陆涛长叹一声："我错了。"

"你在说什么？"

"我不再想做这项目了。"

"为什么？"

"从一开始，我做这项目就只是为了我的表现欲，我尽量通过一切细节，向人们表示我有多了不起——现在我一点也不喜欢那欲望，它很夸张，那是错的。"

"如果从这个角度说话，大概，也许没有什么是对的。"

"干了半天，我才知道，我还是一个设计，而且并不是很好的设计，我完全不是做生意的料！"

"我能教会你！"

"我不想学了，我学不会，"陆涛拍拍自己的心口，"我心里抵触！"

"我该拿你怎么办？"

陆涛看一看表："对不起，我要走了，我去机场接个人。"

"你还是那么任性，你总是像小孩一样向别人要这个要那么，难道你就看不到别人为你做的一切吗？难道你就不想回报别人吗？"

陆涛站在那里，看着徐志森，一言不发。

徐志森叹口气："好吧好吧，你走吧，我在你面前也总是失败，我太失败了。"

"谢谢你为我做的一切，再见。"陆涛说罢走了。

徐志森这才喝下整杯咖啡，他眯起眼睛，看着陆涛的背影。这背影也让徐志森迷惑，他知道陆涛是一匹好马，他也自信自己是个好骑手，但为什么就无法在陆涛身上成功呢？在美国二十年，回来后，他才发觉，在中国人那些温和的面孔后面，有着一颗很难动摇的心，他隐约知道自己错在哪里，他在心里暗暗告诫自己，以后和陆涛相处，要少理智多感情，他要用他的方式与他沟通——陆涛就像一面镜子，闪烁出他年轻的身影，那么清晰，又倔强又自我，无法被说服，却又脆弱异常。

❀　　一片深情

陆涛开车来到机场候机室咖啡厅，他就在那里等夏琳，时间变得漫长，无法忍受。就在某一刻，远处，夏琳出现了，拖着她的行李箱，夏琳像梦游一样坐到陆涛对面，眼睛直直地看着他。

夏琳突然说话了："我回来十天，告诉你，我在巴黎找到设计工作了，合同期一年。"

"十天？一年？"

"我想你。"夏琳说，面无表情。

"想你。"陆涛也说，心在颤抖。

"那一天，签完合同，我回房间，又想你，觉得脸上冰凉，我一摸，全是眼泪，第二天我一醒就买了回来的机票。"

陆涛用手摸夏琳的脸，全是眼泪。

夏琳笑了，灿烂而骄傲："我就是这么想你。"

陆涛把手从夏琳脸上收回，却发现，更多的眼泪从夏琳眼里流出来。

陆涛想去擦，夏琳摇头，陆涛把手放回桌子上。

夏琳向陆涛伸出一只手。

两人的手指勾在一起。

"想念自己就会生长。"夏琳说。

两人纠缠在一起的手指发出"咔"地一声轻响，尖锐的疼痛钻入他们的心中，但却没有他们的心更疼。

"我这里的一切都结束了，现在是我最迷惑的时候。"陆涛说。

他们仍在相互看着，让手指的的疼痛慢慢扩散到全身。

他们用力，再用力，手指"咔"地再次发出一声轻响，这一次，疼痛像顺着骨髓燃遍全身，这使他们感到彻头彻尾地疯狂。

陆涛的眼泪流出来了，但他却在笑："现在是我最需要你的时候。"

在夏琳的记忆里，这是她所感到的两个人之间相互最长久的注视，眼光里全是一片深情。

❀ 我恨当米莱

当天晚上，在乌托邦，陆涛、夏琳、灵姗、华子、向南、遥遥、杨晓芸坐在一起，他们为夏琳归来庆祝。大家没有注意到，陆涛与夏琳手指上都打着石膏和绷带。

事实上，气氛尴尬，谁也不知说什么，大家只是悄悄地你一杯我一杯地喝酒，结果是全部迅速地喝醉了，最厉害的是米莱，她一直嚷嚷着要宣布消息，却不说那消息是什么。

终于，米莱站起来，喊道："先说坏消息！"

"为坏消息干杯！"华子趁机举杯痛饮。

大家起来纷纷干杯，然后坐下，不料米莱却接着往下说："坏消息是，这乌托邦要拆了，大家都要散伙了。"

冷场。

只有杨晓芸接了一句："天下没有不散的筵席！"

"对！"华子喊道，"米莱，接着说！"

米莱却喊："我先走一步，谢谢大家为夏琳接风，为我送行，谢谢！"

说罢，竟把杯中酒一饮而尽。

"米莱，你这车轱辘话已经说了好几遍了。"华子抗议道。

"那我再说一遍，谢谢——"

"求你了——"华子说。

夏琳终于开口了："米莱，为什么？"

米莱睁大眼睛仔细打亮夏琳："什么为什么？"

"我就是觉得有点太突然了——你怎么又要走？"夏琳说。

"我才觉得突然呢！什么都是那么突然，项目说完就完了，你说回来就回来了——"米莱看起来像是要和夏琳翻脸了。

杨晓芸见势不妙，慌忙插嘴："向南说甩我就甩我了！"

陆涛也说："哪件事不是突然发生的？"

米莱慢慢摇摇头："你们说，凭什么每一件事都要突然发生？叫人一点准备也没有？"

杨晓芸扶住摇摇欲坠的米莱："米莱，你怎么了？"

"我没怎么——今天，我有几句心里话要讲——"米莱说着停下来，像在想什么。

向南叫道："米莱你喝多了吧？"

"让我想想，我要说什么来着——说什么呢？我要说的是——你们问我，我快乐吗？我告诉你们，我一点也不快乐；你们问我，你对未来有信心吗？我告诉你们，我根本就不知道信心是什么东西。你们问我，你为什么喝那么多酒？我告诉你们——我很矛盾，很不高兴，有一件事我一直没有答案。我非常奇怪，那就是，为什么我生来什么都有，却无法得到最想要的——我尝试去美国学习，尝试干事业，我努力投入积极的生活，我不想放弃希望，去为那些最重要的事情而奋斗——可每一次都失败！"

大家相互看看，摇头。

"没听懂。"华子说。

"米莱，我也没听懂！"向南也说。

米莱提高声音："你们没听懂，是因为你们不知道什么是最重要的，我告诉你们，是感情！"

华子对向南挤挤眼睛："还是没听懂。"

米莱招手："再见了，朋友们，祝大家友谊地久天长，我要走了，去美国，再见！"

说着，出溜到桌子下面。

灵姗出溜一下钻到米莱身边："米莱姐！"

一小时后，在医院急诊室，米莱在输液，陆涛和夏琳站在边上看着，华子走过来："刚才我转了一圈儿，数了数，不算米莱，这医院今儿晚上有三个人是因为喝多了送这儿来的。"

"她是怎么了？"夏琳问。

"你一回国，她就这样了！"华子如实回答。

夏琳瞪了一眼陆涛："你看！"

"那是我的错。"陆涛说。

米莱忽然睁开眼睛："哎，这是哪儿？"

夏琳扶住她："别动，打着点滴呢。"

"我刚才是不是喝多了丢人现眼来着？"

华子笑了："怎么可能？"

米莱忽然没头没脑地说："你们出去一下行吗？我想跟琳琳说句话。"

陆涛和华子相互看了一眼，离开了。

半天，夏琳和米莱一句话都没说。

夏琳鼓起勇气问道："米莱，是不是因为我？"

米莱看着夏琳，想了一会儿才说："琳琳，在所有人中，我只羡慕你。"

"其实我一面对你就内疚，你不高兴我就更内疚。"

"其实我恨你，我不能装着不恨你——"米莱提高声调。

"米莱——"夏琳轻叫。

"我因为陆涛而恨你，我恨你的运气，你又穷又漂亮又有志气，那正是陆涛要的，很多时候，我恨不得变成你——可是我只能当米莱，我恨当米莱！"米莱说着，泣不成声。

夏琳挨近米莱，伸手想为米莱擦泪水，被米莱挡开了，她盯着夏琳，继续说："这么长时间我才明白，陆涛的反叛，不是想从穷人变成富人、从失败走向成功，也不是坚持失败，他反叛的是他自己，他想变成一个让他自己更满意的人——你因为像他一样穷，占了大便宜，他经常回到他原来的立场上去看问题，而你，总是站在与他相同的立场上，所以他总是认为你对，你好，你优秀，而我，无论怎么努力也不能让他认同，怎么努力也不成——他一定是觉得我什么都有了，所以，他会拉着你的手往前走，带着你去看看前面是什么，他从来没想到，我也需要他拉着我的手往前走，我离不开的，是他对我的感情，没有那种感情，前面无论有什么，我也不想看——什么也不想看！"

米莱说不下去了，却仍看着夏琳，看着看着，眼泪再一次涌出来。

夏琳再次伸手摸向米莱，那手上有绷带，陆涛就想用这同样受伤的手拉着她向前走，她忽然意识到自己对米莱的伤害有多么严重，比她想象的更严重。她向米莱伸手过去，担心米莱再次挡回她、推走她，她慢慢地伸过去，这一次，米莱没有挡回去，而是抱住夏琳，伏在夏琳怀里哭了起来，眼泪完全打湿了夏琳的肩膀——她理解了米莱对她的恨，用使她最不舒服的方式理解了，一刹那，深刻的内疚击碎了她的心。

❀　追

　　医院走廊内，等在外面的陆涛和华子在等得快崩溃的时候，发现夏琳走了出来，一边走一边擦眼睛。医院屋顶的灯光下，夏琳的脸色惨白，她路过华子和陆涛，看了他们俩一眼，话也没说就继续走。

　　陆涛和华子相互看了一眼。

　　"追！"华子说。

　　"那米莱——"

　　华子乐了："这不有我呢嘛！"

　　陆涛追了出去。

　　陆涛飞跑起来，追上夏琳，拦在她面前。

　　"夏琳，你怎么了？"他气喘吁吁地问。

　　"我想一个人待会儿，你回去陪米莱吧，她情绪不好，她伤心。"

　　"我觉得你情绪才不好，你才伤心。"

　　夏琳把眼泪擦干："是。"

　　"为什么？"

　　夏琳半撒娇半认真："我觉得我占了便宜。"

　　"你占了什么便宜？"

　　"我占了又穷又漂亮的便宜——米莱说的。"

　　"胡说八道！我问你，米莱说你什么了？"

　　"米莱说她现在还爱着你。"

　　"我说我现在爱的是你——我说我一直都爱着你，我说我将来也会爱你——我说的是真话！"

　　"什么是真话？"

　　"不会改变的话！"

　　"陆涛，什么都会改变——"

　　"夏琳，我们结婚吧？"

　　夏琳定定地看着陆涛。

　　"我说错了吗？"

　　"这话——是我最想听的话——可惜，也是米莱最想听的话。"

　　"我只想对你说。"

　　"陆涛，在这种时候，我不能答应你。"

　　"什么时候你才能答应我？"

　　"等米莱不伤心的时候——"

　　陆涛极度失望，想说什么，却被夏琳打断。

　　"陆涛，以前我非常自我，做起事情来，能够不顾及别人的感受，现在，我觉得那样不对——我想，我还是回法国去吧。"

　　"夏琳，你回法国以后不会伤心吗？"

　　"我会——但我不会内疚，你别笑我，这是我现在的真实感受——"

　　"夏琳——"

"我不能让米莱这么伤心，她是我最好的朋友！她从来没有对我说过瞎话，她一心一意地对我好，她一直这样，我拿什么回报她！"

"夏琳，我只爱你。"

"你说，我拿什么回报她？我拿跟你结婚回报她吗？我不能这样回报她！我夏琳不是那样的人！我要是硬当那样的人，心里不舒服！"

两个人停住了，都不说话了，夏琳把双手抱在胸前，看着地下："对不起——"

陆涛放慢声调，一副恢复理智的样子："夏琳，请你听我把话说完——这件事，这件事早晚会发生，你回法国也没用，你回去了，我也不会跟米莱好，与其三个人都难受——"

夏琳知道他下半句要说什么，气乐了："你真行，把我气乐了——"

"我们不用这套大妈理论，其实米莱对我更好，我想说——"陆涛急着辩白。

"得了吧，我替你说了吧，我们俩是多么自私啊，把自己的快乐建筑在别人的痛苦上！"

"我们还能怎么办？"

"从一开头，这件事就是错的。"

"我觉得，我爱你一点没错！"

"从来没见过比你更混蛋的人。"

"这就是我！"陆涛叫道。

夏琳猛扑过去抱住陆涛，两人拥抱。

"怎么办？"陆涛轻声问。

"一想到离开你我就受不了。"

"我不能离开你，结婚吧，夏琳，坏人也要结婚啊。"

夏琳乐了："别折磨我了——我最不喜欢的就是欠别人什么东西——"

"夏琳——"

夏琳推开陆涛："我现在不能答应你，陆涛。"

"那你什么时候答应我？"

夏琳长出一口气，摇摇头，走了。

"我等你，夏琳——"

✿　　就剩下一件事没有说

第二天，夏琳来到米莱家，她一直在给米莱打电话，手机的那一边没有人接听，但夏琳自信了解米莱，米莱知道她在给她打电话。

她走进小花园，然后按门铃。

保姆开门出来。

"我叫夏琳，找米莱。"

保姆看了一眼夏琳："她不在。"

说罢便把门关上了。

夏琳转身往外走，走着走着，一回头，猛然看见，米莱就在窗户后面看着她。

夏琳站住了。

两人隔着一段距离相互看。

夏琳往前走了几步，然后就坐在米莱家花园里的一把椅子上。

米莱在自己的房间里转了一圈儿，然后回到窗边儿，看夏琳，接着，她再看，从某种程度讲，面对夏琳比面对陆涛更艰难。她知道夏琳不会离去，于是咬紧牙关，换上一件衣服，走了出去。

"你不接我电话。"夏琳迎面说道。

米莱没说话。

"我不是来求你原谅的——"

米莱看着夏琳，仍不说话。

"米莱，我想跟你说几句话，这些话跟好朋友才说得出口——"

"夏琳，你不说我也能理解你——"

"一想到我把自己的幸福建立在你的痛苦之上，我就受不了，我不想当那样的人——那太失败了——"

"除了陆涛以外，我们能不能说一点别的？"

"你想说什么？"

米莱摇摇头。

"你想听什么？"

米莱再次摇摇头。

"你现在难受吗？"

米莱点点头。

一下子，两个人都不说话了。

"想想上学的时候，我们在一起一点也不难受，有说不完的话，我们一直是好朋友——"夏琳说，连她自己都觉得这么说有点虚伪，但不说她就更虚伪。

"你是我的好朋友，我不是！"米莱看着夏琳。

"我从你身边拿走你最想要的——我觉得，不是你嫉妒我，是我嫉妒你——"

"别逗我了，你那么自信，怎么会嫉妒别人？"

"你们家很富有，我不嫉妒，有个好好爸爸，我不嫉妒，但有一天，你告诉我，你有陆涛，我嫉妒了——在还没见到他之前，我已经对他很好奇了——现在想想，其实那不是好奇，那是嫉妒！"

"我什么时候跟你说起过陆涛？"

"自从你们认识，你就天天跟我说——"

"我说过什么？"

"你说他聪明，你说他能用半小时一字不差地背下整版报纸，你说他画的画很好看，你说他梦想盖一个世界上最大的迷宫，你说他吃完饭带着你们一起逃单，你说他骑着自行车带着你闯红灯，你每次跟他见面后说他，都跟上一次不一样，而我遇到的人，每一次见到都一样。"

米莱苦笑："那么，有一件事我一定没跟你说过——"

"什么事？"

"最苦涩的事儿。"

说着，米莱站起来，走了一圈儿。

"不想说就别说了。"

"想说！"

"那就说吧。"

"你猜那是什么事？"

"他追你的事。"

"我对你，就剩下这一件事没说——陆涛对你说过吗？"

夏琳摇摇头："就剩下这一件事没说。"

"那么，看看我们俩谁说更合适——你想听谁说？"

"你！"

"为什么？"

"我更相信你说的。"

"我怕说，不过我想试试，你要等我办完一件事。"米莱说道。

✿ 我什么也不怕了

米莱开车把夏琳带到马场，她换好骑马服，带上头盔，牵出她的小马，在阳光下，她把马牵到一个障碍前。

"我要是能跳过去，就对你说。"米莱说。

夏琳的脸顿时紧张起来："算了，米莱，我还是听陆涛说吧。"

"那你就是盼着我从马上摔下来。"

"好吧，我想听你说！"

米莱从马上伸出手，两个姑娘拉了拉手。

"你站在那边等我。"米莱用马鞭一指。

夏琳往障碍的方向走去，走了几步，停住："那东西你从来没有跳过去过？"

"我一直不敢——我怕！"

"米莱——"

米莱笑："今天特想试试。"

夏琳摇头。

"摔下来你送我去医院——到那边等我。"米莱叫道。

夏琳站在障碍的另一边，看着米莱。

远远地，米莱冲夏琳举了举了举鞭子，然后打马过来。

夏琳捂住脸，闭上眼睛，但忍不住睁开，她看到米莱在空中紧张地鼓着两腮的脸。

米莱成功地跃了过去。

米莱打马回来，跳下马。

"米莱！干得好！"夏琳叫道。

"夏琳，现在，我什么也不怕了！"

✿ 米莱第一次见到陆涛

米莱下了马，和夏琳一起在草地上散步。

"第一次见到陆涛，是我去建筑学院听一个讲座，那天我去晚了，讲座就在一间教室里，黑板上写着'当代设计'，主讲是张春林教授——那次我叫你去，结果你和杨晓芸一起去买便宜布料。"

"我记得，后来呢？"

"我不知道为什么从前门儿进去了，一屋子人全都看着我，特别是男生的目光，我可高兴了，抬头挺胸，故意走得慢慢的，心想，唉，孩子们真可怜，太长时间没见过美女了——"

夏琳笑了，因她从米莱的神色中又看到了往日的米莱。

"等我走到最后一排，突然发现有一个人没有看我，而是在看一本小说，我坐到他旁边，一直坐了十分钟，他都没看我，只看那本书。那教室里的其他人老忍不住回头看我，我就看他，他只看书，我一抬头，发现其他同学不时回头看我，我很生气，认为旁边这位男生玩酷玩得有点过火，就把一块运动手表扔在桌上，没想到他仍没有抬头，只是看书，气得我直往头发上吹气，把头发都吹飞了起来。"

"后来呢？"

"后来，我就想，你不看我，我也不看你，我侧着身儿坐，再把头一歪，让头发挡住脸，准备从头到尾不看他。"

"你没忍住吧？"

"你怎么知道的？"

夏琳推了米莱一下："我还不知道你！"

"一会儿一教授走进来，接着主持人上去说，今天，我们请来著名设计师张春林教授给大家讲当代设计，同学们欢迎。大家就鼓掌。人张春林教授特有风度，上来就说来晚了，让同学们久等了，这时候一本小说落在书桌上，名字是《百年孤独》。我看看书名，又一转头，又一转头，看这位酷哥，没想到他对我笑了一下。"

"陆涛吧？"

米莱做了一个怪相儿："我没理他，陆涛臊眉耷眼儿地转过头去，拿一支笔，翻开个本子刷刷地写着什么。"

"哼哼，那时候已经动心了吧？"

"没呢！"

"那什么时候动的心？"

"人张春林教授侃侃而谈，一个半小时刷刷就过去了，最后人说，我今天就讲这些，下面还有十分钟，请同学们提问，大家有什么问题，可以站起来直接问，也可以传纸条。没想到陆涛飞快地从一个本子上撕下一页纸，传给不远处的华子，华子一接，站起来，把纸条儿打开就提问，'张教授，我有个同学有问题——是这样，我这个同学认为您在今晚的讲座中一共说错了十二件事儿——第一件，默迪里阿尼一直想当的是雕塑家，而不是画家，他因为没钱不得不画画，有一本《毕加索传》提到过这件事。第二件，有拱顶的建筑物最主要的好处之一是防火，而不是像您说的——'"

"哈哈哈哈——"夏琳笑了。

"人张春林教授立马儿就急了，'这位同学，等一下，你说的有什么根据？'华子当时就傻了，'我的根据，我的根据'，一边说一边回头看一眼陆涛，陆涛就站起来，不紧不慢地说，'张教授，根据是《剑桥艺术史》第一册，那上面有一章专讲罗马式的建筑。'张教授也不客气，'这位同学，我能请问一下怎么讲的吗？'陆涛一脸坏样儿，接着说，'欧洲中世纪以前的教堂大多是木头建的——中世纪的编年史里记载了很多火灾，毁掉了很多大教堂，书上说烧了建、建了烧，人们都烦了，于是开始学习用石头建造教堂的拱顶，最早是筒形拱顶，因为很少得到光照，所以后来发展出一种楞形拱顶——'"

"你当然一定是用崇拜的眼光仰视陆涛！"

"就是这件小事，叫你动心？"

"小事儿？哎，夏琳，我告诉你以后，你也动心了吧？"

"上大学那会儿，那是让我好奇的生活，想不到学校里还有这样的人，自由自在，我不是动心，而是嫉妒。"

"我当时第一次遇到，是动心。"

"你动心以后什么表现？"

"我二话不说，等一散，就往学校过道里走，目不斜视，手里抱着那本《百年孤独》，果真不出我之所料，陆涛从后面追上来，一拍我肩膀，'哎，这位美女。'我原地站住，只见他向我伸出手——我心想，是要书还是要人啊？就看一眼手里的书，'哎，这位天才，我问你，你看《百年孤独》是什么意思？'后边过来几个同学起哄，陆涛让开他们，他们走了，华子过来与陆涛击了一下掌，把纸条还给陆涛，笑着说，'还有十条儿错误没纠正他就逃跑了，这位教授心理素质不行！'我当时就搭话儿，'你太狂了，干吗要纠正老师的错误啊？'没想到陆涛对我笑，说，'那正是我努力学习的动力！'"

"他那样子一定迷死你了。"

"所以我对他说'呸'，这时候华子凑过来，看了我一眼，边笑边说，'哎，我看她想成为你的动力，加油！'说完就走了。"

"你只好又说'呸！'"

"那当然，这时候楼道里只剩下我和陆涛，我就说，'我是服装学院设计系的，叫米莱。'他立刻凑上来说，'我叫陆涛，就是这学校的，也是设计系。'我说，'我刚想问你一问题，忘了。'没想到他替我想起来了，说，'你问的是，我看《百年孤独》是什么意思？'我就笑了。没想到他反问我，'你说呢？'我说，'我猜是你打算一辈子不找女朋友。'他就顺竿儿爬，说，'其实我是想尽快找一个女朋友，所以才让你抢走我的书。'我就说，'谁抢了？我是借！再说了，你借我这破书是什么意思？我可是不想孤独一辈子！'他就说，'我觉得吧——你不可能孤独一辈子——'"

"你怎么办？"

"我就看着他。不说话。他终于绷不住了，对我说，'你，你比我们这儿的女生漂亮。'我等了半天，就等这一句，所以说了声，'再见！'转身就走，他在后面嚷嚷，'哎，美女，我还没给你留电话呢，你怎么还我书啊？'"

"你呢？"夏琳问。

"我头也不回地说，'我脑子笨，记不住电话。'他就说，'哎，我聪明着呢，我记得住，你给我留吧。'我就站住，说，'你聪明？那我给你留二十个电话——'"

夏琳突然站住了。

"算了，不讲了。"米莱说。

"我想听——他怎么说？"

"他说，'没问题，越多越好——'我说，'里面只有一个是对的！'他说，'好吧！说！'我就说，'吹牛！'他说，'求求你，给我一次证明自己聪明的机会吧？'我就开始说了，忽然，他插嘴说，'你已经说了二十三个电话了。'我就跟他说，'再见。'"

"后来呢？"

"后来我就出了他们学校，到街边打车，忽然，我的电话响起，我接了，只听里面说，'我是陆涛。'我说，'我是米莱。'"

"他说什么？"

"他说，'你漂亮，不用证明，现在我证明了我聪明，我，以后我，我想说，我不想一辈子没有女朋友——'我没说话，拿着电话对着耳朵，尽情享受这个时刻，他在电话里说，'啊——啊，算了，那本书就送给你吧。'"

"你怎么说？"

"我什么也没说，就坐在马路边上听电话，一会儿，他的声音又响起来，'喂，你在听吗？'我忍不住回答了一句，'我在听。'他那边儿就没话了，我等了半天，他就是不说话，我没绷住，问了一句，'你在吗？'他说，'我在！'我说，'那破书我不想看了，我现在就想还你！'"米莱说着，忽然靠到草地边上的一棵树上。

夏琳扶住她："你怎么了？"

米莱闭着眼睛："我腿软，走不动了。"

说着出溜儿到树下坐着，夏琳也坐在树边上，两人一人一个方向，她们离得那么近，却彼此看不见对方。

"后来呢？"米莱听到夏琳仍在问着。

米莱狠狠心，说："后来，他跑过来了，我看见他从学校里向我这边跑过来，然后一直害到我到现在！"

"后来呢？"夏琳仍在问。

"后来，他当着我的面对你又来这一套！"

"是——那天晚上——"夏琳说。

米莱只是听着夏琳的声音。

"他打给我电话——我接了。"夏琳说，"是我打车去找的他——我当时一定觉得很刺激，完全失去了自我——也忘记了你。"

米莱停了停说："我们俩都受不了他这一套，这人真是太混蛋了！"

夏琳刚要说什么，米莱接着说，"更混的是，他没有再跟别人来这一套！那样儿，没准儿我们又能是好朋友了！"米莱的声音里带着笑意。

夏琳笑了："米莱，我能理解你。"

"夏琳，我也能理解你，其实，我也想跟你做好朋友——但我没法像现在这样跟你做好朋友。"米莱悲伤的声音在夏琳耳边响起。

夏琳想看看米莱，却只能看见一个侧影："你是不是觉得，没有陆涛，你就不会快乐？"

"我觉得我根本不想理解发生在你、我和陆涛之间的事，连想都不愿想，一想我就失望，我真失望，我太失望了——我一直觉得，我一直幻想，通过自己的努力，也许有一天，我最终可以得到陆涛，即使得不到他，能天天看见他，我也很开心，除了他，我从没有爱过任何一个人，也从没想过要去爱什么人，我离不开，也舍不得。在我心里，只有陆涛，就有陆涛——但是你又回来了，我一下子明白了，世上有些东西，即使很努力地付出也是得不到的。"

两人忽然都不说了。

"米莱，你的话叫我觉得悲伤，为你，也为我自己，如果你不能高兴起来，我也不可能真的高兴，在心里，我一直还把你当好朋友。"

"为什么？"

"因为你对我最好。"

米莱哭了，但她不想让夏琳看出来："夏琳，你，你这么说叫我心里觉得安慰——"

"错的是我。"

米莱摇摇头："其实，我知道，我就是失恋了，我一直没能从失恋中摆脱出来，我想出来，可总也办不到。"

"那我就等你！"

"你不回法国了？"

"我等你！"

✿　我能理解米莱的绝望

大家开始从乌托邦搬家了，先是米莱，接着是向南和遥遥。

一天晚上，大厅里只剩了陆涛和夏琳，他们坐在最后一张破沙发上。

"你看，这房子要拆了，我现在觉得，什么都会成为过眼云烟。"陆涛说。

夏琳一把抱住陆涛："陆涛，见到你以后，我才觉得自己特别孤单。"

"我以后不会离开你。"

"陆涛，我问你，你说，如果米莱跟你一起生活，会快乐吗？"

陆涛摇摇头："不会。"

"为什么？"

"因为，我只有跟你在一起才会快乐。"

夏琳长叹一声："我能理解米莱的绝望。"

两人决定在这儿住到最后一天，当所有人搬走后，他们再搬。

他们出门吃饭，兜风，夏琳让陆涛把车停在服装学院门前，正是夜晚，陆涛问："怎么瞎开开到这儿来了？"

"第一次见到你，是在我们校门口，就是这里——"

"是。"

"你记得什么？"

"我记得，我看到你从门口走出来，那么好看，我就失去了自我。"

"有个人因为你失去了更多的自我——她看着你向她跑过来——她无法忘记这件事。"

"你又对我说米莱——"

"是——她不仅是米莱，还是我大学里最好的朋友。"

"你就因为这个，拒绝我的求婚？"

"是的——这是让我最迷惑的一件事。"

"你怎么决定的？"

"我要等米莱缓过来之后再答应你——我和米莱一起等。"

陆涛苦笑："你又想出一个折磨我的新办法。"

夏琳也笑："这是我能想得出的最好的办法。我想陪着米莱一起焦虑，这心里反而好受点。"

"为什么？"

"我有点迷信，我觉得，如果米莱不快乐，我们的快乐就是偷来的，不是真的——"

"夏琳——我——"

"听我说完，这是我能对你做出的最坏的一件事，这件事过去以后，我想，我们之间，再也没有更坏的事了！"

"我怎么办？"

"我不知道。"

"我知道——我找米莱去！明天就去！"

❀　走吧

陆涛在开车，米莱坐在他身边。

"红领巾公园就在前面。"陆涛说。

"夏琳真的因为我不答应跟你结婚？"米莱问。

陆涛慢慢地点点头。

米莱笑了："真缺德，我看，你们是想把你们的负疚感转嫁到我头上！"

"别胡说了。"

"得了吧，我现在已经感到负疚啦！"

陆涛刹住车："就是这里。"

陆涛和米莱从车里下来。

"变化真大啊，以前这里明明是一个公园啊，这叫什么事儿啊，人说物是人非，现在可倒好，人没变，地儿变了。算啦，走吧，以后我也不会来这儿了，还剩两俩地儿，唉，继续，记住啊，我可是咬着牙来满足你想帮助我的愿望的！你说，我怎么那么好？"

"我不知道该说什么——"

"上车！"米莱叫道。

陆涛看了看她，只好钻回车内，米莱也上车，没开多远，米莱又叫："停一下。"

陆涛停住车："什么事儿？"

"我一直有个心愿——"

"说！"

"你别笑我。"

"我怎么会？"

"我想跟你一起照大头贴——现在照太晚了，不过，留个念吧。"

陆涛点点头。

陆涛找到一个照大头贴的地方，米莱拉着陆涛钻进去，两人做出各种表情，拍了很多。

"还照吗？"陆涛问。

米莱为大头贴点上各种花里胡哨的小花儿："喜、怒、哀、乐四种表情都全了吗？"

陆涛点点头。

米莱看着一个个大头贴，边看边笑："你倒挺会跟我来虚情假意的呀，能当演员了你。"

"米莱你说什么，我就做什么，为你服务，满足你的要求——"

"你再油腔滑调儿!"

"我能为你做的已经不多了,我希望,把每一件事都做好!"陆涛忽然放低声音,伤感地说。

米莱看着他,眼里忽然涌出泪水。

"我,我——"陆涛一下子有点手足无措。

"不许你对我说这种话!"

"是是是。"

米莱用哭腔儿叫道:"在这种时候,你还感动我,你安的是什么心啊你!"

陆涛想说什么,却突然停住了,他转过身,用手挡在眼眶前。

米莱在后面推推他:"走吧。"

❀　　我感动

两人重新回到车上。

"算了,你的心我领了,下一个地儿不用去了,我好了!真的。"米莱说。

"去吧,那老酒吧我也想去看看,好长时间没去过了,没准儿也拆了。"

"没拆,还在那儿,就是重新装修过了。"

"你怎么知道?"

"其实我一个人儿的时候偷偷去过。"

陆涛没说话,着着米莱。

"其实我老去!一个人在里面怀旧,跟里面的人都混熟了!"米莱接着说。

陆涛发动汽车。

米莱笑:"你不信?到那儿就知道了。"

酒吧到了,正是下午,里面没有人,米莱跟老板打招呼。

春晓正站在台上,她是这里的歌手,脸看起来像通过广角镜头看到的样子,怪,但很耐看,她抱着把电吉他,和乐队的人一起练歌。

米莱走到台上去,两人拥抱。

春晓远远地看了一眼陆涛:"哟,米莱,今儿有人陪啊。"

米莱也回头看了一眼,笑一笑。

米莱走回座位。

"我要了两杯咖啡。"陆涛说。

米莱拿出一个大头贴,"啪"的一声贴在酒吧的墙上。

陆涛看了看:"你这是什么意思?"

"我把你贴得全世界都是,这是第一站!"

"你还想贴到哪儿?"

"我人在哪里,就贴到哪里!"

"同意!"陆涛随声附和。

"早知道让他们大头贴下面打一行字儿——两个分手的人。"

"有情调!"

"滚！"

"我是说，你贴到哪里哪里就显得有情调——这话酸不酸？"

"其实我一直把你贴在心里！"

"把更酸的那一句说出来听听！"

"讨厌的是，我一直揭不下去你。"

陆涛不说话了。

"你怎么了？"米莱问。

"我感动。"

服务员端来两杯咖啡，两人各自端起杯子喝了一口。

� 左边

春晓在台上招手，米莱点点头。

春晓对着麦克风故意用深情的口气逗米莱："今天，我想为我的一个朋友唱一首歌，以前，她总是一个人来，就坐在那张桌子后面，听我唱歌，有时候，她上来跟我一起唱，还有时候，她一个人上来唱，她一直不爱笑，今天，我看见有人陪着她来，我看见她笑了——"

春晓说完鼓掌，乐队的人也跟着鼓掌。

米莱对着春晓用手做了切自己脖子自杀的动作。

"我的朋友因为身边有个男人，所以今天有点羞涩——"春晓接着逗米莱。

米莱站起来冲上台去："滚！"

春晓对着麦克风："喂喂喂！这位美女，你想怎样？"

米莱站到春晓边上，抢过麦克风："我想唱！"

"大家鼓掌！"春晓说着鼓起掌来，乐队的人也笑着鼓掌。

春晓知道米莱想给台下的男人唱歌，却故意逗她："喂喂喂，请问这位美女，你疯疯癫癫跑上来干什么？"

米莱看了一眼春晓，然后转向陆涛："上学的时候，我有个梦想，那就是为你一个人唱歌。"

春晓拿起另一个麦克风："天呐！激动人心的时刻到了！"

"滚！"米莱对她横起中指。

"米莱你真浪漫！说！哪一首？"春晓笑着问。

"《左边》。"

春晓苦着脸："又是《左边》啊！不会吧？"

"就唱《左边》！"米莱说。

"好吧！"

春晓一挥手，带着乐队开始演奏。

米莱唱道：

总是忍不住寂寞掉下眼泪

你才会给安慰

担心

短暂的晴天

随时都可能
被阴霾收回
等待
有机会最坏也最甜美
我乐观却疲惫
因为太怕失去你
所以连快乐里
都装满伤悲

你不曾发觉
你总是用右手　牵着我
但是心却跳动　在左边
你和我之间的遥远
永远隔着亲切
爱少得可怜
伸出右手
想陪着你向前走
感受你爱我的心跳在左边
那么深深爱你的我
想信你会了解

总在埋怨过你的冷漠
之后又急着说抱歉
彷佛向疏远的你
乞求一点体贴
都是我不对
结果有可能最美也最可悲
我作好了准备
也许太自由的你
心里面那个家
谁也不能回

你不曾发觉
你总是用右手　牵着我
但是心却跳动　在左边
你和我之间的遥远
永远隔着亲切
爱少得可怜
伸出右手
想陪着你向前走

感受你爱我的心跳在左边

那么深深爱你的我

想信你会了解

我一直相信

总有一天

你会用左手

牵着我走向明天

未来很遥远

却会实现

心在同一边

就能够

听见 你说的那句

我爱你

你不曾发觉

你总是用右手　牵着我

但是心却跳动　在左边

你和我之间的遥远

永远隔着亲切

爱少得可怜

伸出右手

想陪着你向前走

感受你爱我的心跳在左边

那么深深爱你的我

你一定看得见

这首歌像利箭一样穿透了陆涛的心。

✿　　　我受不了

从酒吧出来，陆涛百感交集，米莱坐到车里，两人相互不看对方，表情忧伤。

他们一起去麦当劳买了外卖，出来时夜色降临了，两人回到车里，默默无声地吃着薯条，喝着可乐。

米莱忽然轻声说："这是最后一次一起吃。"

"为什么这么说？"

米莱却不说话了。

"你在干什么？"

"我在下决心——"

陆涛看着她。

"我是在下决心，吃每一根薯条儿之前，我都想着吃完下一个薯条，就拉开车门走出去，离开你，把你忘记——从此我们再不见面——"

陆涛刚想说什么，米莱打断他："你看，最后一根儿薯条吃完了。"

"米莱——"

米莱把手伸到车门把手上，摸了摸，又收回来，对陆涛晃晃："我舍不得。"

"我们去最后一个地方吧，你们学校门口。"

"好吧——再跟你待一会儿吧——真不争气。"

"米莱，有时候，我觉得人可以改正错误这句话是胡说八道——那错误永远摆在那里，只是看你如何对待它，也许最好的办法就是以后不要再犯类似的错误。"

米莱笑了："那你就可以犯犯不类似的错误了。"

陆涛叹口气，摇摇头："我觉得，可能我整个的一生就是一个错误。米莱，你说，什么时候我才能做对一件事？"

"我觉得是这样的，当你开心了，你就对了。"

陆涛看着米莱纯净的脸："其实以前跟你在一起的时候我很开心。"

"我也是——"

陆涛看着米莱，米莱把眼睛望向前方："要是我不把开心想象得很长久的话，就不会有以后的不开心。"

陆涛把车开向服装学院，他感到忧伤，那是过去的岁月留下的一个起点，陆涛完全无法理解，怎么会有那么一个起点——在那一刻，如果夏琳不出现，也许就不会有接下来的一切。

"快到了，前面右转——"陆涛说。

"左转！"米莱忽然叫道。

"你说什么？"

米莱提高声调："左转，我受不了了。"

"你怎么了？"

米莱再次提高声调："左转！我不去了，我要回家！"

陆涛并线左转："为什么？"

"去不去已经不重要了——"

"为什么？"

"因为——我知道，你是为了夏琳才这么做的。"

陆涛无语了。

"我猜的没错儿吧？"

"是为夏琳，但不全是——"

✿ 没有人像你对我这么好

陆涛把车开到米莱家门口停下，米莱把麦当劳的东西收到一个塑料袋里，要下车。

陆涛一咬牙，说："我向夏琳求婚，她说，如果你不从失恋中缓过来，她就不答应，她要等你，一直等你——米莱，我对你很坏，我伤害你，我错了，这都是以前发生的，是没法补救的，是不是？"

"是！"米莱说着下了车。

陆涛也下了车，隔着车顶叫："米莱。"

米莱趴在车顶上："陆涛，我真想说的是，你已做了你能做的——没有人能像你对我这么好——"

"没有人能像你对我这么好——这句话应该我说！"

"有夏琳好吗？"

陆涛看着米莱，点点头，再点点头。

米莱仍看着他。

陆涛大声说："你比夏琳对我好！"

米莱看着他，慢慢笑了："这才是你早应该对我说的，我就想听你亲口对我说这一句话——我们都做了所有能做的，没有遗憾，我会记住我们在一起的时候，记住那些感情，所有的一切都是真的，还有过很多美好——"

说着，米莱走向家门口，又回过身，笑："陆涛，能够跟你在一起很高兴——你去找夏琳结婚吧，我祝你们幸福，剩下的都是我自己的事，相信我，我一定能缓过来！"

陆涛点头。

"你相信我吗？"

陆涛点头。

米莱说完了，就走进家门，夜色如同橡皮，擦去一切，但留下痕迹。

同一时间，在一条公园长椅上，杨晓芸靠在夏琳肩膀上叹气。

"晓芸，你怎么跟老头儿似的？都叹了十次了，还长叹！"

"是你先叹的，我是学你！"

"好吧好吧。"

"唉——这一次要错过向南，我可能这辈子连他这样的人都找不到了。唉，你说我怎么办呢？"

"不知道。"

"哎，夏琳，你现在还勇敢吗？"

"我觉得我勇敢，我勇敢得直发抖，呵呵。"

"可是，一想到我要一个人过一辈子，孤零零的，我就觉得自己特可怜，我就受不了。"

"那就想办法接着混向南呗。"

"可我知道，我不是很爱他，我只是能让他爱我。"杨晓芸说。

"我爱陆涛，但受不了他要决定一切的那股劲儿。"夏琳说。

"知道为什么？"杨晓芸问。

"为什么？"

"因为你们俩都是骄傲的人。"杨晓芸。

"咱们可能都错了。"夏琳说。

半小时后，陆涛来接夏琳，杨晓芸自己走了，夏琳上了车，张嘴就问："陆涛，我骄傲吗？"

"你和蔼可亲，叫我身心舒畅，如沐春风。"

"说实话！"

"怎么突然问这个？"

"我想知道。"

"你挺傲的。"

"怪不得在一起老吵架。"

"以后我让着你。"

"你凭什么让着我啊？"

"因为我不想再让你离开我了。"陆涛说着吻夏琳。

快开到乌托邦时，夏琳说："陆涛，你要记住，我们过去的关系已经结束了。"

"我们重新开始，就从现在这一刻。"

夏琳点点头，吻陆涛。

"夏琳，我慢慢意识到，你，才是我真正的愿望。"

"陆涛，你越真诚，我就越是无法相信你。"

"那你怎么才能相信我？"

夏琳笑了："其实我一直相信你。"

❀　　怀旧的声音

陆涛把车开到乌托邦门口，天上下起了雨，只见一辆搬家公司的车停在边上，华子正指挥着工人往车上搬最后的东西。陆涛和夏琳下车。

华子冲他们招手："这是最后一车了，哥们儿先走了——你们也进去收拾吧，灵姗正在收拾呢。"

"你买的房子多大？"夏琳问。

"一百四，要不是为了这些东西，我还不买呢！"

"哟哟哟你还怀旧呐！"陆涛逗华子。

"滚！这些家具先存我那儿——回头咱早晚有一天再起风云，你就等我的好儿吧！"

陆涛和华子击掌："华子，现在，什么也挡不住你了！好好干！"

华子笑："那是必须的！"

一工人拿着几件东西出来："全搬完了。"

灵姗挤出来："还有这个！你的！"

她递给华子一个CS鼠标，华子接过来："谢谢。"

灵姗皱皱鼻子，她有点舍不得。

华子对三人喊道："那再见了。"

"再见。"

"再见。"

"再见。"

华子跳上卡车，看到陆涛、夏琳和灵姗在向他招手。

陆涛夏琳和灵姗走进乌托邦空空的大厅，陆涛四下里看看，从地上捡起篮球，扔向篮框，球在房间里一下一下地跳着，显得有点凄凉。

"灵姗，你收拾得怎么样了？我帮你把行李拿下来吧？"

"我只想带走一小箱东西。"

陆涛和夏琳想说什么，却不知如何说起。

"昨天夜里做梦，梦见这里有好多朋友，大家都喝醉了，不知道为什么，我一下子把所有人的名字全忘了，好着急，后来就醒了——从来没做过这样的梦。"

陆涛叹了口气。

三个人往楼上走，上了楼梯。

忽然，门铃声响起。

"我去吧！"灵姗说着跑出去。

陆涛和夏琳看着灵姗跑过空空的厅。

灵姗开了门，却见猪头和露露带着露露弟出现在门口。

"进来吧。"灵姗说。

四个人来到厅里，露露往四下里看："人呢？"

"都走了，我也一会儿就走——这房子过两天就要拆了。"

"华子没跟我说这事儿。"猪头说。

"噢，陆涛和夏琳在上面——我叫他们——"灵姗说。

露露拦住她："不用了——我们是来谢你的，灵姗，要不是你想到去医院——"

"不用谢我，"灵姗看着露露弟，"他现在怎么样了？"

露露说："他的耳朵治好了。"

"那他，他能听见我说话了？"

露露点点头。

灵姗拉过露露弟："喂，我喜欢你。"

露露弟笑了。

灵姗的眼睛湿了："你能听懂了！你真的能听懂了！"

✳ 什么是乌托邦

半小时后，在乌托邦门口，猪头抱一副高尔夫球杆，露露抱着一堆东西，露露弟抱着一个大公仔，他们和灵姗一起走向门口。

"谢谢你啊灵姗，还送他那么多东西。"露露说。

"我马上要回台湾了，也拿不走，给他留着纪念吧。"

"弟，谢谢灵姗，跟她再见。"露露说。

露露弟冲灵姗笑，然后走过去，亲了灵姗一下，然后招手再见。

灵姗哭了："他什么都懂了！"

灵姗也亲了露露弟一下："我以后会回来看你的！"

露露弟笑，灵姗慢慢地把门关上。

露露一家走到乌托邦外，外面刮着风，还下着小雨，令人顿觉一种人去楼空的凄凉，风吹得三个人衣服和头发飘飞。

猪头走了几步，回身看了一下"心碎乌托邦"几个字。

"走啊，你看什么呢？"露露叫他。

"哎，露露，我问你一事儿。"

露露站住，猪头指着门上的牌子："这心碎我知道是什么意思，可这——乌托邦是什么意思呀？"

"这你得问华子去，可能是外语吧，我也不知道。"

"到底什么叫乌托邦呀？我是真想知道。"

"我听他们说过，好像是——说不清，可能就是理想什么的。"

"难道说，那帮人儿一个个的都为理想心碎过？"

"走吧——"

"那你说这乌托邦——"

"没准儿就是一些对他们来讲比较重要的东西吧，走吧，老公，我真不知道！"露露拉着猪头和露露弟走了。

❀　　小伤感

门铃声响起。

楼上，灵姗拎着一个小箱子从房间里出来，一边打着电话："我马上出来，别按门铃了，听着难受。"

夏琳和陆涛送她。

"再见。"夏琳说。

"我帮你拿东西。"陆涛说着，走到楼梯边，拎起灵姗的小箱子，向楼下走去。

灵姗在后面跟着，两人一直走到大厅，陆涛继续走，灵姗却停住了。

陆涛回头，只见小灵姗对着大厅张望一会儿，小跑着过来。

"以后，就没有这个房子了，是吗？"她闪着大眼睛问。

陆涛点点头。

"以前，在这里跟你们在一起玩得好开心哦。"

陆涛看灵姗，只见她脸上流下泪水，这使他感到灵姗的小感伤。

❀　　最漂亮的

陆涛和夏琳最后搬家，他们搬回陆涛最初住的地方。

一进门，夏琳便累得坐在沙发上，立刻腾起一片尘土，夏琳咳起来："哟！"

陆涛走到水管边上，打开水，只见里面流出一股黄汤儿。

夏琳过来，看在眼里。

"我找小时工。"陆涛说。

"我们一起收拾吧。"

"我这儿有小区物业的电话。"

"我想自己收拾，你要是不想干，就在边上给我加油儿吧！"

"从你走以后，这都两年没住人了，从哪儿收拾起？"

"先把窗子打开！"说着，夏琳走过去，把窗帘拉开，把窗户打开。

"嗨，夏琳。"陆涛轻声叫她。

夏琳回头看着陆涛。

"我有两千万的时候你离开我？"

"是！"

"我一无所有的时候你回来？"

"是！"

"为什么？"

"我爱你，我只爱你！"

"等米莱好了，你愿意嫁给我吗？"

夏琳点头："我愿意。"

停了一下，夏琳说："对我，你还有什么意见？"

"我的意见是——所有的事物中，你是最漂亮的。"

"什么是最漂亮的？"

"我最爱的。"

夏琳走近陆涛，两人拥抱。

❀　　必须拉着你的手

第二天一早，夏琳先醒了，她喜气洋洋地到早点摊儿上买了早点回来。这正是她要的新生活，陆涛在睡觉，而她去买早点——普通，平常，淡淡的，却充满让她认同的意义，令她付出那么多的努力。

夏琳回到家，把早点放到桌子上，探头进卧室，只见陆涛正坐在床上抽烟。

"哎，你醒啦。"

"我等你。"

夏琳走过去，抱住陆涛："起来吃早点。"

陆涛熄灭烟头，盯着夏琳看。

"怎么了？"

"忽然觉得那一切都没有意义，只是忙碌、虚荣和疯狂。"

"那你说什么有意义？"

"你——和你买的早点。"

夏琳笑了："陆总，这就是您破产了以后的感悟？"

陆涛也笑了："其实我是差一点成为亿万富翁。"

"真的？"

"我说的是真的，只要我像徐志森一样。"

"我不要你和徐志森一样，我要你现在的样子，你不许甩了我，不许发财致富，不许成天不跟我在一起，不许喜欢富家女，不许说我不好看——"

"你不许离开我。"

"是，我不离开，我不去法国了，哪里也不去了。"

陆涛吻夏琳。

"嗨，你说，我们怎么变成现在这样了？"夏琳用头顶住陆涛的下巴，轻声问。

"不知道——哎，你猜我现在想什么？"

"想什么？"

"我卖掉奥迪，陪你一起去巴黎。"

"去干什么？"

"去卢浮宫看画展，去塞纳河边散步，去逛街——"

"那你一步也离不开我，你法国话讲得没我好。"

"是，我一步也离不开。"

"你还想干什么？"

"干什么都行，但必须必须——拉着你的手。"

夏琳伸出手，陆涛拉住，他们的手指上绷带已经拆去了，如同过去他们加在彼此身上的痛苦。

✥ 你真的不爱我了

酒吧冷冷清清，杨晓芸坐在靠窗子边的桌子前，脸不时向窗外看，她下定决心找向南好好谈一谈。一片云忽然遮住了阳光，使杨晓芸觉得眼前一暗，接着，只见一辆宝马Z3小跑车驶来，停在酒吧门口，杨晓芸想把头扭开，却管不住自己的眼睛，她看到向南从车里走出来，接着，Z3向后倒，向南给指着，车倒出去后，向南走司机座边上，把头探了进去，与遥遥接吻，接着招手，车开走了。

杨晓芸吃了一惊，不自觉地已经站起来，然后她坐下，长出一口气，忽然之间，向南的价值在她眼中疾升，她几乎有点无法相信眼前这一幕，难道真的有人会爱向南吗？

酒吧的门开了，向南走进来，杨晓芸站起来向他打招呼，向南坐到杨晓芸对面。

杨晓芸把向南的杯子推到向南面前，是一杯可乐，向南拿起杯子，喝了一口。

"我只想跟你说一句话。"

向南看着杨晓芸："那发条儿短信息不就完了？"

这话噎得杨晓芸半天没缓过来，使她受到了极大的打击，她知道，向南的心已经不在她身上了。

"不用了，什么都不用了。"杨晓芸喃喃自语。

"你怎么了？"

"我觉得我错了。"

"幸亏你错了，要不然我就完蛋了。"

"你从乌托邦搬出去了吧？"

向南点点头，过了一会儿，向南忽然说："杨晓芸，我其实一直在等你，我一直觉得，即使得不到你，能天天看见你，我也很开心，除了你，我从没有爱过任何一个人，也从没想过要去爱什么人，在我心里，只有你，就有你——这几年，我是完全地失去自我了。"

"从你那天走了以后，我一遍遍听你的录音，开始，我听不进去，一听就生气，我觉得你说的都不对，后来，我知道我错了，你说的都对，我一下子明白了，向南，你永远也不能再爱我了，是不是？"

"杨晓芸，问题的关键是，你没长大，可我已经长大了——"

"是你老惯着我才长不大！谁让你对我那么好的？"杨晓芸都快哭了。

向南摇摇头，把可乐喝尽。

"我真失望——真失望——"杨晓芸轻轻地说。

"我一直叫自己努力、努力、再努力，永远坚持，永不放弃，但应该有人早点告诉我，世上有些东西，即使很努力地付出也是得不到的。"

"但你可以得到其他东西呀？"

"其他东西？那是什么？是你吗？那一定是不属于我的东西，那就是我不想要的东西！再见。"

向南站起来要走了，杨晓芸不甘心地站起来："向南，你真不爱我了？"

向南点点头，走了，杨晓芸生平第一次感到被否定后的沮丧，这便是青春的代价，她尝到了，那苦涩令她说不出的难过。

❀　　求婚

离开杨晓芸，向南打了一辆车，叫他自己都不敢相信，以前那么难分难舍的杨晓芸，忽然褪去了往昔的魅力，她的白皮肤，她的大眼睛，她的笑和她的眼泪。现在他感到又坚定又轻松，他再一次作出了一个自己的决定。

一进遥遥家，向南便看到遥遥的大眼睛。

"这么快？"遥遥说。

向南深吸一口气，然后吐出两个字："求婚！"

"我怎么办？"

"你伸出手。"

遥遥伸出手。

"闭上眼睛。"

遥遥闭上眼睛。

一只哨掉到遥遥手里。

遥遥睁开眼睛，看了看手里的哨子："以后我在超市里找不着你，一吹，你就会出现，是吗？"

"哨声就是命令，无论在在哪里，无论遇到什么情况，你一吹，我就会回到你身边！"

"有创意！这是最好的礼物，比什么破戒指之类的东西强多了，结婚的时候，我就把它挂在脖子上。"

"你真喜欢？"

"喜欢极了，这是你的心意，不过，我不会对你吹哨——我是这样的人，你对我好，我就会对你更好！"

"怎么可能？"

"想比一比吗？"

"比就比！我怵谁啊！"

"那就开始吧——你也闭上眼睛。"

向南闭上眼睛。

"伸出手。"

向南伸出手。

一张卡掉到向南手上。

向南看了看那张卡："你的房门卡？"

遥遥点头："欢迎你！"

向南抱住遥遥，感到说不出的激动，一堆酸话在嘴里转来转去，就是说不出来，最后他在遥遥耳边坏笑着说："商量一小事儿——你那辆Z3先别卖啦，我刚坐了一次，还没开过呢！"

遥遥被逗笑了。

❀ 浪漫

商量了半天，华子陆涛夏琳米莱还是决定去杨晓芸精品装饰店看一看，把消息告诉她，在这个世界上，放眼四周，其实他们只有几个朋友。

店里没有人，杨晓芸站起来迎他们。

夏琳第一个走上去："晓芸，我和陆涛明天去民政局登记结婚。"

"那恭喜你们！特别是你！"说着，杨晓芸一把抱住夏琳，委屈地哭了起来。

"晓芸，你怎么了？"

"没事儿，高兴的。"杨晓芸擦干眼泪。

米莱嘴一撇："杨晓芸，向你透露最后一个有关向南的消息，不然我一腔的嫉妒之情简直不知道向哪里发泄！"

"别说！"杨晓芸叫道。

"好吧——大家谁也不许说啊！"米莱坏笑道。

"求你了，米莱，咱们两个被抛弃的人再不相互帮助，那坏人不就更高兴了？"

夏琳一跺脚："我不是坏人！打死我我也不承认！"

"那向南和遥遥也明天结婚，两对儿一起去民政局办手续。"华子突然说。

杨晓芸长叹一声："坐坐坐，都坐。"

说着，自己一失神儿，差点坐地上。

大家坐下，夏琳过去搂住杨晓芸，大家陪着杨晓芸一起幽怨。

杨晓芸突然振作起来："其实吧，我想来想去，向南对我是真不错，是我不好，太霸道了，连离婚的事儿都是，表面上是他耗着我，其实一直是我耗他，他也该有自己的生活了，这结果还行。"

"向南和你都幼稚。"夏琳说。

"所以才混了一个早结早离。"杨晓芸说。

"当时你们结婚的时候我们就说，一个自私的人娶了一个更自私的人——"

"我比向南还自私？我不信！"杨晓芸一听差点急了。

"反正你们谁也没有我自私，我坑死夏琳了。"陆涛说。

夏琳向陆涛笑了一下，没想到这人现在也会安慰别人了。

"其实这向南吧，对我来说一直像一鸡肋，我想来想去，他别的都还可以，就是太不浪漫了，完了也就完了。"

看到杨晓芸有点破罐破摔，大家一齐相互看了一眼，都不说话了。

"怎么啦？我说错了吗？"

陆涛说："反正向南比我浪漫！杨晓芸，我告诉你他从小就浪漫，他一直能把出人意料的事情变得有意思。"

"也比我浪漫！真的！"华子说。

"客观地说，他们三个人儿里就向南最浪漫，这没什么可说的，连我都看得出来。"米莱说。

"胡说！他有什么浪漫的？"这一下，把杨晓芸心底沉得最深的一块泥巴给搅起来了。

夏琳笑了："他能把平常生活过得那么来劲，还不浪漫？想想你们，两次离婚都大闹民政局——其实我们每个人都羡慕你们这一对儿。"

米莱也说："我一直都羡慕你和向南，天天在一起逗着玩——比起电视剧里的那些假浪漫，什么月光啦，小酒儿啦，你们俩才是真浪漫！"

"我觉得，你们在胡同里过的日子就能拍一部浪漫电影！"华子也说。

杨晓芸一着急站起来了："啊？向南浪漫？那陆涛呢？"

夏琳一指陆涛："陆涛是个梦想型儿的人，跟我说的都是他的梦想，平时一点不浪漫，就知道工作，没劲！"

米莱也叫道："没错儿，他就那样——你以后学学人向南，有点生活情趣，不然把夏琳给你我也不放心！"

陆涛点头："我学！"

"那华子呢？"杨晓芸叫道。

"华子对女的不会呵护，要不露露能跟猪头好吗？"陆涛说。

夏琳也说："是啊，华子是义气迷茫型儿的人，是不是？"

华子点头："眼睛真毒，我嫌女的麻烦，跟她们浪漫我觉得太酸了，受不了。"

大家哄笑。

米莱站起来："杨晓芸，我做一句总结性发言吧，是你不懂浪漫，不是向南！"

杨晓芸一跺脚："你们这帮混蛋是不是趁我鸡飞蛋打的关键时候给我添堵来的？"

大家一齐摇头。

"晓芸，我们是叫你一起吃宵夜去的！你是我们最好的朋友。"夏琳轻声说。

杨晓芸忽然趴在夏琳肩上哭了起来。

"哎，你哭什么杨晓芸？"夏琳问。

"你们怎么不早点告诉我？"杨晓芸一边伤心地哭一边气急败坏地问。

这一下，每个人都颓了。

夏琳抱住杨晓芸："我们来的目的，是教唆教唆你，把他夺回来！"

"婚都离了，夺什么夺？"杨晓芸哭得更厉害了。

"想想，他还有什么事儿拿在你手上？"米莱提醒道。

杨晓芸想了想："什么也没有了。"

"别在这儿说了，算啦，一起吃宵夜去吧。"

❀　　寻找奇迹

吃完宵夜，杨晓芸撑得直打晃，满肚子全是食物和朋友们的安慰，她回青年家园，打开音响，让《悲伤的茱丽叶》充满了房间。原来以为失去了一个鸡肋，现在，杨晓芸忽然意识到了，向南不是鸡肋，他完全地兑现了他在结婚时对她许下的诺言，他们一直被羡慕，却不自知，他们曾经那么幸福，她却视而不见，她做梦也没想到，那一句可怕的老话居然在她身上应验了：得到了却不知珍惜，失去后悔恨已晚。

但是朋友们好心的鼓励却让杨晓芸生出一丝希望。是的，她要对自己有信心，她必须为自己的幸福而努力，杨晓芸开始在房间里东翻西翻，弄得一片混乱，衣服满地都是，所有的地方都被翻过了，事实上，杨晓芸一点也不知道她在找什么，却冥冥中觉得她必须奋斗。她拉开一个抽屉，翻了翻，关上，只剩下最后一个抽屉了，她茫然地四下看看，吸了一口气，把手伸了过去，抓住抽屉的把手，拉开它，在最后那一刻，她才意识到她在寻找奇迹。

❀ 命令

一大早，遥遥和向南手拉手走向民政局门口。

"这地儿我和杨晓芸折腾了好几次，都没脸来了。"向南说。

"其实，你得谢谢人杨晓芸。"遥遥说。

"为什么？"

"因为她帮助你成长，不管她用的是什么方式。"

"是，我在心里谢她。"

"我也要谢她——"

"你为什么？"

"没有她，你就认不出我对你好！"

向南笑了："我们要是一起去谢她，她非疯了不可，呵呵。"

前面是陆涛和夏琳，他们是来陪他们的，四个人相互招手。

不远处，杨晓芸闪出来，把哨放进嘴里，吹。

令向南熟悉的哨声刺耳地响了起来。

向南没在意，和遥遥继续走。

又一声哨了起来，向南停下了，他回头。

"怎么了？"遥遥问。

向南看见杨晓芸鼓着小腮帮子，使劲儿吹哨，哨却不响了。

杨晓芸急了，向着这两对新人冲过来。

"你怎么了？"杨晓芸刚要近前，向南便问。

"你听不听命令？"杨晓芸用撒娇的语气叫道。

"杨晓芸，有什么事儿等我们出来再说。"向南说着，就拉着遥遥往里走，一边小声在遥遥耳边小声儿说，"快走，一会儿她一闹又得引起围观。这杨晓芸最擅长人来疯儿，人越多她就越能闹，快——"

杨晓芸忽然一把抱住向南。

"什么事儿？"

杨晓芸急得直喘气，小脸涨得通红，眼泪就在她的眼睛里转来转去："我的命令是，今天不许你进去！"

"别闹杨晓芸，我们得赶时间。"向南说着甩了杨晓芸往里走。

杨晓芸突然再次一把抱住向南，向南挣了一下，杨晓芸顺着他的身体滑到他的腿上，她的双手一点都不放松，向南感到她从来没有这样紧地抱过他，向南一愣，杨晓芸已经跪在地上，抱着向南的腿号啕大哭起来："我受不了，我求求你啦，向南，你就可怜可怜我吧，我再也不跟你闹啦，向南，我求求你啦，你就可怜可怜我吧，我错啦——"

杨晓芸的哭声持久而响亮，犹如幼童的泣哭，完全地失去了控制，她哭得那么伤心，向南的心一下子被那哭声撕碎了，他低下头，眼睛里看到的已不是杨晓芸，而是一个孩子。

向南拉着遥遥的手松开了。

他们再次引起了围观，夏琳抱着被惊得目瞪口呆的遥遥，陆涛看着向南。

那一刻，在杨晓芸的哭声里，让向南感到了一种以前从未有过的叫做怜悯的强烈的情感，这情感震撼并揉搓着他的心，向南记起他答应过杨晓芸的话，记起了很多发生在两人之间的事情，那些事情如一股洪流，冲击着他。向南知道自己无法再向里面走，他拉起杨晓芸，在她那双可怜巴巴的大睛睛的注视下，拉着她，向停车场走去。

❁　　责任

在向南车内，钻在向南怀里的杨晓芸哭了很久才止住，她哭累了，再也哭不出声。

"你为什么选择我？"半天，杨晓芸才用沙哑的声音问道。

"我从没见你那么哭过，突然，我感到你像个小孩那么可怜，我感到了我对你的责任，看着你哭，一下子，我懂了什么是责任。"

"什么是责任？"

"责任不是你应该做的事情，而是你必须做的事情。"

"向南，我把你最后说过的话听过好多遍，你说得对，以前我只是想让你惯着我娇着我，现在，我明白了，我对你也有责任，我还明白了，你是一个整体，我不能要你的这一部分，而不要你的另一部分。"

杨晓芸忽然转哭为笑："咱俩一会儿去复婚吧，我把手续都带齐了，看！"

说着，拿出户口本和身份证在手上晃动。

向南点点头。

"下午一开门我们就去。"杨晓芸着急地说。

❁　　我输了

第二天，向南去遥遥家，一进门就看到地上放着两大包自己的东西，遥遥就坐在边上看。

"我，我，遥遥，我要跟杨晓芸复婚了。"

遥遥一指那包："拿走吧，我都收拾好了。"

"她那么哭，让我产生怜悯，我也不知道我是怎么了，我——我觉得她离不开我，其实我现在很后悔。"

遥遥忍住眼泪："那当然，你那么浪漫，当然总是后悔。"

"我不知道该跟你说什么了——"

遥遥哭了："你走吧，没有话就别说。"

"哪儿能这么简单？"向南说。

"以后，我们还是好朋友，双人帐篷归你，双人睡袋归我——向南，我知道你是个浪漫的人，所以从一开始我就对自己发誓，这一生一共给你三次出轨的机会，这是第一次，你已经使了！"

"我要是不同意呢？"

"同意吧！你现在只好同意了。"

"为什么？"

"知道什么叫大方吗？你不知道！知道什么叫正室范儿吗？你不知道！你知道什么叫对你好吗？你还是不知道！也许知道了你就长大了！也许你知道了，我就不喜欢你了！滚！"

"谢谢你，这是你的门卡。"向南说着，把门卡放在桌上，转身拿起包走了。

走到门口，他转回身："遥遥，你对我好，谁也没有你对我好，我以前说想跟你比一比，我比不过你，我输了。"

遥遥走过去，把门卡拿起来，放进向南的裤兜儿里："留着做个纪念吧，它属于你。"

向南看着遥遥。

遥遥拿出哨晃一晃："我也留一个纪念，向南，这哨儿是全世界最浪漫的礼物，谁也没有你会求婚。"

"那你为什么不吹呢？"

"因为我比杨晓芸对你好。"遥遥说。

向南愣了一下，他倒退着出了门，遥遥把门关上了。

遥遥趴在门上，失声痛哭，然后直起身，失神地在房走来走去，手里玩着向南的哨，她走到阳台上，低头看着向南从楼里走出来，她把哨放进嘴里，想吹那哨，但却最终没有吹，忽然，她叫了一声："向南！"

向南抬头。

遥遥一抬手，把哨儿扔了下去。

向南只记得自己看到哨子在向下坠落时，上面的绳子在空气中扭动着。

一切都使向南感到疯狂和压抑，他把哨捡起来，钻进车里，发动汽车，开出遥遥家。他知道，杨晓芸在焦虑地等着他，但他却头脑发胀，他再也开不动汽车，把车停在路边，从车里下来，一个警察过来拦他，他把警察推到一边，接着走。

警察叨唠着"神经病"在他车上贴罚款单。

向南在走，只有走，才让他心里好受点，他的脸上满是痛苦，他走得有些摇晃，他把上衣脱掉扔了，走着走着，靠到一棵树上，他一只手扶着树，一只手从兜里拿出那只哨与门卡，他看着手里的哨和门卡，轻声说："遥遥我爱你。"

说完就哭了，这是他的心里话。

向南继续走，一边哭一边走，把哨和门卡放进裤兜里，他开始失声痛哭，比杨晓芸哭得还要厉害，连他自己都没想到，痛失遥遥的感觉是如此尖利，就跟顶在一把尖刀上似的。路上的行人都在看他，向南不管不顾，一边哭一边狂走，穿过一张张看他的脸，和城市两旁的店铺，他把T恤衫也脱了，用来擦眼泪，然后光着膀子边哭边走，样子又可怜又可爱，只有最年轻的生命才会有像他一样无助的背影。

✿　一切都是命中注定的

就在杨晓芸向南复婚后的那个夜晚，在服装学院门口，米莱的车悄无声息地停在路边，开车的是华子，米莱坐在他边儿上。

"谢谢你华子，陆涛剩下的事儿叫你给干完了。"米莱说。

"不就是开车拉着你看看最后一个地儿嘛，小意思，虽说我和陆涛哥们儿吧，不过咱也认识这么长时间了，也该算哥们儿了吧？"

"当然啦。"

"现在就咱俩耍上单儿了，这么着吧，咱成立一互助组，以后见到合适的，我帮你介绍男朋友，你帮我介绍女朋友。"

"没问题！"

"我就喜欢你们服装学院的，在校生毕业生都行，只要是从这儿出来就成！"

"一言为定！"

"谢了！"

"我们到后面去坐一会儿吧。"米莱看了看校园门口，触景生情，突然说道。

"成！"华子痛快地答道。

两人分头爬到车后座上坐好。

"我想在这儿待一会儿。"米莱说。

"没问题。"

米莱自言自语："所有的一切都是从这里开始的，也应该在这里结束。"

"现在你感觉怎么样？"

"我觉得一切都结束了，我不爱陆涛了，一点都不爱了。"

"现在就打个电话告诉他吧，你这漫长的失恋终于结束了，叫他也高兴高兴！"

"我现在还有点儿——最后一点儿，等一等，我们临走的时候打！"

"好！你想多久都行，我陪着你。"说罢，华子点燃一支烟。

"记得那天夜里，陆涛送我回学校，我们坐在出租车后座上，就像这样，记得当时我对他说，'我不想下车，再抱一会儿，你抽一支烟吧。'"说着米莱靠在华子身上，她从华子口袋里找出烟和火递给华子，华子点燃一支烟，然后吐出烟雾。

烟雾中，华子眼前一亮，只见春晓从校门口出来了，她身后跟着两个打灯的，一个摄影给她拍照，春晓熟练地摆出各种夸张的姿式，样子十分动人。

米莱仍在自言自语："当时我问他——'你在看什么？'"

"他说'看一个姑娘'吧？"华子反问道。

"是，陆涛就是这么说的，我说'别看了，别看了，剩下的都是菜瓜，本校校花在你怀里'，陆涛说，'是吗？'——我听他的声音就有点不对劲儿，是哪儿不对劲，我也说不出来，我就问他，'你真在看一个姑娘？'"

忽然，米莱抬起头，和华子一起往外看，一眼看到春晓，于是摇下玻璃，对春晓喊："春晓，春晓！"

春晓走过来。

华子和米莱下了车，米莱兴奋地介绍："这是我一哥们儿，叫华子，他刚才在偷看你，这是春晓，我的朋友。"

"你好。"华子说着，眼睛一眨不眨地盯着春晓。

"你好。"春晓说。

米莱看看他们俩，问春晓："哎，你有男朋友吗？"

"前天刚分手。"

华子立刻接上一句："我也没女朋友，你觉得我怎么样？"

春晓看华子，看了又看。

"你们要是一见钟情呢，我就能理解陆涛和夏琳了。"米莱笑着说。

"我对你一见钟情。"华子对春晓说。

春晓看着华子，只见华子对她笑。

春晓又看了一会儿，推推米莱："哎，他谁啊？我怎么觉得一见着他不行了呢！"

"这就是一见钟情！"米莱笑道。

"一会儿我请你吃饭吧。"华子对春晓说。

"好吧，你等我会儿，等我拍完照。"说着，走回去拍照。

华子和米莱看着她过去拍照，又相互看了一眼，米莱叹口气。

"没什么可说的，一切都是注定的！"说着米莱拿出电话，拨了陆涛的号码。

❀　　我们可以结婚了

陆涛是在夏琳的生父夏春生的鱼店里接到米莱的电话，夏琳、夏琳妈，夏春生四人在一起，那个鱼店已经鸟枪换炮，变得很大了，里面尽是一些很贵的海水鱼。

"喂，米莱。"陆涛说。

米莱兴奋的声音从电话里传来："陆涛，我好啦！我真的好啦！我已经不爱你了！我真的不爱你了！我再也不爱你了！"

米莱说罢，把手机扔向远处，手机在空中飞出一道孤线，掉在地上，把陆涛说的"祝贺你"摔没声儿了，陆涛听到手机里"啪"地一响，然后再也听不到任何声音了。

"米莱有什么事儿？"夏琳关切地问。

陆涛开心地笑了："她说，她已经不爱我了——夏琳，我们可以结婚了。"

"太好了！"夏琳一把抱住陆涛。

夏春生过来握住陆涛的手："谢谢你啊，陆涛，要是没有那笔钱，叔叔这鱼店不可能开成这样！"

"叔叔，这事儿我一点儿也不知道，都是夏琳的主意。"

"爸，我和陆涛想结婚。"

"我还以为你们早结了呢，琳琳，这小伙子可真好啊。"夏春生说。

"谢谢叔叔！"

夏春生看着夏琳妈："那个，那个，孩子们也有着落了，我——我想跟你复婚行吗？"

夏琳妈看夏琳："你说呢？"

"我说行！"夏琳叫道。

夏春生看着夏琳妈："夏琳说的算吗？"

夏琳妈看看夏琳，又看夏春生："算吧！"

夏琳尖叫起来，一把抱住陆涛。

夏春生一把抱住夏琳妈："我要再开一个更大的鱼店，我们以后什么也不用愁，一家人永远在一起！"

✿　　　一家人永远在一起

如释重负的米莱回到家，感到一切都是那么可爱，就像跳到另一个时空，现在，她已无法想象在失恋的时候的状态，生活重又变得新鲜且充满希望。

米莱高兴地把她的感受告诉给父母，一家人坐在一起说话。

"爸，妈，我以前觉得自己永远离不开陆涛，因为他是一个特别的人，我也是特别的人，今天遇到一件事，让我明白了，陆涛不特别，我也不特别，我们都是一样的人，人人都是一样的人。所以，我可以离开他了，我一点也不难受了。"

"你真是我的好女儿。"米立熊说道。

"爸，我还想去美国，重新学设计。"

"现在我们家什么也没有了，公司也卖了，就剩下钱了，钱是什么，就是存折里的数儿啊！你要是决定去美国，我和你妈也去！"

米莱妈也凑上去："钱我早准备好了，看，这是五万现金！"

说着从沙发底下拿出一包美金。

"不用现金，在美国都刷卡。"

米莱妈嘴一噘："我不放心，万一那卡刷不出来呢？"

"其实美国挺好的，你们可以去好好旅游一下。"米莱说。

米立熊正色道："我和你妈不旅游，就当你的陪读，你爸和你妈离不开你啊！"

米莱苦着脸："啊？"

"活了一辈子，我算是明白了，什么都不重要，就一件事最重要——"

"什么事儿啊？"

"一家人永远在一起！"

米莱一下扑倒在沙发上："啊？！你们要是老追着我，我以后可怎么办啊！"

只用了半个月，米莱一家人就上路了，他们决定，先到美国再说，然后再找一个英文补习班，一起上课。在一家人走过机场海关时，米莱回了一下头，最后看了一眼这个曾让她如此伤心的机场，那些伤心让她成长，现在，她终于迈过了那一条青春的界限，她对自己有了信心，她知道，无论以后发生什么，她都会继续往前走。

✿　　　和你在一起

就在米莱走的那一天，在民政局，陆涛和夏琳、向南和杨晓芸同时领到了结婚证。

陆涛和夏琳领完结婚证后，陆涛兴奋得忘乎所以，他甚至忘了和向南那一对说一声再见，拉着夏琳上了车，带着夏琳胡乱开，从郊区到城市，又从城市到郊区，最后，在夜里，误打误撞，来到了夏琳与杨晓芸曾经看见整个北京的山上。

"这是哪里？"夏琳问。

"管它是哪儿！"

"前面是什么？"

"管它是什么！"

"你在想干什么？"

"那不重要。"

"什么是重要的？"

陆涛刹住车，吻夏琳："和你在一起，就是和你在一起。"

那是一个寂静的黑夜，甚至可透过汽车的低沉的引擎声听到天籁，他们决定继续这么开下去，把它当作婚礼。

夏琳就趴在陆涛的肩膀上，对着陆涛窃窃私语。

"我是拗着劲儿离开你的，走的时候，我想象自己会变得坚强，独立。我去了巴黎，巴黎很美，每一条街道都很美，美得像是一个虚假的地方。

"第一次想你，是刚到不久，我背着一个包，拿着一个相机到处拍照，有一天，我拍一条街道，忽然有个人从镜头前划过，那背影是那么熟悉，我心里一惊，放下相机，他走远了，他不是你——我忽然觉得，这里不是我应该来的地方，这里一点也不亲，这里没有你。

"第二次想你，是我放完假，从北京回去，我追一辆公车，不小心踩到一个台阶，脚腕子骨折了，我打了石膏，拄着一根拐杖从医院回到宿舍。一进门，发现地上全是水，原来是水管子漏了，我关上水龙头，坐在一把椅子上，一边挪椅子，一边把满地的水擦干净。擦的时候，我想起你，我哭了，我想象你会心疼我，我想象你把我抱到床上，然后把地上的水全擦干，我想象你对我说，你会照顾我，而我发现我有时候真的需要你照顾。那时候我一点也不坚强，我需要你，只是很少的时间，我要靠着你喘口气，再站起来为生活而奋斗。

"第三次想你，是有一天我参加一个朋友的母亲的葬礼，看到她母亲的遗像，是年轻时的样子，非常漂亮，那照片看起来比我还要年轻。那天下着雨，我穿得少，觉得很冷，我看到很多墓碑，数也数不过来，我忽然意识到自己也会死，心里一阵空虚，感到特别害怕，那种害怕我从来没有过，心缩成一团，就像是已经死了，连说话也说不出来。我难过极了，开始胡思乱想，想什么都难受，直到想到你，我闭上眼睛，想到你紧紧抱着我，我贴着你，我的脸贴着你的脸，我听到你的呼吸声，感到你的心在跳动，我不怕了。只是从那天以后，我总是想起你。"

陆涛忍不住停下车，抱住夏琳，抚摸她的脸，看着她的眼睛，听她说下去。

"我总是想起你，开始每天只想几分钟，后来是一小时，两小时，再后来，我整天都想你，想你的时候，我觉得自己很好，什么都很好，所以我就愿意想你，越来越愿意。有一天，我开始想见到你，可是我在巴黎，你在北京，我见不到你，我就从头至尾地想发生在咱俩之间的所有事情。我怪自己争强好胜、任性虚荣，我傻到离开你一个人去巴黎，可在你面前，我就是想争强好胜——"

"你怎么争强好胜的？"

"我不告诉你我想你，连电话也不打，就不告诉你，什么也不告诉你。"

"为什么？"

"我怕我说了，就不再坚强、不再独立了。"

"夏琳，你是那么坚强独立——"

"我回来的时候，还骗自己，说只见你一面，然后就回巴黎工作，可是我一见到你就受不了了，在机场，我看你那样看着我，我知道了，你就想对我好，我盼着你不让我走，跟你在一起，其实你说什么我都会说我愿意，我恨我虚荣，要面子，不肯自己先说出来。"

陆涛摇摇头："夏琳，你这么可爱，我怎么能放过你！"

他们就这么说着，开着，释放着沉积太久的激情与冲动，直到天色大亮，他们发现他们置身在一片草原之上。陆涛从汽车后面找到一包饼干，一瓶水，那是他们仅有的早餐，他们下了车，就在朝阳中伸展身体，一块一块地吃掉那些饼干。

"我最终明白，除了与徐志森的事情以外，我所有的焦虑，都是对于你的焦虑，我希望在我的人生中，有某种稳定下来，叫我不在上面花费精力与时间，叫我能够得到休息与鼓励。我要一天一天清楚地生活，专心地去干事业，而不是像现在，什么都是慌慌张张的。我需要你的温柔，我想要我们一起，痛痛快快地就能作出决定，然后我们就为我们的梦想而努力，而奋斗，不再猜疑，不再等待，不再焦虑。"陆涛说。

"你要我让你放心？"

"是。"

"好吧，我争取让你永远放心——那是我的目标。"

"现在我们结婚了，你不会再离开我了吧？"

夏琳摇摇头："这件事我试过了，结果很不好，我不想再试了。"

"夏琳，现在我才感到，经历了那么多事情以后，你才是我唯一的果实。"

"你是什么意思？"

"我是说，我终于找到了我的目标。"

❀ 缠绵

就在陆涛和夏琳耳鬓厮磨的夜里，当杨晓芸睡着，向南却无法入睡，他溜下床，在厅里抽了一支烟。比起遥遥那里，这个客厅显得那么小，让向南联想到，自己再一次回到了一种非常狭小的情感当中。睡梦中的杨晓芸显得那么踏实与满足，甚至带着微笑，向南知道，从不说谎的杨晓芸相信他，愿意跟他永远好下去，但是自己呢？

向南退回客厅，发了一会儿愣，发现自己毫无睡意，他决定下楼散散步。到了楼下，却上了车，一直把车开到遥遥家楼下，出乎他的意料，遥遥家的灯还亮着。他知道，也许遥遥就在里面伤心落泪，遥遥一定不知道，在这样的夜里，他们曾经那么接近。他就坐在车里，对着那熟悉的灯火把一整盒烟抽完，天快亮的时候，他吐出最后一口烟雾才离去。他回到杨晓芸身边，杨晓芸在梦中翻过身抱住他，头发蹭过他的面颊，他感到杨晓芸的体温，他闭上睛，让自己睡去。

❀ 必须做的事情

一星期后，陆涛、华子和向南在台球厅聚会，向南魂不守舍，建议开车兜风，有事儿想跟朋友们倾诉，于是三个人开车到郊外的一片树林里，他们的头顶是巨大树枝与树叶，他们就在那迷宫似的树林里转悠。

向南愁眉苦脸地在后面走，梦游似的。

陆涛回头看："他不是有事儿跟咱们说吗？怎么现在还不说？"

华子也回头："看不懂！"

陆涛和华子转身站住，只见向南像一小可怜似的在后面跟着。

"说吧，向南，别绷着了。"华子停住脚步，点燃一支烟。

"到底什么事儿？"陆涛也问。

向南靠在一棵树上："我后悔了，我不能和杨晓芸在一起。"

"哎，刚跟杨晓芸复婚你就抛出这种'不行论'来，我说你这人怎么这样儿啊，反反复复的？太不靠谱儿了——"华子叫道。

"杨晓芸——六年了，六年！天天是她，上班儿是她，周末还是她，电话一响，又是她！你们谁知道跟一女的在一起六年是什么感觉？我告诉你们，就跟住一古庙里似的！我——我，我受不了，你们谁知道什么叫受不了了？"

陆涛笑了："是受不了你自己了吧？"

向南低下头。

华子也笑："完了，这回轮他烦人家杨晓芸了！"

"不对吧？喜新才会厌旧——痛快点儿，把实话说出来吧！"陆涛叫道。

向南用后背猛地向一棵大树撞去，然后靠在那儿喘气。

陆涛和华子彼此瞧了一眼，凑过去。

华子小声说："哥们儿瞧出来了，你是真痛苦啊。"

向南不说话。

华子摇摇头："见过面的，没见过你这么面的——"

"跟遥遥又勾上了吧？"陆涛启发他。

向南猛摇头："没勾！"

"完了，真勾上了！"华子叫道。

向南看着陆涛和华子，叫了起来："哥们儿现在就想见遥遥，特别想，我已经在她楼下绕了三夜了——"

华子和陆涛交换了一个吃惊的表情。

华子看一眼陆涛，陆涛笑了："一猜就这事儿。"

"向南，你还玩婚外恋呢不带这样儿的啊。"华子笑道。

"每天要是不去转半个小时，就觉得心里空得厉害，受不了！"向南说。

"见过面儿吗？"华子关心地问。

向南摇摇头。

陆涛敲边鼓："不敢见吧？"

向南点头。

华子叹口气："没想到我们的兄弟还挺能被感情折磨的。"

向南也叹口气："我现在可知道什么叫同床异梦了！"

陆涛摇摇头："向南，你真是太浪漫了。"

"我不理解。"华子笑着说，"我从没在姑娘中间这么累地徘徊过。"

"你们说我怎么办？"向南问。

"你自己说呢？"华子说。

"我不是找你们商量吗？"

"见着好的就忍不住，遇到诱惑从来不抗拒，你这是贪婪放纵啊，难受了吧，痛苦了吧？"陆涛问道。

"我怎么贪婪放纵了？"向南问。

"我们以前说你浪漫，就是说人特别放纵自己。杨晓芸好，你就扑杨晓芸；灵姗好，你就奔着人家灵姗去；遥遥好，你又因为遥遥痛苦。见一个喜欢一个，越多越好，这不是贪婪啊——结果呢，挺狼狈的吧，不是伤害自己就是伤害别人——"陆涛说。

"是啊，你跟谁都一时冲动说要对人家好，爱人家，哎，做得到吗？做不到乱说，那不是说大话嘛——哥们儿就从来不敢跟人家乱说，说了就一定做到——"华子也说。

"华子，我觉得你们俩性格正好相反。向南是对什么事儿都有一主意，遇到现实又急急忙忙改来改去；你呢，是对什么事儿都走一步看一步，完全没主意。我觉得这都是太迷茫了，根本不知道自己真正想要的是什么，这样下去，你们就总会随波逐流，每一件事都是这样也行，那样也行，想要这个，又想要那个，老是矛盾着——"陆涛拍拍华子的肩膀说道。

"那你说怎么办？"向南问。

"是啊，你说呢？"华子也说。

"我最近才明白的，人生最重要的，就是要有一个明确具体的目标，我们只把握住那目标，而把剩下的都扔掉，再好也不能要！就像露露，人家就想让一家人在一起，这就是明确的目标，为了这目标，人家连华子都不要了，你们以为人家露露不痛苦？你以为就你们会痛苦？你们想想，要是露露家里人也想要，华子也要，猪头也要，自己的事业也要，弟弟还得管着，她妈也不能放下，她忙得过来吗，她把握得了吗？她能成为现在这样子吗？我觉得人家露露了不起的地方，就是能忍受失去一些很重要东西的痛苦，她高兴，是因为得到了最重要的——向南，我觉得你太娇气太贪了，什么都想要，结果老是这样不上不下的——"

"说得对！分析得好！"华子叫道。

"你们，你们是劝我放弃遥遥？"向南问。

"什么叫放弃啊？你都结婚了，总得信守诺言吧？"华子说。

"陆涛，你说呢？"

"你现在不是单身了，你对人家杨晓芸有责任，那是你必须做的事情。"

"你——你们这叫什么哥们儿啊？净对我说最难听的话！"

华子笑了："这才叫哥们儿。"

陆涛也笑："不服不行吧？"

向南长叹一声，抱住陆涛和华子："谢谢你们——没有你们我可怎么办？"

然后向树林深处走去。

"哎，你去哪儿？"华子在后面叫道。

"我先回家了。"向南说着走了。

"方向都错了，还走呢。"华子看着他的背影儿笑道。

"别叫他！"陆涛说，然后用下巴一点，"看！一个结过两次婚的人！"

华子乐了，停了一下："你觉得——"

"我觉得遥遥比杨晓芸要有力量，估计遥遥早晚会得到他！不过，现在，还是让他回去过日子吧。"

❀　　那有意思吗

从郊区回去的路上，华子和陆涛坐一辆车。

陆涛开，华子坐在边儿上，两人都不说话，进城以后，华子忽然叨唠一句："陆涛，一会儿切两杆儿球去吧？"

陆涛看了一眼华子。

"不去就算了——找女的去吧。"华子说。

"我觉得你心里有事儿。"陆涛说。

"我是珍惜友谊。"华子还嘴硬。

两人来到台球厅，华子心思散乱，把球打得乱七八糟，他还没完没了地喝啤酒。

"咱俩耗一天了，哎，你还想输几盘？"陆涛打进黑8后问道。

华子扔了杆儿，坐到椅子上："我是心里有事儿。"

陆涛坐到他边上，喝了一口啤酒。

"是姑娘。"

陆涛看了他一眼。

"认识了一姑娘。"

陆涛跟他用酒瓶碰了一下："好姑娘还是一般的？"

"好的。"

"怎么好？"

"一般的姑娘，都是明明喜欢谁，却假装不喜欢，让追的人白费一些力气才得到自己，我认识的这姑娘不掩藏自己，喜欢谁就是喜欢谁，一点也不犹豫。"

"有什么问题？"

"犹豫呢。"

"犹豫什么？"

"我怕我跟她说了以后，她拒绝我，我怕像我这么晃，以后可能会对不起她——其实这都不是最重要的，陆涛，我问你，跟一个姑娘在一起，到底是什么意思？"

"我觉得，是为她的梦想而奋斗。"

"那有意思吗？"

"我觉得有意思！"

两人结了账，出了台球厅，夜色中，陆涛拍拍华子的肩膀："哎，华子，这种晃荡的生活你过得差不多了吧？"

"是，一直想下个决心改变一下——我也该有个准主意了。"

"你认识那姑娘叫什么？"

"春晓。"

"好看吗？"

"好看。"

"拿下她！"

"要是——"

"先拿下她！"

✿ 上岸

　　华子周末约了春晓，春晓答应了，他径直把车开到密云水库，停了车，来到大坝上，前面是一池碧水。

　　"为什么带我到这里？"

　　"我看到你就晕了，脑子里嗡嗡的，太长时间没见过美女了，糊里糊涂地把车开到这里。"

　　"我饿了。"春晓说。

　　水库附近有不少做农家菜的饭馆，华子在水边找到一个，点了一桌子菜。

　　"你负责吃菜吧。"华子说。

　　春晓闪着大眼睛看他一眼。

　　"挑爱吃的吃两口。"华子说。

　　"那你负责说话吧，我挑爱听的听两句。"春晓说。

　　"我不知道说什么。"

　　"连说什么都不知道，就敢约我出来。"

　　"我交出场费行不行？"

　　春晓笑了："这样吧，Say You Say Me吧。"

　　"什么意思？"

　　"说说你说说我呗。"

　　"前一段儿，我女朋友跟我最好的哥们儿结婚了。"华子说。

　　"前一段儿，我不喜欢我男朋友了。"春晓说。

　　"为什么？"

　　"那人太面了，我受不了，就跟他说了。"

　　"我喜欢你这样的，怎么着也得事先打声儿招呼呀！"

　　春晓笑了："我男朋友不信。"

　　华子笑了。

　　"他也是我们服装学院的，设计系，比我还小一年。"春晓说。

　　"后来呢？"

　　"后来我说，我不能耽误你，我觉得我必须早点告诉你，其实我从头儿就不喜欢他，我以为在一起待长了，我就会喜欢他，结果在一起时间越长我越不喜欢他。"

　　"春晓，你愿意喜欢我吗？"

　　春晓笑了："有你这么说话的吗？"

　　"我喜欢你，我下决心了，以后也喜欢你。"华子说。

　　"那我要是不喜欢你呢？"

　　"我叫华子，我一见到你就感觉我们以后会在一起，我必须告诉你这件事，我就需要一个机会，对你好的机会，这机会只能你给我。"

　　"我要是不给呢？"

　　"你给吗？"

　　"我给！"

　　"谢了！"华子说罢，把一杯啤酒一饮而尽，又开始猛吃起来，一会儿就把桌子上的菜全吃完了。

忽然，华子好像觉得有什么不对，抬头看春晓，只见春晓用一双大大的眼睛看着他。

"你看什么？"

"华子，我觉得你挺酷的。"

"我觉得，以后，在这个世界上，谁也没我女朋友漂亮。"

春晓笑了："没想到你嘴还挺甜的。"

华子点上一支烟，抽了一口："其实现在我想游泳到对岸去。"

春晓看着华子，脸上出现疑惑的神色。

"你答应当我女朋友，叫我有一种上岸的感觉。"华子说。

春晓笑了："我救了你。"

华子点点头："告诉我你的梦想是什么？"

"你的呢？"

"我其实挺迷茫的，没什么目标，一直随波逐流，你要是敢把你的梦想告诉我——"

"怎么样？"

"我就敢为你的梦想而奋斗。"

"那你的梦想呢？"春晓问。

"那就是我的梦想。"华子说出了陆涛的经验。

❀　　你疯了吧

同一时间，在一商业街上，陆涛和夏琳在瞎转。

"现在咱也结了，我有个新计划！"

"你的计划差点把米莱他爸的公司弄破产。"

"下面的计划，就是要把你弄破产——"

"说来听听。"

"我以后可要软饭硬吃了啊！"

"你什么意思？"

"一起去巴黎！你干你的设计，真的轮到我陪你了！"

"算了吧，我还是陪你在国内吧，你接着干设计，我明天就开始找工作。"

"一起去巴黎！"

"我去嘛——我去是因为有工作，你去干什么？"

"你管我呢，我就是要着饭也要跟你在一起！"

夏琳抱住陆涛吻了一下，然后说："无论在哪里，你当然要跟我在一起，但不许你要饭。"

两人继续走，路过一个小摊儿，围着几个人，传出一阵音乐吸引了他，他站住，只见有个学生模样的人在敲八个碗，敲出的正是贝多芬的《欢乐颂》。

陆涛拉着夏琳挤进去，他听着听着笑了，夏琳也笑，陆涛拿出钱包，把里面的钱都给了那个敲碗的："这八个碗儿卖给我吧？"

"你疯了吧？"夏琳不解地看着他。

此刻，陆涛的电话响起，他接起电话，是徐志森。

❀　　我生活得很好

徐志森接手"田园牧歌"以后，紧张工作，却因积劳成疾，心脏病发作，住进医院，生命垂危，林婉芬去照顾他。

徐志森从未想到自己会被疾病击垮，但这一次感觉却不同以往，很不好。住院手术前，他决定跟陆涛深谈一次，为此从医院里跑了出来。

然而陆涛非常抵触，据陆亚迅反映，母亲现在成天往徐志森那里跑，眼看着原来那个家出现了裂痕。

但陆涛还是答应了跟徐志森见一次，地点就在"田园牧歌"顶层样板间，那个样板间完全是陆涛一手设计的，徐志森把它做了出来。

时间快到了，在样板间顶层复式二层的一间房间里，徐志森躺在一辆医用手推车里，两名私人医生照看着他。徐志森看看表，费力地起来，来到洗手间，对着一面镜子收拾头发，然后穿好上衣，打好领带。

秘书走到他身边："徐总，陆涛来了，我扶你去。"

"不，请你们在这里等着，我要单独跟他谈。"

医生提醒道："徐总，您不能激动。"

徐志森点点头："我知道该怎么做，一会儿我会从这个门出去，下楼梯，然后就站在厅里，我站得住。"

此刻的陆涛，正透过样板间一层玻璃，看着自己的心血，"田园牧歌"，这里的主楼已经做好了，辅楼正在施工，连接主辅楼的两个分段儿大跨度会所，就如同两道彩虹高浮在半空中，正是他要的效果，他知道，徐志森完全按照他的意图建起这个楼盘，一切都很完美，有气势，并且显示出一种力争上游的信心。如果半年前他能看到这些，该是多么兴奋啊，但是现在，这些都成了他的过去，他曾为此注入一个个白天夜晚，注入他的热情、他的钱、他的梦想，然而那狂热像一切青春狂热过一样过去了，现在的他，已是另一个陆涛，与这一切都没有关系了。

门开了，徐志森走了出来。

陆涛走过去，两人隔了一段距离站着。

"徐总你好。"陆涛说。

徐志森上下仔细打量着陆涛，他的身体更结实了，但脸上已失去了以往对自己的敬佩，有了一种与其年龄不相称的平静，他看起来完全不需要自己。

"陆涛，走近一些，我们隔得太远了。"徐志森轻声说。

陆涛走近他："我不要这房子。"

徐志森没想到陆涛的第一句话就把两人分别隔离到两个不同的世界里。

"这是你应得的——你结婚了，要有个房子——"徐志森说。

陆涛坚定地摇摇头。

徐志森知道这样谈下去行不通，他很清楚，陆涛很倔，甚至比他自己还要倔，这使他为陆涛感到担忧。他知道，这是陆涛第一次领略到青春的力量，无法说服，不可战胜，极度的自我，以为可以把握未来，这是一种精神上的信心，人们一旦偶然获得这种自我认定的信心，就像是重新换了一个人一样，简直可以什么都不在乎。他理解这是一种恃才傲物的天性，他当年离开林婉芬，从众多考生中脱颖而出，踏上去美国的征途，也是因为有了同样的信心，然而，他也深知，时间会让信心蒙上阴影，无论陆涛对自己多么有信心，他依然是一个人类生命，依然拥有作为人的一切优点与缺点。现在，他意识到，陆涛已经完全独立了，像他一样，已拥有自己的价值观，像他一样独立地看待这个世界，分析得失，可以去捕获属于自己的目标。

"最近怎么样？"徐志森想缓和一下尴尬的气氛。

陆涛笑了："我结婚了，现在生活得很好。"

❀　　一个无家可归的人

徐志森不再想跟陆涛绕圈子了，他提高声音："陆涛，你年轻、聪明，有想象力，你比你想象的要强大，比别人也要强大，有一件事必须告诉你，在这个世界上，除了我，没有人真相信你，从你建'田园牧歌'开始，我就开始准备资金，为你的梦想买单，因为我知道那梦想的价值，我知道他们目光短浅，早晚有一天抛弃你，我等到了那个时候。如果现在下注，我还是会押你。我现在孤身一人，身上有肿瘤隐隐作痛，回头想想，奋斗一生，前面却是一面空虚，让我痛苦的是，谁能继承我的一切？我可对谁放心？我的成功，我的财产，我的社会关系，这些都可传给你，但我的人生经验呢？"

徐志森看到，在听他说话的时候，陆涛的表情有一点怪，但他必须把应该说的话说完。

"陆涛，我一生努力，只是为了不受别人控制，为此不得不去控制别人，保护自己，击败敌人，我想通过'田园牧歌'这笔生意，把我的人生经验告诉你——我这么做很冒险，但我有技巧，可以在别人失败的地方成功，那是最重要的。"

陆涛点点头："是的，生意上，你总是赢。"

"我的事业，需要有人把它继续下去，我需要你，在这个世界上，你是我唯一的儿子，你的血管中流着我的血，不管我表面对你如何，但最终我只能爱你。"

"可你知道我的感受吗？一年前，我的感受是，你在利用我做成生意。"

"你现在还这么想？"

"不，我改变了。我虽然在生意上失败了，奇怪的是，心里却并不难受，我不能像你一样，把做生意当成整个人生，我喜欢我现在的生活，它普普通通，平平常常，但属于我，虽然我是你的儿子，但我不是你。"

徐志森感到非常震惊，他意识到，陆涛不是一般的叛逆，他经过思考，对于这个世界，有了自己的想法，并且他很坚定，相信自己，很难用一种利害得失来说服他。徐志森慢慢开始察觉，陆涛不是商人，他血管里流的是理想的血液，这血液让他变来变去，却不能使他满足，这让徐志森觉得他简直是在浪掷才华与生命，为此徐志森很生气。

"陆涛，你是个懦夫！你不敢面对人生中邪恶的一面！"徐志森提高声音。

"如果为此我必须把自己变得邪恶的话，那么成功又有什么意义呢？"

"每个男人都是梦想家，梦想成功，梦想被人尊重，梦想摆脱一切，获得自由，但绝大多数男人只会为他们的梦想付出代价，那就是痛苦，只有现实主义者会好受一些，为什么不当一个现实主义者呢？中间的距离很短，只需轻轻跨出一步。我跨过去了，现在我等着你，等你也跨出这一步。"

"陆亚迅一直在提醒我不要跨出那一步，以前我甚至不知那一步是什么，现在我知道了。对不起，我是陆涛，我可能是个傻瓜，我需要梦想，我不会迈出那一步。我的梦想，是做一个简单而诚实的人，我喜欢设计，就做设计，我爱夏琳，就与她结婚，我有朋友，我愿意经常与他们在一起，我不在乎那些与我无关的事业了，无论是生意，还是别的，因为我不再骗自己，我知道，我不能为别人做什么真正的事情，我无法从根本上帮助谁，我没有野心，不想控制谁，我也讨厌与人斗争，我喜欢我现在的生活，这生活是我奋斗所得，我不想改变。你告诉我的东西，起初我感到很新奇，很有吸引力，但现在我懂得，那些东西属于你，与我无关，谢谢你对我的帮助，不过，以后，我不再需要了。"

"你会需要的！你以后会需要的！如果你仍有梦想，如果你有一天回忆起你的雄心，想完成梦想，那么，你就需要技巧！"

陆涛摇摇头，两只脚交替地支撑着身体，他的目光渐渐地望向地面。

徐志森也摇摇头，他知道，陆涛另有目标，他不愿完全地模仿他，这让他感到失败，他整理他的西装和头发，用手摩擦他苍老的脸，他的眼睛红了，但他恢复过来。

"你走吧，见到你很高兴。"

陆涛出去了，但走几步又回来。

"徐总，想你这一辈子，一直非常努力，从来没有让自己松懈过，但你至今仍是孤独一人，总是住在饭店套间里，随着生意四处漂泊，像个流浪汉，你的目标是什么呢？我想不出，那以前看起来非常重要的事业，它是什么呢？在我眼里，它就像是一连串的忙碌，不停的忙碌——那忙碌有什么意义？"

"陆涛，我要听一听，在你眼里，我真实的样子是什么？"

"我认为你是一个无家可归的人。"

陆涛说完便走了，徐志森感到很难过，他认为陆涛说对了，他的脸色越来越难看，忽然，他用手捂住自己的心，慢慢地倒了下去。

五分钟后，在飞驰的急救车内，徐志森拉住秘书的手："吉米，你看看我，我像一个无家可归的人吗？"

"徐总，别激动，以后慢慢说。"

徐志森痛苦地闭上眼睛，嘴里喃喃地叫着："婉芬，婉芬，婉芬——"

他晕了过去，朦胧中，他似乎看到自己被放到医院的床上，一些身穿白色服装的人，往自己身上插了很多管子，仪器上显示出他缓慢的心跳，接着，他梦见在床边，林婉芬在看着他。

✿　也许你以后就见不到他了

两天后，陆涛在茶馆里见到等在那里的母亲林婉芬。

"徐志森叫我给你带几句话——"

"他为什么叫你来说？噢，你在医院照顾他，你是他唯一的亲人！"陆涛带着一点讥讽的语气说。

林婉芬并不理会陆涛的情绪，只是平静地继续说："这话他怕当着你面儿说不出来，所以叫我说。"

"他是觉得你说更有效果吧？"

"陆涛！"

"好吧，好吧，我听着。"

"徐志森说，他一生中做过的最坏的一件事，就是遗弃了咱们娘俩儿，给咱们造成了一生的伤害。"

"咱不是过得挺好的嘛——对不起，我忘了，我不说了。"

"你很抵触这件事吗？"

"我没有，我无所谓。"

"可你看起来——"

"妈，每个人有每个人的生活，这道理我懂，你接着说，徐志森还说了些什么。"

"他说，为了补偿他的错误，他希望叫我们以后生活得好一点，他还希望，能够把遗产留给你，如果他知道，在这个世界上有人继承他的劳动成果，就会让他觉得他不是在这个世界上一个人孤零零地奋斗。"

"他可以捐给希望工程嘛！"

"陆涛，不要这样说话！我跟你说，徐志森毕竟是你的亲生父亲，他现在心脏病发作，生命垂危，他跟我说的，都是他的心里话。"

"他还说什么？"

林婉芬摇摇头，她清楚，目前的情势很难扭转陆涛的情绪，尽管他表面上十分反抗，但在他的心里，陆亚迅、她和陆涛组成的家，仍是他唯一的家。

"那我走了。"陆涛说。

"你总得留句话吧？"

"我希望他的身体能够尽快恢复。"

"陆涛，你要是觉得别扭，就算了，等你觉得还可以的时候，去看看他，跟他说几句话，他跟我说过不知多少次，在这个世界上，他最关心的人就是你。"

"我谢谢他，我还有事儿，再见。"

说罢站起来，走了。

林婉芬站起来："陆涛，你是不是觉得妈这么做不对？"

"我不知道该怎么说，那是你们的事——妈，除了徐志森，你想对我说什么？"

"想想他为你做的一切！陆涛，这一次，他病得很严重，也许，也许你以后就见不到他了——"林婉芬突然有点失控了。

❀ 你是最硬的硬汉

陆涛走在医院的过道里，手里拿着一束花，他来到护士台。

"请问，徐志森住的744病房在哪边？"

值班护士手一指："那边第三个门。"

陆涛往前走去，一直来到徐志森病房门前，刚要敲门，忽然，透过玻璃，他看到林婉芬正在给徐志森喂东西吃，两人看起来十分亲密，他的手停住了，陆涛继续看了半分钟，心头一阵难过，他终于看不下去了，转身走回护士台。

"请把这花交给徐志森先生，就说，就说，陆涛来看过他了。"说罢，往外走去。

忽然，背后传来徐志森秘书的声音："陆涛！"

陆涛站住。

吉米看着陆涛："你去看过徐总？"

陆涛摇摇头。

"我希望你去看看他，现在他什么都不在乎了，他只惦记你——"

"我，我怕让他生气，我不知道见到他说什么——"

"你叫他一声老徐就行，他跟我说过好多次，他最想听你叫他老徐，他说你答应过叫他，可你一直没叫——"

"他现在的情况——"

"很坏。"

陆涛点点头，回到护士台，拿起花，走向徐志森房间，陆涛敲门。

门开了，林婉芬把陆涛让进去。

陆涛把花放在他徐志森手边："老徐，你会好的，我不信你会被打垮，你是我见过的最硬的硬汉！"

徐志森深情地看着陆涛，一言不发。

"我要去法国了，临走前告个别，再见。"

徐志森点点头，使劲地说："再见。"

陆涛走了。

徐志森用微弱的声音问林婉芬："他叫我老徐？"

林婉芬点点头。

"他说我不会被打垮？"

林婉芬点点头。

"他说我是他见过的最硬的硬汉？"

"是。"

"就说了这些？"

"他说你会好的。"

徐志森笑了。

❀　　爸

陆涛回到父母家，敲门，门开了，陆亚迅让陆涛进来。

陆涛坐沙发上："妈让我去看徐志森，我去了——"

"是遗产的事？"

陆涛点点头："我拒绝了。"

陆亚迅显得有点吃惊，其实他心里并不吃惊，这很像是陆涛干的事情，他在某些方面很像自己。

"妈一直在医院照顾徐志森？"陆涛问。

陆亚迅点点头："这没什么好说的。"

两人沉默了一会儿，陆涛问："如果妈——你怎么办？"

陆亚迅叹了口气："陆涛，这样的安排——挺好的，我心里挺平静的，我的为人你是知道的，我希望让你妈满意——而且，我快退休了。"

"你现在打算怎么办？"

"我会过得不错，我敢说，我一辈子没做亏心事。"

"我觉得，跟徐志森在一起，不一定幸福。"

"我去看过徐志森一次，他病得很重，不知这一次能不能挺过去。"

"这件事，你就没觉得有什么不对劲吗？"

"陆涛，你也长大了，有些话，我想我能对你说了。"

陆涛点点头。

"其实，我自己倒无所谓，只是有时候，想到你妈，心里会感到不安——怎么说呢，徐志森的为人我也很了解，他年轻的时候，就是一个为达目的不择手段的人，现在，我觉得他这么做的目的有点问题，最初，他的所作所为，是为了出国，为了得到金钱与尊重，现在，他这么做，是为了得到你。"

"我？"

"我们这么老了，还有什么目标呢？他希望有人继承他的一切，这想法很合情理，但他的做法，我不能完全同意——反正我是不会这么做的，不过，这样，对你有好处，我已经没有什么可以帮你的了。"

这一席话，使陆涛心理的天平最终完全地倒向了陆亚迅这一边。

"爸！"陆涛突然叫道。

陆亚迅手里的茶杯抖了抖，眼睛里忽然涌出泪水。

"从今天开始，我叫你爸，我以后会常回来，这里永远是我的家。"

陆亚迅百感交集，他也许将失去妻子，但却赢得了陆涛的心，这使他觉得自己很成功。

"你以后怎么过？"陆涛问。

"你长大了，我没有什么可操心的事儿了，以后，我会享享清福，很多以前想做的事情我都没有去做，以后，可以慢慢地去做，大家因为缘分相聚一场，现在分开来也无所谓，再说我们也不是真的分开了。"

"我该做什么？"

"你觉得什么做得最好，就去做什么，不必问我，在你十岁以前，我已把该说的都说了，在你十岁以后，我只是一遍又一遍重复说以前说过的话。"

"爸！"

陆亚迅点点头。

陆涛哭了："爸！"

陆亚迅再次点点头。

这是父子俩第一次流露出内心深处的感情，陆涛离去后，他呆坐在沙发上，心情久久不能平静，他为陆涛做的一切，现在得到了回报，只有陆亚迅和陆涛两人懂得，一切都包含在那一声"爸"当中。

✿　　徐志森的奋斗

同一时间，在徐志森病房，徐志森在和婉芬说话，多年以来，他们之间从未有过这么多的话。

"婉芬，我认为男人生来就是干事业的，一直以来，我非常坚定，但陆涛让我产生自我怀疑，他为什么不按照我说的去做呢？难道是我错了？在这种时候，看到你坐在我身边，我感到安慰，我觉得自己可能犯了一个非常大的错误，我不该离开你，我应该有个家，有了家，就有了目标，我可以为那个家而奋斗。现在我羡慕陆亚迅，他的一生过得比我要幸福，有一个可爱的妻子，有一个很好的孩子，无论何时，他都有未来与希望，我呢，他们都说我成功，我有什么成功？我觉得现在我什么也没有。"

徐志森说得有些激动，他坐起来："那么，我必须振作起来！我希望能看到与他和解的那一天——"

"志森，你的心脏——"

"在我心中，这比什么都重要！"

第二天，林婉芬来到主治大夫的办公室。

"情况我已详细介绍过了，这种心脏手术的存活机率比较低，不过，如果不做，他非常危险，随时有——"主治医生说。

"我们知道了，他坚持要做。"林婉芬说。

"好吧，那你签字吧。"

林婉芬拿到家属签字单，手有些颤抖，这是她一生遇到的最困难的时刻，除了默默地面对，她毫无办法。

"他还有其他家属或亲人吗？"

"没有了。"林婉芬淡淡说完，在纸上签上了字。

从办公室出来，林婉芬向徐志森的病房方向走，在门外，迎面碰到徐志森的秘书吉米，他带着一个面色严肃的中年人。

"林大姐，徐总刚刚睡着，托我转告你一句话。"吉米说。

林婉芬站住。

"这是律师公证事务所的张总。"吉米介绍说。

张总点点头，林婉芬也点头。

"徐总要留遗嘱，他希望您能在场。"吉米说。

一护士走出来："快，徐总醒了。"

三个人走进病房。

徐志森正被一个护士扶着坐起来，他用衰弱却顽强的声音小声说："麻烦各位。"

大家安静而快速地坐下。

徐志森继续说："我留的遗嘱是——如果，我遇到意外，我所有资产，包括动产与不动产，属于林婉芬女士代为保管，遗产的直接受益人是陆涛，我的亲生儿子，我相信陆涛会用这些资产去干有意义的事情。下面是遗产清单，请张总代为念一下，我想最后核对一下，然后存档。"

张总打开一个文件。

徐志森点点头，最终还是说了一声："请。"

"徐志森先生的资产包括动产与不动产，分布在美国与中国大陆——"张总念下去，林婉芬感到心里像被堵上了一团棉花，她无法听清张总念的是什么。

❋ 我不会介意的

晚上，林婉芬回到家，心烦意乱，忧心忡忡，就坐在沙上发呆。

陆亚迅走过来："婉芬，我想对你说几句话。"

林婉芬转过头来。

"他现在怎么样？"

"非常危险。"

"大夫说，这一次他能挺过去吗？"

林婉芬摇摇头："不知道。"

"去照顾他吧，我不会介意的。"

林婉芬看着陆亚迅："谢谢你能这么说。"

"这是我早想说的。"陆亚迅说。

❋ 家

第二天一早，林婉芬便来到病房，就连徐志森都感到意外。

"陆亚迅——"

林婉芬轻轻摇摇头，打断徐志森。

徐志森沉默了，他有种感觉，陆亚迅是个非常了不起的人。

半天，他才说："婉芬，你能够在我的身边，我很感动，对于生活，我想过很多，事业、欲望、生意、梦想，我被这个五光十色的世界迷惑了，就是从来没有想过什么是家，现在我开始想——你想听一听吗？"

林婉芬点点头。

"对于现在的我来说，你就是家，我从未像现在这样感到家的重要，年轻时因为激情与梦想，有一天，我对家不满意，于是离家出走，想去走一条属于自己的路。从我居住的小镇，到省城；从省城，到大学；从中国，到美国，我努力奋斗。当这个世界越来越多的大门纷纷向我敞开时，我却发现，背后那扇最早离开时的门却关上了，到现在，到了这种时刻，我才懂得家是什么——家，就是那个你有一天狠着心真的离开了，就很难回去的地方。"

婉芬的眼泪下来了。

徐志森摇头。

林婉芬止住啜泣："你感觉怎么样？"

"我感到遗憾，有一件事，我越来越意识到它是最重要的。"

"陆涛？"

徐志森点点头："我仍有些事情要告诉他，也许在他未来的人生里，会用得着。"

林婉芬擦去泪水："志森，那就是你的愿望？"

徐志森点点头："婉芬，手术是一定要做的，如果可能的话，我希望我能赌赢——我这一生总是在赌博，我感到只有这一次，我是最想赢的！"

晚上，在医院走廊内，林婉芬感到特别无助，头脑嗡嗡的，突然，像是有一种声音直接地进入她内心，那声音清晰而有力，"无论如何，日子还要照样过下去，把该做的做了吧。"

这神秘的声音使林婉芬渐渐平静下来，仿佛重新获得了力量，她给陆涛打电话："陆涛，妈就不送你了，明天上午徐志森手术。"

"不用了，我行李已经收好了，明早有华子他们送我，到法国一下飞机我就打电话回来——"陆涛在电话里这样说。

林婉芬拿着电话听，她想听到陆涛再说什么。

"希望他手术成功。"陆涛说。

第二天上午，在去手术室前的过道里，一直半睡着的徐志森忽然动了几下，车停了。

林婉芬低下身，贴近他，问："你要说什么？"

"如果我能缓过来，我还会找陆涛，让他回来，我们是一家人，他是我儿子，我们永远不分开！不管以什么形式，我要一家人永远在一起！"徐志森沙哑的声音传到林婉芬的耳中，她点点头，示意护士继续推车，手术室的门开了。

林婉芬看到徐志森被推进手术室。

❀　　谁怀孕了

同一时间，在机场候机室，向南、杨晓芸、华子送陆涛和夏琳，五个人围成一圈儿，传着陆涛和夏琳的结婚证。

"叫我看看你的戒指！"杨晓芸叫道。

夏琳把婚戒摘下来，递给杨晓芸："两个戒指一共花了二十块。"

"那你们以后能幸福吗？"杨晓芸话音未落，大家笑了起来。

华子叫道："杨晓芸，把你们的结婚证都拿过来叫我看看，我这辈子就缺这么一个证件了！"

"你一脸老光棍相儿，一边待着去！"杨晓芸说。

"那也比你们强，看看你们，一个个的，啊，你们手里一共领过三张结婚证，一张离婚证，真把政府麻烦得够呛！"

"哎，华子，你趁人之危，用超低价买人家陆涛的A4，说实话，一直惦记着人家破产呢吧？"向南叫道。

"你管着吗？"

"哼，风水轮流转，照你们这个速度，我看这车早晚得落我手里！"向南说。

大家笑起来。

"不可能，我们又要开连锁了！"华子得意地说。

"瞎连什么呀！哎，华子，我跟你说正经的呢，那A4你开的时候在意点儿，勤保养，别装上那些花里胡哨的东西，卖我的时候发扬点破罐破摔的风格，便宜点儿，听见了吗？"向南嚷嚷着，大家再次笑起来。

"哎，你们看，我女朋友来了！"华子忽然向远处一指，只见人群中春晓笑盈盈地走来，走得又有弹性又帅，她在找华子。

"华子，别叫她，让我先从远处多看一会儿这位美女！"向南看见了。

"找我把你眼睛扎瞎了吧！"杨晓芸提醒道。

"她叫什么？"夏琳问。

"叫春晓。"华子说。

春晓仍在找人，在人群中时隐时现。

"华子坠入情网了。"夏琳说。

"你怎么知道？"杨晓芸问。

"陆涛以前就这样看我。"夏琳说。

"华子，叫她！"陆涛也看到春晓了。

华子拿出手机，拨号，大家看到春晓停住，接电话，一边接一边向四下看，看到华子，笑了一下，挂了电话，走过来。

"这是春晓，服装学院的模特，我们刚认识，这都是我的朋友。"华子介绍道。

"你们好。"春晓说。

"春晓，别理华子，他是单身！"向南盯着春晓用嫉妒的语气说。

"我也是。"春晓晃着说，接着站到华子身边。

大家笑起来。

"希望我们从法国回来的时候，你们就不是了。"陆涛说。

华子看了一眼春晓。

春晓也看了一眼华子。

"太面了，还不如向南。"陆涛说。

"为了让我哥们临走的时候放心——"华子冲着春晓说。

春晓看着华子笑。

华子慢慢转身抱住春晓，直到把她抱离地面，转了一个圈。

大家鼓起掌来。

夏琳笑了："这回华子比向南浪漫。"

华子一手抱着春晓："谢谢。"

"是米莱介绍我们认识的，我相信她说的话。"春晓说。

大家都沉默了。

杨晓芸问："米莱说什么？"

"米莱说，华子是个很好的人。"春晓说。

陆涛对春晓叫道："华子是个很好的人，找他没错！大家都同意吗？"

大家纷纷说同意。

"谢谢你们。"春晓说。

"哎，你们什么时候回来？"华子问。

陆涛一指夏琳："她跟法国人签了一年合同，最少得一年吧。"

杨晓芸一指陆涛："陆涛，你吃我们夏琳的软饭不要紧，晚上折磨我们夏琳的时候小心点，不要再让我们夏琳怀孕了！"

陆涛用吃惊的眼睛望向夏琳。

"杨晓芸，别瞎说，谁怀孕了？"夏琳抗议道。

"陆涛，这是你欠夏琳最大的一个人情儿，这辈子你都还不清！"杨晓芸望着脸色绯红的夏琳说。

陆涛顿时就急了："杨晓芸，这是怎么回事儿，我一点也不知道！"

"甭打听了，你只要记着，夏琳是这个世界上最爱你的人，她就对你好，什么也不麻烦你！"杨晓芸手舞足蹈地比划着。

大家起哄。

陆涛一把抱住夏琳，亲了起来。

大家哄得更厉害了。

❀　　尾声

时间到了，陆涛和夏琳入关，大家相互招手，都哭了，陆涛边吻着夏琳边回头招手。

谁也没有注意到，陆亚迅站在一个角落里，看着这一群年轻人，他主要看陆涛。

两小时后，在一万米的空中，有一双拉在一起的手。

夏琳醒来了。

夏琳想从陆涛手中抽出手，但抽不出。

陆涛醒了。

夏琳笑。

陆涛笑。

夏琳打开遮阳板，看着外面的云海，陆涛看着她。

夏琳头也不回："有些事情从来没跟你说过。"

陆涛凑上去："想听。"

他和夏琳脸贴着脸，一起看云海。

阳光下，移动的云海细看起来竟是那么漂亮，像是一个奇异的世界。

"没见到你之前，就喜欢上你了。"夏琳轻声说。

陆涛亲了一下她。

"第一次听到你，是米莱说起的。她对我讲，她喜欢上一个人，那个人很聪明。"

"第一次听到你，也是米莱说起的，她对我说，她有一个美女朋友，那个人很怪。"

"米莱说得对吗？"

"你说呢？"

"我只知道，没有人比米莱更善良，我现在想她。"夏琳轻轻地说。

— 全剧终 —

© 石 康 2008

图书在版编目（ＣＩＰ）数据

奋斗/石康著. 一沈阳：万卷出版公司，2008.7
ISBN 978－7－80759－229－7

Ⅰ.奋… Ⅱ.石… Ⅲ.长篇小说—中国—当代 Ⅳ.
I.247.5

中国版本图书馆CIP数据核字（2008）第076799号

出版发行：万卷出版公司
　　　　　（地址：沈阳市和平区十一纬路29号 邮编：110003）
印 刷 者：河北新华印刷一厂
经 销 者：全国新华书店
幅面尺寸： 167mm×234mm
字　　数：998千字
印　　张：39
出版时间：2008年7月
印刷时间：2008年7月
责任编辑：李文天
特约编辑：刘　莉
装帧设计：居慧娜
ISBN 978－7－80759－229－7
定　　价：69.00元

联系电话：024-23284442
邮购热线：024-23284454
传　　真：024-23284448
E-mail：vpc@mail.lnpgc.com.cn
网　　址：http://www.chinavpc.com